Una canción para Abril

Victoria Aihar

Una canción para Abril

Esencia/Planeta

El papel utilizado para la impresión de este libro es cien por cien libre de cloro y está calificado como **papel ecológico**.

Avinguda Diagonal, 662, 6.ª planta. 08034 Barcelona (España)
www.esenciaeditorial.com
www.planetadelibros.com

Diseño de la colección: Booket / Área Editorial Grupo Planeta
Imagen de la cubierta: Shutterstock
Primera edición en Colección Booket: mayo de 2015

Depósito legal: B. 6.848-2015
ISBN: 978-84-08-14166-2
Composición: Víctor Igual, S. L.
Impresión y encuadernación: CPI (Barcelona)
Printed in Spain - Impreso en España

Biografía

Victoria Aihar nació en Montevideo, Uruguay, en 1978. Educada en una familia tradicional, se casó en el 2000 y vive la vida junto a su esposo repartida entre la costa y las sierras uruguayas. En la actualidad es *webmaster* de más de una docena de empresas y diferentes instituciones, aunque sus intereses abarcan ámbitos como la medicina, la contabilidad o los idiomas. Le encanta viajar a los más diversos destinos, siempre con la finalidad de formarse, tanto a nivel personal como profesional. El aprendizaje es un viaje eterno, que seguramente seguirá mucho después de su partida... Comunicar y compartir sentimientos forma parte de ese viaje, por lo que en 2013 comenzó a escribir con gran pasión y entrega. Su primera novela, *Una canción para Abril*, fue editada en 2014 por Zafiro, el mismo sello que ha publicado en 2015 su segunda obra, *Una segunda oportunidad*.

Encontrarás más información de la autora y su obra en:
www.facebook.com/victoria.aihar
www.victoria-aihar.com

Al amor de mi vida...
Porque tú y yo sabemos que el amor todo lo puede.

Una canción para Abril

—¡Necesito hablar contigo, Jaz!

—¡Pero yo no! ¡Déjame en paz! Sigue con tu vida, que yo haré lo mismo con la mía.

Me sorprendí de lo fría que fue mi respuesta. Él también, por lo que me agarró fuerte por el codo y gritó:

—¡Vas a escucharme te guste o no!

Tiré del brazo para soltarme y lo miré fríamente.

—¡No te atrevas a volverme a tocar ni a gritarme!

No le di oportunidad a nada más. Subí al coche y me fui.

Había pasado un mes y definitivamente necesitaba un cambio. Cruzarme con Valentín o con Claudia era algo que me disgustaba con sólo imaginarlo. Sin pensarlo demasiado y siendo totalmente impulsiva, llamé a mi hermano.

—¡Hola, Benja! ¿Cómo estás?

—¡Hola, Jaz! ¿Cómo te encuentras?

—Bien, mejor de lo que se supone... —Suspiré—. Oye, estaba pensando en irme a Madrid un tiempo, buscar un trabajo, estar más cerca de mi hermanito...

—El piso es pequeño, pero eres bienvenida. ¡Creo que te puede sentar bien!

—Gracias, Benja, pero pensaba pedirles el piso a papá y mamá. No quiero molestar. Tú estás con Dan y necesitáis intimidad. Pero gracias. ¡Me va a ir bien estar cerca de ti! Todavía tengo que hablar con papá y mamá. No sé cómo se lo tomarán, pero de verdad, de verdad, necesito un cambio...

—Te entiendo. Vente a pasar un tiempo, y mientras piensas si te quieres quedar por aquí, nuestra casa está abierta para ti. No tengo que repetírtelo.

—Gracias. ¡Te quiero, hermanito! Te llamo cuando lo tenga más claro.

—Adiós, Jaz. ¡Yo también te quiero!

Llamé a Leti para contarle la decisión que había tomado. Le propuse que ocupara mi lugar en la consulta; al fin y al cabo, había aceptado suplirme durante la luna de miel. Ambas lloramos. Nos íbamos a extrañar, pero ella sabía que para mí irme era importante. Le dejé un mensaje a Violeta, que estaba de viaje, tomé las llaves de mi Pandita y me fui a ver a mis padres.

—¡¿Cómooo?! Pero ¿por qué?

Mamá lloraba, desconsolada. Papá le acariciaba la espalda tratando de tranquilizarla; él había entendido mis motivos. Cuando mamá se calmó un poco, me miró y dijo:

—Cariño, si crees que en Madrid no vas a pensar en él, estás equivocada. El amor no se olvida tan fácilmente...

—Mamá, no me voy para olvidar su amor. Estoy dolida, sí, por la traición de ambos, pero lo he pensado mucho y me he dado cuenta de que no estaba enamorada. El día en que me propuso matrimonio recuerdo que tú me preguntaste si estaba segura. En ese momento debí haber dicho que no, que no estaba segura...

—Pero, cariño...

Le apreté la mano y la miré para que me permitiese continuar.

—La organización de la boda hizo que dejara de lado esa inseguridad, y me distraje con el vestido, la fiesta y mi sueño, pero hoy te puedo decir que estaba equivocada. —Tragué saliva, cerré los ojos y, sacudiendo la cabeza, añadí—: Encontrar a Valentín y a Claudia juntos fue un *shock*, pero también me lo hizo más fácil. Ahora es preciso que siga con mi vida, y aquí sería duro. En Madrid está Benja. Buscaré un trabajo allí; iré para las entrevistas y luego, cuando lo tenga, me mudaré. Necesito que me apoyéis en esto, que confiéis en mí...

—Claro, cariño. Puedo ponerme en contacto con amigos para ver si tienen algún puesto para ti.

—Gracias, papá, pero prefiero hacer esto sola. ¡Debo empezar a vivir mi vida!

—Deja que te ayudemos, cariño.

—Me ayudaréis si me prestáis el piso. Cuando esté trabajando y tenga mi sueldo, quiero pagaros un alquiler o alquilar algo más pequeño. El piso es grande, pero ahora alquilar otro me supondría un esfuerzo considerable, y como está desocupado...

—Claro, cariño. Iré a por las llaves.

Mi hermana estaba un poco apartada, pero escuchando, y le hice un gesto para que se acercara.

—¿Vendrás a verme?

—¡Intenta impedírmelo! —contestó a la vez que me golpeaba el hombro, y después me abrazó fuerte.

Imprimí algunos currículos, les adjunté mi mejor foto y los envié. A pesar de las pocas ofertas, había dos anuncios en los que estaba realmente interesada. Uno era de un colegio que requería personal de apoyo para los alumnos, y el otro, de una empresa de ingeniería para un puesto en el área de recursos humanos.

El jueves temprano llamaron de una clínica psicológica a la que había enviado un currículo y concertamos la entrevista para el lunes por la mañana. Deseaba que me llamaran también de alguno de los otros trabajos para que el viaje valiese la pena. El viernes a media tarde, cuando estaba saliendo para Madrid, me llamaron de la empresa de ingeniería. Me había gustado la oferta; era un gran cambio. Me dieron cita para las tres de la tarde del lunes.

El lunes amaneció despejado. El fin de semana había estado lloviendo a ratos, aunque eso no impidió que fuera muy divertido. Tenía dos entrevistas, así que me levanté con tiempo para arreglarme. Me vestí con un traje negro de pantalón ancho, una camisa gris claro y mis zapatos de punta fina; un poco de polvo en las mejillas, algo de sombra, rímel, brillo de labios y el cabello recogido en un moño.

—Ya estoy lista. ¿Qué tal? —pregunté, dando una vueltecita.

—¡Preciosa! —dijo Dan.

—Espero causar buena impresión y que me acepten en alguno de los dos trabajos.

—Eres inteligente y tienes excelentes referencias. ¡Sólo un tonto no te seleccionaría!

—Eso lo dices porque eres mi hermano.

—Toma, llévate mi coche...

—¡Gracias, Dan! ¿No lo necesitas hoy?

—¡No! Hace un día agradable para caminar y no estamos lejos. Además, será más fácil para ti ir de un lado a otro si utilizas el GPS en lugar de un mapa.

Les di un abrazo a cada uno y me marché a la primera entrevista, que era a las diez.

Entré en la clínica psicológica Esperanza. El lugar era bonito, pero no me pareció cálido, algo que esperaba para mi entorno de trabajo. Me acerqué al mostrador y me presenté. La recepcionista me indicó que me sentara, que ya me atendería alguien de recursos humanos, así que hice lo que me dijo y, una vez sentada, aproveché para observar la dinámica del centro. Unos diez minutos después, una mujer de unos cuarenta y cinco años abrió la puerta del despacho que había a un lado de la recepción.

—¿Señorita Azul Alzogaray?

—¡Soy yo!

Me levanté y le di la mano firmemente. Para ese cambio de vida que tanto ansiaba, había decidido usar también mi segundo nombre. Siempre me había gustado y era una oportunidad perfecta.

—Mucho gusto. Soy Inés Estévez, directora de recursos humanos. Pasa, por favor. —Me tendió la mano y con un gesto me ofreció asiento—. ¿Deseas un té o un café?

—Un café estaría bien, gracias.

Habló por el interfono y le pidió a la recepcionista dos cafés para luego acomodarse en su sillón.

—Tu currículo es realmente impresionante. Fuiste la mejor de tu promoción... y tienes muy buenas referencias.

—¡Gracias!

Pero cuando iba a explicarle mi experiencia, se abrió la puerta. Era la recepcionista, con una bandeja con café para ambas.

—Gracias, Luisa... Como te decía, estoy impresionada con tu currículo. Aquí, en Esperanza, estamos haciendo una reestructuración del perfil que queremos darle a la clínica. —Tomó un sorbo de café y continuó—: Antes nos dedicábamos a los adolescentes, pero empezamos a expandirnos y a abarcar niños y adultos, como habrás podido observar en las salas de espera.

Tomé un sorbo de café; quemaba levemente. Hablamos un largo rato de mi experiencia, de la línea de trabajo, de cómo funcionaban y de cómo estaba organizada la clínica, entre otras cosas. Terminamos con lo inevitable.

—¿Cuáles son tus aspiraciones salariales? Nos gustaría que formaras parte de nuestro *staff*, pero debes saber que por el momento no es gran cosa lo que podemos ofrecerte. Sin embargo, quisiéramos que tuvieras en cuenta nuestra propuesta para el área infantil.

El café estaba horrible, pero me parecía una falta de educación no tomarlo, así que lo terminé de un trago.

—Quiero ser sincera como usted lo ha sido conmigo. Tengo otra entrevista esta tarde. La oferta es distinta...

—Entiendo y agradezco tu sinceridad. Te concretaré la propuesta y, cuando tengas la otra entrevista, podrás elegir qué es lo mejor para ti. —Se levantó de su silla—. Déjame mostrarte los consultorios.

Cuando terminamos, nos dimos la mano y me confirmó que, a más tardar, me enviaría la propuesta a lo largo de la tarde del día siguiente.

Ya había pasado el mediodía y decidí almorzar algo liviano por el camino y llamar a mi hermano para contarle cómo me había ido.

—Sí, Benja, me ha gustado, pero no me ha encantado. Estaría haciendo lo mismo que en casa, y realmente preferiría un cambio. Voy a ver qué tal la otra entrevista. Los de la clínica estaban muy interesados en que aceptara, aunque me han dicho que no me podían pagar mucho.

—Seguramente surgirá alguna otra oportunidad. No tengas prisa.

—Quizá... Nos vemos esta noche, Benja. Un beso.

—Otro para ti.

Miré el reloj; todavía tenía dos horas largas por delante, así que decidí ir al piso de mi hermano a refrescarme. Como hacía bastante calor, me di una ducha y me puse algo más fresco: un vestido recto color chocolate con un cinturón crema y los zapatos sin puntera, haciendo juego. Me retoqué el maquillaje, tomé el maletín y salí para dirigirme a la siguiente entrevista.

Cuando llegué a mi destino, gracias al GPS, busqué dónde estacionar. No fue fácil; los alrededores del paseo de la Castellana están abarrotados de empresas y edificios de oficinas. Caminé tres manzanas hasta dar con el inmueble, que no me impactó, al menos en comparación con las Torres Kio, que destacaban arquitectónicamente a su lado. El edificio tenía cinco pisos de cemento pintado de color crema y vidrios ambarinos ahumados. Un rótulo horizontal anunciaba: «Ingeniería Del Monte». Después de que las puertas de vidrio se abrieran automáticamente, observé que el interior también era de cemento en tonalidades crema, con suelo de madera lustrada. En el vestíbulo había grandes sillones de cuero a tono con las paredes, una mesa de vidrio ahumado con un pie de cemento y grandes floreros con hojas verdes y jazmines que daban vida a aquel minimalista edificio. La única decoración que había en las paredes eran varias pantallas planas.

Me acerqué al mostrador y me presenté. La chica de recepción fue muy amable y me dio una acreditación de visitante.

—Los ascensores están a la izquierda. Cuarto piso. Al fondo la espera el señor Borges, de recursos humanos —me explicó, sonriendo gentilmente.

—¡Gracias!

Me encontraba ya frente a los ascensores cuando se abrió el primero y me llevaron por delante. El choque fue eléctrico. Mi maletín cayó al suelo, se abrió, y los papeles que había dentro se desparramaron. Me agaché para recogerlos mientras escuchaba que quien me había atropellado hablaba enérgicamente.

—¡Te dije que no! ¡Pues soluciónalo! ¡Ése es tu maldito trabajo!

La chica que estaba con aquel hombre se agachó a ayudarme.

—Lo lamento —murmuró con cara de terror.

Miré hacia arriba, molesta, y vi que el hombre me atravesaba con sus ojos azules sin inmutarse.

—Tranquila, no ha sido culpa tuya —contesté, y a él lo asesiné con la mirada.

Rápidamente, terminamos de recoger los papeles, cerré mi maletín, me incorporé, le di las gracias a la chica y entré en el ascensor que tenía las puertas abiertas. No quise mirar hacia atrás porque podía sentir sus ojos siguiendo mis movimientos. Presioné el botón del cuarto piso y las puertas se cerraron. No me di cuenta de que había estado conteniendo la respiración hasta que espiré fuertemente.

—¡Maleducado! —grité al espejo—. ¡Ni disculpas, ni nada!

Caminé hasta la recepción del cuarto piso y me presenté nuevamente. Otra amable chica me acompañó a la sala de espera e, indicándome que ya me atenderían, me ofreció algo de beber.

—Agua estaría bien, gracias.

El piso era idéntico a la planta baja: vidrios ahumados, cemento en tono crema, sillones de cuero, mesa de vidrio con un pie de cemento, jazmines y suelo de madera. Me senté en el mullido sillón y la recepcionista me trajo en seguida una bandeja con el agua. Cuando estaba terminando de beber, se abrió la puerta de un despacho y un hombre entrado en los cincuenta me llamó y tendió la mano para saludarme.

—Señorita Alzogaray, mi nombre es Carlos Borges. Soy el director de recursos humanos.

—Mucho gusto, señor Borges —respondí, estrechándole la mano.

—Pase, por favor. ¿Desea algo de beber?

—No, muchas gracias. Ya he tomado algo mientras esperaba.

—Bien.

El señor Borges hizo una pausa y, con un gesto, me indicó un sillón para que me sentara, y él se sentó frente a mí.

—Señorita Alzogaray —continuó—, me temo que no tengo buenas noticias. La habíamos citado para ofrecerle el puesto de psicóloga, aquí, en el departamento de recursos humanos, pero el puesto ya no está disponible —dijo con pena o vergüenza.

Mi rostro debió desfigurarse, ya que de inmediato él se agarró el puente de la nariz y, cerrando los ojos, levantó las gafas que llevaba puestas.

—Podría hacer algunas llamadas. Tiene usted un currículo excelente, pero no puedo asegurarle nada.

—No se preocupe, señor Borges —lo tranquilicé, y me levanté casi de un salto.

—Señorita Alzogaray, disculpe que la hayamos hecho venir. Deberíamos haberla avisado, pero...

El hombre no sabía qué decir, y yo tampoco. Entonces se levantó del sillón, me siguió hasta la puerta y la abrió para dejarme salir. Nos dimos la mano para despedirnos, y cuando me volví para irme, choqué contra alguien. «¡Maldita sea! ¡Dos choques en el mismo día es demasiado!» Miré hacia arriba y ahí estaban nuevamente esos ojos azules. «¡Mierda!» Estaba muy cerca. «No debe de ser mucho mayor que yo.»

—¡Señor Del Monte! —exclamó el señor Borges.

—Con permiso —dije, impaciente—. Que tenga un buen día, señor Borges.

—Igualmente, señorita Alzogaray. Disculpe el error.

Me volví un poco para fulminarlo con la mirada y rehíce el camino hacia el ascensor. Cuando llegué a la planta baja, tiré de la tarjeta de acreditación y se la dejé a la recepcionista.

—Gracias. Buenos días.

Al darme cuenta de que estaba hablando por teléfono, la saludé con la mano en el aire y caminé hacia la puerta de entrada. Estaba a punto de salir cuando oí que me llamaba.

—¡Señorita Alzogaray! —Me volví—. El señor Borges quiere verla en su despacho.

Caminé otra vez hacia el mostrador y me tendió la acreditación nuevamente, pero me negué.

—Dígale al señor Borges que mi tiempo también vale y que no me gusta que me lo hagan perder por capricho. Gracias.

Salí del edificio y recorrí las tres manzanas hasta donde había dejado el coche de Dan casi corriendo. Sonó el móvil. «Número privado.» No quería atender la llamada. Podía ser Valentín, que llevaba más de un mes con múltiples e inútiles intentos de comunicarse conmigo. Dejé que saltara el buzón de voz.

Subí al coche, me aferré al volante y repasé la última hora de mi vida. La electricidad todavía estaba allí. No había sido una, ¡sino dos veces!

—¡¡Grrr!!

Otra vez sonó el móvil. «Número privado», otra vez.

—¡No te voy a atender! —grité como si el móvil tuviese la culpa.

Puse en marcha el coche. Tendría que enviar otros currículos. Había decidido quedarme unos días más para ir al piso de nuestra infancia; después de todo, si conseguía trabajo, ése sería mi hogar de nuevo. El jueves regresaba a Marbella, así que debía apurarme si quería conseguir alguna otra entrevista.

Pasé por la librería de mi hermano y Dan y les conté lo que me había ocurrido, aunque sin mencionar nada del maleducado de ojos azules.

—¡Podrían haberme avisado por teléfono en lugar de hacerme ir a propósito!

—¡Qué ridículo!

—Jaz —dijo Dan con tono tranquilizador—, quédate el tiempo que necesites. Envía otros currículos y no aceptes un trabajo que no te guste —me aconsejó, haciendo referencia a lo que yo le había comentado a mi hermano sobre el puesto que me habían ofrecido en la clínica.

—Es lo que voy a hacer, pero primero quiero ir a nuestro piso para revisar que todo esté bien.

—Está amueblado y equipado con lo básico. Faltan la televisión, el equipo de música y esas cosas. ¿Qué te parece si nos pasas a buscar y vamos de tapas?

—¡Me parece fantástico! ¿A qué hora nos encontramos? Te devuelvo el coche, Dan. Muchas gracias. Me voy en metro y así aprovecho para tomar un poco de aire...

—A las siete y media cerramos.

—¡Perfecto! Nos vemos luego, entonces.

Me dirigí al metro. Aún sentía la electricidad de aquel choque. Me sorprendí pensando en sus ojos y en la intensidad de su mirada. Sacudí la cabeza para deshacerme del pensamiento. «¡Basta! Tengo que poner mis energías en conseguir otras entrevistas.»

Llegué al piso de nuestra infancia. Tantos recuerdos. Nunca supe por qué nos habíamos marchado a Marbella. Lo habían pintado y habían cambiado algunos muebles. Entré en mi habitación, que estaba igual a como la recordaba. Abrí la puerta del vestidor. En ese caso, lo recordaba más grande. ¡Claro, cuando uno es pequeño, todo parece más grande! Allí, en el espejo del vestidor, encontré la foto que me había hecho con mi amigo en la plaza Mayor, espantando las palomas; desde muy pequeña, odiaba las palomas, así que él, cada vez que veía alguna, la ahuyentaba por mí. Me sonreí ante el dulce recuerdo. Mamá nos había hecho esa foto, y cada uno tenía una copia. ¡Éramos tan pequeños! Tendríamos unos siete u ocho años.

Con el tiempo, dejé de preguntar por él. Años después de habernos ido, mis padres no respondían o lo hacían con evasivas. Algo había pasado. Apunté mentalmente que debía preguntarle a Benja. Él era menor que yo, pero quizá habría escuchado algo.

Recorrí el piso y recordé cómo corríamos jugando al escondite. Mi lugar favorito era el vestidor. «¿Dónde estará? ¿Seguirá en Madrid? ¿Se habrá casado?» No recordaba su apellido.

Tenía ocho años cuando nos fuimos, y de eso hacía ya veinte. Sonó el móvil y me sacó de mis bellos recuerdos; otra vez el «número privado».

—¡¿Otra vez?!

Empecé a dudar si no sería una llamada de la clínica, aunque habían dicho que se pondrían en contacto conmigo al día siguiente, pero por si acaso decidí atenderla.

—Hola —contesté secamente.

—¿Señorita Alzogaray?

—Sí, soy yo. ¿Con quién hablo?

—Buenas tardes. Le llamo de Ingeniería Del Monte. —Hubo un segundo de silencio y continuó—: El señor Del Monte desea que vaya a su despacho mañana por la mañana.

—¿El señor Del Monte? —Había oído que el señor Borges había saludado a aquel maleducado de esa forma—. Señorita...

—Ibarra.

—Señorita Ibarra, por favor, dígale al señor Del Monte que mi tiempo vale y que no deseo seguir perdiéndolo en su empresa.

—Eso ya se lo he dicho... al señor Borges y al señor Del Monte cuando usted me lo ha comunicado antes.—¡Ah!, hablaba con la amable recepcionista de la planta baja—. Pero el señor Del Monte me ha pedido expresamente que insista y le diga que desea verla, ya que ha habido un malentendido con respecto al puesto que le habían ofrecido.

—Además, el señor Borges ya me ha explicado que el puesto no está disponible. No hay más que hablar...

—Ése es el malentendido. El puesto está disponible y el señor Del Monte desea que usted lo tenga en cuenta. —«¡Vaya!», pensé—. ¿Le parece bien a las nueve de la mañana?

Reflexioné dos segundos.

—Allí estaré...

—¡Perfecto! Hasta mañana, entonces.

—Hasta mañana.

«¿Habré hecho bien?» Me había gustado la propuesta de la empresa, pero entre el maleducado y la pérdida de tiempo con el señor Borges, la visita me había dejado un mal sabor de boca. No obstante, más animada por tener aún una entrevista por delante, volví al piso de Benja y Dan para cambiarme por algo más informal y regresé a la librería.

Le estaba tomando el gusto al metro. A las siete y media, puntual, estaba en la puerta de Libros con Aroma, un lugar cálido donde tomar deliciosos y aromáticos cafés, disfrutando de un buen libro en papel o electrónico. Dan y Benja lo habían levantado desde cero, y siempre había gente. Benja se había licenciado en Literatura y Dan era un amante autodidacta de los libros; se les veía realmente a gusto en su tienda. El ruido de la persiana de metal me sacó de mi abstracción.

—¡Vamos! ¡La noche madrileña nos espera!

Nos subimos al coche y fuimos a un bar. En la barra, entre risas, tapas y cervezas, les conté que me habían llamado de Ingeniería Del Monte para explicarme que había habido alguna clase de malentendido con el puesto y que mañana tenía una entrevista con el mismísimo señor Del Monte, aunque no sabía si era el padre o el hijo.

Charlamos, reímos y por un buen rato olvidé las últimas seis semanas.

—Me gusta verte reír, Jaz. Siempre fuiste risueña. No te veía así desde hacía tiempo...

—No es fácil olvidar la traición, Benja, pero debo decirte que me siento cada vez mejor... ¡Y basta de Jaz! He decidido usar mi segundo nombre en Madrid, así que Azul, *s'il vous plaît*.

Dan se rió, exasperado.

—Las mujeres tienen una extraña forma de sobrellevar las crisis.

—«Resiliencia», lo llaman otros —le respondí, riéndome.

Terminamos las cervezas y decidimos retirarnos; yo tenía que prepararme para la entrevista del día siguiente. En el coche, camino del piso, le pregunté a mi hermano si se acordaba del apellido de mi amigo, pero como ya sospechaba, tampoco él lo recordaba.

—Ni se te ocurra preguntárselo a papá o mamá —dijo en seguida—. ¡Sabes cómo se ponen cuando se toca el tema!

—¿Tú sabes qué pasó, Benja?

Me quedé callada hasta que mi hermano me interrumpió el pensamiento.

—Una vez escuché una conversación... Parece que su padre y papá se liaron a golpes.

—¿Por qué?

—No sé, pero eran amigos de la infancia. Luego estudiaron juntos...

—Sí, sí, conozco la historia. Después montaron una clínica... Bla, bla, bla...

Llegamos al piso. Había sido un largo día, así que llamé a mis padres para contarles cómo me había ido, me di un baño y me acosté. En seguida caí en un sueño profundo. Me desperté agitada. Miré el despertador; eran las 5:37 de la mañana. Me levanté y fui a por un vaso de agua fresca. Estaba nerviosa. Bebí y me volví a acomodar en el sillón para intentar conciliar el sueño un rato más. A las siete y cuarto sonó el despertador.

—¡Maldición!

Me levanté del sillón arrastrándome y fui a la ducha. Arreglé mi cabello, me puse un poco de maquillaje y, al salir del baño envuelta en el albornoz, me inundó el aroma a café recién preparado.

—¿Éste o éste? —pregunté, mostrándoles los conjuntos que había elegido para la entrevista.

—Creo que el traje de falda gris es muy elegante —dijo Dan, extendiéndome una taza.

Mi hermano prefirió el traje de pantalón pitillo negro.

—¡Gracias! —les lancé a ambos—. ¡Sois de gran ayuda!

Me decidí por el traje de falda gris, una blusa blanca con unas delicadas alforzas que realzaban mi escaso busto y entallaban mi cintura y zapatos de tacón grises.

—¡Lista! Voy en metro, así que me marcho ya. —Les di un beso a cada uno—. ¡Deseadme suerte!

Ambos cruzaron los dedos y me guiñaron un ojo.

—¡No la necesitas! —gritó Benja.

Me llevó veinte minutos llegar a Ingeniería Del Monte. Estaba nerviosa, no había dormido bien y al cruzar las puertas del edificio me golpeó una sensación de pánico que me provocó náuseas. Hice un par de respiraciones profundas y me acerqué a la recepción, desde donde la señorita Ibarra me sonreía.

—Buenos días.

—Buenos días, señorita Alzogaray. Llega usted temprano. El señor Del Monte ha llegado temprano también. La anunciaré. Tome asiento, por favor —me indicó, señalándome los enormes sillones.

Al momento, volvió a dirigirse a mí.

—Señorita Alzogaray, el señor Del Monte la espera en su despacho. —Me tendió la acreditación—. Quinto piso. Ya sabe dónde están los ascensores...

—Gracias.

Me coloqué la tarjeta en la solapa de la americana y me dirigí nerviosa a los ascensores; presioné el botón y, al instante, oí la campanilla. Las puertas se abrieron y entré. Me miré en el espejo para corroborar que estaba bien. Traté de tranquilizarme. Mi corazón latía a mil por hora. «¿Qué es esto?» Nunca me había sentido tan nerviosa antes de una entrevista de trabajo...

Las puertas del ascensor se abrieron en el quinto piso. Era un espacio más diáfano, con una gran área de recepción, dos puertas dobles a cada extremo de la planta y una gran sala de reuniones vidriada detrás de la recepción. Me acerqué al mostrador y le sonreí a la chica que el día anterior me había ayudado a recoger los papeles del suelo. Ella me devolvió la sonrisa. Su compañera, una chica muy poco simpática, salió de detrás del mostrador.

—Acompáñeme, por favor.

Sin mediar palabra, la seguí. Iba vestida, al igual que las demás recepcionistas, con un impecable uniforme de falda beige y camisa blanca, tacones más que altos, un ajustado moño y, para mi gusto, demasiado maquillaje para esa hora de la mañana. Golpeó la puerta con los nudillos y, sin esperar respuesta, entró en el imponente despacho. Me acompañó hasta la zona de estar, donde había tres impresionantes sillones de cuero, una gran mesa central de vidrio ahumado del mismo tono que el de las ventanas, con un enorme florero lleno de jazmines y hojas verdes, y un hogar enfrente de los sillones revestido de la misma madera del piso, que iba a tono con el hermoso escritorio de madera que había en el otro extremo de la estancia. El resto de la decoración era igualmente sobrio; había algunas pinturas en la pared donde se encontraba la puerta, y otras más pequeñas en la pared revestida en madera que quedaba detrás del escritorio, en la que había una puerta entornada que presumiblemente conducía al baño. El despacho era bastante más cálido que el resto del edificio.

—El señor Del Monte estará con usted en un momento. Tome asiento. ¿Desea algo de beber?

—Agua está bien... —respondí mientras dejaba mi maletín y me sentaba.

—Y un café para mí, señorita López. —Esa voz a mis espaldas hizo que un escalofrío recorriera mi columna—. Gracias, y no me pase llamadas.

La chica se retiró y cerró la puerta del despacho sin hacer ruido. Yo estaba petrificada, pero la cordura o la educación primaron y me levanté casi de un salto, a la vez que me volvía. Ahí estaba, mirándome, sentado sobre su escritorio, con los brazos cruzados, las piernas extendidas y los tobillos uno sobre otro. Vestía un impecable traje gris pizarra, camisa blanca y corbata también gris.

—Buenos días, señorita Alzogaray.

No me quitaba sus profundos e intimidantes ojos azules de encima. Era la primera vez que se dirigía a mí.

—Buenos días, señor Del Monte —dije mientras me acercaba y le tendía tímidamente la mano.

De inmediato, se levantó, tomó mi mano y la apretó. En ese momento, se me cortó la respiración. Me pareció que él también había sentido algo, porque nuestros ojos no se apartaron y vi que sus pupilas se dilataban. Por mi parte, no estaba acostumbrada a reaccionar de ese modo.

—Tome asiento, señorita Alzogaray.

Me indicó el sillón donde había estado sentada, se acomodó elegantemente la americana y se sentó a mi derecha.

—Creo que le debemos algunas disculpas —anunció, buscando mi mirada.

La puerta se abrió en ese instante y entró la señorita López sosteniendo una bandeja con su café y mi agua.

—Por favor, cancele mis reuniones hasta después del mediodía.

—Sí, señor. ¿Necesita algo más?

—Que llame la próxima vez que entre en mi despacho —le soltó bruscamente, de manera que ella se sonrojó y salió sin hacer ruido.

Entonces se acercó a la mesa, tomó su taza y dio un sorbo. Mis ojos viajaban entre la taza y su boca. No podía evitarlo; su boca era perfecta. Levantó la mirada y me observó.

—¿No le gusta el café? —preguntó, asombrado.

—Sí, pero ya he completado mi dosis matutina.

Vi su sonrisa detrás de la taza, que luego apoyó en el platillo que estaba sobre la mesa.

—Como le decía, le debemos algunas disculpas. Primero, por haberla hecho venir ayer, haciéndole perder su precioso tiempo. —Me miró conteniendo una sonrisa y entendí que lo decía por lo que yo le había transmitido a la señorita Ibarra el día anterior—. Y por ser un maleducado... —añadió, dibujando, ahora abiertamente, una sonrisa burlona.

Quería esconderme debajo del sillón. «¡Oh, Dios! Pero ¿cómo sabía que le había llamado maleducado?» Mi cara debía de ser un poema, porque a continuación siguió explicándose.

—Me lo merecía. La atropellé saliendo del ascensor y no la ayudé a recoger sus papeles, y luego, cuando abandonaba el despacho del señor Borges... —Se calló un momento, nos miramos, y finalmente, continuó—: Ésa fue la segunda vez que no pude decir nada, y no estoy acostumbrado a quedarme sin palabras.

«¿Segunda vez? ¿Qué quiere decir?»

—Señor Del Monte, ¿para qué me ha hecho venir exactamente?

—El puesto de psicóloga para el departamento de recursos humanos sigue disponible. Querría que lo tuviera en cuenta. Carlos, el señor Borges, me pasó su currículo, y es muy impresionante dada su edad. —Hizo una pausa para ver mi reacción—. Me gustaría mucho que aceptara nuestra propuesta...

—Tengo otra oferta que también me interesa y que sería como continuar con mi trabajo actual en un consultorio infantil de Marbella. —Él frunció el ceño—. Sí, vivo en Marbella, pero he decidido trasladarme a Madrid. Lo cierto es que también me agradaría trabajar en su empresa. Me gustan los desafíos y busco un cambio.

Esperé a ver qué decía, pero su rostro no transmitía mucho. Tenía un brazo extendido sobre el respaldo del sillón y una pierna cruzada sobre la otra rodilla.

—Mi empresa es un desafío constante; la tecnología lo es. Me gusta que sienta que este empleo pueda serlo para usted, y estoy seguro de que estará a la altura...

Era palpable una tensión importante en la atmósfera de

aquel despacho que olía a madera, a jazmines y a él. Me tomé el agua; tenía la boca seca. Él tomó otro sorbo de café.

—¿Cuándo puede comenzar?

—¿Cuándo necesita que comience?

—¿Ayer? —respondió, con esos ojos color cielo brillante y con una hermosa sonrisa.

—Ayer no fue un buen comienzo...

—Tiene razón; no lo fue, por mi culpa.

—Como le he dicho, estoy mudándome, así que necesitaría unos días para resolver algunas cosas. Podría empezar el lunes.

—No hay problema. De todas formas, tengo que viajar a la delegación de Vigo mañana por la mañana y regresaré el viernes, así que puede empezar el lunes. Me gustaría ponerla al tanto del trabajo personalmente.

Mi móvil comenzó a sonar e interrumpió sus palabras. Dejé que sonara.

—Tal vez —añadió él— debería contestar...

Descolgué.

—¡Hola!

—¿Señorita Alzogaray?

—Yo misma. ¿Con quién hablo?

—Soy Inés Estévez, de la clínica Esperanza.

Habíamos quedado en que me llamaría ese día para hacerme una propuesta concreta, pero no era un buen momento...

—Señora Estévez, ahora estoy en una reunión. ¿Puedo llamarla cuando termine? —dije, mirando al señor Del Monte, que observaba atentamente cada uno de mis nerviosos movimientos.

—Ningún problema. Espero su llamada.

—Gracias. —Guardé el móvil en el maletín—. Disculpe; debí haberlo apagado al entrar en su despacho.

Terminó el café de un sorbo y se levantó.

—Hagamos un recorrido por el edificio, y luego podemos almorzar...

—¡Oh, no!, muchas gracias. Tengo un compromiso para el almuerzo. Acepto el recorrido, pero después tendré que marcharme.

No tenía ningún compromiso, pero su presencia me inquietaba, y almorzar juntos hubiese sido demasiado para ese día.

Creo que mi respuesta no le gustó porque frunció el ceño a modo de desaprobación. No obstante, hizo un ademán para indicarme el camino y se adelantó para abrir la puerta. «El maleducado tiene modales, después de todo...»

Recorrimos el edificio. Ésas eran las oficinas centrales. La empresa tenía varias sedes en distintos puntos de España, cada una con una unidad de ingeniería, algo que yo ya sabía dado que la oferta implicaba que tuviese disponibilidad para viajar. Orgulloso y entusiasmado, el señor Del Monte me contó lo que hacían en cada una de las delegaciones. Era evidentemente un apasionado de la tecnología. Terminamos el recorrido en la cafetería de la planta baja. Luego me acompañó hasta la puerta.

—¿Ha venido en coche?

—No, mi coche aún está en Marbella. Uno de los asuntos que tengo que solucionar en estos días es ver qué hago con él; mientras tanto, puedo moverme en metro o usar el de mi hermano —contesté, aunque en realidad era el coche de Dan; mi hermano no conducía, pero no iba a entrar en esa clase de detalles.

—Si decide traerlo, dispondré que le reserven una plaza en el estacionamiento de la empresa. Puedo pedirle al chófer que la lleve a su cita; quizá la haya entretenido demasiado, y no quisiera que por mi culpa llegase tarde...

—No se preocupe. El metro me deja en mi destino.

Me estrechó la mano y nos despedimos. Nuevamente sentí esa electricidad que me dejaba sin respiración. Nos miramos y pareció una eternidad.

—Que tenga un buen día.

—Lo mismo le deseo.

Caminé hasta el metro. Era la hora del almuerzo y había gente por todos lados. El calor resultaba insoportable, o quizá era yo...

—¡Mamá, he conseguido el trabajo que quería! —le grité sin decir «hola».

—¡Hola, hija! ¡Qué alegría! ¡Cuéntame!

Le conté que básicamente mi trabajo consistiría en valorar el perfil psicológico de los aspirantes y determinar si se adecuaba a lo que la empresa buscaba. Pero lo más importante eran las consultas periódicas con los empleados, para lo cual una semana al mes me desplazaría a una delegación de la compañía en cualquier parte del país.

—Es un trabajo muy interesante y se sale completamente de lo que venías haciendo. ¡Parece un desafío!

—Eso mismo me he dicho yo. Estoy muy contenta.

—¡Me alegro mucho! Tu padre pregunta cuándo vienes, para que podamos ayudarte con la mudanza.

—El jueves por la tarde estaré ahí. Empiezo a trabajar el lunes, así que debo darme prisa.

—Tu hermana y yo podemos adelantar guardando tus cosas...

—¡Eso sería de gran ayuda! ¡Gracias! No voy a traer más que algo de ropa, algunas fotos y objetos personales, la televisión y poco más... He pasado por el piso y está completamente amueblado. No tengo tantas cosas, por lo que veré si puedo traerlo todo en mi Pandita. Tener coche aquí no es indispensable, pero sin duda me será útil.

—Puedes ir en el coche con Cecilia y nosotros trasladamos tus cosas en la furgoneta, nos encontramos todos en el piso y cenamos juntos, ¿te parece?

—¡Me parece perfecto!

—¿Qué harás con tu piso?

—De momento, nada. Quiero ver si me adapto a Madrid y al nuevo trabajo. Si es así, en un par de meses lo alquilaré, y con ese dinero podré pagar el alquiler de aquí.

Mi madre me interrumpió.

—No tienes que pagar nada. El piso estaba vacío y no necesitamos el dinero.

—Aun así, mamá, quiero hacerlo.

—Eres muy testaruda, como tu padre... Nos vemos el jueves. Dale un beso a tu hermano.

—Lo haré. Besos para ti, papá y Ceci.

Colgué y comencé a preparar algunas cosas para el viaje. Luego tomé una botella de agua del frigorífico y me senté en la terraza para llamar a Leti y a Violeta. Hacía días que no sabía nada de ellas y quería contarles cómo iba mi vida en Madrid. Violeta se encontraba en Suiza con su compañía de danza; siempre estaba viajando, pero volvía el sábado, así que quedamos en vernos por la noche.

La última llamada del día fue para la señora Estévez. Le agradecí su ofrecimiento y le expliqué que había tenido la otra entrevista y que la oferta era inmejorable. Ella lo entendió y me deseó suerte.

Llegué el jueves por la tarde a Marbella. Ceci y mamá estaban en mi piso empaquetando. Nos sentamos a tomar un café y a charlar sobre mis planes, hasta que se fueron. El viernes acabé de seleccionar las cosas que quería llevarme: algunos cuadros, fotografías, cacharros, recuerdos, adornos y mis cedés.

—¿Quién es?

—¡Nosotrasss!

Abrí rápidamente y las esperé en el umbral de la puerta.

—No sabía que unos *shorts*, una camiseta y un pañuelo en la cabeza fueran el nuevo *look* madrileño —observó, irónica, Leti, que se abalanzó sobre mí y me abrazó fuerte.

—¡Cómo te he extrañado, amiga! —Hizo un mohín—. ¡Y cómo te voy a extrañar!

—Ya, ya... —dijo Violeta—. Dejadme un poco de espacio.

Nos abrazamos las tres. Adoro a mis amigas, y me hacían mucha falta; sin duda, era una de las cosas que más añoraría. Pensé en cómo me las arreglaría para estar sin ellas.

—Manos a la obra —dijo Leti, arremangándose—. ¿Qué falta por empaquetar?

—Casi nada. Las cosas del baño y revisar mi mesilla de noche, pero eso puede esperar. Ahora quiero disfrutar de mis amigas.

Nos sentamos en la terraza con unas cervezas y unos montaditos y nos pusimos al día. Les conté en qué consistía mi trabajo nuevo y lo mucho que me había sorprendido lo joven que era mi jefe.

—¡Jaz, te estás poniendo colorada! —me acusó Violeta.

—¡De eso, nada, Violeta! No voy a ocultar que está buenísimo y que cuando me mira... —Puse los ojos en blanco—. Hay algo tan familiar en él..., pero confieso que me pone nerviosa.

—¡Uy, uy, uy! —exclamó Leti, levantando las cejas—. ¿Alguien que te pone nerviosa? ¡Digno de conocer! —Hizo una pausa—. Además, me encanta que ése ya no ocupe tus pensamientos.

—No los ocupa. Tengo mejores cosas en que pensar: mi mudanza, el nuevo trabajo, cómo os voy a echar de menos.

—Alargué la mano para tomar y apretar la de Leti, que estaba a mi lado.

—Por cierto, Claudia vino a verme. Quería verte, hablar contigo. Me pareció que estaba arrepentida.

—No me interesa, Leti —la interrumpí—. No quiero hablar ni saber nada, ni de ella ni de él.

—Perdona, Jaz.

—A mí me dejó un mensaje en el contestador mientras estaba en Suiza, pero no he querido hablar con ella. Francamente, creo que Claudia de arrepentida no tiene nada.

Después charlamos del nuevo novio de Leti. Parecía muy entusiasmada, lo que me hizo feliz. Quedamos en que la próxima vez que fuera a Marbella me lo presentaría.

—El trabajo en la clínica de Ricardo es genial. Los niños te extrañan; cada vez que vienen a la consulta me piden que te envíe besos.

—Yo también los extraño. Papá me ha comentado que está muy contento de tenerte allí.

Por su parte, Violeta nos habló de la gira de dos meses que haría para la representación de *Firebird*, una obra basada en cuentos folclóricos rusos. Y terminamos la noche llorando; nos íbamos a añorar. Una vez que se hubieron marchado, guardé las últimas cosas que quería llevarme y me fui a dormir.

El domingo, al amanecer, llegaron mis padres con Ceci. Cargamos las cajas más grandes y los equipos en la furgoneta, y algunas cajas más pequeñas y cosas sueltas en mi Pandita azul. Tras servir dos tazas de viaje, una para mi hermana y otra para mí, hasta el borde de café, cerré la puerta a mi vida en Marbella.

Eran las siete y media de la mañana y teníamos casi siete horas de viaje por delante. Tomamos la A-7, para enlazar con la A-4 más tarde; seguíamos a la furgoneta de mis padres. En el iPod de Ceci empezó a sonar *Somebody That I Used to Know*, de Gotye.* No tuve ni que mirarla para que se diera cuenta de que no era una melodía apropiada y pasó a algo más movido, mi canción favorita, *Titanium*. Ésa era una canción que me hacía sentir fuerte, me daba energía. Ceci y yo parecíamos dos

* *Somebody That I Used to Know*, Unichappell Music Inc., Kobalt Music Publishing, interpretada por Gotye. *(N. de la e.)*

locas cantando con el volumen a tope y las ventanillas abiertas. Pusimos la canción en modo repetición y la escuchamos unas veinte veces. Al día siguiente estaría agotada, pero Ceci se quedaba unos días más para ayudarme a desempaquetar, disfrutar de Madrid y poder estar los tres hermanos juntos.

Llegando a Manzanares, paramos en un área de servicio de la autovía para almorzar y descansar un poco. Hacía mucho calor. Tras un emparedado y un té helado, seguimos el viaje. Volví a poner música. David Guetta y Bob Sinclair son nuestros favoritos, así que me acompañaron el resto del camino, ya que Ceci se había dormido. Cuando estábamos entrando en Madrid, la desperté. Llamamos a Benja para decirle que estábamos a media hora del piso, pero él ya estaba allí esperándonos. Entramos en el estacionamiento un poco antes de las cinco de la tarde. Como habíamos hecho otras paradas además de la de Manzanares para descansar y poner combustible, el viaje nos había llevado más tiempo de lo que habíamos planeado.

Hacía veinte años que no estábamos juntos en ese piso. Ceci nunca había estado; ella había nacido en Marbella. Mientras cenábamos, mi hermana preguntó lo que yo había preguntado en varias ocasiones sin haber obtenido una respuesta convincente.

—¿Por qué os mudasteis a Marbella?

—Porque necesitábamos un cambio.

Mi hermana nunca se había interesado por esa historia, nunca antes había preguntado. Benja y yo nos miramos. Quizá Ceci obtuviera algo, pero las respuestas fueron más de lo mismo, puras evasivas. Ella se conformó.

Finalmente, Benja se marchó a su piso y papá se fue a dormir, al igual que Ceci. Estaba preparando mi ropa para el trabajo cuando entró mamá con dos tazas de café y se sentó en el borde de la cama.

—Te encantaba encerrarte en el vestidor —dijo, tomando un sorbo y mirando en esa dirección.

—¡Sí! Cuando vine la semana pasada entré y me pareció pequeño. Lo recordaba enorme... Y allí —añadí, señalando el espejo— encontré una foto que nos hiciste en la plaza Mayor.

—La recuerdo.

Se quedó callada, mirando el contenido de su taza.

—¿Por qué, mamá? —pregunté, sentándome a su lado.

—Ya has oído a tu padre: porque necesitábamos un cambio, como lo necesitas tú ahora.

—¡No me vengas con ésas, mamá! —le lancé—. Nos mudamos en plena época de clases. Tú trabajabas en el colegio y papá tenía la clínica con su padre.

La miré y vi que su rostro ya no brillaba. En ese momento, casi me arrepentí de haberle dicho aquello.

—¡Déjalo, Jazmín!

—¡No, mamá! Era mi mejor amigo, y de un día para otro ya no supe nada más. ¡Tengo derecho a saber! —exclamé, levantando la voz.

Mamá resopló. Terminó su café, se levantó de la cama y se detuvo en el umbral de la puerta del dormitorio.

—Nunca fue nuestra intención alejaros de vuestros amigos, pero hay cosas que sólo nos conciernen a nosotros, y no a vosotros.

—Creo que lo que nos afecta a nosotros, también nos concierne. Lamento que no pienses lo mismo.

—Descansa. Mañana es tu primer día de trabajo, y nosotros debemos partir temprano para regresar a casa.

Me sentía furiosa porque una vez más mi madre me contestara con evasivas. «¿Que no me concierne?» Me metí en la cama y me dormí. Soñé con mi amigo, nuestros juegos y la foto que nos había hecho mamá en la plaza Mayor. Eran las siete y cuarto cuando sonó el despertador. Me dirigí hacia el baño y vi a mis padres desayunando en el comedor.

—Buenos días —dije, desperezándome.

—Buenos días —respondieron casi al unísono.

—Desayuna con nosotros, cariño —dijo papá, palmeando el asiento de la silla que tenía a su lado y sirviéndome una taza de café.

Todavía estaba enfadada con mamá, pero se iban ese día y no sabía cuándo volvería a verlos. Miré el reloj y me senté. Si iba en coche, en diez minutos estaba en el trabajo, así que tenía tiempo. Después me duché, me arreglé el cabello, me puse un poco de maquillaje y me vestí con un traje de pantalón negro con americana corta entallada, top gris de cuello barca, zapatos de tacón negro y un toque de J'Adore, mi perfume favorito y el único que uso. Salimos los tres; mis padres hacia Marbella, y yo hacia mi nuevo trabajo.

Encontré aparcamiento a un par de manzanas. Cuando entré en el edificio, la señorita Ibarra me saludó amablemente y me entregó mi acreditación: «Ps. A. Alzogaray. Dpto. Recursos Humanos». Me la coloqué en la solapa de la americana.

—El señor Del Monte te espera en su despacho.

—Gracias, señorita Ibarra.

—Teresa, llámame Teresa —repuso, y me guiñó un ojo.

—Azul.

—¿Azul?

—Sí, mi nombre es Azul.

—¡Suerte en tu primer día!

—Gracias, creo que la voy a necesitar.

Le guiñé un ojo y me dirigí hacia los ascensores para subir al quinto piso. La señorita López me hizo un gesto para que la siguiera al despacho del señor Del Monte, pero no me dijo ni palabra. La puerta estaba abierta y la chica que me había ayudado a recoger los papeles del suelo estaba sirviéndole un café. Llamé y esperé a que me indicara que pasase. Ahí estaba él, con un traje negro, camisa gris y corbata negra; parecía que nos hubiésemos puesto de acuerdo con la vestimenta. Todavía tenía el cabello algo húmedo, casi negro, peinado sin esmero, lo que le daba un *look* joven y despreocupado, diferente al del ingeniero pulcramente peinado del martes.

—Buenos días, señorita Alzogaray —dijo, sacándome de mi abstracción.

—Buenos días, señor Del Monte.

—Pase y tome asiento —señaló con un ademán para que me sentase frente a él en su escritorio—. ¿Ya ha cubierto su dosis matutina? —me preguntó, tomando un sorbo de su café.

—¿Perdón?

—¿Un café?

¡Ah! Entonces recordé lo que había dicho.

—Sí, me encantaría.

Se sonrió.

—Señorita Alves, traiga un café para la señorita Alzogaray.

—Con sacarina, por favor —indiqué—. ¡Gracias!

Ahora sabía cómo se llamaba la chica que me había ayudado.

—Parece que estamos otra vez conectados...

Lo miré sin entender qué me quería decir. Hizo un gesto con un dedo señalándonos a ambos.

—La ropa.

Aunque yo había reparado en ello en la puerta del despacho, los hombres no suelen ser muy observadores en materias como ésa.

—El miércoles llevaba un traje gris y camisa blanca como yo, y hoy...

—¿Prefiere que use uniforme?

—No, si no lo desea. Es sólo una exigencia para las recepcionistas y las secretarias —comentó, y siguió con su café.

«Este hombre me inquieta. Tendría que haberlo pensado seriamente antes de aceptar la oferta sabiendo lo que me ocurre, o quizá sea sólo mi imaginación. ¡Contrólate, Jaz! Es tu jefe. No te imagines tonterías...»

—¿Empezamos? —planteé para alejarme de esas ideas locas.

—¡Claro! Bébete el café y vamos al despacho de Carlos.

«¿Me ha tuteado? Sí, definitivamente me ha tuteado.» Apuré el café y me levanté de la silla. Él hizo lo mismo y, con un gesto, me indicó el camino hacia la puerta. Cuando la abrió, me ayudó a pasar apoyando su mano en mi hombro. Otra vez estaba ahí esa descarga eléctrica que me recorría de la cabeza a los pies y me dejaba sin aliento. «¡Esto no es bueno!» Entré en el ascensor mirando al suelo, pero sentía sus ojos clavados en mí.

—Me encanta tu nombre. —Lo miré—. Azul... —Pareció saborearlo.

—Gracias. Es también mi color preferido.

Instantes después se abrieron las puertas del cuarto piso y salimos rumbo al despacho del señor Borges. Sobre el escritorio había pilas de carpetas. Nos sentamos y comenzamos a trabajar. Fueron pasando las horas mientras me bombardeaban con información y preguntas, y me mostraban los expedientes de los empleados. Sugerí digitalizarlos, y el señor Del Monte dispuso lo necesario para que se hiciera durante aquella semana.

—Parece muy exigente consigo misma...

—Lo soy, señor Borges. Este trabajo supone un desafío para mí, y voy a dar lo mejor. No los defraudaré.

—Aprecio y me impresiona tu pasión. Ahora nos espera el almuerzo, y luego quiero mostrarte tu despacho —dijo el señor Del Monte, levantándose de la silla—. Carlos, pide que trasladen los expedientes a su despacho y ocúpate de que esté todo en su lugar.

—Por supuesto; déjelo en mis manos. Buen provecho a ambos.

«¿Almuerzo? ¡Oh, no!»

Salimos del despacho, y caminábamos hacia el ascensor cuando mi móvil sonó y nos sacó a ambos de nuestros pensamientos, tanto que di un respingo. Pensé que era mi hora del almuerzo y que no tenía que disculparme, así que atendí la llamada.

—Hola —dije en tono bajo.

—¡Hola, Jaz!

—¡Benja!

—¿Puedes hablar?

—Sí, sí, estoy yendo a almorzar.

Las puertas del ascensor se abrieron, y ambos entramos. Él me miraba como preguntándose con quién hablaba.

—Necesito tu experta opinión... Las cosas con Dan están difíciles... ¿Podríamos hablar?

—Cariño, paso por ahí y hablamos, ¿te parece? ¿O prefieres venir al piso?

—Tu piso.

—De acuerdo. A las ocho. Un beso.

Suspiré, apoyándome contra la pared del ascensor. Seguro que se trataba de la eterna discusión... Benja no se decidía a hablar con nuestros padres.

—¿Tu novio?

—Mi hermano. —Me pareció que no me creía, y por alguna extraña razón quise justificarme—. Ha tenido una pelea con su pareja.

El ascensor se abrió y nos dirigimos a la cafetería, a una mesa en la terraza.

—Puedes servir, Carmen —dijo mientras pasábamos por la barra.

Durante el almuerzo, me contó cómo había fundado Ingeniería Del Monte. Si bien yo había creído que era una empresa familiar, me sorprendió saber que su padre era médico como el mío y su madre contable. El dinero para empezar el negocio lo había obtenido de la herencia de su abuelo. Me contó que su hermana era licenciada en Derecho Internacional y que se dedicaba a viajar trabajando para diferentes ONG. En ese momento estaba en la India. Se notaba que la adoraba y que estaba muy orgulloso de ella.

—Cuéntame algo de tu familia...

—No hay mucho que contar. Mi madre es profesora de inglés, mi padre es pediatra, Benjamín es licenciado en Literatura y mi hermana menor, Cecilia, va a seguir los pasos de mi padre, porque estudia Medicina...

Fue un almuerzo cordial y parecíamos distendidos. La comida estaba deliciosa (pastel de pescado y ensalada), pero yo no pude terminar mi plato.

—¿No te ha gustado?

—Sí, está todo delicioso, gracias, pero la verdad es que no acostumbro a almorzar... —respondí mientras me limpiaba la boca con la servilleta y terminaba de beber el zumo de naranja.

Saliendo de la cafetería rumbo a los ascensores se nos acercó una hermosa mujer morena, de cabello suelto, largo y rizado, alta, curvilínea, fina y vestida llamativamente.

—Te alcanzo en un momento —me indicó.

Evidentemente, esa mujer era alguien en su vida. Seguí hacia los ascensores mientras le oía alzar la voz.

—¡¿Qué demonios haces aquí?!

Las puertas del ascensor se abrieron y entré; quería desaparecer. Me sentía tonta. El almuerzo había tenido un halo íntimo. Sacudí la cabeza para no pensar. Se abrió el ascensor en el cuarto piso. Me dirigía a la sala de espera cuando me interceptó el señor Borges.

—Señorita Alzogaray, espero que haya disfrutado de su almuerzo...

—¡Sí, gracias!

—Su despacho ya está preparado. Si quiere acompañarme...

Asentí y le seguí hasta el otro extremo del pasillo. Era un despacho bastante grande, incluso más que el del propio señor Borges, y sin duda tenía mejor vista.

—Por si surge cualquier cosa, mi extensión es la 1027.

—Gracias, señor Borges.

—Llámeme Carlos.

—Sólo si me llamas Azul.

Sonrió y, dejando la puerta abierta, se retiró. Estaba mirando la hermosa vista del paseo de la Castellana y las impresionantes Torres Kio cuando sentí su presencia. Era una energía poderosa.

—Puedes decorarlo como más te guste; es tu despacho. Quiero que te sientas cómoda.

Estaba apoyado en el marco de la puerta.

—Gracias —dije secamente.

—Para cualquier cosa que necesites tienes a la señorita Pereira a tu disposición. Es la secretaria de recursos humanos.

—Gracias —repetí de nuevo.

—Aquí tienes la llave de tu despacho y del archivo —apuntó, y dejó un llavero sobre el escritorio.

—Será mejor que empiece a leer los historiales; tengo mucho trabajo.

Señalé las carpetas que estaban apiladas en mi escritorio.

—Claro, cualquier cosa que necesites...

—Está la señorita Pereira y el señor Borges...

—Iba a decir que mi extensión es la 1111. —Ladeó la cabeza como si no entendiera mi reacción—. Pero sí, por supuesto que están ellos. —Hizo una pausa y después añadió—: Que tenga un buen día, señorita Alzogaray.

—Gracias, señor Del Monte.

Cerró la puerta. Decidí ponerme a estudiar los expedientes y los informes. Estaba sumergida entre un montón de carpetas cuando llamaron a la puerta, y entonces reparé en que eran las seis y media. Mi jornada de trabajo terminaba a las seis.

—¡Pase!

—Señorita Alzogaray, ya son las seis y media. Me retiro. ¿Necesita algo más?

—No, gracias; yo también me voy. No me había dado cuenta de que ya era tarde. Perdona si te he retrasado.

—No hay problema. ¡Hasta mañana!

—¡Hasta mañana!

Ordené mi escritorio, guardé un par de expedientes que quería llevarme para estudiar más profundamente en casa, tomé las llaves que el señor Del Monte me había dejado, cerré mi despacho y me fui.

Cuando llegué a casa, me encontré con una nota de Ceci en la que me decía que había salido de paseo. Recordé entonces que Benja venía a casa a las ocho. Estaba cansada, pero era mi hermano. Mi móvil sonó. Era un mensaje de Benja: «Gracias, Jaz. Todo arreglado. ;) Ceci está con nosotros. Bss».

Me di una ducha. Dado que no pensaba cenar, me preparé un café y me senté en el sillón para estudiar los expedientes. Ceci llegó a las diez, con Benja y Dan. Les conté cómo había sido mi primer día de trabajo. Estaba muy cansada, así que cuando ellos se fueron, mi hermana y yo nos acostamos.

El resto de la semana transcurrió de forma similar. El señor Del Monte no apareció por mi despacho y, por supuesto, yo no pasé por el suyo. Mis compañeros, aparentemente, me habían aceptado muy bien, aunque me quedaba la duda de si no tendría que ver con mi puesto; de todos modos, me sentía muy cómoda. Llegaron las seis del viernes y no tenía planes para el fin de semana; había sido una semana intensa. Ceci había regresado a Marbella por la mañana y ya la estaba extrañando. Pasé por el mercado para comprar algunas cosas; hacía tiempo que no cocinaba y era algo con lo que disfrutaba. Llegué a casa y, después de ordenar la compra y preparar un *rissotto*, me dispuse a llamar a mis padres mientras cenaba para contarles cómo había sido mi primera semana.

—¡Bien, mamá! Ha sido una semana agotadora. Ponerme al corriente de todo no es fácil, pero el trabajo me gusta y mis compañeros son geniales.

—Tu padre se queja de que no llamas todos los días.

—Mamá, estoy cansada. Me voy a la cama. Mañana voy a salir a pasear un poco. No he tenido tiempo en toda la semana.

—Que descanses.

—Igualmente, mamá.

Me quedé sentada en el sillón, acurrucada, con ganas de llorar. Me sentía sola en aquel piso. La semana había sido un sube y baja de emociones: la mudanza, el trabajo; me hacían falta mis amigas, mis padres, mi hermana, y también estaba Del Monte.

—Ni siquiera me ha dicho su nombre —solté en voz alta. Me levanté y me fui a la cama.

Al día siguiente me desperté a las nueve. Me sentía mejor, descansada. Dejé el café preparándose mientras me duchaba.

A la hora de vestirme, tras un momento, me decidí por el pantalón pirata verde esmeralda —una pieza que adoraba—, unas bailarinas blancas y un top blanco caído de un hombro, con un discreto estampado abstracto. Me hice una coleta alta, me puse un poco de rímel y brillo de labios, y ya estaba lista para disfrutar del día. Me tomé un café y salí. Hacía un tiempo espléndido para caminar, así que decidí ir en metro hasta la Puerta del Sol y volver andando.

Como era sábado por la mañana, la plaza estaba llena de gente, artistas callejeros, estatuas vivientes y puestos de artesanía ambulantes. Caminé y caminé, entré en algunas tiendas, compré unas prendas que me gustaron y decidí, cansada y ya cerca de las cuatro, ir a por un delicioso café a Libros con Aroma.

—¡Hola, Dan!

—¡Hola, Jaz!

—¿Mi hermanito?

—Por ahí detrás, ordenando unos libros que han llegado hoy. ¡Tengo un café nuevo y estoy seguro de que te va a encantar!

—A eso he venido...

—¡Interesada!

—¡Oye! —exclamé, golpeándole en el hombro.

Dejé las bolsas de las compras detrás del mostrador y lo seguí hasta el área de cafetería, acondicionada con pequeñas mesas redondas y cómodas butacas. De pronto, me quedé congelada: sentado a una de esas mesitas, tomando un café y leyendo, estaba el ingeniero Del Monte. Iba vestido con vaqueros y polo, de manera informal y despreocupada, pero su porte natural era definitivamente elegante. Alzó la vista y, cuando me vio, se levantó de su butaca rápidamente.

—¡Azul!... ¡Señorita Alzogaray! ¡Qué sorpresa!

Me miró de arriba abajo, escaneándome y con una gran sonrisa en su hermoso rostro.

—¡Hola!

Me acerqué para tenderle la mano, pero él me dio un beso en la mejilla. «¡Mierda!» De nuevo, me sacudió una descarga eléctrica.

—Acompáñame... ¿Quieres un café?

—Sí. Dan iba a prepararme uno...

Miré a Dan y le hice una señal para que me trajera el café a esa mesa.

—¿Conoces a Dan?

—Esta tienda es de mi hermano y de él —le contesté, orgullosa.

—¿Qué tal tu café? —le preguntó Dan.

—¡Excelente, Dan! Como siempre.

—Aquí tienes, cariño. ¡Benja! Tu hermana está aquí —anunció. Entonces, señalándonos, preguntó—: ¿Os conocéis?

—Azul es la nueva psicóloga de la empresa —le dijo, mirándome—. A propósito, ¿cómo ha ido tu primera semana?

—Veo que frecuenta el lugar...

—Llámame por mi nombre.

—Lo haría si lo supiera, señor Del Monte —le dije irónicamente.

—Patricio.

Quedé impactada; no podía articular palabra.

—¿Pa-tricio?

—Patricio del Monte.

—¡Parece que has visto un fantasma, hermanita!

Benja me dio un beso, y yo pestañeé varias veces para salir del trance.

—¡Hola, Benja!

—Patricio es el jefe de tu hermana... ¿Cómo está tu café? —Di un sorbo saboreándolo, hice algunas muecas y respondí—: ¡Mmm, delicioso!, como no podía ser de otra manera.

—He extrañado vuestro café esta semana... —intervino Patricio, justificándose no sé de qué.

—Sí, nos ha sorprendido no verte por aquí. Disculpad, el deber me llama.

Dan caminó entre las estanterías hacia el mostrador tras oír la campanilla de la puerta, y en seguida llamó a mi hermano, por lo que nos quedamos solos.

—Vengo aquí dos o tres veces por semana, después de la oficina o el sábado por la tarde, pero esta semana he estado en la sede de Valencia solucionando unos problemas con un producto nuevo que estamos desarrollando. —Hizo una pausa—. No me has dicho cómo te ha ido la semana...

Ése era el motivo por el que no lo había visto en la empresa en todos esos días, y yo haciéndome cábalas de que no quería verme, o cosas por el estilo.

—Intensa y ocupada.

—Me han dicho que varios días te fuiste tarde.

«¿Y eso? ¿Me está vigilando?»

—Me sumergí en los expedientes y se me pasó el tiempo.

—Entiendo. Yo siento la misma pasión por mi trabajo —afirmó, y terminó el café de un sorbo.

—¿Qué lees? —pregunté para dejar a un lado el tema laboral. Ciertamente, también deseaba conocerlo más.

Señaló la estantería que había acomodado mi hermano.

—*Inesperada como tú.* Hace poco que ha sido publicado.

—¿De qué trata?

Sus ojos se encendieron e hizo una pausa. Era evidente que estaba pensando qué responder.

—Deberías leerlo. No tiene gracia que te lo cuente —contestó, sonriéndose.

—No tengo tiempo. Mi jefe me mantiene sumergida entre cientos de expedientes. Por ahora es la única lectura que me puedo permitir —comenté en tono burlón y con un mohín gracioso.

—Pues deberías disfrutar... —dijo, cerrando el libro y mirando su reloj. Entonces se levantó.

—¡Dan, gracias por el café! Hasta el lunes, Azul.

Se inclinó hacia mí, se detuvo un instante y finalmente me besó con suavidad en la mejilla.

—Hasta el lunes —saludé casi como un suspiro.

Mi hermano se acercó y me miró con el ceño fruncido.

—¿Qué hay entre vosotros?

—¡Nada! Es mi jefe..., pero no te voy a negar que me gusta...

—¡Y que le gustas!

—Ideas tuyas.

Benja se sentó en la butaca que había dejado libre Patricio y me agarró la mano.

—Escucha, Jaz, no quiero que te hagan daño. Hace apenas una semana que lo conoces y es tu jefe.

—¡Déjala disfrutar, Benjamín! —lo increpó Dan.

—Tranquilo, hermanito, me gusta, pero nada más. Además,

creo que tiene novia. La vi en la recepción el lunes pasado. Es una mujer muy guapa.

—No creo que sea más guapa que tú —intervino Dan, que me guiñó un ojo.

—Chicos, gracias por el café, pero me retiro. Tengo una cita con el control remoto —aseguré, y ambos se rieron a carcajadas.

El domingo me desperté agitada. Había tenido un sueño erótico; me sentía húmeda y mi sexo palpitaba. Definitivamente, había tenido un orgasmo. Durante el día me sentí culpable. ¿Cómo podría mirarlo a la mañana siguiente? Limpié y cociné para toda la semana con la música puesta y, agotada, me fui a dormir, esperando no volver a soñar (o sí) lo mismo que la noche anterior.

Llegó el lunes y de camino al trabajo recordé que el viernes Teresa me había dicho que ya tenía un espacio asignado en el estacionamiento. Cuando entré, vi la placa que indicaba mi plaza. El texto era idéntico al de mi acreditación: «Ps. A. Alzogaray. Dpto. Recursos Humanos». Aparqué y observé que el coche de al lado era un precioso Honda cupé negro metalizado; en la placa se leía: «Ing. P. del Monte». No había duda; aquél era su coche.

Entré en la empresa. Teresa me saludó y nos preguntamos por nuestros respectivos fines de semana.

—Me encanta tu vestido. Te sienta muy bien.

—Gracias, Tere.

Llevaba un vestido azul entallado, largo hasta la rodilla y con cuello barca; una americana corta a juego, y mis cómodos zapatos de tacón corrido con pulsera en el tobillo.

Antes de entrar en el despacho pasé por recepción para pedirle a Sol, la señorita Pereira, secretaria de recursos humanos, si me podía preparar un café. Me había entretenido en arreglarme el cabello y maquillarme, y no me había dado tiempo de desayunar.

Cuando abrí la puerta del despacho, vi sobre mi escritorio un paquete envuelto en brillante papel azul y con un hermoso lazo plateado. Me acerqué y entre las cintas que conformaban el lazo había una nota: «Para que disfrutes. Luego podemos comentarlo. Patricio».

Desenvolví el paquete. Había un ejemplar de *Inesperada como tú*, el libro que él estaba leyendo el sábado anterior en la librería. En ese momento llamaron a la puerta y me sobresalté. Escondí el libro detrás de la espalda, como si estuviese haciendo algo que no debía. Eran Sol con mi café y un chico de mantenimiento con una caja.

—Señorita Alzogaray, vengo a instalar su portátil.

—¿Portátil?

Puse el libro en el cajón.

—Sí, en todos los despachos hay una portátil de la compañía.

—¡Ah!, sí, sí... Gracias, Sol, puedes dejar el café ahí.

Después de configurar la red, Internet y el correo electrónico, me explicó básicamente cómo acceder a los expedientes digitales, editarlos, crear otros nuevos, eliminarlos, adjuntar información, etc. Sabía que durante la última semana habían estado trabajando en digitalizar toda la información de los expedientes, como yo había sugerido; así siempre los tendría conmigo si era necesario, sobre todo pensando en cuando tuviese que viajar. Me dio los datos de mi cuenta de correo electrónico, me explicó cómo cambiar la contraseña y se retiró.

Pasé la mañana trabajando en algunos expedientes y seleccionando con Sol unas cuantas entrevistas de aspirantes. Toda la semana la dedicaría a eso, y la semana siguiente ya empezaría con las consultas rotativas de los empleados.

Un «¡tilín!» sonó en la portátil y me sobresalté.

—Es la mensajería interna —apuntó Sol, que estaba sentada frente a mí, organizando la agenda de entrevistas.

—¿Cómo?

—Todos los ordenadores tienen un programa de mensajería interna parecido al Messenger.

—¿Ah, sí?

—Si te fijas, al lado del relojito parpadea una estrellita roja. Si haces dos clics encima de la estrellita, se abre el mensaje que te acaban de enviar.

—¡Ajá! ¡Listo! Abierto.

Era un mensaje de Patricio: «Buenos días, Azul. ¿Qué tal tu fin de semana? ¿Has recibido mi regalo?».

Cliqué en *responder* y escribí: «Buenos días, señor Del Monte. Lo he pasado muy bien, ¡gracias! Espero que usted también. He recibido su regalo. Muchas gracias; no tenía por qué. Aún no he podido siquiera hojearlo. Estoy trabajando con la señorita Pereira seleccionando las entrevistas de aspirantes y apañándomelas con el programa de gestión de expedientes. Quizá en el almuerzo pueda *disfrutar* con esta lectura». *Enviar*.

«¡Tilín!» Volvió a sonar la mensajería.

«¿"Señor Del Monte"? Pensaba que habíamos superado la formalidad el sábado en la librería, señorita Alzogaray.»

Me gustaba el juego... Clic en *responder*: «Quizá deberíamos mantener las formalidades en el horario de trabajo». *Enviar.*

«¡Tilín!»

Sol levantó la cabeza para mirarme. Decidí bajar el volumen mientras ella estuviera ahí; me pareció lo mejor si iba a seguir jugando a ese jueguecito con Patricio.

«Como usted desee, señorita Alzogaray. Hágame saber cuándo quiere comentar el libro. ¿Quizá mañana en el almuerzo? Hay un restaurante italiano a pocas manzanas.»

Miré de reojo para comprobar si Sol me observaba. ¿Me estaba invitando a almorzar fuera de la empresa? Volví a leer el mensaje... ¡Claramente, sí! Clic en *responder*: «¿Quizá en la librería?». *Enviar.*

«¡Tilín!»

«No creo que sea el lugar más apropiado. Disfrute de su lectura y luego lo hablamos.»

Clic en *responder*: «Podría intentarlo si dejara de interrumpir mi reunión de selección con la señorita Pereira, para luego poder salir a tomar mi almuerzo». *Enviar.*

Cuando terminé con Sol la lista de seleccionados para las entrevistas, tomé el libro del cajón, lo guardé en mi bolso junto con mi móvil y salí hacia la cafetería. Pedí un zumo de naranja y un sándwich Club. Me senté en una mesa apartada y abrí el libro.

«¡Joder!» Me quedé boquiabierta ante lo que leía: «Erótica, sensual y apasionada. Una novela que despertará a lo largo de sus páginas toda clase de sensaciones, deseo, excitación y lujuria, curiosidad y desconcierto, enfado y fascinación, rabia y ternura, alegría y pesar...».

Cerré de un golpe el libro y lo guardé en mi bolso. No daba crédito a lo que estaba leyendo. «Pero... ¿cómo se atreve?» Me sentía ofendida. No es que fuera una mojigata, ni mucho menos, pero mi jefe acababa de regalarme un libro erótico, y eso era algo que no esperaba.

Terminé de comer y volví a mi despacho. Mi móvil sonó y lo saqué del bolso. Tenía un mensaje de Leti. Y ahí estaba el libro... Lo cogí y acaricié la tapa, pero en seguida lo guardé en el cajón como si me hubiese quemado.

Traté de concentrarme durante la tarde, pero mi mente volvía una y otra vez a aquellas pocas palabras que había leído: «Erótica, sensual...».

«¡Tilín!»

«Espero que haya tenido un buen almuerzo y que haya podido disfrutar. Estoy impaciente por comentar el libro con usted. ¿Comemos juntos mañana?»

Clic en *responder*: «No lo creo. Mañana tengo una entrevista de uno de los candidatos que debo seleccionar y no sé cuánto tiempo me llevará». *Enviar.*

«¡Tilín!»

«¿Café de tarde?»

Decidí no responderle. ¿Qué podía decirle?, ¿que era un maleducado atrevido y que me gustaba? Estaba inquieta, pero volví a sumergirme en el trabajo.

A última hora, entró Sol para indicarme que ya eran la seis y que se retiraba. Ordené mi escritorio, abrí el cajón para guardar la agenda, y el libro seguía allí... «¿Creías que se habría ido a algún lado?» Dos segundos después lo estaba guardando en mi bolso.

Llegué a casa, me puse cómoda y llamé a Leti, que quería comentar algunos asuntos de una paciente que le había derivado. Hablamos de ella y de Gastón, su novio, y le conté lo del libro.

—Pero ¿así sin más, Jaz? ¿No es como raro?

—Nos encontramos en la librería. Él estaba leyendo, le pregunté qué leía y me dijo que tenía que leerlo...

—¡Cuídate, Jaz! Te tengo lejos y no me fío de un tipo que de buenas a primeras te regala un libro nada menos que erótico y que además es tu jefe.

—Tranquila, Leti. Te extraño. No me hagas esperar mucho para venir un fin de semana a visitarme.

—Nos llamamos. Quizá dentro de dos semanas pueda ir. Gastón tiene que viajar a Burgos y puedo aprovechar para escaparme.

—Avísame, que dejo el fin de semana libre. —Me reí—. Como mi vida social aquí es taaan ajetreada... —dije irónicamente.

—No te preocupes, lo haré con tiempo, así me incluyes en tu agenda.

—¡Nos vemos, amiga!

—Cuídate y mantenme informada de los movimientos de tu jefe.

—Serás la primera en enterarte —contesté. Nos reímos y colgamos.

Puse un poco de música mientras cenaba. Me decidí por mi cedé preferido: *Parachutes*, de Coldplay.* Habían estado en Madrid, pero no había podido ir a verlos. Me acomodé en el sillón frente al ventanal que hacía de marco a la hermosa vista del parque del Retiro. Encendí mi *tablet* e hice una búsqueda. Me gustaba mucho leer, pero no había oído nada de esa escritora. Era su primera novela, así que después de leer algunas reseñas decidí averiguar por qué Patricio me había regalado ese libro.

Por la mañana, cuando llegué a la empresa y abrí la puerta de mi despacho, me inundó el aroma a jazmín. Había colocado un par de marcos y algunas cosas que había tenido en mi consulta para hacerlo un espacio más mío. Sol ya estaba trayéndome el consagrado café matutino cuando encendí el portátil. A las once teníamos la primera entrevista, así que le pedí que lo preparara todo en la sala de reuniones y avisara al señor Borges. Una vez terminada la entrevista y ya pasado el mediodía, entré en mi despacho a buscar mi bolso y después me fui a la cafetería a almorzar. En el breve viaje de ascensor conversé con varios compañeros. Me comentaron que los viernes, después del trabajo, se reunían en un bar cercano, aprovechando el *happy hour*, y me invitaron. Sabía que Sol y Teresa iban, así que pensé que sería una buena idea empezar a socializarme.

Me senté en la misma mesa que el día anterior y, mientras almorzaba algo liviano, me puse los cascos y escuché música; no quería pensar en el libro ni en cómo hablaría con Patricio. La hora del almuerzo pasó volando y volví a mi despacho a redactar el informe de la entrevista de la mañana.

* *Parachutes*, Universal Music Publishing Mgb Ltd., interpretada por Coldplay. *(N. de la e.)*

Patricio no había aparecido por la sala de reuniones como yo pensaba que haría, dado que era mi primera entrevista. Deseaba verlo; quería que me preguntase por el libro, pues así me facilitaría la conversación.

«¡Tilín!»

«¡Buenas tardes, señorita Alzogaray! ¡Me han llegado excelentes comentarios sobre su desempeño en la entrevista de hoy!»

Clic en *responder*: «Buenas tardes, señor Del Monte. Ha ido bien, gracias. Ahora estoy terminando el informe; puedo enviárselo, si lo desea». *Enviar.*

«¡Tilín!»

«Lo espero. Que tenga una buena tarde.»

Me extrañó que no me preguntara nada sobre el libro. «Allá va...»

Clic en *responder*: «¿Podría decirme por qué me regaló precisamente ese libro?»

«¿Lo envío o no?», dudé. Era una pregunta directa, casi grosera, pero tenía que saber si el libro significaba lo que yo creía: una clara insinuación sexual. *Enviar.*

«¡Tilín!»

«¿Podemos hablarlo en la cena?»

«¿Cena? ¿Cómo, cena? —pensé—. ¡Nada de cena!» Clic en *responder*: «No creo que sea apropiado, ni tampoco el libro». *Enviar.*

Esperé la respuesta, pero el «¡tilín!» no llegó. «¿Se habrá ofendido con mi respuesta? Bueno, tiene dos problemas. Aquí la ofendida puedo ser yo.» Seguí con el informe.

—Me gustan los jazmines —me sobresaltó la voz de Patricio.

—Ya lo veo. Están por todos lados. Son mi flor favorita. —Omití decir que también era mi nombre.

—Tienen un significado muy especial para mí.

No sabía qué decir, así que sólo lo miré e hice un gesto para que tomara asiento.

—No he terminado el informe aún.

—No he venido por eso.

Estaba claro que venía por mi respuesta. Lo miré; era tan apuesto... El traje azul y la camisa celeste sin corbata le daban un aire muy *yuppie*. Me acomodé en mi sillón y aparté la vista.

—Azul... —empezó, pero hizo una pausa, mirándome—.

Seamos honestos. Es más que evidente que desde el primer momento ha habido una atracción muy fuerte entre nosotros...

Sin duda, la había. Mi corazón latía tan deprisa que no pude articular palabra. «¡¿Qué me pasa?! ¡Yo no soy así! ¡Soy una persona segura de sí misma!»

—Por tu pregunta, imagino que has empezado a leer el libro...

—No. He leído alguna reseña en Internet.

—Me has preguntado por qué te lo he regalado. ¿No es obvio?

—No es apropiado.

—¿Por qué no? ¿Tienes novio?

—Eres mi jefe. Eso es más que suficiente para que sea inapropiado.

—¿Tienes novio? ¿Novia? ¿Pareja?

—Patricio...

Resoplé y lo miré. Consideré rápidamente si debía decirle que una semana antes de casarme había descubierto a mi novio con una de mis mejores amigas, pero me contuve.

—No, no tengo nada de eso, pero por lo que pude ver la semana pasada, tú sí.

—Gabriela es mi ex novia —dijo fría y despreocupadamente.

«¿Ex? Bueno..., esto mejora. ¡Jazmín, contrólate!»

—Patricio, ¿qué quieres? —pregunté, sacudiendo la cabeza.

Él se mostraba imperturbable, pero yo sabía que debajo de esa fachada había mucho autocontrol.

—¿Me estás analizando?

—¿Debería? ¿Estás en la lista? —Levanté una ceja y lo miré. Patricio lanzó una carcajada—. Señor, no veo cuál es la gracia...

Se levantó de la silla.

—Si tengo que agregarme a su agenda para tener una cita con usted, señorita Alzogaray, lo haré —dejó caer mientras se iba de mi despacho. Y desapareció de mi vista.

Apoyé los codos en el escritorio y me agarré la cabeza. No me había contestado. Ese hombre tenía un gran efecto sobre mí. Aunque no contaba con un listado extenso de hombres, antes de Valentín había tenido un par de rollos y ninguno me había provocado sensaciones parecidas.

Al término de mi jornada laboral, hablé con Teresa sobre ir al bar el viernes, y quedó encantada de que me sumara. En el estacionamiento, todavía estaba el coche de Patricio. En mi limpiaparabrisas había una nota: «¿Almorzamos mañana?».

Miré para todos lados; debía de ser de Patricio. «¿Es que este hombre no va a darse por vencido?» En el fondo no quería que lo hiciese; me gustaba demasiado. Me subí al Pandita y me fui al piso, aunque antes pasé por el mercado para hacer algunas compras. Llamé a Benja para invitarlos a él y a Dan a cenar. El piso era tan grande que para no sentirme sola siempre ponía música. Cociné y, mientras los esperaba, llamé a mis padres. Mamá estaba en casa de una amiga, así que hablé con papá. Luego llamé a Leti.

—Me gusta, Leti. Sé que no es buena idea porque es mi jefe, pero...

—Cuídate, amiga. No te apresures.

—Lo intentaré, pero por el solo hecho de estar cerca de él, mi cuerpo reacciona como nunca lo había hecho antes... —Sonó el timbre del portero electrónico—. Leti, debo dejarte. Ha llegado mi hermano con Dan; los he invitado a cenar. Te llamo mañana. Un beso.

—¡Okey! Divertíos, y dales besos de mi parte.

Tenía la cena en el horno y la mesa preparada. Dan trajo una botella de vino tinto, y aunque yo prefiero la cerveza, estaba delicioso. Después de cenar me ayudaron con los platos y luego nos sentamos en la terraza con nuestras respectivas copas. Charlamos, nos reímos; les conté que el viernes iría a un bar con mis compañeros y se alegraron de que empezara a hacer vida en la ciudad.

Se fueron cerca de la medianoche. Preparé la ropa para el día siguiente. Opté por el traje de falda gris que tanto me gustaba y cambié de bolso. Al sacar las cosas, vi el libro. Lo miré, dubitativa. Ciertamente, me tentaba y al final venció la curiosidad, así que empecé a leerlo. Cuando quise darme cuenta eran casi las tres de la mañana. No podía parar, me tenía atrapada y excitada, pero si no dormía un poco, no sería capaz de pensar claramente y tenía una entrevista a primera hora. A regañadientes, me metí en la cama y me dormí profundamente.

No oí el despertador, pero lo que me despertó fue mi cuerpo. Había soñado con Patricio y todo en mí palpitaba. Vi que eran casi las ocho y salté de la cama. Llegué puntual, como siempre. Sol me trajo un café y me dijo que estaba todo organizado en la sala de reuniones para la entrevista de la mañana. Encendí mi portátil y dos minutos después oí ese sonido maravilloso.

«¡Tilín!»

«Buenos días, señorita Alzogaray. ¿Recibió mi nota ayer?»

Clic en *responder*: «Buenos días, señor Del Monte. Sí, la recibí». *Enviar.*

«¡Tilín!»

«¿Le parece bien que a las dos la pase a buscar por su despacho?»

Clic en *responder*: «Ya tengo un compromiso. Gracias de todos modos». *Enviar.*

«¡Tilín!»

«¿Un compromiso o una excusa?»

Pero ¿ese hombre que se creía? Claro que era una excusa. Ni podía ni quería almorzar con él. Bueno, en realidad sí quería, pero no debía... «¡Ahhhhhh!» Clic en *responder*: «Compromiso». *Enviar.*

Salí del despacho rumbo a la sala de reuniones del quinto piso. Cuando se abrieron las puertas del ascensor, Patricio estaba ahí parado. Me sonrió de una forma que se me aflojaron las piernas.

—Iba a tu despacho.

—Y yo a la sala de reuniones.

—Todavía no hay nadie.

Miré, casi de puntitas, por encima de su hombro y vi la sala vacía. Las puertas del ascensor amagaron con cerrarse y él lo impidió.

—¿Para qué ibas a verme? —le pregunté mientras salía del ascensor.

—¿Podemos hablar en mi despacho?

—Preferiría hacerlo en la sala de reuniones.

No era que no confiara en su juicio; de hecho, a esas alturas no confiaba en el mío, y la sala de reuniones era vidriada. Me siguió y saludé a la simpática señorita Alves y a la señorita López, que seguía siendo tan antipática como el primer día. Cerró la puerta.

—Azul...

—Señorita Alzogaray —le corregí.

Me sentía nerviosa, y eso me ayudaba a imponer cierta distancia. Me senté y él hizo lo mismo.

—Verá, señorita Alzogaray, voy a empezar por explicarle que he intentado no pensar más en usted y lo único que logro es pensar aún más...

—No sigas, Patricio. No es apropiado. Éste es mi trabajo, me gusta y no quiero arriesgarlo. Eres mi jefe y...

—... y a ti te pasa lo mismo...

Llamaron a la puerta. Era Carlos con el aspirante. Nos saludamos, y Carlos nos presentó.

—Señorita Alzogaray, éste es el ingeniero Roberto Sánchez.

—Mucho gusto —dijo él, y estrechó mi mano.

—Y éste es el señor Del Monte.

También le estrechó la mano. El señor Sánchez se dedicó entonces a exaltar el trabajo de Ingeniería Del Monte y a hablar de lo importante que era para él que le diésemos la oportunidad de trabajar allí.

—Tendrá que convencer a la señorita Alzogaray; de ella depende —comentó Patricio, mirándome. Y añadió susurrando—: Puede ser muy exigente.

—¿Se queda en la reunión, señor Del Monte?

—No, Carlos. Tengo un par de llamadas que hacer. Les dejo trabajar tranquilos. ¡Ah!, señorita Alzogaray..., cuando termine la entrevista, pase por mi despacho, por favor.

«¡Mierda!» Yo no quería ir, pero al decirlo delante de Carlos, no me dejaba escapatoria. Levanté una ceja y lo asesiné con la mirada.

Terminada la entrevista, nos despedimos, y me dirigía a los ascensores cuando la señorita López me llamó.

—Señorita Alzogaray, el señor Del Monte la espera en su despacho.

«¡Joder!, no se le pasa una a la señorita antipática.» Caminé por el pasillo y llamé a la puerta.

—¡Adelante!

Patricio estaba parado delante del ventanal, mirando hacia fuera. Reparé en que tenía la misma vista que yo.

—Señor Del Monte, ¿quería verme? —dije, cerrando la puerta a mi espalda.

Se volvió, caminó con paso largo hasta mí y me dio un beso que me dejó definitivamente sin aliento. Se detuvo unos instantes para mirarme a los ojos y luego continuó. Al principio no le correspondí, pero el deseo era más fuerte que yo y cedí; fui débil. Nuestras lenguas se acariciaban y todo mi cuerpo reaccionó a esas caricias. De pronto, emergió la cordura y lo separé poniendo mi mano en su boca. Él la besó.

—Por favor, Patricio, no... No podemos. Esto no está bien.

Ni yo me lo creí. Olía y sabía de maravilla. Me di la vuelta dispuesta a salir cuando él apoyó las manos en la puerta. Me quedé de espaldas a él. Podía percibir su respiración, lo que hizo que todo mi cuerpo se estremeciera. Me sentía como una presa que hubiese caído en las fauces de un depredador, pero estaba segura de que los roles podrían invertirse de un momento a otro si no salía urgentemente de allí.

—Déjame salir, Patricio.

Abrí la puerta y caminé hacia los ascensores lo más tranquilamente posible, aunque por dentro era un manojo de nervios y sensaciones.

Cuando llegué al ascensor y presioné el botón, con el rabillo del ojo vi que Patricio me miraba desde el umbral de la puerta. La campanilla del ascensor sonó, se abrieron las puertas y entré. No me desplomé porque me sostuve apoyada en la pared. Era la primera vez que mi cuerpo reaccionaba así a un beso, a la cercanía de un hombre. Cerré los ojos, me toqué los labios y saboreé su beso nuevamente. Era dulce y sus labios muy suaves. Pero el momento duró poco porque al instante se abrió el ascensor y salí casi disparada hacia mi despacho.

«¿Qué voy a hacer? ¡Esto no puede ser!» Me senté en mi escritorio y cargué Google para buscar qué podía averiguar acerca de él. Aparecieron montones de artículos sobre la empresa, fotos en discotecas con amigos, presentaciones de productos, cenas de beneficencia y varias fotografías con mujeres, aunque la morena que había visto en recepción era la que más salía. Abrí una de ellas para mirarla más de cerca y leí: «Gabriela Ponce de León (29), hija del empresario gastronómico Juan Ponce de León, junto al ingeniero Patricio Del Monte (30), dueño de la empresa de desarrollo tecnológico más grande del país, han sido vistos juntos en más de una ocasión. En esta oportunidad, los atrapamos saliendo de la inauguración del último restaurante de su padre, Cristal».

Era realmente hermosa, y me pareció que la foto no le hacía verdadera justicia. No tenía la más mínima oportunidad de competir con esa mujer. Siempre me había considerado una mujer común, sin nada que destacara especialmente: cabello castaño, ojos miel, estatura normal y poco busto, cosa que odiaba. ¡Una chica corriente! Lo único que me gustaba de mí eran mis labios, que estaban bien delineados, y mis hombros, que me parecían algo sexys. Esa mujer, se la mirara por donde se la mirase, era perfecta. Cerré Google, tomé mi bolso y me fui. Era la hora del almuerzo y no quería ir a la cafetería. Le había dicho a Patricio que tenía un compromiso, no una excusa, por lo que necesitaba salir.

Fui al estacionamiento. El coche de Patricio estaba allí, así que decidí dar una vuelta con el mío. La situación me estaba agobiando. Aparqué y me quedé en el coche. Tenía que pensar. Sopesé llamar a la señora Estévez de la clínica Esperanza. Ella me había dicho que si el trabajo no era lo que esperaba no dudara en llamarla. «Pero este trabajo es lo que espero y quiero. ¡Estoy hecha un lío! No puedo dejar de pensar en ese beso. ¡Mierda!... Jazmín, respira hondo, piensa, piensa, pero ¡con la cabeza, mujer!» Iba a hacer justamente lo contrario que les aconsejaba a mis pacientes: ¡no escuchar a mi cuerpo! Cuando me sentí mejor, casi lista para afrontar lo que fuese, regresé y me puse a trabajar en el informe del ingeniero Sánchez.

Llamaron a la puerta.

—¿Puedo pasar?

—Pasa, Carlos. Siéntate.

—¿Estás bien?

—Sí, claro. Estoy terminando el informe del ingeniero Sánchez. No quiero precipitarme porque todavía tenemos otra entrevista dentro de un rato y la de mañana a las diez, pero sin duda hay que tenerlo en cuenta.

—Sí, opino lo mismo. Estás haciendo un trabajo estupendo.

—¡Gracias!

—¿Vamos?

«¡Tilín!»

—Te veo en la sala de reuniones.

—Perfecto. Hay tiempo; no te apures —contestó Carlos, y salió de mi despacho.

«Debemos hablar.»

Me agarré la cabeza. Clic en *responder*: «No es buen momento». *Enviar.*

Guardé el informe, cogí lo que necesitaba para la entrevista, cerré la tapa del portátil y salí hacia la sala de reuniones por la escalera.

—Buenas tardes —dije.

—Azul, te presento al ingeniero Fabián Ochoa.

—Mucho gusto.

Le estreché la mano mientras tomábamos asiento.

—El gusto es mío —respondió el señor Ochoa.

La entrevista terminó rápidamente, más deprisa de lo imaginado. El ingeniero Ochoa definitivamente no se ajustaba al perfil que la empresa buscaba. Carlos y yo nos quedamos conversando un momento en la sala de reuniones. Al salir vi a Patricio abandonar su despacho y caminar por el pasillo hacia los ascensores. Estaba con alguien, al parecer otro joven empresario, por su aspecto. Me miró. Por un momento tuve la tentación de irme por las escaleras, pero no quería que pensara que estaba escondiéndome. Además, estaba acompañado, así que sin duda no intentaría hablar de nada personal.

—Señorita Alzogaray —me saludó, e hizo un gesto con la cabeza.

—Señor Del Monte —respondí con el mismo gesto.

—Le presento al ingeniero Sergio Robles, encargado de la delegación en Vigo.

—Un placer —dije, estrechándole la mano.

—Señorita Alzogaray, ¡por fin! Había oído hablar de usted. Es un verdadero placer conocerla. Tengo entendido que nos visitará en los próximos días.

—Sí, el lunes viajaré hacia allí.

—Será un placer recibirla. —Ya dentro del ascensor, añadió—: Patricio, haz que su secretaria me envíe el itinerario para que pueda recibirla como se merece.

—Por favor, no se moleste... —Se abrió la puerta del ascensor en mi piso—. Señores, buenas tardes.—Hice un gesto con la cabeza y salí sin mirar.

Antes de entrar en mi despacho, le pedí a Sol que me enviara todo el plan para el viaje a Vigo.

Terminé el informe del ingeniero Sánchez y se lo envié a Patricio, tal como le había dicho.

From: Ps. Azul Alzogaray
Sent: Thursday, July 12, 2012 17:08 PM
To: Ing. Patricio del Monte
Subject: Informe Ing. Sánchez
Señor Del Monte:
Le adjunto el informe del ingeniero Sánchez, como me solicitó. Con el señor Borges coincidimos en que es un muy buen candidato. Una vez finalizadas las entrevistas y hecha la preselección, cuando regrese de Vigo, comenzaré con la segunda ronda de entrevistas.
Atte.
Ps. Azul Alzogaray Goyena
Recursos Humanos
Ingeniería Del Monte

Sol trajo el plan de viaje impreso. Lo estuvimos repasando para que todo estuviese en orden: billetes, hotel, traslados, etc. Cuando eran las seis, salimos juntas. El coche de Patricio ya no estaba en el estacionamiento. La llevé a su piso, que quedaba de camino al mío, y conversamos bastante. Sol era un par de años menor que yo y también le gustaba la música electrónica, así que quedamos en que iríamos juntas a Karachi, la mejor disco de Madrid, según ella sólo comparable a Space en Ibiza. Ambas eran famosas, pero yo nunca había ido. Sol salía con el relaciones públicas del local y conseguía invitaciones gratis.

Cuando llegué a casa pensé en llamar a Leti para contarle lo del beso, pero sabía que eso iba a hacer que empezara a analizarme y yo no estaba con ánimos, así que llamé a mis padres y a mi hermano, me puse un top, mallas deportivas y zapatillas, llevé la ropa a la lavandería de la esquina y me fui a correr al parque del Retiro.

Me sorprendió la cantidad de personas que había. Mi falta de entrenamiento era evidente. En Marbella había salido a correr o en bici por la costa, pero desde lo de Valentín no lo había vuelto a hacer; no quería pasar por delante de su piso.

Sudada y agotada, llegué a casa, me di una ducha, cené algo liviano de lo que había dejado preparado para la semana y no pude resistirme a seguir leyendo.

Las escenas de sexo de la novela me recordaban a las «sesiones de sexo desenfrenado» de Claudia. Así las llamaba ella, y seguramente alguna vez tuvo una de ésas con el que había sido mi prometido.

Leer me excitó muchísimo. Comencé a tocarme. Llevaba un picardías y mis manos resbalaban sobre el suave satén. Primero, mis pechos —mis pezones estaban duros—; luego, hacia abajo y por debajo de mis bragas. Acaricié mi sexo húmedo; me imaginaba los labios de Patricio recorriéndome. Su beso había sido delicioso. Me froté el clítoris frenéticamente, y mi cuerpo se contorsionó y convulsionó ante la embestida de mis dedos moviéndose en la vagina. Exploté en un orgasmo intenso, me acurruqué sintiendo aún las sacudidas y me quedé dormida casi al instante.

El viernes era el día de la indumentaria informal en la empresa, así que me decidí por un pantalón pirata ajustado negro, combinado con un top de manga tres cuartos drapeado, color azul eléctrico, y zapatos sin puntera negros, cómodos y elegantes. Opté por un maquillaje suave —sólo polvo, rímel y brillo labial—, una coleta alta y el imprescindible toque de J'Adore.

La carrera y el fantástico orgasmo habían liberado la tensión de las últimas jornadas, y me sentía aliviada y descansada. Me propuse salir a correr todos los días y seguir leyendo, así me aseguraba más orgasmos maravillosos como aquél.

Cuando llegué a la oficina, el coche de Patricio ya estaba allí. Siempre me resultaba extraño ver a mis compañeros vestidos de manera informal. Patricio iba siempre como el CEO que era, trajeado, aunque me había dado cuenta de que los viernes usaba un traje informal sin corbata.

Saludé a Teresa, que me recordó que al salir del trabajo iríamos con un grupo de compañeros a tomar unas copas. Sol también me lo recordó. Para ellas era algo de todos los viernes, y para mí ésa era la primera vez.

—Ya está preparada la sala de reuniones. El señor Borges me ha avisado de que llegaría un poco más tarde, pero me ha dicho que empieces sin él. En seguida te traigo el café y la correspondencia.

—Gracias, Sol —dije mientras encendía el portátil; debía recordar que ese día tenía que llevármelo porque el vuelo del lunes salía muy temprano.

Revisé mis *e-mails* y encontré respuesta de Patricio.

From: Ing. Patricio del Monte
Sent: Friday, July 13, 2012 08:23 AM
To: Ps. Azul Alzogaray
Subject: RE: Informe Ing. Sánchez
Buenos días.
Me parece perfecto. Gracias por el informe. Me dijo Carlos que el ingeniero Ochoa está descartado.
Ing. Patricio Del Monte Salaberry
CEO Ingeniería Del Monte
P.D.: Todavía siento tus labios.

From: Ps. Azul Alzogaray
Sent: Friday, July 13, 2012 09:12 AM
To: Ing. Patricio del Monte
Subject: RE: RE: Informe Ing. Sánchez
Sí, definitivamente no se ajustaba al perfil requerido.
Atte.
Ps. Azul Alzogaray Goyena
Recursos Humanos
Ingeniería Del Monte

«¡Yo también siento tus labios!» No podía desprenderme de su sabor ni su aroma, que olía a jazmines y madera, una fragancia muy sexy. Tener jazmines en mi despacho hacía que lo oliera todo el tiempo. Era embriagador.

Tomé el café que me trajo Sol y repasé la correspondencia. Había algunos currículos, así que los abrí y los dejé sobre el escritorio para estudiarlos cuando regresara de la entrevista. También había una invitación para la presentación de un producto de la compañía el viernes 3 de agosto. Lo apunté en la agenda, guardé la invitación en el cajón, recogí lo que necesitaba para la entrevista y salí.

—Buenos días —les dije a Marina y a la señorita López.

—Buenos días, Azul. Me ha dicho Sol que hoy irás al bar.

—¡Sí! ¿Nos veremos allí?

—¡Claro!

Entré en la sala de reuniones y me senté para esperar al entrevistado. Entonces vi que del ascensor salía la morena sexy, Gabriela Ponce de León. Tragué saliva. Estaba ahí para ver a Patricio; él me había dicho que era una ex. «¿Qué hace aquí tan temprano?» Una especie de ira amenazó mi ánimo, pero no tuve mucho tiempo para centrarme en eso porque junto a ella estaba mi candidato. Marina lo guió a la sala, mientras la antipática señorita López, que no parecía para nada antipática con ella, acompañaba a la mujer hasta el despacho de Patricio.

Cuando la entrevista con el ingeniero Franco llevaba media hora, llegó Carlos. Avanzamos juntos; lo cierto era que formábamos un buen equipo. Una hora después, habíamos terminado. Salimos de la sala y Carlos pidió que lo anunciaran a Patricio.

—El señor Del Monte está ocupado y nos ha pedido que no le pasáramos llamadas —dijo la antipática. No había visto pasar a Gabriela, así que evidentemente estaba ahí desde hacía hora y media.

Bajé por las escaleras a mi despacho y me puse a trabajar en el informe del ingeniero Franco —otro buen candidato— hasta la hora del almuerzo. Comí en la cafetería con Teresa, Sol y Marina.

Teresa era un año mayor que yo y Marina tenía mi edad. Me gustaba poder formar parte de un grupo de amigas, aunque con ellas no podía hablar de lo que me estaba pasando con Patricio. Extrañaba mucho a Leti y a Violeta, y en realidad, también a Claudia, a pesar de su traición.

Habíamos terminado de almorzar y estábamos esperando el ascensor cuando se abrieron las puertas y salió ella, Gabriela Ponce de León.

—¿Qué hace aquí? —preguntó Sol.

—No lo sé. Ha venido temprano —contestó Marina.

—La ex de Del Monte —dijo Sol, dirigiéndose a mí. Aunque ya lo sabía, no estaba tan segura de que fuera cierto, y menos entonces.

—Para él será la ex..., pero ella no lo ha superado —soltó Marina, irónica.

—Yo la he visto con el señor Dutra saliendo del edificio de la mano...

—¿Quién es el señor Dutra? —intervine, curiosa.

—Larga historia. Hoy en el bar te lo cuento —respondió Marina, guiñándome un ojo.

Se abrió la puerta del ascensor y bajamos Sol y yo. Una vez en mi despacho traté de no pensar en Patricio, aunque su beso seguía rondándome la cabeza. Me puse a leer los currículos y le pedí a Sol que seleccionara a los candidatos, así tendría la lista preparada a mi regreso de Vigo.

«¡Tilín!»

«Buenas tardes, Azul. ¡Estás guapísima hoy!»

«Ahora que ella se ha ido, te acuerdas de mí —pensé—. ¡Grrr!» Clic en *responder*: «¿Ha podido leer el informe que le envié?». *Enviar.*

«¡Tilín!»

«No he podido terminarlo; he estado ocupado. ¿Cómo le ha ido con el ingeniero Franco?»

«¡Claro, muy ocupado!», me dije. Clic en *responder*: «Bien. Cuando tenga listo el informe, se lo envío». *Enviar.*

«¡Tilín!»

«¿Ha recibido la invitación a la presentación del mini proyector? Me gustaría que me acompañara.»

«¿Que?» ¿Me estaba tomando el pelo? Clic en *responder*: «Sí, la he recibido. Gracias, pero sospecho que a su novia no le va a gustar». *Enviar.*

«¡Tilín!»

«Si lo dices por Gabriela, ya te comenté que es mi ex, y sospecho que a su novio no le gustaría que fuera conmigo en lugar de con él.»

Clic en *responder*: «Tampoco que estuviese encerrada en su despacho cerca de tres horas». *Enviar*. «¡Nooo! —me lamenté—. ¿De verdad he escrito eso? ¡Desde cuándo soy tan impulsiva! ¡Pero si parezco una loca celosa!»

«¡Tilín!»

«¿Eso son celos, señorita Alzogaray?»

«Y ahora ¿cómo lo arreglo? Piensa, piensa...» Clic en *responder*: «Simple observación. Como le dije, debería apuntarse a la consulta. Está desvariando». *Enviar.*

«¡Tilín!»

«¿Puede psicoanalizarme durante la cena?»

Clic en *responder*: «Otra propuesta inapropiada». *Enviar*.

«¡Tilín!»

«¿Otra propuesta inapropiada?»

«¿Me está tomando el pelo? Bien, ingeniero, si quiere jugar a este juego, juguemos y dejemos esto claro.» Clic en *responder*: «El libro, el beso, la invitación a acompañarlo a la presentación del mini proyector. Llamemos a las cosas por su nombre». *Enviar*. «¡Ahí tiene!»

«¡Tilín!»

«El libro, un regalo; el beso, un hecho; la invitación, un deseo. La cena es una propuesta a la que no le veo lo inapropiado.»

«¡Este hombre me exaspera! El jueguecito de palabras me confunde.» Clic en *responder*: «¡Un hecho que NO puede volver a ocurrir!». *Enviar*.

Continué con el informe. En poco menos de una hora terminaba la jornada, y eso hizo que cayera en la cuenta de que la semana siguiente no lo vería. Me estaba acostumbrando a ese jueguecito de mensajes diarios. De pronto, comprendí que lo extrañaría... «¡Mierda!, ¡me estoy pasando!»

Estaba saliendo a buscar un café cuando me choqué con Patricio en la puerta de mi despacho. «¡Joder!»

—Estamos destinados a chocar... —dijo, cerrando la puerta a su espalda.

Di algunos pasos atrás.

—Patricio, terminemos con este jueguecito.

—Me gusta este jueguecito —afirmó mientras daba unos pasos hacia mí.

«Esto no está bien y la que va a terminar herida y sin trabajo soy yo..., pero eso no se lo voy a decir.»

—Me gustas y me gusta ver que no te soy indiferente.

Dio dos pasos más y me besó. No pude ni quise resistirme. Me agarró por la cintura y pasó su mano por mi rostro, y yo por el suyo y por su cabello. Nos besamos vorazmente. Nuestras lenguas se retorcían, los labios se acariciaban, gemíamos en el otro, nos hacíamos el amor con la boca. Las manos de ambos subían y bajaban recorriendo nuestros cuerpos. Estábamos excitados. Podía sentir mi humedad, mi sexo palpitar y su erección en mi vientre.

—Si no paramos ahora no podrás irte al bar con tus compañeros... —dijo, jadeando y apoyando su frente en la mía con los ojos cerrados.

No quería ir al bar. Quería seguir, estaba excitada, lo deseaba demasiado.

—Vete, por favor —le rogué casi en un susurro.

Me separé y, dándole la espalda, me recompuse la ropa y el cabello.

—No quiero, y tú tampoco...

Me tomó por la cintura de espaldas y me besó en el cuello. Llamaron a la puerta y nos alejamos el uno del otro. Patricio estaba de espaldas a la entrada; sus pantalones delataban lo que estábamos intentando disimular.

—¡Adelante!

—Disculpen, no sabía que el señor Del Monte estaba aquí.

—No te preocupes. Ya hemos terminado. ¿Salimos juntas?

Tomé mi bolso, cerré el portátil y lo guardé en el maletín.

—Que tenga un buen viaje, señorita Alzogaray.

—Gracias, señor Del Monte.

Salí casi corriendo de mi despacho. Sol tomó su bolso y entramos en el ascensor, que nos esperaba.

—¿Estás bien?

—Sí, sí.

—Me ha parecido que estabais discutiendo...

—Una diferencia de criterios. Nada más.

—Del Monte es un tipo difícil. Yo fui su secretaria antes que Marina; te lo puedo decir con propiedad. Hemos pasado unas cuantas por ese calvario. La única que permanece es Cintia. Vamos, que el tipo está buenísimo, pero es un mandón insoportable.

—¿Cintia es López?

—Sí; creía que sabías su nombre.

Salimos del ascensor y vimos a Marina y a Teresa en el vestíbulo.

—No le caigo bien.

—Nadie le cae bien nadie.

—Al parecer, la ex de Del Monte sí.

—Porque es su amiga. Así entró a trabajar aquí. Creo que lo hizo para tenerlo vigilado; tiene fama de mujeriego.

En Google había visto fotos de él con algunas mujeres, pero sobre todo con amigos y con ella.

—¡Vamos, chicas, que los demás ya han salido! —nos apuró Teresa.

Caminamos un par de manzanas y llegamos al bar. Había unos cuantos compañeros; a algunos no los conocía, así que me los presentaron. Un par de ellos no me quitaban los ojos de encima. Charlamos y reímos. La mayoría pidió cerveza, pero como yo conducía, opté por un refresco; me dije que la próxima vez iría en metro.

Marina se acercó a donde estábamos Sol, Teresa y yo.

—Te debo una historia.

—Soy toda oídos.

—¿Así que todavía no conoces al señor Dutra? —me preguntó, y negué con la cabeza—. Debe estar de viaje. Ahora que caigo, no lo he visto en estas últimas semanas. Si estuviera en la empresa, ya lo habrías conocido. Es un acosador empedernido, ¡un gran espécimen para tu consulta! —Me reí—. Dutra es el relaciones públicas, uno de los mejores amigos de Del Monte y el novio de su ex.

—¿Qué? ¡Me he perdido!

—Que Dutra es el actual novio de Gabriela Ponce de León.

—¡Ajá! —exclamé, como no dando importancia a lo que me decían, aunque la realidad era que estaba haciendo un estudio pormenorizado de cada detalle que me contaban.

Mi móvil sonó. Era un mensaje, pero no reconocí el número. Leí: «¿Podemos vernos mañana y seguir en lo que estábamos?».

Era la primera vez que Patricio me enviaba un mensaje al móvil. Copié el número en la agenda y le respondí: «Esto es un error. ¡Mejor pararlo ya!».

Me contestó de nuevo: «Creo que ya lo hemos intentado y no hemos podido».

Eso era verdad, pero no le respondí. Minutos después me envió otro: «El lunes te vas para una semana. Hablemos».

Tenía razón; debíamos hablar. Iba a ser muy incómodo si no lo hacíamos.

«Mañana corro en el parque del Retiro. Te veo en el monumento a Alfonso XII.»

«¿A las 11?»

«Ok.»

Ése era terreno neutral.

Poco después Teresa se despidió y al momento la siguieron otros compañeros. Sol también quería irse, así que como su casa me quedaba de camino, me ofrecí a llevarla otra vez. Nos despedimos de Marina y los otros chicos, y fuimos al estacionamiento de la empresa a buscar mi coche.

Una vez en mi piso, tomé una cerveza fría de la nevera y aproveché para preparar la maleta. Debía llevar algo de abrigo; había visto el pronóstico del tiempo y se esperaban temperaturas bajas. Mi amiga la música me acompañó hasta que me fui a la cama a leer. No pasó demasiado rato antes de encontrarme con otra «sesión de sexo desenfrenado». A decir verdad, después del apasionado encuentro en mi despacho, no necesité mucho para excitarme y empezar a tocarme, pensando que eran los labios y las manos de Patricio los que recorrían cada centímetro de mi cuerpo. La sesión acabó en un increíble orgasmo.

Me desperté a las nueve. Estaba nublado. Me di una ducha, preparé café y me vestí con ropa de deporte. Tomé el café al vuelo, saqué una botella de agua, me puse los cascos del iPod y, siendo casi las diez, crucé al parque para correr. Me decidí por un circuito que me llevaría unos cuarenta y cinco minutos; así tendría tiempo de refrescarme antes de encontrarme con Patricio. Cuarenta minutos después, disminuí el trote y me quité los cascos. Entonces lo vi apoyado en un árbol, tomando agua de una botella y vestido con pantalones cortos y una camiseta con el logo de Ingeniería Del Monte. También había estado corriendo. Cuando me vio, se acercó inmediatamente con una amplia sonrisa y una mirada para derretir glaciares.

—¡Hola! ¿Cómo estás? Necesitaba correr un poco.

Me dio un beso tierno en la mejilla.

—Sí, yo también. Suelo venir después de salir de la oficina.

Empezamos a caminar hacia el monumento a Alfonso XII.

—Yo corro todas las mañanas.

—¿Aquí?

—Sí, vivo a unas manzanas. Vengo en coche, corro y luego me voy a la empresa.

Eso explicaba por qué el día en que me citó en su despacho tenía el cabello húmedo. Por un momento, seguimos caminando en silencio.

—Azul, tienes razón. Esto es un error.

¡Vaya!, no me esperaba eso. Me quedé descolocada.

—Pero por más que intento convencerme de que te deje en paz, no puedo... Y hay algo que me dice que tú tampoco puedes.

—Quizá no lo hemos intentado lo suficiente.

—Créeme que yo sí.

—Patricio, no nos conocemos. No sabemos nada el uno del otro...

Me hizo una señal para que me sentara en el césped.

—Yo...

—Déjame hablar, por favor. —Hice una pequeña pausa, y seguí—: Me mudé a Madrid un mes después de haber encontrado al que una semana más tarde debería haber sido mi esposo con una de mis mejores amigas...

—¡Joder!

—Pues sí. De modo que entenderás que, en este momento, mi confianza en el sexo masculino está por los suelos.

Asintió.

—Yo no soy él.

—No, pero no te conozco.

—A él lo conocías y mira lo que te hizo.

«Cuando tiene razón, tiene razón.»

—Pero tú eres mi jefe, y si esto va mal, no sólo voy a salir herida, sino que además perderé el trabajo.

—No tienes por qué perderlo. En caso de que esto no funcione, podemos llegar a un acuerdo de buena convivencia.

—No creo que pudiera, y además me sentiría incómoda con el resto de mis compañeros.

Me tomó de la mano.

—Podemos no decir nada mientras probamos...

—¿Estás determinado a intentarlo? —pregunté, mirándolo a los ojos.

—Azul, míranos... Si en este momento estamos hablando es porque estamos en un parque rodeados de personas. —Me acaricio los labios con su dedo índice—. La atracción entre nosotros es palpable. Te haría el amor aquí y ahora. —Se acercó a besar la comisura de los labios y susurró—: Tienes la boca más hermosa que jamás haya visto...

Sentí que mi rostro se incendiaba. Nunca me habían hablado tan directamente, pero me encantaba, me estaba poniendo húmeda. Me mordió el lóbulo de la oreja y me estremecí.

—Te deseo, Azul.

—Yo también.

En ese mismo momento, empezó a llover. Tomó mi mano y corrimos hacia el monumento a Alfonso XII para refugiarnos, pero ya estábamos empapados. Patricio tiró de mí y me llevó a un rinconcito, donde comenzamos a besarnos como en mi despacho. Mi top estaba empapado y dejaba ver mis pezones endurecidos. Sentí su erección. Estábamos muy excitados. Nuestra respiración era agitada y no podíamos ni queríamos parar.

—Aquí no —le dije en un tono apenas audible.

—Tengo el coche fuera. Esperemos a que pare un poco la lluvia y vayamos a mi casa.

—Mi piso está cruzando la calle.

Tomó mi mano y corrimos hacia la salida. Llovía de forma torrencial.

—¡Por la salida que da a Ibiza! —grité.

Corríamos bajo el agua, aunque nos refugiamos un par de veces para besarnos. Era una sensación de urgencia la que se apoderaba de nosotros y no podíamos más que aceptar lo que el cuerpo nos pedía. Cruzar la calle fue una odisea. El cielo se había oscurecido y la lluvia no cesaba. Nos metimos en el edificio y entramos directamente en el ascensor. Presioné el botón del sexto piso y, cuando las puertas se cerraron, comenzamos a besarnos, tocarnos, gemir, jadear, rozarnos. Cuando el ascensor se abrió, casi tropezamos con nuestros propios cuerpos. Abrí la puerta y nos quitamos las zapatillas a patadas, y besándonos, lo guié al baño. Accioné la ducha y nos metimos bajo el agua tibia, que comenzó a correr sobre nosotros y fue como un bálsamo. Nos miramos; nuestra respiración era irregular y fuerte. Era la primera vez que sentía un arrebato de pasión semejante; era algo visceral y explosivo. No había palabras para describir lo que nos pasaba. Además, no era necesario decir nada, y ambos lo sabíamos, así que nos comunicábamos con miradas, roces, caricias y besos.

Nos fuimos desnudando el uno al otro. No sentí vergüenza. Patricio era hermoso, bien formado, muy masculino. Besé sus pezones y cepillé con mis dedos el pelo de su pecho. Me quitó el top y el sujetador, me besó el cuello, deslizó la lengua por la curva hasta mis hombros, donde me dio un suave mordisco. «¡Guau, qué sensación más exquisita!» Le acaricié los brazos, y luego el torso, hasta poner las manos dentro del pantalón corto para ayudarle a sacárselo. Después él hizo lo mismo con mi pantalón, pero junto con mis bragas. Cuando llegó a la altura de mi sexo, apoyó su nariz en mi vello púbico y me olió; pensé que me daba un ataque. Entonces me dio un beso que me hizo temblar; era la primera vez que me besaban ahí. Me ayudó a desprenderme de mi ropa, y luego le saqué los bóxers y liberé su erección.

Había tenido sexo sólo con Valentín, así que no tenía mucho con que comparar, pero su masculinidad era perfecta. Puse jabón en la esponja y comencé a lavar su cuerpo; a continuación, él hizo lo mismo conmigo. Primero me acarició el sexo con la esponja, y después la dejó caer y empezó a acariciarme el clítoris con los dedos al mismo tiempo que me besaba y mordía delicadamente mis pezones. Mi cuerpo temblaba, tanto que sentía que no podría estar más tiempo de pie. Tuve que apoyar mi frente en su hombro para mantener el equilibrio, mientras él me sostenía por la espalda y la acariciaba suavemente. Me hizo estallar en una espiral orgásmica inacabable. Se vio obligado a sujetarme fuerte porque se me aflojaron del todo las piernas.

—No tomo la píldora. ¿Tienes condones? —Me miró asombrado y negó con la cabeza—. Yo tampoco.

«¡Qué momento!»

—¡Mierda!

Tendí la mano y tímidamente se la agarré para masturbarlo. No sabía si lo estaba haciendo bien, pero a juzgar por su respiración, sus gemidos y cómo tensaba el cuerpo estaba disfrutando.

—¿Está bien así?

—Delicioso... —Lo empecé a masturbar más fuerte—. Me estás matando, Azul. ¡Joder! ¡Mierda! ¡Vas a hacer que me corra!

Un momento después se corrió en mi mano. Nos besamos y nos acariciamos, nos enjabonamos de nuevo y luego salimos de la ducha. Había sido el momento más íntimo que jamás había tenido. Le presté un jersey y unos pantalones deportivos de mi hermano; tenían la misma complexión, y Benja guardaba algo de ropa en el piso. Me vestí con vaqueros y un top. Estábamos callados, pero nuestras miradas se cruzaban y nos sonreíamos.

—¿Quieres comer algo? —le pregunté mientras me ataba el último cordón.

—A ti... a besos... —Me tiró en la cama, me hizo cosquillas y me besó. Nos estábamos excitando de nuevo—. Eres deliciosa. Quiero que te corras de nuevo para mí.

—Quiero que me hagas el amor pero no tenemos condones, Patricio —le dije, tratando de escaparme.

—Me he dejado el móvil en el coche. Préstame el tuyo un momento.

Le hice un gesto con el mentón, señalando mi mesilla de noche, donde también estaba el libro que me había hecho llegar. Me miró socarronamente.

—Sí, lo estoy leyendo. Para eso me lo regalaste, ¿no?

Asintió con cara de niño travieso.

—¿Farmacia?... ¿Hacen envíos?... ¿Puede mandar en menos de una hora una caja de preservativos?... Sí, de doce unidades.

Lo miré, y me pidió que le diera la dirección.

—Avenida de Menéndez Pelayo, esquina Ibiza, edificio Retiro, sexto piso —repitió mientras me iba a la cocina.

—¿Emparedado, tortilla o Phono Pizza?

—Emparedado. ¿Puedo?

—Si te lo ofrezco es porque puedes.

—Si puedo prepararlos yo... —comentó, poniendo los ojos en blanco.

—¿Tú?

Lo miré como si no entendiera.

—Yo, señorita Alzogaray, cocino, y muy bien por cierto —afirmó mientras me aprisionaba contra la encimera y me besaba el cuello.

Se me aflojaron las piernas. Creo que había descubierto mi punto débil.

—¡Qué coincidencia, señor Del Monte, yo también! Cocinar es mi pasatiempo favorito... La cocina es toda tuya. El mío con mayonesa en ambas rebanadas. Voy a poner música. ¿Alguna preferencia?

—Me gusta todo.

—¿Coldplay?

—Mi grupo preferido... —señaló a la vez que revolvía la nevera buscando qué poner dentro de los emparedados.

—También el mío. ¿Fuiste al concierto? Yo no pude ir —le expliqué, haciendo un mohín.

—¡Sí! He oído que vuelven en octubre... ¿Clásico o gourmet?

—¿Eh? Sorpréndeme. ¿Cerveza o vino?

—Depende, pero para el emparedado, cerveza.

Me ocupé de la mesa mientras él terminaba de preparar lo que fuera que estuviese preparando. Seguía lloviendo y sonaba *Paradise*,* una de mis canciones favoritas, cuando llamaron al interfono. Eran de la farmacia.

—Suba.

—Yo abro —dijo Patricio, que después llevó la cajita a la mesilla de noche del dormitorio y volvió a la cocina.

—¿Sabes?, hay algo familiar en este piso.

Puso un plato delante de mí. ¡Era un emparedado cinco estrellas! Chocamos nuestras botellas de cerveza.

—¿Qué tal está?

—¡Mmm! —Hice mil muecas—. ¡Delicioso!

Se acercó y con la punta de la lengua limpió algo de mayonesa de la comisura de mis labios. Fue muy sensual.

—¿Por qué te trasladaste a Madrid?

—Nací aquí. Nos mudamos a Marbella cuando yo tenía ocho años. Después de lo que pasó entre Valentín y Claudia, necesitaba un cambio... Amo esa canción.

Sonaba *Trouble*,** de Coldplay.

—Sí, es preciosa... ¿Estabas enamorada?

—¡Esto es exquisito! —exclamé. Patricio arqueó una ceja—. Creía que sí, pero no... No es que no lo quisiera; por eso la trai-

* *Paradise*, Universal Music Publishing Mgb Ltd., Opal Music, interpretada por Coldplay. *(N. de la e.)*

** *Trouble*, Bro 'N Sis Music Inc., Universal Music Publishing Mgb Ltd., Keith Sykes Music, interpretada por Coldplay. *(N. de la e.)*

ción fue tan dolorosa. —Di otro bocado—. Si la tecnología no funciona, te puedes dedicar a esto. ¿Qué pasó con Gabriela?

—Nada, se terminó.

—¿Estabas enamorado?

—¡No! Ninguno de los dos; sólo nos divertíamos. Su padre es muy amigo del mío y nos conocemos desde hace muchos años. Ahora es la novia de Andrés, uno de mis mejores amigos. Ya lo conocerás. Trabaja en la empresa, pero ahora está en la sede de Barcelona.

—¿Postre? —pregunté, levantándome de la silla.

—A ti...

Me agarró por la cintura y me sentó en su falda. Me besó mientras deslizaba su mano por debajo del top y me acariciaba primero un pecho y luego el otro. Su lengua recorría mi cuello. Me soltó el cabello y me masajeó el cuero cabelludo; luego me sentó sobre la mesa, acariciándome los muslos.

—¡Dios, quiero follarte hasta que perdamos el sentido!

Asentí. De pronto, me sentí tímida. Me alzó en brazos y me sostuve de su cuello mientras me llevaba a la cama. Comenzó a desvestirme con delicadeza. En el comedor aún sonaba Coldplay. Quería olvidarme de que Patricio era mi jefe y que el lunes me iba una semana a Vigo; quería perderme en él y que él se perdiera en mí.

Definitivamente, había descubierto mi debilidad por los besos en el cuello y abusaba de ello, excitándome hasta la desesperación. Poco a poco bajó hasta mis pechos y, tomando mis pezones a mordiscos, me provocó un dolor delicioso tironeando de ellos. Luego su boca alcanzó mi abdomen. Mi sexo lo llamaba a gritos, y su lengua, que escuchaba, sabía cómo y dónde, así que de inmediato comenzó una danza sobre mi clítoris.

—Eres deliciosa.

Mi cuerpo se sacudía y me sentía completamente a su merced, abandonada al placer, perdida en él.

Sentirme tan fuera de control encendió una chispa de locura. No podía permitir que aquel hombre me convirtiera en rehén de mi propia pasión. Me di la vuelta de golpe y quedé a horcajadas sobre él. Tenía una mirada extrañada.

—Azul...

—¡Chsss! —Le puse un dedo en los labios—. Déjame.

Tomé un condón, rasgué el envoltorio y se lo puse. Luego lo agarré por ambas muñecas y las sujeté tan fuerte como pude, mientras mi pelvis se las ingeniaba para introducir el extremo de su endurecida masculinidad dentro de mí. Cabalgué sobre su miembro, obligándolo a adentrarse más y más en mi interior. Empujando y llenándome, hice que todo mi cuerpo se tensara y reaccionara.

Él quería soltarse —quizá para tocarme, quizá para seguir dominándome—, pero no le dejé. Lo tenía firmemente asido y sentía cómo las contracciones de mi sexo lo exprimían gota a gota mientras gemía suavemente.

Cuando parecía que se iba a imponer un ritmo tranquilo, comenzaba a montarlo frenéticamente. Sentía que Patricio estaba en ese momento a mi merced y que no podía hacer otra cosa que perderse en mí.

—¡Joder, Azul, vas a matarme! ¡Mierda, no quiero correrme ahora!

Yo no podía ni quería parar, así que llegamos al orgasmo entre gritos y jadeos, sintiendo una loca necesidad de posesión. Nos mantuvimos unos instantes el uno sobre el otro para recobrar el control. «¿Qué mierda me ha poseído para hacer esto?» Al salir de él sentí una satisfacción difícil de definir. Nos besamos y nos quedamos abrazados. Lo miré tímidamente y vi que me miraba. Su cara era un poema, pero no estaba enojado, sino más bien desconcertado. Me reí. Creo que le hablaba a su yo interior: «¡Mierda, me han follado!». Y eso me gustaba, me hacía sentir su dueña, la mujer que lo poseía.

Me desperté a las ocho. Estaba oscuro y aún llovía. Patricio estaba dormido. Me levanté y sin hacer ruido fui al baño a ducharme. Envolviéndome en el albornoz, fui a la cocina a buscar agua. El remordimiento y la culpa empezaron a invadirme. «Esto es una locura.» Me paré frente al ventanal a mirar a la nada. Patricio apareció y me abrazó por la cintura, y dándome besos en el cuello, me volvió y me besó en la nariz.

—¿Estás bien?

—Creo que sí... Oye, no sé qué me ha poseído. Yo no soy así.

—¡Chsss! Ha sido magnífico.

—¿En serio?

—Extrañamente magnífico. Estoy acostumbrado a tener el control de todo, incluso en el sexo, pero me ha gustado que hayas sido tú quien me lo haya arrebatado de esa forma tan absoluta. No he podido hacer nada más que rendirme a tu control... —Patricio miró el reloj de la sala y dijo—: Son casi las diez.

—¿Tienes que irte? —sondeé con tono de decepción.

—Iba a preguntarte si podía quedarme. Podríamos cocinar algo juntos, y luego puedo continuar siendo tu esclavo sexual —propuso él, y yo le di un suave codazo.

En ese momento sonó el teléfono.

—¡Hola!

—¡Jaz, nos tienes preocupados!

Patricio me agarró de la cintura y comenzó con su tortura de besos en el cuello.

—Benja, disculpa, han sido días complicados. El lunes viajo a Vigo y me quedaré allí una semana —le conté a mi hermano mientras intentaba zafarme de Patricio.

—¿Vienes a almorzar mañana, entonces?

—¿Mañana? —Lo miré—. ¡Vale! Mañana a mediodía estaré ahí. ¿Llevo postre y cerveza?

—Sólo vino. Cocina Dan —respondió. Luego nos despedimos.

Patricio me tenía todavía abrazada por la cintura y su mentón estaba apoyado en mi hombro.

—Mañana podemos pasar la noche en mi casa, así el lunes puedo llevarte al aeropuerto. No sé cómo me las arreglaré para no tenerte durante una semana.

Yo me preguntaba lo mismo.

—Existen los móviles, y además me llevo el portátil. El jueguecito de los mensajitos con ese programita te sale muy bien —contesté, arqueando una ceja.

—No sé a qué se refiere, señorita Alzogaray.

—Puedo imaginármelo, señor Del Monte.

Patricio me alzó y lo abracé con las piernas mientras me sostenía de su cuello. Fuimos besándonos hasta el dormitorio. Él estaba desnudo y yo en albornoz. Tiró del cinturón y la prenda, al abrirse, liberó mis pechos. Me apoyó contra la pared y comenzó a besarlos, mordisquearlos, chuparlos, apretarlos.

—Tienes unos pechos hermosos, pequeños, deliciosos y perfectos —dijo mientras tomaba uno con una mano y lo besaba, y con la otra me sostenía por la espalda.

Nos estábamos devorando. Sus dedos viajaron a mi húmedo sexo y, acariciándolo, separó los resbaladizos labios hasta encontrar mi vagina, para luego introducir dos dedos mientras con la palma me masajeaba el clítoris. Era una sensación exquisita; todo mi cuerpo se contoneaba.

—Este botoncito es muy sensible.

Alargó la mano hasta la mesita y tomó un condón. Lo rasgó con los dientes y se lo puso hábilmente. Lo miré a los ojos; quería ver su mirada mientras me penetraba y quería que él me mirara a mí. El placer era incontrolable; me sentía poseída. Mi pelvis comenzó a cabalgarlo con la espalda arqueada, ofreciéndole mis pechos. Éramos puro gemidos y jadeos. Patricio me sostuvo sin romper el contacto y me llevó a la cama, donde nos acariciamos y besamos. Cuando las sacudidas del orgasmo amenazaban con golpearnos, disminuíamos el ritmo del roce. Nuestros cuerpos resbalaban, cubiertos de sudor, fundidos. Encontramos juntos un escandaloso clímax. Mi sexo palpitaba ordeñando hasta la última gota de su semen. Estábamos exhaustos. Nos quedamos así un buen rato. Luego Patricio salió de mí, rodó en la cama, me abrazó por la espalda para besarme la parte de atrás de la cabeza y nos quedamos dormidos.

Sonó el teléfono y saltamos de la cama.

—¡Hola!

—¿A qué hora piensas venir?

—¿Qué hora es, Benja?

—Las doce y media.

—¿Qué? Me he quedado dormida... En media hora a más tardar estoy ahí.

Después de colgar corrí al vestidor a buscar ropa. Patricio estaba en la ducha. Cuando salió, me dio un tierno beso.

—Buenos días.

—Buenas tardes. ¿Cómo nos hemos podido dormir así? —dije, y entré en la ducha.

Quince minutos después estaba agarrando una botella de vino de la bodeguita, las llaves del coche y la maleta. Llevé a

Patricio hasta su coche y quedamos en vernos por la noche. Me dio su GPS para que pudiera llegar a su casa. Nos despedimos con un beso y seguí hasta el domicilio de mi hermano.

—¡Huele deliciosamente! Me muero de hambre —comenté mientras me abrían la puerta y le entregaba la botella de vino a Dan.

Finalmente, con la «sesión de sexo desenfrenado», la noche anterior nos habíamos quedado dormidos y durante el día no habíamos comido más que el emparedado que había hecho Patricio, aunque llamarlo emparedado era casi un insulto.

—Tu hermana tiene cara de recién follada, Benja.

Miré a Dan sin dar crédito a lo que había dicho.

—¡Jaz, suéltalo ya!

—No hay nada que decir, Benja. Estoy saliendo con alguien, pero no es nada serio. Eso es todo.

—¡Venga, tienes cara más bien de tremendo follón! ¿Quién es?, ¿algún compañero de trabajo?

—Sí..., de la empresa... ¡Joder!, ¿qué es lo que huele tan bien? —dije, tratando de cambiar de tema.

—Albóndigas. La receta secreta de Dan. ¡Son deliciosas!

—Si saben como huelen, no tengo ninguna duda. —Serví el vino—. Espero que esté a la altura —le comenté a Dan mientras les tendía una copa a cada uno.

Almorzamos, charlamos, reímos. Me contaron que finalmente hablarían con papá y mamá. Para Benja había sido un camino largo, pero me alegré de haberle podido ayudar en el proceso. Les conté a qué iba a Vigo y que una semana al mes estaría en alguna parte del país. Después de un delicioso café con trufas, una amena charla y una peli, nos despedimos y me fui. Ya era de noche.

Me sentía muy bien. Nunca me había sentido tan sexy y deseada, dispuesta a hacer cosas que jamás hubiera siquiera imaginado. A medida que me iba acercando, mi cuerpo reaccionaba a lo que sabía que ocurriría en breve. Lo deseaba. Mucho.

Le envié un mensaje: «Estoy en camino».

«Te espero. Entra el coche. El portón estará abierto», me contestó.

Cuando llegué a la dirección, efectivamente el portón de la entrada de vehículos estaba abierto. Entré el coche y en seguida se cerró. Patricio salió a recibirme junto a dos enormes perros que casi me tiran al suelo.

—¡Bienvenida!

Me besó.

—Gracias.

—Les gustas.

—¿De qué raza son?

—Boerboel. Te presento a *Peter* y a *Pan*.

—¡Mi cuento preferido de niña! —exclamé, y él se rió.

—Y el mío.

Me guiñó un ojo y me llevó de la mano hacia dentro.

—Ponte cómoda. ¿Qué tal el almuerzo?

—¿Aparte de que me dijeran que tenía cara de «tremendo follón»? Bien... Dan es un excelente cocinero.

Patricio se me acercó. Tenía un caminar muy felino y sensual que me excitaba. Puso una mano en mi cintura y con la otra me acarició la mejilla y me besó.

—Espero que tengas hambre. —Arqueó las cejas y se le encendieron los ojos. No se refería únicamente a la cena—. He cocinado para ti. ¿Vino blanco?

—¡Mmm!, por favor...

Era una casa moderna, con un estilo de construcción similar al edificio de la empresa: cemento, acero y vidrio. La sala era amplia. Había un gran hogar y, encima, una televisión enorme que parecía un cuadro. Enfrente había una *chaise-longue* en color chocolate, con cojines de distintos tamaños y formatos, enmarcada por una alfombra beige, una mesa central con un enorme cuenco lleno de jazmines y hojas verdes, y algunos cuadros en la pared. La pared del fondo era de vidrio y dejaba ver un hermoso y cuidado jardín. A la izquierda estaba el comedor, que disponía de una mesa con doce butacas a juego con el tapizado de la *chaise-longue.* Velas de distintas alturas y formas adornaban la mesa, que estaba preparada para la cena. La cocina era toda blanca, con una isla central donde estaban las copas y la botella de vino dentro de una cubitera.

—¿Qué estás cocinando?

Retiró una banqueta, hizo un gesto para que me sentara y me entregó una copa.

—Conejo con peras y tomillo. Espero que te guste.

—Gracias... Eres todo un sibarita, ingeniero —señalé, arqueando una ceja—. El aroma es exquisito. ¿Puedo ayudar en algo?

Tomé un sorbo de vino. Estaba fresco y delicioso. Me pasé la lengua por los labios.

—Ya casi está todo a punto. ¡Ufff! Esos labios... —susurró.

—¿Qué pasa con los jazmines? Quiero decir que me encantan, también son mi planta favorita, pero nunca había conocido a un hombre al que le gustasen tanto, hasta el extremo de tenerlos por todos lados.

—Algún día te lo contaré —contestó, con una mirada entre triste y nostálgica, apoyado en la isla frente a mí—. ¿Cenamos?

—Cenamos.

—Trae tu copa.

Rodeó la isla y me guió hasta el comedor, donde sonaba una música muy sensual. Reconocía la canción, pero no el ritmo.

—¿Qué música es ésta?

—Es Bossa N' Stones... *Satisfaction.**

—Excelente, nunca la había escuchado con este ritmo.

Corrió la silla para que me sentara.

—¡Qué caballero! Y pensar que cuando te conocí..., es decir, cuando me atropellaste, pensé que eras un maleducado.

—Lo sé. Las cámaras del ascensor te delataron —dijo mientras volvía a entrar en la cocina.

—Lo imaginé.

Minutos después volvió con los platos y se sentó frente a mí.

—Adelante —me indicó, e hizo un gesto para que comenzara.

El primer bocado fue una delicada explosión de sabores.

—Patricio, ¡esto es increíble! Embriagador, seductor..., una delicia.

—Gracias, me alegro de que lo disfrutes.

La música, la luz de las velas, el aroma de la comida y el vino hacían que la atmósfera se cargara aún más de la tensión que ya era palpable.

Nuestras miradas se cruzaban. El deseo crecía en mí. Me estaba poniendo húmeda. Patricio estaba muy sexy, vestido con

* *(I Can't Get No) Satisfaction*, Music Brokers, interpretada por Michelle Simonal en el album *Bossa N' Stones. (N. de la e.)*

un jersey azul con escote en V y un pantalón blanco. Mi mente se veía asaltada por imágenes de mí saltando sobre la mesa y follándolo hasta quedar inconscientes.

—¿Qué piensas, Azul?

—¿Dónde has aprendido a cocinar?

—¿Realmente pensabas en eso? —me preguntó, arqueando una ceja. «¡Joder!, ¿es que me lees la mente?»—. Me gusta, lo disfruto, compro libros, viajo...

Habíamos terminado de cenar y estábamos degustando el vino.

—Pensaba en eso y en que estás muy, muy sexy...

Se levantó y se quedó de pie detrás de mí. Me apartó el cabello y comenzó a besarme el cuello hasta el hombro. Sabía lo que hacía, me estaba excitando. Jadeaba. Me tomó los pechos por detrás y comenzó a acariciarlos, apretándolos mientras jugaba con su lengua en mi oído.

—Ven, vamos a la cama.

Me tomó de la mano, cruzamos la sala y subimos por unas escaleras flotantes hasta la planta superior.

El dormitorio estaba pintado de un gris acero que lo hacía muy masculino. La cama era amplia, con un respaldo blanco y un cubrecama a tono con las paredes. La estrella de la habitación era la chimenea vidriada empotrada que cubría toda la pared de enfrente de la cama. La otra pared era de vidrio y tenía vistas al jardín, hermosamente iluminado.

Nuestros cuerpos chocaron y comenzamos a besarnos con desesperación. Tironeamos de las ropas mutuamente sin poder separar las bocas y las manos el uno del otro. Algo nuevamente me poseyó, porque a continuación lo empujé hasta la cama y cayó sobre ella. Patricio me miró con una sonrisa carnal. Tenía el pantalón abierto, así que me fue fácil quitárselo. Me bajé el pantalón mientras él se acomodaba sobre sus codos para mirarme. Luego me deshice de la blusa sensualmente, sin retirar la vista de sus ojos encendidos. Me quité el sostén, liberando mis doloridos pechos. Mis pezones estaban duros. Me monté a horcajadas sobre él y comencé a besarlo alternando los besos con suaves mordiscos desde el cuello, bajando por su torso, primero un pezón y luego el otro. Acaricié el pelo de su pecho con mis manos y comencé a pintar una línea de besos hacia abajo.

Rodeé su ombligo con la lengua y continué por el camino feliz. Su miembro estaba erecto. Lo tomé entre mis manos; estaba muy duro y, sin pensarlo, me lo puse en la boca. Patricio abrió los ojos, luego los cerró y tiró la cabeza hacia atrás, gimiendo. Pasé mi lengua de arriba abajo, lamiéndolo, acariciándolo con mis labios, a un ritmo suave. Tenía un sabor entre dulce y salado. Levanté la mirada; sus ojos azules eran de una profundidad increíble.

—¡Azul, no sabes lo que me estás haciendo!... —dijo entre jadeos, casi ahogado.

Aceleré el ritmo mientras lo oía gemir y notaba cómo se tensaba de placer. Era la primera vez que hacía eso, y me gustaba.

—Si sigues así, me voy a correr en tu boca. Estoy demasiado excitado.

Yo también estaba muy excitada. Me sentía mojada y mi sexo palpitaba, pidiendo a gritos algo de roce. Me incorporé y me pasé la lengua por los labios. Patricio se sentó en la cama y me bajó las bragas; luego se deslizó hasta el suelo y, agarrándome por las caderas, comenzó a besarme el sexo.

—Estás tan húmeda y caliente... Eres deliciosa.

Mi cuerpo se sacudió al sentir el roce de su boca. Era muy erótico. La punta de su lengua daba pequeños golpes en mi clítoris y yo le agarraba el cabello con fuerza para no caerme, pero las piernas me fallaban. Aún en el suelo, me sentó a horcajadas sobre él y me penetró. Comencé a montarlo mientras él acariciaba y besaba mis pechos, mordiendo los pezones. Éramos puro gemido y jadeo. Éramos uno.

—Agárrate de mi cuello.

Me levantó y, sin separarnos, nos acostamos en la cama. Subí las piernas, apoyé mis pies en sus hombros y me penetró más profundamente. El vaivén de sus caderas era un exquisito tormento, y comenzó mi escalada orgásmica. Era desesperante. Nos mirábamos fijamente. Sus embestidas eran implacables. Casi no podía respirar cuando estallamos en un orgasmo que pareció infinito. Todo mi cuerpo se sacudía en oleadas. Él cayó sobre mi pecho y pude sentir cómo se vaciaba en mi interior... «¡Mierda!» En la locura de nuestra excitación, nos habíamos olvidado del condón. Me removí para que saliera de mí rápidamente.

—¿Estás bien? —me preguntó con el ceño fruncido, extrañado.

—¡Mierda, Patricio! ¡No! ¡Nos hemos olvidado del condón!

—¡Joder!

—¡Necesitamos llamar a una farmacia! ¡Ahora! La de la otra vez tiene servicio veinticuatro horas. —Me levanté de un salto de la cama—. ¿El baño?

—La puerta de la izquierda... —dijo, descolgando el teléfono que estaba en su mesilla de noche.

«¡Mierda, cómo hemos podido ser tan inconscientes!» Me senté en el retrete, apoyé la cabeza en las manos y comencé a echar cuentas. Debería tener la regla en los próximos días. Abrí la ducha y oí que llamaban a la puerta.

—¿Puedo pasar?

—Pasa.

—En una media hora estarán aquí. —Me miró apoyado en el marco de la puerta—. ¿Puedo acompañarte? —Asentí.

Nos enjabonamos mutuamente, acariciándonos, besándonos. El contacto con su cuerpo desnudo me excitaba y, a juzgar por su miembro, él también se estaba excitando. Lo necesitaba dentro de mí. La tomé entre mis manos y comencé a acariciarla, haciendo que se endureciera más con cada movimiento.

—Date la vuelta.

Hice lo que me dijo y apoyé las manos en la pared de la ducha. Me retiró el cabello mojado de la espalda, la besó de hombro a hombro, me inclinó hacia delante, separó mis piernas y, sujetándome por el vientre, me penetró de una embestida. Di un respingo a causa de la sorpresa. Él emitió una especie de gruñido mezclado con un gemido y comenzó a mover sus caderas en círculos. Era una locura de placer. Deslizó su mano hacia mi sexo y me frotó el clítoris al mismo tiempo que besaba mi espalda.

—Me gusta sentir que tu cuerpo reacciona al mío, de la misma manera que el mío reacciona al tuyo.

—Sí... Más... —le pedí casi como una súplica, y no pude seguir hablando.

Era verdad. Mi cuerpo reaccionaba de una forma que no conocía; me sentía poderosa y a la vez vulnerable. Sus manos tomaron mis pechos y comenzó a embestirme con fuerza; mis caderas se movían frenéticamente.

—¡Córrete para mí! —Mi sexo palpitaba—. ¡Córrete, que no puedo más!

Y me corrí con un grito ahogado. Sentí que salía de mi interior y que un líquido caliente corría por la hendidura de mis nalgas. Me abrazó y besó la espalda. Nuestras respiraciones eran fuertes e irregulares. Nos quedamos así unos minutos, y luego nos volvimos a enjabonar mutuamente. Patricio salió primero de la ducha y me tendió una toalla mullida. Se secó y se fue hacia el dormitorio; cuando volvió, me entregó una camiseta.

—Gracias.

Estaba agotada. Sentía las piernas flojas. Me puse la camiseta, me peiné y me arrastré hacia el dormitorio.

—Están a punto de llegar los de la farmacia. Voy abajo. ¿Quieres que te traiga algo?

—Agua está bien.

Se acercó, me besó en la cabeza y salió del dormitorio.

Oí el timbre, hice un barrido con la vista y vi que debajo de la chimenea había todo a lo largo una cómoda baja con adornos, estatuillas y un marco de fotos. Caminé hacia la cómoda y tomé el marco, pero se me resbaló de las manos. Al caer al suelo, hizo un fuerte ruido. Me agaché para recogerlo; se había roto el cristal. Todo sucedió a cámara lenta. Vi entrar a Patricio corriendo; parecía asustado por el ruido. Mis lágrimas comenzaron a desbordarse como una cascada, e intentando reunir los cristales, me corté.

—¡Ahhh! ¡Mierda!

—¿Te has cortado? —El dedo me sangraba profusamente—. ¡Azul, déjame ver!

—Patricio... —dije, ahogada.

—Está bien. No te preocupes.

—La foto... — No podía articular palabra—. La foto...

Patricio me levantó y me llevó al baño. Abrió el grifo, puso mi dedo debajo del agua y lavó la sangre que todavía corría. Yo estaba hecha un mar de lágrimas. Lo miraba extasiada, sin poder creer que los niños de esa foto fuésemos nosotros. Entre sollozos, balbuceé algo.

—Déjame ponerte una tirita.

—Patricio... —Comencé a temblar de forma incontrolada.

—Tranquila. Es sólo un cristal... —Me abrazó.

—Es que no lo entiendes...

Salí del baño y bajé corriendo las escaleras. Patricio salió tras de mí.

—Azul, ¿qué pasa? ¿He hecho algo?

Tomé mi bolso. Pensó que me estaba yendo.

—¿Qué haces? ¡Joder! ¡Háblame! —Saqué la foto de mi bolso y se la mostré—. ¿Por qué tienes esa foto? —dijo, mirándome sin entender qué le estaba intentando decir.

—Patricio, soy Jazmín —balbuceé nuevamente entre sollozos.

—¿Jazmín? ¿Cómo, Jazmín? —Me miró, sorprendido y luego me abrazó. Nos abrazamos. Ambos lloramos—. Jazmín... Yo... yo no puedo recordar.

—¿Qué? —respondí, separándolo.

—Ven, tienes que tomar la píldora.

Me llevó a la cocina, me sirvió un vaso de agua junto con la pastilla y corrió las banquetas para que nos sentáramos.

—Yo... tuve un accidente hace ocho años.

Estaba agotada física y mentalmente, pero necesitaba saber. Aún temblaba como una hoja. Me miró y se rascó la frente; me di cuenta de que ése era un tic nervioso.

—No recuerdo mucho. Hay veces que me vienen como *flashes*, sueños... —Tomó mi mano, la apretó y se la llevó a los labios para besarla—. Esa foto me ha acompañado siempre. Cuando me recuperé, mi madre me ayudó y me habló de ti. Todo lo que sé lo sé por ella y por las fotos, y por esos *flashes* que vienen a mi memoria. —Me miraba con tristeza—. No lo puedo creer... ¡¿Jazmín?!

Me acarició el contorno del rostro tiernamente.

—Cuando me trasladé a Madrid de nuevo, decidí usar mi segundo nombre.

—Azul.

—Sí, necesitaba un cambio después de lo que había pasado. Cuando volví al piso, encontré la foto en mi vestidor. No recordaba tu apellido, y mis padres no quieren hablar del tema. Y ahora...

Me limpió las lágrimas con los pulgares.

—Mi padre tampoco. Mi madre es la única que me cuenta cosas. Ellos se divorciaron hace veinte años y no tengo una buena relación con mi padre.

—¡Patricio! —Me lancé a sus brazos y comencé a llorar de nuevo—. No puedo creerlo. ¡Eres tú!

Nos quedamos abrazados. Él me acariciaba la espalda.

—Cuando estuve ayer en tu piso, me pareció familiar. Te lo comenté, ¿recuerdas?

—Sí.

—Los jazmines son por ti.

Me separé un poco de él y lo miré.

—¿En serio?

—Sí; ya te dije que tenían un significado especial para mí.

Nos mirábamos.

—¿Qué vamos a hacer?

Me bajé de la banqueta y le cogí el rostro con ambas manos. Él me tomó por la cintura entre sus piernas.

—¿Sobre qué? —preguntó, y me besó.

—Sobre esto, sobre nosotros...

El miedo y la culpa se estaban apoderando de mí. Había recuperado a mi amigo, y no quería perderlo si lo nuestro no funcionaba, pero era evidente que ya era tarde para hacer como si nada hubiera sucedido entre nosotros.

—Dejemos que las cosas ocurran.

—No me recuerdas...

Bajé la mirada. Eso me entristecía porque quería decir que lo que yo sentía era diferente. Lo había extrañado tanto, y ahora estaba ahí, delante de mí, sabiendo quién era yo sólo por lo que su madre le había contado. Esa circunstancia me destrozaba por dentro.

—Ayúdame a recordarte. —Me levantó el rostro y secó mis lágrimas. Me sentía tan abrumada y sensible—. Creo que esta atracción dice algo... Puede que no te recuerde aquí —dijo, y se tocó la cabeza—, pero desde el primer momento en que te vi, supe que eras especial.

—No lo puedo creer. Esto tiene que ser una broma. ¡No puedes no recordar! —Me negaba a aceptar que no se acordara de mí, que no recordara nuestros juegos; en esa época estábamos siempre juntos—. ¿No recuerdas nada de tu infancia?

—La terapia, mi madre y mis amigos me ayudaron con los recuerdos, pero tú no estabas para que nuestros recuerdos volvieran a mí.

—¿Recuerdas cómo fue el accidente?

—No, sólo sé lo que me contaron... —La tristeza se instaló en su rostro y sus ojos celestes se tornaron tormentosos—. No quiero hablar de eso, ¡por favor! —Me acarició la cabeza y me miró—. Cuéntame algo de cuando éramos niños.

—Estábamos todo el tiempo juntos. Éramos inseparables.

—Eso me dijo mi madre.

—Jugábamos al escondite. Me gustaba esconderme en el vestidor y a ti en el armario de mantenimiento. Nos gustaba hacer puzles...

—¡Todavía me gusta! —confesó, y se le iluminó el rostro.

—A mí también.

Nos agarramos de las manos entrelazando los dedos, y hablamos hasta que empezó a amanecer. A las ocho debía estar en el aeropuerto y eran casi las siete. Ninguno de los dos quería parar. Fuimos al dormitorio y me di una ducha rápida mientras él se vestía. Subió mi maleta para que sacase la ropa. Cuando salí del baño, estaba mirando la foto.

—No lo puedo creer.

—Ni yo, pero me siento feliz por haberte encontrado.

Estaba feliz, realmente feliz, aunque también asustada... Me maquillé, me hice un moño y me vestí con un traje de pantalón azul con un top blanco.

—Me encanta tu perfume —dijo, abrazándome por detrás y oliendo mi cuello.

—J'Adore. Siempre uso el mismo.

—¡Mmm!, resulta delicioso.

—Estoy lista.

—Yo no... No quiero que te vayas —murmuró con una voz cargada de desconsuelo.

—Ni yo. No ahora... —Lo besé—. Pero no quiero que mi jefe me despida. Me gusta mi trabajo.

Se rió.

—¡Venga!

Patricio bajó mi maleta y la llevó a su coche. Pasé por la cocina a buscar la foto que había dejado sobre la isla. Me puse un pañuelo en el cuello y salimos.

El camino a Barajas lo hicimos en silencio. Mis pensamientos corrían entre los recuerdos de la niñez y los últimos días. Era feliz de tener a Patricio en mi vida de nuevo. Ya éramos adultos, y nos habíamos sentido atraídos sin saber quién era el otro. Aunque me entristecía que no me recordara, sabía que en algún lugar de su mente no me había olvidado. La presencia de los jazmines en su vida me había conmovido.

Estacionó el coche y fuimos hasta la zona de salidas nacionales. Él llevaba mi maleta mientras caminábamos hacia la puerta de embarque. Mi corazón comenzó a latir con fuerza. De un momento a otro, nos separaríamos durante una semana, y no quería. Saqué mi DNI y el billete electrónico impreso y los presenté en el mostrador. La chica me miró y luego miró a Patricio, comiéndoselo con los ojos.

—¿Me llamarás cuando llegues? —Pasó su mano por mi mejilla—. No permitas que Robles se te acerque demasiado. Estaba muy interesado en recibirte.

—Te llamaré —contesté, resoplando.

—¡Ven aquí! —Me acercó, y nos abrazamos—. No sé qué voy a hacer para soportar no verte en una semana. Vendré a por ti el viernes por la noche. Llámame para decirme a qué hora llega el vuelo.

—Más vale que tenga mucho trabajo, así no pensaré demasiado en ti.

Nos besamos y entré por la puerta de embarque, sacudiendo la mano en el aire. «¡Mierda! ¡Te voy a extrañar!»

El vuelo fue corto y tranquilo. Salí del aeropuerto de Vigo a las nueve y media, y ya me esperaba el chófer con un cartel: «Señorita Alzogaray. Ingeniería Del Monte».

—Buenos días. Soy la señorita Alzogaray.

—Buenos días, señorita. Permítame su equipaje. El coche está aquí fuera.

Abrió la puerta del coche y luego guardó mi maleta en el maletero.

—La llevo primero al hotel y, cuando me lo indique, a la empresa.

—Voy a hacer el *check-in*. Luego dejaré la maleta y podremos seguir hasta la empresa.

—Perfecto, señorita.

Cogí el móvil para enviarle un mensaje a Patricio. No quería llamarlo; quizá había llegado a su casa y se había acostado unas horas, antes de ir a la empresa. Pero respondió en seguida.

«He llegado sana y salva. Voy al hotel y luego a la empresa. Bss.»

«Vale. Cuídate. Llámame cuando tengas un momento. Bss.»

Pasé por el hotel. La suite era grande y hermosa, tenía una vista estupenda al puerto y estaba ubicada cerca de la empresa. Me sentía muy cansada, pero cuanto antes fuera a la empresa, antes terminaría y podría retirarme a dormir. Tomé el maletín del portátil y fui camino de la recepción, donde me esperaba el chófer. Llamé a mis padres; no los había llamado en todo el fin de semana. Había decidido no decirles nada sobre Patricio, aunque me moría de ganas de contarles el reencuentro. Pero como habían sido tan cortantes cuando les pregunté por él, sobre todo mamá, no quería que me arruinaran el momento.

—¡Hola, mamá!

—¡Jazmín! ¿Cómo estás?

—Bien, mamá. Recién llegadita a Vigo.

—¿Qué haces en Vigo?

—Trabajo.

—Intentamos llamarte el sábado por la tarde y no logramos dar contigo.

—¿Eh? ¡Ohhh!, quizá había puesto a cargar el móvil.

—¿Cómo te está tratando Madrid?

—Bien, mamá. ¿Cómo está papá? ¿Y Ceci?

—Todos bien... Te noto entusiasmada.

—Lo estoy. Me gusta el trabajo.

—¿Y no tendrá también que ver con que has conocido a alguien? Me lo comentó tu hermano anoche.

«¡Joder! Voy a tener que hablar con Benja.» De momento no quería contarles nada. En fin, quizá si sabían que me estaba viendo con alguien no preguntarían demasiado y se conformarían con eso.

—Mi hermano es un bocazas. Sí, me estoy viendo con alguien, pero por ahora no es nada serio, mamá. Sólo nos estamos conociendo. Tengo que dejarte. Han venido a buscarme para ir a la empresa. Besos para todos.

—Besos, hija.

El señor Silva estaba esperándome en la puerta del hotel con el coche.

—Señorita... —me saludó, abriendo la puerta y tocándose la gorra.

Durante el trayecto, aproveché para enviarle un mensaje a mi hermano: «Eres un bocazas. Ya me las veré contigo cuando regrese, y q sepas q estoy ¡muy cabreada!».

«¡No dijiste q no podía decirlo! Se te veía muy contenta (¡además de la cara de follón!). Y qría que mamá no *pesadeara* más con q te presente a alguien. Hablamos cuando regreses, seguro q ya no estarás cabreada.»

«:P.»

Cuando llegamos a la empresa me presenté en recepción y, pocos minutos después, apareció el ingeniero Robles.

—¡Señorita Alzogaray! ¡Qué placer verla!

—Buenos días, señor Robles.

—Acompáñeme, por favor.

Lo seguí hasta el ascensor. Su despacho estaba en el quinto piso. El edificio era muy similar al de las oficinas centrales en Madrid.

—¿Ha tenido un buen vuelo?

—Sí, ha sido muy tranquilo.

Llegamos a la quinta planta, que se parecía más bien a la planta de mi despacho, no a la del despacho de Patricio.

—Pase, por favor. Tome asiento. ¿Le puedo ofrecer un café?

—¡Sería fantástico!

Me moría por un café; necesitaba despertarme. Presionó el botón del interfono y le pidió a la secretaria que trajese café y agua.

—Bien, señorita Alzogaray, hemos preparado un despacho para que pueda utilizarlo esta semana.

—Primero, quisiera hacer un recorrido por las oficinas. Sé que la reunión está organizada para antes del almuerzo. Luego me gustaría empezar con las entrevistas; tengo aquí el listado de los seleccionados. Lo hemos organizado de forma que pueda tener dos consultas diarias, para poder terminar los informes a tiempo. Sé que después de la reunión habrá personas que deseen consultarme, así que el viernes lo destinaré a eso.

Entró la secretaria con el café, que estaba muy rico. Le entregué la lista a Robles, y él la revisó por encima.

—Me parece muy bien. Veo que está muy organizada. Señorita Cruz, por favor, tome el listado y organice las dos consultas de la señorita Alzogaray para el día de hoy. —La señorita Cruz se retiró—. El señor Del Monte me habló muy bien de usted, y entre nosotros, viniendo de él, es un gran cumplido.

—Gracias, señor —dije, y me sonreí.

Terminé el café; me hubiera tomado otro de buena gana, pero quería hacer el recorrido por la empresa.

—¿Podríamos empezar?

—¡Claro! Sígame.

Comenzamos por el quinto piso, y luego fuimos bajando hasta llegar a la gran sala de proyección. Habría unas cincuenta personas. Durante la semana anterior había preparado una presentación, así que un funcionario de mantenimiento hizo todas las conexiones y empecé.

—Buenos días a todos.

Miré los rostros de las personas que había en la sala. Se notaba que algunos estaban a disgusto, pero la mayoría de los asistentes parecían interesados.

—Mi nombre es Azul Alzogaray y, como sabrán, soy la psicóloga de Ingeniería Del Monte. El objetivo de esta reunión es optimizar la relación entre ustedes y la empresa, para que los factores que influyen en el rendimiento mejoren, y también ayudarles a manejar situaciones conflictivas con sus compañeros o jefes. Éstos son sólo algunos de los puntos que trataremos hoy; cuando acabe la reunión podrán hacer las preguntas que deseen, e incluso apuntarse para tener una entrevista personal.

La conferencia continuó y muchos de los rostros que al principio se habían mostrado reacios se fueron transformando a medida que la presentación avanzaba; interactué con ellos para hacer que el acto resultara más ameno y que se sintieran identificados.

Al final hubo varias preguntas y, cuando terminé de responderlas, algunos se acercaron para pedir una entrevista personal. Era evidente que sería una semana intensa. Salí de la sala y el señor Robles me interceptó.

—Señorita Alzogaray, ha sido una gran reunión. Está todo dispuesto para el almuerzo en la cafetería.

—¡Ah!, muchas gracias.

—Por aquí —anunció, señalándome el camino hacia la cafetería.

Pero yo quería llamar antes a Patricio.

—¿Dónde están los servicios? —pregunté.

El señor Robles me indicó dónde quedaban, y aproveché la ocasión para hacer la llamada.

—¡Hola!

—¡Hola! ¿Cómo estás?

—Bien, aunque cansada, con sueño. ¿Y tú?

—Igual... Extrañándote... Como no tienes encendido el portátil, no tengo a quién mandarle mensajitos. —Me reí—. Me gusta oírte reír. Por lo que he podido observar la reunión ha sido un éxito. Felicidades, señorita Alzogaray.

—¿Observar?

—Sí, la vi desde aquí.

—¡Ah, gracias, señor! Creo que ha estado muy bien. Ahora voy a ir a almorzar con el señor Robles. —Hubo un silencio en la línea—. A la cafetería.

—¡Vale! Yo veré a mi madre esta tarde. Se pondrá muy contenta al saber que nos hemos reencontrado.

—Yo estoy muy feliz también. Debo irme. Piensa en mí.

—No puedo dejar de hacerlo.

Me conmovió la sinceridad de sus palabras. Lo extrañaba; no habían pasado demasiadas horas, y ya lo extrañaba... No sabía cómo conseguiría superar la semana completa.

—Un beso.

—Otro para ti y otro para ese cuello tan hermoso que tienes.

—¡Malo! Sabes cómo me pone eso.

—Y no sabes cómo me pone a mí. Si estuvieras en este momento aquí lo comprobarías tú mismita.

—Pero no estoy, así que resérvate para el sábado.

—Te llamo por la noche. Ve a almorzar con Robles. Un beso.

—¡Vale! Un beso.

Salí de los servicios y fui a la cafetería. El señor Robles me esperaba sentado a una mesa. Al verme, se puso de pie y apartó mi silla para que tomara asiento.

—Gracias.

Cuando se sentó, la camarera se acercó para dejarnos los menús. Estaba ojeando los platos del día antes de pedir cuando sonó su móvil.

—¡Patricio!

Levanté la vista. Robles me estaba mirando. «¿Qué te está diciendo Patricio?»

—Sí, estoy almorzando con ella.

Bajé la vista al menú y agucé el oído.

—Sí, debo llamar a planta, pero creo que las modificaciones que solicitaste están siendo implementadas.

«¡Ah!, están hablando de la *tablet* que están desarrollando aquí», concluí, así que continué estudiando el menú. «¡Pasta!» Pedimos, charlamos, almorzamos y, cuando terminamos, me acompañó al que sería mi despacho esa semana.

—Muchas gracias.

—Es un placer, señorita Alzogaray.

Encendí mi portátil y en seguida oí ese sonido tan conocido que me aceleraba el pulso.

«¡Tilín!»

¡Qué emoción! ¡Un mensaje de Patricio!

«¿Cómo ha ido el almuerzo? ¿Muy pegajoso?»

Clic en *responder*: «¿Eso son celos, ingeniero?». *Enviar.*

«¡Tilín!»

«Simple observación. Sé por qué te lo digo. Sergio es un mujeriego.»

Clic en *responder*: «¿Como Dutra y como tú? Debéis de tener la misma edad, ¿no?». *Enviar.*

«¡Tilín!»

«Sí, estudiamos juntos. Todavía te falta conocer a algunos mujeriegos más.»

Clic en *responder*: «¿Como tú?». *Enviar.* «¡Grrrr! ¡Esta conversación no tiene sentido!», pensé.

«¡Tilín!»

«Me gustan las mujeres, Azul.»

Clic en *responder*: «Ya veo... Bueno, a mí los hombres. Que tengas una buena tarde». *Enviar.*

No nos habíamos prometido nada, pero la experiencia del fin de semana y el haber descubierto quiénes éramos hacían que imaginarme a Patricio junto a otra mujer me pusiera furiosa.

«¡Tilín!»

«Azul, no tienes de qué preocuparte.»

Clic en *responder*: «No nos prometimos nada, Patricio. No tienes que disculparte». *Enviar.*

Cerré el portátil y lo preparé todo para la cita. Necesitaba tener un momento de tranquilidad para concentrarme. Unos minutos después llamaron a la puerta.

—¡Adelante!

—Permiso...

Era mi primera cita; una de las recepcionistas. Cuando terminó la consulta y nos despedimos, le dije que estaba a su disposición y le di mi tarjeta para que me escribiera o me llamara si tenía alguna inquietud.

Abrí el portátil para comenzar a escribir el informe y vi el último mensaje que había enviado Patricio: «No, no nos prometimos nada. No pensé que tuviera que hacerlo».

Clic en *responder*: «No, nadie tiene que hacer nada que no quiera. ¡Déjalo ya!». *Enviar.*

Decidí dejar el informe —lo terminaría luego— y fui a por un café para despejarme un poco. Me acerqué para preguntarle a la secretaria del señor Robles y me guió hasta la cocina.

—Yo puedo llevárselo, señorita Alzogaray.

—Muchas gracias, pero no tienes que preocuparte. ¡Basta con que hagas un surco desde la cocina hasta mi despacho!

Nos reímos, me serví el café y, cuando estaba regresando a la oficina, sonó mi móvil. Atendí la llamada sin fijarme en el número.

—¿Hola?

—Azul...

—Patricio.

—Señorita, pensé que no sería necesario prometernos nada. Hay cosas que quedan implícitas, y ésta es una de ellas.

—Estoy muy confundida, Patricio. Todo esto es muy intenso; no quiero perderte de nuevo, y me asusta un poco extrañarte como lo estoy haciendo. ¡Joder!, que no hace ni un día que no te veo y ya te extraño.

Cada una de mis palabras era cierta.

—Yo también, bonita.

«¿Bonita? ¡Qué gracioso!»

—Tengo que continuar. ¿Me llamas por la noche, bonito?

Lanzó una carcajada.

—Te llamaré. Un beso.

—Otro.

Colgamos. Me sonreí. «¿Bonita? Me gusta. Muy gracioso.»

Después de la segunda entrevista, estaba tranquila, así que decidí terminar con el informe de la primera y comenzar con el de la segunda. La tarde pasó deprisa. De pronto, me sobresaltó el teléfono. Era una llamada de recepción.

—Señorita Alzogaray, la está esperando el chófer en el vestíbulo.

Miré la hora. Eran las seis y cuarto. No me había dado cuenta de que fuera tan tarde.

—Ya bajo. Gracias.

Guardé el portátil y los apuntes y me fui.

Cuando llegué al hotel, dejé el portátil en el escritorio de la habitación y me fui a preparar un baño. Estaba muy cansada. Puse sales y gel y me metí en el hidromasaje; era muy relajante. «¡Ojalá Patricio estuviese aquí!» Me quedé allí hasta que mis dedos comenzaron a arrugarse. Después salí, me envolví en el albornoz y pedí al servicio de habitaciones una hamburguesa con ensalada, patatas fritas y zumo de naranja. Ya me había puesto el pijama cuando sonó el móvil. Era Patricio.

—¡Hola, bonito!

Se rió.

—¡Hola, bonita! ¿Qué haces?

—Acabo de ponerme el pijama y he pedido algo de cenar. ¿Y tú?

—Vengo de ver a mi madre. Está muy feliz de que nos hayamos reencontrado y quiere verte.

—¿Qué le has dicho?

—Que la nueva psicóloga de la empresa, de la que ya le había hablado, era la Jazmín de mi infancia... y que habíamos follado hasta desfallecer —contestó, riéndose.

—¡Patricio! —Me moría de vergüenza—. En serio, ¿qué le has dicho?

—Eso, salvo la parte de follar. El domingo nos ha invitado a almorzar. Cocino yo.

—¿Sigue viviendo en la casa de tu infancia?
—Sí. Ella se quedó allí con Julia y conmigo, y mi padre se mudó a otro piso.
—¡Julia! Sí, la recuerdo... ¡Era un incordio! Será estupendo estar allí de nuevo.
—Julia está en la India. Hablé con ella hace unos días. Vuelve la semana que viene o la otra. Luego se va a no sé dónde de África.
—¡Qué maravilla! Me gustaría verla.
—Cuando vuelva seguramente habrá una cena en casa de mi madre. Siempre lo hace.
Llamaron a la puerta.
—Dame un segundo, que llaman a la puerta.
—Ve.
Era mi cena. El camarero traía un carrito con mi hamburguesa, patatas fritas, ensalada, el zumo y algunas frutas cortesía del hotel.
—¡Listo!
—Come, que no se te enfríe.
—Como mientras hablamos.
—¿Cómo te ha ido hoy?
—Bien, después de la conferencia, se han apuntado unos cuantos a la consulta. Quizá tenga que quedarme hasta la semana que viene.
—¡¿Qué?! ¡Ni lo sueñes!
Nos reímos.
—¡Cómo me gusta tu risa, bonita!
—Y a mí la tuya. ¿Qué vas a cenar?
—¿Qué estás cenando tú? Me pediré lo mismo.
—Hamburguesa con patatas fritas, ensalada y zumo de naranja.
—¡Vale! Paso de la ensalada y del zumo de naranja, que me gusta para el desayuno. Una cerveza me vendría muy bien para dormirme y no extrañarte en mi cama.
Hablamos un largo rato, hasta que no pude más de sueño.
—¿Quieres que te despierte mañana?
—Sí. Estoy tan cansada... —Bostecé—. No sé si oiré el despertador.
—Te llamaré antes de salir a correr. ¿Siete y media está bien?

—Sí, perfecto.

—Hasta mañana, bonita. Que descanses.

—Tú también. Hasta mañana, bonito. Besos.

Me gustaba eso de bonita/bonito. Me acosté y me dormí de inmediato. El móvil me despertó a las siete y media, como habíamos quedado.

—¡Buenos días, bonita!

—¿Siempre te despiertas con esa energía, Patricio?

—Y tú, ¿siempre te despiertas con ese humor? —preguntó con un tono burlón—. Necesito ir a correr para quemar energías, antes de que me prenda fuego. —Me reí—. ¡Ahora sí eres tú!

—Gracias por ser mi servicio despertador.

—Me lo pensaré de nuevo, si voy a ser tan bien recibido.

—Ve a correr. Me voy a duchar. ¿Nos llamamos?

—Llámame tú cuando tengas un rato.

—¡Vale! Un beso.

—Besos para ti.

«¡Joder!, qué energía tiene este hombre por la mañana. Yo parezco una marmota. Necesito una ducha medio fresca y un café, para despertar del todo.»

El chófer me esperaba en la puerta del hotel como habíamos convenido, a las ocho y media.

—Buenos días, señorita —dijo, abriendo la puerta y tocándose la gorra.

—Buenos días, señor Silva.

Hacía fresco; menos mal que había traído mi abrigo. Cuando llegamos a la empresa, me dirigí a mi despacho. A las nueve y media tenía la primera entrevista. Ese día serían cuatro, en lugar de las dos que había organizado en un principio, ya que el día anterior se habían apuntado unos cuantos.

Al abrir el portátil para terminar el informe que había dejado pendiente, vi que tenía un *e-mail* en mi buzón personal. Era de Leti.

From: Leticia Valenti
Sent: Monday, July 23, 2012 22:09 PM
To: Jazmín Alzogaray
Subject: ¿Perdida?
¡Jaz! Estoy preocupada por ti. Intenté llamarte el sábado y no

pude comunicarme contigo. ¿Estás bien? Llámame cuando puedas.
¡Te extraño, amiga! Un beso.
Leti

Habían sido días intensos, y no la había llamado. ¡Me iba a matar! Preferí responderle por *e-mail*, esperando que no estuviese muy enfadada.

From: Jazmín Alzogaray
Sent: Tuesday, July 24, 2012 09:14 AM
To: Leticia Valenti
Subject: RE: ¿Perdida?
¡Hola, amiga! Perdona que no te haya llamado. Han sido días intensos. Ahora estoy en Vigo. Cuando llegue al hotel por la tarde te llamo. ¡¡¡Tengo tanto que contarte, amiga!!!! Te quiero, no estés cabreada conmigo.
Un beso.
Jaz

From: Leticia Valenti
Sent: Tuesday, July 24, 2012 09:20 AM
To: Jazmín Alzogaray
Subject: RE: RE: ¿Perdida?
¡Más vale que lo que tengas que contarme merezca la pena!
Leti

From: Jazmín Alzogaray
Sent: Tuesday, July 24, 2012 09:23 AM
To: Leticia Valenti
Subject: RE: RE: RE: ¿Perdida?
¡Créeme que síiiiii!
Jaz

From: Leticia Valenti
Sent: Tuesday, July 24, 2012 09:25 AM
To: Jazmín Alzogaray
Subject: RE: RE: RE: RE: ¿Perdida?
¡¡¡Eso suena a hombre!!! Amiga, ¿¿¿es tu jefe???

Besos.
Leti

From: Jazmín Alzogaray
Sent: Tuesday, July 24, 2012 09:27 AM
To: Leticia Valenti
Subject: RE: RE: RE: RE: RE: ¿Perdida?
Digamos que sí. Luego te llamo.
Un beso.
Jaz

Cuando llegase al hotel la llamaría para contárselo todo. Bueno, todo no; yo no era Claudia, a quien le encantaba contar con detalle sus encuentros sexuales.

Después de terminar con las dos entrevistas de la mañana, fui a almorzar a la cafetería. Pedí una sopa de tomate, que era mi preferida. Cuando acabé todavía tenía un rato libre, así que llamé a Patricio.

—¡Hola, bonita! —me saludó antes de que yo dijese nada.

—¡Hola, bonito! ¿Cómo estás?

—Bien, almorzando con un amigo. ¿Y tú?

—¡Ah!, hablamos en otro momento.

—¡No! Extrañaba tu voz.

—Yo también. Oye, almuerza con tu amigo y luego me llamas; hasta las dos y media no tengo una entrevista.

—¡Vale! Un beso.

—Otro para ti.

Fui a mi despacho y comencé con los informes de la mañana. Sonó mi móvil y me sobresaltó.

—¿Jazmín?

—Sí. ¿Con quién hablo?

—Valentín... ¡Espera, no cuelgues!

«¡Joder! Después de dos meses, ¿qué quiere?»

—¿Qué quieres?

—Hablar contigo. Sé que te has ido a Madrid. ¿Puedo ir a verte y hablamos?

—¡Ni se te ocurra! No tenemos nada de qué hablar.

—Quizá tú no, pero yo sí. Dame la oportunidad de explicarme. Te echo de menos. Quiero que volvamos a intentarlo.

—Valentín, ¿es que no lo entiendes? Nada de lo que puedas decir o hacer hará que volvamos a estar juntos.

—¿Estás viendo a alguien?

—¡Eso no te importa! Vuelvo a repetirte lo que te dije la última vez que nos vimos: sigue con tu vida, que yo seguiré con la mía. Adiós, Valentín.

Colgué. «Pero ¡qué cara tiene, para llamar y decir que quiere intentarlo de nuevo!»

Volví a lo que estaba haciendo. A las dos y media empecé con la primera entrevista de la tarde, luego tuve otra, y a las seis me llamaron de recepción para avisarme de que me esperaba el señor Silva. Patricio no había llamado; debía estar ocupado. Llegué al hotel, me puse cómoda y llamé a Leti.

—¡Hola, bruja!

—¡Amiga! Cuéntamelo todo... pero ya. ¿Estás bien?

—¡Sí, sí! ¡Estoy más que bien! ¡Ayyy, amiga, no sé por dónde empezar!

—Por el principio.

—¡Venga! Pues resulta que mi jefe es mi Patricio.

—Me he perdido.

—Que el señor Del Monte es Patricio, mi amigo.

—¡No me lo creo!

—Pues créetelo... Pero lo descubrimos después de... ya sabes.

—¡Jaz!, ¿te has acostado con él?

—Que sí, Leti. Somos adultos y nos gustamos. ¿Hay algo de malo?

—¿Que es tu jefe, quizá?

—Bueno, ése es un detalle menor. ¡No quiero pensar en eso ahora!

—¿Estás con él en Vigo?

—Nooo... Lo extraño. ¿Sabes?, él no me recuerda. Tuvo un accidente hace unos años y no recuerda nada, pero tenía la foto en un marco, la que te conté que encontré en mi vestidor, la de las palomas en la plaza Mayor..., y fue así como me di cuenta.

—Jaz, estás muy acelerada. Tranquilízate un poco.

—¿Tanto se me nota? Estoy frenética.

—Vamos por partes. Te acostaste con él.

—Sí. Es maravilloso. ¡Jamás me había sentido así antes, Leti!

—Y luego os disteis cuenta de que tú eras su Jazmín y él, tu Patricio.

—Algo así, sí.

—¿Y ahora? ¿Se lo has dicho a tu madre?

—¡Noooo! Ni se lo voy a decir... por ahora. Y no se te ocurra decírselo a mi padre, Leti.

—Tranquila. No lo haré.

—Hoy me ha llamado Valentín, ¿puedes creerlo?

—Sí, puedo. Vino a verme a la clínica. Tu padre casi lo golpea. Lo llevé afuera y le dije que estabas en Madrid y que no querías saber nada más de él.

—Quiere que volvamos. Está delirando.

—Sí, eso dijo. ¿Estás segura, Jaz?

—¿De qué?

—De Valentín.

—Leticia, ¿de qué lado estás?

—Del tuyo. Te lo pregunto porque quiero que te lo plantees seriamente.

—No puedes estar diciéndome esto...

—Puedo y debo. Soy tu amiga y no quiero que sufras.

—Y según tú, ¿estoy sufriendo sin Valentín? Nunca te ha gustado. ¿Qué pasa ahora? ¿Te ha convencido él de que es el hombre perfecto para mí?

—No te enfades. Ni me gustaba ni me gustará, pero a tu jefe lo conoces ¿hace cuánto, tres semanas?

—Valentín fue durante cuatro años mi novio y mira lo que hizo... Leti, mejor dejamos esta conversación. Voy a darme un baño y a dormir. Estoy cansada.

—Jaz, espera.

—Te estoy contando algo importante, algo que me hace feliz, ¿y me vienes con toda esa mierda de Valentín? No te entiendo.

—Lo lamento; sólo me asusta que estés tan metida...

—No tienes de qué asustarte. Soy mayorcita y sé lo que hago.

—Lo sé. Perdóname.

—Cuídate. Hablamos en unos días.

—No te enfades conmigo.

—Un beso.

—Otro para ti.

Colgamos. Estaba furiosa. ¿Por qué me hacía eso? Y encima Patricio no me había llamado.

Puse a llenar la bañera; quizá si me remojaba un rato recuperaría el humor. Puse gel y sales, me desvestí y, cuando iba a entrar, llamaron a la puerta. «¿Quién será? Si yo no he pedido nada aún.» Me puse el albornoz y fui hacia la puerta.

—¿Quién es?

—Servicio de habitaciones.

—Debe de ser un error —contesté, abriendo la puerta—. ¡Patriciooo!

Me lancé sobre él y me colgué de su cuello. Dejó caer su bolsa.

—¡Hola, bonita! Mejor recibimiento que el de esta mañana.

Lo besé en las mejillas y en los labios mientras entrábamos en la suite.

—¡Hola, bonito! ¿Qué haces aquí?

—¡Mmm!, ¿estás llenando la bañera? —preguntó ronroneando mientras me besaba el cuello—. Te extrañaba demasiado. Después de almorzar con Gabriel, he decidido venir.

—¿Me acompañas a la bañera?

—¡Mmm, nada me gustaría más!, aunque en realidad se me ocurren otras cosas —dijo, tomándome por la cintura y apretándome contra su cuerpo.

—¡Venga!

Lo tomé de la mano y lo arrastré al baño. Lo ayudé a desvestirse mientras le besaba el pecho, los brazos, el abdomen. Me quitó el albornoz y me acarició los pechos, deslizando sus manos a ambos lados hacia las caderas. Comenzó a besarme, luego a jugar con su lengua por mi cuello, me dio un mordisco en el mentón y bajó con la lengua por mi garganta; me salpicó de besos hacia un hombro y luego hacia el otro, de una forma muy sensual. Nos estábamos excitando. Le bajé el pantalón y los bóxers, y liberé su erección.

—Esta mañana he tenido que salir a correr. Me he despertado empalmado. Me he masturbado pensando en ti —susurró en mi oído, casi a modo de confesión—. No había forma de que bajara.

—¿Lo has hecho así? —Y comencé a masturbarlo.

—Sí, así... —respondió con voz ronca.

Deslizó una mano hacia atrás y me apretó una nalga. Luego hacia delante, hasta mi húmedo y deseoso sexo. Comenzó a acariciarlo separando mis labios calientes y mojados, e introdujo dos dedos moviéndolos a un ritmo dolorosamente exquisito. Estábamos muy excitados, necesitados del cuerpo del otro. Olía de maravilla. Nos besamos con avidez mientras mi mano se movía ágilmente arriba y abajo.

—¡Joder, Azul! ¡Vas a matarme, bonita! ¡Tu mano me vuelve loco!

—¡Me gusta eso! ¡A mí también me pasa lo mismo!

—Ven, vamos a la cama. ¡No aguanto más! —Tomó su bolsa y sacó una caja de condones—. He venido preparado.

—¡Ya veo!

Se acostó en la cama e hizo señas para que me montara a horcajadas sobre él mientras se ponía el condón.

—¡Ven, fóllame!

Me tomó por la cintura mientras me sentaba a horcajadas, penetrándome. Comencé a montarlo. Ambos gemíamos. Lo agarré por las muñecas y le subí los brazos por encima de la cabeza. Mis pechos quedaron a la altura de su boca, así que estiró la cabeza para poder besarlos, dando pequeños golpecitos con la lengua en mis duros pezones. Mientras mi cadera se movía, hacía círculos, subía y bajaba alternativamente, podía darme cuenta de que disfrutaba tanto de mis movimientos como del hecho de que Patricio no pudiese mover los brazos para tocarme o agarrarme. Por supuesto, podría haberlo hecho si hubiese querido, porque él era mucho más fuerte que yo, pero le gustaba verme teniendo el control.

—Tómame —le dije, escapándome de él y poniéndome en cuatro, para que me penetrase por detrás.

Se arrodilló detrás de mí, tomó mis pechos y, mientras los masajeaba, empezó a embestirme haciendo círculos con la cadera.

—Eso que me haces me encanta. ¡Me vuelve loca!

—¿Esto? —me preguntó al mismo tiempo que hacía un círculo bien pronunciado con la cadera.

—¡Sí, eso!

Yo gemía como una loca, fuera de mí. Hizo una coleta con mi cabello suelto y me lo sujetó firmemente en tanto me embestía una y otra vez. Era fuerte, animal, duro, y mis caderas iban al encuentro de su frenética embestida. Acarició una nalga con la mano que tenía libre y luego la deslizó hacia un pecho.

—¿Te gusta?

—Me encanta. Fóllame fuerte.

Incrementó el ritmo de sus embates y comenzó la escalada orgásmica. Ambos estábamos empapados en sudor y gemíamos, gruñíamos y jadeábamos.

—Puedo sentir cuándo vas a correrte. ¡Córrete ahora, bonita!

—¡Fóllame más fuerte, Patricio!

Tras un par de embestidas más, caí sobre el colchón con un orgasmo colosal. Sentí su peso en mi espalda cuando se corrió con un grito.

—¡Follar contigo es maravilloso! —me dijo al oído, y luego besó mi espalda.

Mi cuerpo estaba laxo, pero mi sexo aún palpitaba; todavía sentía su miembro dentro de mí, llenándome.

—¡Me vuelves loco! —afirmó, saliéndose de mí y rodando a mi lado. Se quedó boca arriba, y yo me mantuve boca abajo. Nos mirábamos.

—¡Y tú me vuelves loca a mí, bonito!

Nos quedamos así, disfrutando de mirarnos, después de aquel orgasmo tan alucinante que habíamos compartido.

—Hoy me ha llamado Valentín —le dije un poco más tarde, mirándolo a los ojos. No quería ocultarle nada. Si comenzábamos una relación, deseaba que fuera sobre la base de contárnoslo todo.

—¿Para qué te ha llamado ese gilipollas? —me preguntó, frunciendo el ceño y colocándose de costado, apoyado sobre el codo.

—Quería hablar conmigo, explicarse y que volviésemos.

Lo miré de reojo para ver su expresión. Se puso boca arriba nuevamente.

—¿Y qué le has dicho?

—¿No está claro? Acabamos de follar, ¿no?

—Eso no responde a la pregunta. ¿Es una despedida?

Me senté de un salto.

—¿Cómo puedes decir eso?

—¿Qué le has dicho?

—Pues que no, ¡joder! No tengo el más mínimo interés en él. Pensaba que te habrías dado cuenta.

Me levanté, fui al baño y me metí en la bañera. Me cabreaba que no se hubiese dado cuenta de que lo deseaba a él, sólo a él.

—¡Gilipollas! —grité desde la bañera.

—¿Me hablas a mí?

Apareció en la puerta del baño con su monumental desnudez a cuestas.

—¡Sí, a ti!

—Déjame espacio.

Hizo un gesto con la mano para que me moviera. Me desplacé hacia delante y se sentó detrás de mí. Me tomó por la cintura y me apoyé en su pecho.

—Estoy enfadada.

—Lo sé.

Miré hacia arriba.

—Malo.

—También enfadada eres bonita. —Y besó mi mejilla—. ¿De veras... nunca te has planteado volver con él?

—¡No, nunca! Después de haberlos descubierto juntos, sentí alivio; de alguna manera, me lo pusieron más fácil... Como te dije, me di cuenta de que no estaba enamorada.

—Pero él evidentemente sí; de otro modo, no se hubiese puesto en contacto contigo, mi bonita.

—Me gusta.

—¿El qué?

—Que me digas «tu bonita». —Me volví y lo besé—. Mi bonito.

Me apartó un mechón de cabello mojado del rostro y me miró con mucho cariño.

—¿Sabes?, hoy he estado con Gabriel. Quiere conocerte... y a mí me gustaría mucho que lo conocieras.

—¿Le has hablado de nosotros?

—Sí, es mi mejor amigo y necesitaba la opinión de alguien que tuviese la cabeza en su lugar. Quiero a mis amigos, pero son todos unos mujeriegos incorregibles.

—¿Y Gabriel no?

—No. Gabriel no pertenece a ese círculo. Es hijo de los caseros de la casa de mi madre, está casado y tienen una hija en camino.

—¿Cuándo quieres que lo conozca?

—La semana que viene o la otra. Veremos...

—Okey, cuando quieras. —Nos quedamos callados, entrelazando una de nuestras manos y acariciándonos con la otra—. ¿Hasta cuándo te quedas?

—No me voy. Volvemos juntos.

—¿En serio? —Volví la cabeza y lo miré, sorprendida.

—Sí, tengo cosas que hacer aquí. La *tablet* que estamos desarrollando está dándonos algunos dolores de cabeza y aprovecharé que estás aquí para hablar personalmente con el equipo. —Me tomó por la cintura y me acercó hacia él—. ¿Quieres pedir algo para cenar, o prefieres salir?

—Hoy prefiero quedarme. Podemos salir mañana.

—¿Qué te gustaría cenar?

—¿Eh? No sé, pide tú algo por mí —contesté, y me levanté para envolverme en una toalla.

Cenamos, luego miramos una peli y nos dormimos abrazados. A las siete y media sonó el despertador; todavía estábamos abrazados. Me arrastré a la ducha; cuando regresé al dormitorio, Patricio se estaba poniendo su ropa deportiva.

—Voy al gimnasio y luego a la empresa. Nos vemos allí —me dijo, y me besó y salió.

Apuré el ritmo para vestirme, me arreglé el cabello, me maquillé, tomé el maletín y fui hasta la recepción, donde me esperaba el señor Silva.

Cuando llegamos a la empresa, pasé por la cocina a buscar un café antes de ir a mi despacho. Abrí el portátil y revisé el correo. Sol había reenviado algunos currículos llegados a Madrid. Los leí y le respondí que citara para una entrevista a dos de los candidatos. Momentos después llamaba a la puerta mi primera visita. Al terminar, hice el informe. Ya era la hora del almuerzo cuando sonó mi móvil.

—¡Hola, bonita! ¿Almorzamos?

—¡Hola, bonito! ¿En la cafetería?

—Sí. Almorzaremos con Sergio.

—Voy para allá.

Cerré el portátil y bajé a la cafetería. Patricio estaba sentado con Robles. Se estaban riendo. Me quedé un instante admirando al hermoso hombre que era Patricio. Estaba vestido con un traje azul y camisa celeste sin corbata. Adoraba verlo con un *look* informal, peinado-sin peinar. Era elegante vistiese como vistiese; realmente me gustaba. Levantó la mirada, se dio cuenta de que lo observaba, y eso bastó para que mi sexo se estremeciera. «¡Joder!, que aun sin tocarme puedas hacerme cosas...»

Me acerqué. Ambos se levantaron. Vi que Robles le decía algo y Patricio lo miraba con mala cara. Cuando estábamos frente a frente, le tendí la mano primero a Robles y luego a Patricio, que me dio un beso en la mejilla demorándose más de la cuenta. Luego posó su mano en mi cintura, y yo palidecí. Lo miré sorprendida.

—¡Hola, bonita! No te preocupes. Sergio es un amigo.

Me hubiera escondido debajo de la mesa. El rostro de Robles se desfiguró. Imagino que Patricio lo cogió por sorpresa; se estaba enterando en ese instante.

—Patricio, no me habías dicho nada. —Lo asesinó con la mirada—. Azul, es un verdadero placer saber que eres tú quien hace que mi querido amigo esté como está.

De alguna forma, eso me hizo sentir bien, aunque me notaba igualmente inquieta por que el resto de las personas que estaban en la cafetería se dieran cuenta.

—Gracias, señor Robles.

—Llámame Sergio, por favor.

—Sergio.

Patricio retiró la silla para que me sentara. Sergio nos miraba.

—Estoy feliz por ti, amigo. Azul es un encanto.

—Quieto, Sergio, que te conozco.

Patricio me había dicho que Sergio era un mujeriego y ciertamente ya me había dado cuenta de que me miraba con ojos lúbricos; aun entonces, sabiendo que estaba con Patricio, seguía teniendo esa mirada.

Se acercó la camarera, que devoró a Patricio con los ojos. Ya estaba acostumbrándome a eso; era un hombre hermoso.

—¿Qué quieres pedir?

—Pasta..., con salsa Alfredo —respondí, porque el día anterior había comido pasta y estaba deliciosa.

—Para mí una hamburguesa con patatas fritas y un refresco —dijo Sergio.

—Y para mí, ternera con patatas. Para beber, zumo de naranja para la señorita y refresco para mí.

La camarera anotó el pedido y se retiró.

—Cuéntame cómo os habéis conocido.

—Ella es Jazmín, Sergio.

—¡Joder!, ¿la Jazmín de tu infancia?

—La misma.

—¿La recuerdas?

Evidentemente, Sergio sabía lo del accidente.

—Sí y no... Tengo *flashes*, fotos y, como sabes, todo lo que me ha contado mi madre, pero poco a poco voy a ir recuperando los recuerdos. He hablado del tema con mi terapeuta.

«¿Su terapeuta? No sabía que todavía lo veía.»

—¡Joder, amigo, qué fuerte! Ahora tienes a esta hermosa dama a tu lado.

—Sí, nuevamente.

Patricio me miró y me apretó la mano. Yo estaba muy callada.

—Disculpadme un momento.

A pesar de que Sergio era su amigo, también era el gerente de la sede de Vigo y me sentía algo incómoda. Ellos se quedaron conversando y yo me fui rápidamente a los servicios. Entré en un cubículo y me senté en el retrete a pensar. Estábamos yendo muy deprisa. Estaba decidida a enviarle un mensaje a su móvil; realmente no quería que toda la empresa Ingeniería Del Monte se enterase de que «la nueva anda con el jefe». Pero después me arrepentí y pensé que Sergio era su amigo y que guardaría el secreto. Por si acaso, se lo pediría durante el almuerzo. Salí del aseo y fui a la mesa.

—Sergio, apreciaría que esto quedara entre nosotros. —Me miró como no entendiendo—. No quiero que mi relación con Patricio suponga un inconveniente con el personal, al menos por el momento —comenté, y miré a Patricio, que a su vez me miraba, ceñudo. Definitivamente no le había gustado lo que había dicho.

—No te preocupes, te entiendo, aunque supongo que el único «inconveniente», como tú le llamas, será el pitbull que tiene Patricio por secretaria —afirmó, riendo y mirando a Patricio.

—¿Te refieres a Cintia?

Cintia López había sido muy antipática conmigo desde el principio, aunque suponía que lo era con todas las mujeres que se acercaban a Patricio.

—¿Lo dices porque es amiga de Gabriela?

Patricio me miró como preguntándose cómo lo sabía.

—Sí. Cintia será un hueso duro de roer —aseguró Sergio, mirando a Patricio.

La camarera trajo nuestros platos. Después de todo, fue un almuerzo ameno y Robles me contó cosas del Patricio estudiante y adolescente.

—Podemos cenar hoy si os apetece.

—Gracias, Sergio, pero ya he hecho una reserva en un restaurante del puerto. Quizá mañana.

Terminamos de almorzar. Sergio atendió una llamada, y Patricio y yo nos fuimos hacia mi despacho. Tomamos el ascensor. Como íbamos solos, cuando se cerraron las puertas Patricio me tomó de la mano y tiró de mí hacia él. Mi nariz quedó justo por encima del botón abierto de la camisa. ¡Olía tan bien! Le di un pequeño beso en el pecho y me sostuvo por la cintura. «¡Joder, cómo me ponen tus manos!» Nos besamos y mi cuerpo comenzó a reaccionar. Mis pezones se habían puesto duros bajo la ropa y me dolían.

—No es un buen lugar, Patricio.

Inmediatamente, se abrieron las puertas y salí hacia mi despacho. La señorita Cruz nos miró.

—Buenas tardes, señor Del Monte. ¡Qué gusto tenerlo por aquí nuevamente!

—Gracias, señorita Cruz.

Abrí la puerta del despacho mientras Patricio decía:

—No nos pase llamadas. Tengo que hablar de un tema importante con la señorita Alzogaray y no queremos interrupciones.

Me moví hacia donde la señorita Cruz no pudiese verme, muerta de risa. Patricio entró y cerró la puerta a sus espaldas.

—Así que un tema muy importante, ¿eh?

—Sí, señorita Alzogaray. ¿Qué ha sido todo eso que has dicho delante de Sergio?

—¿El qué?

—¿Por qué no quieres que se sepa lo nuestro? ¿Acaso te avergüenzo?

—¡Patricio!, ¿cómo puedes decir eso? Ya lo hablamos... Es porque no sabemos si esto va a funcionar y no quiero que el personal sienta que no puede confiar en mí. Si eso sucediera, no tendría sentido que yo siguiera en la empresa.

—¿Cuánto tiempo? Porque realmente no creo que pueda aguantar mucho, viéndote así, tan hermosa, por la empresa y haciendo como que nada ocurre entre nosotros. —Tomó mi mano y la puso sobre su bragueta—. Esto es lo que consigues cuando estoy cerca de ti.

¡Estaba empalmadísimo! Tomó mi rostro entre sus manos y me besó apasionadamente.

—No tienes ni jodida idea de lo que me provocas, Azul.

La realidad era que lo sabía, porque él me provocaba lo mismo. Me sentía empapada y mi sexo comenzaba a palpitar, suplicando por él. Me arrodillé, le bajé los pantalones y los bóxers y comencé a acariciársela. Oí a Patricio gemir, así que la puse en mi boca.

—¡Mierda! —susurró.

Comencé con un ritmo suave, besándola, lamiéndola, miré hacia arriba y vi que Patricio tenía la boca entreabierta y miraba al techo. Su cuerpo evidenciaba que lo estaba disfrutando, y yo disfrutaba haciéndoselo. Apuré el ritmo y él comenzó a menear la cadera, moviendo su miembro dentro de mi boca, empujándolo hacia el fondo y hacia fuera.

—¡Joder, Azul!, me voy a correr así. ¡Mierda!

No lo había hecho nunca, no sabía si me gustaría, pero estaba tan excitada que seguí.

—¡Para, si no quieres que me corra!

Seguí hasta que sentí un líquido caliente llenando mi boca, lo tragué y miré hacia arriba mientras me pasaba la lengua por los labios, lamiendo lo que quedaba de su semen. Me parecía algo muy erótico.

—Si me miras así nuevamente, al final no va a quedar nadie en todo el edificio que no se entere de lo nuestro —comentó, y yo me reí.

Se subió los bóxers y el pantalón, y me ayudó a levantarme. Me apoyó en el escritorio.

—Es hora de retribuirte. Eres extraordinaria.

Me besó y me levantó la falda. Él se sentó en mi sillón, me abrió las piernas y comenzó a acariciarme a través de las bragas.

—¡Sí!

—Estás empapada, bonita —dijo con voz ronca.

—Eso es lo que tú me haces.

Apoyé las manos sobre la mesa; el me corrió las bragas y rozó mi sexo con la lengua, moviéndola de arriba abajo, introduciéndola y sacándola a un ritmo martirizante.

—¡Patricio, por favor!

Miró hacia arriba, como lo había hecho yo, dando pequeños golpes con la lengua sobre mi clítoris.

—¿No te gusta?

—¡Demasiado!

Gemía y me retorcía como una posesa. Introdujo un dedo en mi vagina y luego otro, mientras movía delirantemente su lengua sobre todo mi sexo.

—Si me corro ahora van a estallar los vidrios, Patricio.

—¡Hazlo! Así nadie va a tener dudas de que eres mía.

—¡Patricio! ¡Para, por favor!

Estaba enloqueciendo. No podía respirar. Creía que el corazón se me iba a salir por la garganta. Me tapé la boca con las dos manos y caí de espaldas en el escritorio. Mis caderas se movían rabiosamente. Estaba ahogada y sabía que se aproximaba un orgasmo nuclear.

—¡Dámelo! ¡Córrete!

Me tragué el grito. Mi cuerpo se sacudía sin que yo pudiera evitarlo. Había sido de lejos el orgasmo más fuerte que había tenido hasta entonces, pero Patricio me sorprendía cada vez.

—Te follaría ahora mismo, pero no tengo condones.

Lo miré. Deseaba con locura que me penetrara. A pesar del exquisito orgasmo y sus réplicas aún sacudiendo mi cuerpo, lo deseaba dentro de mí.

—Fóllame. Es seguro. La regla debe bajarme mañana.

Dos segundos después me estaba penetrando.

—Sostente de mi cuello.

Hice lo que me había dicho y me apoyó contra la pared. Estaba tan excitada... Mis pechos me dolían. Me abrió la camisa y los sacó del sostén. Los miró.

—¡Son perfectos!

Los tomó entre sus manos y jugó con su lengua sobre los pezones.

Estábamos en el despacho y fuera nadie sabía lo que estaba pasando allí dentro. Estar haciendo algo prohibido había incrementado la excitación de ambos. Nos abrazamos fuerte, casi estrujándonos, y cuando llegamos juntos al orgasmo, gritamos y gemimos ahogadamente en la boca del otro. Depositó un dulce beso en mis labios; podía sentir mi sabor en ellos. Pasé mis dedos por su cabello, lo miré, y en ese instante tuve la absoluta certeza de que lo amaba.

El sábado por la mañana regresamos a Madrid. La semana con Patricio en Vigo había sido increíble. Nos habían ido a buscar al aeropuerto y nos dirigíamos a su casa. Yo tenía mi coche allí. «¿Qué pasará ahora?» Desde la primera vez que habíamos hecho el amor, no había vuelto a la empresa en Madrid.

—¿Qué piensas, bonita?

—En cómo lo haremos aquí en Madrid.

—¿Qué te preocupa?

—Todo. Han pasado tantas cosas en tan poco tiempo que me asusta un poco.

—A mí también, pero no quiero perderme nada por estar asustado. Quédate en mi casa hoy. Mañana es el almuerzo con mi madre.

—Me gustaría pasar por mi piso a buscar ropa, llamar a mis padres, a mi hermano...

—¿Quieres estar sola?

—No; quédate conmigo.

—Recojo algo de ropa en casa y luego vamos para tu piso, ¿vale? —me propuso, y yo asentí.

Me recosté sobre él, y en seguida me acomodó y me rodeó con su brazo. Estaba sensible; todavía tenía la regla, y eso siempre me ponía emotiva.

—Hoy empezaré a tomar la píldora.

Lo había decidido el día que nos olvidamos del condón, antes de viajar. Había llamado a mi ginecóloga desde Vigo y me había indicado que empezara a tomarlas el tercer día por ser la primera vez; luego, las tomaría el primer día que me bajase la regla.

—¿Estás segura? Odio los condones y sería maravilloso poder hacerlo sintiendo la suavidad y tibieza de tu piel, pero no te sientas presionada.

—No me siento presionada. Lo decidí la noche que estuve en tu casa, después de tener que llamar a la farmacia.

—Me gusta. Gracias. —Besó mi coronilla.

Llegamos a la casa de Patricio, recogió su ropa y fuimos con los dos coches a mi piso. En el contestador había llamadas de Leti, y de Violeta desde Praga. Llevé mi maleta al dormitorio y empecé a deshacerla. Patricio se apoyó en el marco de la puerta del dormitorio y miró el vestidor.

—¿Puedo?

—¿A qué te refieres?

—A entrar en el vestidor.

—¡Claro!

Caminó hasta el fondo y se sentó en el suelo, deslizando la espalda por el espejo.

—Aquí te besé por primera vez.

Estaba colgando mi abrigo en una percha y se me cayó de las manos. ¿Había oído bien?

—¿Cómo dices?

—Que aquí te besé por primera vez. Lo recuerdo.

—¡¡Patricioooo!!

Fui hasta él y me acurruqué en su regazo. Con su mano, apoyó dulcemente mi cabeza sobre su pecho. Oía latir con fuerza su corazón.

—Estaba aquí, buscando un pendiente que se me había perdido, y cuando me viste te acercaste a ayudarme. Tú lo encontraste y, en ese momento, me besaste. —Me puse la mano en los labios, sintiendo el beso del pequeño Patricio—. Nos sonrojamos y salimos del vestidor. Mamá estaba en la puerta del dormitorio; se había puesto furiosa. —Reí—. Una semana después nos estábamos mudando a Marbella.

—Lo recuerdo...

Lo apreté fuerte. Mi corazón latía deprisa. Empezaba a acordarse de mí.

—Mi terapeuta me dijo que con tu ayuda podría recuperar algunos recuerdos.

—¡Qué más quisiera que pudieras recordarme como yo te recuerdo a ti!

Me arrodillé y las lágrimas comenzaron a caer por mis mejillas. Él las besó suavemente.

—Que no tenga un recuerdo claro en mi cabeza no significa que en mi corazón no te recuerde.

Nos besamos y comenzamos a acariciarnos.

—Todavía tengo la regla —le dije, gimiendo sobre su boca.

—No me importa. Te necesito.

Estábamos en el vestidor, él sentado en el suelo y yo a horcajadas sobre él. Teníamos un espejo detrás, así que podía verme desnuda, excitada; veía las manos de Patricio recorriendo mi cuerpo, apretando mis pechos, besándolos. Lo estábamos haciendo dulce y suavemente. Estábamos haciendo el amor.

—Te necesito —repitió suavemente en mi oído.

—Yo también.

Mis lágrimas corrían por las mejillas.

—¿Estás bien?

—Sí, muy bien.

Empecé a sentir que su cuerpo temblaba y el mío también. Estábamos llegando a un poderoso orgasmo.

—Di mi nombre.

—Azul.

—No, mi nombre; necesito oírlo de tus labios.

—Jazmín.

—Patricio.

Y nos quedamos así, siendo uno, sin decir nada, él llenándome, yo acariciándolo con mi sexo.

Después de bañarnos, fuimos a la cocina. Quería cocinarle algo; estábamos hambrientos. Patricio puso música... y eligió a Adele.

—¿Así que David Guetta? —dijo, sacudiendo los discos.

—Sí. En realidad, ese disco tiene música electrónica, no sólo David Guetta. El disco que va ahí se lo llevó Ceci —le expliqué, e hice un mohín.

—¿Ceci?

—Cecilia, mi hermana menor —le dije mientras sacaba del congelador pescado y verdura.

—Me gusta la música electrónica. ¿Has ido a alguna disco aquí?

—No, pero Sol me ha invitado. Consigue invitaciones para Karachi.

—Tengo pase vip. ¿Quieres ir hoy?

—¿Y si está Sol?

Patricio puso los ojos en blanco y resopló.

—¡Vale! ¡Hecho! Pero debo advertirte que las discos me transforman.

Me miró curioso.

—Señorita, a usted la transforman muchas cosas, debo decir.

Me sonrojé.

—Bailo... Me gusta mucho bailar y, cuando lo hago, entro... en trance.

—¿Debo preocuparme? —preguntó, y yo me reí.

—Depende. Sólo es una advertencia.

Saqué una botella de vino blanco y almorzamos pescado al horno con suflé de verduras. Después de que me ayudara con los platos, nos sentamos en el sillón a escuchar música abrazados.

—Voy a llamar a mis padres.

—¿Les vas a decir algo?

—No, no por ahora.

Me miró con el ceño fruncido. No le gustó.

—¡Hola, papá!

—¡Hola, Jaz! ¿Cómo estás, hija?

—Bien. He regresado hoy de Vigo.

—¡Qué bien! ¿Cómo te ha ido?

—¡Bien, genial, papá!

—Me alegro, cariño. Estuvo Valentín por aquí. Casi lo golpeé. Leti tuvo que echarlo.

—Sí, me lo contó Leti. A mí me llamó al móvil, pero no vale la pena, de verdad, papá. Valentín ya es pasado... Además, papá, he conocido a alguien y estoy muy bien.

Patricio se sonrió, y yo le guiñé un ojo.

—Me alegro mucho, cariño. Algo me comentó tu madre, pero cuídate. Sé que eres mayorcita, pero no quiero que te lastimen nuevamente.

—No te preocupes. Estaré bien. Dale un beso a mamá; debo irme. Te quiero, papá

—¡Y yo a ti, hija!

Cuando colgué, Patricio me tomó por la cintura y me besó.

—Debo ir a casa a buscar ropa para la noche y el pase vip.

—¡Vale! Yo llamaré a Benja y a Leti, y luego creo que voy a recostarme.

—¿Te encuentras bien?

—¡Perfecta! —Le guiñé de nuevo un ojo—. Debo recargar baterías para la noche. —Se rió y me dio un beso—. Llévate las llaves.

—¡Gracias! Vuelvo dentro de un rato.

Llamé a mi hermano y luego a Leti. Les conté cómo me había ido en Vigo. Leti me preguntó por Patricio. Le contesté con vaguedades. Creo que se dio cuenta de que todavía estaba enfadada, así que no insistió.

Preparé mi ropa para la noche: unos *leggins*, una falda corta negra y un top plateado, de un solo hombro y ajustado, con mis sandalias de plataforma negras. Me puse el picardías, me recosté y me dormí. Patricio me despertó con un dulce beso en la sien, abrazándome por la espalda.

—¡Mmm!, me gusta —dijo, pasando la mano por el suave satén blanco.

—¿Qué hora es? —pregunté con voz ronca.

—Temprano. Puedes dormir un rato más. Yo tengo que trabajar un poco. Te despierto más tarde —respondió, y depositó un suave beso en mi cadera.

—Bien.

Sentí que se levantaba de la cama, y seguí durmiendo. Cuando me desperté, no sabía cuánto tiempo había dormido. Me puse la bata y fui a la sala. Patricio estaba en el sillón, cruzado de piernas, con el portátil apoyado en el regazo. Escuchaba música bajita.

—¿Te he despertado?

—No.

Me senté en el sillón y me acurruqué a su lado. Sonaba *Yellow*, de Coldplay.* Distraída, comencé a cantarla suavecito. Era una hermosa canción, una de mis preferidas.

Estaba cantándole esa canción. Era lo que sentía por él, pero no quería decírselo aún. Todavía era muy pronto. Casi salté del sillón para ir al baño. Mis ojos estaban anegados en lágrimas. Llamó a la puerta y me limpié las lágrimas rápidamente.

* *Yellow*, Universal Music Publishing Mgb Ltd., interpretada por Coldplay. *(N. de la e.)*

—¿Estás bien?

—Sí. Ya salgo.

Cuando salí, se dio cuenta de que había llorado.

—¿Por qué lloras? —dijo, levantándome el mentón y mirándome a los ojos.

—No lo sé. Estoy sensible por la regla. Ya se me pasará.

—Tienes una voz muy suave. Me gusta oírte cantar —afirmó, y lo abracé por la cintura.

Poco después miré la hora y me fui a la ducha; teníamos que prepararnos para ir a la disco. Cuando yo salí, él entró. Me fui al dormitorio envuelta en el albornoz, me arreglé el cabello y empecé a maquillarme. Me gustaba difuminarme los ojos con una sombra oscura para salir de noche; también me apliqué abundante rímel, delineador, colorete, brillo labial y el toque de J'Adore. Luego me vestí. Cuando me volví, Patricio estaba en la puerta del dormitorio envuelto en una toalla por la cadera, recién afeitado, boquiabierto.

—¿No estarás pensando en salir así?

—¿Por qué?

—Porque estás demasiado... sexy. No creo que me guste que otros te miren como te estoy mirando yo ahora.

—¡¡Patricio!!, vístete antes de que decidamos quedarnos.

Tiró la toalla al suelo y vi su erección. Me encantaba saber que era yo la que provocaba esa reacción.

—Quedémonos.

—¡Quiero ir a bailar! Después, cuando volvamos, ¡mmm!, si has sido bueno, entonces quizá te deje tocarme. —Guiñé un ojo, saqué la lengua y salí del dormitorio—. ¡Te espero en la sala!

Cuando entró en la sala, casi me caí de espaldas. Mi sexo se estremeció. Se había puesto unos vaqueros ajustados, camisa negra y chaqueta de cuero. ¡Estaba impresionante!

—No creo que me guste que otras te miren como te estoy mirando yo ahora —le dije, devolviéndole lo que él me había dicho antes.

Se acercó, me tomó por la cintura y deslizó las manos hacia la espalda.

—Y volviendo a ti: voy a tener que mantenerte vigilada mientras estás en trance —aseguró, frunciendo el ceño a la vez que trataba de esconder una sonrisa mientras yo me reía.

Al fin, tomó las llaves de su coche y nos fuimos.

Cuando llegamos a la disco, había una gran fila de personas esperando para entrar. Patricio tomó mi mano y me llevó hasta la puerta. Mostró su pase vip y entramos sin más trámites. Sonaba música *house*, había bastante gente en las barras, algunas chicas bailaban sobre tarimas y se mezclaban luces de todo tipo. Me gustaba.

Patricio no soltó mi mano y me llevó hasta el guardarropa para dejar los abrigos. Lo saludaron por su nombre en varias ocasiones. Fuimos a la zona vip, nos sentamos en unos sillones de terciopelo negro y en seguida vino una camarera que lo saludó por su nombre y lo besó en la mejilla, comiéndoselo con la mirada.

—¿Qué deseas beber? —me preguntó, tomándome de la mano, como queriendo que la camarera se diera cuenta de que estábamos juntos.

—Gin-tonic —respondí secamente.

—Un gin-tonic y...

—Lo mismo de siempre para ti, ¿cariño?

—No, tengo que conducir. Zumo de manzana, gracias.

«¿Cariño?» Miré a Patricio con mala cara.

—Vengo frecuentemente con amigos.

—Ya veo... Tienes tu propio séquito de mujeres... —Le señalé con el mentón a un grupo de chicas que lo miraban—. No las culpo, pero podrían disimular al verte con alguien, ¿no?

Se rió, tiró de mí hacia él y me dio un beso apasionado. En ese momento, crucé una mirada con Sol.

—¡Mierda! ¡Sol!

—¿Dónde?

—Viniendo hacia aquí. ¡Joder, nos ha visto!

—Tranquila... Hablaré con ella.

—¡Azul! ¡Señor Del Monte! ¡Qué agradable sorpresa encontrarlos aquí!

Me miró, sonriéndose.

—Hola, Sol —saludé, apenada.

—Sol..., mira..., Azul no quiere que esto se sepa aún. Te ruego que...

—No se preocupe, señor Del Monte —lo interrumpió—. Francamente, ya lo sospechaba.

—¿Por qué? —soltó Patricio, sorprendido.

—Señor Del Monte, lo conozco desde hace tiempo y nunca lo había visto tan preocupado y atento con una empleada como con Azul.

—¡Gracias, Sol! Te lo agradezco —dije, más aliviada.

—De nada, Azul. ¡Diviértete!

—Tú también.

—¡Nos vemos en la pista! —Y se fue guiñándome un ojo. Me di la vuelta y lo asesiné con la mirada.

—Te lo había dicho, Patricio. Espero que Sol sea prudente.

—No te preocupes. Conozco a Sol.

—¡Joder, Patricio, que no quiero ser la «nueva que se acuesta con el jefe»!

—Bonita, deja de decir eso. No eres nada de eso para mí. Nunca me he acostado con nadie de la empresa.

—Dicen que eres un mujeriego.

—Te dije que me gustaban las mujeres.

—Y a mí los hombres. Eso no significa que me acueste con todos.

—No quiero saber con cuántos.

—Sólo con Valentín y contigo..., y ni se te ocurra decirme con cuántas te has acostado tú. —Se rió—. Voy a bailar antes de que...

—¡Ven para aquí! —Tiró de mi cintura hacia él y caí sobre su regazo—. Estás hermosa —susurró, ronroneando en mi oído. ¡Cómo me excitaba!

Salí a la pista. Él se quedó sentado, mirándome. Tras un par de canciones, comenzó a sonar mi preferida, *Titanium*.* Cerré los ojos y empecé a moverme al ritmo de la música. Me sentía transportada a una burbuja donde nada me importaba, sólo la música, Patricio y yo. Abrí los ojos un momento y lo miré. Tenía los codos apoyados en las rodillas y una mano a cada lado del rostro; me miraba con la boca entreabierta, como si no diera crédito a lo que veía. Le sonreí, le guiñé un ojo y volví a cerrar los párpados, mientras seguía contoneándome sensualmente. Minutos después lo sentí a mi espalda; puso sus manos en mi vientre y me besó el cuello moviéndose a mi ritmo.

* *Titanium*, Sony/ATV Music Publishing LLC, Shapiro Bernstein & Co. Inc, interpretada por David Guetta. *(N. de la e.)*

—¡Estoy tan excitado que podría correrme aquí mismo! —exclamó en mi oído con voz ronca y sensual.

Lo miré. Me excitaba que dijera esas cosas. Continué bailando, moviendo el cuerpo en un trance profundo. Patricio me agarraba por atrás y podía sentir su erección. Bailamos durante buen rato. Se movía muy bien.

—Nuestras bebidas están en la mesa.

—Vamos. ¡Parece que necesitas descansar un poco! —Me reí.

—¡Diosss! ¿Dónde aprendiste a bailar así?

Se tiró hacia atrás contra el respaldo y tomó un sorbo de su zumo.

—Tú no te quedas atrás... Me gusta bailar. Solía salir con mis amigas en Marbella. Lo he estado haciendo desde que cumplí la mayoría de edad y pude entrar en las discos.

—¿Y te quejas de mi séquito?

Hizo un gesto para que me fijara en la barra. Había tres chicos mirando hacia nosotros con descaro.

—¡Tendrías a todos los chicos empalmados cada vez que salías a la pista! Menos mal que estoy aquí, si no estarían todos revoloteándote como moscas...

Reí a carcajadas y tomé con la pajilla un sorbo de mi gintonic, mirándolo juguetona.

—En Marbella, Claudia era la que más llamaba la atención. Trabaja como modelo y es muy guapa y provocativa.

—¡Imposible que sea más provocativa que tú!

Miró hacia su bragueta. La penumbra y los *flashes* no me dejaban ver, pero era evidente que se refería a la erección que yo había sentido en la pista.

Sol vino con su chico y Patricio los invitó a sentarse en nuestra mesa. Ellos se conocían. Patricio era habitual y el chico de Sol era el relaciones públicas del local. Se quedaron conversando mientras Sol me arrastraba a la pista. Sonaba su canción favorita, *Only Girl in the World*,* de Rihanna. Bailamos como locas. Sol también parecía en trance.

Llegamos al piso a las cinco de la mañana. Me había dormi-

* *Only Girl in the World*, Emi Music Publishing Ltd., Dipiu' S R L, Emi April Music Inc., Slide That Music, Cstyle Ink Music Publishing, interpretada por Rihanna. *(N. de la e.)*

do en el coche. Hacía tiempo que no salía a una disco, y además la semana en Vigo había sido agotadora.

—Hemos llegado, bonita.

—¡Mmm! —murmuré.

—Mi posesa preferida, ¿caminas o te llevo?

—Camino.

Nos tomamos de las manos, entrelazando los dedos, y caminamos hacia el ascensor. Llegamos al piso y fui directamente al baño. Cuando entré en la ducha, Patricio llamó a la puerta.

—¿Puedo?

—Pasa. ¿Vienes conmigo?

Patricio asintió con la cabeza con una gran sonrisa.

Nos acariciamos mientras nos enjabonábamos, y comenzamos a besarnos con una intensidad increíble. Estábamos excitándonos.

—Cuando te vi bailar, creí que me correría ahí mismo. ¡Me vuelves totalmente loco!

Me besó frenéticamente el rostro, el cuello y el pecho. Estábamos como poseídos, fuera de control; eso era lo que nos provocábamos. Resultaba casi angustiante. Nos hicimos el amor hasta el amanecer.

Patricio me despertó con el desayuno. Tenía el cabello mojado, estaba afeitado y vestido. Eran casi las once.

—¡Buenos días, bonita!

—Buenos días —respondí, frotándome los ojos con voz ronca.

—Café con *sacarina*—subrayó—, zumo de naranja y tostadas.

—¡Mmm, tengo hambre!

—¡Yo también!

Se sentó en la cama y puso la bandeja entre los dos.

—¿A qué hora nos espera tu madre?

—A la una y media.

—Estoy nerviosa.

—¡No lo estés!

Terminé de desayunar y me fui a duchar. Me arreglé el cabello y me maquillé sólo con un poco de polvo y rímel; quería verme natural. Fui en albornoz hasta mi vestidor, y nada me parecía apropiado. Me cambié cuatro veces, hasta que finalmente me decidí por un vestido cruzado, de manga tres cuartos, por la rodilla, color granate, que me gustaba mucho, y unos zapatos sin puntera. Antes de ponerme el abrigo, el toque imprescindible de J'Adore.

—¡Estás hermosa!

—Gracias. No sabía qué ponerme. Estoy nerviosa.

—¡Tranquila! Mi madre tiene muchas ganas de verte. Ya la conoces. Te adoraba. ¿Por qué habría de ser distinto ahora?

—No lo sé.

Llegamos a la casa en La Moraleja. Era tal cual la recordaba: una hermosa entrada de palmeras y, en el fondo, una gran casa de tres plantas y techo de varias aguas, pintada en color arena con algo de piedra. Estacionamos en la entrada. La madre de Patricio salió a recibirnos. Cuando me vio se tapó la boca con ambas manos, intentando ahogar la emoción.

—¡Querida Jazmín! —Me abrazó sollozando, me besó en ambas mejillas y tomó mis manos—. ¡Mírate, eres una mujer preciosa! La última vez que te vi tendrías...

—Ocho años, señora.

—Llámame Clara, por favor. —Me miró y sonrió—. Hola, hijo. ¡Se te ve muy bien!

La mirada de Clara hacia Patricio fue muy elocuente.

—¡Hola, mamá! —la saludó, abrazándola. Fue un momento muy dulce verlo así con su madre.

—Pasad, por favor. —Mientras atravesaba el vestíbulo, no daba abasto a mirarlo todo. Lo recordaba perfectamente—. ¿Recuerdas la casa, Jazmín?

—¡Sí! —Señalé una puerta doble—. La sala de música. Patricio odiaba el piano.

—Es verdad. —Clara nos miraba—. No sabes la alegría que me dio cuando Patricio me lo contó. Es increíble.

Se acercó a su hijo y le acarició la mejilla. La seguimos hasta la cocina. Patricio iba a cocinar.

—Me acuerdo de que nos gustaba jugar aquí abajo —comenté, señalando la isla.

Clara separó dos banquetas y nos sentamos.

—Sí, es cierto. Aquí montabais puzles. Cariño, ¿con qué nos vas a deleitar?

—Cordero a la menta con verduras. Le pasé a Joaquina la

lista de la compra. Espero que lo haya traído todo —dijo, y se fue en busca de los ingredientes.

—Jazmín, querida, tú no sabes lo que ese niño lloró y sufrió cuando os marchasteis —me confesó Clara, y tomó mi mano y la apretó.

—Yo también, Clara, pero la vida nos ha vuelto a juntar.

—Sí, y eso me hace muy feliz, por mi hijo. ¿Cómo están tus padres?

—Bien, en Marbella; papá con su clínica y mamá con sus clases de inglés.

—Envíales mis saludos. Espero que cuando vengan por Madrid puedan visitarme.

«Realmente, no lo creo.» La actitud de mis padres era muy distinta a la de Clara. Yo ni siquiera les había contado que nos habíamos reencontrado.

—Se los daré. ¿Puedo ayudarte, Patricio?

Me tendió un delantal.

—Puedes cortar las verduras, pero no te cortes —indicó, y alzó una ceja.

—¡Sí, mi capitán!

Le hice una reverencia. Clara nos miraba con un codo apoyado en la superficie de la isla y la mano en puño en su mentón. Se la veía fascinada por la interacción, si se quiere íntima, que teníamos.

Conversamos, nos sirvió vino y nos contó que Julia llegaría a Madrid en unos diez días y que prepararía una cena de bienvenida.

—Querida, tienes que venir con Patricio.

Lo miré, porque no me había quedado claro qué le había dicho él sobre nosotros.

—¡Me encantaría!

Pelé, lavé y corté las verduras según las indicaciones del chef. Clara fue a preparar la mesa en el comedor.

—Gracias, siéntate. Debes estar cansada.

Me miró, sonriendo, y me dio un beso tierno en los labios.

—¿Qué sabe Clara?

—¿De qué? —Lo miré y ladeé la cabeza—. Ya te lo he dicho... Le hablé de ti antes de saber quién eras. Sabe que me gustas. Nada más. Aunque es mi madre y me conoce bien.

—Lo miré fijamente—. Estás demasiado preocupada por lo que puedan decir o pensar los demás —añadió, negando con la cabeza.

—Ya te expliqué los motivos. No quiero que me juzguen mal. Démonos un poco de tiempo —respondí, acariciándole la mejilla, y lo besé rápidamente en los labios.

Mientras los aromas del cordero invadían la casa, charlamos y reímos copa en mano en la cocina. Cuando Patricio indicó que estaba listo, fuimos al comedor, nos sentamos y nos sirvió los platos. El aroma era delicioso y, conociendo las dotes culinarias de ese hombre, sabía que el sabor no quedaría atrás.

—¡Hijo, está exquisito!

—¡Mmm, una delicia! —exclamé, haciendo toda clase de muecas.

Patricio se rió.

—¡Gracias! —contestó, casi ruborizado. Podía ser muy tímido en ocasiones.

Almorzamos entre anécdotas y risas. Cuando terminamos, ayudé a colocar los platos en el lavavajillas. Clara sirvió té y café con una tarta de manzanas recién preparada. Nos sentamos en la sala, y Clara se disculpó un momento. Patricio aprovechó la oportunidad para sostenerme el rostro con ambas manos y besarme profundamente.

—No aguantaba un minuto más sin besarte.

—Ni yo.

Mientras le devolvía el beso, oímos los tacones de Clara, que regresaba.

—Ven, Jazmín, quiero mostrarte algo.

Me llevó a su estudio y abrió una caja que estaba llena de fotos; debían de ser las que me había dicho Patricio que usaba su madre para ayudarlo a recordar.

—Sé que Patricio te ha contado lo del accidente.

—Sí, estoy al tanto —aseguré con cara de tristeza, ya que a raíz de ese accidente él no me recordaba.

—Esta caja contiene fotos de ambos. Su terapeuta dijo que nadie mejor que tú para mostrárselas para que sus recuerdos regresen. Ayúdalo.

—Me encantaría... Aunque no tengo experiencia con pacientes amnésicos, voy a ponerme al corriente y a ver la manera de ayudarlo. Nada me haría más feliz que ver que Patricio me recuerda como yo lo recuerdo a él.

—Lo sé, y también sé que Patricio está muy ansioso por recordar.

—¿Qué estáis cuchicheando? —dijo Patricio, apoyado en el umbral de la puerta del estudio.

—Cariño, ven —dijo Clara, que le tendió la mano.

—Las fotos.

—Sí, se las estoy dando a Jazmín para que te ayude.

Nos quedamos conversando un momento más en el estudio y volvimos a la sala. Luego nos despedimos y regresamos a mi piso. Queríamos dormir juntos. El lunes volvíamos al trabajo y sabíamos que nos extrañaríamos durante el día.

Desparramamos las fotos encima de la cama y las contemplamos. Le prometí que todos los días le contaría la historia de una foto. Dormimos abrazados hasta que el despertador sonó a las siete y cuarto.

—¡Buenos días, bonita!

—¡Buenos días!

Me encantaba despertarme junto a él. Me besó el hombro y acarició mi perfil hasta la cadera.

—No sé qué voy a hacer hoy...

—Ni yo, pero ya encontraremos la manera. —Se pegó contra mi espalda y sentí su erección—. ¡Mmm!, si empezamos así el día...

Y en ese instante me arrastró hasta que quedé encima de él, me quitó el picardías, tomó mis pechos masajeándolos y se puso uno y luego el otro en la boca; yo me agaché para besarlo, luego me incorporé y, a horcajadas, me penetró.

—Es una sensación hermosa sentirme llena de ti.

—Me encanta llenarte.

Lo monté primero a un ritmo muy suave, mirándolo. Él me sostenía por la cadera, y yo subía y bajaba aprisionando su miembro con mi sexo. Podía ver su rostro disfrutando. Un momento después, me volvió y quedé de espaldas a la cama y, manteniendo la preciosa unión, me penetró más profundamente; yo no podía más que gemir. Mis caderas se movían al ritmo de sus arremetidas y nuestras respiraciones eran fuertes. Patricio tenía el rostro tenso y los ojos apretados mientras me penetraba una y otra vez. Mi cuerpo se contorsionaba bajo el suyo. Perdimos el control. Su miembro se sacudía violentamente dentro de mí, descargando todo su placer en mi interior. Mi sexo se contrajo y las oleadas del orgasmo amenazaron con desarmarme. Patricio cayó sobre mí y lo abracé. Me acarició el cabello, besó suavemente mis labios y frotó mi nariz con la suya.

—¿Estás bien?

—Más que bien —le dije, acariciándole el cabello—. ¿Y tú?

—¡Perfecto!

En el aparcamiento de mi piso nos dimos un beso y cada uno salió con su coche. Patricio debía pasar por su casa a cambiarse de ropa, y yo seguí hasta la empresa.

—Buenos días, Teresa.

—Hola, Azul. ¿Cómo te ha tratado Vigo?

—Muy bien, gracias. ¿Cómo te ha ido a ti?

—Todo genial. No puedes faltar este viernes a nuestra cita en el bar.

—Veré qué puedo hacer. ¡Nos vemos, Tere!

—¡Ve, guapa! Parece que Vigo ha hecho maravillas contigo...

Tomé el ascensor para subir a mi despacho. No sabía cómo me recibiría Sol.

—Buenos días, Azul.

—Hola, Sol. ¿Cómo estás?

—Muy bien, ¿y tú? He tenido un fin de semana interesante.

—Gracias, Sol. Significa mucho para mí tu discreción. Voy a tener una mañana complicada, pero luego hablamos.

—Te llevo un café y la correspondencia.

Le guiñé un ojo y entré en mi despacho. El olor a jazmín inundaba la habitación. Me senté, abrí el portátil y revisé el correo. Sol entró como había anunciado y repasamos la agenda de la semana.

—Tienes la primera entrevista a las diez menos cuarto, y luego, a las once, consulta. El viernes tienes la charla que diste en Vigo y, por la noche, la presentación del mini proyector. Recuerda que es un acto de etiqueta.

—Vale. Patricio quiere que vaya con él. —La miré, dudando—. No sé si es buena idea.

—¿Por qué no? Hacéis una pareja muy mona.

—Es que no quiero ser «la nueva que sale con el jefe».

—Mira, Azul, trabajo en esta empresa desde hace cinco años y es la primera vez que el señor Del Monte está con alguien que trabaja aquí. La verdad es que cuando estaba con Gabriela nunca lo había visto así de relajado, y eso, en un hombre de su edad... ¡Venga!, que tiene treinta años, no cincuenta.

—Lo sé, me lo dijo, pero todavía es muy pronto.

«¡Tilín!»

—Hablando de Roma... Te aviso cuando esté preparada la sala de reuniones.

—¡Gracias!

«¡Hola, bonita! Te extraño. ¿Almorzamos juntos?»

Clic en *responder*: «¡Hola, bonito! Yo también te extraño. ¡Esto no va a ser fácil!». *Enviar.*

«¡Tilín!»

«No, y francamente no sé si podremos hacer como que nada sucede.»

Clic en *responder*: «Evitemos cruzarnos lo máximo posible». *Enviar.*

«¡Tilín!»

«Señorita Alzogaray, creo que tiene que pedir cita con la psicóloga de la empresa. Está desvariando. Piensa en mí. Un beso.»

Clic en *responder*: «Siempre. Un beso». *Enviar.*

Estaba ansiosa por que llegase el mediodía. Necesitaba verlo. Mi cuerpo se estremecía al pensar en esa mañana y todas las veces anteriores que habíamos hecho el amor. Sol me avisó de que la sala de reuniones estaba preparada. Subí al quinto piso y saludé a Marina y a Cintia, que me miraba con muy mala cara. Era evidente que no me tragaba, aunque no me importaba porque tampoco yo la tragaba a ella, pero sabía por Sergio que iba a ser un hueso duro de roer, así que mi educación primó y le sonreí.

Entré en la sala, Carlos ya estaba allí.

—Buenos días, Azul. ¿Qué tal por Vigo? Se te ve fantástica.

«¡Mierda, otro más! Tendré escrito en la frente: "He follado de maravilla"?»

—Gracias, Carlos. Ha sido un buen viaje, muy productivo. Tendré pronto el informe para mañana.

—Me han llegado excelentes comentarios sobre la conferencia. Sé que el viernes la darás aquí.

—Sí, estuvo bien. Tuvo una buena acogida.

Durante la entrevista de la mañana todo transcurrió con normalidad. Cuando nos despedimos y salí de la sala de reuniones, Cintia me dijo:

—Señorita Alzogaray, el señor Del Monte quiere verla en su despacho.

—Gracias, Cintia —le respondí, queriendo ser simpática.

Me fui por el pasillo y llamé a la puerta.

—Pase.

—Con permiso, señor. ¿Quería verme? —pregunté sonriendo. Sentí mis ojos brillar.

—¡Adelante!

Cerré la puerta, y Patricio vino a mi encuentro casi corriendo. Me levantó en brazos y nos besamos.

—No aguantaba hasta el almuerzo. —Resopló con su frente apoyada en la mía—. Estoy enloqueciendo, Azul.

—Y yo. ¡Todo esto es una locura!

Nos abrazamos, pero en ese momento llamaron a la puerta y nos separamos rápidamente.

—¡Pase!

—Señor, la señorita Ponce de León está aquí.

—Gracias, Cintia. Hola, Patricio —dijo Gabriela al mismo tiempo que entraba en el despacho sin más. Me miró con desprecio.

—¿Qué haces aquí, Gabriela?

Ella se volvió, me miró de arriba abajo e hizo un ademán con la mano para que me retirara. Yo miré a Patricio como si quisiera asesinarlo, di media vuelta y salí.

—Señorita Alzogaray, quédese. No hemos terminado... Gabriela, ¿en qué idioma hablo?

Me fui del despacho. Cuando pasé por la recepción, Cintia me miraba con una sonrisa burlona. «¿Se habrá dado cuenta? ¡Esta mujer es insoportable! Y Gabriela es bellísima y está en el despacho con Patricio.» Bajé por las escaleras y fui a mi despacho; de buena gana hubiese arrojado con fuerza el cuenco con jazmines para liberarme de la furia que me invadía. Traté de tranquilizarme. Respiré hondo. «Cálmate, Jazmín, cálmate», me repetía. A las once tenía una consulta; todavía me quedaban veinte minutos para calmarme y centrarme. Respiré de nuevo y me fui a la cocina a por un vaso de agua y un café. Cuando salí de la cocina, Sol me miró.

—Podía habértelo llevado yo, Azul.

—Gracias, Sol. Está bien.

Entré en mi despacho. Me senté en el sillón, cerré los ojos y respiré hondo.

«¡Tilín!»

Cerré la tapa del portátil. Seguramente era un mensaje de Patricio y ahora no me podía permitir descentrarme. Me tomé el agua, y estaba sacando la agenda para prepararme para la consulta cuando llamaron a la puerta.

—¡Pase!

—Con permiso.

Era el turno de la cita de las once.

—Pasa, toma asiento. ¿Puedo ofrecerte algo de beber?

—No, muchas gracias.

Me bebí el café y empezamos. Una hora después, habíamos terminado. Abrí el portátil para pasar las anotaciones al expediente y vi el mensaje de Patricio.

«No deberías haberte ido.»

Clic en *responder*: «¿Qué querías que hiciera? Has visto cómo me ha tratado, pero no te has movido.» *Enviar.*

«¡Tilín!»

«Te he pedido que te quedaras, y te has ido.»

Clic en *responder*: «No voy a almorzar. Necesito pensar». *Enviar.*

Me propuse pasar las notas nuevamente, pero de repente se abrió la puerta. Era Patricio.

—¿Puedes llamar?

Cerró la puerta.

—No me vengas con tonterías. ¿Por qué no quieres almorzar conmigo?

Apoyó las manos en el escritorio y me miró furioso.

—Porque necesito pensar, Patricio.

Tenía los ojos anegados en lágrimas. No quería ni pestañear para que no cayeran, pero me ganaron y las atajé con el revés de los pulgares.

—¡No, bonita! ¡No llores!

Vino hacia mí. Yo no era así, no lloraba por cualquier cosa, pero por algún motivo todo lo que se refería a Patricio me emocionaba.

—¡Estoy furiosa, Patricio! —Lo paré con las manos. Sabía que si me besaba, estaría perdida—. No tengo ninguna entrevista ni cita esta tarde, así que voy a trabajar desde mi piso, si eso no supone un problema.

—Quiero estar contigo.

—No, Patricio. Necesitamos algo de distancia y poner las cosas en perspectiva.

—¿Perspectiva?

Patricio me miró, descolocado y ceñudo.

—Estoy que ardo de celos de esa mujer, Patricio. Es hermosa, fue tu pareja y evidentemente, aunque es la novia de tu amigo, hará lo imposible para que vuelvas con ella. Y además, Cintia se lo está facilitando.

—¡Me importa una mierda lo que Gabriela quiera! Le he dicho que no vuelva a buscarme ni a llamarme, y si es lo que quieres, puedo despedir a Cintia.

—¡Joder, Patricio!

Cerré el portátil, lo guardé en el maletín y salí del despacho.

—Sol, cualquier cosa estoy en el móvil.

—Vale. ¿Estás bien?

—No, no me siento bien.

Vi a Patricio con los brazos levantados y las manos apoyadas en la cabeza. Estaba exasperado, frustrado, no sé. Yo necesitaba irme. Tomé el ascensor y bajé. Me contuve para no llorar. Sentía náuseas. Llegué a la planta baja y fui corriendo a los servicios. Apenas alcancé el cubículo, vomité lo único que tenía en el estómago: café.

Sabía que estaba sobrerreaccionando, pero necesitaba llegar a casa y pensar un poco. Lo que nos estaba pasando era demasiado intenso.

Durante el camino, Patricio me llamó dos veces, pero no lo atendí. Llegué a casa, dejé el portátil sobre la mesa del comedor, tomé el móvil y le escribí un mensaje: «Ya estoy en casa».

Me respondió de inmediato: «¡No entiendo qué te pasa!».

«Mañana hablamos», contesté, y llamé a mi hermano porque necesitaba un poco de amparo fraternal.

—¡Hola, Benja!

—¡Hola, Jaz! ¿Cómo estás?

—Mal. ¿Puedes venir al piso?

—Salgo para allá —respondió sin siquiera preguntar qué sucedía.

Se lo agradecí y colgué. Llegó veinte minutos después. Lo abracé en la puerta y me puse a llorar.

—¡Joder, Jaz! ¿Qué te ha pasado?

—Patricio...

—¿Qué ha sucedido?

Cuando me tranquilicé un poco, le hice pasar.

—¿Por dónde empiezo?

—Por el principio.

—Patricio Del Monte es Patricio.

—No entiendo.

—¡Mi jefe y mi Patricio son la misma persona!

—¡Joder!

—Sí, lo descubrimos el domingo...

—¿El domingo?

—Sí. Después de almorzar con vosotros, fui a su casa.

—¿Estás diciéndome que te estás acostando con tu jefe, que además es Patricio, el Patricio de cuando éramos niños?

—¡No me mires así! No necesito que me juzguen.

Me sequé las lágrimas.

—Sólo estoy repasando en voz alta. Venga, tomemos algo —me animó, abrazándome.

—No tengo nada. Tengo que hacer la compra.

—¿Café?

—Sí, eso sí, pero yo prefiero un té.

—¿Qué es lo que te angustia? —me preguntó mientras preparaba dos tazas—. ¿No estás contenta? Me parece recordar que hace veinte años que suspiras por algo así.

—No es eso. Estoy más que feliz. Pero no es tan fácil... —Apoyé la cabeza en su hombro—. Patricio no me recuerda, o recuerda muy poco. Tuvo un accidente hace ocho años y ha perdido la memoria.

—¡Mierda!

Me tendió una taza de té.

—Y además está Gabriela, su ex novia y actual novia de su... ¡No sé cómo puedo competir con ella! ¡Quiere volver con él!

—Jaz, ¿me estás hablando en serio? Estoy empezando a dudar de tu cordura.

—Yo también... Y además estoy enamorada de él.

Me cubrí el rostro.

—¿Y él?

—No me lo ha dicho, pero creo que también lo está. Estoy asustada. No quiero perderlo de nuevo. Esta semana ha sido la mejor de mi vida, y hoy estoy hecha un lío, haciendo catarsis por todo lo que ha pasado últimamente.

—Creo que tienes que hablar con él —sentenció sin ninguna duda.

—Necesito pensar. Él quiere hacer pública la relación, pero yo no quiero. No por ahora... Me verán como «la nueva que se acuesta con el jefe».

—¿No crees que en cuestiones del corazón lo que opinen los demás debe quedar al margen? Eso mismo me has dicho tú innumerables veces. Te la devuelvo, hermanita.

Lo miré y le golpeé en el pecho.

—¡Te odio!

—Si quieres a Patricio, no lo pierdas, y menos por lo que creas que puedan pensar los demás. A propósito, ¿se lo has contado a mamá y a papá?

—¡No!, y no lo voy a hacer por ahora. Si preguntándoles algo reaccionan de ese modo, imagínate si se lo cuento. ¡Qué distinto es con su madre!

—¿Su madre?

—Sí, almorzamos con ella ayer. Me dio saludos para papá y mamá, y que la visiten cuando estén en Madrid. ¡Es todo tan raro!

—Tómate el té, date un baño relajante y luego duerme, corre, escucha música, mira la televisión y despéjate. Y mañana, más tranquila, hablas con él.

—Voy a salir a correr y luego haré todo eso.

—¡Ayyy, hermanita! Nunca te había visto así por Valentín, ¡ni siquiera cuando encontraste a ese gilipollas con Claudia!

—Lo que sentía por Valentín no es ni la punta del iceberg

de lo que siento por él... ¿Cómo se puede amar y necesitar tanto a una persona? —Tragué saliva—. ¿Has almorzado?

—Sí. Acababa de terminar cuando me has llamado. ¿Y tú?

—No. Me sentía mal y he vomitado en la empresa antes de venir.

—Come algo; te hará bien. ¿Estás mejor ahora?

—Sí, gracias... Voy a ponerme mi ropa de deporte e iré a correr, y luego me acercaré al mercado y me relajaré.

—Debo irme.

—¡Gracias, Benja! Y perdona que te haya hecho venir con tanta urgencia.

—Jaz, cuando me necesites sabes que ahí estaré. Estoy feliz de que te hayas reencontrado con Patricio y sé que lo resolverás, siempre lo haces.

Me dio un beso con un gran abrazo y se fue.

Crucé al parque. Corrí durante más de una hora y después me senté en las escaleras del monumento a Alfonso XII y me dediqué a mirar el estanque y a pensar largamente.

«¿Debo decirle lo que siento? Es muy pronto. ¿Hemos estado viéndonos desde cuándo? Desde hace poco más de una semana. ¡Esto es una locura! ¿Será que realmente es un error y que todavía estamos a tiempo de remediarlo?» No quería perderlo. Se me hizo un nudo en el pecho sólo de pensarlo; tendríamos que sentarnos y hablar.

Salí caminando del parque y pasé por el mercado; luego volví al piso, me di un baño relajante, preparé un montadito y me lo comí mientras miraba la televisión. Abrazada a un cojín, me quedé dormida.

Me despertó el móvil. Miré la hora y vi que eran las 20.47. Era Patricio. ¡Había dormido cuatro horas seguidas!

—Hola.

—Hola. Llevo horas llamándote.

—Estaba durmiendo, Patricio.

—¿Cómo estás?

—Mejor. ¿Podemos hablar mañana? Estaré temprano en la empresa.

—¿Podemos vernos ahora?

—Si nos vemos ahora, tú y yo sabemos qué sucederá. Lo deseo tanto como tú, pero de verdad necesito estar sola.

—Sabes que te quiero, ¿verdad?
—Patricio...
—Sólo quiero que lo sepas. Descansa.
—Tú también.
Cuando colgué, me quedé acurrucada en el sillón. Quería salir corriendo a su casa a abrazarlo, besarlo, hacer el amor y decirle que lo amaba, pero me contuve.
Me acosté temprano. Era la primera noche que dormía sin él en una semana. Se me hizo pesada y fría. Finalmente, me dormí.
El despertador sonó a las seis y cuarto. Me di un baño, me vestí con un traje negro y un top rojo, me maquillé y salí. El coche de Patricio ya estaba en la empresa cuando llegué allí.
—Buenos días, Tere.
—Buenos días, Azul. ¿Temprano hoy?
—Sí, ayer salí más pronto.
Subí a mi despacho. Sol no había llegado aún. Dejé mi maletín con el portátil y le envié un mensaje a Patricio: «¿Puedo ir a tu despacho?».
«Te espero», contestó sin dilación.
Subí por la escalera. Tampoco habían llegado Marina ni Cintia. Recorrí el pasillo. Patricio estaba esperándome en la puerta de su despacho.
—Hola —dijo secamente.
—Hola... —respondí con suavidad.
Le di un beso tierno en los labios y entré. Hizo señas de que me sentara. Lo hice, y él se sentó en el sillón de al lado. Mi cabeza comenzó a volar. ¿Ya no querría estar conmigo? ¿Y si quería volver con Gabriela? ¿Y si estaba cabreado por mi reacción?
—Patricio...
—Te escucho.
«¡Mierda! No me gusta el tono que está adoptando.» No era el Patricio tierno y adorable; era el acerado empresario.
—Desde que estuvimos juntos la primera vez, han sido los días más felices de mi vida.
Hice una pausa y miré a Patricio, que estaba sentado con el tobillo apoyado sobre la rodilla y un brazo extendido en el respaldo.
—Ver a Gabriela aquí, mirándome con cara de desprecio,

sacudiendo la mano para que me retirara sin que tú hicieras nada me hirvió la sangre.

—Te dije que te quedaras.

—No impediste que me fuera cuando podías haberlo hecho.

—Te hubiera tomado del brazo y te habría besado locamente delante de ella, pero eres tú la que no quiere hacer pública nuestra relación.

—Podrías haberle pedido que se retirara. —Lo volví a mirar—. Escucha, Patricio, ayer mi seguridad cayó en picado. Me asusté, me bloqueé, estaba furiosa, pero me di cuenta de que no era sólo contigo, sino también conmigo.

Abrió la boca para decir algo, pero yo levanté la mano en señal de que me dejara continuar.

—Sobrerreaccioné, lo acepto, pero ¡fue catártico! Después de hablar con mi hermano, salí a correr y luego estuve meditando largo rato. —Él me miraba atentamente; su porte de empresario arrogante ya había aflojado un poco—. No me reconozco, Patricio; yo no soy así. Desde que estoy contigo no hago más que sorprenderme de mí misma; me siento descontrolada física, mental y sexualmente. Anoche casi no pude dormir. Te extrañaba demasiado, y cuando ya había decidido ir a tu casa, me obligué a quedarme. Me asusta esto que me pasa. Nunca había sentido por nadie lo que siento por ti, y eso me tiene fuera de mí.

Bajé la cabeza, apoyé los codos en las rodillas y la cabeza entre las manos, y cerré los ojos. Sentí que Patricio se sentaba a mi lado. Resopló y me abrazó. Me aflojé y me dejé abrazar.

—Anoche no pude dormir—me confesó—. Pensaba y pensaba, y no podía dejar de pensar en qué haría si hoy me decías que ya no querías estar conmigo. —Me besó en la sien—. Yo estoy acostumbrado a tener el control de todo y creía que sería lo mismo contigo, hasta el día en que me follaste y todo mi mundo controlado se vino abajo. Me follaste, y desde ese momento, fui tuyo y tú fuiste mía.

—Te amo, Patricio. Te amo desde siempre.

—Yo también te amo, bonita. Te amo desde siempre. —Me abrazó con fuerza y me apretó entre sus brazos—. Ayer, cuando te dije que te quería y no me respondiste, pensé que habías terminado conmigo.

—Estoy dispuesta a arriesgarlo todo por ti. Creo que esto puede funcionar.

—Va a funcionar, mi amor. ¿Qué quieres que haga con Cintia?

—No me corresponde a mí decidirlo. Sé que es buena en su trabajo, y mientras no se interponga entre nosotros, estaré bien.

—Veremos cómo se comporta en los próximos días. Quiero que vengas a la presentación como mi pareja.

—Nada me gustaría más.

Nos besamos en el sillón de su despacho. Había extrañado su cuerpo, su cercanía, su olor, sus besos apasionados; lo añoraba todo de él. Me quitó la americana, besó mi cuello, pasó una mano por mi pecho mientras con la otra me sostenía por la cintura. Mis manos acariciaron su rostro y su cabello. Pasé las manos por los hombros por debajo de su americana para sacársela; necesitaba eso, lo deseaba con locura. Se puso de pie, se desprendió de la americana y la tiró al suelo. Después se quitó la corbata y la camisa. Yo estaba casi acostada en el sillón, deseando ser suya una vez más. Volvió a ponerse sobre mí, apoyado con una rodilla entre mis piernas y la otra pierna en el suelo. Me sacó la camisa y pasó sus dedos suavemente de arriba abajo, haciendo que mi espalda se arqueara de placer y de mi boca sólo salieran gemidos. Sacó mis pechos del sostén y los acarició. Rozó mis pezones, que estaban sensibles y erguidos. Rodeó un pecho con la mano y se lo puso en la boca, chupándolo, mordiéndolo suave pero dolorosamente; primero uno y luego el otro. Mis manos viajaron por su pecho, por su abdomen, hasta encontrar su fuerte erección. Fue regándome de besos hasta la cintura, me abrió el botón y el cierre del pantalón, y me besó tiernamente donde comenzaba el elástico de las bragas. Levanté las caderas para ayudarlo a deshacerse del pantalón y de las bragas. Me separó las piernas y hundió su boca en mi sexo empapado. Lo tomé del cabello y lo besé mientras él me aprisionaba el clítoris entre sus labios, haciendo que mis caderas se meciesen al ritmo de su tortura.

—¡Me encanta esto!

—Me encanta comerte.

Pasó los dedos por la hendidura de mis labios e introdujo uno en la vagina, haciendo círculos, sacándolo y llevándoselo a la boca. Eso hizo que mi sexo se contrajera en un espasmo preorgásmico.

—Sabes de maravilla, mi amor.

—¡Te necesito dentro, por favor!

Se puso de pie, me incorporé y me abalancé para bajarle el pantalón con los bóxers. La tomé y comencé a chupársela salvajemente.

—¡Joder, Azul! ¡Diosss! ¡Estoy que ardo, ven!

Me puse de rodillas sobre el sillón y apoyé las manos sobre el respaldo. Patricio me besó una nalga, tomó mis pechos y me penetró. Besó mi espalda y se quedó inmóvil sobre mí.

—¡Fóllame, Patricio!

—Si me muevo ahora voy a correrme. Dame un segundo, amor.

Podía oír su respiración agitada y el fuerte latido de su corazón en mi espalda.

—¡Mierda!

Resopló tres veces para contenerse y comenzó a hacer círculos y a empujar sus caderas contra mí, y yo hacia él, jadeando y gimiendo. Era una sensación sobrecogedora. Me abrazaba por el vientre, llenándome, penetrándome. Entonces oímos voces en el pasillo. Me tensé.

—Tranquila. He pasado el pestillo —dijo, besándome el lóbulo de la oreja.

—¡Haz que me corra, por favor!

Patricio deslizó una mano hacia delante. Mi sexo estaba empapado y ardía. Frotó mi clítoris mientras me embestía sin piedad, hasta que nos caímos en el sillón tras un orgasmo imponente. Permanecimos así durante unos minutos, permitiendo que nuestras respiraciones se calmaran. Salió de mí y me besó.

—¡Te amo!

¡Qué fácil y maravilloso era oírlo y decirlo!

—Te amo... Son cerca de las nueve. Voy a la ducha.

—Te acompaño.

Nos duchamos y, después de vestirnos, salimos hacia el ascensor. Cintia y Marina se quedaron estupefactas. Patricio me llevaba de la mano.

—Buenos días —les dije a ambas.

—Buenos días —respondió Marina, sonriéndose y mirando nuestras manos.

—Buenos días —saludó Patricio—. Señorita López, lléveme un café a mi despacho.

Cuando llegó el ascensor, me dio un beso. Entré y pude ver un guiño de Marina y la cara de aversión de Cintia.

—Te veo en el almuerzo, bonita.

—Nos vemos.

Llegué a mi despacho. Sol no estaba a su mesa, así que dejé la puerta abierta para que viera que ya estaba allí.

—Buenos días, Azul. ¿Cómo estás hoy?

—Mucho mejor, gracias.

—He visto que estaban tus cosas, pero no sabía dónde estabas. ¿Quieres tu café?

—Sí, gracias. Estaba en el despacho de Patricio. Seguramente las noticias van a correr deprisa... Marina y Cintia nos han visto de la mano.

—Ahora ya eres oficialmente «la nueva que sale con el jefe».

—¡Sol!

—¡Venga, que era una broma! Te traeré ese café.

Salió de mi oficina. Abrí el portátil, revisé el correo y pasé las anotaciones del día anterior. Sol llegó con el café y la agenda.

—Sí que corren deprisa las noticias... Al salir, tenía un mensaje interno de Marina.

—¡Joder, lo sabía!

Me rasqué la frente. «Se me ha pegado el tic de Patricio.»

—Más vale tarde que nunca. Además, era para que te anunciase que Cintia ha avisado a Gabriela. —Abrió la agenda—. ¿Repasamos tu día?

—¡Venga, la agenda! —dije, y resoplé.

La mañana transcurrió según lo previsto: una consulta a las diez y otra a la once y cuarto. Eran las dos cuando sonó mi móvil. Era Patricio.

—¡Hola, bonita! ¿Almorzamos juntos?

—Voy para la cafetería.

Cerré la tapa del portátil. Me encaminaba al ascensor cuando vi que Patricio venía por las escaleras.

—¡Hola! ¿Qué tal la mañana?

Me besó tiernamente y me tomó de la mano.

—¡Completa! ¡Me muero de hambre! El ejercicio matutino me ha abierto el apetito!

Se abrieron las puertas del ascensor y entramos.

—¡A mí también!

Me acercó hacia él y me besó en la coronilla. El ascensor se detuvo en los siguientes pisos. Era la hora del almuerzo y el edificio hervía de gente. Todo el que entraba nos miraba. Estábamos abrazados y nos saludaban con un gesto. Nos sentamos en la cafetería, pedimos y comimos.

—La gente nos mira y gesticula —le dije disimuladamente.

—Sí, a las personas les gusta hablar. —Apretó mi mano—. No permitas que eso te afecte.

—Es más fácil decirlo que hacerlo. Hablemos de la presentación.

—De la empresa iremos a casa, nos arreglaremos y saldremos hacia el hotel. ¿Ya tienes decidido qué ponerte?

—No, no tengo experiencia es este tipo de eventos. Guíame.

—Es de etiqueta.

—¡Vale! Déjame ver...

Terminamos de almorzar y nos retiramos. Tomamos el ascensor, bajé en mi planta y, tras un beso, Patricio siguió a su despacho. Sol y Marina estaban en la recepción.

—¡Cuéntamelo todo, Azul! —dijo Marina con cara de asombro.

—Llevo café a tu oficina —intervino Sol, caminando hacia la cocina.

—¡Venga, Azul!, que nos quedan sólo quince minutos.

—Nos estamos conociendo. Por ahora sólo puedo decir eso.

—Cuenta algo más, mujer.

—Es que no hay mucho más para contar, Marina. Estamos conociéndonos, nos gustamos y ya veremos si esto funciona. Nada más, chicas.

—¡Tenías que haber visto la cara de Cintia! En cuanto ha salido del despacho del señor Del Monte, ha llamado a Gabriela Ponce de León, y puedo decirte, chica, que no estaba nada feliz.

—Sí, me lo ha dicho Sol. Patricio tampoco está feliz con ella... La va a tener a prueba durante unas semanas.

Tomamos el café y hablamos de lo que se iba a poner cada una. Pensé que tendría que comprarme un vestido. Tenía algunos bonitos, pero quería estrenar uno para ese evento tan importante. Quería que Patricio se sintiera orgulloso de mí.

Cuando se fueron de mi despacho, me concentré en los informes y en organizarme para la entrevista de la tarde. Tendría que ir al quinto piso y verle la cara a la antipática, pero la ignoraría, no permitiría que me amedrentara.

Llegó la hora de la entrevista. Recogí mis cosas y fui al quinto piso. Cuando salí del ascensor, Cintia me miró con desprecio. La saludé con un gesto de cabeza y seguí mi camino a la sala de reuniones, donde me esperaba Carlos.

—Buenas tardes, Carlos.

—Hola, Azul. —Se levantó casi de un salto para saludarme y me miró atentamente—. Las noticias vuelan.

—Puedo verlo, Carlos, pero soy muy profesional. Hubiera preferido que lo mantuviésemos en privado por un tiempo más, pero...

—Lo conozco... Puede ser muy persuasivo.

—Sí, *persuasivo* lo define bien.

Un momento después llegó nuestro aspirante. La entrevista se alargó más de lo previsto, pero valió la pena. El ingeniero Azcuénaga era un candidato muy sólido para el puesto que estaba disponible en Bilbao. Ya eran pasadas las seis cuando salimos de la sala de reuniones. Le pedí a Marina que me anunciara al despacho de Patricio.

—No llames. Pasa directamente. Te está esperando.

Cintia me dirigió otra mirada de asco, y esa vez se la devolví. Caminé con seguridad por el pasillo, llamé a la puerta y entré de inmediato, sin esperar la respuesta. Patricio estaba poniéndose la americana y me miró con una gran sonrisa en el rostro.

—¡Hola, bonita!

—¡Hola, bonito! —Suspiré—. Cintia realmente será un hueso duro de roer... Marina me ha dicho que ya se lo ha contado a Gabriela.

Patricio sacudió la cabeza como no dando crédito a lo que le estaba diciendo.

—Ya me ocuparé. No te preocupes.

—Por favor, no la despidas. Me conformo con que hables con ella para que, al menos, cambie de actitud. No pido mucho.

—Claro que no, amor, pero no permitiré que te falten al respeto. ¿Qué clase de pareja sería?

Me abrazó por la cintura. Estaba sentado sobre su escritorio y me puso entre sus piernas. Apoyé mis manos en su pecho y lo besé.

—Me gusta que me cuides, pero sólo habla con ella... Puedo entender que esté del lado de su amiga.

Hundió su cabeza en mi cuello y me besó. La reverberación recorrió toda mi columna vertebral. Gemí levemente.

—Vayámonos a casa. Quiero tenerte para mí solo.

Tomó mi mano y así salimos de la oficina. Marina ya se había retirado. Cintia estaba esperando a que Patricio lo hiciera, como de costumbre.

—Señorita López, me gustaría hablar con usted mañana.

—Sí, señor —contestó, bajando la cabeza; había comprendido que estaba en un aprieto.

Me compadecí de la mujer, aunque sabía que Patricio no la despediría. De hecho, quizá le hiciera bien un rapapolvo.

Salimos cogidos de la mano. A esa hora muchos empleados abandonaban el edificio, y me pareció notar todas las miradas sobre mí. Patricio iba muy tranquilo. Debió notarme tensa porque me soltó la mano y me abrazó por la cintura como para darme seguridad. Cuando llegamos al aparcamiento, me solté para dirigirme a mi coche.

—Tengo que pasar por mi piso. ¿Quieres que nos veamos allí?

—Te quiero donde tú quieras, pero te quiero.

—Yo también. ¿Vamos a mi piso y decidimos?

Patricio me apoyó la espalda contra la chapa, aprisionándome entre el coche y su cuerpo caliente y necesitado, tanto como el mío. Me sentía muy excitada. Sus palabras, la forma en que se movía, su olor, su voz, tenían un poderoso efecto sobre mí, y podía darme cuenta de que yo lo tenía sobre él.

Nos subimos a nuestros respectivos coches hasta llegar a mi piso y tomamos el ascensor. De no ser porque íbamos acompañados, nos hubiéramos follado allí mismo. La anticipación hacía que estuviese muy mojada, y la erección de Patricio, tapada, firme sobre mi trasero.

—¡Buenas tardes! —dijimos, saliendo precipitadamente y riendo del ascensor.

Una vez dentro, éramos todo manos, lenguas y gemidos. Sentíamos una necesidad urgente de ser uno. La pasión era desenfrenada. Colgada de su cuello y envuelta en su cintura, Patricio me sacó la americana y luego me arrancó la camisa, de modo que los botones volaron y se desparramaron por la alfombra. Con la espalda apoyada en la pared, sosteniéndome por las nalgas, le quité la americana y la camisa. Sus ojos eran de un azul muy profundo. Me mordí el labio inferior mientras nos mirábamos durante unos segundos. Volví a sostenerme de su cuello mientras se lo besaba, lamiéndolo alrededor de la mandíbula, mordiéndole el lóbulo de la oreja y gimiendo en su oído.

—¡Te deseo tanto! —dije casi como un suspiro.

—Estoy como loco. Me vas a matar, mi amor.

Siguió besándome, chupando mi lengua, lamiendo y mordiendo mis labios. Tomó uno de mis pechos para masajearlo mientras besaba y mordisqueaba el otro. Yo no podía más que jadear. Era una sensación hermosa, caliente, urgente. Sentía como una explosión de sensaciones dentro de mí, mezcla de excitación, deseo, amor; algo maravilloso.

Me dejó en el suelo por un instante y me quitó el pantalón y las bragas. Yo hice lo mismo con su ropa. Aún estábamos junto a la puerta de la calle. Volvió a apoyarme contra la pared y me levantó para penetrarme de una sola vez.

—¡Ahh! —grité de placer, y una especie de gruñido salió de su garganta.

Con la cabeza hacia atrás y los ojos casi en blanco, podía sentirlo dentro de mí, llenándome, vibrando; mi sexo palpitaba y lo succionaba. Nos quedamos un momento quietos. Estábamos tan jodidamente excitados que un movimiento de alguno de los dos habría desencadenado un orgasmo nuclear; conocíamos nuestro cuerpo y las respuestas del cuerpo del otro. Cuando nos calmamos lo suficiente para seguir, Patricio comenzó a moverse dentro de mí. Mis caderas iban al encuentro de sus movimientos. Sus manos tomaron mis pechos y los besó; me pareció el aleteo de una mariposa sobre mis duros y sensibles pezones.

Me llevó al dormitorio y, manteniendo la unión, nos acostamos en la cama. Apoyé las piernas en sus hombros y su hermoso miembro me penetró más profundamente. Era una deliciosa sensación. Nos habíamos percatado de que mientras hacíamos el amor no hablábamos demasiado. Nos comunicábamos con la mirada porque nos conocíamos.

Patricio estaba sobre mí. Seguíamos abrazados en un delicioso vaivén de caderas, con las manos recorriendo el cuerpo del otro, gimiendo y jadeando. Con un impulso me dio la vuelta para que yo quedase a horcajadas sobre él. Comencé a ondular mi cuerpo. Esa posición me transformaba, y sabía lo que él quería. Tomé sus brazos y los puse sobre su cabeza, y me agaché hacia su oído.

—Algún día te ataré.

—Cuando lo desees.

La imagen en mi cabeza de Patricio atado a la cama me excitó tanto que lo monté salvajemente. Nos mirábamos con tanta intensidad que podríamos habernos prendido fuego sólo con la mirada.

—A mí me gustaría mucho atarte y vendarte.

—Eres un chico travieso.

La fricción de mi clítoris sobre su cuerpo, sumada a la maravillosa sensación de estar llena, hizo que, en perfecta sincronía, el orgasmo arremetiera sobre nosotros como un mazazo.

—¡Ahhh! ¡¡Patricio!!

—¡Mierda! ¡Mierda! ¡Joder!

Me desplomé sobre su pecho casi inconsciente, con la respiración tan agitada que me faltaba el aire. Me sostuvo, me abrazó muy fuerte y nos besamos.

—¡Eres magnífica!

—Te amo, mi amor.

—Y yo a ti, mi cielo.

Nos quedamos así, abrazados, acariciándonos durante un buen rato, hasta que me dormí. Me desperté, y Patricio ya no estaba en la cama. Me puse la bata y seguí el aroma de algo delicioso que venía desde la cocina. Me quedé un momento admirando la escena: Patricio en bóxers, cocinando. Su rostro mostraba una perfecta y amplia sonrisa, un goce de ver. Debió de oírme, porque levantó la vista y me guiñó un ojo.

—¡Hola, bonita!

—¡Hola, bonito! ¿Qué huele tan bien? —pregunté mientras me acercaba a la cocina.

—Pollo con especias... Te dejaré probarlo sólo si me das un beso.

—¡Mmm!, ¿chantajeándome?

—Lo que sea por un beso tuyo.

Llegué a donde estaba, me tomó por la cintura y yo a él por el cuello, y le di un dulce y largo beso en sus esculpidos labios.

—Amo tus labios. —Pasó su dedo índice por ambos—. Son tiernos, suaves y están hermosamente delineados.

—Me gustan mis labios. —Lo besé—. ¿Ahora tendré mi recompensa?

Me miró burlonamente y al final me dio un bocado. Comencé con mi ritual de gestos. ¡Estaba realmente delicioso!

—¡Mmm!, esto está exquisito.

—Amo verte haciendo esas muecas cuando algo te gusta. Vamos a la mesa.

La mesa estaba preparada divinamente, con velas y todo. «¿Cuánto tiempo habré dormido?»

—¿Cuánto tiempo he dormido?

Patricio me miró y se rió.

—¿Te refieres a después de que te desmayaras sobre mí?

Refunfuñé, me crucé de brazos, hice un mohín y le di la espalda. Me abrazó desde detrás por la cintura y me besó la cabeza.

—Has dormido unas tres horas. Es casi medianoche, pero estabas tan preciosa que no he querido despertarte hasta que la cena estuviese lista.

Nos sentamos a cenar. El pollo estaba realmente delicioso, y yo muy hambrienta. El vino blanco, frío, acompañaba perfectamente.

—Ha llamado tu hermano mientras estabas desmayada —comentó, riendo.

—Habíamos quedado en que lo llamaría al llegar, pero alguien me ha distraído. ¿Qué le has dicho?

—Que habíamos follado como animales en celo y que estabas desmayada.

—¡Patricio! ¿Estás de broma hoy?

—Bonita... —Me miró con la cabeza ladeada—. Le he dicho que habías llegado cansada del trabajo y que te habías echado. —Me tomó la mano—. Lo cierto es que me ha despertado, porque yo también estaba desmayado.

Sonreí y le lancé un beso.

—Venga, ahora cuéntame cosas de cuando éramos pequeños.

Le conté algunas anécdotas y vagos recuerdos comenzaron a emerger sobre hechos puntuales. Era grato comprobar que recordaba momentos concretos, aunque aún no podía asociarlos con mi rostro. Después de cenar, lavé los platos mientras él trabajaba un rato con su portátil. Cuando terminé, me fui a duchar y nos metimos en la cama. Abrazados, nos dormimos.

El despertador sonó a las siete y cuarto. Me arrastré como cada día al baño. Cuando salí de la ducha, Patricio aún seguía dormido.

—Vamos, dormilón, que a mi jefe no le gusta que sea impuntual.

—¡Mmm!

—¡Arriba!

—¡Mmm!

El teléfono sonó. Pensé que sería Benja, ya que por la noche, al ser tan tarde, no le había devuelto la llamada.

—Jazmín, ¿cómo estás?

—¡Hola, mamá! ¿Ha pasado algo?

—¿Por qué lo preguntas?

—Porque llamas tan temprano...

—Porque tengo una hija desconsiderada que no ha dicho ni mu en varios días y quería saber si estaba bien.

—Estoy bien, mamá. He tenido días complicados desde que llegué de Vigo.

—Me voy a duchar —dijo Patricio casi como sonámbulo.

Lo miré moviendo los ojos y señalándole el teléfono.

—¿Con quién estás, Jazmín?

—¿Eh? ¡¡Mamá, que ya no soy una niña!!

—Pero lo conoces desde hace tan poco... ¡¿Y ya se queda contigo?!

Sonó a una especie de reproche o de juicio, mezclado con horror.

—Mamá, no voy a discutir esto contigo. Tengo edad suficiente para tomar mis decisiones.

—¡Cuídate! Sólo te pido eso.

—¡Vale! Llamaré uno de estos días. Trataré de ser más considerada. Un beso.

—Otro para ti.

Cuando colgué, Patricio salía del baño con tan sólo una toalla en la cadera, y el cabello mojado y despeinado; todo un espectáculo digno de ver. Se paró en la puerta del dormitorio.

—¡Buenos días, bonita!

Pasé por su lado y le di un beso fugaz.

—Buenos días, cariño. ¿Has dormido bien? —pregunté, levantando una ceja.

—¡De maravilla! —exclamó mientras se desperezaba sonriendo.

—Me alegro.

Me vestí rápidamente. Opté por un vestido Jackie, de color ciruela, con la americana haciendo juego, y zapatos de punta y pulsera.

—Estás preciosa. —Me envolvió en sus brazos por la espalda—. Amo despertarme contigo —afirmó, y me dio un beso en la cabeza.

—Yo también amo dormir contigo.

Salimos del piso y fuimos en nuestros respectivos coches a la empresa, porque yo pensaba ir a ver a Benja y a Dan cuando saliera de trabajar.

La mañana pasó volando. Estuve preparando la conferencia del viernes. Almorcé con Patricio, que me contó que finalmente había hablado con Cintia y le había puesto los puntos sobre las íes.

—Ha sido sincera. Me ha dicho que ella debía ser leal a Gabriela y que no podía ser tu amiga.

—¡Ni yo la suya! Sólo pretendo respeto.

—Eso ha sido lo que le he dicho, que te respete si quiere conservar su trabajo. Y eso ha sido todo. No he tenido que decir nada más. Creo que ha comprendido el mensaje.

Después de almorzar tuve un par de visitas, y entre una y otra, preparé los informes.

«¡Tilín!»

«¡Qué sonido tan agradable!», pensé.

«¡Hola, bonita! ¿Salimos a cenar hoy?»

Clic en *responder*: «Ya me había olvidado de lo mucho que me gustan estos mensajes. Hoy, al salir de aquí, pienso pasar por la librería y luego iré a comprar algunas cosas». *Enviar*.

«¡Tilín!»

«¡Mmm! Yo saldré un poco más tarde porque tengo una videoconferencia con Barcelona. Aprovecharé para a salir a correr después, y luego iré a lo de mi madre. ¿Nos vemos por la noche?»

Clic en *responder*: «¿Mi piso o tu casa?». *Enviar*.

«¡Tilín!»

«Mi casa. *Peter* y *Pan* te extrañan.»

Clic en *responder*: «Creo que tú los extrañas a ellos». *Enviar*.

A las seis entró Sol para despedirse. Apagué el portátil y salimos juntas. La dejé en su casa y seguí hasta la librería de Benja y Dan.

—¡Holaaa!

—¡Vaya! ¡Se te ve preciosa, Jaz!

—¡Gracias, Dan! —contesté, y le di un beso.

—Parece que Vigo te ha sentado de maravilla.

—Algo así —confirmé, sonrojándome.

—No tienes de qué avergonzarte, cariño. ¡Ése es el rostro del amor!

—¡Ay, Dan! ¡Me siento tan feliz!

—Se nota, cariño.

—¡Jaz!

—¡Hola, hermanito! ¿Cómo estás?

Lo abracé y le di un beso en cada mejilla.

—Hoy te veo bien. El lunes eras un estropajo.

—Estoy feliz, Benja.

—Comprendo que tiene que ver con nuestro cliente fugado.

—¿Fugado? —Lo miré con el ceño fruncido.

—Tu hermano se refiere a que desde que te fuiste a Vigo no ha venido más.

—¡Ah! ¿Eh? Esto... Es que él fue para Vigo a mitad de semana, volvimos juntos y pasamos el fin de semana también juntos, y el lunes, bueno..., el lunes nos peleamos y...

—Y ayer llamé y me atendió él. —Benja me miró serio—. Tenía voz de dormido. Me dijo que te habías echado porque habías venido cansada de la oficina, pero creo que estabas retozando como una loca.

—¡Benja! —Me sonrojé.

—No te equivocas, cariño. ¡Mira cómo se ha puesto tu hermana!

—Lo sé, la conozco... Pero también sé que nunca te había visto así, de modo que estoy muy contento por ti, hermanita.

—¡Me siento realmente feliz, chicos! Bueno, ¿me vais a invitar a un café o qué?

—¡Vale! Prepárale un café a tu cuñada.

Conversamos, reímos y organizamos una cena en casa de ellos con Patricio. Al fin y al cabo, Benja lo conocía y, de niños, jugábamos los tres juntos. Tendría sus propias anécdotas.

—Bueno, chicos, me marcho. Debo comprar un hermoso vestido para el evento del viernes.

—A un par de manzanas de aquí, por encima de la avenida, hay una tienda de vestidos de noche únicos.

—Gracias por el dato, Dan. Pasaré por ahí primero.

Les di un beso y un abrazo a los dos y me fui.

Entré en la tienda y me enamoré de un vestido azul cobalto iridiscente, largo, con un gran tajo hasta el muslo, escote *halter* y una hermosa faja bordada en la cintura. Me lo probé y parecía hecho para mí. Ese escote realzaba mis hombros, por eso me gustaba tanto. El dependiente me mostró unos *stilettos* plateados a juego con un bolso de mano tipo sobre y con el chal. El conjunto quedaba realmente hermoso.

«Vales cada euro que he pagado por ti. Ha sido amor a primera vista», me decía mientras miraba el vestido sobre mi cama. Lo volví a guardar en su funda y en el vestidor, para que Patricio no lo viera. Quería que fuera una sorpresa.

Cargué con algo de ropa y conduje hasta su casa. Con el control remoto abrí el portón y entré el coche. *Peter* y *Pan* salieron a recibirme. Eran tan grandes que cada vez que lo hacían casi me tiraban al suelo. Patricio no había llegado aún, así que encendí el equipo de sonido para elegir esa música tan bonita y sensual que había puesto la primera vez que había estado allí. «¿Cómo se llamaba? ¡Ah, sí! *Bossa N' Stones*.» Fui a darme un baño relajante con aquel sonido de fondo, muy reconfortante. Patricio llegó cuando estaba cocinando.

—¡Hola, cariño!

—¡Hola, bonita! ¿Qué estás haciendo? Tengo mucha hambre... El aroma es exquisito.

Me besó tiernamente

—*Wok* de cerdo agridulce y verduras. Estará listo en unos minutos. ¿Cómo te ha ido?

—Bien, ultimando detalles para el viernes. Mamá te envía saludos —dijo mientras sacaba de la nevera una botella de cerveza para mí y otra para él—. El miércoles de la otra semana llega Julia. Nos espera para la cena.

Se colocó detrás de mí y me apartó el cabello hacia un lado para poder besarme el cuello. Ésa era mi zona más erógena, y él hacía uso y abuso de eso.

—¿Cómo te ha ido a ti?

—Benja no se creyó lo de que me había echado porque había llegado cansada de la oficina. —Reí a carcajadas—. Dijo que tenías voz de dormido y que yo seguramente estaba «retozando como una loca», ¡literalmente! ¿No es gracioso?

Patricio se reía también a carcajadas. Su risa era sincera y fresca. Me encantaba oírlo reír así. Era embriagador.

—Cariño, ¿qué hay de malo en ello?

Lo miré y le saqué la lengua, haciéndome la enfadada.

—¿Tengo tiempo para una ducha?

Asentí. Dejó la cartera y el móvil en el salón y subió los escalones de dos en dos.

Aproveché para disponer la mesa en la isla de la cocina y comencé a servir. Le oí bajar por las escaleras. El móvil sonó y oí a Patricio alzar la voz, pero no entendí lo que decía. Unos segundos después, estaba en la cocina. Lo miré y su ceño estaba fruncido. ¿Sería algún problema en la empresa? Puse un plato frente a él, y su expresión se suavizó.

—Cariño, tiene un aroma delicioso.

—No tan delicioso como el tuyo. — Le guiñé un ojo—. ¿Estás bien?

—Era Gabriela. Ha llamado por lo que le ha dicho Cintia. —Meneó la cabeza y se rascó la frente—. Es una pesadilla. Menos mal que mañana regresa Andrés. Veremos si así se mantiene a distancia.

—¿Vas a hablar con él?

—No lo sé. ¡Mmm, esto está delicioso!

—¡Gracias! Tiene un ingrediente secreto. —Levanté una ceja un par de veces.

Cenamos tranquilos y después seguimos con la terapia de los recuerdos; yo le contaba anécdotas, cosas que habíamos hecho o travesuras. Miramos un poco la televisión en la sala y me dormí con la cabeza apoyada en su regazo. Apagó la tele y me llevó en brazos a la cama y me acostó. Se puso el pijama y sacó un picardías de satén de su vestidor para ponérmelo. Me estaba desvistiendo con mucha ternura cuando me desperté. Rozó con sus manos mis pechos, que reaccionaron al instante. Lo tomé de las manos y se las puse sobre ellos.

—Hazme el amor.

La respuesta no se hizo esperar. Nos hicimos el amor tierna y dulcemente, hasta que ambos llegamos al clímax.

—Te amo, mi Jazmincito.

—Y yo a ti, mi cielo.

El viernes llegó rápidamente. A la hora convenida se invitó al personal a asistir a la charla. Yo estaba confiada porque ya había hecho la presentación en Vigo con excelentes resultados. La sala multimedia estaba repleta; debía haber unos noventa asistentes. Patricio estaba sentado junto a Carlos, y Sol, Marina y Teresa en primera fila. Cintia estaba en la otra punta, con cara de muy pocos amigos. «¡Hora de comenzar!»

—¡Buenos días a todos!

Como en Vigo, miré los rostros de las personas de la sala, para ver cómo me estaban recibiendo. La mayoría de las caras eran de interés, aunque no pude evitar pensar que tal vez fuese porque era «la novia del jefe», o por mi puesto. Había un par de caras largas, y claro, capítulo aparte, Cintia.

—Como la mayoría de ustedes sabe, mi nombre es Azul Alzogaray y soy la psicóloga de Ingeniería Del Monte. Esta charla pretende ayudarles en su relación con la empresa para lograr la sinergia esperada, y también ayudarles a manejar situaciones de conflicto con sus compañeros o jefes, ya sea por problemas personales o laborales. Éstos son sólo algunos de los puntos que trataremos hoy. —Paseé la mirada por el público—. Después de la charla pueden hacer las preguntas que deseen y también pedir cita para tener una consulta personal.

Vi a Patricio guiñándome un ojo, con una amplia sonrisa de orgullo en su rostro. La charla resultó tan amena como en Vigo, incluso más, porque aquí conocía a la mayoría de los participantes. Cuando terminó, vino la avalancha de preguntas y luego unos cuantos se apuntaron para una consulta personal.

—¡Excelente, cariño! —me dijo al oído—. Ha sido un éxito. Has logrado involucrarlos de una manera increíble.

—¡Gracias! Ésa era la intención. ¿Almorzamos juntos?

—Sí. Almorzamos con Andrés. Ha llegado esta mañana.

—¡Ah!

Debió fijarse en la expresión de mi cara, porque en seguida aclaró:

—Tranquila; viene solo. Trabaja aquí. Está esperándonos en la cafetería.

Me dio la mano y fuimos a la cafetería. Un hombre de la edad de Patricio conversaba muy amistosamente con un par de mujeres que parecían entusiasmadas. Por los comentarios de Sol y Marina, e incluso del propio Patricio, Andrés era un mujeriego incorregible.

—¡Amigo!

Andrés saludó con un abrazo a Patricio, que me tenía de la mano.

—Andrés, ¿cómo te ha ido? —le respondió Patricio.

En ese momento, Andrés se percató de mi presencia y de que iba de la mano de su amigo.

—¿Y este bombón? —preguntó, dirigiéndose a mí, que le tendí la mano.

—¡Hola! Soy Azul Alzogaray, la nueva psicóloga de la empresa.

Andrés frunció el ceño y miró nuestras manos entrelazadas.

—Y mi novia.

«¡Novia!» Era la primera vez que oía decirle a alguien que yo era su novia.

—¿Tu novia?

Andrés me miró de arriba abajo.

—Sí; una larga historia que ya te contaré. ¿Almorzamos?

Me había empezado a sentir incómoda con las miradas de Andrés.

—Eres muy atractiva, Azul. Mi amigo en esto siempre ha tenido muy buen gusto.

«¡Claro!, debe de decirlo por Gabriela», que efectivamente era una hermosa mujer. Ya no sabía adónde mirar. Me levanté, pedí disculpas y fui a los servicios. Hice un par de respiraciones profundas y volví a la mesa.

—Cariño...

Patricio corrió la silla para que tomara asiento nuevamente.

—Azul, Patricio me ha dicho que hiciste un gran trabajo en Vigo y que pronto vas a Barcelona. Podemos reunirnos y hablar. Vengo de estar un mes allí y tengo clara cuál es la problemática.

—¿Eres psicólogo, Andrés?

«¡Toma!» Andrés me miró, sorprendido.

—No; relaciones públicas, pero conozco a las personas y sé detectar los conflictos.

—No te ofendas, pero ése es mi trabajo.

«¡Toma de nuevo!» Patricio lo miró para asesinarlo. «Pero ¿qué le pasa a este tipo?»

—Patricio, veo que habéis contratado a una pequeña mandona.

—Es exigente y excelente en su trabajo. Trata de no interponerte porque estoy seguro de que te arrancaría los ojos. —Rió y tomó mi mano, apretándola y luego besándola—. Cariño, Andrés puede llegar a ser un grandísimo gilipollas, pero en el fondo es un buen tipo.

Los miré a ambos.

—¡Gracias, querido amigo! —exclamó Andrés con cara de circunstancias.

—¡De nada!

—¿Pedimos? Yo quiero una ensalada César —dije para cortar con el tema.

Vino la camarera, que se comió con la mirada a ambos.

—Ensalada César para la señorita, con zumo de naranja; para mí, escalope de ternera, con ensalada y refresco.

—Y para mí, pastel de pollo y un té helado.

Mi móvil sonó. Era Leti. La extrañaba tanto. La vida en Madrid y con Patricio era más frenética de lo que había esperado. Atendí la llamada.

—¡Leti! ¿Cómo estás?

—¡Amiga! ¿Cómo estás tú?

—Bien; almorzando en el trabajo. ¿Y tú?

—Bien; extrañándote. Quería saber cómo estabas y avisarte de que no podré ir la semana que viene como te había dicho.

Hice un mohín.

—¿Por qué?

—Hay un par de pacientes a los que tengo que hacer seguimiento. Nada grave, pero no quiero dejarlos a su suerte. Oye, ¿cómo estás con Patricio?

—Muy bien; de hecho, estoy aquí con él y con un amigo suyo. ¿Cuándo vendrás, entonces?

—Supongo que el fin de semana siguiente.

—¿Has sabido algo de Violeta?

—No, ya sabes que cuando está de gira es casi imposible localizarla.

—Sí, es verdad. He leído que en Lyon la actuación fue todo un éxito. Ahora deben de estar en Ámsterdam.

—¡Cuánto extraño a mis amigas!

—Yo también, Leti.

Patricio me miró y gesticuló con la boca que le gustaría conocerla.

—Oye, dice Patricio que quiere conocerte. ¡Venga! No me hagas esperar más. ¡Un abrazo!

—¡Otro! Te quiero, Jaz.

Colgué justo cuando la camarera traía nuestros platos. Comimos mientras le contaba a Patricio la vida que llevaba Violeta. Andrés quedó muy impresionado; había leído excelentes críticas de la obra, y era mi amiga quien encabezaba la compañía.

Después de almorzar fui a mi despacho. En el ascensor le dije a Patricio que al salir de la empresa tenía hora en el salón de belleza y que me vestiría en mi piso, así que convenimos la hora en que me pasaría a buscar.

A las seis tomé mi bolso, me despedí de Sol hasta más tarde y salí del edificio. Le envié un mensaje a Patricio: «Cariño, estoy saliendo. Te veo + tarde. Tqm». «¡Vale! Tmb tqm.»

Fui a casa, me duché y luego salí hacia el salón de belleza. Sabía exactamente lo que quería: un hermoso recogido hacia atrás, con unos rizos bien trabajados cayendo en cascada sobre mi espalda desnuda. En casa me maquillé con sombra plateada, difuminando con azul cobalto. Me puse algo de delineador para enmarcar los ojos, bastante rímel, un poco de colorete y brillo labial. Ya maquillada me coloqué unos pendientes largos, unas hermosas medias transparentes de seda con liguero, el vestido, los zapatos, el chal plateado, el abrigo y el ineludible toque de J'Adore. Estaba lista y nerviosa.

Oí las llaves en la puerta y me levanté del sillón. Patricio abrió la puerta y casi me derretí al verlo con esmoquin. Él se quedó petrificado; estaba boquiabierto y no podía articular palabra.

—Ja... Jazmín, estás hermosa, espléndida, impactante, ¡increíble, amor!

—Y tú estás demasiado guapo. ¡Deberé preocuparme por ti toda la noche!

—Eres una mujer bellísima y hoy me harás el hombre más feliz, envidiado y orgulloso del mundo. Seré sin duda yo quien tenga que preocuparme por ti esta noche.

—Gracias, mi amor. Quería estar bella para ti.

—Siempre estás bella. Hoy estás... despampanante.

—Vamos antes de que te arranque el esmoquin.

—¡Te tomo la palabra!

Abajo nos esperaba un coche. Patricio abrió la puerta de atrás y me ayudó a subir, cuidando el ruedo de mi vestido, y luego se sentó a mi lado. Entonces fue cuando me percaté de que teníamos chófer.

—Al hotel, Óscar, por favor.

—Sí, señor. Buenas noches, señorita.

—Buenas noches, Óscar. —Tomé la mano de Patricio—. ¿Estás nervioso por la presentación?

—Siempre que presentamos algún producto estoy nervioso. Hay mucho tiempo y dinero invertidos, y en un momento todo puede salir mal.

—Te entiendo, pero relájate, cariño. Todo saldrá bien y yo estaré a tu lado.

—Eres hermosa, ¿sabes? —susurró, y se inclinó hacia mí y me besó.

Llegamos al hotel. Los coches estacionaban en la puerta para permitir que descendieran los invitados, y luego eran guiados al aparcamiento.

Había fotógrafos y varios reporteros cuando entramos en el vestíbulo. Los fotógrafos se volvieron para hacernos fotos y un puñado de reporteros se abalanzaron sobre nosotros con sus micrófonos. Patricio me tenía tomada de la mano; los reporteros no lo pasaron por alto y lo atosigaron a preguntas sobre quién era yo.

—La señorita Alzogaray es mi pareja.

«¡Su pareja! Sí, eso soy. ¡Eso quiero ser!»

—Con su permiso, tenemos que hacer una presentación.

Entramos, y a medida que Patricio caminaba hacia el frente, las personas nos iban saludando. Por el camino me encontré con Sol y Marina, y le solté la mano a Patricio, haciéndole un gesto para que siguiera sin mí.

—¡Vaya! Estás guapísima, Azul.

Sol llevaba un vestido morado corto, ajustado, que le quedaba muy bien a su pequeña figura.

—Se te ve hermosa como la compañera del jefe —dijo Marina.

—¡Gracias, Marina! Vosotras también estáis muy guapas.

Marina llevaba un vestido rosa palo de gasa, largo y con una amplia falda.

—Nos vemos en la presentación, chicas. Debo acompañar a Patricio.

Ambas asintieron y yo hice el corto camino hacia donde estaba.

Me presentó como su pareja a tantas personas que me era imposible recordar los nombres. Todo en el escenario estaba preparado para la presentación. Patricio habló con el técnico para cerciorarse de que todo iría bien. Me gustaba verlo desenvolverse. Era muy joven y, a la vez, su posición exigía mucho de él. Me regodeaba pensando que conocía al joven que había dentro de ese impecable esmoquin. Una voz me tomó por sorpresa y me sacó de mi abstracción.

—¡Hola, Azul! ¡Se te ve muy bien!

Cuando me volví, me encontré a Andrés con Gabriela de su brazo. Ella estaba impresionante; fue como un golpe en el estómago. Esa morena iba enfundada en un vestido rojo cereza corte sirena que no hacía más que resaltar su belleza. Tendí la mano y saludé.

—Buenas noches, Andrés. —A continuación, me dirigí a ella—: Buenas noches, señorita Ponce de León; un placer verla de nuevo.

—Buenas noches —respondió con la misma cara de desprecio que había puesto cuando me echó del despacho de Patricio.

—¿Ya os conocéis? —preguntó Andrés, frunciendo el ceño.

—Nos conocimos en el despacho de Patricio el lunes.

El rostro de Andrés se desfiguró. Imaginé que ella no se lo había contado.

—Con permiso...

Me retiré antes de que Andrés explotara en llamas tras enterarse de que su novia había ido a ver a su ex.

Patricio estaba sentado en una banqueta en el centro del escenario, dispuesto para hacer la presentación, repasando unos apuntes y hablando con uno de los ingenieros de la empresa. Los asistentes ya estaban acomodándose en sus sillas. Me senté delante y lo observé. Sol y Marina se sentaron conmigo.

Cuando la sala estuvo llena, Patricio comenzó con la presentación. Verlo desenvolverse de esa forma me encantaba. Era un gran orador. Todos en la sala estaban absolutamente inmersos en su emocionante discurso. Las demostraciones salieron perfectas, y el público aplaudió cuando Patricio dio por finalizada la presentación.

Los reporteros lo acorralaron y lo bombardearon a preguntas. Sus ojos me buscaban. Cuando me encontró, lo miré para que supiera que estaba bien y le guiñé un ojo. Sol, Marina y yo nos dirigimos al salón, donde comenzaban a circular copas de champán y bocadillos. Tomamos una copa cada una, y estábamos conversando cuando oí una voz de mujer a mi espalda.

—Señorita Alzogaray, me gustaría hablar con usted si es posible.

Me volví, y Gabriela estaba allí, mirándome abiertamente.

—Cómo no, señorita Ponce de...

—Gabriela, por favor.

Asentí y la seguí hasta un lugar más tranquilo. Pude ver que Sol y Marina se habían quedado boquiabiertas.

—Llámame Azul.

—Terminemos con este jueguito cordial. —La miré, confundida. No entendía a qué se refería—. ¡Quiero que te alejes de Patricio! —Me miró con una ferocidad en sus ojos difícil de superar—. No estás a su altura y...

—Gabriela —la interrumpí—, en primer lugar no te corresponde a ti juzgar si estoy o no a su altura y, en segundo lugar, tengo entendido que eres la novia de Andrés, no la de Patricio.

—Fui novia de Patricio y tengo la firme intención de volver a serlo, y más...

—Pues deberías empezar por dejar a tu novio. ¡Es de muy mal gusto jugar a dos bandas!

—Eres una rastrera, una trepadora, y no voy a permitir que...

—¿Qué? ¿Qué es lo que no vas a permitir? Mira, Gabriela, Patricio y tú tuvisteis una relación, pero ya ha terminado. Tuvisteis lo que tuvisteis y no funcionó. ¡Sigue con tu vida y déjanos en paz!

Me sentía increíblemente tranquila.

—¡Esto no se va a quedar así!

En ese instante llegó Patricio.

—¡¿Qué demonios estás haciendo, Gabriela?! —le gritó. Estaba agitado.

—Estábamos hablando. Todo está bien, cariño. —Me miró, e intenté tranquilizarlo—. Estábamos conociéndonos. No habíamos tenido la oportunidad hasta ahora.

—Gabriela, no voy a volver a repetírtelo: aléjate de nosotros, aléjate de Azul, no me llames, no me busques. Lo nuestro se acabó. Y si no quieres a Andrés, será mejor que se lo digas y termines con él antes de que lo haga yo.

—¡Por favor, Patricio! ¡No seas hipócrita! Andrés es tan mujeriego como tú.

—¡Me estás haciendo perder la paciencia!

Los ojos de Patricio, en los que siempre veía el cielo, eran en ese momento fríos y oscuros. Todo su cuerpo denotaba furia.

—¡Ya basta, vamos!

Lo tomé de la mano y tironeé de él para irnos. Cuando estuvimos lo suficientemente lejos, enmarqué su rostro con mis manos y lo miré fijamente.

—Amor, tranquilo. No ha pasado nada.

Apoyé mis labios en los suyos para que se concentrara en besarme. Después de un beso tierno, apoyó su frente en la mía.

—Me saca de quicio, pero tú... eres increíble. —Resopló con su frente aún apoyada en la mía—. Quiero llevarte a casa y quitarte ese hermoso vestido para hacerte el amor hasta la extenuación. Me das tanta paz...

—Por más deliciosa que suene su propuesta, señor, estamos en la presentación de un producto de su compañía y probablemente estén a punto de servir la cena. Debemos permanecer aquí; para lo otro ya tendremos tiempo luego.

—Tiene usted razón, señorita... ¿Cómo lo haces? —añadió, y besó la punta de mi nariz.

—¿El qué?

—Transmitirme tanta paz.

—Será que te amo.

—Y yo a ti. —Nos besamos y abrazamos dulcemente—. ¡Vamos!

A pesar de que en la mesa a la que estábamos sentados también estaban Andrés y Gabriela, y las miradas fueron fulminantes, había además un par de ingenieros con sus respectivas parejas y Carlos con su esposa, que resultó ser una maestra de colegio con quien hablé larga y animadamente durante toda la cena. Cuando todo terminó, Óscar nos esperaba en la puerta del hotel para llevarnos a la casa de Patricio.

Me quitó el vestido dulce y lentamente; luego lo desvestí yo a él con sosiego. Me sacó las horquillas del recogido y me dio un suave masaje en el cuero cabelludo, empujando mi cabeza hacia atrás para besarme profundamente la boca. Nuestras lenguas danzaban al son de nuestras caricias. Mis manos acariciaban su espalda, deslizándose hacia sus firmes nalgas. Sus manos moldearon mis pechos y después viajaron hacia mi cintura y mis nalgas, sin dejar de besarnos en ningún momento. Nos arrodillamos en la cama, quedándonos frente a frente, con nuestros dedos enlazados. Mi sexo palpitaba, llamando a la potente erección que sentía sobre mi vientre. Me monté a horcajadas sobre él, llenándome completamente. Arqueé la espalda, dándole acceso a mis pechos. Él me sostenía por la espalda; nos movíamos al unísono, éramos uno. La unión era celestial. Estaba tan extasiada que mi cuerpo comenzó a temblar y las lágrimas empezaron a brotar de mis ojos sin que pudiera contenerlas. Nos abrazamos fuerte mientras seguíamos moviéndonos. El orgasmo crecía dentro de nosotros. Nuestros gemidos retumbaban en las paredes del dormitorio, que era el único testigo de la maravillosa conexión que teníamos. Llegamos a un orgasmo arrollador, mirándonos a los ojos, mirándonos el alma.

—¿Estás bien, amor? —preguntó mientras secaba una lágrima con su pulgar.

—Soy feliz. Te amo. —Apoyé mi cabeza en su hombro y nos quedamos así, abrazados, acariciándonos, él aún dentro de mí—. Ha sido hermoso.

—Es hermoso... Te amo.

Nos acostamos abrazados y nos sumergimos en un profundo sueño.

Eran las diez cuando me desperté. Patricio dormía plácidamente a mi lado. Su rostro tenía una paz increíble. Me apoyé sobre un codo para mirarlo. Esa noche habíamos hecho el amor como nunca, y había sido magnífico.

Me levanté de puntillas, me fui a la ducha, me puse una camiseta que encontré en su vestidor y bajé a la cocina para preparar el desayuno y llevarlo a la cama.

—Café, leche, zumo de naranja, tostadas, mantequilla y mermelada de castañas. ¡Listo!

Subí las escaleras y vi que Patricio seguía durmiendo. Dejé la bandeja en la cama y le pasé el brazo por la cintura, abrazándolo por detrás.

—Buenos días, dormilón —le dije suavemente al oído.

—¡Mmm!

—Tengo un desayuno esperando.

—¡Mmm! —Abrió un ojo y miró la bandeja—. ¡Buenos días, bonita! —contestó con voz ronca—. ¿Has dormido bien?

—Buenos días. Más que bien... Se enfría el café, cariño.

Se sentó en la cama, se alborotó el cabello con las manos y se frotó el rostro para ofrecerme una larga y abrasadora sonrisa. Le di su café, y él le añadió un chorrito de leche fría. Mientras, le preparé una tostada con mantequilla y mermelada.

—Mermelada de castañas, ¡mi favorita!

—Igual que siempre. Yo prefiero la de albaricoque.

Me tomó de la mano.

—Ayer...

—Fue hermoso.

—Iba a decir que fue la gloria. —No hubiera encontrado mejor palabra para describir lo que había sentido—. La conexión fue mágica.

—Yo... nunca... —Se me hizo un nudo en la garganta.

Era cierto. Nunca me había sentido así en mi vida. Había sido abrumador y, a la vez, embriagador. «Una conexión mágica», así lo había llamado. Había sido ni más ni menos que eso, algo casi irreal. Debió de notar el cambio de mi respiración, porque en seguida dejó su taza en la mesita y me tomó las manos, empujándome para acurrucarme entre sus piernas.

—Yo tampoco, mi amor...

Pasamos el día tranquilos. Estábamos como en una nube. Lo que habíamos logrado el día anterior todavía nos envolvía. Por la noche nos preparamos para ir a cenar con Benja y Dan.

—¡Pero si aquí está nuestro cliente fugado! —dijo Dan entre risas—. Deja de robarnos clientes, Jaz; si no, ¿cómo sobreviviremos a la crisis?

Nos reímos a carcajadas mientras entrábamos y Patricio saludaba a Dan y a Benja con la mano. Nos ofrecieron una copa de vino y nos dirigimos a la cocina, donde Dan estaba preparando alguna cosa deliciosa, a juzgar por el aroma. Patricio estaba cómodo; a los dos les encantaba cocinar y se les daba francamente bien. Los tres charlaban muy distendidos. Yo los observaba desde mi banqueta. Patricio reía; era un placer ver al acerado empresario convertido en un chico de su edad, riendo y conversando animadamente.

—Cariño, deja de comerte a tu novio con los ojos y ven a probar esto —señaló Dan, ofreciéndome un trozo de pan mojado en la salsa que hervía en la cacerola.

Me sonrojé. Cuando me acerqué, Patricio me tomó por la cintura, me colocó entre sus piernas en la banqueta y me besó en una sien.

—¡Delicioso, Dan!

—A mí esto de la cocina se me da muy mal —intervino Benja—. No tengo paciencia. Si no fuera por Dan, aquí se comerían emparedados con emparedados.

Todos nos reímos.

—Es cierto, Benja. La cocina y tú no sois amigos. ¿Recuerdas aquel intento de tortilla?

Antes de vivir con Dan, Benja había vivido un tiempo en el piso de nuestra infancia, y alguna vez había ido a visitarle. Recordaba un infructuoso intento de preparar una tortilla, que finalmente resultó un revuelto de patatas, cebolla y huevos.

—Ni me lo recuerdes. Después de eso, no he vuelto a encender la cocina.

Las risas inundaron la habitación; estábamos pasándolo muy bien. Cenamos unos deliciosos espaguetis con la boloñesa que Dan había preparado y, de postre, un exquisito *brownie* con helado de limón. Luego nos sentamos en la pequeña sala y tomamos un delicioso café turco preparado por Dan. Con Benja estuvimos recordando anécdotas de cuando éramos pequeños y jugábamos con Patricio.

—¡Gracias, chicos! —Les di un abrazo y un beso a los dos—. ¡Lo hemos pasado genial!

Ellos me devolvieron el abrazo y el beso. Patricio tendió la mano, pero Benja tironeó de él y lo abrazó.

—¡Venga, Patricio!, dejémonos de formalidades. Al fin y al cabo, estás follándote a mi hermana.

—¡Benja! —protesté.

Patricio se rió, no sé si por lo que había dicho Benja o porque mi rostro ardía, así que sospeché que estaba roja como un tomate.

—Es la verdad, hermanita, y perdona, Patricio... Jaz, sabes que Valentín nunca fue santo de mi devoción, pero nunca te había visto así de bien, cariño.

—Amo a tu hermana, Benja.

¡Me derretí!

—Estamos muy bien, Benja. Te quiero.

Le di un besazo a mi hermano, y Patricio les abrazó y les dio las gracias a Dan y a Benja. Después salimos.

Eran ya cerca de las tres de la mañana cuando llegamos a su casa. Nos acurrucamos en la cama y nos dormimos. El domingo llovió todo el día y lo pasamos haciéndonos el amor entre el dormitorio, la cocina y la sala.

El lunes fue difícil. Después de haber pasado un maravilloso fin de semana juntos, nos extrañábamos mucho. Cada momentito que teníamos nos enviábamos mensajes. Con cada «¡tilín!», mi cuerpo se estremecía.

La semana pasó entre mi piso y su casa; dormíamos siempre juntos. Hablé con mis padres; con Violeta, que estaba absolutamente fascinada por cómo estaba siendo la gira, y finalmente con Leti, que me confirmó que vendría el fin de semana.

—Leti vendrá el fin de semana que viene.

—¡Qué bien! Voy a conocer a tu amiga, por fin.

—Sí, te voy a extrañar. Mientras ella esté aquí tendré que atenderla.

—¿Quieres decir que no nos vamos a ver?

—¡Nooo! Quiero decir que no estaremos todo el fin de semana solos y juntitos.

—Pero vamos a dormir juntos, ¿no?

—Probablemente con Leti no durmamos, pero si llego a la cama quiero que estés ahí.

Se me hacía difícil pensar en dormir sin él.

—¡Vale! Podré resistirlo. Me ha llamado mamá. Julia no podrá viajar hasta dentro de unos meses. Han aprobado un proyecto en el que estaba trabajando y tiene que quedarse un tiempo más. ¡Joder, cómo la extraño!

—¡Oh, qué lástima! Pero seguro que está muy contenta de que hayan aprobado su proyecto, y cuando esté encaminado, podrá venir.

—Sí, dentro de unos meses —dijo Patricio con un aire de tristeza.

El sábado fuimos a cenar a la casa de su amigo Gabriel. María, su esposa, estaba embarazada de siete meses; esperaban una niña. Ambos fueron increíblemente amables y se podía ver el cariño que se tenían Patricio y él. María trabajaba como recepcionista en una clínica odontológica y Gabriel como chófer en una mensajería. Estaban juntos desde hacía seis años, se habían casado hacía dos y Patricio había sido el padrino; también iba a ser el padrino de Vera, la hija de ambos. María era muy cariñosa. Me gustó mucho conocerla. Mientras los chicos charlaban en la sala después de cenar, la ayudé con los platos y nos pusimos a conversar.

—Nunca lo había visto tan feliz y relajado como ahora —dijo María, acariciando su barriga y mirando hacia donde estaban ellos hablando—. Y eso es gracias a ti.

—¿Eh? Yo... soy muy feliz también... y quiero que él lo sea.

—Después del accidente, Patricio se retrajo mucho. Si bien

él no recuerda nada, saber de la muerte de Juan Manuel le produjo mucha culpa.

—¿Juan Manuel?

La miré, extrañada. Nunca, ni Clara ni él me habían dicho que en el accidente hubiese muerto alguien.

—Veo que no lo sabías... No es algo de lo que le guste hablar, como entenderás... Dale tiempo.

«¿Tiempo? ¿No confía en mí lo suficiente como para contarme algo así?» Me entristeció pensarlo.

—De veras, dale tiempo —repitió, y asentí con un gesto de cabeza.

Nos unimos a la charla masculina con el café. Patricio intuyó que algo me estaba incomodando, pero no me preguntó nada en ese momento. Después del café nos fuimos a mi piso, y durante el camino estuve callada. Patricio me miraba por el rabillo del ojo.

—¿Estás bien?

—Sí. Gabriel y María son muy cariñosos. Se nota que te quieren mucho.

—Gabriel se ha quedado muy impresionado contigo. Le has caído muy bien, y creo que a María también. Os he visto conversando bastante rato.

—Sí. Es una mujer muy dulce.

—¿Qué pasa?

—Nada. Estoy cansada —respondí, aunque no me lo creía ni yo. En efecto, estaba cansada, pero no es que no me pasara nada; me pasaba mucho.

Llegamos al piso, me puse un pijama y me acosté. Patricio había ido a por un vaso de agua. Mi cabeza daba vueltas en torno a lo que María había dicho esa noche. Recordaba que una vez yo le había preguntado acerca del accidente y él no había querido hablar del tema, pero creía que, después de todo lo que había pasado entre nosotros, confiaba en mí.

Cerré los ojos y en seguida sentí que el colchón se hundía a mi lado. Su mano recorrió mi brazo.

—María te ha contado algo del accidente, ¿no?

Abrí los ojos al instante.

—María sólo ha mencionado lo de Juan Manuel, pero al darse cuenta de que no lo sabía, no ha dicho una palabra más.

—Y estás enfadada porque no te lo había contado.

—Estoy triste porque no confías en mí.

—Cariño, no es algo de lo que me guste hablar. No se trata de desconfianza.

—Eso mismo ha dicho María. —Me reacomodé boca arriba y continué—: También ha dicho que te diera tiempo, y eso es lo que haré.

Vi en sus ojos una tristeza enorme. Quizá él no recordaba a su amigo, pero, como a mí, lo recordaba en el corazón.

—Gracias.

Se inclinó para besarme y le tomé el rostro con ambas manos, mirándolo a los ojos.

—Te amo, y nada de lo que me digas hará que no te ame. Quiero que tengas claro eso. —Él cerró los ojos y sacudió la cabeza; yo fruncí el ceño—. Tienes claro eso, ¿verdad?

—Lo intento.

Lo besé, se acostó a mi lado, nos abrazamos y nos dormimos.

El domingo amaneció soleado. Desayunamos y decidimos ir a correr juntos al parque, y luego al Rastro. Yo no había ido nunca y él tampoco. Estábamos ya muertos de cansancio y hambre, así que fuimos a por unas tapas. Nos sentamos en la terraza de un bar y tomamos unas cervezas y unos bocadillos.

—Según me han dicho, yo estaba tan borracho que no pude conducir y Juan Manuel condujo por mí.

—Patricio, no tienes...

—Sí, quiero hacerlo. —Me tomó de la mano y la besó—. Al parecer, antes del accidente yo era un chico alocado que salía de juerga con mis amigos y terminaba inevitablemente borracho cada vez.

—Eras un adolescente.

—Puse en peligro la vida de mis amigos con mi imprudencia, y Juan Manuel pagó por eso. El informe policial decía que la calle estaba húmeda y que el coche derrapó, se salió de la vía y chocó del lado del conductor contra una columna de alumbrado. Juan Manuel no llevaba puesto el cinturón de seguridad y se llevó la peor parte. Ambos estuvimos en coma durante dos semanas, pero él murió.

El rostro de Patricio se veía muy triste y pálido; parecía como si estuviese reviviendo el accidente.

—¿Lo recuerdas?

Levantó la vista, que tenía fija en el vaso de cerveza.

—Tengo *flashes*, pero cada vez que hablo de ello parece como si lo reviviera.

—Tú no tuviste la culpa, cariño —dije, y le tomé la mano.

—¡Claro que la tuve! —exclamó él, alzando la voz.

—¡No, no la tienes! —Hice una pausa—. Si hubiese sido al revés, él no tendría la culpa. No puedes culparte. Eras muy joven y los accidentes ocurren.

—¡No trates de analizarme!

—No me hables así. Estoy intentando ayudarte, ¡joder! —Volvía a ser el acerado empresario que no me gustaba ver en la intimidad—. ¡Deja de ponerte la máscara de duro, que conmigo no funciona!

Me miró extrañado de lo que le acababa de decir.

—No puedes ayudarme.

Me levanté de la silla como si tuviese un resorte.

—No, si tú no quieres.

Me miró y me volví para irme.

—¿Adónde vas?

—A mi piso, y tú, a tu casa.

—¡Joder, Azul!, ¿por qué te enfadas?

—No me enfado; es sólo que necesitas pensar si realmente quieres estar conmigo, dado que sientes que no puedo ayudarte.

Me sostuvo fuerte por la muñeca, pero ese dolor no era comparable con el que me habían causado sus palabras.

—¡Suéltame, Patricio!

—¡No lo hagas, no te vayas!

—No me voy. Tú me echas.

—¡Mierda! ¿Por qué siempre tienes que hacer eso?

—¿Hacer qué?

—Hacer que sienta que contigo todo es posible.

—Quizá porque me gustaría que así fuera... Así es como me siento respecto de ti... Ahora déjame ir.

—Lo lamento. No he querido lastimarte.

—Yo lamento que no te des cuenta de que me lastimas en la medida en que te lastimas a ti mismo.

Me soltó la muñeca y me fui. No tenía ni idea de hacia dónde quedaba mi piso, así que detuve al primer taxi que pasó. Vi a Patricio salir del bar, coger el móvil y llamarme.

—¡Joder, Jazmín! ¿Por qué siempre huyes?

—No huyo, pero creo que necesitas estar contigo mismo y pensar qué quieres de esta relación. Yo lo tengo claro: confío en ti y siento que a tu lado cualquier cosa es posible.

Colgué y tuve que tomar aire unas cuantas veces para no desmoronarme en el asiento trasero del taxi. Prefería hacerlo en la comodidad de mi sillón.

Cuando llegué al piso me di una ducha, me vestí con ropa deportiva, encendí el equipo de sonido y puse a Coldplay. Miré el móvil y vi que tenía un par de mensajes de Patricio: «Te amo. Lo siento. Déjame estar contigo». Y: «Tienes razón. Soy un gilipollas. ¡Perdóname! Te amo».

—Sí, ¡eres un gilipollas que no sabe que lo amo con locura! —grité al móvil.

«Te amo desde siempre, desde antes, como si viniese de otras vidas.» Fui a la cocina a prepararme un té, tenía la tripa revuelta, pero cuando llegué a la cocina me vinieron náuseas y corrí al baño. Volví a la cocina y me preparé el té. Mientras me lo tomaba, sonó el móvil. Era otro mensaje: «Estoy abajo. ¿Puedo subir? ¡Necesitamos hablar!». «Sube», contesté.

Teníamos que hablar. Aunque habría preferido que se hubiese ido a su casa a meditar, supe que no podía dejarlo solo entonces, pese a que era él el que me estaba alejando con esa actitud.

Usó su llave y cuando entró me vio en el sillón. Yo debía de tener un aspecto horrible, ya que vino casi corriendo hasta donde estaba.

—Cariño, ¿estás bien?

—Algo ha debido caerme mal.

—Llamaré a un médico.

—No, Patricio. Es malestar. ¡Venga!, has venido a hablar, pues habla.

Tenía el móvil en la mano, sacudió la cabeza y se sentó a mi lado.

—¿Necesitas algo?

—No, estoy bien. ¿Qué tienes que decirme?

—¡Eres imposible!

Se agarró la cabeza con ambas manos y apoyó los codos.

—¿Eso es bueno o malo?

Levantó la cabeza, tendió una mano hasta mi tripa revuelta y la acarició.

—¿Te duele aquí?

Asentí.

—Cariño, sabes que te amo. Te he amado desde siempre..., siempre has estado en mi corazón. Después del accidente me volví una persona más bien solitaria y autosuficiente... No he querido decir lo que he dicho.

—Pero lo has hecho.

—¡No! Bueno..., no quería lastimarte con lo que he dicho. Sé que me amas y que quieres ayudarme, y sé que tienes razón. Mi terapeuta lo dice todo el tiempo: que si yo no me dejo ayudar nadie podrá hacerlo. Pero la culpa es un sentimiento que te cala profundamente y es difícil sacarla.

—Sólo si te aferras a ella... ¿Creías que al contármelo iba a amarte menos?

—No... Sí... No lo sé.

—Cariño, hace poco tiempo que estamos juntos, pero deberías saber que te amo incondicionalmente.

Entrelazamos los dedos.

—¡Me tienes mal, bonita! ¡Muy mal! ¡Ayúdame!

—¡Es todo lo que quiero!

—Te amo. —Me besó y se levantó del sillón—. Te prepararé una sopa. Debes comer algo.

—¡Mmm!, me apetecería una sopa de calabaza.

—Sus deseos son órdenes, *milady* —dijo, e hizo una reverencia.

Apagué la música y encendí la televisión.

—¡Mira!, están hablando de la presentación del miniproyector. —Me quedé helada. Ahí estaba yo, junto a Patricio—. ¡Joder!

—¿Qué pasa?

—Salimos en televisión juntos.

Me tapé la boca; me imaginaba a mi madre enterándose por televisión de que nos habíamos reencontrado.

—¿Y eso está tan mal?

—¡Claro que no! Es que no estoy acostumbrada a salir en televisión.

—Pues acostúmbrate, cariño.

¡Joder!, que lo decía en serio.

La sopa estaba deliciosa. Después de cenar, miramos una peli en el sillón y nos fuimos a la cama. Pasé una noche horrible. Patricio me despertó el lunes con un té. Ya estaba vestido.

—¿Qué hora es?

—Buenos días, cariño. Son las ocho y media.

—¡¿Ocho y media?!

Salté de la cama.

—¿Adónde piensas que vas?

—¡A trabajar!

—Hoy te quedas.

—De ninguna manera.

—No has pasado buena noche y estás blanca como un papel. Yo tengo una reunión esta mañana y después vendré para aquí.

—¡Estoy bien!

—Ya he avisado a Benja, y estará aquí en un momento.

Me fui corriendo al baño.

—¡Cariño!

Patricio corrió detrás de mí y me sostuvo el cabello mientras yo estaba arrodillada. Dejé el estómago en el retrete.

—Voy a llamar a un médico —dijo mientras yo me lavaba los dientes.

—Ya estoy mejor. Ha debido de ser eso que comí en el Rastro. Me voy a la cama.

Sonó el timbre y Patricio fue a abrir la puerta. Era Benjamín.

—¡Jaz! ¡Dios!, ¿qué te ha pasado?

—¡Hola, Benja! Ayer en el Rastro comí algo que me ha sentado muy mal.

—Cuídamela, Benja. Tengo que irme. En cuanto termine vengo directamente para aquí. En su móvil tienes mi número.

Me besó en la cabeza y se fue.

—Ese hombre sí que te ama. Si te vieras en este momento, ¡saldrías huyendo de ti misma!

—Muy gracioso.

—Venga, que ayer Dan y yo te vimos en la televisión y no te pareces en nada a esa hermosa mujer.

—¿Me viste? ¿Crees que mamá me habrá visto?

—Si lo hubiera hecho, ya te habría llamado.

—Va a estar muy enfadada si se entera así.

—Díselo, entonces.

—No quiero.

—Jaz, estáis prácticamente viviendo juntos. Esto parece ir en serio. Deberías decírselo.

—No quiero pensar en eso ahora. Cuéntame cómo te va con Dan. ¿Cuándo vas a hablar tú con papá y mamá?

—Este fin de semana iremos a Marbella y hablaremos con ellos. —El teléfono nos sobresaltó a ambos—. Deja, que yo contesto. ¿Hola?

Benja puso cara de horror y me pasó el auricular del teléfono.

—¿Hola?

—¡¿Cuándo demonios pensabas contarnos que te habías reencontrado con Patricio?!

La voz de mi madre me taladró el oído.

—Disculpa, ¿por qué me estás gritando?

—¡Vas a decirme ahora mismo qué está pasando entre vosotros!

—Mamá, primero, por favor, deja de gritar y tranquilízate. —¡Joder! ¿Qué había sido de la suave profesora de inglés Eugenia Goyena?—. Y segundo, no está pasando nada. Nos hemos reencontrado, y sólo somos buenos amigos.

¡Oh, Dios!, ¡qué mentirosa!

—En la televisión dijeron que sois pareja. ¡Jazmín, dime, por favor, que no es cierto!

—¡Mamá, tranquilízate! Patricio es un hombre muy codiciado, y cuando lo ven con una mujer en seguida pretenden hacerla pasar por su pareja. Además, ya que me viste en la televisión, sabrás que es mi jefe.

—¿Tu qué?

—¡Mi jefe, mamá! Trabajo en Ingeniería Del Monte.

Benja me hacía señas de que estaba loca, y yo asentía. ¡Realmente estaba desquiciada!

—Jazmín, tienes que dejar ese trabajo, vuelve a casa y aléjate de él.

—¡Estás loca, mamá! Durante veinte años me has mantenido alejada de él. No voy a permitírtelo ahora. ¡Tengo veintiocho años y soy lo suficientemente mayor como para saber qué debo hacer! —grité.

Su reacción me había sacado de mis casillas. Ésta no era mi madre. Me la habían cambiado. ¡Algo la poseía!

—Tuve y tengo mis motivos. ¡Aléjate de ese hombre y de su familia! ¡Vente a casa! No me hagas...

—Que no te haga qué. Mira, mamá, yo no sé qué problemas tienes tú con los Del Monte, pero es evidente que al menos su madre no los tiene conmigo. Es más, me ha dado saludos para ti... Y ya me he cansado de esto. ¡Adiós!

—No te atrevas a colgar, jovencita, o...

—¿O qué? ¡Deja de actuar como una loca, por favor! No te reconozco. Hablaremos cuando estés más calmada —concluí, y colgué.

—¡Joder, Jaz! ¿Qué ha sido todo eso?

—Mamá, que ha enloquecido. Me ha prohibido que vea a Patricio. Quiere que deje el trabajo y vuelva a Marbella.

Benja silbó y arqueó las cejas. Me vinieron náuseas.

—Definitivamente, ha enloquecido. ¿Te preparo un té?

—Sí, por favor. Esta discusión con mamá no ha hecho más que empeorar mi malestar...

Antes de que pudiera decir nada más, estaba otra vez arrodillada con la cabeza en el retrete. «¡Mierda!»

—Jaz, voy a llamar al médico.

—Llámalo.

—Pero primero le enviaré un mensaje a Patricio para no molestarlo, por si está en la reunión.

«Disculpa, Patricio. Soy Benja. Voy a llamar al médico. Jaz sigue mal.»

En seguida sonó el teléfono. Era Patricio, que había decidido dejar la reunión y ya estaba saliendo para el piso. Benja llamó al médico, que le dijo que llegaría en una media hora. Patricio llegó quince minutos después de haberlo llamado.

—Cariño, he venido tan deprisa como he podido.

—Estoy bien. Es una indigestión, Sólo quiero que me den algo para frenar los vómitos. Odio vomitar.

—El médico estará pronto aquí —dijo Benja desde el umbral de la puerta del dormitorio.

Un momento después, llegaba el doctor Fonzi.

—Buenos días, doctor. Pase, por favor.

—Buenos días, Patricio.

—Ella es Jazmín Alzogaray. Ha estado vomitando desde ayer.

—Mucho gusto, señorita.

—Mucho gusto, doctor.

—¿Podrían dejarnos a solas para que pueda visitarla?

—No se preocupe. Soy su novio, y él es su hermano.

—Por favor, chicos, marchaos a la sala —les dije, aunque a Patricio no le gustó la idea.

—Bueno, señorita, cuénteme.

—Ayer en el Rastro comí un bocadillo y debió caerme mal. Eso es todo. He vomitado ya unas cuatro veces.

—¿Podría estar embarazada?

«¿Qué? ¡¿Embarazada?!»

—No, no... Tomo la píldora.

—¿Ha tenido ya la regla? —me preguntó mientras me palpaba el abdomen.

—¿Eh? No, no aún; debería bajarme esta semana —contesté, aunque no estaba segura porque la píldora me había cambiado el ciclo y no lo tenía del todo claro aún.

—Bueno, si no tiene dolor, sólo le inyectaré algo para frenar los vómitos; pero si continúan, por favor, vaya a urgencias. Sería preferible que hiciera un par de días de reposo y tomara mucho líquido.

—¡Gracias, doctor!

El doctor Fonzi me puso una inyección y se fue. Patricio y Benja entraron en el dormitorio después de que se hubiese ido.

—¿Qué te ha dicho, Jaz?

—Nada, todo está bien. Me ha puesto una inyección para frenar los vómitos y me ha dicho que, si aun así continuaban, fuera a urgencias.

—Y también que te tomaras un permiso de cuarenta y ocho horas de reposo —dijo Patricio, sacudiendo el dichoso papelito—, así que, señorita, a descansar.

—Estoy bien. Me siento mejor, y no quiero quedarme. Mañana iré a trabajar.

—Ni lo sueñes.

—¡Suerte con eso, Patricio! —dijo Benja, arqueando una ceja—. ¿Tú te quedas?

—Sí, me quedo. He avisado a la oficina y si surge cualquier cosa me llamarán al móvil. ¡Gracias, Benja!

—De nada. Cuídate, hermanita, y hazle caso a Patricio. No te pongas mal por lo de mamá. Ya se le pasará.

—Eso espero. Gracias por cuidarme, Benja.

Mi hermano me dio un beso y se fue.

—¿Tu madre? ¿Qué ha sucedido con ella?

—Ha llamado antes hecha una histérica porque nos había visto juntos en la televisión... y me ha dicho un montón de estupideces... No quiero recordarlo.

—Tranquila, si quieres podemos ir el fin de semana a hablar con ellos.

—No, Patricio. Para empezar, este fin de semana viene Leti, y además creo que eso empeoraría las cosas. Ella no quiere que me acerque a ti. Ha llegado a decirme que deje el trabajo y vuelva a Marbella. Está loca... Ya hablaré con ella cuando se calme.

—No lo entiendo.

—Yo tampoco. Nunca ha querido explicarme nada, pero tu madre fue muy amable conmigo, así que supongo que el problema puede ser con tu padre.

—Tal vez. Yo no me llevo bien con él, pero puedo llamarlo y preguntarle.

—Dejémoslo así. Me voy a duchar. Benja me ha dicho que tengo un aspecto horrible.

—Estás muy pálida y ojerosa, pero aun así eres hermosa, mi amor.

Al día siguiente, me desperté como nueva, así que salí de la cama, me bañé, me vestí y desperté a Patricio.

—¡Buenos días!

—Buenos días. —Parpadeó y me miró mejor—. ¿Qué se supone que haces vestida?

—Voy a trabajar. Estoy bien.

—Ya veo que estás bien, pero tienes una baja de dos días.

—Pero no la necesito, y además tengo trabajo atrasado.

—Eres imposible.

—¿Eso es bueno o malo?

Me dio un beso en la nariz y se dirigió al baño.

—Lo que sí es muy bueno es la vista que tengo desde aquí.

—¿Hay algo que le guste, señorita? —dijo provocativamente.

—Todo. —Le guiñé un ojo—. Pero ahora ve a ducharte, o llegaremos tarde por culpa de ese hermoso trasero tuyo.

—Cariño, hace dos días que no te toco... No respondo de mí.

—Si eres buen chico, quizá... —Miré hacia abajo; estaba empalmadísimo—. Aunque pensándolo bien, tenemos tiem...

Antes de terminar de decirlo, ya éramos un lío de lenguas y manos sobre la cama. Dos días sin hacernos el amor parecían una eternidad. Me deslicé por su cuerpo hasta quedar entre sus piernas; la tomé entre mis manos y comencé a acariciársela, rodando mi palma arriba y abajo. Me quitó el vestido por la cabeza y me quedé con las bragas de encaje blanco, el sostén y los zapatos.

—Estás muy sexy.

—Y tú.

Me agaché y la puse en mi boca. Comencé a pasar la lengua y a dibujar círculos de arriba abajo, apretando la punta con los labios y hasta llegar a la mismísima garganta, ayudándome con la mano. Patricio estaba gimiendo sobre la cama y podía leer en su cuerpo que disfrutaba de lo que le hacía.

—¡Me enloquece lo que me haces!

—Me gusta enloquecerte —respondí en un tono malévolo.

—¡Eres una pequeña bruja! No quiero correrme aún.

En un segundo estaba sobre mí, entre mis piernas. Me quitó las bragas y su boca aterrizó sobre mi húmedo sexo.

—Ábrete más para mí.

Abrí más las piernas y él recorrió con la lengua mis resbaladizos labios, hasta llegar al clítoris, que estaba hinchado y palpitante. Movió su lengua sobre él y luego lo capturó entre sus labios, para después morderlo suavemente. Era una sensación deliciosa. Pasó la lengua sobre los pliegues y la introdujo en la vagina; a continuación un dedo y luego otro, haciendo círculos dentro de mí. Mi cuerpo se sacudía y mis caderas acompañaban el movimiento de su lengua.

—¡No quiero correrme así! —exclamé con un suspiro agónico—. Te necesito dentro de mí.

Patricio jugó un poco más con su lengua y luego me volvió y quedé a cuatro patas sobre la cama. Él se colocó detrás de mí, tomó su miembro y humedeció la hendidura entre mis nalgas.

—Me encantaría tenerte también aquí. Quiero tenerte toda.

—Patricio...

Con una embestida precisa, me penetró por la vagina, empujándome firmemente mientras me sostenía fuerte de la coleta con una mano y con la otra de un pecho. Mis nalgas rebotaban y sentía sus duros testículos golpearme. Mi sexo comenzó con espasmos, envolviéndolo y haciendo que su orgasmo creciera como un monstruo amenazando salir.

—Voy a correrme si tu dulce y juguetón sexo sigue vibrando así, amor.

—¡No puedo evitarlo!

Apoyó un pie sobre la cama y eso permitió que me penetrara más profundamente, lo que hizo que el orgasmo me golpeara como a un saco de arena. Temblaba como una hoja, y Patricio comenzó con su tortuosa embestida preorgásmica, que desencadenó otro orgasmo de magnitudes insospechadas.

—¡Diosss! ¡Vas a matarme un día! ¡Joder!

Cayó sobre mí y a continuación yo caí sobre la cama. Me besó la cabeza, el cuello y la espalda. Estábamos tan agotados que nos quedamos dormidos. Cuando nos despertamos eran las once.

—¡Mierda!

—¿Qué hora es?

—Las once. Tenía una reunión a las diez y media.

—¡Joder! ¡Lo siento!

—Yo no...

Me besó y me arrastró a la ducha.

Salimos más que volando, riéndonos como cuando éramos pequeños y hacíamos una travesura.

Llegamos a la oficina al mediodía. Como nadie esperaba que fuera porque tenía permiso de dos días, aproveché para terminar un par de informes y preparar el viaje a Barcelona. «¡El viaje a Barcelona! ¡Estaré una semana sin Patricio!» Sólo de pensarlo me dolía. Decidí enviarle un mensaje.

«Bonito, tengo la información del viaje a Barcelona.» *Enviar*.

«¡Tilín!»

«Sí, la tengo por aquí también. No me hace ninguna gracia que te vayas una semana.» ¿Significaba que él no iba a venir? Dentro de mí algo se retorció.

Clic en *responder*: «¿Y tú no puedes venir... y hacer una visita a la delegación de Barcelona?». *Enviar*.

«¡Tilín!»

«Lamentablemente, tengo cosas que resolver aquí. Nada me gustaría más que ir allí contigo.»

Clic en *responder*: «Vale». *Enviar*.

Sol entró en la oficina

—¡Azul!, ¿qué haces aquí?

—Me sentía mejor y he querido venir.

—Me alegro. El señor Del Monte me avisó de que no vendrías en dos días, por eso no estaba en mi mesa; estaba en el archivo. ¿Te puedo traer un té o cualquier otra cosa?

—Gracias, Sol. Un té, pero no hay prisa. Y cuando puedas ven, así revisamos la agenda de Barcelona.

—Perfecto. Dame unos minutos y regreso con todo.

A eso de las cuatro, después de organizarlo todo con Sol, sonó el teléfono.

—Azul, disculpa que te moleste. Tengo aquí al doctor Ordoqui. Dice que le urge hablar contigo. ¿Le permito subir?

«¿Valentín aquí? ¡¿Qué demonios quiere?! No hay nada que decir, pero como ha venido, terminemos con esto de una vez.»

—Gracias, Tere. Dile que suba.

Unos minutos después, Sol acompañaba a Valentín a mi despacho. Verlo no me provocó absolutamente nada. Me levanté y caminé hacia él.

—Gracias, Sol.

—¡Hola!

Dio unos pasos para acercarse a mí, y yo di los mismos hacia atrás.

—¿Qué quieres?

Le hice señas para que tomara asiento y yo volví a mi sillón.

—Verte.

—¿Quién te ha dicho que trabajaba aquí?

—Te vi en la televisión y además Eugenia me lo dijo.

«¿Mi madre? ¿Cómo ha sido capaz de hacer eso?»

—Estás muy hermosa, cambiada. Pareces otra.

—Soy otra gracias a ti; debo agradecértelo. Ahora, Valentín, no tengo tiempo que perder. ¿A qué has venido?

—A pedirte que vuelvas a Marbella conmigo. Ese tipo...

Le hice una seña para que se detuviera.

—¡No te atrevas a hablar así de Patricio! ¡¡Nunca!! —le grité.

—Ese tipo no es bueno para ti. ¡Es un jodido!

—Retírate ya de mi despacho o llamaré a seguridad, y lo digo en serio.

—Jazmín, tu madre está muy preocupada por ti, y yo también. Dice que Del Monte es un mal tipo y que te hará daño.

—No lo volveré a repetir: ¡vete ya! ¡Me importa una mierda que te preocupes por mí! Y dile a mi madre que no me mande recados, y si tiene algo que decirme, ¡que sea valiente y venga ella personalmente!

Debí gritar bastante fuerte porque Sol entró de forma abrupta.

—¿Va todo bien, Azul?

Ambos la miramos.

—¿Azul? Así que aquí usas tu segundo nombre.

—Todo va bien, Sol. Gracias. Acompaña al doctor Ordoqui al ascensor.

—Jazmín...

—Adiós y de verdad que no vuelvas. Lo nuestro ha terminado definitivamente.

Cuando se fueron me desplomé en el sillón. Mi madre había mandado a Valentín a convencerme de que volviera a Marbella y me apartara de Patricio. ¡Era inconcebible! Había traspasado todo límite tolerable. Tomé el teléfono y llamé al consultorio de papá.

—Hola, papá.

—¡Hija! ¿Cómo estás, cariño? —¡Qué alegría escuchar la voz de mi padre!—. ¿Estás bien? Te oigo un poco abatida.

—Papá, necesito hablar contigo. ¿Tienes unos minutos?

—Claro, cariño, siempre.

—¿Te ha contado mamá que me he reencontrado con Patricio del Monte?

—No, no lo ha hecho.

—Resulta que mi nuevo jefe es Patricio. —Se hizo el silencio—. Papá, ¿estás ahí?

—Sí, cariño; es sólo que me ha tomado por sorpresa la noticia. Imagino cómo ha debido ser para ti el reencuentro...

—Un *shock*, papá, sobre todo porque Patricio no me recuerda completamente. Sufrió un accidente hace unos años... Oye, papá, mamá se enteró por la televisión y ha enloquecido.

—Tu madre está alterada desde hace un par de días; evidentemente, debe de tener que ver con eso.

—Me dijo que debía alejarme de él, dejar el trabajo y volver a Marbella, y para colmo me ha enviado a Valentín.

—¡Es inconcebible! Tu madre ha perdido el norte. Nuestros problemas son con el padre, no con los hijos... Hija, estoy muy contento de que os hayáis reencontrado, sobre todo porque sé lo feliz que te hace a ti.

—Lo sé, papá.

—Hablaré con tu madre.

—¡Gracias! Te quiero, papi.

—Y yo a ti, hija. Saluda a Patricio de mi parte.

—Lo haré. Un beso.

—Otro para ti.

Sol llamó a la puerta cuando se cercioró de que había terminado de hablar por teléfono.

—Pasa.

—¿Estás bien?

—Creo que sí...

—¿Qué ha pasado?

—Valentín Ordoqui es mi ex.

—Me lo he imaginado. ¿Y todo eso del nombre?

—Siéntate, Sol. Mi nombre completo es Jazmín Azul. En Marbella usaba mi primer nombre, pero cuando me mudé aquí y comencé una nueva vida, decidí usar mi segundo nombre. Es una historia larga. ¿Tienes tiempo?

—¡Claro! Y además sabes que conmigo no tienes nada que temer. Ya te lo he demostrado.

—Patricio y yo nos conocemos desde niños.

—¡Joder!

—Él tuvo un accidente hace ocho años y no me recuerda del todo. Conoce nuestra historia a través de lo que le ha contado su madre y por fotos. Yo tenía ocho años y él diez cuando mis padres decidieron mudarse a Marbella, y nunca más supimos el uno del otro. No recordaba su apellido, así que cuando opté por este trabajo no sabía que el señor Del Monte era Patricio.

Lo descubrimos porque ambos teníamos la misma foto, una que mi madre nos había hecho en la plaza Mayor.

—¡Joder! ¡Qué historia!

—Sí, ya lo creo.

—¿Y tu ex? ¿Qué tiene que ver él con esta historia?

—Él es la razón por la que me mudé aquí... Una semana antes de nuestra boda lo encontré con una de mis mejores amigas.

—¡Gilipollas! ¿Y ahora va de arrepentido y quiere que vuelvas?

—Algo así.

La puerta se abrió de golpe y apareció Patricio.

—Señor —dijo Sol, que se levantó de un salto—, ¿desea un café?

—No, gracias, Sol.

Sol salió rápidamente de la oficina.

—¿Estás bien? ¿Qué demonios hacía tu ex aquí?

—Estoy bien... Ha venido a buscarme... a instancias de mi madre, que al parecer ha enloquecido, pero ¡ha enloquecido del todo!

—¡Joder!

—Mi madre me lo está poniendo muy difícil... Mi padre te manda un saludo.

—¿Se lo has contado?

—No todo. No le he dicho que estamos juntos, si ésa es tu pregunta.

Llamaron a la puerta. Era Sol.

—Disculpen... Azul, han dejado esto para ti en recepción —me informó, y me tendió un sobre.

—Gracias, Sol.

Al salir de la oficina cerró la puerta. Yo dejé el sobre en el escritorio sin darle mayor importancia.

—¿Por qué no le has hablado de nosotros?

—Porque sabe que estoy saliendo con alguien y es inteligente. No tengo que decírselo; debe de imaginar, lo mismo que mi madre, que es contigo.

«¡Joder! Tengo que poner las cosas en su lugar. Hablaré con mi madre, pero primero voy a esperar a que baje un poco su cabreo.»

—¿Qué piensas?

—En lo bueno que hubiera sido el día si me hubiera quedado en la cama.

—¿Antes o después de dormirnos?

Me miró con una de esas sonrisas matadoras.

—No sé a qué se refiere, señor Del Monte.

—Señorita Alzogaray, creo que está teniendo un grave problema de memoria.

—¡Mmm!, a lo mejor necesito terapia cognitiva, y no específicamente del habla, para recordar lo que ha sucedido antes de dormirnos.

Me sentó en su regazo, y yo le acaricié el cabello y lo besé.

—¿Podemos comenzar ahora mismo con la sesión práctica?

—Hablando de terapia cognitiva, le prometí a Clara que investigaría un poco para ver cómo podía ayudarte.

—¿Ah, sí?

—Sí. Cuando me dio la caja de fotos y me pidió que te ayudara, hablé con una colega y me dijo que me enviaría información sobre una nueva terapia que ha tenido resultados muy prometedores. ¿Estás dispuesto a intentarlo?

—Veamos la información primero.

—¿Eso es un sí?

—Eso es un «veamos la información primero».

—Entonces, no es un no.

—¡Ahhh! ¡Mujer, eres imposible! —exclamó, alzando las manos y sacudiéndolas.

—¿Eso es bueno o malo? —pregunté riéndome, y él comenzó a gruñir y a hacerme cosquillas—. ¡Patricio!, ¡cosquillas no! ¡Porfi!

—¿Porfi? —Me acomodó nuevamente en su regazo—. ¡Eso decíamos de niños! Sí, lo recuerdo.

—¡Sí!

Le besé cada ojo, e hizo un mohín irresistible.

—¿Porfi?

Le besé la punta de la nariz.

—¿Porfi?

Le besé los labios.

—¿Porfi?

—¡No abuses!

Le golpeé la punta de la nariz con el índice, me levanté de golpe de su regazo y me mareé. Patricio me sostuvo para que no me cayera.

—¡Cariño!

—Estoy bien. Ha sido al levantarme de golpe.

—No has debido venir hoy.

—Estoy bien.

—Esta noche tengo una cena. Vendré en cuanto pueda liberarme sin ser grosero.

—Yo voy a meterme en la cama y a mirar la televisión. Además, la semana que viene me voy a Barcelona. Será mejor que nos acostumbremos a dormir separados.

Y eso me recordó que durante una semana no iba a poder besarlo, tocarlo ni tenerlo cerca de mí, y un escalofrío me recorrió la espalda.

—Ni me lo recuerdes... Pero aún no te encuentras muy bien, así que terminaré la cena e iré a tu piso, donde te encontraré hermosamente dormida y estaré ahí por si me necesitas.

—¿Para lo que sea?

—¡Para lo que sea!

—¡Vale! Le tomo la palabra, señor Del Monte.

Podríamos haber seguido ronroneándonos y jugando durante toda la tarde, pero estábamos en la oficina y su móvil reventó el momento. Mientras él atendía la llamada, yo abrí el sobre que me había entregado Sol.

¡Me puse furiosa! ¡Seguía insistiendo en hablar! Rompí la nota y la tiré a la papelera. Patricio me miró con el ceño fruncido, y mientras cortaba la llamada, se inclinó hacia la papelera, recogió los pedazos de la nota y los recompuso sobre mi escritorio.

> He venido aquí para llevarte conmigo. Necesitamos hablar. Dame la oportunidad.
>
> Estoy en el Hotel Clap, hab. 746.
>
> Tuyo,
>
> V.O.

—¡Hijo de puta! —gritó, y golpeó el escritorio—. ¡Si alguien piensa volver a apartarte de mí, será por encima de mi cadáver!

—Nadie nos va a separar, mi amor.

Tomé su rostro entre mis manos y lo miré. Sus ojos transmitían una mezcla de miedo e ira.

—Tengo que irme... A las seis estará Óscar esperándote abajo para llevarte a casa.

Resoplé y me senté en mi sillón para seguir trabajando.

—Puedo ir en metro o en taxi. Quédate tranquilo.

—Me quedo tranquilo si te lleva Óscar.

Le hice señas con la mano para que se fuera. Me dio un beso en la cabeza y salió de mi despacho.

A las seis salí y efectivamente Óscar estaba en la puerta esperándome.

—¡Buenas tardes, señorita! —me saludó, abriendo la puerta y tocándose la gorra.

—¡Buenas tardes, Óscar!

Me senté en la parte trasera del coche y le envié un mensaje a Patricio: «De camino a casa. Óscar me está llevando. Te amo. J». «X entrar en reunión. Te veo + tarde. Te amo. P», contestó.

Llegué al piso y me puse a preparar la habitación que había sido de Benja para Leti y a separar la ropa que me llevaría a Barcelona. Ya empezaba a hacer frío, así que escogí botas, jerséis, cuellos de tortuga, pantalones y un abrigo. Lo dejé todo preparado porque durante el fin de semana, con Leti en casa, no tendría tiempo, y viajaba el lunes a primera hora.

El viernes, después de salir de la oficina, fuimos al piso. Leti llegaría alrededor de las nueve y quería esperarla con la cena hecha. Patricio me ayudó a cocinar, aunque finalmente fui más bien yo quien lo ayudó a él. Preparamos una paella, el plato favorito de Leti. Mientras cocinábamos, le conté lo importante que había sido Leti en mi vida. Cuando nos mudamos a Marbella, ella había sido la primera que se me había acercado. En ese tiempo, extrañaba mucho a Patricio y me sentía muy sola, y nos hicimos inseparables.

Era mi mejor amiga, casi como una hermana. Leti lo sabía todo de Patricio, así que no le resultaría difícil hablar con él. A las nueve y cuarto Leti estaba llamando por el interfono.

—¡¡Soy yo, Jaz!!

Abrí y la esperé en el umbral de la puerta del piso.

—¡Amigaaaaa!

Nos abrazamos y saltamos de alegría al vernos. Habían pasado más de dos meses y realmente la había echado de menos. Se nos escaparon algunas lágrimas.

—¡Estás preciosa, Jaz! Madrid te sienta muy bien.

—Gracias, Leti. Madrid no es lo único que me ha sentado bien. ¡Ven, pasa! —Tironeé de ella para que entrara. Patricio nos miraba desde la sala—. ¡Ven!

—Leti, te presento a Patricio.

Él se acercó a Leti y le dio un beso.

—¡Hola! ¡Bienvenida! Me han hablado mucho de ti.

—¡Ni te cuento todo lo que yo sé de ti!

Los tres nos reímos.

—¿Una copa de vino o cerveza? —preguntó Patricio antes de dirigirse a la cocina.

—Cerveza, gracias. —Llevé a Leti a su habitación, y una vez allí, me tomó por los brazos—. ¡Joder, Jaz, este chico está de muerte!

Suspiré, y me tiré en la cama.

—Ni te lo imaginas.

—Ni falta que hace. ¡Ya siento calor!

Nos reímos a carcajadas. Era estupendo tenerla allí y poder finalmente charlar y contarle toda esa avalancha de sentimientos, sensaciones y emociones que me habían invadido en ese tiempo.

Volvimos a la sala. Patricio nos llevó un par de botellas de cerveza, nos sentamos en el sillón y hablamos mientras él terminaba la cena.

—¿Estáis viviendo juntos?

—Algo así. Algunos días aquí, algunos días en su casa... Nos gusta estar juntos. El lunes viajo a Barcelona y estaré una semana. ¡Va a ser difícil! —le expliqué, e hice un mohín.

—¡Te veo muy bien, Jaz! Disculpa lo que te dije por teléfono... Yo...

—Tranquila, amiga. Estabas cuidándome. Lo entendí.

—Pero necesitabas mi apoyo y yo no te lo di.

—¡Me lo das ahora! —Le tomé la mano y se la apreté—. ¡Venga! ¿Cómo vas con Gastón?

—Bien, aunque no nos vemos tan seguido como quisiera.

Viaja mucho, pero cuando nos vemos lo pasamos bien... El sexo es estupendo.

—¡Sé de lo que hablas! —exclamé, poniendo los ojos en blanco. De sólo pensarlo mi cuerpo reaccionaba.

Estuvimos charlando un buen rato de Gastón y de cómo le iba su trabajo en la clínica, y yo le conté cosas de mi trabajo en la empresa.

—Por cierto, Valentín estuvo en la clínica de nuevo para pedirme tu dirección y, claro, no se la di.

—Tarde... Vino el martes. Mamá se la dio.

—¿Eugenia? ¡Cómo es posible!

—Así como lo oyes, Leti. Mi madre se ha enterado de que me he reencontrado con Patricio y ha enloquecido. Me dijo un montón de cosas horribles: que me alejara de él, que no era bueno para mí, que dejara el trabajo, que volviera a Marbella... Y luego envió a Valentín.

—Pero ¿qué demonios le pasa a tu madre?

—No lo sé, y como nunca me ha dicho por qué nos mudamos, tampoco me importa. Le dije a Valentín que no volviera a verme ni a llamarme, y dejó una nota en la recepción de la empresa con el número de habitación de su hotel para que fuera a hablar con él. Otro que ha enloquecido.

—Seguramente cree que tiene alguna posibilidad.

—Definitivamente, ninguna. No la ha tenido desde que hizo lo que hizo.

—¡Pues menos ahora con ese bombonazo en la cocina y en la cama!

Nos reímos a carcajadas, y Patricio levantó la mirada, sonriéndose.

—¡La cena está lista, chicas!

Caminó hacia donde estábamos, me tendió la mano y me ayudó a incorporarme de un tirón, por lo que quedé pegada a su cuerpo y me besó suavemente.

—Chicos, tened piedad de una mujer que extraña a su novio.

Nos reímos y fuimos a la mesa. Lo habíamos arreglado todo temprano. Nos sentamos, y Patricio sirvió cazuelas de paella coquetamente adornadas.

—Jazmín me ha dicho que es tu plato preferido.

—Así es. ¡Gracias!

—Leti, hoy estás cansada del viaje, pero mañana podríamos ir a bailar. ¡Aquí hay una disco electrónica genial! Patricio tiene pase vip.

—¡Me encantaría! ¡Por los viejos tiempos! —Y chocamos nuestras cervezas.

—Cariño, está deliciosa.

—Me alegro, aunque en gran parte la has hecho tú.

Ahí estaba ese chico humilde al que también amaba.

—¡Exquisita! Eres muy buen cocinero, según me ha comentado Jaz.

—Me gusta cocinar, pero me gusta más cuando lo hacemos juntos.

La cena fue muy amena. Charlamos, reímos, y Leti le contó a Patricio anécdotas de cuando éramos adolescentes y de nuestro paso por la universidad.

—Cuéntame cómo os reconocisteis—le dijo Leti a Patricio. Aunque ella ya lo sabía, por alguna razón quería oír la historia a través de él.

—Bueno, estábamos en mi casa, y en la cómoda del dormitorio yo tenía un marco con la foto que su madre nos había hecho de niños en la plaza Mayor.

—¿La de las palomas?

—Sí, esa misma.

—Jazmín odia las palomas.

—Sí, eso me contó mi madre.

Había un matiz de tristeza en sus ojos. Mientras yo llevaba los platos a la cocina y traía el postre, Patricio siguió explicándole a Leti cómo nos habíamos reencontrado.

—Es muy romántico.

—Lo es. Siento que he estado esperando veinte años para este encuentro.

—Y yo tengo la certeza de que Jazmín también. —Leti bajó la voz y continuó—: Su relación con Valentín era aburrida, y hasta ahora nunca había visto a Jaz tan feliz..., y eso evidentemente tiene que ver contigo.

—Creo que es lo mejor que nos ha pasado. Antes de saber quiénes éramos ya nos sentíamos atraídos el uno por el otro, así que saberlo sólo reforzó la atracción... Y la amo, siento que la he amado desde siempre, Leti.

—Jaz es como una hermana para mí, Patricio. Te pido que nunca, nunca la hieras. Ya tuvo suficiente con el gilipollas de Valentín.

—Nunca, la amo demasiado. Ese gilipollas estuvo en su oficina el martes para convencerla de que vuelva a Marbella, ¿puedes creerlo? —Sacudió la cabeza—. ¡Gilipollas!

—¡Eso mismo digo yo!

—Por favor, dejad de hablar de mí que me arden las orejas.

Llevé el postre, y cuando terminamos, Patricio nos dejó solas.

—¡Ese chico es un amor, Jaz! Por la manera de hablar de ti se nota que te ama con locura. Me hace muy feliz por ti. De verdad, te lo mereces.

—Gracias, Leti. ¡Yo también lo amo! Nunca pensé que me volvería a encontrar con él, y ahora que estamos juntos, no puedo pensar en que estemos separados. Pero no sé cómo me las voy a arreglar con mamá. Llamé a papá el martes y me dijo que hablaría con ella. En fin, espero que la semana que voy a estar en Barcelona la ayude a enfriarse. No le dije que estaba con Patricio, pero voy a decírselo cuando vuelva.

Charlamos hasta que comenzó a amanecer. Leti había hecho un largo viaje, así que nos fuimos a la cama. Patricio estaba dormido. Me deslicé entre las sábanas y lo abracé por la espalda. Se removió, me tomó las manos, las besó y me dormí.

Me desperté con risas. Miré el reloj y pasaban las once. Me puse la bata y me fui a la sala. Patricio y Leti estaban hablando y desayunando en la barra de la cocina.

—¡Buenos días! —dije desperezándome.

—¡Buenos días, Jaz!

—¡Buenos días, Bella Durmiente! No he querido despertarte. Me ha dicho Leti que os acostasteis cuando amanecía.

—Sí, te lo dije, charla de chicas. —Abrí la nevera y saqué el zumo—. ¿Has dormido bien, Leti?

—¡Sí, perfectamente!

—¿Qué vais a hacer hoy?

—¿Qué quieres hacer, Leti?

—Lo que quieras. Sé mi guía.

—Yo iré a la librería, que hace tiempo que no voy... Luego os pasaré a buscar para ir a la disco.

—Vamos en el Pandita. Los tres no cabemos en tu coche.

—Le pediré a Óscar que nos lleve, así no conducimos.

—¡Vale! —Leti me miró sin entender—. Patricio tiene un cupé. No cabemos los tres. Iremos en otro coche.

—¡Ah!

Leti y yo nos vestimos y salimos caminando hacia la calle de Alcalá. Paseamos, hablamos y nos sentamos a almorzar en un restaurante de la Puerta del Sol. La plaza estaba atestada de turistas, vendedores de artesanía y estatuas vivientes, y también había un grupo de música. Luego pasamos por la librería de Dan y Benja.

—¡Hola, chicos! He traído compañía.

Les di un beso a los dos.

—¡Hola!

Leti abrazó a Benja.

—¡Hola, Leti! —dijo Benja—. Dan, ella es Leti, la mejor amiga de Jaz.

—¡Hola! Mucho gusto. Jaz, si estás buscando a tu novio, se ha ido hace cinco minutos.

—¡No! He venido para mostrarle Libros con Aroma a Leti.

—Os invitamos a un café.

—¡Mmm! Esto de Libros con Aroma tiene mucho sentido.

—Pasad a la cafetería.

Dan nos preparó su nuevo café.

—Está delicioso... Es sabroso, suave y cremoso.

—Eres mi catadora oficial de café. Todavía no lo he puesto a la venta.

—Pues hazlo. Está muy bueno. Es diferente.

Eran casi las ocho cuando salimos. Benja y Dan ya estaban cerrando. Tomamos un taxi y nos fuimos al piso a prepararnos para la noche de disco. Me decidí por unos *leggins* de cuero con botas altas y top griego. Me maquillé y me hice una coleta. Tras un toque de J'Adore, me puse el abrigo. Me serví un vaso de agua mientras esperaba a Leti y a Patricio.

Leti apareció un poco más tarde. Estaba hermosa; llevaba unos vaqueros ajustados y un top de un solo hombro. También se había hecho una coleta y se había maquillado suavemente.

Patricio me llamó al móvil para avisar de que nos esperaba abajo. Leti tomó su abrigo y salimos. Estaba apoyado en el coche. Le dediqué una suculenta mirada. Iba vestido con pantalón vaquero ajustado de color negro, botas, un jersey con cuello en V y una americana de cuero negra. ¡Joder, estaba buenísimo! Cuando nos vio aparecer, se quedó boquiabierto.

—Cariño, no llevo seguridad. Tendré que estar con veinte ojos sobre vosotras. —Me reí como una niña—. Leti, ¿tú también entras en trance mientras bailas?

—¡Oh, sí!

Él sacudió la cabeza y entró en el coche.

Cuando llegamos a la disco la cola era larguísima, pero Patricio mostró su pase vip y, como la vez anterior, entramos sin más. El ambiente era buenísimo y a Leti y a mí nos encantaba bailar. Hacía tiempo que no lo hacíamos juntas y presentía que íbamos a dejar el cuerpo en la pista. Nos sentamos en un reservado cerca de la pista. Patricio pidió champán. Sol estaba por la pista y, cuando nos vio, se acercó con Fabricio, su novio. Patricio lo conocía, así que no se sentiría tan solo.

—¡Hola, Sol! ¡Qué bien verte por aquí!

—¡Siempre! —Me guiñó un ojo.

—Leti, te presento a Sol, una compañera de trabajo.

—¡Hola! Mucho gusto. Me han hablado mucho de ti, Leti.

—Espero que haya sido para bien.

—Claro, ¡no lo dudes!

Tras tomar unos sorbos del delicioso y fresco champán, nos marchamos las tres a la pista. Patricio y Fabricio estaban conversando, pero con un ojo puesto en nosotras. El ritmo de la música nos transportó a nuestro propio trance, y sacudimos nuestros cuerpos sensualmente. No sé cuánto tiempo había pasado cuando noté unas manos acariciando mis caderas; las reconocí al instante.

—Estoy que exploto. No sabes lo que me excita verte bailar así —confesó, y apoyó su erección en mis nalgas. Estaba empalmadísimo. Besó mi cuello y gemí.

—¡Mmm!, señor Del Monte, ¿está insinuando algo?

—Te follaría aquí mismo, pero no creo que a tu amiga y a tu secretaria les guste.

—Definitivamente, no. Además, señor, no creo que quiera que una empleada lo vea perdiendo el control en público —contesté mientras él ronroneaba en mi cuello.

Estuvimos bailando pegados, sincronizados al ritmo de la

música y de las sensuales luces y los *flashes* que destellaban en la pista. Después de un rato, Sol y Leti se quedaron bailando, sumergidas en su propio trance, y Patricio y yo nos sentamos. Tomamos champán, nos acurrucamos y nos besamos.

—¡Eh! ¡Buscad una habitación!

Ambos nos volvimos rápidamente; ahí estaban Andrés y Gabriela.

—¡Hola! —saludé con voz risueña.

La expresión del rostro de Gabriela era realmente un poema. Iba muy sexy, con un vestido blanco, corto, ajustadísimo.

—¿Queréis sentaros? —dijo Patricio amablemente.

No me hacía demasiada gracia compartir mesa con ellos. Él tampoco parecía muy entusiasmado, pero era muy educado, y al fin y al cabo, Andrés era uno de sus mejores amigos. Hizo señas a la camarera para que trajera otra botella y algunas copas más.

—¡Se te ve muy bien, Azul!

—Gracias, Andrés. —Gabriela lo miró como si quisiera asesinarlo—. Disculpadme.

Salí hacia la pista en busca de Leti y Sol.

—Tienes una cara, amiga... ¿Qué ha pasado? —Le hice un gesto con la cabeza hacia la mesa—. ¿Quién es esa vampiresa?

—Gabriela.

A Leti ya le había contado la historia, así que no tuve que decirle nada más.

—¡Vamos, no le dejemos ganar terreno!

Nos acercamos a la mesa.

—Leti, ellos son Andrés Dutra y Gabriela Ponce de León.

—¡Hola!

Tomamos asiento. Patricio sirvió champán y comenzamos a charlar lo más normal posible dada la compañía.

—¿Así que vives en Marbella? —le preguntó Gabriela a Leti.

—Sí, soy de allí.

—¿Como Azul?

—No. Jazmín nació en Madrid y a los ocho años se fue a Marbella.

—¿Jazmín?

—Sí, mi primer nombre es Jazmín.

Gabriela miró a Patricio con ojos enormes.

—¿Tú eres Jazmín?
—Sí, Gabriela. Ella es Jazmín —dijo Patricio.
Resultó evidente que Gabriela conocía la historia y que no le había gustado nada enterarse de quién era yo. Si antes me había considerado un estorbo, ahora era una amenaza.
—¿Jazmín? —preguntó, incrédulo, Andrés.
«Pero, ¡venga!, ¿qué les pasa a todos con mi nombre?»
—Sí, Andrés, Jazmín... —afirmó Patricio.
—¿No es una hermosa historia de amor? —dijo Leti, mirando la cara de asco de Gabriela—. Encontrarse después de veinte años y haberse enamorado sin saber quiénes eran...
—¡Leti! —refunfuñé.
—Él no la recuerda —intervino Gabriela con la más inmunda de sus caras de goce.
—¿Qué sabes tú? —la increpó Patricio—. Si nos disculpáis, vamos a bailar.
Me tomó de la mano y literalmente me arrastró a la pista. Yo ya no estaba de humor. Gabriela había conseguido ponerme de mala leche.
Cuando miré hacia la mesa, Gabriela y Andrés se habían apartado y estaban discutiendo visiblemente. «¿Es que ella no puede ser más disimulada cuando se trata de Patricio? ¡Joder, que lo hace hasta delante de su novio!» Para cuando nos quisimos dar cuenta, Gabriela se había marchado y Andrés estaba conversando con Leti. A la hora de irnos, Patricio llamó al chófer para que nos esperase fuera.
El domingo salimos a almorzar. En cuanto terminamos, Leti se fue y Patricio y yo volvimos al piso. Mi estado de ánimo estaba por los suelos. No me había sentido bien durante todo el día, pero sabía que era porque ese lunes me marchaba una semana a Barcelona, y eso me tenía mal.
Patricio estuvo muy atento y cariñoso, pero yo también podía notar su ansiedad por la separación. Nos hicimos el amor incontables veces, follándonos con urgencia y haciéndolo con delicadeza, casi como si fuésemos de cristal. La cantidad de orgasmos que tuvimos nos dejó absolutamente agotados; una maraña de brazos y piernas dormían sobre una cama revuelta.
A las cinco y cuarto sonó el despertador. Hubiera querido tirarlo por la ventana.

—¡Cariño, vamos, arriba!

Patricio ya se había despertado y había preparado café.

—¡Mmm!

—Vamos, es la hora. A la ducha. Tienes el café preparado para cuando salgas.

No quería levantarme, definitivamente no quería irme. Al final me arrastré hasta la ducha y me arreglé lo mejor que pude. Patricio esperaba en la sala con una taza de café y mi maleta. El trayecto al aeropuerto fue de largos silencios. Patricio estaba con el ánimo tan decaído como el mío. Una vez que llegamos al aeropuerto, hice los trámites y nos quedamos de pie, abrazados, hasta que por el altavoz hicieron la última llamada del vuelo.

—Te amo. Hasta el sábado. Llámame cuando llegues.

—Hasta el sábado. Te amo —respondí.

Nos besamos y embarqué.

El vuelo me pareció eterno. Mi cabeza estaba con Patricio. «¡Concéntrate en el trabajo, joder!» Cuando salí del aeropuerto, me estaban esperando como en Vigo. Subí al coche y llamé a Patricio.

—¡Hola, bonito!

—¡Hola, bonita! ¿Cómo estás? ¿Cómo ha ido el vuelo?

—Bien, aunque se me ha hecho eterno. Estoy de camino al hotel. ¿Y tú?

—Yo bien, con un poco de sueño. ¿A qué hora tienes la conferencia?

—Hoy a las cuatro. Descansa, cariño.

Hablamos durante todo el trayecto hasta el hotel.

—Llámame cuando tengas tiempo. Te amo, cielo.

—Yo también te amo —le dije para despedirme, y colgamos.

El señor Antúnez, mi chófer, entró el equipaje. Me indicó que el *check-in* ya estaba hecho y me dio la llave electrónica. Subí a la habitación. Era hermosa, una suite ejecutiva muy bonita que pertenecía a la compañía. Ahí se quedaban los directivos cuando viajaban a la Ciudad Condal. Organicé mi maletín con lo que necesitaba llevar a la empresa y bajé a la recepción, donde me esperaba el señor Antúnez.

Al llegar a las oficinas me presenté en recepción y, minutos después, el señor Domínguez estaba dándome la bienvenida. Seguramente era otro amigo de Patricio, por lo joven que era.

—¡Señorita Alzogaray! ¡Es un placer tenerla por aquí! —exclamó, tendiéndome la mano.

—El gusto es mío, señor Domínguez.

—Patricio me había dicho que era una bellísima mujer, pero supera mis expectativas. ¡Es un hombre muy afortunado!

«¡Ufff, las noticias corren deprisa!» Patricio había marcado su territorio.

—Gracias. Yo también soy una mujer afortunada. ¿Qué le parece si empezamos la visita? Así luego podré prepararme para la conferencia —propuse con cierta aspereza para cambiar de tema.

—Por supuesto. Permítame mostrarle primero el despacho que utilizará esta semana. Así podrá dejar su maletín y estará más cómoda.

El despacho era pequeño, pero cálido; servía para el propósito que me había llevado hasta allí. Cuando terminé de colocar mis cosas, me presentaron a la que sería mi auxiliar durante esa semana. Le pedí que fuera organizando las citas; así dejábamos espacio por si surgían algunas más después de la conferencia.

Mientras hacíamos el recorrido, el señor Domínguez me expuso un problema con el personal de una sección y quedamos en hablarlo durante el almuerzo.

Llamé a Patricio antes del mediodía. Lo extrañaba mucho, no me sentía muy bien y tenía la comida con el señor Domínguez.

—¡Hola, bonita! ¿Cómo estás?

—¡Hola! Aquí estoy, yendo a almorzar con el señor Domínguez.

—¿Estás bien, cariño?

—Más o menos. El vuelo no me ha sentado muy bien, pero luego iré al hotel a dormir un poco. Estoy cansada y te echo de menos.

—Yo también te extraño. ¿Me llamas después?

—Sí, claro.

—¿No hay un beso para mí?

—Hay millones de besos para ti, pero no estás aquí, así que no puedo dártelos.

—Nada me gustaría más que estar ahí contigo, amor, pero tengo que solucionar unos problemas en la planta.

—¿Algo grave?

—No siempre sale todo según lo esperado, así que esta semana tocará lluvia de ideas. Ya lo solucionaremos.

—No dudo de que lo solucionaréis. Te llamaré cuando termine.

—Te amo. Besos.

Tal como habíamos quedado, en el almuerzo el señor Domínguez me explicó el problema que había en una de las secciones. Le propuse que organizara una comida de trabajo con ellos, para que pudiesen exponer sus opiniones y ver la posibilidad de llegar a algún entendimiento.

—Creo que la conferencia puede ser el pistoletazo inicial, porque explicaré algunas formas para mejorar la relación entre compañeros, pero durante un almuerzo podemos ahondar específicamente en la problemática.

—Voy a hablar con su auxiliar para ver la agenda, y ella la avisará.

—Perfecto. Cuanto antes mejor, para que tengamos tiempo a lo largo de la semana de dejar encaminada una solución.

— Patricio tenía razón. Es usted una profesional muy exigente. El psicólogo anterior no se molestaba ante este tipo de planteamientos y rara vez viajaba a otras sedes.

—Señor Domínguez, me contrataron, entre otras cosas, para agilizar las relaciones laborales, y eso implica una gran cantidad de cosas. Por ejemplo, si un empleado no rinde porque tiene problemas en su casa, debo ayudarle..., por supuesto en la medida en que él lo permita. En general he sido bien recibida; no me sobra mucho tiempo en la oficina y me encanta mi trabajo.

—Es notorio.

Terminamos de comer y fuimos a la sala multimedia, donde esperaban unas cuarenta personas. Me presenté y comencé la charla. Para cuando terminé, estaban todos muy animados, con preguntas y ejemplos. Se organizaron unas cuantas consultas y el almuerzo con el grupo para el día siguiente. A las seis, el señor Antúnez me esperaba en la recepción.

Al llegar al hotel estaba tan cansada que me quité los zapatos, caí sobre la cama y me quedé dormida al instante. No sé cuánto tiempo llevaba durmiendo, sólo que me despertó el teléfono de la habitación.

—¡Hola! —atendí con voz ronca.

—¿Por qué no atiendes el móvil? ¿Estás bien?

—Patricio.

—Sí. ¿Quién sino yo? ¡Me tenías preocupado! Llevo horas llamándote al móvil.

—¿Qué hora es?

—Es pasada la medianoche.

—¡¿Qué?! —¿Cómo podía ser que hubiese dormido seis horas?—. Cuando llegué de la oficina me estiré en la cama. No saqué el móvil del maletín y me lo dejé en la sala. Por eso no lo he oído. ¿Cómo estás tú?

—Ahora bien. Estaba preocupado.

—Sólo tenías que llamar a la habitación.

—¿Has descansado?

—Sí. Ahora iré a darme una ducha. ¿Y tú?

—He cenado con Andrés. Ha terminado con Gabriela y no está con muchos ánimos.

—Lo lamento pero, como tú has dicho más de una vez, Andrés es un mujeriego incorregible, así que no tardará en tener a alguien. Y ahora Gabriela está libre para volver a la carga contigo...

La idea me cabreaba. Recordaba lo que me había dicho respecto a que quería volver con él y que pretendía ser algo más que su novia.

—Ella puede hacer lo que le plazca; yo sólo te quiero a ti.

—Y yo a ti.

Estaba intranquila; sabía de lo que era capaz Gabriela. Le conté cómo había ido la charla y lo del almuerzo con un grupo al día siguiente. Le dije cuánto lo extrañaba y que cuando volviera íbamos a hablar con mis padres y con los suyos. Le pregunté cómo iban las cosas en cuanto al problema que tenían con el producto que estaban desarrollando, y luego nos despedimos.

Me di una ducha y me acosté. No comí nada, no tenía hambre. Estaba cansada, y a pesar de que había dormido seis horas seguidas, me volví a dormir como si no lo hubiese hecho en días.

La semana transcurrió normalmente. El almuerzo del martes había sido un éxito, y a pesar de que yo me había sentido mal, se pudo llegar a un acuerdo entre las partes.

El viernes, nada más salir de la cama, me dirigí a la ducha; de repente, todo se puso muy brillante y me desplomé en el suelo del baño. Me desperté en el hospital. Había una enfermera a mi lado. No entendía nada.

—¿Qué ha pasado? ¿Qué hago aquí? ¿Cómo he llegado?

—Señorita Alzogaray, tranquilícese. Se ha desmayado en el baño del hotel. El servicio de limpieza la ha encontrado y ha llamado en seguida a urgencias. Al caer, se ha dado un golpe en la cabeza contra el suelo y ha perdido el conocimiento, pero no se preocupe, usted y su bebé están bien.

—¿Qué bebé? ¿De qué está hablando?

«¡¿De qué demonios está hablando esta mujer?!»

—Señorita Alzogaray, ¿no sabía que estaba embarazada? Está de unas cuatro semanas.

—¡Por Dios! ¡Si tomo la píldora! No puede ser. Debe haber algún error.

«¡Dios mío! ¡No, no puede ser!» La regla... ¡No había tenido la regla aún! Toda clase de pensamientos asaltaron mi cabeza aturdida y dolorida. «¿Cómo es posible?»

—Veo que se ha llevado una sorpresa. La doctora Giroz vendrá a verla ahora.

—Gracias.

—Y su esposo está en camino.

—¿Mi esposo?

—El señor Del Monte.

—No es mi esposo; es mi novio. ¿Le han dicho algo del bebé? —le pregunté.

—No, no hemos hablado con él.

Estaba bloqueada. Eso no podía estar pasando. «¿Embarazada? No... Patricio... ¡Diosss, un bebé! ¡Oh, por Dios!» Era todo lo que siempre había soñado pero, ¿en ese momento? Justo nos estábamos conociendo y, a pesar de que lo amaba y él me amaba, era demasiado pronto. «¿Cómo he podido ser tan tonta?» No había dejado de tomar la píldora. No entendía nada. Se me estaban escapando algunas lágrimas de los ojos cuando entró una doctora en la habitación.

—Buenas tardes. Soy la doctora Giroz.

—Buenas tardes, doctora —dije, tendiéndole una mano.

Cogió mi historial clínico y revisó las pruebas.

—El bebé está bien. El golpe no le ha afectado. Tiene unas cuatro semanas.

—Doctora, no sabía que estaba embarazada. Tomo la píldora. ¿Cómo es posible?

—Señorita Alzogaray, si bien es un método seguro, no lo es en un ciento por ciento. Hay factores que pueden inhibir el efecto del anticonceptivo. Puedo ver que no está muy feliz con la noticia.

—Es una sorpresa..., y demasiado pronto.

«¡Y una locura!» La enfermera abrió la puerta.

—El señor Del Monte, la pareja de la señorita Alzogaray, ha llegado.

—Gracias, María.

—Doctora, quiero ser yo quien se lo diga y ahora no estoy preparada.

—Es su decisión.

Patricio entró en la habitación como un torbellino.

—¡Dios, cariño!, ¿estás bien? He tomado el primer vuelo que he encontrado en cuanto me han avisado.

Me abrazó y me dio un beso tierno.

—Estoy bien, amor. Sólo me he caído en el baño y me he golpeado la cabeza, pero ya estoy bien y seguro que en breve ya me dan el alta. No tendrías que haber venido hasta aquí.

Su cara de pavor me decía que no era buen momento para hablarle del bebé. La doctora nos miraba.

—Patricio, ella es la doctora Giroz.

—Mucho gusto, doctora. ¿Cómo está Jazmín?

—Mucho gusto. Está muy bien. La vamos a mantener en observación por hoy y, si mañana sigue bien, le daremos el alta.

—Gracias. ¿Le han hecho una radiografía o alguna otra prueba?

—Sí, señor Del Monte; todo está bien. Para cualquier consulta, estoy de guardia. Avisen a la enfermera y vendré.

—Muchas gracias —le dije, y le tendí de nuevo la mano.

Patricio estaba pálido. Me sostenía la mano como si me fuera a ir y me acariciaba el cabello.

—¿Estás bien? —le pregunté al verlo tan afectado.

—Me han avisado del hotel que te habían encontrado inconsciente en el baño y que habías sido trasladada a este hospital. Cuando he llamado aquí, me han informado de que aún estabas inconsciente. Me he llevado un susto de muerte, así que el vuelo ha sido un calvario. —Respiró hondo y exhaló fuerte—. Y odio los hospitales.

—Cariño, ve al hotel. Yo estoy bien. Ha sido una tontería que hayas venido y que te hayan llamado por una caída.

—Has perdido el conocimiento. ¡No ha sido una simple caída!

—Pero estoy bien...

—¡Joder, cómo te he extrañado!

—Y yo a ti. Ven.

Le hice espacio en la cama, se sentó a mi lado y me apoyé en su pecho. Eso era todo lo que necesitaba para sentirme segura.

—Ve al hotel.

—Que no, que aquí me quedo.

—¡Eres un cabezota!

—Y tú.

Así nos quedamos, acurrucados hasta que trajeron la cena. Mi cabeza daba vueltas y no sabía qué hacer. ¿Se enojaría? ¿Estaría feliz? ¿Yo estaba feliz? Todo estaba yendo tan deprisa... Cinco meses atrás no pensaba que mi vida sería así, y por más que me sentía feliz con Patricio, un bebé en ese momento suponía un gran cambio. Pensé en cómo reaccionaría mi madre y me dio un escalofrío.

—Estás muy pensativa. ¿Qué pasa?

—Pensaba en nosotros, en cómo han sido las cosas.

—¡Ajá! ¿Y te arrepientes de algo?

—¡Nooo!, para nada. Amo cada segundo vivido.

—Pero te asusta que vayamos tan deprisa. A mí también un poco —¡Mierda! Ahí estaba lo que no quería escuchar—. Pero estamos viviendo esto como nos apetece. Nos arrebataron veinte años y queremos vivirlos todos juntos. Somos mayores y no le debemos explicaciones a nadie, sólo a nosotros mismos.

Ambos nos quedamos pensativos. Terminé la cena, me acurruqué nuevamente sobre él y me dormí. Desperté sobresaltada. No tenía ni idea de la hora que era; había tenido un mal sueño. Patricio dormía en el sillón a mi lado; todo estaba en silencio. Me levanté y fui al baño. Frente al espejo me miré, toqué mi vientre y lo supe... Amaba a ese bebé.

El sábado, cuando me desperté, Patricio estaba sentado con su portátil.

—¡Buenos días, bonita! ¿Cómo te sientes hoy?

—¡Buenos días! Bien. Ya me quiero ir a casa... ¿Cómo estás tú? ¿Anoche cenaste? Me quedé dormida.

—Sí, tranquila. Mientras dormías, salí un momento para ir al hotel a cenar y bañarme.

Trajeron mi desayuno, y luego la enfermera nos indicó que vendría la doctora a darme el alta.

—Buenos días, señorita Alzogaray. Señor Del Monte...

—Buenos días, doctora. ¿Ya me puedo ir?

—Buenos días, doctora.

—Sí, todo está bien. —Se volvió hacia donde estaba Patricio, y dijo—: ¿Podría hablar con la paciente unos minutos a solas?

Patricio me miró con el ceño fruncido, pero salió de la habitación.

—Veo que aún no le ha dicho nada.

—No, no aún. Voy a esperar un poco.

—En Madrid tengo una colega que podría recomendarle. Debe hacerse los controles. Aquí tiene los estudios realizados. He incluido algo de información y las recetas de algunas vitaminas y ácido fólico que debe comenzar a tomar ya.

—Gracias.

—Aquí tiene la impresión de la ecografía. ¿Ve? Este puntito, aquí, es su bebé.

Una lágrima rodó por mi mejilla. Era de verdad, ahí estaba. Me toqué el vientre instintivamente.

—¿Tiene alguna pregunta?

—No, gracias. Cuando llegue a Madrid contactaré con la doctora que me ha recomendado.

—Bien, firme aquí y ya puede irse.

Firmé el alta y la doctora salió. De inmediato, entró Patricio.

—¿Qué te ha dicho?

—Nada, cariño. Ya nos podemos ir.

—Déjame ayudarte a vestirte. Te traje algo de ropa.

—Gracias. Yo puedo... Estoy bien.

—Llamaré a Antúnez, así nos esperará fuera.

Fui al baño y me vestí; mientras tanto, no dejaba de pensar en cómo y cuándo se lo diría. «¿Qué voy a hacer?»

Salimos del hospital rumbo al hotel. Me sentía bien; sólo algo aturdida por las noticias. Patricio me miraba a ratos. Sabía que había algo que no le estaba diciendo.

—¿Quieres volar a Marbella para que hablemos con tus padres, o prefieres ir a Madrid primero?

—A Madrid. Prefiero ir a casa. Ya me encargaré más tarde de mis padres.

—Bien. ¿Quieres quedarte hasta mañana o que nos vayamos hoy?

—Lo que prefieras estará bien. Quiero estar contigo donde sea.

¡Dios!, cómo deseaba estar acurrucada junto a él. Necesitaba creer que todo iría bien, y no lo sentía así en ese momento. Llegamos al hotel, me di una ducha y, tras ponerme ropa cómoda, me senté en el sillón de la sala a mirar la televisión mientras Patricio trabajaba con el portátil.

—¿Pasa algo? —dijo, sentándose a mi lado.

Estaba totalmente abstraída del mundo.

—Pareces estar mal por algo. Dímelo.

Lo miré. «¿Será el momento?» No, no lo es...

—Preocupada. No terminé el trabajo que tenía que hacer aquí. Quizá convenga que me quede el lunes y recupere el día que perdí.

—¿Sólo eso? Se puede arreglar por videoconferencia. No te preocupes.

—Sí, sólo eso. —Ni yo me lo creí—. Vayamos de paseo. El día está soleado y no quiero quedarme encerrada. Podemos almorzar en algún lugar agradable de por aquí e ir a la Boquería. ¿Qué te parece?

—Me parece una idea genial.

Me cambié de ropa mientras él terminaba de hacer unas cosas en el portátil y salimos de paseo.

La Boquería estaba cerca del hotel, así que decidimos caminar. Paseamos por las Ramblas, donde había artesanos, músicos, pintores, retratistas.

—¡Hagámonos un retrato! —dijo, tirando de mi mano, entusiasmado.

—¡Me encanta la idea!

Hablamos con el retratista para que nos hiciera un retrato

juntos. Patricio se sentó detrás de mí y, abrazándome por la cintura, colocó su mentón sobre mi hombro, sus manos sobre mi vientre y mis manos sobre las suyas. Su boca estaba cerca de mi oído y me susurraba palabras dulces y calientes que me hacían subir los colores. Cuando el retratista terminó, nos entregó la lámina, y ahí estaban esos dos enamorados.

—Vamos a enmarcarlo. Quiero tenerlo en la sala.

—Ha quedado muy bonito. Parece que esos dos se aprecian.

—¿Se aprecian? ¡Mmm, señorita Alzogaray!, creo que esos dos se tienen algo más que aprecio.

—¿Usted cree, señor? ¿Los conoce?

—Algo, señorita..., lo suficiente para saber que esos dos están locos el uno por el otro.

Me reí y me solté de sus brazos instándolo a que me atrapara. Patricio corrió para alcanzarme y me agarró por la cintura. Me apretó hacia él y me besó.

—Esos dos se aman —dijo, mirándome a los ojos.

—Te amo.

Lo besé. Estábamos en medio de las Ramblas, pero no nos importaba. Éramos nosotros y nuestra burbuja. Sin embargo, mis pensamientos aún daban vueltas acerca de cómo le diría lo del bebé. Sabía que me amaba, pero no sabía cómo reaccionaría ante la noticia, y eso me abrumaba.

—Vamos a la Boquería. Me apetece un zumo de frutas.

—A mí una caña.

Compramos mi zumo multifruta y una caña para Patricio, y luego seguimos recorriendo los puestos. Como a ambos nos gustaba cocinar, nos perdimos entre los tonos y aromas del lugar. Compramos pimientas de colores, azafrán, pimentón y un sinfín de componentes para sumar al anaquel de especias. Cuando salimos, parecía que el mundo se iba a venir abajo; el cielo estaba de un gris oscuro y tronaba. Decidimos tomar un taxi, pero fue imposible conseguir uno, así que Patricio llamó al señor Antúnez para que viniese a por nosotros. Comenzó a llover, y los transeúntes empezaron a amontonarse en la entrada del mercado. El agua entraba a raudales y nos estábamos mojando. Para cuando llegó el chófer, ya estábamos empapados.

—Llegas tarde, Javier.

—Lo lamento, señor. El tráfico está atascado por la lluvia.

—Entra, cariño, antes de que atrapes una gripe.

Entramos en el coche y mi humor cambió radicalmente; cayó en picado. El paseo me había distendido tanto que había logrado sacarme por unas horas de la cabeza el tema que más tarde o más temprano debería abordar. El móvil me sacó de mi abstracción. Miré la pantalla: mi madre. No estaba de humor para atenderla, pero hacía días que no hablaba con ella.

—Hola —dije secamente.

—¡Jazmín Azul Alzogaray Goyena!

—Hola, mamá. Estoy bien, gracias. ¿Tú cómo estás?

—No me vengas con ironías. ¡¿Qué demonios te dije?!

—Tantas cosas... ¡Sé más concreta!

—¡Respecto a Patricio! Será mejor que me digas ahora mismo qué demonios está pasando entre vosotros.

—¡Joder, mamá! ¡Deja de gritarme que ya te he dicho que no soy una niña!

—Jazmín, dímelo ya, o iré a buscarte yo misma.

—¡Pues hazlo! —le grité—. ¡No entiendo por qué tanto alboroto! Estás histérica y no voy a seguir aguantando tus gritos y amenazas. Si quieres hablar conmigo, hazlo civilizadamente.

—¡No me hagas perder la paciencia, Jazmín!

—Tú puedes callarte y ocultar información que para mí era y es importante, y yo tengo que aguantarlo.

Patricio me miraba sin dar crédito a cómo se estaba desarrollando la conversación.

—Jazmín, ya te lo dije.

—No, no lo dijiste. ¿Quieres saber si tengo una relación con Patricio? Pues sí, la tenemos, nos amamos... ¿Contenta? Ahora, ¡adiós, mamá!

Colgué y no le di tiempo a decir más nada. Patricio me miraba; yo había comenzado a temblar como una hoja, no sé si por el frío de la ropa mojada, por la horrorosa conversación con mi madre, o por ambas cosas. Patricio me abrazó y me susurró al oído:

—Tranquila, cariño. Lo solucionaremos.

—No, no lo solucionaremos, ¡no hasta que no sepa por qué!

—Hablaré con mi padre. Si tu madre no quiere explicar el porqué de tanta insistencia en que te alejes de mí, tendrá que hacerlo mi padre; pero nadie nos separará, mi amor. ¡Ven aquí!

Me subió a su regazo y me sostuvo como a un bebé. Mi cabeza era un torbellino de pensamientos. La angustia se había instalado en mi pecho y peleaba por salir por mis ojos. Quería sentirme feliz, quería disfrutar ese momento, decirle a Patricio lo del bebé, pero ganó la zozobra.

—No reconozco a mi madre —dije, sollozando—. Esto es una locura...

—Lo sé, pero lo solucionaremos —afirmó, pero me mantuvo así, acurrucada, hasta que llegamos al hotel.

Patricio me llevó directamente al baño y abrió los grifos para llenar la bañera. Me abrazó y comencé a sollozar. Me faltaba el aire. Mi móvil seguía sonando. Mi madre continuaba llamando, así que decidí apagarlo.

—Patricio.

—¡Chsss!, tranquila. Vamos a quitarnos la ropa mojada, a meternos en la bañera y a olvidarnos de todo, ¿vale?

¡¿Cómo podía darme tanta paz?, joder!

—Patricio, tenemos que hablar.

—Ahora no, cariño. Ahora sólo quiero que seamos tú y yo: tenerte desnuda, besarte, hacerte el amor...

¡Diosss, cómo lo deseaba yo también!

Patricio me desnudó poco a poco, se quitó la ropa y nos quedamos abrazados. Apoyé mi mejilla en su pecho, envolví mis brazos en su cintura y me sentí en casa; había extrañado ese lugar, ese aroma, ese calor. El deseo, la angustia y el enojo explotaron, como una bomba en mi interior y, en un momento, la desesperación se apoderó de mí y comencé a besarlo desenfrenadamente. Patricio respondió con el mismo fervor y pronto éramos dos cuerpos desesperados el uno por el otro. En este momento no quería pensar en nada más, sólo en estar con Patricio.

Me volvió y quedé de espaldas. Sus manos acariciaron mi cuerpo y luego se posaron sobre mis sensibles pechos. Mis pezones estaban duros y me dolían deliciosamente al tacto de sus inquietos dedos. Mientras me besaba y lamía el cuello, yo no podía más que gemir de placer, sintiendo su erección en mi espalda. Sus manos se pasearon por mi cuerpo y acariciaron mi deseoso y húmedo sexo. Apoyé las manos sobre el lavabo y Patricio me acarició la espalda con ambas manos, como si sus dedos fuesen plumas, hasta llegar a las caderas, donde me sostuvo fuerte para penetrarme. Apoyó la frente en mi cuello. Estábamos los dos muy excitados, y tras una profunda respiración, arremetió una y otra vez. Mi mirada estaba fija en la suya a través del espejo. Su lengua recorrió mi columna mientras sus manos torturaban mis pechos. ¡Lo deseaba tanto!

—No puedo parar. Me vuelves loco —susurró, jugando con la lengua en mi oído. Cada vez que lo hacía, me estremecía, y notaba espasmos en mi contraído y excitado sexo—. Te quiero toda...

—Me tienes toda... Soy tuya... —logré decir entre jadeos y gemidos.

Entonces Patricio comenzó a acariciarme la hendidura entre las nalgas, llevando la humedad a mi apretado ano. Masajeándolo en círculos, introdujo un dedo para prepararlo para la siguiente intrusión. Con mucha delicadeza, apoyó su duro y caliente miembro y comenzó a moverse suavemente. El dolor era agudo pero muy excitante. Mi cuerpo respondía a la excitación que eso le provocaba. Al mover las caderas podía sentir centímetro a centímetro cómo su miembro se introducía más y más dentro de mí. El placer, mezclado con el dolor de aquella intrusión, era indescriptible. Podía ver el rostro de goce de Patricio en el espejo. Sus ojos, vidriosos y de un azul muy profundo, me decían lo mucho que estaba disfrutando; las convulsiones de mi cuerpo le decían a él lo mismo.

Sin pensarlo me solté del lavabo, levanté los brazos y me sostuve de su cuello, dejándole expuestos mis pechos para que hiciese lo que quisiera con ellos. Tomó uno con una mano y deslizó la otra por mi vientre, hasta llegar a mi caliente y necesitado botón, como él lo llamaba.

—Amo este botón. Me encanta tenerlo entre mis dedos y entre mis labios. —Su voz era áspera, ronca de placer—. Estás muy apretada. Es una delicia.

Me besó el cuello y luego me mordió el hombro. No podía articular palabra. El placer era gigante y el orgasmo que crecía en mí era colosal. Patricio conocía cómo se comportaba mi cuerpo cuando estaba acercándose al éxtasis, la forma en que gemía, cómo respiraba y cómo temblaba. Jugó con su lengua en mi oído y susurró:

—Córrete, amor. Ya no puedo más...

Una caricia más sobre mi clítoris bastó para desencadenar el clímax más intenso que había tenido hasta el momento. Todo mi cuerpo temblaba y se contorsionaba. Patricio tuvo que sostenerme fuerte porque, con la intensidad del orgasmo, mis piernas eran de gelatina. Nos corrimos tan violenta y escandalosamente que temía que llamaran a la puerta de la habitación.

—Quiero tenerte así para siempre.

—Hazlo, y nunca me dejes.

El vuelo a Madrid fue tranquilo. Después de aquel orgasmo, al día siguiente mi cuerpo estaba tan agotado, y mi cabeza tan abrumada de pensar cómo y cuándo le diría que estaba embarazada, que dormí durante todo el vuelo.

Óscar nos esperaba a la salida del aeropuerto. Nos llevó a la casa de Patricio, donde *Peter* y *Pan* nos recibieron muy efusivamente. Me senté en el sillón y me quedé con la mirada perdida.

—¿Estás bien, cariño?

—Sí —contesté sin creérmelo.

—Has estado muy callada todo el día.

—Estoy cansada.

—Pidamos algo de comer y vayámonos a la cama.

—Yo no tengo hambre. Me voy a la cama.

Me levanté del sillón. Patricio, que estaba sentado a mi lado, me miró y sus ojos se encendieron. Me sostuvo por la muñeca y frunció el ceño.

—Vas a decirme ahora mismo qué sucede.

—Nada. Déjalo.

—¡Ahora! Y no me vengas con que no pasa nada... Has estado distante y no me has hablado en casi todo el día. Algo sucede y quiero saberlo ya.

—Patricio... —resoplé.

—¡Ahora!

Se levantó del sillón. Estaba furioso.

—¡Demonios! ¿Podemos hablar mañana?

—No, Jazmín. ¡Ahora!

—¡Deja de gritarme, que tengo de sobra con mi madre, joder!

—Me sacas de quicio, Jazmín. Me dices que no te pasa nada, pero es evidente que algo sucede, y quiero saberlo ahora.

—¡Estoy embarazada!, ¿vale? ¡Ya lo sabes! —Solté mi brazo de un tirón y caminé hacia la puerta de la calle—. Me voy a mi piso...

Patricio se había quedado congelado y la expresión de su rostro era de incredulidad.

—¿Te vas? —dijo, y se volvió hacia donde estaba yo.

—Sí, me voy.

—¡Joder, Jazmín! ¿Qué pasa contigo?

Su rostro había cambiado y su mirada era una mezcla de preocupación, asombro, incredulidad y enfado.

—¿Qué pasa con qué?

Caminó hacia mí.

—¿Cómo puedes lanzar esa noticia y luego irte?

—Necesito estar sola. No sé qué voy a hacer. Es muy pronto. Me siento abrumada.

Las lágrimas comenzaron a caer por mi rostro; no podía ni mirarlo. Sentí que mis hombros caían y todo mi cuerpo se derrumbaba.

—¿«No sé qué voy a hacer»? —repitió—. ¡Demonios, Jazmín, que el niño que llevas en tu vientre también es mío!

Se agarró la cabeza con ambas manos y dio unos pasos hacia atrás.

—No tienes que...

—¡Joder! No estarás queriendo decir... —me interrumpió.

—No sé cómo ha sucedido. —Lo miré—. Y no tienes que hacerte cargo de nada.

—¡Maldición, Jazmín! ¿Te estás oyendo?

—Sí, y ahora deja que me vaya, por favor.

—No te irás a ningún lado. Vamos a sentarnos y a hablar..., y si luego decides que no quieres dormir conmigo, tú usas el dormitorio y yo la habitación de invitados, pero no te vas a ir para estar sola, no ahora... —Me tomó de la mano y me llevó al sillón—. Necesito un café. ¿Quieres algo?

—Un vaso de agua.

Minutos después, Patricio vino con mi agua y un vaso con lo que supuse era whisky.

—¿Y tu café?

—Creo que necesito algo más fuerte.

—Patricio..., yo...

—Antes de que digas algo como lo que ya has dicho, o algo de lo que puedas arrepentirte, quiero decirte que un niño ahora no estaba en mis planes...

—Lo sé..., ni en los míos —le interrumpí.

—Déjame hablar. —Puso su dedo en mis labios—. Yo te amo y tú me amas, y sé que podemos hacerlo juntos. —Tomó de un trago lo que tenía en el vaso y continuó—: No será fácil, pero podemos hacerlo.

Estaba temblando. No me había imaginado que reaccionaría así. Había creído que se volvería loco... Me limpié las lágrimas y levanté la mirada para descubrir que su rostro tenía una expresión expectante y dulce que no había visto nunca.

—Tengo miedo. Es muy pronto... Te amo y sé que me amas, pero...

—Pero nos amamos, cariño..., y este bebé ha sido hecho con amor, con mucho amor. Podremos.

—Estoy confundida. La situación con mi madre no ayuda. Quisiera poder decírselo, tengo mil dudas, pero no puedo...

—Ven aquí, cariño. —Me abrazó y me besó la cabeza—. Hablaremos con tu madre, lo entenderá, y todo estará bien.

—Eso espero, aunque lo dudo... La necesito mucho ahora.

—Tienes que comer algo. Veamos qué hay en la nevera.

—No, de veras; no tengo hambre.

Quería irme a dormir. Estaba agotada.

—Ve a la cama, ya te alcanzo. Voy a ver qué hay y subo.

Le di un beso, me abrazó fuerte y subí al dormitorio. Fui directamente al baño a ducharme, y cuando salí, Patricio entraba en el dormitorio con un vaso de leche y un emparedado.

—¿Quieres?

—No, gracias —dije, metiéndome debajo las sábanas.

Se comió el emparedado, se tomó la leche y se fue a la ducha antes de meterse en la cama. Para cuando salió, yo ya estaba casi dormida. Se deslizó entre las sábanas, me abrazó por la espalda y me dio un montón de besos en la cabeza. Me encantaba dormir en posición de cucharita.

Desperté oyendo una voz suave, como un arrullo. Agucé el oído. Era la voz de Patricio cantando una nana, y sus manos acariciaban mi vientre. Mantuve los ojos cerrados para disfrutar de ese hermoso momento.

Oye, princesita, que papá te canta;
oye, princesita, que papá te ama.
Duerme calentita en esta barriguita;
duerme, mi bonita, duerme, cachorrita,
que papá te canta, que papá te cuida...
Abrí los ojos, y allí estaban los suyos.

—¡Buenos días, bonita!

—¡Buenos días, bonito! ¿Qué cantabas?

—Mmm, una canción para Abril.

—¿Una canción para Abril?

—Sí, una canción que acabo de componer para mi hija.

—¿Tu hija? ¿Cómo sabes que será una niña?

—Simplemente lo sé.

Me guiñó un ojo y besó mi vientre.

—¿Me la cantas de nuevo?

—Ahora no, o llegaremos tarde.

—Así que Abril... —dije, y lo miré enarcando una ceja.

—Sí, nacerá en abril. ¿No te gusta el nombre?

—Me encanta.

—¿Tendré que cargar contigo hasta la ducha?

Volvió a besar mi vientre.

—¡Mmm!

Quería más mimos, pero me levanté y fui a bañarme.

—Tenemos que pedir visita con una ginecóloga —dijo cuando salí del baño.

—La doctora Giroz me recomendó a una colega suya aquí en Madrid. Hoy la llamaré y pediré hora.

—Tenemos que saber qué podemos hacer y qué no...

Se acercó a mí y me acarició el vientre. Me derritieron sus caricias. Eran muy tiernas y me estremecían.

—Me preocupa hacer algo que no sea bueno para el bebé.

—Tranquilo, cariño. En principio, tengo que tomar vitaminas y ácido fólico, y debo hacerme unas pruebas de rutina, pero cuando tenga hora sabré...

—Sabremos... ¡No pensarás ir sola!

—Bueno, sí.

—Jazmín, este bebé también es mío, así que acostúmbrate: quiero estar desde el principio y no perderme nada.

Me sentía tan apoyada... Tomé su rostro entre mis manos y lo besé muy suave y tiernamente.

—¡Te amo tanto!

Nos abrazamos, nos acariciamos y nos besamos; al cabo de unos minutos, noté su erección.

—Llegaremos tarde —dije, alzando una ceja.

Deposité un beso en la punta de su nariz y me di la vuelta para vestirme.

—¡Ufff, cálmateee! —Le dio una palmadita a su abultada bragueta y me reí.

—Al salir de la oficina, iré a ver a Benja y luego al piso; tengo que hacer algunas cosas.

—¿Vendrás para aquí después?

—Sí, tarde, pero vendré.

Salimos hacia el trabajo cada uno en su coche. Llegamos y nos fuimos a nuestros respectivos despachos. Sol en seguida entró en el mío con café.

—¡Buenos días, Azul! Aquí tienes tu café y la correspondencia. ¿Cómo te ha ido en Barcelona?

—Muy bien, salvo que el último día no fui a la empresa. Me sentí mal.

—¡Vaya! ¿Y te sientes bien ahora?

—Sí, gracias, Sol. ¿Cómo tenemos el día hoy?

—Voy a por la agenda.

Salió del despacho y encendí el portátil. Inmediatamente oí el sonido mágico.

«¡Tilín!»

«Bonita, no te olvides de pedir hora con la ginecóloga.»

Clic en *responder*: «Bonito, cuando termine con Sol lo haré... ¿No hay beso?». *Enviar*

«¡Tilín!»

«Muchos besos para ti y para mi cachorrita.»

Clic en *responder*: «¿Cachorrita? Veo que sigues con lo de que será una niña.» *Enviar.*

«¡Tilín!»

«Bueno, ¿cachorri?»

Clic en *responder*: «Así me gusta más... ¡Es dulce!». *Enviar*.

«¡Tilín!»

«Dulce como tú. Serás una madre maravillosa.»

Clic en *responder*: «Y tú un padre asombroso. ¿Me cantarás de nuevo esa nana?». *Enviar.*

«¡Tilín!»

«Si quieres voy ahora mismo y te la canto.»

Clic en *responder*: «Ahora debo trabajar. Mi jefe es un señor muy malo y no le gusta que confraternice con el personal. Besos. Nos vemos en el almuerzo». *Enviar.*

«¡Tilín!»

«¡¡¡¿Así que tu jefe es un señor muy malo?!!!»

Clic en *responder*: «¡Ohhh, sí!¡Un ogro muy malo y feo!» *Enviar.*

«¡Tilín!»

«Señorita Alzogaray, póngase a trabajar antes de que el ogro malo y feo de su jefe aparezca por su despacho y se la coma a besos.»

Clic en *responder*: «Estoy intentándolo, señor Del Monte, pero usted me interrumpe». *Enviar.*

Sol llegó con la agenda y organizamos la semana. Tenía algunas cosas pendientes de la visita a Barcelona y bastante trabajo por delante. Ya estaba previsto el viaje del mes siguiente a Aragón y debía preparar una reunión.

—Estás radiante. Esa sonrisa se ha instalado en tu rostro de forma permanente.

—¡Gracias, Sol! Estoy... estamos muy bien.

—¡Me alegro! ¿Sabes que el señor Dutra y Gabriela ya no están juntos?

—Eso parece. La noche de la disco, ella se fue y él se quedó allí solo. Patricio salió con él un día que yo estaba en Barcelona porque Andrés estaba mal.

—Tienes que cuidarte, Azul. Gabriela es muy impulsiva, y cuando se propone algo, lo persigue hasta las últimas consecuencias. Francamente, no está muy cuerda.

—Lo sé, Sol. Sé que ahora que no está con Andrés hará lo imposible para volver con Patricio, y que será despiadada.

El teléfono del escritorio de Sol sonó y ella se retiró para responder. Aproveché para llamar a la ginecóloga y pedir hora. Sería para el lunes de la siguiente semana. Le envié a Patricio un mensaje con la información: «Bonito, la doctora Sáenz nos espera el lunes a las tres y media en su consultorio. ¿Te va bien?». *Enviar.*

«¡Tilín!»

«¿No puede atendernos antes?»

Clic en *responder*: «No. Era su fecha más próxima, y porque le he dicho que me derivaba la doctora Giroz». *Enviar.*

«¡Tilín!»

«¡Vale! El lunes será.»

Clic en *responder*: «Paciencia. Besos». *Enviar.*

Empecé a trabajar con los informes pendientes de Barcelona. A la hora del almuerzo, Patricio abrió la puerta de mi despacho y asomó la cabeza.

—Ogro malo y feo presente...

—¡Hola, bonito! —saludé, apartando los ojos de mi portátil.

—¿No era un ogro muy malo y feo? —Reí y Patricio entró en la oficina—. Estás tan hermosa... Tienes un brillo especial. ¿Vamos a almorzar?

—Sí, déjame guardar el documento y vamos.

Encima de mi escritorio vio el marco con la foto que mamá nos había tomado en la plaza Mayor. Lo tomó y sonrió. Levanté la mirada y pude ver en sus ojos una gran alegría.

—¿Vamos, ogro muy malo y feo?

—¡Vamos! Tengo hambre.

—Yo también.

Bajamos a la cafetería y almorzamos unos tomates rellenos deliciosos. Hablamos acerca de cuándo lo haríamos público.

—Preferiría esperar por lo menos al tercer mes para contarlo.

—Me parece bien, pero a nuestros padres tendremos que decírselo antes, ¿no te parece? Será difícil con tu madre, pero lo afrontaremos. No somos niños, y tendrá que entenderlo.

—No quiero pensar en eso ahora.

Me tomó de la mano y la apretó en señal de que todo iría bien, o eso era lo que yo necesitaba creer.

Salimos de la cafetería. Patricio tenía una reunión, así que se fue a su despacho a prepararlo todo. Yo pensaba terminar de pasar algunos informes y a las cuatro tenía una entrevista.

Llamé a Benja. Hacía días que no hablaba con él y lo extrañaba. Tenía muchas ganas de contárselo; sabía que estaría muy feliz por mí. Necesitaba eso. Pensaba y pensaba en cómo decírselo a mi madre y no encontraba la manera. Sabía que reaccionaría como una desquiciada; más aún de lo que ya lo estaba desde que le había dicho que tenía una relación con Patricio.

—¡Hola, Benja!

—¡Jaz! ¡Perdida! ¿Cómo estás?

—Muy bien. Extrañándote.

—Nosotros también. ¿Cómo te ha ido por Barcelona?

—¡Bien, bien, gracias! Oye, ¿almorzamos mañana? ¡Tengo tantas ganas de verte!

—¡Me encantaría! —Hubo un instante de silencio, y Benja continuó—: ¿Has hablado con mamá?

—Sí. Me llamó cuando estaba en Barcelona, y fue horrible.

—Me ha llamado hecha una furia para preguntarme si yo sabía que Patricio y tú teníais una relación.

—Perdona, Benja, te he metido en un lío.

—¡No, Jaz, para nada! Ya somos mayores y tenemos derecho a hacer nuestra vida con quien queramos. Sólo te lo digo porque me ha dicho que vendría a Madrid. Pensaba que te habría llamado.

—Si viene a Madrid, la estaré esperando, Benja. Estoy cansada de esta situación. Quiero aclarar esto de una vez por todas. No sé qué demonios pasó, pero necesito saberlo, sea lo que sea.

—Lo sé, Jaz, lo sé. Dan te manda un beso grande. Nos vemos mañana, ¿vale?

—Otro para él. Hablamos mañana y así quedamos a qué hora nos vemos.

—Un beso, Jaz.

—¡Te quiero, hermanito! Un beso.

Terminé los informes y la consulta, y a las seis me fui a mi piso. Como le había dicho que tenía algunas cosas que hacer, Patricio aprovecharía para correr y ver a su madre.

Cuando llegué al piso, abrí la puerta y me encontré a mi madre sentada en el sillón de la sala. Tenía cara de muy pocos amigos.

—¡Hola! No me has avisado de que vendrías. Podría haberte esperado con la cena —dije, dejando el maletín sobre la mesa y acercándome a darle un beso.

Mientras me acercaba, me percaté de que no decía nada. Tenía el rostro desencajado. Yo sabía que se acercaba una buena discusión, pero estaba preparada.

—No he venido aquí a jugar, Jazmín. He venido aquí a hablar contigo.

—¿Puedo, al menos, ponerme cómoda y preparar té o café? Como podrás ver, acabo de llegar del trabajo y estoy un poco cansada. —Sabía que lo que se me venía encima sería fuerte y duro.

Puse agua a hervir y luego fui a mi dormitorio. La actitud de mi madre era fría, pero al mismo tiempo tenía un mohín de preocupación. Me vestí con unos vaqueros y un jersey, y fui a preparar las bebidas.

—¿Té o café?

—Café.

Preparé un café para ella, y para mí un té negro. Con la mejor de mis caras, llevé la bandeja a la sala y me senté en un sillón frente a ella.

—Aquí estoy. Puedes hablar. Mejor tarde que nunca, así que comienza.

—Necesito saber qué hay entre tú y Patricio Del Monte.

—Ya te lo dije: somos pareja. ¿Quieres los detalles?

—Jazmín, te lo pido por favor: deja las ironías para otro momento. Lo que tengo que decirte es grave.

—Pues dilo de una vez, aunque quizá habría sido mejor que lo hubieras hecho hace algún tiempo —comenté, aferrada con las dos manos a mi taza de té. Algo dentro de mí comenzó a retorcerse.

—Nunca imaginé que os reencontraríais, y tú dejaste de preguntar...

—Dejé de preguntar porque lo único que recibía de ti eran evasivas, pero nunca me olvidé de él. Patricio era mi mejor amigo —la interrumpí.

—Erais muy pequeños para entender, pero ahora... Jazmín, lo que estáis haciendo está mal, no podéis seguir. ¡Debéis separaros!

—No me vengas con esa canción infame. Dices las cosas a medias y nuevamente no me estás explicando de qué demonios va todo esto. Soy lo suficientemente mayor...

—¡Jazmín!

—¡Habla ya o vete!

—¡Patricio y tú sois hermanos!

Algo se quebró dentro de mí.

—¡Mentira! ¿Cómo puedes mentir con una cosa así?

—No estoy mintiendo. Patricio y tú sois hermanos.

La taza resbaló de mis manos, cayó al suelo y se rompió. Me tapé la boca con ambas manos para reprimir un grito de horror. Las lágrimas comenzaron a brotar e intenté no pestañear para no verterlas. Pero fue inútil. Salí corriendo al baño y vomité. Mi madre aún permanecía en la sala con la cabeza baja. Cogí el bolso, las llaves de mi coche y el abrigo, y la miré con asco, odio, todo junto.

—Nunca, pero que nunca vuelvas a hablarme. Lo que has hecho no tiene perdón. ¿Cómo has podido? —le grité, golpeando la puerta al salir.

—¡Perdóname! —oí que decía mientras yo entraba en el ascensor.

Me desplomé en el suelo, abrazándome a mí misma. No sabía qué hacer. Mi móvil sonó. Era Patricio. No lo atendí, no podía. Me toqué el vientre, y no pude más que llorar. ¡Estaba embarazada y enamorada de mi hermano!

Llegué al aparcamiento, subí al coche y salí de allí lo más rápidamente que pude. No podía seguir cerca de mi madre. Salí sin rumbo, y tuve que detenerme porque las lágrimas no me permitían ver. Lloré durante lo que pensé que habían sido horas. Estaba totalmente perdida. No sabía qué hacer ni adónde ir.

Decidí que lo mejor sería ir a un hotel. No quería ir a mi piso. Mi madre seguramente estaría allí. Tampoco podía mirar, hablar ni estar cerca de Patricio en ese momento. La sola idea de desearlo sabiendo ahora lo que éramos me daba náuseas.

Me registré en el hotel, fui a la habitación, me acurruqué en la cama, y lloré, lloré y lloré hasta quedarme dormida. El móvil me despertó a las nueve y cuarto. Tenía decenas de llamadas perdidas de Patricio, así que decidí apagarlo; no tenía fuerzas para responderle. Estuve dando vueltas en la cama, llorando a ratos. Acariciaba mi vientre y reflexionaba, pero la angustia y el dolor no me dejaban pensar con claridad. Como no podía dormir, me di una ducha y me senté en la cama a escribirle una carta a Patricio. Estuve delante del papel en blanco horas sin que pudiera siquiera empezar. ¿Qué podía poner? ¿Amor mío?

¿Patricio? ¿Hermano? «¡Dios mío, esto es una pesadilla y mañana me voy a despertar y todo estará bien.»

Me desperté en el hotel. No era una pesadilla; era real. Había quedado en almorzar con Benja, pero no podía ir a la librería. Sabía que Patricio me estaría buscando y seguro que habría montado guardia en varios lados. Decidí enviarle un mensaje a Benja. Encendí el móvil y, como una cascada, empezaron a entrar mensajes de Patricio, Benja, mamá, Leti, nuevamente Patricio y Benja.

Patricio había hablado con Benjamín y le había informado de que yo no aparecía por ningún lado, que no estaba en mi piso, no contestaba sus llamadas y que quería hacer la denuncia policial, pero en su mensaje Benja decía que sospechaba que aquello tenía que ver con la visita de mamá. Para evitar más intrigas, hice acopio de valor y lo llamé.

—¡Jaz! ¿Estás bien? Nos tienes preocupados. ¿Dónde estás?

—Benja, por favor, no me preguntes nada. Necesito verte.

—Ven para la librería.

—No, no puedo. Necesito verte en otro lado.

—Jaz, no sabes cómo estaba Patricio anoche. Estaba como un loco. Como no contestabas las llamadas, fue al piso y encontró una taza rota en la sala, y decidió hacer una denuncia policial, pero le dijeron que debía esperar cuarenta y ocho horas.

Comencé a llorar.

—Por favor, Benja. No me expliques nada más. No puedo...

—¿Qué pasa? ¿Es por la conversación con mamá?

—Benja, te veo a la una en la entrada del metro de la Puerta del Sol.

—Jaz...

—Benja, por favor, te lo contaré todo cuando nos veamos, y por favor, ni se te ocurra decírselo a Patricio. ¡Prométemelo!

—De acuerdo. Te lo prometo.

Mi voz debía sonar desesperada, porque Benja no insistió.

A la una en punto, apareció en la entrada del metro de la Puerta del Sol. Me acerqué y lo abracé sin poder contener las lágrimas.

—¡Jaz!

Me abrazó con fuerza. Necesitaba eso.

—¡Ay, Benja! No puedo más.

—Vamos, vamos a comer algo y hablamos.

Casi me arrastraba. Me sentía derrotada.

—¿Te parece bien aquí?

—Cualquier sitio está bien. Vamos al fondo, así podemos hablar tranquilos.

Nos sentamos y en seguida vino el camarero con los menús. No tenía hambre, pero no podía pensar sólo en mí. Ahora éramos dos, así que pedí algo nutritivo.

—Pescado con espinacas salteadas y zumo de naranja para mí.

—Y para mí, hamburguesa con patatas fritas y refresco. Podrías haber pedido algo menos sano, así no me sentiría tan culpable.

Cuando se fue el camarero, lo miré y empecé a llorar.

—Jaz, hermanita, por favor, ¡háblame!

—Estoy jodida Benja, muy jodida.

—Empieza por el principio.

—Ayer, tal como me habías dicho, cuando volví al piso mamá estaba esperándome.

—Bien, supongo que hablasteis y se enfureció porque estás con Patricio. ¿Qué pasó?

—Benja, no podrías ni imaginártelo.

Me agarré la cabeza. Notaba los ojos hinchados de tanto llorar. Me limpié las lágrimas y respiré hondo.

—Debe de ser grave para que estés en el estado en que estás, te hayas ido del piso, no atiendas las llamadas y tengas los ojos hinchados como un sapo de haber llorado toda la noche.

El camarero llegó con las bebidas. Benja tomó la suya, yo di un sorbo de mi zumo de naranja y dije sin pensarlo más:

—Patricio y yo somos hermanos.

Benja escupió su refresco.

—¡Joder! ¡¿Cómo?!

—Lo que has oído, Benja. Mamá me dijo que lo de Patricio y yo estaba mal porque éramos hermanos.

—Pero ¿esta mujer ha enloquecido?

—Benja, dijo eso y fue como si me hubiese clavado un puñal en el corazón. No te haces una idea de lo que siento. Estoy enamorada de mi hermano, y eso no es lo peor.

—Jaz, paremos un poco. ¿Mamá te dijo que era seguro? ¿Tiene alguna prueba? No quiero pensar que lo ha hecho para separaros, pero algo raro hay, ¿no crees? Papá se alegró de que os hubierais reencontrado...

—Papá puede no saberlo. Siempre era ella la que daba las evasivas, y papá la seguía... Pero, Benja, lo que tengo que decirte es aún peor. —Se preparó para lo que iba a oír—. Estoy embarazada. Patricio ya lo sabe.

—Jaz... —Me tomó de las manos—. ¡Voy a ser tío!

—¡Benjamín, despierta, por favor! ¿Te das cuenta de lo que te estoy diciendo?

El camarero llegó con nuestros platos.

—Ahora entiendo la desesperación de ese hombre al no poder encontrarte ni comunicarse contigo anoche. ¡Dios, Jaz, tienes que hablar con él, pero ya!

—No sé qué voy a hacer de mi vida. Estoy enamorada y embarazada de mi hermano.

—No lo digas así. Primero, hay que demostrarlo; segundo, no es culpa de vosotros; tercero, tendré una charla con mamá, y no va a ser nada bonita.

—Lo mejor que puedo hacer es desaparecer, dejar a Patricio, irme lejos...

—¡Jazmín! ¡Reacciona, por favor! ¡Piensa lo que dices! ¡Irte no soluciona nada!

—No, pero no puedo estar cerca de él, Benja; no puedo.

—Tiene derecho a saberlo, Jaz. Que os améis no es culpa vuestra; es culpa de mamá por no haber hablado a tiempo. En todo caso, seréis medio hermanos, pero nunca fuisteis criados como tales. ¡No es como si estuvieras enamorada y embarazada de mí!

—¡Benja, por favor!

—Jaz, no lo conozco mucho, pero Patricio removerá cielo y tierra para encontrarte, y más sabiendo que llevas en el vientre a su bebé.

—No puedo tenerlo, Benja, pero lo he amado desde que tuve conciencia de que estaba embarazada, y cuando se lo dije a Patricio, él también... Es irónico: me siento morir y llevo una vida dentro de mí que amo como nunca pensé que amaría.

—Habla con él; quizá pueda hablar con su padre y resolver esto. Hoy los estudios de ADN se hacen todos los días. Habla con mamá, reúnelos, no te des por vencida... Y si después de todo resulta que sois hermanos, tendréis que pensarlo, pero juntos.

—Benja, no puedo. No soy capaz de pasar por todo eso llevando este bebé...

—Pues tendrás que hacerlo, Jaz. Lo que llevas es una vida, y eres tan responsable tú como él. No puedes decidir sola.

—¡Es mi cuerpo! Puedo decidir sobre lo que haré con él. Tengo menos de diez semanas para pensar y las usaré. Si quieres apoyarme, hazlo; si no, aléjate.

—Estoy aquí contigo, eres mi hermana y te quiero, pero debo decirte cuándo actúas irracionalmente, y en este momento lo estás haciendo.

—¡Irracionalmente! ¿Me estás hablando en serio? Dime cómo actuarías si mañana mamá te dijese que Dan es tu hermano. ¿Cómo te sentirías?, ¡joder!

—Me moriría.

—Ahora súmale a eso el bebé y entenderás cómo me siento.

—Lo siento, Jaz. Cuando uno habla desde fuera, es más fácil, pero hay una cosa que sigo pensando y es que debes hablar con él.

—Ahora no puedo, ahora necesito replegarme y pensar en mí. Si Patricio se me acerca no me siento lo suficientemente fuerte como para rechazarlo.

Terminamos de almorzar. Benja pidió un café y yo un té.

—¿Vas a volver al piso?

—No. Por el momento me quedaré en el hotel.

—Ven a casa. Dan y yo podemos cuidarte.

—No puedo, Benja. Patricio se enterará, e irá para allí.

—¿Vas a decirme en qué hotel estás? Al menos, podría llamarte e ir a verte.

—Mejor que no, pero necesito un favor de ti.

—Lo que sea.

Le pedí que fuese a mi piso y preparase una bolsa con algunas cosas que necesitaba, la *tablet*, el cargador del móvil y ropa. Benja pidió la cuenta, pagó y nos fuimos.

—Te llamaré al móvil cuando lo tenga todo para encontrarnos. ¿Estás segura de que no quieres decirme el hotel?

—No, Benja. Es mejor así. Envíale de mi parte saludos a Dan; cuéntaselo si lo deseas. Y una cosa más: si Patricio te pregunta por mí, no le digas nada, por favor.

—Tranquila, hermanita. ¡Cuídate, por favor! Me llamas si necesitas algo.

—Ve. Te quiero... Gracias.

Benja tomó el metro hacia la librería y yo caminé las dos manzanas que me separaban del hotel. El móvil no dejaba de sonar cuando estaba encendido, así que decidí apagarlo y encenderlo por la noche, por si llamaba Benja para quedar y pasarme las cosas que le había pedido.

Me dormí acurrucada. Por la noche, cuando me desperté, encendí el móvil y tenía, además de mensajes de Patricio, uno de Benja: «Lo tengo todo. Avísame cuándo y dónde. Tqm». «Mañana, mismo lugar, misma hora. Gracias. Tqm», le contesté.

Leí los mensajes de Patricio. Me angustiaron mucho. Se notaba que estaba desesperado. Tenía que hacer algo. Debía decirle que se había terminado; al menos así él podría seguir con su vida..., o eso era lo que esperaba.

«Patricio, terminemos de una vez. Sigue con tu vida que yo haré lo mismo. X el bebé no te preocupes. Adiós.»

Su respuesta no se hizo esperar: «¿Qué mierda pasa? No te creo. Me estás matando. ¡Por favor, hablemos!».

Yo tampoco me creía a mí misma. En este momento, lo único que deseaba era estar acurrucada junto a él, que esa pesadilla se terminara y seguir adelante como habíamos planeado. En cambio, estaba abrazada a una almohada, sola, en la habitación de un hotel.

La semana pasó de forma lenta y tortuosa. La rutina consistía en llorar, llorar, pensar, llorar, maldecir y tratar de alimentarme. A mi *tablet* llegaron un par de alertas de Google que mostraban a Patricio en un estado de borrachera increíble, sostenido en un caso por Andrés y en otro por Gabriel. Me dolía el alma verlo así. Varias veces tomé el móvil para llamarlo, pero no pude hablar.

—Jaz, mi amor, háblame. Lo que sea lo resolveremos. Me estoy muriendo sin ti, por favor.

Escucharlo me hacía arder el corazón. Apreté los ojos, y las lágrimas cayeron como una cascada. Corté inmediatamente la llamada. No podía permitirme ser débil es ese momento. Había tomado una decisión y la seguiría.

El lunes fui a la clínica. La doctora Sáenz me esperaba a las tres y media. Me estaba acomodando en la sala de espera cuando vi que Patricio entraba. Se me arrugó el corazón. Estaba demacrado, ojeroso; se le veía cansado, como a mí. Desde donde yo estaba, él no me podía ver, así que reaccioné en un segundo, me levanté y salí casi corriendo; pero fue tarde porque cuando pase por detrás de él, la recepcionista llamó mi atención.

—Señorita Alzogaray, la doctora Sáenz la va a atender ahora mismo.

Nos miramos y, por un instante, una pizca de alegría se reflejó en sus ojos, pero en los míos sólo había miedo. Las puertas se abrieron y corrí. Patricio salió detrás de mí. Podía oírle gritar mi nombre.

—¡Jazmín! ¡Para! —Me tomó por un brazo—. ¡Para! ¡Para ya, por Dios!

Traté de soltarme, pero me sostenía fuerte. Su cuerpo, su olor, su calor eran un bálsamo. Quería abrazarlo, besarlo, acurrucarme junto a él, pero la cruda realidad se hizo presente y con la fuerza de un tirón me solté. Patricio me miraba. Su rostro estaba lleno de dolor y sus ojos anegados en lágrimas; con voz ronca, volvió a hablar:

—¡Para, por el amor de Dios! Estoy derrotado, Jazmín. ¿No lo ves? Necesito que hablemos, que me expliques qué sucede.

—¡Patricio, para tú! Terminemos con esto. ¡Ya no te amo!

Patricio me miraba sin creer lo que decía, y era comprensible: me conocía más que nadie, y yo misma no era capaz de creérmelo. Me tomó de la mano, y esa electricidad, esa que siempre estuvo ahí, recorrió mi cuerpo; me estremecí y se me aflojaron las piernas. Sentía que me iba a caer, pero Patricio me sostuvo.

—Amor mío, vamos a casa. Hablemos, déjame cuidarte, todo estará bien...

Comencé a llorar y, entre sollozos, conseguí balbucear alguna cosa que para mí tenía sentido, pero para él, que no sabía lo que pasaba, no.

—Esto está mal, esto está mal... Tú... yo... No podemos...

—Mi amor, te amo. ¿Cómo puede estar mal?

Me levantó en brazos y me subió a su coche. Yo lloraba

apoyada en su pecho. Durante un momento más necesitaba eso; necesitaba sentirlo cerca para despedirme.

—Patricio, por favor, no lo hagas más difícil... —Así la maneta de la puerta para salir del coche, pero estaba cerrada—. ¡Ábreme o grito!

—¡Joder, Jazmín, que no entiendo nada! ¿Tiene que ver con tu madre? Salimos por la mañana de casa y estaba todo perfecto, ¿y cuando saliste de la oficina descubriste que ya no me amabas? ¿Me lo explicas? ¡Joder! ¡Ese que llevas en tu vientre es mi hijo!

Esas últimas palabras hicieron que mi estómago se revolviera. Tiré de la palanca para abrir la puerta, pero ésta no se abrió.

—¡Ábreme, Patricio! ¡Voy a vomitar!

Abrió al instante, salió del coche y me ayudó, sosteniéndome el cabello y acariciándome la espalda. Sacó su pañuelo y me lo dio.

—Yo... yo... no puedo, Patricio...

—¿Qué es lo que no puedes, amor?

Quería decírselo, quería decirle lo que mi madre me había confesado, pero no podía.

—Háblame. Quiero que te sientas como tú me haces sentir, como yo me siento contigo: que a tu lado todo es posible, que juntos podemos... Eso es lo que me has enseñado tú.

—No, no podemos...

Apoyó su mano en mi hombro y mi cuerpo se paralizó.

—¿Así será? Te irás, me dejarás, ¿y no me dirás que sucedió con tu madre? Cuando hablé con tu hermano porque no habías llegado a casa y no contestabas al móvil, me dijo que quizá te habías retrasado porque tu madre había venido a Madrid. Puedo parecer un tonto, pero no lo soy. Algo debió decirte para que desaparecieras, pero, si no me lo dices tú, tendrá que decírmelo ella o mi padre.

Sonaba cansado, agotado, y así me sentía yo también. Estaba de espaldas a él, con los ojos cerrados y los puños apretados, tratando de contenerme. Lo descubriría, no tenía sentido seguir ocultándolo, por lo que me armé de valor, respiré hondo, me sequé las lágrimas y me volví para encararlo. Lo que vi me desarmó: un Patricio derrotado... Quería abrazarlo, besarlo, decirle que todo estaría bien; hasta tuve la loca idea de plantearle huir a donde nadie nos conociera. Pero nuevamente la realidad arremetió con todas sus fuerzas.

—¿No vas a decir nada, vas a permitir que nos separen otra vez? Si ya no quieres estar conmigo, te guste o no, ese hijo también es mío y, por supuesto, me haré cargo de él.

—Patricio..., no sigas...

—¡¡No sigas tú!! Si no vas a decir nada que me permita entender qué demonios sucede, no sigas... —Patricio había levantado la voz y las personas que caminaban por la acera nos miraban—. Pensaba que me amabas, pensaba que lucharías por lo nuestro. ¡Demonios, vamos a tener un hijo!

—Ni tú ni yo estamos preparados para ser padres. Fue un error. No debió suceder...

—¡Que te jodan, Jazmín! ¡No llames a mi hijo un error!

«No, no..., mi bebé no es un error, ¡por Dios!»

Comencé a llorar de nuevo. Me faltaba el aire, estaba confundida. Me puse en cuclillas, tapándome el rostro con las manos. Patricio, parado frente a mí, no era mi dulce Patricio, era el acerado empresario que aparecía como una máscara antidolor. Se encaminó hacia el coche. Me dejaría ahí, me lo merecía, no tenía el coraje... ¿Cómo decírselo? «Si pudiese pronunciar las palabras...» Y a continuación, salieron como un volcán en erupción.

—Somos hermanos... —dije, mirándolo.

Se detuvo en seco y comprendí que me había oído. Me acerqué.

—Eso no es cierto...

—Es lo que me dijo mi madre.

Me di cuenta del impacto que había recibido porque se sentó en el coche y tomó el volante con tanta fuerza que los nudillos se le pusieron blancos.

—Jazmín, lo que dices es demasiado grave. No lo creeré hasta tener pruebas irrefutables, y de ser así, tendremos que ver lo que hacemos.

Pasaban interminables segundos. Sus ojos y su rostro cambiaban por momentos de furia a pena y de pena a desesperación. Una terrible tormenta se abatía sobre su mente, sobre su corazón herido.

—Tengo que pensar. Me vienen a la cabeza mil cosas... De ser cierto, el embarazo... —Hizo una pausa interminable, dudando. Apretó los ojos—. El embarazo no puede seguir adelante... Créeme que no es lo que quiero. Ahora mismo te llevaría lejos, a donde nadie nos conociera, porque tú, para mí, lo eres todo.

—Hagámoslo. Llévame lejos, Patricio. No soporto más este dolor.

—Debemos enfrentarlo, debemos hablar con tu madre y con mi padre, y que nos expliquen de una maldita vez cómo es posible que nos estropearan la vida de esta forma. ¿Por qué han dejado que llegásemos tan lejos?

Apoyó la frente en el volante y vi que una lágrima corría por su mejilla. «¡No me hagas esto! ¡No me hagas esto, por favor!»

—No lo sé. La odio. ¡La odio por lo que nos ha hecho! ¿Cómo ha podido?

Patricio respiraba fuerte y mantenía los ojos cerrados. Sabía que estaba apelando a todo su autocontrol, como yo al mío, para no abrazarme.

—Voy a hablar con mi padre. Va a tener que escucharme, ¡soberano hijo de puta!

Patricio puso en marcha el coche, y yo coloqué una mano sobre la suya.

—No... He venido en mi coche.

—Déjame llevarte a casa o a tu piso.

—No. Estoy en un hotel.

—Déjame llevarte. Necesito saber que estás bien.

—¿Cómo voy a estar bien, Patricio? Creo que nunca podré volver a estar bien.

«¡Dios mío!, Patricio quiere que me deshaga del bebé... No puedo.»

—Si me llamas, te atenderé.

Salí del coche y caminé hasta el mío. Cuando fui a subir, vi que Patricio lloraba. Verlo destrozado me mataba un poco más. De camino al hotel, le envié un mensaje a Benjamín: «Patricio ya lo sabe». Me contestó acto seguido: «¿Cómo estás? ¿Qué te ha dicho?». «Destrozada. Quiere hablar con mamá y su padre, y que me deshaga del bebé», respondí.

Sonó el móvil. Era Benja.

—¡Joder, Jaz! Ven a casa. ¡No puedes estar sola! Deja que te cuidemos.

—No puedo, Benja. Necesito estar sola. Te prometo que mañana te llamo y almorzamos o cenamos juntos, pero, por favor, hoy necesito estar sola.

—Como quieras, Jaz, pero tendré el móvil encendido junto a la cama. Me llamas si me necesitas, y ahí estaré. No importa la hora.

—Lo sé, gracias.

—Te quiero. Lo solucionaréis. Tú siempre lo solucionas todo.

—Esta vez no, Benja... Un beso.

Colgué porque quería llorar y no deseaba hacerlo estando al móvil con él; lo habría angustiado aún más y quería llegar al hotel. Una vez allí, fui directamente a la ducha. Ni siquiera me desvestí. Abrí el agua y dejé que corriese igual que corrían mis lágrimas. El sonido de un nuevo mensaje en el móvil me hizo volver al presente. Me desvestí, me envolví en el albornoz y leí el mensaje: «Mañana me reúno con mi padre. ¿Quieres que vayamos juntos? ¿Cómo estás?». «No, no creo que pueda afrontar eso otra vez», le dije. «Te entiendo. Yo mismo no creo ser capaz de oírlo, pero necesitamos saber. Hay mucho en juego. Descansa.» Respondí: «Tú también».

«¡Joder! —pensé—. ¡Cómo te necesito! ¡Cómo necesito un abrazo tuyo en este momento!» Me puse el pijama y me acosté. No tenía hambre; no quería pensar en nada más. Necesitaba dormir, olvidarme por un momento de todo y de todos; sólo estábamos mi bebé y yo.

Me desperté con el sonido de un mensaje en el móvil. Me sentía como si hubiese dormido horas, pero al mirar el reloj vi que no había pasado ni una hora.

«¿Has cenado?»

«No. Luego pediré algo.»

«¿Quieres que cenemos juntos? Quiero verte.»

«No es buena idea.»

«Prométeme que cenarás algo.»

«Te lo prometo.»

Me llevé la mano al vientre. Sabía que debía alimentarme, y ya no por mí. No quería salir, así que pediría algo para que lo subieran a la habitación.

Había tratado de escribirle un *e-mail* innumerables veces, pero siempre me ganaba la angustia. Era ya el momento de hacerlo.

From: Jazmín Alzogaray
Sent: Monday, October 1, 2012 22:43 PM
To: Ing. Patricio del Monte
Subject: Patricio
He intentado escribirte este *e-mail* desde que me enteré de esa verdad que realmente está matándome. Ahora que lo sabes resulta más fácil.
Nunca, nunca imaginé que el motivo por el cual mi madre no me quería cerca de ti fuese éste. No entiendo cómo sucedió, no entiendo cómo no nos lo dijeron. Ahora es tarde, y no estamos sólo nosotros. Hay un bebé en camino que no es culpable ni de los errores que cometieron nuestros padres ni de los errores que pudimos cometer nosotros. Y no llamo a este bebé un error. No me malinterpretes. Amo a este bebé más que a nada; lo quise desde el momento en que lo supe, aunque la sorpresa me paralizó. Pensé que tú, al saberlo, entrarías en pánico, pero cuando te lo dije y vi que también lo querías me emocionó. Hoy, cuando has dicho que debía deshacerme de él, me ha impactado. Es cierto que eso lo cambia todo; es cierto que, de confirmarse, no podemos seguir juntos, pero ¿qué hago con esto que siento por ti y por este bebé?
Me siento morir desde el día en que mi madre dijo esas palabras. Quiero olvidar, quiero que esto sea una pesadilla, que nos despertemos y que todo vuelva a estar bien, porque te extraño, te necesito. Pero hasta que no tengamos la certeza de lo que sea no puedo estar cerca de ti. Tengo que ser sincera contigo y conmigo, y ahora no confío en mí.
Lamento haberte hecho pasar esta semana horrible, sin entender, sin explicarte, imaginándote cualquier cosa. No me gustó verte en esas fotos borracho, teniendo que ser sostenido por Andrés y Gabriel. Pero créeme que aún ha sido más difícil para mí, teniendo plena conciencia de este terrible secreto que nos separa.
No sé qué haremos. Me siento perdida. En fin, no puedo seguir.
Jazmín

Envié el *e-mail* sin leerlo nuevamente. Necesitaba que supiera cómo me sentía y eso era lo que había escrito.

Pedí una cena ligera, y mientras la comida llegaba a la habitación, comencé a pensar que debía hablar con mi madre y averiguar qué sabía mi padre; en definitiva, empezar a tener certezas para poder seguir con mi vida.

Hice todo lo posible por acabarme la cena, pero fue imposible. Quería hablar con Leti. Me había enviado mensajes y había llamado preguntando qué estaba pasando, pero yo no había tenido fuerzas para contestar. Pero ahora me sentía sola y la necesitaba. Ella me escucharía y podría orientarme. Yo no era capaz de analizar nada objetivamente.

—¡Jaz, por Dios! ¿Dónde estás? ¿Cómo estás?

—Estoy, Leti... Lamento no haberte atendido ni haber respondido los mensajes.

—¿Te has peleado con Patricio?

—No.

—Pues habla, ¡por favor!

—Leti, tienes que darme tiempo. No sé ni por dónde comenzar y la verdad es que preferiría decírtelo personalmente. Mañana saldré para allí temprano. ¿Puedes venir a mi piso cuando salgas de la clínica?

—Claro, amiga. Me preocupas.

—Mañana hablamos, Leti..., y, por favor, no le digas a nadie que voy para allá.

—Cuenta con ello. ¿Sabes que te quiero? Lo que sea lo resolverás. Mañana te veo. Descansa. Tienes voz de abatida y te espera un camino largo hasta aquí.

—Lo intentaré, amiga. Te quiero.

Colgué. Tenía ganas de llorar nuevamente. Nunca había llorado tanto en mi vida. Junté las pocas cosas que tenía para salir por la mañana temprano, pero antes debía pasar por mi piso a recoger algo de ropa. Revisé el correo antes de guardar mi *tablet*, pero no había respuesta de Patricio. Me fui a dormir. Di varias vueltas en la cama y finalmente concilié el sueño.

A la mañana siguiente, hice el *check-out* de la habitación, cargué el Pandita y fui a mi piso. La cama estaba deshecha. Patricio debía haber dormido allí aquella semana. Me acosté y sentí su olor en mi almohada. «¡Dios! ¡No puede ser tan injusta la vida!»

Miré el vestidor y vino a mi mente el recuerdo de nuestro primer beso con Patricio de pequeños; entendí por qué mi madre había reaccionado de esa forma cuando nos vio..., y el resultado, poco después, fue mudarnos de Madrid. Las piezas iban encajando, pero aún faltaba mucho. Tomé algo de ropa y salí rumbo a Marbella. Necesitaba estar lejos de Patricio y cerca de Leti. Violeta ya había regresado de su gira, así que tendría el apoyo y la compañía de mis dos amigas.

El camino fue pesado, largo y sin emoción. Recordaba que había hecho el camino inverso con la alegría y la emoción de comenzar una nueva vida. «Quizá nunca debí haberme ido de Marbella.» Tras un par de paradas para tomar algo y abastecerme de combustible, llegué a mi piso. Me tiré en la cama a descansar un poco, mientras se hacía la hora en que Leti llegaría. Había sido un largo camino y estaba agotada, así que me dormí.

El timbre me sobresaltó. Ya estaba anocheciendo y me costó darme cuenta de que estaba en mi cama de Marbella. Leti tenía llaves; se las había dejado cuando me había ido a Madrid. Pero yo había dejado las mías en la puerta, por lo que no podía entrar. Casi como un zombi abrí la puerta. El rostro de Leti me lo dijo todo acerca de mi aspecto.

—¡Por Dios, Jaz! ¿Qué está sucediendo?

—Todo, amiga, todo.

La abracé y comencé a llorar. Leti no entendía nada.

—¡Ven! Entremos, sentémonos, tomemos algo y me lo explicas, ¿sí? He traído algo de cena, unas cervezas y una botella de vino. Me he imaginado que no habrías tenido tiempo de hacer compras.

—Gracias, Leti, pero no puedo beber..., aunque de buena gana me emborracharía.

—Siéntate y explícame... No entiendo nada. Me dices que no es por Patricio, pero parece que te haya arrollado un camión.

—Te dije que no me había peleado con Patricio, no que no fuera por Patricio.

—Ahora lo entiendo menos.

—No sé por dónde empezar.

Leti me tendió un pañuelo. Me limpié un poco las lágrimas, pero seguían cayendo sin que pudiera controlarlas.

—¡Ayyy, Leti! No puedo más.

Me acosté en el sillón, apoyando la cabeza en su regazo. Leti se dio cuenta de que algo grave me sucedía y comenzó a acariciarme el cabello.

—¡Chsss! Todo irá bien. Aquí estoy, cariño; aquí estoy.

—Estoy embarazada, Leti.

—Pero ésa es una buena noticia. ¡Me harás tía!

—No, Leti, no... No puedo tener este bebé.

—Pero, Jaz, ¿qué estás diciendo?

—Patricio y yo somos hermanos.

—¡¿Qué?!

Me incorporé, volví a limpiarme las lágrimas y vi la cara de sorpresa de Leti.

—Mamá fue a verme el lunes pasado y me dijo que Patricio y yo éramos hermanos. Fue por eso por lo que cuando se enteró del reencuentro y de que éramos pareja enloqueció. —Bajé la cabeza—. ¿Te das cuenta? Estoy embarazada y enamorada de mi hermano.

—Perdona, Jaz, necesito tomar algo.

Se levantó y sacó de una de las bolsas una botella de vino, la abrió, tomó una copa del anaquel y se sirvió.

—Lo primero que tienes que hacer es tener la seguridad de que eso es así. Hoy en día los análisis de ADN son moneda corriente. En diez días, a más tardar, tendréis el resultado. —Tomó un gran sorbo de vino—. Jaz, ¿Patricio lo sabe?

—Sí, se lo dije ayer. Nos cruzamos en el consultorio de la ginecóloga y, aunque traté de huir, me atrapó, y después de mucho insistir, se lo dije.

—Ahora entiendo por qué me llamó el martes pasado. Me pareció desesperado.

—Desaparecí. No atendí las llamadas ni los mensajes en toda una semana. Anoche, después de haber hablado, nos enviamos unos mensajes. Quería que cenásemos juntos, pero yo no puedo verlo, no puedo, Leti. Es más fuerte que yo. Lo amo demasiado. ¿Qué voy a hacer?

—En primer lugar, tienes que confirmar que lo que dijo tu madre es cierto. ¡Joder!, no imagino a tu madre mintiendo en esto, pero en aquella época el ADN tardaba meses y quizá no hicieron ninguna prueba. ¿Te dijo tu madre que podía probarlo?

—No le di tiempo. En cuanto me lo dijo mi estómago no lo

soportó y corrí a vomitar. Luego recogí mis cosas y me fui. No he vuelto a hablar con ella.

—Estás aquí y no estás sola. Tienes que hablar con ella.

—Patricio iba a hablar hoy con su padre. Quizá me llame, me envíe un mensaje o un *e-mail*..., o eso supongo.

—¿Y qué harás con el bebé?

—No lo sé, Leti; no lo sé. Es mi bebé, el bebé del único hombre que he amado y amo. No puedo pensar en eso ahora, Leti, no puedo.

—Tranquila. ¿Por qué no te das una ducha? Mientras, yo pondré la mesa para cenar y luego te acuestas. Me quedaré contigo esta noche.

—Gracias, Leti, pero no tengo hambre.

—Tienes que comer algo, y ahora no sólo por ti.

Leti tenía razón. Me fui a la ducha y, cuando volví a la sala, ella estaba poniendo la mesa.

—Te he traído salmorejo de Cata.

Le tomé una mano y se la apreté en señal de agradecimiento.

—No sé qué haría sin ti en estos momentos. Gracias, amiga.

—No tienes nada que agradecerme. ¡Venga, a comer!

La cena transcurrió con prolongados silencios. Le pregunté por Violeta, y me dijo que había vuelto hacía un par de semanas de la gira porque se había quedado un poco más viajando.

—Deberías llamarla. Se pondrá muy contenta y además puede acompañarte. No quiero que estés sola. Yo puedo pedirle a Ricardo unos días...

—No, Leti. Estaré bien. Llamaré a Violeta uno de estos días... Ahora quiero saber qué le ha dicho Leandro a Patricio, y luego me enfrentaré a mi madre.

—Está bien, pero tómate tu tiempo. ¿Por qué no te acuestas? Yo me encargo de recoger esto.

—Gracias, Leti.

Me fui a la cama. Intenté dormir un poco y, a pesar de que estaba exhausta e inquieta, estuve durante un rato mirando el techo. Por mi cabeza se movía un enjambre de pensamientos, sin ser consciente de que durante todo ese tiempo acariciaba mi vientre.

Di vueltas para un lado y para el otro, hasta que decidí revisar mi correo electrónico por si Patricio había respondido.

Tomé mi *tablet* y, efectivamente, entre muchos otros *e-mails*, había llegado uno de Patricio.

From: Ing. Patricio del Monte
Sent: Tuesday, October 2, 2012 20:36 PM
To: Jazmín Alzogaray
Subject: RE: Patricio
Jazmín:
Antes que nada quiero que sepas que te echo muchísimo de menos y que sé que en este momento no quieres que estemos juntos. Pero nosotros no somos culpables. Nosotros somos las víctimas de esta situación que me está matando, tanto como sé que te está matando a ti.
La semana que desapareciste imaginé cientos de cosas; hasta llegué a pensar que habías vuelto con Valentín. Fue una tortura, por eso puedo imaginar lo que fue para ti, sabiéndolo. Lamento que hayas visto esas fotos. Estaba desesperado y fui inconsciente. Perdóname.
Amo a ese bebé, porque sé que lo hicimos con amor, el mismo amor que sigo sintiendo por ti y que sé que sientes por mí. Pero tú y yo sabemos que, de confirmarse esto, no puedes tenerlo.
He hablado con mi padre hoy y me ha confirmado que tuvo una aventura con tu madre. Al parecer, por lo que me ha dicho, sucedió sólo un par de veces. Tus padres eran novios, estaban a punto de casarse, y en seguida que lo hicieron tu madre le dijo a mi padre que estaba embarazada. Ricardo no supo nada de la aventura hasta ocho años después, porque interceptó una carta que ella le envió a mi padre, diciendo que lo que había sucedido había sido un error. Tu padre fue a buscar al mío y se liaron a golpes. Después de eso, decidieron irse a Marbella. Eugenia estaba segura de que estaba embarazada de mi padre, pero nunca hicieron el análisis de ADN, para que tu padre no se enterara de nada. Mi madre supo que mi padre había tenido una aventura, pero no con quién. Aunque estoy seguro de que si supiese que fue con tu madre, no cambiaría en nada el cariño que te tiene. Cuando me preguntó por qué estaba indagando en ese tema, le expliqué que nos habíamos reencontrado y que estábamos teniendo una rela-

ción, pero que tu madre se había enterado y te había dicho que éramos hermanos. Mi padre duda de que sea así. Me ha aconsejado que hagamos una prueba de ADN. Creo que deberíamos hacerlo cuanto antes; no podemos seguir con esta duda que nos carcome y tenemos que pensar también en nuestro bebé. El tiempo pasa y tenemos un límite. Nada me gustaría más que el resultado fuera negativo y que pudiéramos seguir con nuestra vida juntos, porque de verdad no sé cómo podré continuar después de esto, y sé que sientes lo mismo.

Espero que te encuentres, dentro de lo que cabe, bien. Cuídate mucho, por favor, y para cualquier cosa que necesites, llámame. Tenemos que organizarnos para ir al laboratorio. Es importante que lo hagamos ya.

Te quiero, Jazmín. Te extraño y, al igual que tú, no sé qué hacer con esto que siento.

Patricio

«¡Dios! ¿Cómo pudo mi madre serle infiel a mi padre? Puede que sea un error y que no seamos hermanos. ¡Tengo que aferrarme a eso!» La necesidad de saber era fuerte, pero también el miedo de que, si eso era así, debía deshacerme del bebé y a esas alturas no lo veía posible. Apagué la *tablet* y fui a ver a Leti al dormitorio de invitados.

—¿Estás despierta?

—Sí, no puedo dormir.

—Voy a por un té. ¿Quieres que te prepare uno?

—Sí, me vendría bien.

Fui a la cocina y preparé té para las dos. Volví al dormitorio y me senté en la cama.

—Vas a creer que estoy loca, pero no puedo deshacerme del bebé, aunque Patricio y yo seamos hermanos... No puedo. —Leti intentó interrumpirme, pero le hice un gesto para que me dejara continuar—. Patricio me ha enviado un *e-mail*. Ha hablado con su padre y le ha confirmado que tuvo una aventura con mi madre y que, cuando mamá se casó con papá, estaba embarazada y que le dijo a Leandro que el bebé era suyo. —Hice una pausa, tomé un sorbo de té y continué—: Su padre no cree que sea así. Dice que fueron un par de encuentros y que debemos hacernos la prueba de ADN. Patricio también quiere que nos la hagamos, pero...

—Pero nada. ¡Tienes que hacerlo! —Me miró y su voz fue tan dura como su mirada—. No puedes seguir con esa duda, tanto por ti como por el bebé que esperas.

—Leti, no puedo. Prefiero tener la duda y no la certeza... Voy a seguir con este embarazo, y para eso necesito tu silencio.

—¿Qué estás diciendo, Jazmín?

—Lo que estás escuchando. Primero voy a hablar con mis padres; luego voy a vender este piso y me voy a ir...

—Creo que tienes que dormir y pensar con la cabeza descansada. No voy a juzgar tu decisión porque creo que lo que hicisteis lo hicisteis por amor, y esa criatura no tiene la culpa. Pero es importante que te des cuenta de que, si actúas así y no sois hermanos, estás privando a tu bebé de un padre..., y a ti, del amor de tu vida.

—Y si somos hermanos, no podría vivir con eso. No puedo. Tengo que ser egoísta y hacer lo que mi corazón siente. Es que no puedo deshacerme del bebé, sea cual sea el resultado.

Me levanté y me encaminé hacia mi dormitorio.

—Cualquiera que sea tu decisión, sabes que la respetaré.

—Gracias, Leti; sé que cuento contigo.

Me volví a acostar y me dormí con esa idea. Por la mañana, hablaría con mis padres y me iría de allí para comenzar una nueva vida con mi bebé.

Leti me despertó con un té. Ella tenía que irse a trabajar.

—Prométeme que estarás bien.

—Te puedo prometer que estaré... Voy a ver a mis padres, después a lo del piso y luego vendré para aquí.

—Cualquier cosa me llamas.

—No te preocupes.

Leti se fue y yo entré en la ducha, me vestí y luego salí para ir a ver a mis padres. Sabía que los miércoles papá tenía consulta después del mediodía, así que estaría en casa. Lo encontré en la puerta. Cuando me vio, se sonrió, pero mi rostro no podía ofrecerle una sonrisa, así que la suya se convirtió en un gesto de preocupación y frunció el ceño.

—¡Hija! ¿Qué haces aquí?

—Hola, papá. He venido a hablar con mamá.

—Pasa, cariño.

Mi madre me vio aparecer en la sala y pude percibir que se ponía muy nerviosa.

—Hija, ¿cómo estás?

—¿Me lo preguntas en serio?

Vi que bajaba la mirada. Era evidente que papá no sabía nada de lo que había sucedido.

—¿Qué pasa con vosotras dos? —preguntó mi padre, mirándonos muy serio—. Eugenia, ¿esto tiene que ver con el reencuentro de Jazmín con Patricio?

—Papá, necesito hablar con mamá... a solas, y luego hablaré contigo.

—Jazmín, ahora tengo que ir a clase. ¿Podemos hacerlo cuando vuelva?

—No, no podemos. Necesito hablar ahora. Tú has esperado veinte años, pero yo necesito hacerlo en este mismo instante.

—Vamos al estudio.

Pasamos junto a mi padre, que me miró sin entender la hostilidad que demostraba hacia mi madre. Apoyé la mano en su hombro y le di un beso en la mejilla.

—Te quiero, papi.

Apoyó su mano en la mía y la apretó.

—Y yo a ti, cariño.

Entramos en el estudio y mamá cerró la puerta.

—Aquí me tienes.

—¡Si serás soberbia! No te importa una mierda lo que pasa, no te importa mi dolor, no estás arrepentida. —Me di cuenta de que estaba levantando la voz y no quería que papá se enterase así—. ¿Cómo pudiste serle infiel a papá?

—No estoy orgullosa de lo que hice; simplemente sucedió.

—Estabas comprometida e ibas a casarte con papá.

—Lo sé, y no voy a justificarme. Fue un error, un tremendo error...

—Una vez hubiese sido un error.

—Fueron sólo dos veces.

—Y con dos veces, ¿puedes asegurar que Leandro es mi padre?

—¡¿Qué demonios has dicho?!

Mi padre entró en el estudio como un ciclón.

—Papá...

—¿Eugenia?

—Lo siento, Ricardo.

—¿Lo siento? ¿Eso es todo lo que vas a decir?

El aire se había espesado tanto que se podía cortar con cuchillo. Mi padre miraba a mi madre con una expresión que nunca le había visto, mezcla de furia y desconcierto, y yo estaba en medio, tratando de entender.

—Me mentiste... ¡Nunca me dijiste que había sido antes de casarnos! Si tenías dudas de que fuera hija suya, deberías haber hecho una prueba de ADN. ¿Te das cuenta de que le estás jodiendo la vida a tu hija, además de jodértela a ti misma y a toda esta familia?

—Ricardo..., yo...

Mi madre había comenzado a llorar, pero, francamente, yo apenas podía con mi vida y todavía tenía que entender algunas cosas.

—Papá, ¿tú sabías que mamá y Leandro habían tenido una aventura?

—Sí, por eso nos mudamos a Marbella. Encontré una carta que le había escrito a él. Lo que no sabía era que esa historia había tenido lugar ocho años antes... ¿O es que duró todo ese tiempo?

—¡No, Ricardo! Jazmín y Patricio iban creciendo, estaban demasiado unidos, y yo tenía miedo. Cuando los vi besarse en el vestidor entré en pánico, por eso escribí a Leandro, para que lo descubrieras y nos marcháramos de Madrid.

—¡Eres retorcida, Eugenia! ¡No tienes perdón!

Mi madre se acercó a mi padre y cayó de rodillas delante de él.

—¡Perdóname, Ricardo! Fue un error, un error que jamás he vuelto a cometer. ¡Yo te amo!

Una situación como ésa, con mi madre arrodillada en el suelo pidiendo perdón y mi padre siendo tan duro, era algo que jamás podría haber imaginado.

—Levántate, Eugenia. Es tarde para pedir disculpas y, en todo caso, la que tiene que perdonarte ahora es tu hija. Es a ella a la que le has arruinado la vida. —Me miró—. Habla con tu madre. Estaré esperándote en la sala.

—Gracias, papá.

Quería decirle que, cualquiera que fuese el resultado, él era mi padre y nada cambiaría eso. Se lo diría cuando hablase con él. Ahora tenía que encargarme de mi madre.

—Jazmín, perdóname. Nunca pensé que podríais volver a encontraros. Debí decírtelo cuando tuviste edad de entenderlo, pero no tuve valor.

—Tú cometes el *error* y los que pagamos somos nosotros... Ahora ya es tarde. —Sorbí por la nariz y sollozando le dije—: Leandro y tú nos habéis arruinado la vida. Adiós, mamá.

—Jazmín, por favor.

—Necesito ir a hablar con *mi* padre, y luego me iré.

Me di la vuelta y salí del estudio. Papá estaba en su sofá, con la mirada perdida en un cuadro de la sala. Me acerqué, me senté en el apoyabrazos como lo hacía cuando era pequeña y lo abracé.

—No importa el resultado. Tú siempre serás mi padre.

—Y tú siempre serás mi bella flor. —Me secó una lágrima—. Lamento todo esto. Yo... yo no sé qué decir.

—Sólo dime que me quieres, papá.

Me senté en su regazo, me abrazó fuerte y me sostuvo mientras lloraba. Quería decirle que estaba embarazada, pero eso le habría hecho mucho daño.

—Te quiero mucho, hija. Nunca lo dudes.

Después de un rato así, abrazada a mi padre, me recompuse. Debía continuar con el plan que me había trazado.

—Necesito ir a una inmobiliaria.

—¿Para qué?

—Para vender mi piso lo antes que pueda.

—¿Venderlo? Pensaba que querías conservarlo para cuando vinieses aquí.

—Papá, necesito el dinero. Voy a comprarme un piso en otro lado. No puedo estar ni aquí ni en Madrid.

—Yo te daré el dinero que necesitas.

—No, papá. Voy a vender mi piso. Es una decisión que ya he tomado.

—Entonces, yo te lo compraré. Voy a irme de aquí, y tu piso queda cerca de la clínica. Cuídate, mi niña.

Esa noticia me impactó. Estaba muy dolido por la mentira de mamá. Él la había perdonado en su momento y habían decidido comenzar de cero, pero enterarse de que le había mentido y había orquestado todo un circo para que él lo «descubriese» era demasiado para mi padre, y no lo culpaba.

—Piénsalo bien, papá. Te quiero. Debo irme. Leti lo sabe y me está haciendo compañía, así que quédate tranquilo.

Le di un beso y salí. Estaba subiendo a mi coche cuando sonó el móvil. Era mi hermano.

—Benja...

—Jaz, ¿cómo estás?

—Estoy... En este momento salgo de casa de mamá y papá. Ha sido muy fuerte, Benja. Creo que papá se irá.

—¿Y mamá?

—Mamá..., no sé. Mintió a papá y él la descubrió. Me dijo que habían sido dos encuentros y que simplemente había sucedido.

—¡Joder, es que no me puedo imaginar a mamá siéndole infiel a papá!

—Pues así fue, Benja. Y aunque cuando él lo supo la perdonó, en realidad mamá había armado todo un circo para que él se enterase ocho años después, que fue cuando nos mudamos a Marbella.

—Increíble... Jaz, veo que de momento no almorzaremos ni cenaremos juntos...

—No, Benja. Te iba a llamar cuando llegase a casa. Estaré aquí hasta que pueda vender el piso y luego iré para allí.

—¿Venderás tu piso de Marbella?

—Sí, y tal vez lo compre papá. Va a dejar a mamá. Todo es una locura, pero en este momento no puedo pensar en nada más. Sueno egoísta, lo siento.

—Te entiendo, Jaz. Cuídate, ¿quieres? Y cuando estés en Madrid, ven a casa, que Dan quiere verte también.

—¡Vale! Cuídate tú también. Te quiero.

—Y yo a ti.

Me dirigí al centro en busca de una inmobiliaria para poner en venta el piso. Lo organicé para la tarde. Alguien iría a tomar fotos y a hacer la tasación. Fui al supermercado, compré algunas cosas para comer y me fui al piso. Mientras conducía, entró un mensaje. Pude ver que en la pantalla decía que era de Patricio, pero no quise leerlo hasta que hubiese llegado.

«¿Cómo estás? He estado haciendo averiguaciones y hay un laboratorio que es muy confiable. ¿Te parece bien ir el lunes?»

«Estoy en Marbella. Vine a hablar con mi madre y me quedaré unos días. Tengo que resolver algunas cosas.»

«Tenemos que resolver esto lo antes posible.»

«¿Para que me deshaga del bebé?»

«No seas injusta. Todo esto me afecta tanto como a ti.»

«No creo que tengas idea de cuánto me afecta a mí.»

«Avísame cuando vengas a Madrid.»

«Vale.»

Definitivamente, debía darme prisa para hacer lo que había planificado. Estaba decidida a seguir con el embarazo, y él estaba evidentemente decidido a querer deshacerse del bebé si el resultado era positivo.

A las cuatro llegó el agente inmobiliario con el tasador. Tomaron las fotos, recorrieron el piso y se fueron diciendo que al día siguiente se pondrían en contacto conmigo. Me preparé un chocolate caliente y un bocadillo mientras encendía mi *tablet* para buscar pisos. No quería ir a una ciudad donde Patricio tuviese alguna sede de la empresa; así evitaría cruzarme con él.

Estuve mirando un mapa; estaba entre Granada y Zaragoza. Granada quedaba quizá muy cerca de Marbella. Era una ciudad muy bonita y que conocía bien, pero ahí estudiaba Ceci y, aunque me habría gustado estar cerca de ella, no podía permitir que nadie supiera dónde estaba, así que me decidí por Zaragoza.

Leti llegó de la clínica y nos sentamos a hablar. Le conté que había hablado con mi madre y mi padre, y que había tomado la decisión de vender el piso e irme a otra ciudad.

—Sí. Ricardo me lo ha dicho y también que compraría él el piso.

—Así parece, pero le he dicho que lo piense bien. De todas formas, esta tarde han venido un agente inmobiliario y un tasador.

—¿Y qué has decidido?

—Me voy a Zaragoza.

—¿A Zaragoza?

—Sí. He estado viendo algún piso que podría usar también como consulta, y voy a ver también si hay alguna clínica psicológica o colegio que necesite una psicóloga, aunque con el paro que hay va a ser muy difícil. Empezaré de nuevo, Leti. Te pido que no le digas a nadie adónde me voy.

—Puedes confiar en mí, aunque no estoy de acuerdo con tu decisión. —Me miró y me tomó una mano—. Porque eres mi amiga es mi deber decirte que no estás pensando lo que haces y que te puedes arrepentir.

—Lo he pensado. Trato de hacer lo mejor para mi bebé, y creo que es mejor empezar de cero en un lugar donde nadie me conozca y sepa la historia.

—No podrás alejarme de tu lado. Seré la tía de ese bebé e iré a verte cada vez que pueda, y cada vez que lo haga te diré que debes hacerte la prueba de ADN.

La miré y la abracé. Sabía que Leti sería incondicional.

Mientras tanto, Patricio hacía lo que podía para seguir con su vida. La empresa y las responsabilidades lo requerían, a pesar de que no tenía ni la cabeza ni el corazón en eso. Sol, Marina y Teresa le habían preguntado por mí, y él se había limitado a responder que me había surgido un problema que me impedía por el momento estar allí.

Sol y Marina me habían enviado mensajes, pero no había tenido la fuerza para responder. Seguramente Cintia se sentiría muy feliz de que ya no estuviese allí y Gabriela ya lo sabría, lo que le daba la excusa perfecta para acercarse, pues Patricio estaría vulnerable.

—Quizá sea lo mejor... —me dije en voz alta.

Algo dentro de mí se retorció al pensar en ellos juntos. Gabriela no iba a quedarse quieta ante esa oportunidad.

Patricio se ausentó algunos días de la empresa, y los días en que estaba era como si no estuviera.

Mi *tablet* sonó. Un *e-mail* había llegado. Miré el remitente, no deseando —o sí— que fuera de Patricio. Era de Sol.

From: Sol Pereira
Sent: Thursday, October 11, 2012 19:54 PM
To: Ps. Azul Alzogaray
Subject: Saber de ti...
Azul:

¡Hola! ¿Cómo estás? Marina, Tere y yo estamos preocupadas por ti. El señor Del Monte sólo nos dijo que tenías un problema personal y que por ahora no vendrías a trabajar. Intenté llamarte a tu piso pero nadie respondió. Te llamamos y enviamos

mensajes al móvil y tampoco encontramos respuesta. Esperamos poder contactar contigo por esta vía.
Queremos que sepas que puedes contar con nosotras si podemos ayudar. No sabemos qué pasa, pero debe de ser grave porque el señor Del Monte está como alma en pena, distraído, irritable..., eso, cuando viene. Jamás lo habíamos visto así.
Cualquier cosa que necesites, no dudes en avisarnos, que estaremos ahí.
Con cariño,
Sol

«Sí, un problema personal...»

Terminé de leer todo el correo y después de darle muchas vueltas y pensar qué decirle, me decidí a responder. Sol había sido una buena amiga el tiempo que había estado en Madrid.

Sabía que contaba con su amistad y con su silencio. Había podido contar con su discreción cuando me vio en la disco con Patricio; aun así, no podía confiarle lo que estaba sucediendo. Era demasiado. Apenas soportaba saberlo yo.

Enterarme de que Patricio parecía un alma en pena por la empresa me dolía. Sabía que no lo estaba pasando bien; pero él tenía la capacidad de ponerse la máscara de acerado empresario y no lo estaba haciendo en ese momento.

From: Ps. Azul Alzogaray
Sent: Thursday, October 11, 2012 19:54 PM
To: Sol Pereira
Subject: RE: Saber de ti...
Sol:
Gracias por tus palabras. Efectivamente, estoy pasando por un momento personal muy complicado, pero no puedo decirte más. Lo cierto es que Patricio y yo ya no estamos juntos, pero la razón por la que no estoy yendo a la empresa no es ésa; es que tengo que resolver una situación y eso me impide estar en Madrid. Muy probablemente la semana que viene iré a firmar la renuncia. La necesitan para contratar una sustituta. Le enviaré a Carlos un *e-mail* con mi carta de renuncia, con copia a Patricio, así ya podrán empezar a buscar.

Espero que estéis bien. Durante los pocos meses que he estado en Madrid, vosotras me habéis hecho sentir como en casa, así que muchas gracias también por eso. Quizá cuando vaya por allí podamos almorzar juntas.
Un beso para ti, Marina y Tere.
Jazmín

Patricio habló con Clara. Se lo contó todo, salvo lo del embarazo. Ella no se lo podía creer; no se había enterado de quién había sido la amante de su marido hasta ese momento. Ella sabía lo que su hijo sentía por mí y le dolía por él. Lo veía tan triste y abatido que le preocupaba.

—Hijo, ¿por qué no te quedas en casa unos días? Déjame cuidarte. Estar solo en tu casa no te va a ayudar, únicamente conseguirás seguir atormentándote.

—Gracias, mamá, pero no. Esta casa también tiene lo suyo...

—Quizá podrías hablar con tu terapeuta. Él puede orientarte. Sé que en este momento las dudas te asaltan una y otra vez.

—Necesito que Jazmín venga y que hagamos el análisis de una vez.

—Lo sé, pero seguramente ella está tan agobiada como tú. Dale tiempo.

—¡No sé qué voy a hacer, mamá! Nunca pensé que llegaría a amar así, y cuando llega, sucede esto. ¿Por qué, mamá?

—No lo sé, no lo sé, hijo... Pero no pierdas la esperanza. Esperemos a los análisis.

—Tengo que irme, mamá.

—¡Hijo!, no puedes conducir en ese estado. Preparo la cena, y luego si quieres te vas. Pero deberías quedarte, y marcharte mañana más tranquilo.

Cené con Leti y le pedí que hablara con Violeta. Yo no era capaz de volver a contar la historia y quería verla antes de irme. Me preguntó si me había hecho algún control del embarazo y caí en la cuenta de que no. Al día siguiente llamaría a mi ginecóloga; si bien era conocida de mi padre, confiaba en que no diría nada. Una vez en mi cama, tomé la *tablet* y decidí escribir la carta de renuncia.

Marbella, 11 de octubre de 2012

INGENIERÍA DEL MONTE
Gerencia Gral.
Dpto. de RR. HH.

Ing. Patricio del Monte
Señor Carlos Borges

Señores:

Les estoy muy agradecida por la confianza que supuso el haberme seleccionado para el puesto de psicóloga en Ingeniería Del Monte. El cargo que me ofrecieron fue muy enriquecedor, un desafío que he llevado adelante con pasión y decisión. Espero que mi trabajo haya cumplido con sus expectativas.

Como sabe ya el señor Del Monte, tengo un problema personal que me impide estar en Madrid y seguir cumpliendo con mi trabajo, por lo que presento mi renuncia irrevocable.

Les agradezco la atención brindada durante el corto tiempo que he estado en esta compañía y reafirmo la satisfacción que me produce haber trabajado para ustedes.

Sin otro particular, se despide atentamente,

Ps. Azul Alzogaray

La adjunté a un *e-mail* dirigido a Carlos y a Patricio, y lo envié. Luego me puse a buscar información sobre problemas congénitos en niños que eran fruto de un incesto. Me registré en un foro y leí varios trabajos sobre los índices de riesgo de enfermedades genéticas y las pruebas que se debían hacer para descartarlos.

La campanilla del correo me sobresaltó. Era una respuesta de Patricio.

From: Ing. Patricio del Monte
Sent: Thursday, October 11, 2012 23:41 PM
To: Ps. Azul Alzogaray
Subject: RE: Renuncia

Jazmín:

He recibido tu carta de renuncia y no puedo aceptarla. Podemos buscarte una sustituta mientras resolvemos esto; pero sea cual sea el resultado, tienes aquí tu trabajo. Eres muy buena y realmente has superado nuestras expectativas. Sé que en este

momento no quieres verme y lo entiendo. Yo mismo dudo de mi cordura cuando te tengo cerca, pero podemos encontrar un camino.
Cuando empezamos con la relación, tú me dijiste que tenías miedo de perder el trabajo si no funcionaba, y yo te dije que no tenías por qué perderlo. Podrías trabajar en una de las delegaciones, no lo sé; podemos encontrar una solución.
Estoy en casa de mi madre. Hoy me quedaré aquí. Es duro estar en casa solo. Házmelo saber cuando llegues a Madrid.
Cuídate, por favor.
Patricio

«¡No, definitivamente no puedo! Esta renuncia es irrevocable. La semana que viene iré a firmarla y se acabó.»

From: Ps. Azul Alzogaray
Sent: Friday, October 12, 2012 00:26 AM
To: Ing. Patricio del Monte
Subject: RE: RE: Renuncia
Patricio:
No puedo seguir trabajando para ti. Mi renuncia es irrevocable.
La semana que viene estaré allí para firmarla.
Tu madre debe odiarme, ahora que lo sabe. Envíale, por favor, las disculpas por todo en nombre mío y de mi familia, si es que de algo le sirven.
Cuídate tú también, por favor.
Jazmín

Apagué la *tablet* y me dormí. Soñé que todo era una pesadilla y que estábamos juntos nuevamente, recostados en el prado, con mi vientre grandote. Era un hermoso atardecer de primavera... Era un sueño...

Desperté antes que Leti y me fui a la ducha. Me vestí y llamé a la ginecóloga para saber cuándo me podría atender. Tuve suerte, porque habían cancelado una cita a las once. Desperté a Leti con el desayuno. Era viernes y ese día empezaba su turno en la consulta después del mediodía.

—Me siento horrible... Con todo esto que me está pasando, no te he preguntado por Gastón.

—Bien. Está en Santander. Llega mañana por la tarde... No sé si estarás con ánimos para cenar con nosotros.

—No, no lo estoy. Además hace días que no os veis.

—¿Almuerzo de domingo?

—Almuerzo está bien. —Tomé lo que quedaba de mi té—. A las once tengo visita con la ginecóloga.

—¿Quieres que te acompañe?

—¿Puedes?

—Sí, claro. No tengo consulta hasta la una. ¡Hay tiempo de sobra!

—¡Gracias, amiga!

—Y por la noche podríamos ver a Violeta. Hablé con ella ayer y quiere verte.

—Estaría bien. Voy a cambiarme y buscar las pruebas que me hicieron en Barcelona.

Cuando estuve lista, ya era la hora de salir. Llegamos a la clínica y esperé mi turno.

—¡Hola, Jazmín! ¿Cómo están tus padres?

—Bien, bien. Gracias.

Fingir no era lo mío, pero no iba a contarle que mis padres se separarían y que ese bebé quizá fuera de mi hermano.

—¿Qué te trae por aquí? Tienes todas las revisiones al día.

—Estoy embarazada.

—¡Enhorabuena, Jazmín!

—Tengo aquí los análisis que me hicieron en Barcelona, pero me dijeron que debía hacerme un control y debía tomar vitaminas y ácido fólico.

—A ver..., veamos qué análisis te hicieron.

—Aquí tiene.

—¡Aja!, así que según los análisis... estarías de... unas seis semanas.

—Sí, así es.

—Bien. Voy a pedirte una serie de pruebas. La doctora Giroz te indicó correctamente que comenzaras con el ácido fólico, ¿lo has hecho?

—No... Han sido unas semanas complicadas.

—Debes comenzar cuanto antes. Es importante.

—Ahora vamos a hacer una ecografía. Recuéstate en la camilla y bájate el pantalón.

Hice lo que me había indicado. Entonces puso un gel en mi vientre que hizo que me estremeciera de frío y a continuación movió el monitor para que yo pudiera ver.

—¿El padre no ha venido contigo?

—No, él está en Madrid.

No iba a entrar en detalles, ni a decirle que no estábamos juntos.

—Una lástima. Pero podrás mostrarle la eco, la grabaré en un cedé. Mira..., allí está... Veamos el tamaño.

Ahí estaba... mi bebé..., un pequeño saquito.

—El tamaño es perfecto, seis milímetros. Ahora vamos a escuchar su corazón.

Cuando la doctora subió el volumen del ecógrafo comencé a oír un latido fuerte y rápido.

—Ése es su latido. Es fuerte... —Las lágrimas corrían por mis mejillas—. Todo está muy bien, Jazmín. Es un bebé muy fuerte.

Me entregó una toallita para limpiarme el gel del vientre.

—Gracias.

—Mientras te vistes, voy a prepararte las recetas y las instrucciones. Tómate tu tiempo.

Me sequé las lágrimas, limpié el gel, me vestí y volví a sentarme a su escritorio. La doctora me miró por encima de sus gafas y creo que pudo ver mi angustia.

—Aquí tienes. Cómpralas hoy y comienza a tomarlas, y aquí tienes el cedé con la ecografía. Cuando tengas los resultados, ven a verme otra vez.

—Gracias de nuevo, doctora.

Salí de la consulta. Fuera me esperaba Leti. Vio mis ojos llorosos y en seguida se acercó a mí.

—¿Todo bien, Jaz?

—Sí, todo bien. Tengo que pasar por la farmacia... Me ha dado un cedé con la ecografía. Está perfecto... y su corazón late deprisa y fuerte.

—¿Podremos verlo cuando regrese del trabajo?

—Claro... Te llevo a la clínica; quiero almorzar con papá.

—Me parece perfecto. ¿Estás bien?

—Estoy...

Subimos al coche, paré en una farmacia para comprar lo que me había recetado la doctora y seguimos hacia la clínica.

—Jaz, ¿de verdad que quieres irte y pasar sola por todo esto?

—Leti, si te dijera que sí te estaría mintiendo, pero la verdad es que no tengo opción. Papá y mamá no pueden enterarse, y Patricio..., bueno, Patricio ya sabes lo que quiere, así que tengo que irme. Hoy buscaré piso y la semana que viene, a más tardar la siguiente, me trasladaré.

—Pero...

—Pero nada, Leti. Ya lo he decidido. Apóyame en esto; sólo te pido tu silencio.

—¡No!, no sólo me pides mi silencio. Me pides que no esté contigo en este momento tan duro que estás viviendo; me pides que no te acompañe, que no te abrace y apoye cuando estés mal, y...

—Lo siento, amiga. Sé todo lo que implica lo que te estoy pidiendo, pero créeme que no lo haría si no fuera importante.

Permanecimos calladas el resto del trayecto hasta la clínica. Llegamos, bajamos del coche y, al ir hacia la puerta, Leti me abrazó.

—Lo haré; guardaré silencio. Cuenta conmigo.

—Gracias, gracias, Leti.

Entramos y fui directamente al consultorio de papá. Su secretaria, que me conocía desde hacía años, me vio y me hizo señas de que pasase.

—Hola, papi.

—Hija, cariño, ¿cómo estás?

—Estoy, papá...

—¿Qué haces por aquí?

—Vine a raptarte para almorzar.

Papá sonrió, se deshizo de su impecable bata blanca y salimos.

—¿Caminamos?

—Sí, está bien caminar un poco.

Cuando le así el brazo para empezar a caminar, mi móvil sonó. No reconocí el número, pero era de Marbella.

—¿Hola?

—¿Señorita Alzogaray?

—Sí, yo misma. ¿Con quién hablo?

—Señorita Alzogaray, le llamo de la Inmobiliaria Marbella.

Tenemos una persona interesada en su piso. Queríamos concertar una visita.

—¡Oh, bien! Puede ser esta tarde o mañana todo el día.

—¿Le parece bien mañana a las diez y media?

—Perfecto.

—Que tenga buen día.

—Igualmente —le deseé, y colgué.

—¿Todo bien, cariño?

—Sí, papá. Hay alguien interesado en mi piso. Mañana vendrán a verlo.

—Hija, te dije que me gustaría comprártelo. Estoy alojado en un hotel. Déjame hacer eso por ti y tú lo haces por mí.

—¿Qué tal está mamá? —pregunté para cambiar de tema.

—No quiero hablar con ella, cariño. Me ha llamado y ha venido a la clínica, pero no puedo hablar con ella aún.

—Lo siento, papá.

—No lo sientas. Amo a tu madre. La perdoné hace veinte años, pero no puedo perdonarla de nuevo.

—¡Ay, papi!, qué difícil es ser feliz.

—Venga, vamos, ¡tengo hambre! —dijo papá para cambiar nuevamente de tema.

Nos sentamos en el bar donde almorzaba diariamente, pedimos y hablamos. Le conté que me iría un tiempo de viaje.

—Con el dinero del piso que venderé aquí, compraré un piso pequeño que usaré también de consulta.

—¿Por qué no te quedas aquí, hija? Puedes trabajar en la clínica y estar cerca. Te he echado de menos desde que te fuiste a Madrid.

—Y yo a ti, papi, pero no puedo estar cerca de mamá, y además...

—Te entiendo, hija. Necesitas empezar de nuevo.

—Sí.

El almuerzo transcurrió tranquilamente. No volvimos a abordar el tema. Cuando terminamos, caminamos abrazados hasta la clínica y me fui a mi piso.

Llamé a Benja y le pedí si podía embalar mis cosas y dejarlas preparadas para cuando fuese para Madrid. No quería estar muchos días allí. Ya lo tenía todo planeado: iría a firmar la renuncia, recogería mis cosas, me marcharía a Zaragoza y desaparecería para siempre de la vida de Patricio. «¡Joder! ¡Cómo duele! ¡Cómo te extraño! Si pudiese apretar un botón y olvidar los últimos meses sería feliz.» Me ovillé en el sillón y me dormí llorando.

Patricio resolvió que se iría unos días de viaje; también necesitaba alejarse y pensar. Se decidió por Londres, pero primero quería saber cuándo volvería, para que pudiéramos ir al laboratorio, así que pensó en enviarme un *e-mail*, y finalmente me llamó.

El móvil me sobresaltó. Lo atendí sin mirar la pantalla.

—¿Hola?

—Jazmín.

Me quedé paralizada. Oír la voz de Patricio me provocó un estremecimiento en todo el cuerpo.

—Patricio...

—¿Cómo estás?

—Estoy... ¿Tú cómo estás?

—Estoy...

Hubo un silencio incómodo.

—Iba a enviarte un *e-mail* o un mensaje para avisarte de que no podré ir la semana que viene a Madrid; quizá la otra. Tengo que resolver algo aquí y no puedo irme hasta que no lo haya solucionado. Quizá así os dé tiempo suficiente para contratar a otra psicóloga, y el día que vaya a firmar la renuncia puedo ponerla al tanto de los casos más importantes.

—Jazmín, estoy muy cansado. Terminemos con esta tortura. Vayamos al laboratorio. No puedo más con esta incertidumbre. Me está matando.

—Patricio, yo también estoy cansada, pero necesito solucionar esto. En unos diez días lo habré solucionado... y luego iré a Madrid. Te enviaré un *e-mail.*

—¿Puedo ayudarte en algo?

—No, gracias.

—Cuídate, Jazmín.

—Tú también —le dije, y colgué antes de echarme a llorar.

Patricio presionó un botón y le pidió a Marina un café y a Cintia que fuese a su despacho.

—Señorita López, resérveme una suite en el hotel Royal Imperial y un billete de avión para Londres.

—¿Para cuándo, señor?

—Para mañana a primera hora.

—Ahora mismo lo hago. ¿Necesita algo más?

—Dígale al señor Borges que lo espero aquí en media hora.

—Muy bien.

Tendría media hora para calmarse; la llamada lo había afectado mucho. Marina le llevo el café y se quedó parada frente al escritorio, dudando si preguntarle o no por mí. Patricio sorbió su café y por encima de la taza vio que Marina seguía allí.

—¿Necesita algo, señorita Alves?

—Señor..., quería preguntarle por Jazmín.

—Acabo de hablar con ella, Marina —contestó, y le hizo un gesto para que tomara asiento.

—¿Está bien? Sol, perdón, la señorita Pereira le envió un *e-mail* después de que intentáramos comunicarnos con ella por varias vías sin respuesta. Finalmente, respondió. Me dijo que por el texto le pareció que Jazmín estaba muy angustiada, aunque no le dijo qué era lo que pasaba. ¿Está enferma?

—No, Marina. Tiene un problema personal, pero no es una enfermedad.

—No quiero ser entremetida, pero también le dijo que ustedes ya no estaban juntos, y he podido observar que usted ha estado muy mal desde que Jazmín se fue.

—Así es, ya no estamos juntos.

Cintia entró en el despacho justo cuando Patricio decía que ya no estaba conmigo. Marina se levantó de la butaca.

—Permiso, señor.

—Suyo, señorita Alves —le dijo cortésmente—. Señorita López, ¿cuántas veces le he pedido que cuando entre en mi despacho llame antes?

—Lo lamento, señor. Quería avisarle de que ya está todo reservado e impreso. Aquí tiene. El Señor Borges está avisado y estará aquí de un momento a otro.

—Gracias. Puede retirarse.

Cinco minutos después llamaban a la puerta.

—Adelante.

El Señor Borges encontró a Patricio de pie, mirando hacia fuera.

—Señor, ¿quería verme?

—Toma asiento, Carlos.

Patricio volvió a su sillón.

—Señor, ¿está bien?

—Sí. —respondió Patricio. Hizo una pausa y continuó—: Necesitamos contratar a otra persona para cubrir el puesto de Jazmín. Dentro de unos diez días, ella vendrá a firmar la carta de renuncia, y me ha dicho que, si para ese día ya teníamos sustituta, podría ponerla al tanto de los asuntos especiales en los que ella estaba trabajando.

—Usted y yo sabemos que ella difícilmente tendrá sustituta, pero intentaré encontrar a alguien que esté medianamente a su altura.

—Lo sé, Carlos. Ponte a eso cuanto antes. Lo dejo todo en tus manos. Yo me iré mañana a Londres y volveré dentro de una semana.

—¿No querrá hacerle una entrevista?

—No, confío en ti.

—¿Necesita algo más?

—No, puedes retirarte. Gracias, Carlos.

—Permiso...

Carlos se marchó del despacho y Patricio tomó su abrigo y salió cabizbajo. Cuando pasó por la recepción, le dijo a Marina y a Cintia que volvería al cabo de una semana y que sólo contestaría al móvil en caso de urgencia.

Tomó su coche y condujo hasta su casa, donde *Peter* y *Pan* lo recibieron con entusiasmo. Él, en cambio, se arrastró hacia dentro; casi no soportaba estar allí. Cada rincón que miraba era un recuerdo, y el aroma a jazmines que había sido tan especial para él fue como un puñetazo a su ya desgastado ánimo.

Subió al dormitorio y cuando entró no pudo más que derrumbarse en la cama que tantas veces habíamos compartido y llorar, llorar, llorar como un niño abrazado a la almohada, que aún tenía mi perfume.

Se despertó horas después, agotado, se arrastró hasta el vestidor e hizo una pequeña maleta. Luego entró en la ducha y estuvo un buen rato bajo el agua.

Decidió que pasaría el resto de la noche en el dormitorio de invitados. A las seis y cuarto, sonó el despertador; no había dormido en toda la noche. A la hora acordada, llegó Óscar para llevarlo al aeropuerto y Patricio partió hacia Londres.

El agente inmobiliario fue puntual. Estaba con dos personas recorriendo mi piso. Se trataba de un matrimonio joven y parecían muy interesados. Cuando se iban el agente me indicó que se pondría en contacto conmigo esa misma tarde. Los documentos del piso estaban todos en orden y los certificados emitidos, por lo que, de querer comprarlo, los trámites deberían ser rápidos.

Me llamó por la tarde y me dijo que finalmente ese matrimonio se había decidido por otro piso que habían visitado. Mi ánimo cayó por los suelos, como si aún pudiese caer más de lo que ya lo estaba. Pensé que tendría que dejarle un poder a mi padre o a Leti para que se encargasen. Yo no podría esperar mucho más; diez días era mi límite. Mientras tanto, me encargaría de buscar un piso o un hotel en Zaragoza, para luego instalarme definitivamente.

La semana pasó lentamente, pero el fin de semana, con Violeta fuera y Leti con Gastón, fue más triste de lo habitual. No podía ni escuchar música; todas las canciones me recordaban a Patricio. La mañana del lunes, sin avisar, llegó mi padre. Me sentía muy descompuesta, pero le dije que la noche anterior había cenado fuera y que algo me habría caído mal.

—Cariño, he venido a arreglar contigo lo del piso... —me comentó mientras le servía un café y yo me preparaba un té.

—¿Otra vez con eso, papá?

—Sí. Estuve en la inmobiliaria y sé cuál es la tasación. Hija, deja que te ayude con esto. He hablado con tu madre y le he pedido el divorcio. Ella se quedará en la casa, y yo no quiero vivir en un hotel. Tengo que comprarme un piso y tú necesitas el dinero para comprarte tu pisito donde sea que vayas a hacerlo.

—Está bien, papá. Realmente te lo agradezco. Ya estaba enloqueciendo pensando cuánto tiempo más tendría que esperar.

—No tienes nada que agradecerme. Te quiero, hija.

—Y yo a ti, papá.

—Pensaba darte el dinero hoy mismo.

—No me iré hasta el jueves. No te apures.

—Gracias por el café. —Se levantó y me dio un beso en la frente—. ¡Cuídate!

—Sí, papá... Te quiero, ¡y gracias, gracias, gracias!

Cuando mi padre se fue sentí alivio y nostalgia al mismo tiempo; alivio porque podía proseguir con mi plan, y nostalgia porque a partir de ese momento comenzaría una nueva vida lejos de mi familia, de mis amigos... y de Patricio. Aunque eso no era nostalgia; eso era dolor, un fuerte y profundo dolor.

Durante la semana, Leti me ayudó a guardar el resto de la ropa que no me había llevado a Madrid y algunas cosas que quería. Lo demás se lo dejaría a papá.

El miércoles me decidí a enviarle un mensaje a Patricio.

«Patricio, el viernes estaré temprano en la empresa. Le enviaré un *e-mail* a Carlos para que tenga los papeles preparados.»

«Vale. ¿Vienes en coche?»

«Sí. ¿Tenéis ya a la sustituta?»

«No lo sé. No estoy en España. Llego mañana. Carlos se encarga. Ten cuidado en la autovía. Bs.»

From: Ps. Azul Alzogaray
Sent: Thursday, October 25, 2012 11:27 AM
To: Señor Carlos Borges
Subject: Renuncia y reemplazo
Carlos:
Espero que estés bien. Quería avisarte de que el viernes estaré en la empresa temprano para firmar la renuncia. Si ya tenéis a mi sustituta, podría ponerla al tanto de los asuntos importantes.
El lunes saldré de viaje y estaré fuera bastante tiempo.
Hasta el viernes.
Jazmín Alzogaray

From: Señor Carlos Borges
Sent: Thursday, October 25, 2012 11:43 AM
To: Ps. Azul Alzogaray
Subject: RE: Renuncia y reemplazo
Jazmín:
Debo decirte que no respondí a tu carta de renuncia porque estaba esperando que te arrepintieras. Luego hablé con el señor Del Monte y me pidió que buscase a una sustituta, por lo

que comprendí que no lo harías. He contratado a una sustituta, pero dudo mucho que sea realmente una sustituta. Tu trabajo ha sido impecable, en todos los sentidos, y los cambios implementados han sido muy exitosos.
Lamento mucho tu decisión. Sé que tienes un problema que debes resolver. Si puedo serte útil en algo, por favor, házmelo saber. Los documentos están preparados para ser firmados. Te espero el viernes por la mañana.
Hasta entonces.
Carlos

Cené con papá y me despedí. El jueves temprano salí hacia Madrid con el resto de mis cosas. Llegué por la noche y le pedí al portero que me ayudase con las cajas. Benja había embalado todas mis cosas. El lunes viajaría a Zaragoza y me alojaría en un hotel. Había encontrado un par de pisos que me habían gustado en Internet, así que los iría a ver y comenzaría con los trámites para la compra. Luego le pediría a Benja que me enviase la mudanza.

Fui a darme una ducha, bajé al bar de la esquina a cenar algo y después regresé para acostarme. Por la mañana, iría a la empresa para firmar la renuncia. Me costó dormirme. Estaba nerviosa porque no quería cruzarme con Patricio. Finalmente, me dormí.

A las siete y cuarto sonó el despertador. Fui a ducharme y a continuación me vestí, me maquillé un poco para disimular la palidez y las ojeras, y salí.

Estacioné en mi plaza; el coche de Patricio ya estaba allí. Teresa se puso muy contenta al verme.

—¡Azul! ¡Qué alegría verte! ¿Cómo estás?

—Digamos que bien... Voy a subir a ver a Carlos, que me está esperando. Luego nos vemos; quizá podamos almorzar juntas, con Sol y Marina.

—¡Sería genial! Se lo comentaré a ellas ahora.

Subí hasta el cuarto piso. Sol estaba hablando por teléfono, y me sonrió. Esperé a que terminara la llamada. Vi que la puerta de mi despacho estaba cerrada; quizá estuviese allí mi sustituta.

—¡Azul! ¡Qué ilusión volver a verte! ¿Cómo estás?

—Estoy bien, Sol. Quería darte un beso y pasar al despacho a recoger mis cosas. ¿Tú las has guardado?

—No. Está todo ahí, salvo el portátil.

—¿Y mi sustituta?

—Trabajando en la sala de reuniones. Todavía no le han asignado despacho.

—Entonces pasaré a retirar mis cosas.

—Claro.

—¿Quieres que te lleve un café o un té?

—No, gracias, Sol. Será rápido. Carlos me espera en la oficina para firmar los documentos.

—Te vamos a extrañar, Azul.

—Y yo a vosotras. ¿Almorzamos juntas hoy?

—¡Sí! Ya me ha avisado Tere.

Sol me dejó sola y entornó la puerta del despacho.

Estaba recogiendo mis cosas cuando oí la voz de Patricio a mis espaldas. Me quedé congelada.

—Hola.

Me volví y ahí estaba. Si bien era el Patricio de siempre, su rostro denotaba el cansancio y el agobio por toda esa situación.

—Hola.

—¿Te ayudo con eso?

—No, gracias. Son pocas cosas, pero quiero sacarlas, así ya podréis usar el despacho. Deberíais haberle pedido a Sol que las sacase. Me ha dicho que la psicóloga está trabajando en la sala de reuniones.

—Sí, acabo de verla allí.

Seguí en silencio juntando mis cosas, revisando los cajones y el armario. Patricio se mantenía apoyado en la pared, mirando hacia abajo.

—Esto es todo... Se lo dejaré a Sol mientras voy al despacho de Carlos.

—¿Podemos hablar un momento?

Dudé.

—Claro.

Patricio cerró la puerta y nos sentamos. Hubo un largo silencio, hasta que habló.

—¿Podemos ir al laboratorio hoy?

—Hoy no puedo. Tengo un compromiso y no sé cuánto tiempo me llevará.

—Mañana es sábado. El laboratorio no está abierto.

—El lunes...

—Déjate de excusas. Le dijiste a Carlos que el lunes te ibas de viaje.

—Por la tarde. Podemos ir al laboratorio por la mañana y acabar con esto.

—¿Adónde vas?

Lo miré para indicarle que no se lo diría.

—Necesito tomar distancia. Es un buen momento para hacer un viaje.

—Yo estuve la semana pasada en Londres; también necesitaba distanciarme. La incertidumbre me está destruyendo, Jazmín. ¿Es que no te das cuenta de que necesitamos saber el resultado cuanto antes?

—Si lo dices por el embarazo...

—¡No, no lo digo por eso! —Me interrumpió—. Lo digo porque necesito que el resultado sea negativo para seguir viviendo. Esto... esto ni siquiera es sobrevivir.

—¿Y qué crees tú que estoy haciendo yo? Estoy muerta desde hace semanas. Estoy viviendo la peor de las pesadillas posibles. Sufro como nunca pensé que se pudiese sufrir. Soy una autómata que sólo camina y respira. —De mis ojos salían cataratas de lágrimas y corrían por mis mejillas—. Si pudiera apretar un botón para olvidar estos meses lo haría, Patricio; haría cualquier cosa para evitar este sufrimiento tan inhumano, esta culpa por amarte como te amo, por extrañarte como te extraño y por necesitarte como te necesito; esta furia con mi madre por haberme jodido la vida por una aventura de un par de noches. ¡Quiero morir, Patricio!, no quiero vivir si no es contigo y nuestro bebé... No quiero...

Estaba haciendo catarsis. Había estado agarrotada, y escupir todo eso y llorar tan desconsoladamente me agotó.

—Yo tampoco... Me mata verte así, Jazmín... Necesito abrazarte.

Él también estaba llorando. Se frotó los ojos para secarse las lágrimas. Mis palabras, sin duda, también eran suyas.

—¡No! Necesito que me dejes sola. Tengo que recomponerme antes de ir al despacho de Carlos. Debe estar esperándome.

—Déjame abrazarte.

—No, Patricio. Es un martirio el solo hecho de tenerte frente a mí. —Saqué un pañuelo y me sequé las lágrimas—. Por favor, déjame sola..., por favor.

Caminé hacia la ventana, me abracé y me mantuve de espaldas.

—Avisaré a Carlos de que te vas a retrasar. Tómate el tiempo que necesites.

Salió del despacho y me desmoroné en un llanto silencioso y doloroso.

Al cabo de un rato me recompuse. Me retoqué un poco el maquillaje, pero el rojo de mis ojos no se podía ocultar. Salí con mi caja a cuestas. Por fortuna, Sol no estaba a su mesa. Dejé la caja en el suelo, al lado del escritorio. Al verla, comprendería que iría a buscarla cuando terminara con Carlos.

Me dirigí al despacho de Carlos. Llamé a la puerta y en seguida me hizo pasar.

—Permiso, Carlos. —Patricio estaba conversando con él—. No sabía que estabas ocupado; puedo esperar fuera.

—No. Pasa, tranquila. Ya hemos terminado —dijo Carlos.

Patricio se levantó de la silla y abandonó el despacho.

—¿Estás bien?

—Sí, es sólo que os voy a extrañar, y eso me ha puesto nostálgica.

—Nosotros también te extrañaremos..., no sólo por tu impecable trabajo, como te dije en el *e-mail*, sino por la gran persona que eres. No tengo que decirte que las puertas de esta empresa siempre estarán abiertas para ti. Vaya, ahora soy yo el que está poniéndose nostálgico.

—De verdad, aprecio mucho tus palabras. En el poco tiempo que he trabajado aquí, me he sentido muy a gusto. Me llevo una preciosa experiencia.

—Quiero presentarte a la persona que he contratado. Nos gustaría que siguiese tu línea.

—Carlos, yo puedo ponerla al tanto de los casos especiales en los que estaba trabajando y lo de la negociación en Barcelona, pero cada profesional tiene su forma de trabajar.

—Lo sé... Bueno, no hagamos más larga la despedida. Aquí tienes la documentación para que la leas y la firmes. —Leí los documentos y los firmé—. Y aquí tienes una carta de recomendación firmada por el señor Del Monte, por el gerente de Vigo y el de Barcelona, y por mí..., y aquí está tu cheque con la liquidación. Y este sobre es un premio en reconocimiento a tu trabajo, desempeño, dedicación y logros. —Miré el cheque y contuve la respiración.

—Me honra, pero no puedo aceptarlo, Carlos. ¡Es demasiado!

—Decisión del señor Del Monte. Habla con él.

—Lo haré. ¿Y ahora podemos ir a que me presentes a la nueva psicóloga?

—Claro. Vamos. Está trabajando en la sala de reuniones.

Subimos al quinto piso. Cuando se abrió el ascensor vi a Marina, que sonrió abiertamente al verme. El rostro de Cintia fue como siempre, de asco.

—¡Azul! ¡Qué alegría verte!

—¡Hola, Marina! Voy a reunirme con la nueva psicóloga y luego almorzamos con Sol y Tere.

—Sí, sí. Tere ya se ha encargado de organizarlo todo.

—Nos vemos al mediodía, entonces.

Entré con Carlos en la sala de reuniones.

—Azul, te presento a la señorita Sabrina Acher.

—Hola, mucho gusto. Soy Azul Alzogaray.

—Mucho gusto. Me han hablado mucho de ti; me comentaron que hoy vendrías a contarme los detalles de los casos más complicados..., y algo sobre la negociación de Barcelona.

—Exacto. ¿Nos sentamos?

—Yo me retiro. ¿Puedo pedirle a Marina café o té para vosotras?

—Un té para mí, Carlos. Gracias.

—Café para mí, señor Borges.

Marina trajo las bebidas y estuvimos trabajando. La puse al corriente de los casos importantes y de lo que había comenzado en Barcelona. Sabrina parecía muy atenta, y compartíamos opiniones. Por un momento, pude olvidarme de todo lo que me estaba sucediendo y me sumergí en el trabajo. Al mediodía ya habíamos aclarado lo necesario. Le dejé mi *e-mail* por si tenía alguna duda, me despedí y salí de la sala.

—Marina, ¿está el señor Del Monte en su despacho?

Cintia levantó la cabeza.

—Sí, pasa sin más.

—No; anúnciame, por favor.

Marina me anunció por el interfono.

—Pasa. Te espera.

—Gracias, Marina. Termino con Patricio y vamos a almorzar.

Caminé hacia el despacho, llamé a la puerta y esperé.

—Adelante.

Entré. Patricio estaba de pie junto a la ventana, de espaldas a la puerta.

—Permiso —dije, y cerré la puerta.

—No necesitabas anunciarte.

—Me ha parecido lo mejor.

Patricio seguía mirando hacia fuera, y yo me quedé de pie junto a la puerta.

—He conocido a la nueva psicóloga. Ya la he puesto al corriente de lo más importante y sobre lo que comencé en Barcelona.

Se volvió y se dirigió a la sala de estar, haciéndome señas para que me sentara.

—No tengo mucho tiempo. —Me senté—. Sólo he venido a comentarte eso y a devolverte esto.

Patricio vio de qué se trataba y se dio cuenta de que era el cheque.

—Es tuyo; te lo mereces —dijo con voz torturada.

—No, Patricio, no puedo aceptarlo. Es demasiado.

—Jazmín... —Se apretó los ojos con el pulgar y el índice, y respiró fuerte, como buscando las palabras para continuar—: No me quedan fuerzas para discutir. Toma el maldito cheque.

—Entonces, no discutas. No puedo aceptarlo. Mi liquidación es más que suficiente; no necesito más. —Esperé en silencio a que me mirara, y cuando lo hizo, continué—: Realmente te lo agradezco, pero no me siento cómoda aceptándolo. —Volvió a bajar la mirada—. Y también te he traído esto. —Dejé las llaves y el mando a distancia del portón de su casa en la mesa—. La acreditación y la tarjeta de seguridad se las he entregado a Carlos. Supongo que el portátil es el que está usando Sabrina, porque no lo he visto en el despacho.

Patricio seguía sin mirarme.

—No, el portátil es tuyo. Lo tiene Sol. Ella te lo entregará.

—Es de la empresa. No tengo nada personal allí.
—Haz lo que quieras. No puedo discutir más. Estoy muy cansado.
—Patricio...
—¡¿Qué?!
Su mirada desprendía fuego, pero no de pasión, de furia.
—Nada. Me voy.
—El lunes...
—Sí. El lunes antes de ir al aeropuerto iré al laboratorio. Envíame la dirección.
—¿No iremos juntos?
—No. En este momento estoy haciendo el mayor de los esfuerzos por guardar la compostura. Igual que tú, yo ya no tengo fuerzas ni para discutir ni para nada. Verte me hace mucho daño... —Las lágrimas amenazaron con salir, pero respiré hondo varias veces y las contuve—. Adiós, Patricio.
Me volví y me dirigí hacia la puerta.
—Jazmín...
Yo tenía la mano en el picaporte. Sentí que se acercaba. Mi cuerpo se tensó y apoyé la frente en la puerta.
—¿Qué?
Se detuvo a cierta distancia, pero podía sentir su cercanía.
—Necesito que me abraces, necesito abrazarte.
Yo también lo necesitaba, mucho, y aunque sabía que no era buena idea, me di la vuelta y lo abracé. Patricio rompió a llorar.
—¿Por qué? ¡No puede ser tan injusta la vida, Jazmín!
Nos abrazamos con fuerza. Fue un abrazo de despedida. No fui capaz de articular palabra porque sabía que si lo hacía rompería a llorar también, y no podía.
Deshicimos el abrazo y me besó en la frente. Me volví y, sin decir nada más, salí del despacho. «Adiós, mi amor.»
Mientras iba al encuentro de Marina, Sol y Tere, que me esperaban en el vestíbulo, respiré hondo varias veces para que la angustia pasase.
—Azul, estamos aquí. ¿Vamos?
—Sí, vamos.
Salimos y caminamos hasta un restaurante que había cerca de la empresa. Habían preferido no almorzar en la cafetería, y yo lo agradecí internamente.

—Tenemos un regalo para ti —dijo Sol, muy entusiasmada.

—Queríamos que tuvieses algo que te ayudara a acordarte de nosotras.

—Gracias, Marina, pero no podría olvidaros.

Tere me entregó una cajita con un lazo.

—Me vais a hacer llorar.

Me sequé una lágrima, abrí la cajita y encontré unos pendientes de perla negra.

—¡Son preciosos!

Se me cayeron varias lágrimas; me saqué los pendientes que tenía y me puse los nuevos.

—¡Te quedan muy bonitos!

—¡Son muy bonitos, Tere! ¡Muchas, muchas gracias!

Me levanté de la silla, y abracé y besé a cada una de ellas. Después hablamos agradablemente, aunque yo por momentos no prestaba atención. Vino la camarera y pedimos.

—¿Has podido solucionar el problema?

—No, Sol. Es por eso por lo que debo irme un tiempo de viaje.

—¿Adónde irás? —preguntó Tere.

Lo pensé dos segundos y contesté para que no notaran que mentía.

—Tengo que ir a París...

—¿Podemos ayudarte en algo?

—No, Marina, ya lo solucionaré, pero estaré en contacto con vosotras. Y cuando vuelva os vendré a ver.

—¡Más te vale! Voy a extrañar a mi compañera de pista —dijo Sol, y me reí. Era la primera vez que me reía en semanas.

Nuestros platos llegaron y almorzamos mientras conversábamos. Cuando terminamos volvimos a la empresa. Me despedí de las tres, pasé por el despacho de Carlos para despedirme también, recogí mi caja del escritorio de Sol y salí de Ingeniería Del Monte.

Cuando llegué a mi coche, no atinaba a colocar la llave en el arranque. Mi cuerpo temblaba como una hoja; finalmente, lo logré. Puse el coche en marcha y, como una autómata, conduje hasta el piso.

Llegué y me tiré en el sillón. Me había estado conteniendo todo el día y me ardía el pecho. El volcán explotó.

Tenía claro que había mentido a Patricio. No iría el lunes al laboratorio y, por un instante, sentí que él lo sabía. El abrazo era no sólo una despedida mía, sino también de él. Lloré hasta no poder más. Me costaba respirar de la angustia y no me aliviaba. Finalmente, me dormí.

El sábado me desperté dolorida. Me había quedado dormida en el sillón unas dieciocho horas seguidas. Miré por la ventana. El parque del Retiro se veía hermoso con aquella tonalidad otoñal. Hablé con Benja; me invitó a cenar esa noche y acepté.

—Hola, cariño.

—Hola, Dan. ¿Cómo estás?

—Yo bien: preocupado por ti. Ven, pasa, tu hermano está hablando por teléfono con tu madre en el dormitorio.

—Por los gritos que oigo, no es nada bueno.

Lo seguí hasta la cocina.

—¿Zumo de naranjas..., ¡mmm!, refresco o agua?

—Zumo, Dan, gracias.

—Tu madre ha llamado para saber si iríamos este año por su cumpleaños.

—¿Te puedo ayudar en algo?

—No, cariño, siéntate y cuéntame cómo estás.

—Estoy, Dan... ¿Qué puedo decirte? *Destrozada* sería la mejor definición.

—¿Cuándo piensas hacerte la prueba?

Lo miré; a ellos tampoco podía mentirles.

—No te la harás —adivinó.

—No, no voy a deshacerme de mi hijo.

Me di cuenta de que era la primera vez que le llamaba «mi hijo» en lugar de «bebé».

—¿Por qué tendrías que hacerlo?

—Porque si Patricio y yo somos hermanos, no sé si podría continuar con el embarazo; mientras tenga la duda, sí.

—¿Sabes que estás actuando irracional y egoístamente?

—Sí, por una vez en la vida, estoy pensando en mí y en mi hijo.

Dan me miró y se volvió para terminar con las verduras de la ensalada. Benja salió del dormitorio.

—¡Jaz! —Me abrazó y me dio un beso.

—Hola, Benja. ¿Difícil?

—Ha llamado para saber si iríamos este año para su cumpleaños.

—Me lo ha dicho Dan. ¿Por qué gritabas?

—¿Cómo puede tener ánimos para festejar algo? —Negó con la cabeza—. ¿Te parece que puedo ir de fiesta con ella, sabiendo lo que os ha hecho a papá y a ti? Encima, se enfada. ¿Puedes creerlo?

—Puedo creerlo. A estas alturas, nada me sorprende.

—Cuando le he dicho por qué no iríamos, se ha puesto como loca y me ha gritado. Entonces le he gritado yo. Parece como si no entendiera lo que está pasando. Lo que te ha hecho y lo que le hizo a papá... Es increíble. Papá ya se ha mudado a tu piso.

—No he hablado con Ceci. ¿Sabe algo de la separación?

—No lo sé. Ya sabes cómo es Ceci. No llama nunca, y cuando yo la llamo está estudiando. La adoro, pero es tan desapegada...

—Sí, es verdad. Yo no he tenido cabeza para llamarla. Lo haré mañana.

—¿Qué más harás mañana?

—Nada, Benja. No tengo ni fuerzas ni ganas de hacer nada.

—¿Por qué no cenas con nosotros? Vendrán unos amigos.

—Sí, Benja tiene razón. Únete a nosotros, cariño; te hará bien y, por unas horas, pasarás un buen rato.

—¡Gracias, chicos! Os quiero, pero no. No soy buena compañía para nadie en estos momentos..., ni para mí misma.

—La invitación está hecha. Si quieres aparecer en cualquier momento de la noche, aquí estaremos. Dan cocinará alguna de sus especialidades.

—Gracias... El lunes salgo de viaje.

—¿Adónde irás?

—Hace tiempo que tengo ganas y es momento de hacerlo: estar sola y pensar.

—¿Cuándo te harás la prueba de ADN? —me preguntó Benja.

—No se la hará —respondió Dan.

—¿Cómo que no?

—Benja, no puedo. No quiero ni pensar que si el resultado es positivo tenga que abortar. Prefiero tener la duda.

—¿Se lo has dicho a Patricio?

—¡¿Tú qué crees?! —Bajé la mirada—. Le mentí; le dije que iría el lunes antes de marcharme al aeropuerto.

—¿Sabes que Patricio te buscará por cielo y tierra, verdad?

—Lo sé, pero no me encontrará. Los motivos por los cuales él quiere saber si somos hermanos son distintos a los míos.

—¿Por qué crees eso?

—Porque él necesita saberlo o para que me deshaga del bebé o para que volvamos a estar juntos, y para mí lo primero no es una opción. —Benja y Dan se miraron—. Chicos, hablemos de otra cosa. No quiero ponerme a llorar. Ayer tuve suficiente.

—Quiero que sepas que no estoy de acuerdo con que le ocultes que seguirás adelante con el embarazo.

—Benja, deja a tu hermana. Ya hablaremos con ella cuando haya pasado un poco el *shock* inicial —dijo Dan mientras terminaba de preparar la mesa.

—Déjame ayudarte a llevar los platos. Huele muy rico.

Había preparado pollo al limón y hierbas, con ensalada. Cenamos conversando sobre cómo les estaba yendo en Libros con Aroma. Les conté que compraría un piso pequeño, donde pudiese también recibir pacientes. Con el paro no sería fácil conseguir trabajo, pero con el dinero de la liquidación y mis ahorros podría vivir un buen tiempo.

Después de cenar, tomamos el postre en la sala, ellos con café y yo con té. Nos despedimos con un abrazo fuerte y prometí que les llamaría en cuanto pudiera.

Llegué a mi piso y me acosté. No podía dormir. Estuve dando vueltas, pensando si realmente estaría haciendo bien. Las únicas tres personas que sabían que seguiría adelante con el embarazo no estaban de acuerdo conmigo, pero aun así habían respetado mi decisión.

Me dormí después de horas buscando alternativas. No las había; seguiría con mi plan.

El domingo me desperté temprano. Llovía copiosamente y, aunque tenía muchas ganas de salir a caminar, no era prudente hacerlo con esa lluvia. Empaqueté algunas cosas personales que Benja me dijo que no había querido guardar y separé una bolsa con ropa para unos diez días. En ese tiempo esperaba haber podido encontrar un piso para alquilar o comprar.

Al mediodía decidí bajar al bar a almorzar algo. No tenía hambre. Últimamente no la tenía, pero debía alimentarme. Ahora éramos mi hijo y yo.

Después de almorzar unos callos a la madrileña, volví al piso y llamé a mi hermana.

—¡Hola, Ceci!

—¡Hola, Jaz! ¿Cómo estás? ¡Cuánto tiempo sin oírte!

—Estoy bien, ¿y tú?

—¡Bien! Cansada porque tengo exámenes y estoy estudiando de noche. He conseguido un trabajo en un Soups & Juices. —Era una cadena de comida nutritiva que nos gustaba mucho—. Es a media jornada y no pagan mucho, pero me sirve para que no les pese tanto a papá y mamá, sobre todo ahora...

—Veo que estás al tanto de la separación.

—¿Separación? Papá le ha pedido el divorcio y ya se ha mudado.

—Sí. Yo estuve la semana pasada en Marbella.

—Me lo dijo papá... La verdad es que no entiendo nada. La última vez que los vi parecían dos tortolitos..., y ahora esto. ¿Será porque papá le haya sido infiel?

—¡Nooo! ¿Cómo puedes pensar eso?

—No sé; es muy repentino. Ninguno de los dos ha querido decirme por qué se divorcian.

—Tendrán sus motivos.

—Supongo... Pero ¿cómo estás tú? No fue por entrometerse, pero papá me dijo que ya no estás con tu novio. ¿Estás bien?

—La verdad es que no, Ceci, pero no quiero hablar de eso. Te llamo porque me voy de viaje un tiempo y quería despedirme.

—¿Adónde vas?

—Comenzaré por París, y luego veré. Tengo ganas de pasar una temporada viajando.

—¿No irás al cumple de mamá?

—No, Ceci. Mi vuelo sale mañana por la tarde. ¿Tú qué harás?

—Yo ya he pedido el día libre en el trabajo para poder ir. No será lo mismo sin ti y sin papá.

—Ya lo creo... Ceci, me habría gustado verte antes de partir, pero el viaje ha sido medio impulsivo. Estaremos en contacto.

—Llámame, o envíame un *e-mail*.

—Lo mismo te digo, y también a Benja. Se queja de que no le llamas nunca.

—Lo sé. Es que siempre estoy estudiando, y ahora con el trabajo...

—Cuídate, ¿quieres?

—Lo haré, y cuídate tú también. Pásalo bien y no lo analices tanto todo.

—Un beso, Ceci.

—Otro para ti —me dijo, y colgué.

«¿Que no analice tanto? Adoro a mi hermana, pero realmente es pésima conteniéndose. En eso ha salido a mamá.»

Estaba pensando en Ceci cuando sonó el móvil. Era un mensaje de Patricio: «El laboratorio está en la Torre Kio I, piso 15. Te presentas con tu DNI. Que tengas buen viaje.» «Gracias», respondí.

Preparé un té y lo llevé a la sala. Me senté en el sillón a mirar por la ventana. Cuando logré calmarme, tomé la *tablet* para reservar el hotel en Zaragoza.

Pasó la tarde y decidí acostarme temprano. Me calenté y comí una porción de pasta que había comprado en el bar para la cena y me fui a dormir.

El lunes amaneció lloviendo. Desayuné, fui a la ducha y me vestí. Hice un recorrido final por el piso, tomé las bolsas y salí.

La autovía estaba muy mojada. Tendría que hacer el camino hacia Zaragoza despacio, por lo que calculé que llegaría a primera hora de la tarde.

Hice algunas paradas para abastecerme de combustible y tomar algo calentito. Llegué a Zaragoza por la tarde. Conducir bajo la lluvia fue agotador. Sólo quería llegar al hotel, darme un baño caliente y acostarme.

Encontré el hotel rápidamente. Quedaba a una calle de la basílica de Nuestra Señora del Pilar. En esa zona había visto un par de pisos que me interesaban, y estaba en condiciones de pagar, incluso ahorrando dinero.

Me había propuesto recorrer los alrededores al día siguiente y el miércoles comenzar a organizarme para ver los pisos; pero en ese momento necesitaba descansar.

Hice el *check-in*, me entregaron la llave magnética y subí a mi habitación. Tenía una terraza con una bonita vista al río Ebro.

Esperé a que el botones trajera mis maletas y fui a llenar la bañera para relajarme. Puse algo de música, me desvestí y me sumergí en el agua. Estaba bastante caliente. Traté de relajarme... Comenzó a sonar *Try*,* de Pink. Era una canción que me gustaba, pero cuando me descubrí cantándola y llorando, entendí que esa letra expresaba justamente todo lo que me pasaba y estaba sintiendo.

«Tengo que levantarme e intentarlo. Mi hijo dependerá de mí. Tengo que intentar estar bien... por él.»

Sabía que Patricio marcaba un antes y un después en mi vida, pero también sabía que no podría haber nadie después de él. Salí del agua, que ya estaba enfriándose, me puse el albornoz, envolví mi cabello en una toalla y fui al dormitorio para sacar la ropa de las bolsas. Cuando terminé, pedí que me subieran la cena a la habitación. Recordé que tenía el móvil apagado. Sabía que tendría llamadas y mensajes de Patricio. Me hice un apunte mental de que debía cambiar el número, y sólo se lo daría a papá, Benja, Ceci y Leti.

Lo encendí, y efectivamente tenía llamadas de Patricio y cinco mensajes; dudé antes de leerlos, pero la masoquista que hay en mí pudo con mi cordura y los leí.

«No fuiste.»

«¡¿Xq me mentiste?!»

«¡No entiendo xq no quieres hacerte la prueba de ADN!»

«El abrazo de ayer fue una despedida. Ahora lo entiendo. ¡Háblame, demonios!»

«¡Jazmín, respóndeme, por el amor de Dios!»

«¡No tienes derecho a hacerme esto!»

¡Oh, por Dios! Esos mensajes eran desesperados. Era evidente que Patricio no descansaría hasta que me hiciera la prueba de ADN. Tendría que responderle y explicarle... Ya estoy lejos y no podrá encontrarme. Encendí la *tablet* y comencé a escribirle un *e-mail*.

* *Try*, BMG Platinum Songs Us, Hello I Love You Music, Legitimate Efforts Music, Jam Writers Group, interpretada por Pink. *(N. de la e.)*

From: Jazmín Alzogaray
Sent: Monday, October 29, 2012 22:49 PM
To: Ing. Patricio del Monte
Subject: Explicarte...

Patricio:

Perdóname por haberte mentido, pero si te hubiese dicho que no iría, me habrías obligado, y no puedo. Decidí, hace un par de semanas, que prefería la duda a deshacerme de mi hijo; y por eso me fui. Es la decisión más difícil que he tenido que tomar nunca, porque no sólo están en juego mis sentimientos hacia ti, sino que está este hijo, que me cambiará la vida y me permitirá volver a vivir. Viviré por y para él. Cada día que lo mire te estaré mirando a ti, porque he entendido que olvidarte es un imposible. No hay forma de deshacerme de este sentimiento tan profundo... No quiero que me odies, pero sé que lo harás al leer este *e-mail*. Quizá eso ayude a que puedas rehacer tu vida. Sé también que estoy siendo egoísta e irracional, pero no sé hacerlo de otra forma.

Por favor, no me busques y perdóname.

Jazmín

Llamé a mi padre y le dije que estaba en París; ésa sería la versión oficial, salvo para Leti, que estaba cenando con unos amigos. Llamé a Benja y Dan, y a Ceci, y les dije lo mismo. Más tarde llamé a Leti.

—¡Hola, amiga de mi alma! —dije cuando atendió la llamada.

—Sabes que siempre te he considerado mi mejor amiga, pero eres más que eso, eres mi hermana de corazón.

—También tú lo eres para mí. ¡Gracias por apoyarme tanto!

—¿Qué tal por Zaragoza?

—No he tenido tiempo de ver nada. El viaje ha sido agotador. Conducir bajo la lluvia no es nada fácil y he ido muy lenta. He llegado al hotel y me he dado un baño relajante. Ahora he pedido que me suban la cena a la habitación y luego me iré a dormir. Estoy agotada.

—Descansa. Hoy has comenzado una nueva vida. Cuídate y mantenme al tanto.

—Así será. ¡Te quiero!

—¡Yo también te quiero!

Cuando colgamos pensé que tenía razón. Hoy yo comenzaba una nueva vida por segunda vez. La cena llegó unos minutos después y me sacó de la nube de pensamientos. Cené y me fui a la cama. Encendí la televisión para distraerme un poco antes de dormir y, al instante, sonó el aviso de un nuevo *e-mail*.

Patricio estaba en casa de su madre. Clara había sido un pilar en su vida y desde el momento del accidente aún más. Sabía que su hijo estaba pasando por un muy mal momento y deseaba cuidarlo.

Después de recibir mi *e-mail*, Patricio se derrumbó en brazos de su madre.

—No se la hará, mamá.

—¿De qué hablas, hijo?

—De Jazmín. No se hará la prueba de ADN. Ha huido.

—No lo entiendo. ¿Por qué no quiere hacérsela?

En ese momento, Patricio se percató de que su madre ignoraba el detalle del embarazo.

—Está embarazada.

Clara se quedó paralizada ante esa confesión.

—Le dije que debería abortar si éramos hermanos, y ha huido.

—Hijo... —Clara lo tomó de las manos—. Me has dejado asombrada. —Lo miró con un cariño infinito—. Ahora entiendo un poco más, tesoro.

—Habíamos quedado en que iría hoy al laboratorio y no ha ido. Me acaba de escribir un *e-mail* para explicarme que no puede deshacerse del bebé y que por eso no se hará la prueba de ADN, y que se había ido.

—No la culpes. Lo pensará un poco más y volverá. Necesita tiempo.

—Me ha pedido que no la busque, mamá. Me ha dicho que siga con mi vida. ¿Es que acaso no se da cuenta de que me está matando con todo esto?

—Tú estás pensando en ti, y ella está pensando en el bebé. Para algunas mujeres nuestros hijos son más importantes que cualquier hombre.

—Dice que prefiere la duda para poder seguir con el embarazo.

—Cariño, estoy segura de que recapacitará. Dale tiempo, pero si realmente estás decidido a buscarla, hazlo.

—Ya encontraré la manera de saber dónde está. —Patricio se reacomodó en el sillón y tomó de un sorbo lo que quedaba de su copa—. Me voy a dormir, mamá.

—Trata de descansar.

—Lo intentaré.

Tras dar algunas vueltas, decidió responder mi *e-mail*.

From: Ing. Patricio del Monte
Sent: Monday, October 29, 2012 23:49 PM
To: Jazmín Alzogaray
Subject: RE: Explicarte...

Acabas de darme el golpe de gracia. Prometiste que nada ni nadie nos separaría y no estás haciendo el menor esfuerzo para luchar por lo nuestro. Simplemente te sientas a destruirme, porque eso es lo que acabas de hacer.

¿Me pides que no te odie? Sabes que jamás podría hacerlo. Estás tan metida dentro de mí que de mí no queda nada; todo te lo has llevado. No puedo perdonarte por no intentar saber, pero tampoco puedo culparte. Llevas en tu vientre el fruto de nuestro amor y, aunque no lo creas, lo amé desde que me lo dijiste, y lo amo. Por si no lo recuerdas, creé una canción para Abril.

No me pidas que no te busque. No puedo prometerte algo que sé que no podré cumplir. Y no te mentiré: estoy furioso, furioso de que hayas decidido escapar, muy furioso. Aunque hay algo que sí puedo prometerte: hallaré la manera de saberlo, yo lo necesito... Ahora seré yo el que actúe egoístamente.

Patricio

Estaba realmente furioso. Sabía que Patricio era un hombre de palabra y que la cumpliría. Decidí apagar la televisión y la *tablet*, y dormir.

El martes desayuné en el restaurante del hotel. Me había despertado con mucha hambre. Noté que uno de los vaqueros que usaba ya no cerraba. Después de desayunar, salí a caminar aprovechando que no llovía. Pasé por la calle de uno de los pisos. Era un edificio pequeño, con la fachada recién pintada de color amarillo sol, que le daba un aire cálido. Caminé hasta el paseo Echegaray y Caballero, visité la basílica y paseé por el Puente de Piedra. Tenía hambre y había comenzado a lloviznar, así que volví al hotel.

Ya era mediodía y el restaurante del hotel estaba a rebosar. Decidí almorzar en la habitación. Además quería buscar otras opciones de pisos, por si alguno de los que había seleccionado no era lo esperado. Después de comer y descansar un poco, decidí que saldría con el coche para ir más allá de la zona centro.

Volví cuando había anochecido. La promesa de Patricio de que iba a hallar el modo de obtener el resultado daba vueltas en mi cabeza. Me tiré en la cama a ver un poco de televisión y comencé a hacer *zapping*. En un canal de entretenimiento estaban hablando de Patricio: «¿El soltero más codiciado ha sido atrapado?». Y mostraron nuestra foto del día de la presentación del miniproyector. «¡Dios! ¡Otra vez! Esa foto de nuevo.»

«La bella morena de quien sólo pudimos saber su nombre, Azul Alzogaray, lució un hermoso vestido azul cobalto que no hacía más que resaltar los bellos ojos del codiciado ingeniero...»

Seguían hablando y haciendo elucubraciones sobre quién era yo y de dónde había salido. También mostraron las fotos de Patricio borracho con Andrés y Gabriel. Era un duro golpe en el pecho ver esas fotos.

«¿Mal de amores?», podía leerse al pie de las fotos. Por favor, si supieran por lo que estamos pasando... Apagué la televisión. Nuestra relación estaba en los programas de entretenimiento, y eso hacía que ya no fuera una desconocida. Menos mal que me habían mencionado por mi segundo nombre.

Encendí la música y me senté en el sillón a mirar por la ventana el río iluminado. En algún momento me quedé dormida.

Me despertó el frío. Miré el reloj; no había dormido demasiado. Bajé al restaurante del hotel a cenar; después de tantos días con el estómago cerrado, en esos dos últimos días se me había abierto el apetito. Pensé que quizá aquí, lejos, estaba más segura de que Patricio no me encontraría.

El miércoles me desperté temprano. Quería empezar a ver los pisos seleccionados, y además tenía impresos unos currículos para llevar a algunos colegios y clínicas psicológicas.

Me puse en contacto con las inmobiliarias que administraban esos pisos y concerté visitas para ese día y el siguiente.

Por la tarde, a la hora que me habían indicado, fui a ver los pisos que había escogido por la mañana. Estuve en la puerta del edificio cuya fachada estaba pintada de amarillo. El piso era pequeño, pero tenía dos dormitorios; uno de ellos podría usarlo para la consulta y luego podría transformarlo en el cuarto del bebé. Era muy luminoso, con una terraza en la sala desde donde se podía ver la plaza de Santo Domingo. Era un edificio de sólo tres plantas; en el de arriba vivía el propietario, y el segundo sería el mío. Estaba recién pintado y amueblado. Pensé que podría decorarlo con un toque femenino y convertirlo en nuestro hogar.

Hablé con el agente inmobiliario para conocer las condiciones y el precio final. Definitivamente era el que más me había gustado: me veía en ese lugar. Estaba entusiasmada. El agente quedó en llamarme en cuanto hablase con el propietario. Estaba ansiosa; esperaba que aceptara mi oferta. De regreso al hotel, pasé por una tienda de móviles para cambiar mi número. Y ya en el hotel, envié un mensaje a papá, Ceci, Benja y Leti: «Soy Jazmín. Éste es mi número nuevo. Os quiero. Besos».

Pasaban los días y nadie se ponía en contacto conmigo, ni de la inmobiliaria, ni de ninguno de los sitios donde había dejado un currículo, por lo que decidí dejar algunos más en otros lugares.

El lunes empecé el día triste. No me habían llamado aún... Pasé el día entre durmiendo y mirando la televisión en la cama. Hablé con mi padre por teléfono un buen rato. Quería saber cómo estaba: la separación, sin duda, lo tenía muy afectado. Mamá seguía intentando que la perdonara y él estaba adaptándose a vivir solo. Luego llamé a Benja y, por último, a Leti.

—Hola, amiga. ¿Cómo estás?

—Bien, Jaz, pero ¿cómo estás tú?

—Hoy no es el mejor día... Llevo unos días esperando a que me llamen o de algún trabajo o de la inmobiliaria.

—¿Tienes el móvil encendido?

—Sí —le dije, pero en ese instante lo comprendí—. ¡Uf, Leti!, si estaré distraída que no recordé que la inmobiliaria y los currículos tienen mi anterior número.

—¡Ay, Jaz, qué despiste! Bueno, revisa las llamadas del chip. Quizá tengas novedades.

—Sí, es lo que haré. El piso realmente me gustó. Espero que el propietario acepte mi oferta.

—Tranquila. Son cosas que tardan.

—Sí, supongo. Estoy ansiosa.

—Yo también, amiga. Hoy Gastón me presentará a su familia.

—¡Qué alegría, Leti!

—Sí. Dentro de un momento me iré para su casa. Estoy nerviosa.

—¡Eso es genial, querida amiga! ¡No sabes lo que me alegro por ti!

—Me siento culpable, Jaz. Tú estás sufriendo tanto...

—Nada de sentirte culpable. Lo que me sucede me seguirá sucediendo y no tiene nada que ver. ¡Yo estoy feliz por ti!

—Lo sé, amiga.

—Bueno, venga, a ponerse guapa para deslumbrar a esa familia.

—¡Gracias!

—Disfruta el momento, que es muy bonito. Te adorarán. ¡No puede ser de otra forma!

—Tú porque me quieres...

—Eso además..., pero es la verdad. Vete ya. Nos hablamos.

—Te quiero.

—Yo también. Un beso.

Cuando colgamos me levanté, busqué el chip con mi antiguo número y revisé si tenía llamadas o mensajes. Tenía efectivamente una llamada de uno de los colegios y otra de la inmobiliaria para que me pusiera en contacto con ellos. Mi ánimo subió un poquito.

Fui a darme un baño y bajé a cenar al restaurante del hotel. Había un matrimonio con un bebé, y el padre estaba haciéndolo dormir cantándole una nana. Me toqué instintivamente el vientre. Esa imagen me evocó de forma instantánea el dulce recuerdo de Patricio cantándole a mi vientre aquella mañana, después de haberse enterado de mi embarazo. «Una canción para Abril», una canción que acababa de componer para su hija.

Comencé a tararear la música y a recordar la letra mientras las lágrimas caían por mis mejillas.

> Oye, princesita, que papá te canta;
> oye, princesita, que papá te ama.
> Duerme calentita en esta barriguita;
> duerme, mi bonita, duerme, cachorrita,
> que papá te canta, que papá te cuida...

El nudo que se había formado en mi garganta se desató como una catarata de lágrimas. Recordar lo feliz que había sido en ese precioso momento me había angustiado tanto que no pude terminar de cenar, por lo que volví a mi habitación y me acosté.

El martes, en cuanto me desperté, lo primero que hice fue llamar al agente de la inmobiliaria y pedirle disculpas por no haberlo llamado antes. Le expliqué que había cambiado de móvil.

—Señorita Alzogaray, tenemos buenas noticias para usted. El propietario ha aceptado su oferta. Nos dijo que le gustaría conocerla en cuanto usted pueda.

—¡Es una excelente noticia! Podría hoy mismo, cuando usted me indique.

—Me pondré en contacto con el señor Romero y en seguida la vuelvo a llamar.

—Perfecto. Espero su llamada.

Colgué. Estaba ansiosa por la llamada. Era una buena noticia, y esperaba causarle una buena impresión al propietario. Tenía que devolver la llamada al colegio, pero quería esperar a que me dijeran algo de la inmobiliaria. Cinco minutos después estaban llamando.

—Señorita Alzogaray, el señor Romero la espera a las dos. Ya sabe dónde es. Su piso es el tercero.

—¡Muchas gracias!

—Luego, él se pondrá en contacto con nosotros y empezaremos los trámites.

—¡Muy bien, se lo agradezco!

Colgué y miré el reloj; tenía suficiente tiempo para llamar al colegio, arreglarme, almorzar e ir a ver al señor Romero.

Llamé al colegio. Me citaron para una entrevista al día siguiente a las nueve y media. Me di un baño y luego me vestí, lo que fue un auténtico desafío: los pantalones me apretaban el vientre, por lo que opté por un vestido; ya comenzaba a notarse que estaba embarazada. Almorcé por el camino para hacer tiempo y estar a la hora acordada en el piso.

Estacioné mi coche enfrente mismo del edificio amarillo. Toqué el timbre y me hicieron pasar por el interfono.

Subí las escaleras hasta el tercer piso y me abrió la puerta una preciosa niña.

—¡Hola! Yo soy Mía, ¿y tú quién eres?

Me agaché para quedar frente a ella.

—¡Hola! Yo soy Jazmín.

—¡Mía, sabes que no debes abrir la puerta!

Apareció un hombre de unos treinta y cinco años. Me puse de pie y le tendí la mano.

—¡Buenas tardes! Busco al señor Romero.

—Usted debe ser la señorita Alzogaray.

—La misma.

—Pase, por favor. Disculpe a Mía.

—Es una niña encantadora.

Entré y me indicó que pasase a la sala, donde me hizo un gesto para que me sentase en el sillón.

—¿Puedo ofrecerle un té, un café o un refresco?

—No se moleste. Gracias.

—No es molestia. Voy a preparar un té para mí.

—Entonces, un té está bien.

—No tardo.

Evidentemente, el señor Romero era él. Mía se me acercó y se sentó a mi lado con su muñeca y me la ofreció.

—¡Qué hermosa es tu muñeca, Mía!

—Se llama Estrella, como mi mamá.

—¡Muy bonito nombre!

—Mi mamá ahora es una estrella del cielo.

Me quedé mirándola mientras ella peinaba a su muñeca.

—Mía, ve a tu dormitorio. Tengo que hablar con la señorita Alzogaray —indicó mientras apoyaba la bandeja en la mesita de la sala.

—Se llama Jazmín, papá.

—¡Venga, a tu dormitorio!

Mía resopló y, para mi sorpresa, me besó en la mejilla.

—Es una niña muy dulce.

—Lo es. Le ha caído usted bien. Desde que su madre falleció, no ha estado tan dulce con otra mujer que no sean su tía o su maestra.

—Lo siento. —Pobrecita, tan pequeña y había perdido a su mamá—. Me gustan los niños. Soy psicóloga especializada en niños y me llevo muy bien con ellos.

—¡Qué bien!

—Señor Romero...

—Llámeme Germán, por favor. Al fin y al cabo, seremos vecinos.

—Germán, el agente inmobiliario me comentó que quería verme.

—Sí, quería conocerla. Aunque él me dijo que había hablado con usted y que todo estaba bien, la última vez que alquilé el piso casi tuve que reconstruirlo cuando se fueron. La venta es algo permanente; por eso quería verla.

—Le entiendo, pero le aseguro que no tendrá problemas conmigo. La verdad es que estoy embarazada, pero hasta dentro de seis meses estaré yo sola.

—¡Felicidades!

—¡Gracias! En un principio, también recibiré pacientes, pero, para cuando nazca el bebé, ya estaré más adaptada y establecida, y alquilaré una consulta.

—No hay problema. —Hubo un silencio—. ¿Puedo preguntarle qué hace en Zaragoza?

—Necesitaba un cambio.

—Puedo entenderla. Cuando Estrella falleció, Mía y yo nos mudamos de Valencia a aquí. Al menos, mi hermana vive en Zaragoza y no me siento tan inseguro. Criar a una niña solo no es fácil.

—Ya lo creo. —Terminé de tomar mi té—. Gracias por el té. Si no tiene nada más que preguntarme, debería irme.

—Ha sido un placer. Llamaré a la inmobiliaria para que puedan empezar con los trámites.

—¿Tiene idea de cuánto tiempo tardarán?

—No, pero los documentos están en orden y los certificados también. Debería ser algo rápido.

—Estoy en un hotel y me gustaría mudarme cuanto antes.

—La llamarán de la inmobiliaria. Ellos saben los plazos mucho mejor que yo. —Hizo una pausa—. ¡Mía, la señorita Alzogaray se va! ¡Ven a despedirte!

—¿Jazmín, ya te vas?

—Sí, preciosa. Debo hacer algunas cosas.

Me acuclillé para quedar a su altura y la besé en la mejilla.

—¿Volverás a jugar conmigo?

—Mía, la señorita Alzogaray se mudará al piso de abajo.

—¿Sabes, Mía?, aquí en mi vientre tengo un bebé. Seguramente cuando crezcáis seréis muy buenos amigos.

—¡Yupiiiii!

Mía saltaba de alegría. Me puse de pie y le di la mano al señor Romero; él me abrió la puerta del piso y yo me fui.

Algo dentro de mí comenzaba a aquietarse. No podía decir que me sintiese feliz, porque distaba mucho de estarlo, pero me permití sentirme tranquila y, por el momento, contenta de que mi hijo y yo tuviéramos un hogar.

Llamé a Leti para contarle que lo había conseguido. Le di una alegría y me aseguró que, para cuando hiciera la mudanza, ella vendría a ayudarme.

También llamé a mi padre y a Benja. Les dije que estaba aún en París.

Patricio había asumido que no le diría dónde estaba. Ya no me mandaba mensajes, aunque en más de una ocasión se sorprendió a sí mismo llamándome antes de ser atendido por el servicio contestador.

Un día fue a hablar con Benja y Dan a la librería. Cuando lo vieron traspasar la puerta, ambos se sorprendieron del aspecto abatido que tenía.

—Patricio...

—Benja, ¿cómo estás?

—Dan, prepárale un café a Patricio. Estaremos mejor en el fondo.

—Claro. Hola, Patricio.

—Hola, Dan, gracias —respondió él cabizbajo.

—Sentémonos...

Durante un par de minutos se hizo el silencio.

—Patricio, ¿cómo estás?

—Como me ves: destrozado, Benja... Imagino que estás al tanto de lo que está pasando.

—Sí, de todo.

Benja lo miró para darle a entender que también estaba enterado del embarazo.

—Patricio, no podemos culparla por su reacción.

—Benja, ha huido; ni siquiera ha querido hacerse la prueba de ADN. No le interesa.

—No es eso. Está asustada.

—¡Y ahora está sola!

Dan le llevó el café y le apretó el hombro en señal de apoyo.

—Está sola, Benja, con todo lo que conlleva un embarazo. No sé dónde está; no sé si se encuentra bien, si se encuentra mal..., si necesita algo...

—Llamó ayer. Dijo que estaba en París. —Benja hizo una pausa y resopló—. Aunque no creo que esté en París.

—En la empresa dijo que estaría en París, y a mí me dijo que se iría un tiempo de viaje, pero en ese momento no sabía que había decidido continuar con el embarazo.

—¿Cómo lo supiste?

—Me envió un *e-mail*, después de que yo le hubiese enviado un montón de mensajes porque no se había presentado en el laboratorio.

—Antes de marcharse nos dijo que no iría, que prefería la duda a deshacerse del bebé.

—¡Benja! —le recriminó Dan.

—¿Qué? Sé que es mi hermana, la adoro como a nadie, lo sabes, Dan. Me ha ayudado, contenido y sostenido siempre, pero sé que está sufriendo horrores, que está sola, y quisiera con todo mi corazón estar con ella.

—Lo sé, cariño, pero ella es fuerte, y cuando esté preparada para volver o decirnos dónde está, seremos los primeros en ayudarla. En este momento, necesita estar sola y debemos respetarla.

Patricio los miraba. Estaba claro que esos tres hombres me querían, querían lo mejor para mí, pero en ese momento necesitaba estar sola, aunque me muriera de ganas de estar con mi familia, con mis amigos y, sobre todo, junto al padre de mi hijo.

—Benja, ayúdame.

—No puedo. ¡Realmente no sé dónde está!

—Me pidió que no la buscara, pero no puedo. Benja, estoy furioso con ella porque no se quedó a luchar por lo nuestro.

—Jazmín es impulsiva. Sé que te ama como a nadie, lo sé..., y sé que la amas, pero también sé que ama por encima de todas las cosas a ese bebé. No lo arriesgaría por nadie, ni siquiera por ti.

—No entiendo cómo nos ha podido pasar esto... —Patricio apoyó los codos sobre la mesa y se apretó el puente de la nariz—. Estoy cansado, Benja, muy cansado.

—Puedo verlo. Lo que mi madre hizo no tiene perdón.

—Tu madre y mi padre; aquí la culpa no es de uno solo.

—Es verdad. Lo que os han hecho es muy injusto. Yo no puedo siquiera imaginarme cómo debiste sentirte cuando te lo dijo.

—Creí morir. Benja..., necesito hablar con tu madre.

—No te será de mucha ayuda. Sé que Jaz habló con ella, y que fue cuando papá se enteró. Después, no han vuelto a hablar. Además, los únicos que sabemos lo del embarazo somos nosotros dos y Leti; bueno, y tú.

—No te preocupes; no mencionaré lo del embarazo. ¿Tu padre no sabía lo de...?

Benja no lo dejó terminar.

—No. Sabía que mamá había tenido algo con tu padre, por eso nos mudamos a Marbella, pero mamá le había hecho creer que había sido en ese momento, no ocho años antes. Por lo que le dijo mamá a Jaz, vosotros estabais muy unidos y temía que os enamorarais cuando fuerais mayores. Creo que os vio besándoos en el vestidor, o algo así, y entonces fue cuando tomó la decisión de montar todo ese circo. —Respiró hondo—. Suena retorcido.

—Sí —admitió Patricio, y exhaló fuerte—. Mi padre no cree que Jazmín sea su hija. Me dijo que habían sido sólo dos encuentros... Por eso necesito hablar con ella. Debe tener alguna prueba, alguna certeza.

—Yo te daré la dirección en Marbella. Papá se ha ido de casa. Ha comprado el piso de Jaz y se ha mudado allí.

—¿Ha vendido el piso? ¡Eso quiere decir que no piensa volver, Benja! ¿Puedes darme la dirección?

—Dijo que compraría un piso en otro lado, que no podía estar ni aquí ni en Marbella. Me pidió que empaquetara todo lo de aquí, que cuando volviera del viaje mandaría a buscar las cosas. Te daré la dirección de la clínica también.

—Gracias, Benja. No sé cómo agradecértelo.

—No tienes nada que agradecerme.

Patricio terminó el café, saludó a Benja y a Dan con un abrazo y se fue.

—¡No me mires así! —le dijo Benja a Dan.

—¿Cómo quieres que te mire?

—¿Has visto cómo está?

—¡Sí! ¡Igual que tu hermana!

—Por eso... Ni tú ni yo sabemos dónde está, pero sí sabemos que no está en París. No le he dado su número nuevo de móvil y no le he dicho nada que él no supiera.

Dan sacudió la cabeza, y cada uno volvió a sus tareas.

Patricio fue hasta su piso, hizo una pequeña maleta y salió en coche para Marbella. Llegó entrada la noche, buscó un hotel y se registró.

El miércoles amaneció frío. Me esperaban en el colegio para la entrevista a las nueve y media. Mientras me vestía, me hice un apunte mental de que debía comprar algo de ropa y buscar una ginecóloga en la ciudad, para llevarle los análisis que me había hecho la doctora Jiménez en Marbella.

Acudí a la entrevista. Me esperaba la directora. Hablamos, supo en seguida que estaba embarazada, y eso fue un freno evidente. Me dijo que me llamaría, pero supe que no lo haría. No iba a ser fácil conseguir trabajo embarazada; tendría que comenzar a trabajar desde casa. Entre lo que sobraba de la compra del piso, mis ahorros y el dinero de la liquidación, podía vivir hasta después de que naciera el bebé tranquilamente, así que no me iba a preocupar por eso.

Fui al centro a recorrer tiendas en busca de ropa que no me quedase tan ajustada. Nunca había tenido el vientre plano, y aunque era pronto, el embarazo empezaba a mostrar una linda barriguita.

Compré unos pantalones que se iban ajustando al tamaño

del vientre, una falda con el mismo sistema, unas blusas para combinar, un par de vestidos y una chaqueta. Comí en un restaurante de comida orgánica y volví al hotel a dejar todos los paquetes. Estaba cansada y me acosté un ratito. Me dormí. El móvil me sobresaltó.

—¿Hola?

—¿Señorita Alzogaray?

—Sí, soy yo. ¿Con quién hablo?

—Le llamo de la inmobiliaria Aragón. Sólo queríamos avisarla de que el lunes estará todo dispuesto para firmar la compra del piso.

—¡Qué rápido! Fantástico. ¿A qué hora?

—¿A las diez está bien para usted?

—Sí, perfecto. Allí estaré.

—Hasta entonces.

Colgué y en seguida le envié un mensaje a Leti.

«¡¡¡El lunes firmo la compra del piso!!!»

«¡¡¡Q alegría, Jaz!!! ¿El lunes mismo quieres q vaya para allí con la mudanza?»

«¡Sí! Si tú puedes, sería genial.»

«Le pediré a Ricardo una semana, así podré ayudarte, pero no te preocupes que no le diré q voy a verte.»

«¡Gracias, Leti! ¡Te quiero!»

«¡Y yo a ti! ¡Hasta el lunes!»

Encendí la *tablet* para buscar clínicas de obstetricia. Encontré varias, pero había una que estaba bastante cerca de mi futuro hogar. Eran las tres. Llamé para pedir hora y me dieron visita para el viernes a las diez y media.

Hice una lista de cosas que debía comprar para el piso. Cortinas era lo principal, pero debía llamar al señor Romero porque necesitaba tomar las medidas de las ventanas.

—¡Hola! —Una vocecita de niña atendió la llamada.

—¡Hola! ¿Mía?

—Sí. ¿Quién es?

—Soy Jazmín. ¿Te acuerdas de mí?

—¡Hola, Jazmín! ¡Me acuerdo!... ¡¡¡Papá!!! Es Jazmín.

—¡Mía!, ¿cuántas veces debo decirte que no atiendas el teléfono? Hola, señorita Alzogaray. Disculpe, le tengo dicho que no descuelgue, pero lo hace igual.

—No se preocupe. Señor Romero, me preguntaba si podría darme una vuelta por el piso. Tengo que tomar las medidas de las ventanas para poder comprar cortinas.

—No hay ningún problema. Venga cuando lo desee.

—Muchas gracias. Alrededor de las cinco estaré por ahí.

—Muy bien. La espero.

—¡Hasta luego!

Cuando colgué, me puse ropa deportiva para estar cómoda y salí.

Toqué el timbre de su piso y me indicó que subiera al segundo directamente. Subí las escaleras y ahí estaba con Mía de la mano. La niña, cuando me vio aparecer por las escaleras, se lanzó a mi encuentro.

—¡Jazmín! ¡Has vuelto!

—Sí, cariño. ¿Te acuerdas de que papá te dijo que viviría aquí?

—¡Yupiiiiii!

Me incorporé. Mía me tenía de la mano, así que saludé con la otra.

—Buenas tardes, señor Romero. Disculpe la molestia.

—Llámame Germán, por favor —me recordó.

—Entonces, llámame Jazmín.

—Pasa. ¿Traes cinta métrica?

—Sí. He pasado por una ferretería antes de venir.

—Déjame ayudarte. —Germán comenzó a tomar las medidas mientras yo anotaba en la *tablet*—. ¿Cuántos meses de embarazo llevas?

—Tres... Ya comienza a notarse.

—Sí. Debes cuidarte.

—Sí. Estos meses han sido un poco caóticos con la mudanza, pero después del lunes estaré establecida y será otra cosa. Vivir en un hotel es cómodo, pero no es lo mismo.

—Jazmín, ¿cómo se va a llamar tu bebé? —preguntó Mía, dulcemente.

—No sé si será niño o niña, pero si es una niña se llamará Abril.

—¿Y si es niño?

—No lo sé. Tengo que pensarlo.

—Deja ya de acosar a Jazmín con tus preguntas, Mía. —Le

guiñé un ojo a la pequeña—. ¿Te apetece acompañarnos con la merienda?

—¡Síiiii! ¡Ven, Jazmín! ¡Ven! Mi tía ha hecho torta de naranja.

—¡Mmm!, ¿cómo negarme? ¡Es mi favorita! —Y le golpeé la punta de la nariz con mi dedo índice.

—¡Y la de papá y mía!

Terminamos de tomar las medidas y subimos a su piso.

—Mía, ve a ordenar tu dormitorio mientras te preparo la merienda.

—¡Jazmín, ven que te quiero mostrar mi cuarto!

Me tomó de la mano y me arrastró a su dormitorio. Germán sacudió la cabeza.

—¿Un té está bien para ti?

—Sí, perfecto. Muchas gracias.

Entré en el dormitorio de Mía. Era hermoso, estaba decorado con princesas; era el dormitorio perfecto para aquella niña perfecta. Mía comenzó a juntar los juguetes y a colocarlos en el baúl. La ayudé. Era una niña muy educada y obediente.

—¿Por qué no está contigo el papá de Abril?

—Porque él está en otra ciudad.

—¿Y no va a venir?

—No.

—Mía... —Germán estaba en el umbral de la puerta—. Está servida la merienda... Vamos, Mía, a tomar tu leche.

La pequeña volvió a tomarme de la mano y así fuimos hasta el comedor.

Merendamos hablando con Mía. Era una charlatana nata, muy graciosa, y nos hizo reír en varias ocasiones.

—Mía, termina de guardar tus juguetes y prepara el pijama para bañarte.

—Pero papá...

—Pero papá nada... ¡Venga! —Mía se fue refunfuñando—. Disculpa, es una niña muy habladora. Lo ha sacado de su madre.

—¿Estrella, verdad?

—Sí, falleció hace dos años. Un accidente de coche.

—Lo siento.

—Estábamos separados hacía un año. Mía vivía conmigo porque los horarios de trabajo de Estrella y los de estudio de Mía no eran compatibles... Pero la extraña.

—Puedo imaginarlo. Es tan pequeña... ¿Qué edad tiene? ¿Cinco?

—Cuatro. Cumple cinco dentro de unos meses.

—Es muy madura para su edad.

—No es fácil. Mi hermana me ayuda y hay veces que se pone rebelde, pero lo hago lo mejor que puedo.

—Creo que has hecho un gran trabajo. ¡Tienes una niña adorable! ¡Mmm, esta torta está deliciosa!

—Mi hermana cocina para nosotros. Yo no paso del emparedado y del microondas.

Nos reímos.

—Me gusta cocinar... cuando tengo tiempo. Desde que llegué a Zaragoza estoy en un hotel, así que básicamente como allí o en algún restaurante. —Tomé un sorbo de té—. ¿Cómo te arreglas con Mía y el trabajo?

—Soy diseñador. Trabajo aquí en casa, y cuando necesito salir, mi hermana Andrea se queda con ella.

—Es bueno contar con alguien.

—Sí. En Valencia estábamos solos, por eso nos vinimos para aquí. ¿Y tú?

—¿Yo?

—¿Tienes a alguien aquí?

—No. El lunes vendrá mi mejor amiga, que es como mi hermana, a ayudarme con la mudanza. Y luego vendrá cada vez que pueda.

—¿No tienes familia?

—Sí, pero ésa es una larga historia.

—Perdona.

—No, no te preocupes.

—Papá, me pondré mi pijama de ositos. ¡Mira qué bonito es, Jazmín!

—¡Es muy bonito! —Me di cuenta de que había anochecido. Miré el reloj y eran las siete y media—. ¡Qué tarde se me ha hecho! Me tengo que ir.

—¡No te vayas! —exclamó la niña, e hizo un mohín.

—Tengo que irme, cariño. Además, tú tienes que bañarte.

—¿Y vendrás mañana?

—No puedo. Mañana tengo muchas cosas que hacer, pero el lunes me mudaré, así que, con permiso de tu papá, me podrás visitar cuando quieras.

—¡Yupiiiii!

—Ahora dame un beso, que me voy.

Mía me abrazó, me dio un gran beso y salió corriendo hacia su dormitorio, riendo.

—Muchas gracias por la merienda. El lunes nos encontraremos en la notaría para firmar la compraventa.

—Así es. Cualquier cosa que necesites, puedes llamarme.

—¡Gracias!

Me acompañó hasta la puerta y nos despedimos con la mano.

Tenía las medidas de las cortinas, y por la mañana iría de compras. Llegué al hotel más animada. No había conseguido trabajo, pero había pensado en anunciarme en Internet y en algunos lugares más. Si conseguía un par de pacientes, ya me sentiría contenta.

Patricio se despertó muy temprano, desayunó y fue a la casa de mi madre. Estacionó en la puerta y tocó el timbre. Mi madre se demoró unos minutos. Cuando abrió la puerta y lo vio se quedó paralizada.

—Buenos días, señora Goyena.

—Patricio, ¿qué haces aquí?

—He venido a hablar con usted.

—No tenemos nada de qué hablar.

—Se equivoca. Podemos hacerlo aquí, donde cualquiera que pase puede oírnos, o dentro.

No quería perder los estribos porque era importante lograr que le diera pistas firmes, pero tampoco fue condescendiente.

—Pasa. Estaba preparando café. ¿Te apetece uno?

—Sí, me vendría bien.

—Toma asiento. En seguida vuelvo.

Patricio se sentó en la sala. La pared de encima de la chimenea estaba tapizada con marcos de fotos de distintos tamaños y formas. La mayoría eran fotos de Benja, Ceci y yo; algunas de los cinco juntos.

—Eres todo un hombre, Patricio. No te hubiera reconocido.

—Señora Goyena...

—Eugenia, por favor.

—He venido a hablar con usted porque necesito respuestas.

—Patricio, no estoy nada orgullosa de lo que hice. De hecho, lo estoy pagando muy caro. Mi esposo se ha ido, mi hija no me habla y nunca me perdonará, y mi hijo tampoco. Cecilia no sabe nada, sólo que nos hemos separado. No sé qué decir.

Aquellas palabras lo incendiaban por dentro, pero no podía perder la calma, si no nunca obtendría la información que necesitaba; así que siguió hablando en el tono más calmado posible.

—Necesito que me diga si tiene pruebas de que somos hermanos.

—No hicimos el análisis de ADN, si ésa es tu pregunta, pero la duda era más que razonable.

Algo se disparó dentro de él y reaccionó.

—¿Razonable? Lo razonable habría sido que hubieran hablado en su momento. No puedo creer que mi padre no insistiese sabiendo que Jazmín podía ser su hija. ¡Joder, han jugado con nuestros sentimientos! ¿No se da cuenta de que nos han arruinado la vida? Y ahora Jazmín no está y no podemos hacer la prueba del ADN.

—Lo siento, Patricio. Yo no sé dónde está. Quizá Ricardo sepa algo. Todo esto realmente me tiene muy mal; me siento muy culpable. Sé lo mal que lo está pasando Jazmín, pero no puedo volver el tiempo atrás. Lo que pasó con tu padre fue un error que pagaré el resto de mi vida.

—¡¿Que se siente culpable?! ¡¡Hágame el favor, señora!! ¿Qué está diciendo? Usted no se siente culpable, usted es culpable: culpable de habernos hecho pedazos, de destruir la vida de su hija y la mía. ¿Cómo ha podido ser tan egoísta, tan jodidamente egoísta? Si no fuera una mujer... —dijo Patricio con una furia en los ojos que daba realmente miedo.

Aunque intentaba contenerse, lo que sentía era más fuerte que él. Mi madre era culpable de haber destruido nuestras vidas y se limitaba a decir que había sido un error...

—Lo sé, pero...

—¿Pero? Pero qué pero ni qué nada. No hay pero que valga. No hay una justificación posible... Creí que viniendo aquí usted me daría pruebas, respuestas, pero me voy con más dudas de las que tenía cuando llegué y con la certeza de que no tiene la menor idea del mal que nos ha hecho.

Mamá lo miró. La furia de Patricio estaba en el límite de lo que podía manejar. Sus ojos estaban encendidos de rabia.

—Gracias por el café.

Patricio se levantó y salió por la puerta, dando un portazo. Benja tenía razón: mamá no sería de ayuda.

Patricio subió a su coche y golpeó el volante con ambas manos. Estaba decepcionado, rabioso. Eugenia no le había dicho nada; sólo había conseguido que se fuera con más dudas. Cuando se tranquilizó, condujo hasta el que había sido mi piso, tocó el timbre y nadie respondió. Miró el reloj y decidió probar suerte en la clínica. Cuando llegó, se dirigió a recepción y preguntó por papá.

—El doctor Alzogaray tiene una visita. Puede esperarlo allí. Yo le avisaré de que está aquí. Repítame su nombre, por favor.

—Patricio del Monte.

—¡Patricio!

Leti entraba en ese momento en la clínica.

—Leticia, qué alegría verte.

—¿Qué haces aquí?

Patricio la miró y supo al instante que la pregunta había sido retórica.

—¡Qué pregunta la mía!

—Leti, Ricardo está ocupado. También necesitaba hablar contigo. ¿Podemos hacerlo mientras él acaba, o tienes que atender alguna visita?

—No. Ven, vayamos a mi consulta.

Entraron, y Leti le ofreció asiento y algo de beber.

—No, gracias. Vengo de casa de Eugenia y he tomado un café.

—¿De casa de Eugenia?

—Sí, Leti, no puedo quedarme quieto. Necesito encontrar respuestas. Estoy desesperado. ¡Necesito encontrarla!

—Patricio, ella no quiere que la busques.

—Y yo no quiero tantas cosas, Leti... ¡Venga! ¿O sea que ella puede desaparecer y yo tengo que quedarme quieto? Es mi hijo el que lleva en su vientre... Y no me mires así; sé lo que dije, pero también lo amo.

—Pero tú quieres que ella aborte en el caso de que seáis hermanos.

—No sé lo que quiero... o sí. Quiero despertarme de esta pesadilla de mierda, Leti. Hace dos meses que me estoy muriendo con todo esto. ¡Saber que ella está sola y mal me está descomponiendo!

—No sé qué decirte, salvo que puedo asegurarte que yo estoy en contacto con ella y que está, dentro de lo que cabe, bien.

—He intentado llamarla y me salta el buzón de voz. Últimamente ya ni puedo dejarle mensajes porque no tiene espacio. Es obvio que ha cambiado el número del móvil.

—Sí, y sabes que no puedo dártelo. Lo que sí puedo, y te aseguro que lo hago cada vez que le hablo, es insistirle en que se someta a la prueba de ADN.

—Y deduzco que también sabes dónde está.

—Sí. La veré la semana que viene.

—Leti. ¿Cómo no se da cuenta de que necesitamos ese análisis? No la entiendo.

—Ella sabe que debe hacerlo, pero le asusta el resultado. Antepone su bebé a cualquier cosa; lo antepondría a ella misma si fuera necesario.

—¡¡¡Dios!!! Ya no sé qué hacer. No puedo seguir así. ¡Me está matando!

—Patricio, me consta que os amáis y que la posibilidad de que seáis hermanos es un golpe durísimo.

—Leti, habla con ella. Si hay alguien en quien ella confía es en ti.

—Lo haré. Te lo prometo.

Llamaron a la puerta.

—Ésa debe de ser mi paciente. Toma... —Le dio una tarjeta de visita—. Llámame cuando lo necesites. Hay cosas que no puedo decirte, pero al menos puedo decirte cómo está.

—¡Gracias, Leti! No sabes lo que te lo agradezco. Me voy.

Se despidieron con un beso, y Patricio volvió a la recepción para esperar a Ricardo. Después de unos minutos, Ricardo abrió la puerta de la consulta y despidió a una mamá con su pequeño.

—Adelante... —le dijo la recepcionista.

—Gracias.

Pasó a la consulta, y Ricardo entró un par de minutos después.

—¡Patricio!, pero qué enorme que estás, muchacho. ¡Eres todo un hombre!

—Ricardo...

—Supongo que estás aquí por Jazmín.

—Supone bien. He estado en casa de Eugenia y no he encontrado respuestas. Sé que usted tampoco las tiene, pero necesitaba hablar con usted.

—¿Qué puedo hacer, muchacho?

—No lo sé. Pensaba que podría ayudarme.

—Jazmín está en París, al menos eso me dijo cuando me llamó hace unos días. También me comentó que cuando volviera se instalaría en otra ciudad, pero no tenía decidido dónde. Sé que no será aquí porque ha vendido su piso y sé que no será en Madrid porque le pidió a Benja que guardase sus cosas.

—Sí, eso me han dicho Benja y Leti. He hablado con Eugenia, pero tampoco sabe nada.

—No es para sorprenderse. Jazmín y Eugenia nunca se han llevado muy bien, y puedes imaginarte que ahora menos.

—Lo entiendo y lo siento. Usted debe de odiarme.

—No, muchacho. ¿Por qué habría de odiarte?

—Porque soy hijo de Leandro.

—Tu madre no odia a Jazmín. De hecho, sé que la ha tratado muy bien.

—Sí, mamá le tiene mucho cariño, incluso ahora... No ha cambiado.

—No sé en qué puedo ayudarte, Patricio.

—Jazmín debe hacerse el análisis de ADN. Si no la puedo encontrar, no sé cómo lograrlo.

—Si te soy sincero, no creo que Jazmín sea tu hermana. Tiene cosas mías, más allá de los comportamientos adquiridos.

—Papá dice que no cree que sea su hija, pero Eugenia me ha hablado de «dudas muy razonables»; por eso tenemos que hacer la prueba de ADN.

—Se te ve muy cansado.

—Estoy más que cansado... Nunca me había sentido tan derrotado. Para serle sincero, Jazmín es la única mujer a la que he amado en mi vida. Habíamos planificado una vida juntos, y esto nos ha caído como un camión de mierda.

—¿Has comido algo?

—No.

—¡Venga! ¡Vamos! Te invito a almorzar.

Los dos salieron rumbo al restaurante donde papá almorzaba a diario. Una vez que se sentaron, vino la camarera.

—Buenos días. ¡Vas muy bien acompañado hoy, doctor!

—Buenos días, Cata. Patricio es un buen amigo de mi hija.

—¡Mucho gusto, señora!

—El gusto es mío... ¡Denle mis saludos a esa chiquilla!

—Le serán dados.

—¿Qué van a pedir? Hoy tenemos un pastel de carne hecho por mis propias manos o el salmorejo que tanto adora tu bella flor.

—Salmorejo para mí, Cata —dijo papá.

—Y yo voy a elegir el pastel de carne.

—¿Para beber? ¿Su zumito, doctor?

—Sí, claro.

—Ahora sé a quién ha salido Jazmín. Yo quiero lo mismo.

Cata se fue con la nota de lo que habían pedido, y papá y Patricio se pusieron a hablar de cuando éramos pequeños, hasta que sonó el móvil de Patricio y lo atendió sin mirar la pantalla.

—¿Hola?

—Patricio.

—¿Gabriela? ¿Cuántas veces debo decirte que no me llames más?

—Estaba preocupada por ti. Cintia me ha dicho que hace días que no vas a la empresa y que hace semanas que te ve mal.

—Eso no es de tu incumbencia.

—Me importas, Patricio. Nunca has dejado de importarme.

—Mira, Gabriela, me importa una mierda. Ya te lo dije y no volveré a repetirlo: olvídate de que existo —soltó antes de colgar.

—Disculpa, Ricardo. Gabriela es una ex que no se da por vencida, y eso ha causado algunas discusiones entre Jazmín y yo.

—Mi bella flor es un encanto, pero puede ser muy celosa.

—Jazmín cree que Gabriela es más hermosa que ella, y eso le da inseguridad... No se da cuenta de que ella es más hermosa, porque también es hermosa por dentro. Gabriela puede ser muy bella, pero es un témpano de hielo, superficial e interesada.

En el momento en que Cata llegó con las bebidas, papá miró hacia la puerta y vio entrar a Valentín con Claudia.

—¡Joder!

—¿Qué pasa, Ricardo?

—¿Conoces a Valentín?

—No personalmente. ¿Por qué?

—Acaba de entrar... y acompañado de Claudia.

—¿Claudia?, ¿la amiga de Jazmín?, ¿la que encontró con Valentín?

—La misma.

Patricio se volvió a mirarlos cuando Valentín se acercaba a la mesa para saludarlos.

—Ricardo... —le saludó Valentín, tendiéndole una mano.

—Si tendrás agallas...

Valentín le tendió la mano a Patricio.

—Soy el ingeniero Patricio del Monte.

—Mucho gusto. Soy el doctor Valentín Ordoqui.

—Sé quién es.

—¿Nos conocemos?

—No lo creo.

—Patricio es el novio de Jazmín.

De inmediato, Patricio miró a papá sin poder creer lo que había dicho, y Valentín miró a Patricio entornando los ojos.

—Yo soy Claudia Gaultier.

Claudia se abalanzó sobre Patricio, que le dirigió su mejor mirada de asco.

—También sé quién eres.

—Claudia, dejemos a padre y yerno almorzar tranquilos. Envíale mis saludos a Jazmín. ¡Ah!, ingeniero... —Valentín se acercó a Patricio y añadió por lo bajo—: Espero que tengas más suerte que yo, pero yo siempre habré sido el primero. Eso la hace mía para siempre.

Patricio se levantó de un salto y lo agarró por el cuello. Estaba completamente fuera de sí.

—Eres un mierda. Tú y esa zorra sois el uno para el otro. Si te acercas a Jazmín una vez más, te juro que no vivirás para contarlo.

Lo soltó de un empujón. Papá lo sostenía del brazo. Patricio se había enardecido con el comentario soez y provocador de Valentín.

—Tranquilo, Patricio. No vale la pena, en serio.

Valentín y Claudia salieron del restaurante con prisa.

—¿Cómo se atreve a hablar así de ella? Iba a ser su esposa...

—Es un niñato tonto. Yo nunca estuve de acuerdo con esa relación. Cuando eran más jóvenes, Valentín la engañó y Jazmín lo dejó, y unos años después se reencontraron y él la reconquistó asegurándole que había cambiado... Ya hemos visto que no. Es el mismo gilipollas de siempre. Menos mal que todo sucedió una semana antes de la boda, si no hubiera sido muy infeliz.

—¿Crees que más infeliz de lo que lo está siendo ahora?

—Por lo menos, sé que mi hija ha conocido lo que es el amor verdadero..., y te aseguro que esto pasará. Veremos qué podemos hacer para que se lleve a cabo ese estudio. Voy a hablar con un colega mío que es genetista, para ver qué puede servir como material genético. Pero deberemos esperar, porque en este momento está en un congreso en Estados Unidos.

—Gracias, Ricardo.

Patricio lo abrazó.

—Tranquilo, muchacho. Puedo ver que estás sufriendo mucho con todo esto. Yo no tengo la certeza absoluta, pero siento que Jazmín es mi hija, y nada me gustaría más que pudieseis estar juntos nuevamente.

Patricio se secó una lágrima, y ambos volvieron a sentarse.

—Aquí tenéis vuestros platos, bombones. Espero que los disfrutéis tanto como he disfrutado yo al ver la cara de miedo de ese gilipollas cuando casi lo golpeas.

—¡Ay, Cata!

Cata se retiró y mis dos amores volvieron a lo suyo tras tan amargo encuentro con Valentín.

Cuando terminaron de almorzar salieron hacia la clínica. Una vez que llegaron, intercambiaron tarjetas de visita, se despidieron con un abrazo y quedaron en seguir en contacto.

Patricio regresó al hotel, hizo el *check-out* y volvió a Madrid, más tranquilo al saber que al menos Ricardo le había ofrecido su ayuda y que podía contar con él.

El viernes fui a la consulta de la ginecóloga. Le presenté los análisis que me había hecho en Marbella. Estaba todo en orden. Calculó la fecha del parto para el 25 de abril y me citó para una ecografía dos semanas más tarde, ya que estaría en el cuarto mes y quizá ya podría saber el sexo.

Al fin llegó el tan ansiado lunes, el día en que había de firmar la compra del piso. A la hora acordada estaba en la notaría. Germán ya había llegado.

—¡Hola, Jazmín!

—¡Hola!, ¿qué tal?

—Muy bien. ¿Y tú?

—Contenta. ¡Ha llegado el día!

—Sí. Mía te manda muchos besos.

—Gracias.

Nos llamaron para entrar en el despacho. Estábamos la notaria, el agente de la inmobiliaria, Germán y yo. Leímos los documentos, extendí el cheque, firmamos, me entregaron la llave y, por fin, el piso ya era mío.

Al salir de la notaría, llamé a Leti.

—¡Amigaaa! ¡Es mío!

—¡Qué alegría, Jaz! Vamos de camino con la mudanza.

—Genial, te espero.

—En un par de horas estaremos por ahí.

—Estoy deseando que llegues. ¡Un beso!

—¡Otro!

Colgué y me dirigí al hotel para recoger mis cosas, hacer el *check-out* e ir al piso.

Abrí la puerta y logré sentirme en casa, aunque siempre me faltaría algo: Patricio. Llamaron a la puerta; eso me sacó del pensamiento que había empezado a humedecer mis ojos.

—¡Hola, Jazmín! —me saludó Mía.

—¡Hola, cariño!

—¡Bienvenida! —dijo Germán, dándome una pecera redonda con un pececito naranja con varias colas.

—Gracias. ¡Es muy bonito!

—Mía quería comprarte flores, pero luego nos ha parecido más adecuada una mascota.

—¿Cómo le vas a llamar? —preguntó, impaciente, la pequeña.

—¡Mmm!, ¿tú qué opinas?

—A mí me gusta *Gala*.

—Entonces, no se hable más. ¡Se llama *Gala*!

—¡Yupiiiii!

—¡Pasad, por favor! —Dejé la pecera sobre la mesa—. No tengo nada para ofreceros. Acabo de llegar y estoy esperando a Leti con la mudanza.

—No te preocupes, sólo hemos venido a darte la bienvenida. Mía ha vuelto del colegio muy ansiosa.

—¡Muchas gracias!

—Esta tarde estoy libre. Si quieres os puedo ayudar con la mudanza y a colocar las cortinas. En tu estado no conviene que estés subida a una escalera...

—¡Oh, muchas gracias, pero no te molestes! Leti se quedará toda la semana para ayudarme, aunque si hay algo que no podamos hacer, agradeceremos tu ayuda.

—Cuenta con eso...

Germán se volvió para ver dónde estaba Mía, que había trepado a la silla para jugar con el pececito.

—¡Vamos, Mía!

—¿Yaaa?

—Sí, vamos, que tienes que merendar.

—¡Uffff!

Mía se bajó de la silla y, refunfuñando, se acercó a darme un beso.

—Pórtate bien.

—Sí —dijo con tono tristón, tomando la mano de su padre.

—Hasta luego, Jazmín.

—Hasta luego, y nuevamente gracias por *Gala.*

Cerré la puerta y llevé las bolsas al que sería mi dormitorio. Tenía un somier doble aún con el embalaje. Abrí el armario y comencé a guardar la ropa de las bolsas. Fui al baño y coloqué sobre la encimera mis enseres de tocador. Luego intenté sacar el envoltorio del colchón, pero me fue imposible, así que saqué las cortinas que había comprado, las dejé sobre la mesa y decidí esperar a Leti en el sillón de la sala.

La sala y el comedor estaban pintados en crema, y mi dormitorio y el que sería, en principio, el consultorio, de verde agua. Pensaba dejarlo así hasta saber el sexo del bebé; si era niña, lo pintaría en tonalidades lila y violeta. Las cortinas que había elegido eran de color arena, con un toque de beige, y quedaban muy bien con los sillones color chocolate. El piso no necesitaba prácticamente muebles; lo único que debería comprar sería una estantería para guardar la cantidad de libros que tenía, un escritorio y un sillón para el consultorio. Guardaría el somier de una plaza en un guardamuebles para después de que naciera el bebé y trasladara la consulta.

Estaba pensando en dónde pondría los adornos y cuadros cuando sonó el timbre del interfono. «¡Leti!»

—¿Quién es?

—Soy yo..., ¡yo y tu mudanza!

—¡Pasa!

Abrí la puerta y la esperé en el descansillo de la escalera.

—¡Jaz, querida! ¡Estás hermosa de verdad! ¡Mira esa barriguita!

—¿Has visto? —Leti me acarició el vientre y nos abrazamos fuerte—. ¡Pasa!

—Tenemos que empezar a bajar las cosas, pero tú tranquila que para eso he venido yo, y además nos puede ayudar el chófer.

—Podemos pedirle ayuda a Germán. Se ha ofrecido amablemente.

—¿Germán?

—Sí, el propietario del piso... Bueno, ex propietario.

—Ya veremos. Si vemos que estamos muy cansados de subir y bajar, se la pedimos. Ahora, manos a la obra.

—¡Ay, Leti! ¡Qué alegría tenerte aquí! —Las lágrimas comenzaron a correr por mi rostro—. ¡Te he echado tanto de menos!

—¡Chsss! Ya estoy aquí. Tratemos de subirlo todo lo más rápidamente posible, y así después nos sentamos tranquilas. Tenemos mucho de qué hablar.

Comenzaron a subir con cajas. La verdad era que no recordaba tener tantas cosas. Al cabo de un buen rato, vi entrar a Germán con una gran caja.

—Estáis locas de hacer esto solas. Tu amiga no quería por nada del mundo que la ayudase, pero no hubiera podido subir dos escalones más con esta caja.

—Sí hubiera podido, sólo me habría llevado más tiempo.

—Gracias, Germán.

—Sí, gracias —dijo Leti con voz de pocos amigos.

La miré haciendo señas con los ojos; había estado grosera.

Volvieron a bajar y así unas cuantas veces más, hasta que terminaron. Yo aproveché un momento para bajar al súper de la esquina y comprar algo de beber. Cuando terminaron, los invité a un refresco.

—¿Y Mía?

—Está con Andrea. Se la ha llevado de compras. No se me da muy bien comprarle ropa.

—¡Qué hermosa! Leti, tienes que conocer a Mía; es un encanto.

—Tengo la impresión de que la conoceré pronto.

Otra vez estaba siendo grosera. ¿Qué le pasaba?

Descansaron un poco, y Germán se ofreció a colgar las cortinas mientras nosotras colocábamos las cosas de la cocina en los correspondientes armarios. Miré a Leti y vi que estaba muy seria.

—¿Qué pasa, Leti?

—Nada.

—A mí no puedes mentirme.

—¿Qué hace este tipo aquí?

—¡Leti! ¡Sólo está siendo amable!

—Quiere algo contigo.

—No seas paranoica. No todos los hombres que conozco quieren algo conmigo y, si así fuera, sabes bien que jamás podría... No me imagino con otro hombre.

—Tengo que hablar contigo, pero será cuando estemos tranquilas y solas.

—¿Qué pasa, Leti? No me asustes.

—Entre otras cosas, he terminado con Gastón.

—¡¿Cómo?! Pero ¿qué ha pasado?

—Nada, sólo que me he dado cuenta de que no estoy enamorada y que no quiero perder el tiempo ni ilusionarlo con algo que no va a pasar.

—Pero ¿estás bien?

—Sí, estoy muy bien. No fue fácil la decisión porque lo quiero, pero eso no basta. Y después de que me presentara a la familia, me di cuenta de que pronto terminaría pidiéndome matrimonio.

—Amiga, si es lo que realmente quieres, entonces está bien, pero piénsalo.

—Jaz, no puedo estar con un hombre sólo porque lo quiero y el sexo es genial; necesito algo más..., y aunque lo intenté, no lo he conseguido.

—¿Cómo se lo ha tomado él?

—Bien, supongo. Hemos hablado un par de veces después, pero nada más.

—¡Jazmín!

Mía entró corriendo a abrazarme.

—¡Hola, Mía! ¿Cómo han ido las compras?

—Bien. Mi tía me ha comprado muchos vestidos. Mira.

Comenzó a sacar unos hermosos vestidos de las bolsas.

—¡Qué vestidos tan bonitos! Mira, quiero presentarte a alguien... —Leti estaba apoyada en la encimera de la cocina, mirando atentamente la escena—. Ella es Leti, mi mejor amiga de toda la vida.

—¿Como seremos Abril y yo?

—Sí, cariño, como Abril y tú.

—Hola, Leti. Yo soy Mía.

Leti estaba encantada con lo extrovertida que era Mía, aunque trataba de disimularlo.

—¡Hola, Mía, mucho gusto! Me habían hablado de ti. ¿Quieres un refresco? —le preguntó.

—Mi papá no me deja tomar refrescos; dice que soy muy pequeña.

—Muy bien. Entonces, ¿zumo de naranja o agua? —pregunté yo.

—¡Mmm, zumo!

—En marcha un zumo para Mía.

Mía rió y vi que Leti la miraba sorprendida por su personalidad.

Cuando regresamos a la sala, Germán estaba colocando las últimas cortinas. Mía trepó a la silla para jugar con *Gala*, y Leti estaba desembalando la televisión para colocarla en su lugar. Cuando Germán la vio casi corrió a ayudarla.

—Déjame ayudarte. Es muy pesada.

—Gracias.

Yo miraba la escena desde donde estaba Mía y pude sentir el cambio de actitud de Leti.

Mi amiga había puesto las cajas con ropa en el dormitorio,

por lo que los dejé a ellos en la sala y comencé a guardar mi ropa en el armario y la ropa de cama en el armario del pasillo, junto con las toallas.

Mía se había dormido en mi cama y fui a decírselo a Germán, pero vi que él y Leti estaban hablando muy animadamente, así que preferí dejarlos. Tapé a Mía con una manta, tomé el móvil y encargué pizza para cenar. No nos habíamos dado cuenta, pero ya era tarde.

A la media hora, el timbre del interfono sacó a Leti y a Germán de su burbuja.

—Es la pizza. Mía se ha dormido en mi cama. ¿La despertamos para que cene?

—No os molestéis por nosotros. Andrea ha debido dejar la cena fuera de la nevera.

—De ninguna manera. Hoy he pedido pizza porque es imposible que pueda cocinar con este desorden, pero prometo que uno de estos días os invitaré a cenar algo hecho por mí.

—Jaz cocina de maravilla. Voy a por los vasos y las servilletas.

—Voy a despertar a Mía —dijo Germán.

Miré a Leti y le sonreí. Ella me guiñó un ojo. No tuvo que decir nada más. Le gustaba.

Cenamos los cuatro. Mía estaba medio dormida, por lo que no se mostró muy habladora, pero con Leti y Germán teníamos de sobra. Sonó mi móvil. Era Benja. Me levanté de la mesa y fui a la cocina.

—¡Hola, Benja!

—¡Hola, Jaz! ¿Cómo estás?

—Casi podría decirte que estoy contenta.

—¡Qué bien oírte decir eso!

—He comprado un piso. Estoy en plena mudanza.

—¿Dónde?

—En Zaragoza.

—¿Zaragoza?

—Sí, estoy con Leti. Ha llegado hoy con la mudanza.

—Me alegro mucho, hermanita. Dan te manda un beso.

—Gracias. Otro para él.

—Pareces mejor, Jaz.

—No tengo otra, Benja. Estoy esforzándome por seguir adelante a pesar de todo.

—¿Cómo va esa barriguita?

—Divina. Creciendo. Luego le pediré a Leti que me haga una foto y que te la envíe.

—¡Sí, por favor! ¿Necesitas algo?

—No. Está todo bien.

—Cualquier cosa que necesites no dudes en llamarnos, después de todo no estamos tan lejos.

—Gracias, Benja. Un beso. ¡Te quiero!

—¡Yo también te quiero!

Volví al comedor. Mía estaba dormida en el sillón, así que fui a por una manta para taparla.

—¡Gracias! Estaba cansada. Se levanta temprano para ir al colegio.

—¡Es un encanto! —dijo Leti.

—Sí, es muy dulce.

Terminamos de cenar y Germán se despidió, llevándose a la pequeña a su casa.

—Gracias por todo, Germán.

Fui a la cocina a lavar los vasos mientras Leti se despedía y cerraba la puerta.

—¡Es un bombonazoooo!

—¿Mía? Sí. Es hermosa —le dije, riéndome.

—Sí, también Mía. —Suspiró—. ¿He estado grosera con él, verdad?

—Definitivamente... Mañana le pides disculpas.

—Mañana... Ahora ven, sentémonos un poco, que estoy agotada. Quiero bañarme y luego acostarme, pero primero necesito hablar contigo.

—Estoy preparándome un té. ¿Quieres uno, o prefieres café?

—Té está bien...

Llevé el té a la sala. Leti estaba mirando por la ventana hacia la plaza iluminada.

—Es un lugar muy bonito, Jaz. Espero que aquí puedas ser feliz.

—Ya fui feliz, Leti. Fui muy feliz. No sé cómo volver a serlo.

—Patricio estuvo en Marbella.

—¡¡Auuu!!

—¿Qué pasa? ¿Estás bien? ¿Llamo a un médico?

—¡No, no! Se ha movido, Leti. Se ha movido.

—¡Oh! ¡Déjame sentirlo!

—Ahora ya no... Es la primera vez —dije, acariciando mi vientre y sonriendo.

—Estás muy guapa. Ojerosa, pálida, con los ojos rojos de llorar seguramente todos los días..., pero el embarazo te sienta de maravilla... Déjame sacarte una foto. Quiero tener un recuerdo de mi sobrino en esa barriguita.

—Sobrina.

—¿Ya sabes que será niña?

—No, pero creo que será niña.

—¿Y ya tienes pensado el nombre?

—Abril. —Carraspeé—. Lo eligió Patricio.

—Me gusta. Hablando de Patricio, como te he dicho, estuvo en Marbella.

—¿Ah, sí?

—No hagas como que no te interesa. Te mueres por que te lo cuente.

—Estoy viviendo gracias a este bebé, Leti.

—Está desesperado. Habló con Eugenia, conmigo y con tu padre. Tendrías que haberlo visto.

—Me imagino que no le dijiste nada...

—Sólo le dije que estaba en contacto contigo y que, dentro de lo que cabía, estabas bien. —Suspiró—. Está sufriendo igual que tú, amiga. Ama a ese bebé. Saber que estás sola y que puedas estar mal o necesitar algo lo desespera.

—¿Y qué quieres que haga, Leti?

—¡Que te hagas la maldita prueba de ADN! Tu padre me dijo que él no cree que Patricio y tú seáis hermanos, y se lo dijo también a Patricio cuando fueron a almorzar.

—¡¿Fueron a almorzar?!

—Sí, y se encontraron con Valentín y Claudia.

—¿Están juntos?

—Eso parece. La cuestión es que Valentín hizo un comentario al parecer muy ofensivo sobre ti y Patricio lo agarró por el cuello y lo amenazó... Casi lo golpea.

—¡Dios mío! Conociendo a Valentín, algo hará.

—No lo creo. Patricio fue sumamente convincente. Me lo contó tu padre, y luego, cuando fui a almorzar allí, me lo contó Cata.

—¡Ayyy, Leti! ¿Lo viste muy mal?

—¡Horrible, Jaz! ¿Por qué no te haces el análisis de ADN? Este bebé ya no es una excusa. Si sois hermanos sigues con tu vida como hasta ahora..., pero si no lo sois, estás... estáis perdiendo tiempo de estar juntos y de disfrutar de este embarazo.

—No puedo, Leti. Estoy negada, lo sé.

—No estás negada, estás asustada... Pero si sigues adelante con esto, estarás haciendo lo mismo que tu madre os hizo a vosotros.

—¡No! No compares lo que nos hizo mi madre con lo que yo estoy haciendo. Lo estoy haciendo por amor a este bebé.

—¿Y tú crees que tu madre no lo mantuvo en secreto también por amor?

—¡No me manipules, Leticia!

—No te manipulo. Es mi deber como amiga decirte que estás cometiendo un enorme error. Estoy aquí y te respeto. No le diré dónde estás, pero eso no supone que esté de acuerdo con lo que haces. —Se terminó de beber el té—. Me voy a bañar.

—Las toallas están en el armario del pasillo, y las demás cosas en el tocador.

Saqué sábanas y mantas para prepararle la cama a Leti en lo que sería la consulta, y luego llevé las tazas a la cocina. Apoyé las manos en la mesa y mi cabeza cayó junto con mis lágrimas. Que Patricio sufriese era algo que me dolía mucho, me angustiaba. Sin pensarlo demasiado, tomé el móvil de Leti y lo llamé.

—¡Leti! ¿Le ha pasado algo a Jazmín?

—Soy yo, Patricio.

Hubo un silencio.

—¿Estás bien?

—Sí. Leti me ha dicho que estuviste en Marbella y que te vio mal.

—¿Y eso acaso te importa?

—¡Por supuesto! ¿O crees que soy de hielo?

—Si te importara tanto no hubieras decidido huir.

—Patricio, te estoy llamando para saber cómo estás, no para que peleemos.

En ese momento el bebé volvió a patear.

—No quiero pelear. Te quiero aquí, te echo de menos. Me importa una mierda que seamos o no hermanos. Te necesito.

Quiero estar contigo y con nuestro hijo... —No quería que me oyese llorar, pero fue inevitable—. No llores, por favor. No llores, mi amor.

—Patricio, no sé por qué te he llamado. Sólo quiero que sepas que estoy bien.

—¿Cómo te sientes?

—Bien. Ya no tengo náuseas... y todo marcha a la perfección.

—¿Te has hecho revisiones?

—Las de rutina.

—Hablé con tu padre. Ahora entiendo a quién has salido.

—¿Por qué lo dices?

—Porque ambos sois personas con un corazón infinito. No puedo decir lo mismo de tu madre.

—Sí, sé que también estuviste con ella.

—¿Sabes qué me dijo Ricardo? Que no creía que fuéramos hermanos.

—Me lo ha dicho Leti. También me ha hablado del encontronazo con Valentín.

—Ese gilipollas y esa zorra se atrevieron a venir a saludar a la mesa donde estaba con tu padre... Valentín fue muy grosero.

—Cuídate de Valentín. Es abogado y puede tomar medidas.

—No pasará nada. No te preocupes.

—Bueno. Me voy a acostar. Estoy cansada de la mudanza.

—No habrás hecho fuerza, ¿verdad?

—No. Por eso ha venido Leti.

—Jazmín...

—¿Qué?

—Esta llamada...

—Perdóname. Quizá no ha sido buena idea. He sido impulsiva. Que descanses.

Colgué antes de decir algo de lo cual tuviera que arrepentirme luego.

Leti salió del baño con su pijama y su larga cabellera rubia envuelta en la toalla.

—Lo he llamado.

—¿A quién?

—A Patricio.

—No te entiendo, Jaz.

—Ni yo, pero necesitaba saber cómo estaba.

Leti sacudió la cabeza.

—¿Me ayudas con el embalaje de mi colchón? No puedo sola.

—¡Es que hay tantas cosas que no podrás hacer sola! Me preocupas.

—Leti, no exageremos, que hay muchas madres solteras y no es un problema.

Leti sacó el embalaje mientras yo iba a buscar la ropa de cama.

—Deja que te ayude con eso.

—No. Ve a dormir, que debes estar agotada.

—Vale, me voy porque estoy agotadísima, pero esta conversación no ha terminado, señorita.

—Leti. —Me acerqué y la abracé—. ¡Gracias! No sé qué haría sin ti.

—Lo mismo que hacen otras madres solteras —contestó.

La miré y me sonreí.

Preparé la cama, me fui a bañar y luego me acosté. Era la primera noche en mi nuevo hogar y no tardé mucho en dormirme.

Hacía frío, estaba tapada con un edredón de plumas. Un momento después sentí el calor y el aroma de su piel. Ese calor me hizo estremecer. La anticipación hizo que me excitara, más aún cuando sentí sus manos recorrer el perfil de mi cuerpo. Sus dedos rozaban mi piel, que ardía por sus caricias.

—Sólo ha sido una pesadilla. Estoy aquí, bonita.

Su boca recorría mi cuerpo. Se detuvo en mis pechos, lamiendo y mordiendo mis pezones, para seguir hasta mi vientre, que besó y acarició con adoración.

—Ha sido horrible.

—¡Chsss, mi amor!

Sus manos abrieron delicadamente mis piernas mientras su boca se sumergía en mi caliente y húmedo sexo. Le acaricié el cabello y su lengua comenzó a jugar con mi clítoris, haciendo que me estremeciera de placer. Luego besó la cara interna de mis muslos y subió por mi cuerpo, besándolo centímetro a centímetro, hasta llegar a mi boca. Podía sentir mi sabor en su beso; un beso urgente, profundo, amoroso.

Nuestros ojos se encontraron y, en ese momento, manteniendo la mirada, me penetró de una forma deliciosa. Ambos nos sentimos conmovidos por esa unión; me besó nuevamente. Sus movimientos eran suaves y mis caderas iban al encuentro de las suyas, en una danza donde la música eran nuestros gemidos y jadeos.

Mis manos acariciaban su espalda. Nos mirábamos todo el tiempo. Necesitábamos saber que estábamos ahí, que nuevamente éramos uno.

Me dio la vuelta para que quedara a horcajadas sobre él. Tomó mis pechos y los masajeó, mientras lo cabalgaba, primero lenta y suavemente, y luego, a medida que mi orgasmo iba creciendo, aumentando la velocidad a la que me movía. Su rostro era de placer, felicidad y deseo; sus manos acariciaban mi espalda, de arriba abajo y vuelta hacia mi cadera, cintura y pechos.

Nuestros cuerpos resbalaban a causa del sudor. El perfume de su piel, mezclado con el olor a sexo, era embriagador.

—Te amo.

—Te amo.

El éxtasis nos trastornó y sus réplicas nos sacudieron como un terremoto. Luego vino la calma y nos dormimos abrazados.

Me desperté angustiada. Miré a mi lado y estaba sola. Había sido un sueño.

«¡Oh, Dios mío!» Mi cuerpo todavía podía sentir sus caricias y hubiera jurado que hasta su aroma. La culpa y la angustia por ese sueño tan real se instalaron en mis ojos y comenzaron a salir las lágrimas a modo de catarata. Necesitaba deshacerme de esa sensación. Corrí a la ducha y me mantuve bajo el agua un largo rato, para que junto con el agua corriese también mi angustia.

Cuando salí del baño, Leti afortunadamente dormía. Me abrigué bien y fui a la panadería a por unos bollos para el desayuno.

Volví a casa y preparé café para Leti y un té para mí, y cuando iba a llevarle la bandeja a la cama, ella apareció en el umbral de la puerta de la cocina.

—Buenos días.

—Buenos días. ¿Cómo has dormido?

—Bien. Caí rendida.

—Sí, yo también. Mira, ahí... Hoy ha estado moviéndose desde que me he levantado.

Apoyó la mano en mi vientre y pudo sentir cómo se movía.

—¡Ayyy, Jaz! Lo he notado.

—¿Has visto? Hoy está inquieta.

—¿Será que la madre está inquieta?

—¿Yo? ¿Por qué habría de estar inquieta?

—Por la llamada de anoche, quizá.

—No, Leti. No me dejó inquieta, me dejó angustiada. —Llevé el desayuno a la mesa del comedor—. Quedé en que le enviaría una foto a...

—¡¿A Patricio?!

—¡No, Leti! No me dejas terminar... A Benja. —Serví el café—. Cuando encuentre la cámara entre este desorden, me tomas algunas fotos.

—Claro, yo también quiero. ¿Por qué no le envías una foto a Patricio?

—¿Estás loca, Leti? No soy sádica. Sé que está sufriendo. ¡No le haría eso!

—¿Nunca has pensado que, al saber que continúas con el embarazo, él pueda reclamar legalmente?

—¡Leti, por Dios! Él no lo haría, y en todo caso tendrá que encontrarme.

—¡Ayyy, Jaz!

—¿Sabes qué me dijo ayer?

—¿Qué?

—Que le importa una mierda que seamos hermanos; que quiere que estemos los tres juntos.

—Ese hombre no va a descansar hasta encontrarte. No seré yo quien se lo diga, te lo aseguro, pero encontrará la manera de poder hacer el análisis de ADN. Sólo espero que cuando tenga el resultado, y éste sea negativo, no sea demasiado tarde.

—¿Tarde para qué, Leti?

—Para que estéis juntos los tres.

—Si me ama como creo que lo hace, sé que me entenderá. Él sabe que lo que estoy haciendo es por amor. Sabe tan bien como yo lo que sufro y lo que él sufre. Está enfadado, lo sé, pero también sé que a la larga lo entenderá.

—¿Y a Abril qué le dirás?

—No lo sé, Leti. No me martirices con eso desde tan temprano, por favor.

—Aquí está la cámara. Vamos a sacarte unas fotos antes de que tengas los ojos como un sapo.

—¡No, Leti! Ahora no, no estoy arreglada.

—Ese mono te queda precioso y hace que la barriga se note más. —Me tomó de la mano y me llevó a la terraza—. Además, el embarazo te sienta tan bien que no necesitas arreglarte. Estás preciosa al natural. ¡Mira tu piel! Siempre has tenido una piel preciosa, pero ¡ahora parece de porcelana!

—¡Vale, venga!, hazlas de una vez.

Después de unas cuantas fotos, entramos y cerramos la ventana, ya que hacía bastante frío.

—¡Manos a la obra! Vamos a seguir con este desorden. ¿No hay nada en lo que nos pueda ayudar tu vecinito?

—¡Leti! ¡Descarada! Lo vamos a invitar a cenar hoy. Voy a cocinar. Estoy que muero por comer algo casero.

—Vale, vale, pongamos música para animarnos.

Leti se decidió por Rihanna.

Después de vaciar unas cuantas cajas y poner orden en la cocina, fui al mercado: necesitaba comprar para cocinar el almuerzo y la cena. Leti se quedó con su portátil, leyendo el correo y descargando las fotos de la cámara para enviárselas a Benja.

Papá había decidido que era el momento de hacer su mudanza. Como mamá no quería estar en el momento en que él se llevara sus cosas, cuando él llegó ella se fue.

Fue al estudio y comenzó a sacar documentos, papeles y archivos de los armarios y a colocarlos en una caja. Abrió la caja fuerte para vaciarla. Sacó su arma, tomó unos papeles y divisó, en el fondo, una caja de madera. Inmediatamente recordó su contenido. La tomó y la apoyó sobre el escritorio. Luego se sentó para abrirla, casi como en un ritual. Allí estaban los primeros dientes, el mechón de cabello y los cordones umbilicales de cada uno de sus tres hijos. Volvió a mirar el contenido y, como un chispazo, cayó en la cuenta. Tomó el móvil y llamó a su amigo el genetista para consultarle si era factible utilizar un cordón umbilical de veintiocho años como muestra para un ADN, a lo que su amigo respondió que dependía de cómo hubiese sido conservado. Papá miró la caja; cada cordón estaba cuidadosamente guardado. Le dio las gracias a su amigo e inmediatamente llamó a Patricio.

—Patricio...

—¡Ricardo!

—¿Cómo estás, muchacho? Tengo buenas noticias.

—Si son buenas, entonces estoy bien.

—Creo que podemos obtener la muestra necesaria del cordón umbilical de Jazmín.

Patricio se quedó en silencio, aunque en realidad su corazón latía con tanta fuerza que creía que se le iba a salir por la boca.

—¿Cómo? —alcanzó a articular.

—Estaba vaciando la caja fuerte cuando he visto una caja de madera donde guardamos con Eugenia los tesoros de nuestros hijos. Así es como llamamos a sus primeros dientes, el cordón umbilical y un mechón de cabello.

—Ricardo, lo que me dices es la mejor noticia que he oído en estos últimos meses.

—He hablado con mi amigo el genetista y me ha dicho que dependía de cómo estuviera conservado el material, pero que era factible. Mañana puedo viajar a Madrid. Deberías hablar con tu padre para que done una muestra, y yo haré lo mismo. Cuanto más material haya para comparar, más certero será el resultado.

—Gracias, Ricardo. No sé cómo agradecerte esto.

—No tienes que agradecerme nada. Como te dije, yo estoy seguro de que Jazmín es mi hija, pero me interesa tener el resultado para que todos salgamos de dudas.

Para entonces a Patricio lo embargaba ya la esperanza, y volvió a darle las gracias varias veces.

—Dame la dirección del laboratorio y nos veremos allí pasado mañana.

Le dio la dirección y se despidieron.

La esperanza de que en unos días la tortura que venía sufriendo desde hacía un par de meses iba a terminar le había renovado las energías.

Estirado en su sillón de escritorio, esbozaba una sonrisa

cuando su móvil volvió a sonar. Vio en la pantalla que era Leti y de inmediato pensó lo peor.

—Leti, ¿está todo bien?

—Sí, sí. Creo que voy a hacer algo de lo que más tarde me arrepentiré, pero dame tu correo electrónico.

—Ahí va: patricio@delmonte.es. ¿De qué se trata?

—Espera y verás. ¿Estás con tu portátil ahí?

—Sí.

—Vale, aguarda... Ahí... Ya han salido. —Hubo un largo silencio—. ¿Estás ahí?

Patricio exhaló fuerte, pero no habló.

—Ayer, cuando le conté que habías estado en Marbella, el bebé se movió. Era la primera vez que Jaz sentía cómo se movía, y hoy ha estado moviéndose mucho durante la mañana. Yo misma lo he podido percibir.

Se hizo un nuevo silencio.

—Ya se le nota... bastante.

—Sí, y es una barriguita hermosa.

—Está hermosa... —dijo Patricio, y volvió a exhalar con fuerza.

—Sé que si se entera de que te he enviado estas fotos, me va a odiar para el resto de su vida, pero...

—Quédate tranquila. No sabes lo que agradezco estas fotos. ¿Sabes que me llamó anoche?

—Sí, me lo dijo. Ahora tengo que colgar.

—¡Muchas gracias, Leti! Eres una buena amiga.

—Gracias. Estamos en contacto.

Cuando colgó, Patricio se quedó mirando la pantalla, hipnotizado por la imagen de mi barriguita. Tocó la pantalla, acariciándola, y se le llenaron los ojos de lágrimas.

—Mis amores... —dijo en voz alta.

Volví del mercado. Leti seguía con el portátil y me mostró las fotos que había sacado. No me había dado cuenta de hasta qué punto se me notaba la barriga hasta que vi las fotos.

—Si con casi cuatro meses tengo esa barriga, no sé cómo será cuando esté de nueve.

—Muy grande, pero era de esperar. Tú no eres lo que se dice pequeña, y su padre...

—Me voy a cocinar.

—¡Mmm!, ¿con qué me vas a deleitar?

—Algo bien sano: pescado al horno con verduras y arroz.

—¡Me gusta! ¿Y por la noche?

—Tu segundo plato favorito.

—¡Mmm!, me estás mimando demasiado.

—Será que te lo mereces.

—Eso no hará que deje de insistir y martirizarte.

—Lo sé.

Fui a la cocina a guardar lo que había comprado en el mercado y, de repente, me pregunté si Patricio les habría dicho a mamá o a papá lo del embarazo.

—¡Leti! —grité.

—¡¿Qué ha pasado?! —Apareció corriendo en la cocina—. ¿Estás bien?

—Sí, sí... Sólo me preguntaba si Patricio le habrá dicho a mamá y a papá lo del embarazo.

—¡Vas a matarme de un susto! No, no les dijo nada. Benja le había dicho que sólo lo sabíamos nosotros. —Resopló—. No vuelvas a gritar así, ¡joder!, que tengo el corazón en la boca.

—Exagerada.

Leti volvió a la sala y comenzó a desembalar adornos. Al cabo de un rato, le llevé un refresco.

—¿Tienes martillo y clavos?

—No, tengo que comprar. Me dejé la caja con las herramientas básicas en Marbella.

—Podemos pedírselo a tu vecino.

—Pídeselo tú..., y de paso, dile lo de la cena de esta noche.

—Bien.

Leti salió del piso y subió al de Germán. Me acerqué al marco de la puerta, desde donde pude oír cómo coqueteaban. Era evidente que se gustaban. Volvió quince minutos después con el martillo y una caja de clavos para la mampostería.

—Estarán por aquí a las ocho, señora chef.

—¡Perfecto!

—¿Dónde piensas poner al pez?

—Se llama *Gala*, y pienso ponerlo en la repisa de costado a la ventana.

—Ven, démosle calor de hogar a estas paredes. Tú me vas diciendo dónde quieres cada cuadro...

—Bien. Me sentaré aquí y te veré trabajar mientras te dirijo...

—Sí, ya me vengaré cuando yo esté embarazada.

Nos reímos. Era bueno reír a pesar de las circunstancias.

Finalmente, Leti colgó todos los cuadros y los adornos en las paredes. El piso iba adquiriendo personalidad; se iba pareciendo a mí.

La campanilla del horno sonó. El almuerzo estaba listo. Almorzamos con música de fondo, hablamos de algunos pacientes que yo le había pasado, de cómo estaba ella y de Violeta, que se iba a vivir a Viena, ya que la habían contratado para el ballet de la Ópera.

—¡Ésa es una noticia maravillosa!

—Sí. Iba a llamarte esta semana. Quizá hasta pueda venir para estar juntas unos días antes de que se vaya, pero no es seguro.

—¡Eso sería genial! Las tres juntas...

—Cuatro...

—¿Cómo, cuatro?

—¿Y Abril qué? —me dijo, y nos reímos.

Coloqué algunos adornos y velas en las repisas, un arreglo de flores secas y espigas en la mesa de la sala, con algunos cuencos de cerámica y un candelabro en la mesa del comedor.

Faltaban por ordenar las cuatro cajas de libros de la biblioteca y los cedés en el mueble del equipo de música, pero en dos días tenía compuesto el piso. Tomé nota mentalmente de que debía comprar unas alfombras para la sala y para el comedor, un ánfora para decorar el rincón de la puerta y lo necesario para transformar el dormitorio en consulta.

Nos sentamos, satisfechas, a tomar un té y a mirar un poco la televisión, y pronto me quedé dormida. Me despertó el móvil. Era mi padre.

—Hola, papi.

—Hola, cariño. ¿Cómo estás?

—Bien, papi. Ayer me mudé y hoy Leti y yo casi hemos terminado de desempaquetarlo y ordenarlo todo. ¿Tú cómo estás?

—Bien, cariño, adaptándome. —Carraspeó—. ¿No le vas a decir a tu padre dónde estás?

—Mi padre tiene últimamente mucha amistad con alguien que no quiero que sepa dónde estoy.

—Veo que las noticias vuelan.

—Hablé con Patricio ayer.

—Hija, ese muchacho está desesperado.

—Lo sé, papi. Yo no estoy mejor.

—¿Y por qué, entonces, no te haces la prueba de ADN?

—Porque... porque... —«¡Piensa deprisa!»— porque yo necesito tiempo, y todo esto ha sido un *shock* muy fuerte.

—¡Ayyy, mi bella flor!

—Papi, estoy en Zaragoza. Tienes mi móvil; llámame cuando quieras.

—Así será, hija. Cuídate.

—¡Y tú también! Te quiero, papi.

—Y yo a ti, mi pequeña.

Al colgar busqué alrededor y no encontré a Leti. Fui al dormitorio y no estaba en su cama. Mientras iba a la cocina, oí risas en la puerta. Estaba con Germán. Suspiré y me dispuse a cocinar. Quince minutos después entró con cara de culpable.

—¡Hola! Creía que dormías.

—Creía que estabas viendo la televisión.

—Después de cenar, iré con Germán a un bar de por aquí. ¿Te puedes quedar con Mía?

La miré. Me hacía gracia su cara de culpa.

—Claro. No hay problema. —Puse los ojos en blanco—. Ve a prepararte mientras yo cocino. En mi armario tienes ropa, casi nada me sirve..., y en el tocador tienes maquillaje y perfume.

—¡Gracias! No he venido preparada para esto.

Me besó en la mejilla y salió saltando como si fuese una niña con un juguete nuevo.

Puse el pollo en el horno, dejé en remojo las verduras para la ensalada y fui a darme un baño y a vestirme. Leti eligió un pantalón pitillo negro, con un cuello tortuga caído de un hombro, un lazo verde esmeralda en la cintura, que resaltaba sus ojos, y unas botas de punta fina. Se dejó el pelo suelto y se maquilló suavemente. Estaba preciosa. Yo me puse la falda chocolate estampada que me había comprado, con un jersey alhucema que había visto combinado en el escaparate de la tienda; me calcé las botas planas marrones y me puse un poco de rímel para acentuar los ojos.

Leti dispuso la mesa mientras yo terminaba de preparar la ensalada y unas tapas para esperar la cena. Sonó el timbre. Habían llegado los invitados.

—Leti, ¿puedes abrir tú?

—Claro.

—¡Hola, bienvenidos!

—Hola, Leti. ¿Y Jazmín?

—En la cocina, cariño. Pasad.

—¡Jazmínnn! ¡Qué bonito ha quedado tu piso!

—¡Hola, preciosa! ¿Te gusta?

—Sí, me gusta mucho.

—Me alegro.

—Hemos traído el postre. No sabía qué podría gustaros.

—Gracias. En mi estado, todo lo dulce está bien.

—Tomad asiento. —Leti había encendido unas velas y había puesto música—. ¿Qué queréis beber?, ¿cerveza, vino, refresco, zumo de naranja, agua?

—¡Yo quiero zumo! —dijo Mía, saltando entre Leti y Germán.

—Cerveza está bien para mí.

—¿Y tú también cerveza, Leti?

—Sí, yo te ayudo.

—No, tranquila. Mía, ¿me ayudas?

—¡Síiii!

Fuimos a la cocina juntas, le di el servilletero y yo llevé la bandeja con vasos y bebidas. Luego volvimos a la cocina, le di un plato con canapés y yo llevé el de las tapas. Nos sentamos, y Mía se sentó a mi lado. Conversamos, comimos y bebimos. Germán y Leti parecían muy cercanos. Hablaban muy animados acerca de sus respectivos trabajos e intereses mientras yo hablaba con Mía del colegio y ella me contaba cosas de sus juegos. El timbre del horno sonó y los invité a la mesa mientras me dirigía a la cocina.

Serví las piezas del pollo encebollado que tanto le gustaba a Leti en una bonita fuente y la llevé a la mesa junto con la ensalada.

Cada uno se sirvió a su gusto. Germán y Leti se dirigían miradas cómplices mientras se intercambiaban las fuentes. Le serví a Mía, que también se había sentado a mi lado.

—¡Ay, Jaz! Esta vez te ha quedado especialmente delicioso.

—Gracias, Leti. Hacía mucho que no lo preparaba. Me alegro de que te guste.

—Sí, está exquisito —comentó Germán.

—¡Mmm, me gusta mucho!

—Deja que papá te trocee el pollo.

—¡No! Que lo haga Jazmín.

—Deja a Jazmín tranquila. Ha cocinado para todos.

—Que lo haga Leti.

—Claro. Ven, cariño.

Después de la cena, comimos el postre en la sala. Mía se refregaba los ojitos en señal de que tenía sueño. Germán entró en mi dormitorio para ayudar a Mía con su pijama y la acostó en mi cama. Volvió a la sala minutos después.

—¿Ya se ha dormido?

—Sí, estaba cansada. Gracias, Jazmín, por esta noche.

—No hay ningún problema; además, es un placer. Es un angelito. Vosotros divertíos y no os preocupéis. Leti, llévate la llave. No he hecho copias aún.

—Gracias, Jaz.

La mirada de Leti se iluminó. Ambos estaban ansiosos; era seguro que, en cuanto estuviesen solos, se enredarían en un beso apasionado. Me sentía feliz por ella, aunque me preocupaba que tuviera que irse en pocos días.

Leti había recogido la mesa y lo había metido todo en el lavavajillas. Coloqué el mantel y el candelabro en su lugar mientras hervía el agua para un té. Me puse el pijama, llevé una manta a la sala y me dispuse a leer el correo electrónico. Hacía días que no lo hacía. Reenvié a Benja las fotos que me había enviado Leti, y luego me acomodé para dormir. No sé cuánto tiempo había dormido cuando me despertó un llanto. ¡Mía!

—¡Mía, cariño! Soy Jazmín. Estoy aquí.

—¡Mamá! ¡¡Quiero a mi mamá!!

—¡Chsss! Tranquila, cariño.

Mía lloraba desconsoladamente. Me acosté a su lado y la mecí con mi cuerpo, hasta que volvió a dormirse, y yo con ella. Cerca de las cinco de la mañana oí la puerta y las voces risueñas de Leti y Germán. Leti entró en el dormitorio y yo me levanté con cuidado para no despertar a Mía.

—Mía se ha despertado llorando y llamando a su madre —dije mientras me acercaba a la sala.

—Hay noches que se despierta así.

—Me he acostado con ella y se ha vuelto a dormir.

—¡Gracias por todo, Jazmín!

—Si no te parece mal, deja que Mía duerma el resto de la noche aquí.

Leti y Germán se miraron. Volví a mi dormitorio para que se despidieran. Un momento después oí que la puerta se cerraba. Salí del dormitorio y vi a Leti entrar en la cocina. Me apoyé en el marco y la miré.

—¿Va todo bien?

—¡Me has asustado! —Se llevó la mano al corazón—. Sí, todo va bien.

—¿Te has divertido?

—Sí, mucho. Hemos hablado durante horas. Se nos ha pasado el tiempo volando. Perdona la hora a la que hemos llegado.

—Ningún problema. No estaba dormida del todo..., por Mía. —Carraspeé—. ¿Te gusta?

—Sí, más de lo que pensaba, pero en unos días me iré, así que no es bueno que me involucre demasiado.

—Te entiendo, pero a ti no te ata nada en Marbella.

—¿Mi trabajo?

—Sí, el trabajo, nada más. Tu familia está en el norte.

—Nada indica que Germán sienta lo mismo que yo. Nos sentimos atraídos, sí, pero hace sólo dos días que nos conocemos.

—¿Y? Con Patricio la atracción fue inmediata. No creo que se trate de una cuestión de tiempo. A pesar de lo que me está sucediendo, creo en el amor. No es algo para mí, ya no..., no después de Patricio..., pero creo que para todos existe un amor como el que tuve con él.

—Que aún tenéis... porque a pesar de la posibilidad de que seáis hermanos, ninguno de los dos ha podido deshacerse de ese sentimiento. —Leti bebió un sorbo de agua—. Me gustaría que me amaran como te ama Patricio.

—Llegará. ¿Quién sabe? Quizá sea Germán.

—No voy a ilusionarme ni a generarme expectativas. Veré cómo sigue. —Terminó de beber su agua—. Me voy a dormir, ya casi va a amanecer.

Ambas nos acostamos. Mía se movió un poco, pero no se despertó.

A la mañana siguiente, Mía debía ir al colegio. La levanté temprano y, mientras tomaba vorazmente su desayuno, sonó el timbre. Era Germán.

—¡Papá!

—¡Hola, princesa de papá! ¿Cómo has dormido?

—Muy bien. He dormido con Jazmín.

—Pasa, Germán. ¿Quieres desayunar con nosotras? Tengo té recién preparado y el café está a punto de salir. Leti toma café; aún está en la ducha.

—Gracias, Jazmín. Me vendría bien un café, pero debo llevarme a Mía, es casi la hora a la que pasan a buscarla para ir al colegio.

—Te esperamos y desayunas con nosotras.

—Vuelvo en unos quince minutos.

—Aquí estaremos.

Mía me dio un beso.

—¡Gracias por dejarme dormir contigo!

—De nada, cariño... Cuando quieras.

Miré a Germán para darle a entender que contaba con mi apoyo para quedarme con Mía y que pudiera volver a salir con Leti. Me sonrió.

—Vamos, que llegarás tarde al colegio.

Cerré la puerta y fui a la cocina a llevar la taza y el plato de Mía, y a terminar de preparar el desayuno para los tres. Quince minutos después, Germán llamaba a la puerta. Leti abrió y yo comencé a llevar el té y el café junto con los bollos, la mantequilla y la mermelada. «Mermelada de castañas..., la preferida de Patricio. ¿Por qué la compré si no es mi preferida?» Desayunamos mientras conversábamos. Germán me agradeció que hubiese cuidado a Mía y la hubiera calmado cuando se había despertado llorando.

Después de desayunar, los dejé solos y me fui a cambiar de ropa. Tenía pensado ir a comprar los muebles para la consulta.

—Me voy.

—Te acompaño.

—No, Leti, quédate. Voy a ver los muebles para el consultorio, y haré un juego de llaves para que tú tengas unas.

—¿Regresas para el almuerzo?
—No; ya sabes lo indecisa que soy cuando tengo que comprar algo.
—Jazmín, me dijo Leti que promocionarás tus servicios por Internet.
—Sí. Cuando regrese, me encargaré de eso.
—¿Me permites ayudarte?
—¡Claro!
—Germán se ha ofrecido a diseñarte una bonita página para promocionarte; además, por su trabajo, tiene contactos con diarios y revistas.
—¡Eso me vendría de maravilla! No es que quiera abrumarme de trabajo, pero me gusta trabajar. No nací para estar sin hacer nada.
—Entonces, no se hable más. Cuando regreses, si no estás demasiado cansada, nos ponemos con eso —dijo Germán.
—¡Perfecto!
—Además estuve hablando con Leti de que sería bueno que Mía comenzase una terapia, porque se despierta llorando y llamando a su madre cada vez con más frecuencia. ¿Tú podrías atenderla?
Me senté un momento.
—En el poco tiempo que hace que la conozco, hemos desarrollado un vínculo de cariño. Es imposible no adorar a Mía. Podemos iniciar algo e ir viendo los avances, pero si creo que no avanzamos como deberíamos a causa de ese vínculo...
—Entiendo, y te agradezco tu ética profesional.
—Luego lo hablamos; ahora me voy —dije. Le guiñé un ojo a Leti y salí.
Me paseé por varias tiendas. En una tienda de muebles vi un escritorio bastante funcional y una estantería a juego que me gustaron, así que los compré. La entrega sería al día siguiente. Me faltaba elegir el sofá cama, un par de butacas cómodas y la silla de escritorio; finalmente, encontré todo lo que buscaba. Estaba cansada. Hasta ese momento no me había dado cuenta de que no había almorzado, y ya era entrada la tarde. Fui a por provisiones al mercado y regresé al piso. Leti estaba sacando los libros de las cajas.
—¡Hola! ¿Cómo te ha ido?

—Bien. He conseguido todo lo que necesitaba.

—Estoy acomodando los libros aquí. Aquellas cajas contienen libros de psicología. Supongo que querrás ponerlos en la biblioteca del consultorio.

—Sí, ésa era la idea. ¿Estás bien?

—Sí, más que bien. —Se tiró en el sillón con una amplia sonrisa—. Germán me ha invitado a cenar. No te preocupes, Mía se quedará con Andrea.

—No tengo ningún problema en quedarme con ella, Leti.

—Lo sé, pero estás cansada. Aprovecha para dormir bien esta noche. Quizá no regrese...

Nos reímos.

—Aquí tienes un juego de llaves.

—¡Gracias! —Me tomó de la mano—. Hoy hemos hablado mucho. Me ha dicho que sabía que yo sólo había venido por unos días, pero que le gustaría probar una relación... a distancia.

—¿Y tú qué piensas?

—Germán me gusta, amiga; me gusta mucho. Todavía no hemos...

—No quiero los detalles; sólo quiero saber si estás bien.

—Muy bien. No sé cómo lo haremos...

—Como hacías con Gastón.

—Supongo que sí..., pero Gastón no tiene una hija. No estoy segura de caerle demasiado bien.

—¡Leti! ¡Mía es un encanto! ¿Cómo puedes decir que no le caes bien?

—No lo sé. Contigo se lleva muy bien... Siempre has tenido una relación maravillosa con los niños, y Mía no es una excepción.

—Tienes que conocerla más. Es una pequeña muy dulce.

—Lo es.

—Germán ha hecho un gran trabajo criándola solo. A pesar de que ahora tiene a su hermana, me contó que Mía vivía con él ya antes de que Estrella falleciese.

—Sí. Se separaron cuando Mía tenía casi dos años.

—No debió de ser fácil.

—Ya lo creo que no. Voy a preparar un té, ¿quieres?

—Sí, por favor. No he comido nada desde el desayuno.

—¡Jaz, no puedes estar sin comer tantas horas!

—Se me ha pasado el tiempo. Ahora me preparo un tentempié.

—Deja, ya te lo preparo yo. Descansa, que te veo pálida.

Me quité la chaqueta, la pañoleta y las botas, y me tiré en el sillón.

Leti había puesto música y comenzó a sonar *Yellow*,* de Coldplay. «Nuestra canción. ¡Mierda! ¡Cómo te echo de menos!» Leti volvió con el té y un suculento emparedado.

—¿Qué sucede?

Me limpié las lágrimas con el revés del puño.

—¡¡¡Lo extraño tanto, Leti!!! Ésa es nuestra canción.

—Vamos a cambiarla.

—No, no, déjala.

—¡Vamos! ¿Eres masoquista, Jaz? De verdad, no entiendo por qué te empeñas en seguir así, sufriendo y sola, siendo como es tan fácil extraer un poco de sangre y esperar diez días para tener el resultado.

—No estoy sola. —Me toqué el vientre—. La tengo a ella.

—No voy a discutir más contigo. No sé qué le dirás acerca de su padre cuando crezca, pero ten en cuenta que una mentira similar es la que te tiene lejos de tu madre ahora mismo y en este estado de depresión. ¡Pero si te arrastras por la vida, Jaz! ¿O te crees que soy sorda y no te oigo llorar hasta que te duermes? Me duele tanto que estés así... por un capricho.

—¡Mi hija no es un capricho, Leti!

—No, mi sobrina no es un capricho, ¡el capricho es no querer hacerte ese maldito análisis de ADN! —Leti respiró hondo—. ¿A qué le tienes miedo? ¿A sufrir si el resultado es positivo? ¿Crees que podrías sufrir más de lo que sufres ahora?

—No, no creo que alguien pueda sufrir más.

—Entonces, ¿qué pierdes?

—¡Pierdo seguir amándolo! Mientras tenga la duda, no siento que sea tan malo. —Volví a limpiarme las lágrimas—. No soporto la idea de perderlo del todo. Patricio lo es todo para mí... Apenas estoy sobreviviendo, y eso es gracias a ella —añadí, y volví a tocarme el vientre.

* *Yellow*, Universal Music Publishing Mgb Ltd., interpretada por Coldplay. *(N. de la e.)*

—¿Y cómo crees que está él? ¿Realmente has pensado por un instante que él no siente lo mismo?

—No lo sé... Para él es más fácil.

—¿Fácil? ¡Vamos, Jaz! Ofréceme otra excusa. ¡Ésa no es para nada creíble!

—En el mundo en el que él se mueve, no le faltarán mujeres.

—Es verdad, pero él sólo quiere a *una* mujer.

—Ya me olvidará.

—Sí, seguro, igual que tú a él. —Terminó de tomar su té—. Me voy a bañar. Germán vendrá más temprano para hablar de la página web y de lo que quieres poner.

Cuando Leti se levantó del sillón, la agarré por la muñeca.

—Leti...

—¿Qué?

—Sé que tienes razón.

—Lo sé, y me duele que te boicotees así a ti misma.

La solté y desapareció por el pasillo. Cerré los ojos y respiré hondo para tratar de que el nudo de angustia no se desatase y convirtiese en lágrimas.

Fui a la cocina con las tazas y sentí una punzada en el vientre que me hizo apoyar ambas manos en la encimera y respirar hondo varias veces para que se me pasase. No quería asustar a Leti, así que fui al dormitorio y me eché en la cama. Cuando salió del baño, me vio estirada y entró a preguntarme si estaba bien.

—Leti, me disculpas con Germán, por favor. Voy a seguir acostada y aprovecharé para dormir.

—¿Te sientes bien?

—Sí, sólo estoy cansada. —Me incorporé en la cama—. ¿Qué te pondrás hoy?

—No sé. ¿Qué opinas?

—Abre el armario y ponte lo que quieras. Quizá el vestido granate con las botas negras.

—Ese vestido es hermoso. ¡Siempre me ha gustado!

—Te quedará perfecto.

Leti sacó el vestido y las botas, y se fue a su dormitorio a vestirse. Iba a esperar a que Leti se marchara para llamar a la ginecóloga. Cuando terminó de arreglarse, volvió a mi dormitorio.

—¡Estás hermosa!

—Gracias. ¿Crees que le gustará?

—Se volverá loco. ¡Créeme!

Mi amiga salía de mi dormitorio meneando su hermosa cabellera cuando se oyó el timbre.

—¡Hola! Pasa.

—¡Estás preciosa!

—Gracias. Jaz me ha pedido que la disculpes. Se ha acostado porque estaba cansada.

—No hay problema. Estás hermosa. —Podía escuchar desde mi dormitorio los arrumacos que se hacían—. Entonces, ¿subo el portátil y nos vamos?

—Sí. Me pongo el abrigo y estoy lista.

Leti entró en mi dormitorio para avisarme de que se iba; le deseé suerte y que se divirtiera. Sabía que ese par no volvería esa noche. Cuando oí la puerta, tomé el móvil y llamé a la ginecóloga. Le pedí disculpas por la hora y le expliqué la dolorosa punzada que había sentido hacía un rato.

—Jazmín, ven mañana a la consulta. Haremos una ecografía de control para quedarnos tranquilas, aunque si no hay pérdidas no debemos preocuparnos. Recuerda que tu cuerpo está cambiando. Te espero a las nueve y media.

—Gracias, doctora.

Fui a la cocina y me comí el emparedado que me había preparado Leti. Me acosté y me dormí.

Me desperté un poco después con otra dolorosa punzada. Me levanté, fui al baño y descubrí, con horror, que mi ropa interior estaba manchada de sangre. Cogí el teléfono y volví a llamar a la ginecóloga. Me dijo que fuera a urgencias, que me visitaría. Me envolví en la bata y conduje llorando hasta el hospital. «¡No, Dios mío, por favor, mi hija no!», me repetía una y otra vez.

La doctora me esperaba en la puerta con un enfermero. Me ayudó a sentarme en una silla de ruedas y me condujo hasta una sala ginecológica, donde lo preparó todo para hacer una eco. Yo no paraba de llorar y balbucear.

—Jazmín, voy a revisarte. Relájate. —Traté de respirar hondo para relajarme, pero el llanto me ahogaba—. Jazmín, la ecografía muestra que el bebé está bien, que no está sufriendo, pero tienes un desprendimiento leve de placenta. Te ingresaré para controlar la hemorragia. Deberás hacer reposo absoluto.

—¿Mi bebé corre peligro?
—El desprendimiento es leve, pero hay que controlarlo.
—Haré lo que sea necesario, doctora.
—¿Has hecho algún esfuerzo? ¿Te has golpeado?
—No. He procurado no hacer ningún esfuerzo.
—Tranquila, te cuidaremos. ¿Quieres que avisemos a alguien?
Las lágrimas no paraban de caer y mi mentón temblaba.
—No, gracias.
Me ingresaron en el hospital. No quise avisar a Leti hasta la mañana siguiente, pero se me adelantó.
—Jaz, ¿dónde estás?
—Iba a llamarte.
—¿Dónde estás?
—En el hospital.
—¡Joder! ¿Qué ha pasado? ¿Estás bien?
—No sé. Estoy asustada. La doctora me ha dicho que tengo desprendimiento de placenta.
No había terminado de hablar cuando Leti me interrumpió:
—Voy para ahí.
—Gracias, Leti.
Media hora después, Leti entraba deprisa en la habitación. Se acercó corriendo hasta la cama y me abrazó.
—¡Ay, Leti! Tengo miedo —le dije, y lloré en su pecho.
—¡Chsss! Aquí estoy. Cuéntame qué te ha dicho la ginecóloga.
—Que me dejará ingresada hasta que la hemorragia cese.
—Aquí me quedo, tranquila. Aunque en este momento estoy furiosa contigo. ¡¿Cómo no me has avisado?!
—Perdóname. No te enfades, por favor. Hoy no.
—Recuéstate y descansa. Voy a ver si encuentro a la ginecóloga y hablo con ella.

Patricio se encontró con papá en el laboratorio. Le comentó que Leandro, su padre, iría después del mediodía. Les extrajeron sangre, y papá entregó la cajita con el cordón umbilical. Llenaron los formularios, leyeron la información y firmaron el consentimiento. En diez días tendrían el resultado.

Salieron del laboratorio, y Patricio lo invitó a almorzar; a papá le gustaba hablar con él. En varias ocasiones dudó si decirle lo del embarazo o no. Papá había sido el único que lo había ayudado, y se sentía mal por ello; finalmente, desistió. Lo invadió una profunda sensación de que las cosas iban mejorando y pudo sentirse aliviado, esperanzado y animado.

Las jornadas siguientes transcurrieron con más calma. El hecho de que se acercara el momento en que finalmente sabría la verdad actuaba como un bálsamo cuando la ansiedad se apoderaba de él. Hacía unos días que no recibía un mensaje, *e-mail* o llamada de Leti, por lo que decidió llamarla.

—¿Hola?

—Leti, soy Patricio. ¿Puedes hablar?

Leti me miró y salió de la habitación. Hacía ya cinco días que me habían ingresado, y ella había permanecido a mi lado. Germán venía todos los días, y yo la obligaba a irse al piso a descansar, pero la mitad de las veces sólo conseguía que se marchara con Germán a la cafetería.

—Ahora sí.

—¿Cómo estás? —dijo Patricio. Leti resopló—. ¿Pasa algo?

—No voy a mentirte, Patricio.

—¡Habla ya, Leti!

—Jazmín está ingresada.

—¡¿Qué?!

Esas palabras fueron un golpe directo en el pecho y no pudo refrenar el grito de angustia, que simplemente salió por su boca.

—¿Jazmín está bien? ¿Mi hija está bien?

Patricio se puso la americana y salió sin saber adónde dirigirse.

—Ha tenido pérdidas. Ahora están controladas. Ha tenido un pequeño desprendimiento de placenta.

—¡Mierda, Leti! ¿Por qué no me has avisado?

—¡¿Estás loco?! Si Jazmín se entera de que hablo contigo, me mata.

—Leti, ¿cómo está Jazmín?

—Asustada, Patricio, pero yo no me aparto de ella.

—¿Y mi hija? —preguntó con un hilo de voz.

—El bebé está bien. La ginecóloga la dejará ingresada unos

días más y luego la enviará a casa con prescripción de reposo y control semanal.

—¡Gracias a Dios! ¿Qué sucedió? ¿Cómo fue?

—No se sabe. No es común a estas alturas del embarazo. Jaz dice que no hizo ningún esfuerzo, y te aseguro que es así.

—Leti, por favor, dime dónde está. ¡Tengo que estar con ella!

—No puedo, Patricio. Por eso no he querido llamarte, porque sabía que te volverías loco..., pero tampoco quería mentirte.

—¡Me estoy volviendo loco, Leti! ¡Necesito estar con ella en este momento! ¡Me necesita!

—¡Ya basta, por favor! —Lo oyó sollozar, y eso le oprimió el corazón—. Está cuidada, las dos están cuidadas. Estoy segura de que no le haría bien verte aquí.

—Leti, te lo pido por favor.

—Te mantendré al tanto, y llámame cuando quieras, pero no me pidas que traicione aún más la confianza de mi amiga.

Patricio ya estaba dentro de su coche dispuesto a salir deprisa hacia donde Leti le indicara. Golpeó con la palma de la mano el volante y tiró el móvil al asiento del acompañante, al mismo tiempo que escupía una serie de insultos al universo.

Arrancó el coche, y con la puesta en marcha del motor se encendió el audio. *Bedshaped*,* de Keane, sonaba a gran volumen.

Volvió a golpear el volante y salió del aparcamiento con un chirrido de neumáticos. Necesitaba correr, sentir la adrenalina de la velocidad. El esbozo de alegría que había logrado mantener desde hacía unos días, con la certeza de que en poco tiempo acabaría la tortura de no saber, se había visto empañado por esa desazón y por un miedo irascible a perder a su amor y a su hija. Condujo a gran velocidad sin rumbo. Su cabeza daba vueltas en torno a lo que me había dicho cuando le confesé que éramos hermanos. «De ser cierto, el embarazo no puede seguir adelante.» Se martirizaba con la culpa. Si algo les llegaba a pasar a cualquiera de las dos, no se lo perdonaría jamás, se repetía una y otra vez a medida que corría por la autovía.

* *Bedshaped*, Universal Music Publishing Mgb Ltd., Chrysalis Music Ltd., interpretada por Keane. *(N. de la e.)*

La ginecóloga entró en la habitación para informarme de que volverían a hacer una ecografía. Si bien ya habían logrado controlar la hemorragia, quería cerciorarse de que el desprendimiento estaba sanando.

—Todo está bien, Jazmín. Vamos a dejarte ingresada un par de días más y luego podrás regresar a tu casa, pero tendrás que hacer reposo. La semana que viene te veré en la consulta. Haremos la eco 3D y veremos si se deja ver, cosa que hasta ahora no ha sucedido, y eso que hemos hecho unas cuantas ecografías en estos días. Lo importante es que tenemos controlada la hemorragia y el embarazo sigue su curso.

—Gracias, doctora.

Leti me apretó la mano y sonrió. La doctora salió de la habitación.

—Voy a llamar a tu padre.

—¿Para qué?

—Voy a quedarme aquí, contigo, el tiempo que sea necesario.

—No, Leti. Tú ya tendrías que haber vuelto. No puedes relegar tu trabajo por mis decisiones.

—No estoy relegando nada, Jaz. Es cuestión de prioridades. Para mí, es más importante estar contigo y acompañarte en este momento en que me necesitas... —Sabía que lo decía sinceramente y que no habría nada ni nadie que la persuadiera—. Tendré que inventar una excusa.

—Estaba pensando en hablar con papá y contárselo. En algún momento debo decírselo...

—¿Crees que es buen momento?

—No lo sé, pero tarde o temprano lo sabrá.

—Mientras te lo piensas, yo voy a la cafetería a por un café, y aprovecharé para llamar a Germán.

—Me gusta mucho cómo te cuida.

—A mí también. Estoy feliz.

—¡Me alegro de corazón, amiga!

—Descansa. Regreso en un momento.

Salió y llamó a Patricio.

—¡Leti!, ¿qué pasa?

—Nada, tranquilo. Quería avisarte de que la ginecóloga acaba de visitarla y con una ecografía ha verificado que el desprendimiento de placenta está sanando bien y el embarazo sigue su curso. En un par de días le permitirán volver al piso. Como te dije, tendrá que hacer reposo por un tiempo más, así que yo me quedaré aquí.

Patricio respiró hondo, y a pesar de que el miedo todavía lo torturaba, saber que Leti estaría conmigo le dio un poco de tranquilidad.

—Gracias —dijo casi como un suspiro—. Leti, no quiero ser entremetido, pero si tú estás ahí, no podrás trabajar..., y Jazmín tampoco.

—No te preocupes; estamos bien. Jazmín está preparando aquí su consulta. Puedo...

—Escúchame, Leti. Con el paro que hay no será fácil. Déjame que te ayude. Estás ayudando a Jazmín y para mí eso no tiene precio.

—No, Patricio. De verdad, estamos bien. Si se complican las cosas, te llamaré.

—¡Leti, prométemelo! ¡No quiero que paséis ninguna necesidad!

—Te lo prometo, y ahora tengo que volver a la habitación. ¡Ah!, y me ha dicho Jaz que hablará con Ricardo; le dirá lo del embarazo.

—Leti, tú has sido sincera conmigo, y yo te debo la misma sinceridad. En unos días tendremos el resultado del análisis de ADN.

—¡¿Cómo?!

—Sí... Ricardo tenía guardado el cordón umbilical de Jaz, y hace una semana mi padre, Ricardo y yo nos extrajimos sangre para comparar las muestras.

—Sabía que removerías cielo y tierra hasta lograr hacer ese estudio. ¿Cuándo tendrás el resultado?

—En tres días. No se lo digas a Jazmín. Cuando tenga el resultado ya veré cómo me comunico con ella. Avísame cuando le den el alta. Y gracias, Leti.

—No te preocupes. Cuídate.

Leti compró su café y volvió a la habitación. Yo tenía el móvil en la mano porque quería llamar a papá, pero me aterraba su reacción.

—¿Y?

—No he llamado aún. Tengo miedo.

—No te presiones... —Terminó su café y continuó—: Voy al piso a ducharme y a recoger algo de ropa para ti. Cenaré con Germán y luego volveré para aquí.

—Ve tranquila, Leti. Yo estoy bien; mucho más aliviada con lo que ha dicho la doctora. Voy a aprovechar para leer el correo que tengo atrasado desde hace días y a enviar unos *e-mails*.

—Cualquier cosa me llamas al móvil. —Me dio un beso en la frente y se fue.

Revisé mi correo. Leí unos *e-mails* de la Sociedad de Psicología que había postergado y me dispuse a escribir a Sol, Marina y Tere para contarles que seguía de viaje y que estaba bien.

Patricio, que tras la llamada de Leti había logrado un poco de armonía, volvió a su casa, donde *Peter* y *Pan* lo recibieron con la alegría de siempre. Esa vez Patricio se tomó un tiempo para acariciarlos y jugar un poco con ellos. Luego entró en la casa, encendió la chimenea y se sirvió una copa de whisky, para disfrutarlo sentado en su sillón favorito. Miró hacia la mesa auxiliar, donde había dejado el marco con la foto que más le había gustado de las que le había enviado Leti. Tomó el marco y se recostó para mirarlo. Lo apoyó en su pecho, cerró los ojos y se permitió soñar.

El timbre lo sobresaltó. Dejó el marco y el vaso y fue hasta la puerta. Cuando la abrió, Gabriela estaba de pie en el portón.

—Hola, Patricio.

—Gabriela, ¿qué haces aquí?

—He venido a hablar contigo. ¿Me dejas pasar, que aquí fuera hace frío?

—Pasa.

Abrió el portón, y Gabriela casi corrió hacia la entrada donde esperaba Patricio.

—¿Qué quieres, Gabriela? ¿No te dije que...?

Gabriela no dejó que terminara de hablar: se abalanzó sobre él y lo besó. Patricio la separó de él y ella se quitó el abrigo; debajo, sólo llevaba un liguero.

—Soy toda tuya, mi amor.

Patricio levantó el abrigo violentamente y se lo entregó. De sus ojos salían chispas de ira que Gabriela confundió con excitación, por lo que tiró el abrigo al suelo nuevamente, extendió la mano y le acarició la bragueta. Patricio saltó hacia atrás como si ese contacto lo hubiera quemado. Le sostuvo la mano con fuerza, apretó los dientes y le dedicó una mirada de repulsión.

—¡No vuelvas a tocarme! —Volvió a darle su abrigo—. ¡Vístete! —Gabriela lo miró desafiándolo—. ¡Ahora!, o saldrás a la calle desnuda.

Patricio se dio la vuelta para tomar el teléfono y llamar un taxi.

—Patricio..., te deseo... y sé que tú también me deseas.

—Te equivocas, Gabriela. Eres un hermoso envase, pero vacío.

—¡Ésa te ha dejado! ¿Vas a guardarle luto? ¿Tú, el gran ingeniero Patricio del Monte? ¿Tú, hablándome a mí de envases vacíos? Pero, ¡por favor!, ¿qué te ha hecho esa mujer? Antes me habrías follado con la puerta abierta.

—Antes... Tú lo has dicho: antes.

—¡Por Dios, Patricio! Esa mujer te ha rechazado, te ha denigrado. ¡Hizo y hace lo que quiere contigo!

—Vístete, Gabriela.

—¿O qué? ¿Te excito? ¿Te tiento? —Gabriela tomó sus pechos y comenzó a acariciárselos—. Me excita verte cabreado, me excita mucho... Ahora mismo estoy empapada.

Patricio no daba crédito a lo que veía. Sabía que Gabriela era una criatura sexual y que utilizaba esa sexualidad, su cuerpo y su belleza para obtener lo que quería. Él lo sabía bien; había explorado, deseado y poseído de mil maneras ese cuerpo, pero siempre le había dejado una sensación de vacío, que había acabado la primera vez que hizo el amor conmigo.

—Estás dando el más patético de los espectáculos. El taxi te esperará en la puerta.

Gabriela se dio cuenta de que esa vez no lograría su objetivo. Había ido con la certeza de que terminarían en la cama follando como animales y, en lugar de eso, Patricio la había despreciado. Se puso el abrigo y, levantando el mentón, se volvió para mirarlo.

—Me las pagarás. ¡Este desprecio me lo cobro!

Patricio no respondió. Se limitó a abrir la puerta y luego, con el interfono, el portón de la calle.

Gabriela lo había sacado de sus casillas. Se sirvió otro whisky y volvió a sentarse en el sillón. Estuvo un tiempo con los ojos cerrados. Se levantó y se dirigió hacia la ventana, mirando, sin ver, su jardín iluminado.

Entró a *Peter* y a *Pan* y se volvió a sentar en el sillón. Los perros se echaron a sus pies; lo miraban moviendo la cola de vez en cuando, como entendiendo su angustia. Tomó el mando a distancia y encendió el equipo de música. Estaba puesto un disco de Snow Patrol, otro de nuestros grupos preferidos; *Chasing Cars** comenzó a sonar. Se sabía la letra de memoria. Resopló y se apretó los ojos al punto de ver casi puntitos de colores.

Sentía la urgencia de llamar a Leti para saber de mí. Miró el reloj para ver la hora; era pasada la medianoche. Desistió de llamar porque pensó acertadamente que estaría conmigo, y no quería asustarnos.

—Mañana... —Tomó el marco y acarició la foto—. Que descanséis, mis amores.

Se bebió lo que quedaba de su whisky y se fue a acostar. Daba vueltas en la cama sin poder conciliar el sueño. Pensaba que en pocos días se acabaría la incertidumbre. Durante todo ese tiempo había estado seguro de que el resultado sería negativo, de que no éramos hermanos, pero de pronto sintió mucho miedo. En ese instante, entendió por qué yo me había negado a hacer el estudio. Se sentó en la cama, envolvió con sus brazos las rodillas y se estremeció.

—¡Diosss! ¿Y si somos hermanos?

El miedo que acababa de sentir caló hondo en él. La poca alegría que había logrado al saber que en pocos días se acabarían las dudas desapareció y la angustia se instaló en su lugar.

Un frío tremendo se apoderó de su cuerpo, y decidió darse una ducha caliente para ver si lograba entrar en calor y podía dormir. Estuvo un buen rato bajo el chorro del agua caliente; luego volvió a la cama, esa cama que tantas veces habíamos compartido y que entonces le parecía realmente grande y fría. Toda la habitación le resultaba fría, por eso había decidido que la renovaría; la pintaría con colores más cálidos y cambiaría un poco

* *Chasing Cars*, Big Life Music, Universal Music Publishing Bl Ltd., interpretada por Snow Patrol. *(N. de la e.)*

la decoración. Pensó también en el dormitorio de Abril... Patricio era muy hábil y le gustaba trabajar con madera en su escaso tiempo libre, así que decidió que diseñaría una cuna mecedora. Esos pensamientos le habían permitido alejar un poco el miedo.

Si bien no habíamos podido compartir los primeros meses de embarazo, una vez que supiera que no éramos hermanos no perdería tiempo en ir a buscarme y volver a donde nos habíamos quedado antes de esa horrible pesadilla. ¿Podríamos seguir como si todo eso nunca hubiese sucedido? Finalmente, después de dar muchas vueltas, se durmió.

Pasar el fin de semana dentro de un hospital no me seducía ni lo más mínimo. Afortunadamente, Germán trajo de visita a Mía el sábado por la tarde. ¡Cómo había echado de menos a esa pequeña! Me asombraba la capacidad que tenía para desenvolverse. Las enfermeras estaban totalmente fascinadas con ella.

—¡¡¡Jazmín!!!! —Se lanzó corriendo y trepó a la cama—. ¿Estás bien? Papá me dijo que te dolía la tripa.

—Sí, cariño, estoy bien. Ya no me duele nada, y ahora que estás aquí, menos.

—¿Sabías que Leti es la novia de mi papá?

Miré a Leti y a Germán, y vi que se sonrojaban.

—¿Ah, sí?

—¡Sí! Y yo la quiero porque es tu amiga y porque... —Mía se acercó a mi oído y me dijo—: Mi papá está feliz y a mí me gusta verlo así.

La abracé y, aprovechando esa complicidad, le susurré también al oído:

—Leti es muy, muy buena, y os quiere mucho a ti y a tu papá.

Mía rió, bajó de la cama y se sentó en el regazo de Leti, que ante esa demostración de afecto me hizo un guiño.

—Chicos, por qué no aprovecháis para salir un poco; yo me quedo aquí con Mía.

Leti y Germán se miraron. Me parecía que necesitaban estar un poco solos y que les haría bien, así que insistí.

—En serio; Mía y yo nos quedaremos aquí hablando de lo lindo, ¿verdad, Mía?

—¡¡¡Sí!!!

Leti y Germán se miraron nuevamente y Leti se acercó a mí.

—¿Estás segura de que puedes quedarte con Mía?

—¡Claro, Leti! Estoy bien, me encanta estar con ella y vosotros necesitáis algo de intimidad. No va a pasar nada: tengo el móvil, el timbre de emergencias y el teléfono de la habitación. De verdad. Has estado aquí durante todos estos días y, a lo sumo, has salido un par de horas para ir al piso. Ve, en serio.

—Okey, pero cualquier cosa me llamas.

—De verdad... Va, marchaos.

Vi que Germán hablaba por el móvil para pedirle a su hermana que pasara a buscar a Mía más tarde, así que le dije a Leti que no volviera esa noche.

—Si Andrea viene a por Mía, no vuelvas esta noche. No es necesario, de verdad. Estoy en perfectas condiciones y dormiré como un angelito.

Sabía que Leti se debatía entre el deber y el querer, pero realmente conmigo no tenía ninguna obligación y quería que aprovecharan la oportunidad de estar solos.

—No le des más vueltas. Pásatelo bien, diviértete... ¡Estoy bien, de verdad!

—No me convence que pases la noche sola.

—Bueno, pero así será. No te quiero aquí, y punto; no se hable más. ¡Germán, por favor, llévatela! —Germán se rió y Leti puso los ojos en blanco—. Mía, dales un beso a papá y a Leti.

Mía reía. Le tomé la mano y la agitamos, despidiéndonos.

—*Ciao*, ¡que os divirtáis!

Realmente, Mía me levantaba el ánimo. Ella era como una inyección de energía, risa, buen humor y cariño.

—Entonces, ¿Leti va a ser mi mamá? —me preguntó Mía cuando los otros se fueron.

—Ven aquí, cariño.

Mía subió a la cama nuevamente y me miró, esperando una respuesta.

—Cariño, tu tuviste una mamá que se llamaba Estrella y, aunque ella ya no esté aquí contigo, nadie nunca va a sustituirla. Estrella siempre será tu mamá, y Leti, por ahora, es la novia de tu papá. A ellos les gusta estar juntos y se quieren.

—Sí. Mi papá está feliz y sonríe mucho. Me gusta Leti; me lee cuentos y me canta.

—A Leti y a mí nos gusta estar con niños. Y tú, pequeñita hermosa, ¡eres un encanto! —le aseguré, y le golpeé la punta de la nariz con el dedo índice.

—Voy a hacerte un dibujo, y después haré otro para mi amiguita.

—¡Estupendo, he visto que dibujas muy bien! Lo pondré en un marco en el estudio. ¿Y cómo se llama tu amiguita?

—Se llamará Abril y será muy bonita.

Se me derritió el corazón. Mía era una niña muy dulce. Se bajó de la cama y fue a por los lápices, las ceras y las hojas que siempre llevaba en la mochila, y se sentó tranquilamente a dibujar y pintar mientras yo le preguntaba por el colegio, sus amigos y sus pesadillas. Leti me había contado que Germán estaba muy preocupado por la angustia con la que lloraba cuando se despertaba por la noche.

Después de un rato, Mía me entregó el dibujo que había hecho. Era realmente hermoso. Me había dibujado junto a un frondoso árbol de manzanas, mariposas, flores y corazones. Para su edad, dibujaba con bastante detalle. Era muy minuciosa. Mientras se dedicó a pintar el de Abril, lo analicé detenidamente, a ver si encontraba algo preocupante, hasta que llamaron a la puerta.

—Adelante.

—Permiso.

Era Andrea, la tía de Mía.

—Pasa. Siéntate, Andrea.

—¡Tíaaa! Mira, estoy haciendo un dibujito para Abril.

—¡Qué bonito, mi amor!

—¿Cómo estás, Jazmín?

—Muy bien, gracias. Ya ha pasado el susto. Ahora tengo que hacer reposo durante un tiempo.

—Germán y Leti me lo contaron. Disculpa que no haya podido venir, pero como sabrás Germán ha estado muy cerca de Leti estos días y yo me quedaba con Mía.

—Sí, esos dos se han hecho inseparables.

—Estoy muy feliz por mi hermano..., aunque para serte sincera también un poco preocupada.

—¿Preocupada?

—Leti ha venido para estar sólo un tiempo aquí... y veo a Germán muy entusiasmado con esta relación.

—Leti también lo está, y sé que su decisión de quedarse un tiempo más no sólo tiene que ver conmigo. Sé que le está costando mucho irse. Si te soy sincera, conozco a Leti desde hace veinte años y nunca la había visto tan entusiasmada con alguien como con Germán. Teniendo en cuenta que hace sólo veinte días que se conocen, es muy intenso lo que les está pasando.

—Sí, y eso es lo que más me preocupa. Después de Estrella, Germán no ha tenido ninguna novia. Pocas veces me ha pedido que me quedara con Mía porque tenía una cita. Se ha concentrado en su educación y cuidado. Mi esposo y yo le insistíamos para que saliera, para que conociera a alguien, pero como te digo pocas veces lo ha hecho y nunca ha traído a casa ni nos ha presentado a nadie como su chica... Hasta ahora.

—Supongo que ellos ya lo deben haber hablado.

—Supongo que sí... ¿Cómo se ha portado Mía?

—Divinamente, como siempre. Ha estado dibujando un buen rato. Es un deleite verla. ¡Es una pequeña artista!

—Es verdad, disfruta mucho dibujando y pintando. Mía..., es hora de irnos.

—¡No, tía! ¡Quiero quedarme un ratito más!

—No, cariño, Jazmín tiene que descansar.

—Pero no he terminado el dibujito de Abril.

—Lo terminas en casa. En unos días, Jazmín estará en su casa y se lo podrás llevar.

Mía resopló, pero juntó y guardó sus colores.

—Mía, es casi seguro que el lunes ya estaré en el piso, así que cuando vuelvas del colegio podremos merendar juntas.

—¡Yupiiiii!

—¡Dame un beso! —Mía trepó a la cama, me abrazó y me besó—. ¡Pórtate bien!

—¡Sí!

Andrea me dio un beso y ambas se fueron.

Estuve un rato pensando qué hacer y decidí llamar a mi padre. Había llegado el momento de hablar con él, de decirle la verdad.

—Hola, papi.

—¡Cariño! ¿Cómo estás?

—Estoy, papá... ¿Tienes un momentito, o estás ocupado?

—No, hija. Estoy tomando un café y leyendo, nada que no pueda postergar para hablar con mi hija.

—Papá... —empecé, y casi se me quebró la voz—, ¿sabes que Leti está conmigo?

—Sí, me lo dijo. ¿Qué pasa, hija? ¿Por qué tienes esa voz?

—Tengo que decirte algo.

—Cariño, ¿qué es? ¿Qué pasa?

—Papá, estoy embarazada. —La línea quedó en completo silencio—. No he podido decírtelo antes; me sentía muy mal con todo lo que estaba pasando.

El silencio se prolongó. Supe que papá no podía decir nada, así que continué.

—Perdóname, papá. Cuando mamá me dijo aquello, yo no sabía qué iba a hacer.

—¿Patricio lo sabe?

—Sí, yo me enteré en Barcelona y se lo dije cuando llegamos a Madrid.

—Ahora lo entiendo.

—¿El qué, papá?

—La desesperación de Patricio por encontrarte.

—Sé que estuvo contigo... y con mamá.

—¿Por qué no me lo dijiste, hija?

—Porque no podía. Por eso me fui, por eso dejé a Patricio, porque cuando mamá me lo dijo quise morirme mil veces; porque estábamos planeando una vida con este bebé. Y entonces decidí irme lejos. No supe cómo manejar todo esto. ¡Perdón, papá!

—¡Ay, hija!, cuánto dolor te está causando el error de tu madre. Si hubiese hablado en su momento...

—Papá, de qué sirve ahora mortificarnos con el «si hubiera...». El daño ya está hecho. No hay vuelta atrás.

—Cariño, cuéntame... ¿Estás de cuatro meses, entonces? ¿Va todo bien?

—Sí, estoy entrando en el cuarto... —contesté, pero no pude más y me quebré.

—¿Qué pasa, cariño? ¿Por qué lloras?

—Nada. Es que estoy ingresada.

—¡Jaz! ¿Dónde estás?

—En Zaragoza, como te dije..., pero estoy bien. En un par de días me darán el alta.

—Pero ¿qué pasa?

—Tuve un ligero desprendimiento de placenta. Me asusté mucho.

—Cariño, ¿está todo bien ahora? ¿El bebé está bien?

—Sí, todo está bien. Leti se quedará un tiempo más por aquí.

—Déjame ir a verte. ¡Por favor, hija!

—Papá, ¡te echo tanto de menos!

—¡Y yo a ti, cariño! No sé por qué no me lo dijiste antes.

—Ya te lo he dicho, papá. Porque no sabía qué hacer. Patricio quería que me deshiciera del bebé en el caso de que fuéramos hermanos, y yo estaba segura de que jamás podría hacerlo. Por eso desaparecí; por eso no quería hacerme la prueba de ADN.

—Seguramente Patricio habló desde la desesperación. Tengo claro que ese muchacho te adora.

—Y yo a él, papá. Es una tortura no estar cerca de Patricio, lo amo demasiado..., pero mi bebé está por encima de todas las cosas. Una de las veces que nos escribimos me dijo que él también amaba al bebé.

—Y estoy seguro de que así es. —Papá suspiró—. Cariño, dame la dirección, que el lunes estaré allí.

Le di la dirección del piso y nos despedimos.

—Te adoro, hija. Nunca tengas miedo de decirme nada.

—Te adoro, papi, ¡y gracias! Besos.

Colgué. Estaba agotada. Haberle contado a papá lo del embarazo me hacía sentir más tranquila. Me trajeron la cena y comí con ganas; estaba hambrienta. Luego miré un poco la televisión y me dormí.

Patricio había intentado comunicarse con Leti durante todo el día. Estaba nervioso de que hubiese pasado algo; le dejó algunos mensajes de voz y le envió un par por escrito. Finalmente, Leti le llamó y le dijo que estaba todo bien y que el lunes me daban el alta.

El domingo transcurrió tranquilo. Leti llegó antes de que me despertara. El embarazo había cambiado mis hábitos de sueño; dormía mucho más y pasaba el día somnolienta. Al despertarme, Leti estaba en el sillón, leyendo.

—Buenos días, Bella Durmiente.

—Hola, buenos días. ¿Qué hora es?

—Las diez y media. ¿No has desayunado?

—¡Mmm!, ¿has venido a reñirme?

—No, pero tienes que desayunar.

—Estaba demasiado dormida. Creo que hablar ayer con papá me agotó tanto que caí rendida.

—Sí, he hablado a primera hora con él. Mañana estará aquí. ¿Cómo te sientes después de decírselo?

—Bien, mucho mejor. No tenía sentido seguir posponiéndolo. Lo habría descubierto en cualquier momento y no me lo habría perdonado.

—¿Piensas decírselo a tu madre?

—No, no quiero hablar con ella, no por ahora. —Me incorporé—. ¿Cómo estás tú?

—Bien... —Suspiró—. Muy bien.

—Debo inferir por ese suspiro que estás más que «muy bien».

—No sé cómo lo haré para irme. Anoche hablamos mucho —dijo, y volvió a suspirar.

—Sí..., y entiendo por ese suspiro que no sólo hablasteis.

—Fue maravilloso. Bueno, no era la primera vez que estábamos juntos, pero ayer fue diferente.

Los ojos de Leti estaban brillantes.

—¡¡¡Me alegro tanto, amiga!!!

—Pero tengo miedo. Vamos a intentar que la relación funcione a distancia, pero yo ya sé que no es fácil. Gastón viajaba mucho y nos veíamos poco.

—Pero ¿con Gastón te sentías como te sientes con Germán?

—No, es completamente distinto. Aunque con Gastón tenía buen sexo, no se puede comparar con el que tengo con Germán.

—Entonces, ¿qué te preocupa?

—No poder estar tanto tiempo alejada. Habrá veces que él no pueda viajar a Marbella y otras en que yo no pueda venir aquí.

—¿No has pensado que quizá aquí puedas tener una vida?

—¿Y si las cosas con Germán no funcionan? Habré dejado mi vida en Marbella para venir aquí para nada.

—Para nada, no... Pero podéis probar la relación a distancia un tiempo y ver qué sucede. Sabes que mi casa siempre será tu casa.

—Lo sé, amiga.

—Además, cuando nazca el bebé, deberé alquilar una consulta, así que podríamos trabajar juntas.

—Jaz, hablando de eso... —Leti se aclaró la garganta—. Ahora que no puedes trabajar porque debes hacer reposo, y después de que nazca mi sobrina porque será complicado por un tiempo..., Patricio podría ayudarte económicamente...

—¡Ni hablar, Leti!

—¡Pero es su hija!

—Sí, pero de ninguna manera voy a pedirle nada.

—No se lo estás pidiendo. Te lo ofrece él.

—¿Perdón? ¿Has hablado con él?

—Sí, me envió un mensaje para saber cómo estabas.

—¿Qué le dijiste? —Leti se quedó callada—. Leti, dime que no le dijiste que estaba ingresada.

—No te lo digo.

—¡Leti! ¡¿Cómo has podido?!

—¡No pude mentirle, Jaz! Patricio está desesperado por saber algo de ti, y no pude mentirle; pero no te preocupes, que no le dije dónde estabas, pese a que se puso a llorar y me sentí como una fría bruja.

—¿Lloró?

—¡Sí, Jazmín, lloró! —dijo casi gritando, y cuando se dio cuenta resopló—. Parece que no quieres enterarte de lo que está sufriendo Patricio con tu silencio y tu decisión de mantenerlo alejado de su bebé.

—¿Y yo, Leti?, ¿yo no sufro?

—¡Claro que sí! Pero tú estás aquí, vives día a día tu embarazo, sientes cuándo se mueve, acaricias tu barriga... Él está ausente, pero no por propia voluntad. No puede llamarte para saber cómo está su hija, porque no te dignas siquiera a darle tu jodido número de móvil. Casi se volvió loco cuando le dije que estabas ingresada. —Se secó una lágrima—. Me conmovió oírlo tan angustiado, tan desesperado por estar aquí contigo. —Volvió a secarse una lágrima—. Si lo hubieras oído...

—Ya. Leti, soy consciente de que Patricio está sufriendo tanto como yo. ¿Crees que no me gustaría tenerlo a mi lado, que fuera partícipe de todo esto, que me cantara esa canción tan bonita que creó para ella? Cada minuto tengo que frenar el impulso de llamarlo y decirle cuánto lo amo y cuánto lo necesito con nosotras...

No sé si Leti entendía lo que le estaba diciendo, porque las palabras brotaban de mi boca como las lágrimas de mis ojos y el ahogo en mi garganta... Lo cierto es que se sentó en la cama y me abrazó.

—Necesitabas sacarlo... Llora, amiga, llora...

Y así estuve un buen rato, llorando, consolada por mi amiga del alma. Cuando me tranquilicé Leti me dio un pañuelo y el móvil.

—Llámalo.

La miré sin entender lo que me quería decir.

—Llámalo, Jaz. Yo voy a por un café.

Leti salió de la habitación. Respiré hondo y marqué su número.

—¡Leti! ¿Está todo bien?

—Patricio... —Se hizo el silencio—. Soy Jazmín.

—¿Estás bien? ¿Estás constipada? Tienes la voz congestionada.

—No, exactamente. —No quería decirle que había estado llorando hasta quedar afónica—. Estoy bien. —Sentí su respiración agitada— Patricio...

—¿Qué?

—Sé que Leti te dijo que estoy ingresada... y quería pedirte disculpas por no haberlo hecho yo.

—Yo...

Le interrumpí.

—Déjame hablar, Patricio, porque si no lo hago ahora, probablemente no tendré el valor de hacerlo en otro momento y es importante que lo haga. Esto que ha sucedido, y todo lo que Leti me ha dicho, ha hecho que me dé cuenta de muchas cosas. Con la excusa de que lo hacía por el bebé, he comprendido que fui muy egoísta al sacarte de mi vida de la forma en que lo hice. Sólo pensaba en mí, en mi dolor; ahora lo veo claramente. A pesar de todas las circunstancias, nuestro bebé no tiene la culpa de nada..., ni nosotros. —Tragué saliva—. La semana que viene la ginecóloga me va a hacer una ecografía 3D. Me ha dicho que quizá entonces podamos saber el sexo, ya que en las ecografías que me han hecho esta semana no ha sido posible... Si tú quieres estar... —Oí que contenía la respiración—. Sólo si tú quieres... No tengo derecho a pedirte nada.

—Para, Jazmín.

—Lo siento. No debí...

Mil cosas vinieron a mi cabeza. «¿Estará tan enfadado que ya no quiere saber nada de nosotras? No puedo culparle. Mi comportamiento ha sido vergonzoso.» Contuve la respiración.

—Nada me gustaría más que estar ahí. —Yo espiré—. Desde que te fuiste de mi despacho, después de ese abrazo de despedida y de que me dijeras que habías decidido continuar con el embarazo, no hago otra cosa que pensar y necesitar estar contigo..., con vosotras. Pero cuando Leti me contó lo que había sucedido, me volví loco, Jazmín; nada me importa. Sólo quiero estar ahí, necesito verte y sentir cómo mi hija se mueve en tu vientre; necesito oír sus latidos, cantarle su canción...

Comencé a llorar; me tapé la boca para que no me oyera, aunque no lo logré.

—No llores, mi amor. Todo va a ir bien. Dime dónde estás, por favor.

—En el hospital Nuestra Señora de Gracia, en Zaragoza, pero mañana me dan el alta.

—Voy para allá.

—¡Patricio! ¡No! ¡Espera!

—Voy para allá. En unas cuatro horas estaré ahí.

—Por favor, Patricio, no... Te conozco; vendrás a toda velocidad y estaré con el corazón en la boca. Ven mañana. Leti está aquí y yo estoy bien.

—No me pidas ahora que no vaya corriendo, por favor. Iré a una velocidad razonable y pondré el manos libres para ir hablando contigo.

—Ten cuidado.

—Voy a prepararme y salir. Te llamaré desde la autovía.

—Vale. Cuídate.

Colgué y me quedé con el móvil en la mano, perpleja ante lo que acababa de hacer. Mi corazón pugnaba por salirse del pecho. Comencé a temblar. Leti entró en la habitación.

—¿Estás bien?

—Creo que sí, pero no puedo parar de temblar.

—¿Tienes frío? Te traeré una manta.

—He hablado con Patricio.

Leti me colocó la manta y se sentó en el borde de la cama.

—Viene para aquí.

—¡Enhorabuena!
—No sé si he hecho bien, Leti, pero después de hablar contigo me he dado cuenta de que, con la excusa del bebé, he sido muy egoísta y he dejado a Patricio fuera de la vida de su hija.
—¿Se lo has dicho?
—Sí. También le he dicho que la semana que viene me harán la eco 3D y le he preguntado si quería venir, aunque pensaba que me diría que no.
—¿Cómo has podido pensar eso?
—Estoy muy insegura, Leti. Mi comportamiento para con él ha sido vergonzoso. Ahora lo veo; tú me has hecho abrir los ojos. Supongo que siempre lo he sabido, sólo que no estaba preparada. Gracias, amiga, siempre estás aquí para apoyarme y guiarme. No sé cómo agradecértelo.
—¡Permitiéndote ser feliz!
—Leti...
—Date tiempo... Lo que acabas de hacer te acerca a eso.
—No hemos hablado de nosotros; sólo del bebé.
—Así que va a venir hoy.
—Sí. Me ha dicho que preparaba las cosas y que salía para aquí.
—Entonces, hay que ponerse a trabajar.
—¿A trabajar?
—Si te ve así, saldrá corriendo.
Me reí como hacía tiempo que no lo hacía.
—Me ha visto en estados peores.
—¡Mmm, no lo creo! En todo caso, hace un par de meses que no te ve y no queremos asustarlo, ¿o sí?
—No, pero estoy bien. Sólo quiero darme una ducha y lavarme el cabello; con eso estaré bien.
—Voy a poner la silla en la ducha y a preparar tu ropa. Después de que te hayas duchado, iré al piso a buscar ropa para el alta de mañana.
—Estoy nerviosa, Leti. Esto lo cambia todo.
—¡Estoy tan feliz de que hayas hecho lo correcto, amiga!
—Y yo. Espero que Patricio me perdone.
Me levanté de la cama y Leti me acompañó a la ducha.
—Lo hará. No dudo del amor que Patricio siente por ti y por mi sobrina.

Después de bañarme, Leti me secó el cabello. Mientras, las enfermeras habían cambiado las sábanas, así que entré en la cama nuevamente para esperar a que Patricio llegara.

Me trajeron el almuerzo. Leti me dejó su móvil, ya que él me había dicho que me llamaría cuando estuviese en la autovía, y se fue al piso a buscar ropa y dejarlo todo arreglado para mi regreso. Terminé de comer, y estaba mirando el dibujo de Mía cuando sonó el móvil. En la pantalla vi que era Patricio.

—Hola.

—Estoy en camino.

—No vengas corriendo. No hay prisa.

—Yo tengo prisa, pero voy a una velocidad razonable. Tú no te preocupes. Cuéntame.

—¿Qué quieres que te cuente?

—¿Te encuentras bien? ¿Tienes algún dolor?

—¿Tienes el manos libres conectado?

—Sí.

—Estoy bien. Me asusté mucho cuando comencé con las pérdidas. Pensé lo peor, pero ahora estoy bien. La ginecóloga dice que ha sido un desprendimiento leve y que ya está sanando, aunque primero deberé hacer reposo, para luego volver despacio a la vida normal.

—Cuando Leti me lo dijo, creí que me volvía loco. Me sentía tan culpable... Lo que dije... no lo siento realmente, Jazmín. ¡Perdóname!

—Sé que lo dijiste impulsivamente, pero me sirvió de excusa para huir, porque eso fue lo que hice. Eres tú el que debes de perdonarme.

—Si algo os hubiera pasado a alguna de las dos...

—No nos ha pasado nada. Estoy bien y ella está bien... Aunque nosotros hablamos del bebé como «ella», todavía no lo sabemos. No se ha dejado ver.

—Sé que será una hermosa niña.

—Patricio, ¿me perdonas?

—¿Sabes?, hace un par de días entendí por qué lo habías hecho, por qué no querías saber el resultado, y me di cuenta de que yo ahora tampoco quiero saberlo. Me da igual.

—No.

—Sí, da igual; no quiero saberlo. Este tiempo ha sido una tortura. Lo que he sentido en estos meses no se lo deseo ni a mi peor enemigo, Jazmín. Me he sentido morir cada día hasta hoy. Te perdono, mi amor, si tú me perdonas, porque siento que yo te empujé a huir diciendo lo que te dije.

—Actuamos como pudimos, dadas las circunstancias. Te perdono.

—¿Sabes qué? Estoy pensando en hacerle la cuna. —Me tapé la boca y contuve la respiración—. Ya lo tengo todo en la cabeza. La haré de madera y será mecedora, para poder acunarla.

—Es hermoso. —Suspiré—. Ayer se lo dije a papá.

—Lo sé. Me lo dijo. Me llamó ayer después de que hablaras con él.

—¿Estaba enfadado?

—No..., digamos que sorprendido por que ninguno de los dos se lo hubiese dicho, pero lo entendió. Creo que podemos contar con él. Es un gran hombre.

—Lo es. Amo a mi padre.

—Mi madre también lo sabe.

—¡Oh, Diosss!

—Tranquila. Se lo dije el día en que me enviaste el *e-mail* explicándome por qué no habías ido al laboratorio. Estaba tan mal que se lo conté.

—¿Está bien? ¿Está enfadada?

—No, en absoluto. De hecho, me dijo que en algún momento recapacitarías, y así ha sido. Cree que debemos entender que nosotros no tenemos ninguna culpa.

—Tu madre es una mujer maravillosa, y siento no poder decir lo mismo de la mía. Me duele tanto no tenerla cerca, no poder contarle lo del embarazo, preguntarle cosas.

—Lo siento tanto, mi amor...

—Lo sé, pero nada podemos hacer al respecto. Las cosas son como son.

—Las cosas pueden cambiar. Sólo hace falta tiempo.

—No lo sé.

—¿Por qué elegiste Zaragoza?

—Por nada en especial. En realidad, había venido una vez con mi abuela a la Pilarica...

—¿La Pilarica?

—La basílica de Nuestra Señora del Pilar. Mi abuela era devota y tengo bonitos recuerdos de ella.

—¡Ah!, no sabía que la llamaran así.

—Mi abuela lo hacía.

—No conozco Zaragoza.

—Pues ahora vas a conocerla.

—¿Te gusta?

—No tanto como Madrid, pero la zona es bonita.

Al decir «bonita», recordé el tiempo en que me llamaba así.

—Bonita... —repitió, suspirando.

—El piso que he comprado está frente a la plaza de Santo Domingo, cerca del Ebro. El piso es precioso, muy luminoso; pequeño pero acogedor.

—Me dijo Leti que te ayudó con la mudanza.

—Sí, ella lo hizo todo. No sé qué hubiera hecho sin ella.

—Leti es la mejor amiga que alguien puede tener.

—Sí.

—¿Sabes que me envió una foto?

—¿Una foto?

—Sí. En realidad varias..., pero no la riñas.

—¿Qué fotos te envió?

—Unas en las que estás en la terraza.

—Esas fotos eran para Benja. Debí imaginarme que te las enviaría.

—Las imprimí todas, pero una, la que más me gusta, la puse en un marco en la sala.

—¿Sí? ¿Cuál es?

—Una en la que estás de perfil, con una mano en la barriga, mirándola, y tu cabello está al viento. Es una hermosa foto..., y una hermosa barriga también.

—Es bastante notoria.

—Sí. ¿Se mueve mucho?

—Tiene sus días. Esta última semana ha estado más tranquila. Se lo pregunté a la ginecóloga y me dijo que es normal; pero la semana anterior parecía bailar todo el tiempo.

—¡Uy, si baila como la madre, tendré que pedir permiso de armas!

Ambos nos reímos.

—¿Sabes que la primera vez que se movió fue cuando Leti te mencionó?

—Me lo dijo.

—¡¿Hay algo que no te haya dicho esa amiga mía?!

—Sí, dónde estabas. Pero no te enfades. Gracias a ella he sobrevivido con las gotas de información que tenía de ti estas últimas semanas.

—¡Qué egoísta he sido, Patricio!

—Bonita, no te martirices más.

«¡Bonita! ¡Me ha llamado *bonita*! ¡Oh, cuánto echaba de menos eso!»

—Patricio, tengo una llamaba entrante. Éste es el móvil de Leti, y debo atenderla. Además, me inquieta que no estés prestando atención al tráfico. La autovía debe ser una locura a esta hora.

—Está despejada. No veo la hora de llegar. ¡Necesito abrazarte durante horas!

—Y yo a ti, y que nos abraces.

—Piensa en mí. Estaré ahí sobre las cuatro.

—Cuídate.

«Pienso en ti siempre.» Colgué.

Miré el móvil para saber quién había llamado. Era Germán. Le envié un mensaje: «Germán, soy Jazmín. Leti me ha dejado su móvil. Ella ha ido al piso a buscar ropa. Mañana me darán el alta.» De inmediato me contestó: «Ok. Estoy de camino para allí. Ahora te veo.»

Patricio conducía para llegar rápidamente. La autovía hacia Zaragoza estaba despejada, lo que lo hacía más fácil. En su mente sólo había una meta: llegar a donde estaba yo y abrazarnos. Notó lo tenso que había estado en los últimos tiempos cuando sintió cómo todo su cuerpo se relajaba y se acomodaba en el asiento del coche. Estaba feliz.

Ninguno de los dos había hablado de cómo seguiríamos nosotros como pareja. De momento, lo que importaba era que volveríamos a vernos y que nos habíamos perdonado. Luego hablaríamos de lo nuestro, si es que había un «nosotros juntos». Mi mente divagaba entre las diferentes posibilidades. Llamaron a la puerta y eso hizo que volviera al presente.

—¡Adelante!

Era Germán.

—Permiso. —Germán me miró—. ¡Qué bien se te ve!

—¡Gracias! ¡Siéntate!

—¿A qué se debe ese semblante? ¡Se te ve radiante!

—Estoy feliz, Germán. —Me aclaré la garganta—. Imagino que Leti te habrá contado algo acerca del padre de mi bebé...

—Sí, algo me ha dicho. Patricio, ¿verdad?

—Sí, Patricio.

—Me dijo que nunca había visto a una pareja que se amara tanto como vosotros y que estuviera separada.

—Sí, he sido muy injusta, y gracias a Leti al final he entrado en razón. La realidad es que nuestro bebé no es culpable de nada, y bueno..., Patricio está viniendo hacia aquí.

—¡Cuánto me alegro por ti! Se te ve realmente muy bien, Jazmín. Me alegro mucho por ti y por Abril.

—Gracias. Cuéntame, ¿cómo estás tú?

—Qué puedo decirte, Jaz. —Germán suspiró—. Tu amiga me ha enganchado fuertísimo. Después de Estrella, nunca había tenido nada serio. La verdad es que tampoco lo había buscado, como tampoco lo he buscado con Leti.

—Recuerdo que el primer encuentro no fue el mejor.

—No, pero esa actitud protectora e independiente fue la que sin duda me atrajo.

—Se os ve muy bien juntos, y Mía la quiere mucho.

—Lo sé. No podría estar con una mujer que no se llevara bien con ella.

—Mía es un encanto. Nadie puede llevarse mal con ella.

—Bueno, Mía nunca se ha llevado bien con otras mujeres que no fueran Andrea o su maestra, por eso fue toda una novedad para mí ver cómo se comportaba contigo la primera vez que te vio, y luego con Leti.

—Sé que Leti se ha quedado un tiempo más no sólo por mí, sino también por ti.

—Hemos hablado mucho acerca de cómo lo haremos. La idea es probar a estar durante la semana cada uno en su ciudad y viajar los fines de semana. Veremos cómo nos va así. Me gusta muchísimo estar con ella; es ingeniosa, divertida, inteligente, apasionada. Es una mujer preciosa.

—Todo eso es completamente cierto, y además tiene un corazón gigante. Nada me gustaría más que verla feliz. —Hice una pausa—. Antes de que me olvide... Mía me hizo un dibujo, y se llevó otro que estaba haciendo para Abril para terminarlo en casa de Andrea.

—Le encanta dibujar.

—Y sin duda lo hace muy bien. Es una pequeña artista, Germán. Sus aptitudes son destacables para no haber cumplido siquiera cinco años. Dibuja con la madurez de una niña de ocho. Es muy difícil hacer un diagnóstico con sólo un par de dibujos, pero a primera vista, debo decir que no hay nada alarmante en ellos. Mira... Ella me dibujó a mí y al árbol en el centro, lo que significa que es muy consciente del presente. El árbol, tal como lo ha dibujado, con su copa frondosa, llena de frutos y colores brillantes, indica que es una niña creativa. Quizá ese tronco un poco fino y sin raíces indique inestabilidad emocional, pero no es preocupante; es algo que puedes trabajar tú mismo, y Leti puede ayudarte mucho. Estos corazones a la derecha pueden significar que está feliz por lo que le depara el futuro, pero también pueden tener que ver contigo, con verte feliz... Habitualmente, lo que está a la derecha de la hoja tiene que ver con el padre o el futuro, aunque tendría que ver más dibujos para darte un diagnóstico más exacto. Estas mariposas y flores volando a la izquierda pueden aludir a los cambios de su pasado. El lado izquierdo de la hoja tiene que ver con la madre o el pasado. Me gustaría ahondar en esto con otros dibujos. Hemos hablado un poco de sus pesadillas. Generalmente no las recuerda, pero extraña a su madre, como es lógico.

—¡Gracias, Jaz! Me dejas muy tranquilo. Cuando ya estés en tu casa y te vaya bien, puedo llevarte una carpeta con sus dibujos. Siempre está dibujando y pintando.

—Deberías incentivarla. Si es posible y está a tu alcance, apúntala a clases de dibujo. Realmente tiene un don, y sería muy bueno para ella desarrollar su creatividad.

—Alguna vez lo he pensado, pero no estaba seguro de que siendo tan pequeña fuera de utilidad.

—¡Claro que sí! Todo lo que le ayude a expresarse es bueno para ella. Aprender otras técnicas, que ella pueda mezclarlas y liberar su creatividad siempre es bueno.

—Creo que Mía ha sacado un poco de ambos. Estrella estudiaba pintura en la facultad de Bellas Artes. Era una excelente pintora, y yo trabajo en diseño digital.

—Con más razón, Germán; el arte corre por sus venas.

Sonó el móvil de Leti. Miré la pantalla y era Patricio. Sonreí. Germán hizo señas de que se iba a tomar un café a la cafetería y yo asentí.

—Hola.

—Hola.

—¿Estás bien?

—Sí, ansioso por llegar. Estoy cerca. Según el GPS, en treinta minutos...

—¡Patricio! No estás conduciendo. ¡Estás volando!

—¡No! Ya hace tres horas y media que he salido de Madrid; de hecho, voy atrasado. He parado a poner gasolina y tomar un café. Pero como estuvimos hablando durante un buen rato, no nos hemos dado cuenta de que ha pasado el tiempo.

—Vale, vale. ¿Has almorzado?

—No. Si hubiese almorzado, me habría demorado más, y no quería perder ni un minuto. Merendaré contigo cuando llegue.

—Aquí en el hospital tienes una cafetería.

—¿Leti está contigo?

—No; está en el piso. Debe de estar ordenándolo todo para mi regreso. Ella no ha ido demasiado por allí estos días.

—Vale. ¿Has hablado con Benja?

—No he querido decirle que estoy ingresada. Le envié las fotos que Leti te envió a ti el mismo día en que vine al hospital. Hasta hace un par de días no revisé mi correo y vi que me había respondido. Quedé en llamarlo esta semana. Por cierto, ¿Julia ha vuelto?

—¿Puedes creer que no? ¡Ufff, cómo la echo de menos! Mamá piensa que se demora porque ha conocido a alguien, aparte del proyecto que está llevando a cabo.

—Puede ser. Julia es muy hermosa.

—Estoy deseando que vuelva para que os veáis, y también para poder hablarle de Abril.

—Me encantaría verla. ¿Tu padre lo sabe?

—No, pero supongo que, en algún momento, tanto él como Eugenia tendrán que saberlo.

—Supongo..., aunque ahora no quiero pensar en eso.

—Ni yo.

Llamaron a la puerta. Era la ginecóloga.

—Patricio, la ginecóloga está aquí. Debo colgar.

—¡Joder! ¿Podrá esperarme diez minutos?

—Se lo pregunto. No sé si está de guardia o ha venido a verme. —Se lo pregunté—. Me ha dicho que está de guardia y que puede volver en media hora.

—Gracias. En diez minutos estoy ahí.

—Te espero.

—Bonita...

—¿Sí?

—Te amo.

—Y yo a ti —dije casi como en un suspiro.

Germán volvió a la habitación y seguimos conversando acerca de Mía. Le conté que la niña me había preguntado si Leti sería su mamá y que yo le había explicado que Estrella siempre sería su madre.

—Eso es algo que nunca he sabido cómo explicarle.

—Explicarle la muerte a un niño no es tarea fácil, sobre todo porque a esa edad no lo entienden; pero es importante hacérselo comprender con palabras simples. Sé que has hecho un gran trabajo; ella entiende que «mamá no va a volver».

Patricio llamó y abrió la puerta. La sonrisa se apoderó de mi rostro y la de Patricio se esfumó.

—¡Patricio!

Casi salto de la cama. Patricio estaba inmóvil. ¿Qué lo detenía? Germán.

—Pasa, ven. Te presento a Germán, el novio de Leti.

Pude ver que se relajaba y la sonrisa volvía a su rostro. Germán se acercó a él y le dio un apretón de manos.

—Mucho gusto.

—El gusto es mío. Os dejo solos. Si vuelve Leti, dile que estoy en la cafetería.

Asentí; yo sólo quería que Patricio me abrazara. En seguida acortó la distancia que nos separaba y me abrazó.

Nos quedamos callados, pero el temblor de nuestros cuerpos revelaba que llorábamos en silencio. Habíamos hablado durante el viaje que él había hecho desde Madrid con la normalidad de antes, pero ese abrazo decía tantas cosas: cosas que no nos habíamos dicho, cosas que sentíamos, cosas que habíamos dicho pero no habíamos sentido, cosas que queríamos, cosas que deseábamos, cosas que esperábamos. Fue un abrazo honesto, sentido, lleno de promesas. Resoplamos y nos separamos. Nos miramos a los ojos, y cada uno limpió las lágrimas del otro.

—¡Hola!

—¡Hola!

—¿Puedo acariciar a mi hija?

—Claro.

Aparté las sábanas.

—¡Es una barriga hermosa!

Patricio se agachó para besar y acariciar la barriga, y empezó a cantar:

> Oye, princesita, que papá te canta;
> oye, princesita, que papá te ama.
> Duerme calentita en esta barriguita;
> duerme, mi bonita, duerme, cachorrita,
> que papá te canta, que papá te cuida...

Con su mejilla apoyada en la barriga, le acaricié la cabeza mientras cantaba. Abril se movió, y Patricio se sobresaltó y me miró atónito.

—¿Se ha movido?

—Sí. Al parecer no le gusta cómo canta mamá; prefiere escuchar a papá.

Patricio sonrió. Le brillaba la mirada.

Me di cuenta de que estaba más delgado y con ojeras. Me entristecí de repente. Me sentía mal por haber negado momentos como ése a los tres; por hacer que él estuviese así; por no haber sido lo suficientemente valiente como para afrontar la situación.

—¡Eh!, ¿qué pasa?

—Estás muy delgado, ojeroso.

—No se puede decir que lo haya pasado bien estos meses, Jazmín.

—Lo sé, y es culpa mía.

—No puedo culparte. En todo caso, como has dicho antes, cada uno hizo lo que pudo, dadas las circunstancias. —Apoyé mi mano en su mejilla y lo acaricié con el pulgar—. Te he echado muchísimo de menos.

—Y yo a ti, mi amor.

Ya nada importaba. Me besó en la frente y en los ojos. Deseaba con locura que me besara en los labios, pero no lo hizo. Todavía teníamos muchas cosas de qué hablar y que decidir.

Estábamos hablando mientras Patricio acariciaba mi barriga cuando entró la ginecóloga en la habitación.

—Buenas tardes. Disculpen la demora. Una paciente me ha retenido.

—No hay problema, doctora. Le presento a Patricio; es el padre.

Patricio me sonrió, se levantó de la cama y le tendió la mano.

—Mucho gusto. Soy Patricio Del Monte.

—Un gusto poder conocerle. Soy la doctora Luz Ortiz, la ginecóloga de Jazmín.

—Doctora, ¿cómo va todo?

—Señor Del Monte, como le expliqué a Jazmín, no es habitual que en esta etapa del embarazo haya un desprendimiento de placenta. Afortunadamente, cuando Jazmín llegó al hospital apenas habían empezado las pérdidas, por lo que comenzamos con el tratamiento rápidamente. Monitoreamos al bebé y no hubo sufrimiento fetal.

—¿Cuál pudo ser la causa?

—Es difícil decirlo. Descartamos traumas o esfuerzos. Las causas son variadas, pero ninguna concuerda con los antecedentes de Jazmín.

—¿Y cuáles son los pasos que hay que seguir?

—Bueno, en principio mañana la daremos de alta. La semana que viene le haré una ecografía 3D en mi consulta. Deberá guardar reposo absoluto durante una semana más; nada de estrés, nada de ponerse nerviosa ni de emociones fuertes, y por supuesto, por el momento, nada de relaciones sexuales. Luego iremos viendo. Si todo sigue como hasta ahora, entonces poco a poco podrá ir volviendo a su rutina, aunque con algunas limitaciones de las que ya hablaremos en su momento. No nos adelantemos.

—¿A qué hora me podré ir mañana?

—Dejaré firmada el alta. Mañana, después del desayuno, puedes irte.

—¡Qué alivio! Estoy deseando irme a casa.

—¿Tienen coche, o dejo previsto el traslado en ambulancia?

—No, no, tenemos coche. ¡Gracias!

—¿Puedo subir escaleras?

Patricio me miró.

—¡De ninguna manera, Jazmín! ¡Por el momento, reposo absoluto! Te doy de alta porque no tiene sentido retenerte aquí; ya no necesitas fluidos ni medicación, sólo reposo. Aprovecha ahora, que en cinco meses vas a necesitar energías.

Los tres nos reímos.

—¡Muchas gracias, doctora!

—Jazmín, Patricio, cualquier cosa no dudéis en llamarme. Os veré el jueves en la consulta.

—¡Allí estaremos!

—Perfecto. Entonces, si no tenéis ninguna otra pregunta, os dejo tranquilos. Aquí viene la merienda.

Patricio la acompañó a la puerta, y cuando la doctora estaba saliendo, llegó Leti.

—¡¡Patricio!!

—¡¡Leti!! ¡Qué alegría verte!

Se abrazaron.

—Por lo que veo, ya conoces a la ginecóloga de Jaz.

—Sí, hemos estado hablando. Mañana, después del desayuno, ya podremos irnos.

—¡Hola, amiga! ¿Cómo estás? ¡Se te ve muy bien!

—¡Hola, Leti! —la saludé, sonriendo.

—Te he traído la ropa para mañana. He tardado porque lo estaba ordenando todo un poco. El sábado pasado llegaron los muebles que compraste y se quedaron en medio de la sala.

—¡Ah, ya no me acordaba! Es verdad. Me habían dicho que los traerían el sábado pasado. ¿Cómo lo hiciste?

—Le di la llave a Germán y él esperó al de los muebles, pero como no sabía dónde los querías poner, no los hemos puesto hasta hoy. Bueno, he colocado el sofá cama en el estudio junto con las estanterías. Después ya verás dónde pones el escritorio y las butacas. De momento, ha quedado organizado para que vuelvas y no sea todo un caos.

—¡Gracias, Leti! Ya no sé cómo agradecerte todo lo que has hecho por mí.

—Bueno, lo voy poniendo en una lista y después me lo cobraré todo junto. —Nos reímos todos—. Es estupendo volver a oírte reír.

Patricio estaba sentado en el borde de la cama y tenía una mano apoyada en mi barriga. ¡Se sentía tan bien!

—Leti, quiero agradecerte todo lo que has hecho por Jazmín y por mi hija. ¡Eres una gran persona!

—No he hecho nada que ella no hubiese hecho por mí, Patricio. De hecho, amiga, tengo que confesarte algo, pero no te enfades.

—¿Qué has hecho?

Patricio me guiñó un ojo.

—Le envié a Patricio las fotos que te tomé para Benja.

—Lo supuse.

—¿No estás enfadada?

—¡¿Cómo podría estar enfadada contigo, Leti?!

Llamaron a la puerta. Cuando Leti abrió, entraron Germán y Mía.

—¡Jazmín!

Mía corrió hasta la cama y trepó para darme un beso.

—¡Hola, pequeña! ¿Cómo estás?

Patricio la observaba, sorprendido, y Mía se lo quedó mirando como si lo estuviese analizando.

—Bien. He terminado el dibujito que te prometí. Toma. Mira, aquí la he dibujado a ella y ésta soy yo. Estamos jugando. Yo le presto mis juguetes. Aquí he dibujado el sol y las estrellas porque mi mamá es una estrella.

—¡Qué hermoso dibujo, Mía! Lo voy a poner en un marco y lo colgaré junto con el otro que me hiciste.

Leti y Germán se besaron suavemente.

—¿Y tú quién eres? —le preguntó a Patricio con el desenfado que acostumbraba a tener Mía.

—¡Hola! Yo soy Patricio. ¿Y tú?

—Yo soy Mía.

—Mucho gusto, Mía. ¡Qué dibujo tan precioso! ¿A quién has dibujado?

—A mi amiguita Abril y a mí.

—Mía, él es el papá de Abril.

—¿En serio? —Asentimos al unísono—. ¡Has venido! —Lo miró y le sonrió—. Abril será mi mejor amiga, como Leti y Jazmín.

—Sí, he venido. ¡Qué bonito! Abril será una pequeña muy afortunada al tenerte como amiga.

—Mía, recuerda que hemos dicho que sólo venías a entregarle el dibujo de Abril. Debemos irnos. Jazmín tiene que descansar y tú mañana tienes colegio.

—¡Ahhh, papá, un ratito más!

—No, Mía. Vamos, que Patricio y Jazmín tienen que hablar. Nosotros nos vamos para casa con Leti.

—¡Yupiiiii! ¿Me leerás un cuento?

—¡Claro, cariño! Vamos a darle un beso a Jazmín y a Patricio y nos vamos.

—Hasta mañana, Jazmín; hasta mañana, Abril. —Me dio un beso en la mejilla y otro en la barriga—. Hasta mañana, papá de Abril.

Patricio rió. Era hermoso verlo reír. La profundidad del mar en sus ojos brillaba como iluminada por el sol.

—Hasta mañana, Mía.

—¿Necesitas algo, Patricio? ¿No quieres que yo me quede?

—¡Estás loca! Ya has hecho más que suficiente, Leti. Ve a descansar. Me quedo yo.

—Por la noche vendrán las enfermeras y te prepararán la cama. Ese sillón se convierte en cama. No es el más cómodo del mundo, pero es mejor que pasar la noche sentado. La cafetería está abierta toda la noche... Y a ver qué más... Bueno, no sé, cualquier cosa me llamáis y vengo. Estamos cerca.

—Ve tranquila.

—Gracias, Leti.

—Que descanses, amiga.

Me dio un beso y una caricia en la barriga.

—Hasta mañana. Después del desayuno, estaré en el piso.

—Que descanses, Jazmín. Es una alegría que mañana ya vayas a estar en tu casa. Patricio, un placer. Nos vemos —lo saludó Germán.

—El placer es mío. Y gracias a ti también.

Leti, Mía y Germán salieron de la habitación y nos quedamos solos.

—¿Por qué no vas a comer algo?

—No, quizá más tarde. Ahora quiero estar contigo. ¿Puedo?

Me moví para dejarle espacio y se acomodó junto a mí. Pasó su brazo por mis hombros y apoyé mi cabeza en su pecho.

—Leti se ve muy bien con Germán. ¿Cómo se conocieron?

—Sí, están muy bien. Germán me vendió el piso. Viven en el de arriba.

—Esa pequeña es increíble. ¿Qué edad tiene?

—Cuatro. Es muy dulce y extrovertida.

Me acomodé y lo abracé.

—Es un encanto.

—¿Patricio?

—¿Sí?

—¿Qué vamos a hacer?

—¿Con qué?

—Con esto, con nosotros, con todo.

—Es evidente que ambos hemos dejado los prejuicios de lado; si no, ahora no estaríamos aquí así.

«Sí, pero aún no me has besado.»

—Es que me preocupa el resto: mi familia, tu familia...

—Tengo que decirte algo. —Yo me incorporé—. No. Quédate como estabas. Me gusta tenerte así.

—¿Qué es?

—Durante la mudanza, Ricardo encontró en la caja fuerte una caja con los cordones umbilicales de vosotros tres.

Me removí para salirme del agarre. Quería verle el rostro mientras me estaba hablando.

—No, por favor; quédate así. Te he echado mucho de menos, demasiado.

Me incorporé para mirarlo a los ojos, que mostraban preocupación.

—¿Mi padre te lo dio para hacer el análisis de ADN?

—Sí —me confirmó, y bajó la cabeza.

—¡Mírame, Patricio!

—Estaba desesperado. Tú habías desaparecido y yo necesitaba saber.

—Pero me dijiste...

Patricio puso un dedo en mis labios.

—Dije que ya no me importa y es así.

—¿Cuándo?

—¿Cuándo hicimos el estudio, o cuándo estará el resultado?

—¡Ambas cosas!

—El estudio lo hicimos hace unos diez días. Ricardo y mi padre también se extrajeron sangre para poder comparar. El resultado debería de estar mañana.

Mis ojos se abrieron. Casi podía sentir que se salían de sus órbitas.

—No me mires así.

—¿Cómo quieres que te mire?

Retiré las sábanas y me levanté de la cama.

—Quédate tranquila. Ya has oído a la doctora. Tienes que calmarte.

—¡Patricio, eres frustrante!

Me encerré en el baño. Oí cómo se acercaba. Apoyó la frente en la puerta y continuó:

—Ya te he dicho que no me importa el resultado. Mañana llamaré al laboratorio y lo solucionaré. Estoy aquí; ¡no me importa nada más!

Abrí la puerta de golpe y Patricio se sobresaltó.

—¿Qué sentido tiene ahora? ¡Mi padre y el tuyo sabrán el resultado!

—Vamos a la cama. Tienes que hacer reposo.

Me fui a la cama. Estaba furiosa con Patricio y con mi padre.

—¡Estoy cabreada, Patricio! Mejor ve a la cafetería a comer algo.

—¡No! ¡Me quedaré aquí! ¡No voy a ningún lado! —Resopló—. Escucha, bonita, me importa una mierda ese maldito resultado. Voy a solucionarlo.

—¿Y cómo lo harás?

—Déjamelo a mí. —Se rascó la frente—. Mira, estuve investigando y estudiando, y para que te quedes tranquila, aun si el resultado fuese positivo, sólo seríamos medio hermanos. Genéticamente es como ser primos dobles; sólo compartiríamos el veinticinco por ciento de los genes. Pero, de todas formas, yo me encargaré de que quienes necesiten saber el resultado sepan que *no* somos hermanos.

—Patricio...

—Confía en mí. —Se sentó a mi lado nuevamente, me besó la frente y continuó—: Nosotros no necesitamos saberlo, pero los demás sí lo necesitarán. Tomémoslo como un seguro para que nos dejen vivir en paz.

—No lo sé, Patricio.

—¿Confías en mí?

—Sí.

—Entonces quédate tranquila. Mañana lo tendré solucionado, mi amor, y podremos continuar con nuestra vida los tres juntos.

—¿Podremos? ¿Podremos con la duda, Patricio?

—Ven aquí. —Me acomodó nuevamente sobre su pecho—. Todo irá bien.

—Papá vendrá mañana. ¿Qué le diremos?

—No sabe que estoy aquí, pero solucionaré lo del resultado a primera hora, para que cuando llegue esté todo arreglado.

Llamaron a la puerta y la enfermera entró con mi cena.

—Señorita Alzogaray, ¿preparamos la cama para su acompañante?

Lo miré. Supuse que se quedaría, y en seguida intervino.

—Sí, por favor. Me quedaré.

—Ve a comer algo. No has comido ni bebido nada desde que has llegado.

—Te acompañaré durante la cena. Iré cuando duermas. —Se acercó—. Veamos qué tenemos por aquí: puré de calabaza, pollo a la plancha, sopa de verduras y crema catalana. ¡Todo un menú para las dos!

Me reí.

—No creas. Todo sin sal. Estoy deseando comer algo sabroso.

—¡Sus deseos son órdenes para mí, *milady*!

Hizo una reverencia y empujó la mesita hacia la cama.

—¿Cuándo te irás?

—¿Irme? —Me miró sorprendido y con el ceño fruncido—. ¿De qué hablas?

—En algún momento tendrás que volver a Madrid.

—Cuando me vaya, será contigo. Tendremos que preguntarle a la doctora Ortiz cuándo podrás viajar a Madrid.

—Patricio...

—Come, que se enfría.

—¡Acabo de comprar un piso aquí!

—Puedes alquilarlo; sería un ingreso tuyo mientras no puedas trabajar. Lo digo porque sé que te gusta trabajar y para ti es importante esa independencia, pero sabes que no debes de preocuparte en lo que refiere al dinero.

—Ése no es un problema de momento; aunque hace algunos meses que no trabajo, no he tenido que preocuparme por el dinero. Zaragoza es más económica que Marbella. El piso que he comprado aquí me ha permitido mantener ahorrada una buena cantidad de dinero.

—Quiero que empecemos a pensar en los cambios que te gustaría hacerle a la casa. Estuve pensando en pintar nuestro dormitorio de un color más claro. Es un dormitorio de hombre soltero.

—Me gusta tu casa como es.

—Nuestra casa.

—Nuestra casa. Es verdad que el dormitorio es muy masculino, pero con una mano de pintura y poco más será un hermoso dormitorio para nosotros.

Terminé de cenar, retiró la mesita y continuamos hablando con las manos enlazadas. De vez en cuando me besaba la cabeza, pero seguía sin besarme los labios... Estar así, abrazados, me tranquilizó; estaba relajada y el sueño me estaba venciendo.

—El dormitorio de invitados que está más cerca de nuestra habitación podría ser el dormitorio de Abril.

—¡Mmm!

—¿Estás cansada, bonita?

—¡Mmm!

—¡Dios, cómo te echaba de menos! Amo verte dormir —susurró, acariciando mi barriga.

Y empezó a cantar:

Oye, princesita, que papá te canta;
oye, princesita, que papá te ama.
Duerme calentita en esta barriguita;
duerme, mi bonita, duerme, cachorrita,
que papá te canta, que papá te cuida...

—¡Mmm, te amo!

—Y yo os amo a las dos.

El lunes, cuando desperté, Patricio hablaba por el móvil. No había sido un sueño: él estaba allí. Se acercó, me besó en la frente y me acarició la barriga. Me levanté, tomé la ropa que me había traído Leti el día anterior y le hice señas de que iba al baño. La silla ya estaba colocada en la ducha, así que me duché, luego me vestí y salí. Patricio seguía hablando por el móvil. Me sonrió.

Recogí mi ropa mientras esperaba que trajeran el desayuno. Patricio colgó y me abrazó por la espalda, apoyando el mentón sobre mi hombro y las manos sobre mi barriga.

—Buenos días, mi amor.

—Buenos días para ti. Anoche estábamos hablando y me dormí.

—Me di cuenta. ¿La aburrí mucho, señorita Alzogaray?

—No, mi amor. Fue un día largo, intenso, y esta pequeñita me hace dormir mucho. Tengo sueño siempre.

—¿Antojos?

—No aún. ¿Cenaste anoche?

—Sí, cuando vi que estabas bien dormida, fui a la cafetería y comí algo, pero, francamente, estoy deseando llegar a tu piso, acomodarte, darme una ducha y cocinar algo rico para que tengas el almuerzo sabroso que deseas.

—Yo también. Aquí me han tratado muy bien, no puedo quejarme, pero quiero irme ya a mi piso.

Trajeron mi desayuno y lo tomé sentada en el sillón, mientras Patricio guardaba mi *tablet*, el móvil, los cargadores, los libros y las demás cosas que había traído Leti en esos días.

—¿Lista?

Había terminado de desayunar.

—Listísima.

—Vamos.

Me tomó de la mano, se colgó la bolsa del hombro y salimos hacia la enfermería para firmar el alta y retirar la historia clínica. Trajeron una silla de ruedas y me llevaron hasta la salida del hospital. Patricio trajo su coche, me ayudó a subir y nos dirigimos hacia mi piso.

—¿Por qué le preguntaste a la doctora Ortiz si podías subir escaleras?

—Porque el edificio no tiene ascensor. —Me miró con horror—. Tendré que subirlas una vez... despacio.

—De ninguna manera, te subiré en brazos.
—¡Estás loco, Patricio! —exclamé, y lo miré sonriéndome.
—¿Hay algo que te haga gracia, bonita?
—¡Sí, tú! —Reí—. Dobla a la derecha en la próxima y aparcas frente al edificio amarillo.
—Muy bien, señorita Graciosa.
Patricio me ayudó a bajar del coche y abrió la puerta con la llave que le había dado. Me alzó y me subió en brazos.
—¡Patricio, son dos plantas! ¡Te cansarás!
—Deja de patalear.
—Pero es que puedo subir despacito.
—Pero es que la doctora Ortiz dijo que no podías... Además, mientras seguimos discutiendo sobre este punto, ya estamos llegando.
Me dejó suavemente en el suelo y abrió la puerta.
—Bienvenida, cariño.
—Bienvenido tú.
—Es muy bonito, luminoso, y lo tienes muy bien decorado. Es muy *tuyo*.
—¿Eso es bueno o malo?
—Es bueno. Todo lo que tiene que ver contigo es bueno, bonita. Te amo. Desde siempre.
Me sostuvo el rostro con ambas manos y me besó. ¡Cómo echaba de menos eso! ¡Finalmente, me estaba besando!
—Echaba de menos besarte —dijo Patricio.
—Y yo también, mucho. —Le acaricié la mejilla; el cielo se había instalado en sus ojos—. Amo tus ojos, amo ver el cielo en ellos.
—Eso sólo lo logras tú. Me haces un *tour* por el piso, y así ya te acuestas y yo me doy un baño.
—No hay mucho más para ver. Éste es el salón comedor.
—Es amplio. Está muy bien distribuido y tiene una vista preciosa.
—Sí, la terraza tiene vistas a la plaza; al menos se ve algo de verde. Por aquí está la cocina y allí el pequeño lavadero.
—Es acogedora y moderna. Podré cocinar cómodamente.
—Y por aquí el pasillo. Éste sería el consultorio, que iba a convertir en el dormitorio de Abril cuando naciese. Ahora duerme Leti aquí.

—¡Ajá! Es grande.
—Éste es el baño.
—También muy moderno. Es muy bonito.
—Germán lo reformó. Por lo que me contó, los últimos inquilinos le entregaron el piso en un estado lamentable y tuvo que reformar baño y cocina totalmente. Bueno... y éste es mi dormitorio.
—Hizo un gran trabajo. Es un piso bonito. Ahora tú te pondrás un pijama y te meterás en la cama. Yo traeré la bolsa del coche y luego me ducharé.
—¡Sí, mi capitán!
—¡Estás muy graciosa hoy!
Sonó el móvil y se apartó para atender la llamada. Por lo que pude escuchar, era del laboratorio. Tomé un pijama, me lo puse y, cuando me iba a acostar, oí la puerta. La única que tenía llaves era Leti.
—¡Bienvenida, amiga! ¿Cómo te sientes al estar en casa?
—¡¡Genial, Leti!!
Nos abrazamos.
—¡Joder!, no me había dado cuenta de que mi sobrina ya nos está separando.
—Leti, ¿qué dices?
—¡Durante esta semana ha crecido!
—¿Tú crees?
—¡Sí, claro! Germán y Mía te envían sus saludos. Mía está ansiosa por venir, pero le dije que quizá mañana, que hoy tenías que descansar. Yo tampoco estaré mucho por aquí. Patricio y tú tendréis mucho de qué hablar.
—Hemos hablado mucho, y hoy llega papá.
—Y alguna que otra cosa más —me dijo Leti, arqueando una ceja.
—¡¿Lo sabías?!
—Me lo dijo Patricio por teléfono la última vez que hablamos de tu ingreso. —Leti me miró seria—. No te enfades; hizo lo que tenía que hacer.
La miré y me di la vuelta para volver al dormitorio. Patricio seguía con el móvil.
—¿Necesitas que te traiga algo? ¿Un té, un vaso de zumo de naranja, agua?

—¿Eh?, ¡zumo!
—Ayer fui al supermercado.
—Gracias, amiga.
Leti se fue hacia la cocina, y Patricio volvió al dormitorio con una sonrisa y me hizo un guiño.
—Todo solucionado, bonita.
—¿Cómo lo has hecho?
—Cariño, todo tiene un precio.
Nos abrazamos fuerte. Comencé a llorar, porque ése era el principio de la felicidad tan esperada. Patricio esperó deliberadamente a que Leti volviera con el zumo. Cuando me vio llorar, se abalanzó sobre mí y casi tiró el contenido del vaso.
—¿Qué está mal, Jaz?
No podía hablar. Patricio la miró, le sonrió y sacudió el móvil.
—Tenemos el resultado.
—¡Habla, Patricio! ¡No nos tengas en ascuas! —le gritó Leti.
—Negativo. ¡No somos hermanos!
Leti comenzó a saltar y a chillar como una loca.
—¡Sí! ¡Sí! ¡Sí! ¡La vida no podía ser tan injusta! —Me tomó de las manos—. ¿Te das cuenta de lo que significa, Jaz?
Estaba tan emocionada que no me salían las palabras.
—Significa que nada ni nadie podrá separarnos, mi amor. Los tres podremos ser felices juntos, ¡sin escondernos!
Leti se secó las lágrimas que habían provocado las palabras de Patricio.
—Te amo, bonita. Te amo desde siempre.
—Desde siempre.
Y así fue como Patricio *solucionó* el asunto del resultado para todos los demás. No éramos hermanos, lo que nos daba la tranquilidad de poder seguir adelante. Ambos sabíamos que no nos sería posible vivir el uno sin el otro. Todo el tiempo que habíamos pasado separados había sido como morir lentamente. Saber que dentro de mí había vida me había dado la fuerza suficiente para sobrevivir un día tras otro, pero sabía que nunca jamás podría haberme sentido feliz y completa sin él.
—Os dejo solos, chicos. Tendréis mucho que planificar y, de un momento a otro, Ricardo estará por aquí —dijo Leti, feliz por el resultado.

Cuando sentí que la puerta se cerraba, tomé la mano de Patricio, se la apreté y lo miré.

—¿Realmente no te interesa saberlo?

—No, mi amor. ¿Qué ganamos? No puedo vivir sin ti y sin mi hija, y eso es todo lo que necesitamos saber.

—¿Cómo lo has hecho?

—¿Necesitas saberlo?

—En realidad no; sólo quiero asegurarme de que todo irá bien. ¿Porque será así, verdad?

—¡Claro que sí! ¡Ven aquí!

Patricio se sentó a mi lado en la cama y me acarició con una mano el vientre y con la otra el cabello.

—Todo irá bien, mis amores. Tenemos mucho que organizar.

—Ahora necesito estar así.

—Y yo quiero estar así. ¡Diosss, cuánto os he extrañado!

—Y nosotros a ti.

Nos quedamos en esa posición, en silencio, acariciándonos dulcemente. Abril se volvió a mover.

—No va a dejar de sorprenderme cada vez que lo haga.

—Debe de estar feliz de escuchar a su papá cerca.

—¿Y la mamá?

Me besó en la sien sin dejar de acariciar mi vientre en ningún momento.

—La mamá está feliz... y tranquila.

El móvil de Patricio nos sacó de nuestra burbuja y él me miró.

—Es Ricardo.

—¿Vas a atender la llamada?

Asintió.

—Ricardo.

—¡Patricio! Me han llamado del laboratorio. Voy de camino a ver a Jazmín.

—Lo sé. Estoy en Zaragoza.

—¿Qué haces ahí?

—Estoy con ella. ¿Cuándo llegas?

—En una hora, según el GPS. ¿*Mi* hija ya está en su piso?

—Sí, Ricardo. *Tu* hija ya tiene el alta. Te esperamos para el almuerzo para celebrarlo.

—Ya lo creo que hay mucho que celebrar. ¿Me pasas a Jazmín, por favor?

—Te la paso.

—¡Hola, papi!

—¡Hija querida! —exclamó con la voz quebrada.

—Papi...

—¿Te encuentras bien?

—Sí, papá. Me siento feliz, deseando que estés aquí.

—En poco menos de una hora estaré ahí con vosotros.

—Nos vemos ahora, entonces. ¡Te quiero, papi!

—Y yo a ti, mi hermosa flor.

Cuando colgué, Patricio y yo nos miramos y volvimos a abrazarnos. Teníamos mucho de qué hablar, pero no sería ése el momento. Sólo necesitaba estar entre sus brazos, oír su voz y sentir su aroma, sus manos acariciando mi barriga y sus labios sobre los míos.

Me dejó sola un momento para ir al coche a buscar la bolsa que no había subido. Cuando volvió al piso, me encontró acurrucada y dormida en la cama. No quería despertarme, por lo que rebuscó en los armarios, buscando una toalla para poder ir a darse una ducha y comenzar a cocinar, mientras esperaba a papá. Se sentía feliz porque tenía de nuevo lo que más quería: a sus dos amores. El resto ya no le importaba. Ya habría tiempo para pensar y hacer.

Se duchó, pasó por el dormitorio, me besó en la mejilla y la barriga y se fue a la cocina.

Desperté con un delicioso aroma y risas en la sala. Me puse la bata y fui en dirección a las voces. Mi padre estaba sentado en el sillón junto a Patricio, Leti y Germán.

—¡Pero mirad quiénes aparecen por aquí! —dijo Patricio.

Papá se me quedó mirando, y su vista alternaba entre mis ojos anegados en lágrimas y mi barriga.

—¡Hola!

Patricio se levantó y se me acercó.

—¡Hola!

Besó tiernamente mis labios y me abrazó. Papá logró reaccionar y se acercó hacia donde yo estaba, y Patricio siguió hacia la cocina a echar un vistazo a lo que fuera que estuviese cocinando. Sin mediar palabra, papá me abrazó fuerte y nos quedamos así, en silencio, durante un buen rato.

—¡Hija, estás tan hermosa! Y esta barriga..., mi nieta.

Sus ojos estaban vidriosos.

—¡Papi! —exclamé, y lloré en sus brazos.

—Chsss, tranquila, la pesadilla ya ha pasado.

Me acarició la cabeza y me besó en una sien mientras me llevaba hacia el sillón donde Germán estaba abrazando a Leti, que también lloraba. Papá siguió sosteniéndome por la espalda y me frotaba el brazo.

—¡Cariño, estoy tan feliz! ¡Por ti, por Patricio, por mi nieta! ¡Tienes una hermosa barriga!

Estiré el brazo y tomé la mano de Leti, que se secó las lágrimas, me miró y apretó la mía.

—Ya le he dicho que mi sobrina comienza a separarnos. —Se rieron—. ¡Si con cuatro meses tiene esa barriga, cómo será con nueve!

Leti puso los ojos en blanco y se levantó para ir a la cocina a ayudar a Patricio.

—¡Exagerada! —replicó Germán, que también se dirigió a la cocina para dejarme sola con papá.

—Hija querida, no sabes lo contento que estoy. ¡Estoy tan feliz! Ahora todo ha acabado y podéis ser felices juntos.

—Yo también estoy muy contenta, papá. Estos tres meses han sido una tortura.

—Lo sé. Imagino el dolor y la desesperación que debisteis sentir sabiendo que estabas embarazada.

—¡Ay, papá, ni te lo imaginas!

—Pues ya no pienses más en ello. De ahora en adelante tienes que mirar al futuro con felicidad. ¡Vas a hacerme abuelo!

Me abracé nuevamente a él.

—Todavía no sabemos si será niña o niño, pero Patricio intuye que será niña. —Hice una pausa—. ¿Has hablado con mamá?

—No, cariño. Desde que me mudé no he hablado con ella, y no me parecía buena idea llamarla para comunicarle el resultado en este momento.

—No sé cómo abordarla.

—Ya lo veremos. De momento, tienes que cuidarte. Quiero hablar con tu doctora, y supongo que vosotros tendréis mucho que planificar.

—¡Mucho! —Sonreí—. Me muero de hambre.

Leti y Germán habían dispuesto la mesa. Patricio trajo las cazuelas con un estofado de guisantes que olía de maravilla. Era la primera vez, desde que había comenzado toda esa pesadilla, que comería con apetito y ganas.

—¡A la mesa! —nos avisó Patricio, que me guiñó un ojo y se acercó para ayudarme a levantar. Sostuvo mi rostro con ambas manos y me besó tiernamente, mirándome a los ojos—. Te amo... y soy el hombre más feliz del mundo.

—¡Te amo tanto!

—Vamos, que se enfría.

—¡Huele deliciosamente!

—Espero que lo esté. Le he puesto nuestro ingrediente secreto.

Patricio alzó la ceja un par de veces. Corrió la silla para que me sentara y comenzamos a almorzar. Estaba realmente exquisito.

—¡Estabas hambrienta! —dijo, perplejo, cuando terminé antes que nadie mi cazuela.

—Déjame decirte, Patricio, que es la primera vez que la veo comer con ganas. Alimentarla era una tarea titánica. No creas que todo eso es comida. ¡¡Es puro sobrina!! La doctora le ha dicho que no ha engordado lo suficiente.

—¡Leti! —protesté.

—No te culpo, amiga, pero ahora que tienes a tu bombón de nuevo, espero que te alimentes como debes..., por ti y por mi sobrina.

—No te preocupes, Leti. Déjalo en mis manos. No habrá forma de que no esté bien alimentada.

—Lo sé, Patricio. ¿Cuándo tenéis la eco 3D?

—El jueves —dije, entusiasmada.

Todos terminaron sus cazuelas y halagaron las dotes culinarias de Patricio. Él, por su parte, se mostró tan humilde como siempre cuando alguien lo alababa. Después de la sobremesa, intenté ayudar a retirar la mesa, pero en seguida todos me prohibieron moverme de la silla; de hecho, casi me enviaron a la cama nuevamente. Odiaba sentirme inútil, pero sabía que todos lo hacían por nuestro bien, así que me senté en el sillón, Leti me trajo una manta y ayudó a Patricio con la cocina mientras yo conversaba con Germán y papá en la sala.

A Patricio se le veía contento, liviano, y yo me preguntaba cómo lo había logrado tan fácilmente; yo, aun siendo feliz como lo era al tenerlo a él a mi lado de nuevo, debía reconocer que la duda todavía me pesaba.

—¿Y Mía?

—Con Andrea. En realidad, nosotros habíamos pensado dejaros solos, pero Patricio nos invitó a almorzar. Mía está como loca por verte.

—Y yo a ella. Me llena de energía. ¡Es una niña increíble!

—¿Mía es tu hija, Germán? —preguntó papá.

—Sí, señor. Cuando Jazmín vino a ver el piso la primera vez, fue como un imán para ella. Desde ese momento son inseparables.

—Mía es hermosa; es imposible resistirse a ella —le dije a papá—. Me gustaría verla.

—Tú descansa; en algún momento la traeré para que te salude.

Me sonreí. ¡Iba a extrañarla tanto cuando volviese a Madrid!

—Cariño, ¿quieres un té? Voy a preparar café para el resto de nosotros.

—Sí, un té me vendrá bien.

Patricio vino con la bandeja y Leti trajo una canasta con bollos dulces, mis preferidos. Bebimos y comimos mientras conversábamos. Patricio y yo nos mirábamos a ratitos; a veces me tiraba un beso, otras me guiñaba un ojo y siempre se mostraba atento a si estaba cómoda. Después de conversar largo y tendido, Germán y Leti se levantaron y se despidieron. Papá los siguió, indicando que era ya momento de irse a un hotel.

—Ricardo, ¿no pensarás irte a un hotel?

—Ya tengo hecha la reserva y prefiero dejaros solos para que podáis charlar; tendréis mucho que deciros. —Me miró y me apretó suavemente una mejilla—. Mañana vendré, así me pondrás al corriente de tu ginecóloga. Si no os parece mal, me gustaría hablar con ella.

—¡Claro que no, Ricardo! Como médico, seguro que podrás hablar con ella en otros términos y luego explicarnos mejor lo que ha sucedido, ¿verdad, bonita?

Miré a Patricio a los ojos, a esos ojos tan hermosos que había extrañado tanto y con los que había soñado con locura durante esos meses: me había vuelto a llamar «bonita».

—¡Eso sería genial, papá!
—Bueno, chicos, descansad. ¡Nos veremos mañana!
Lo acompañamos a la puerta y se fue. Patricio me abrazó y me besó en la coronilla mientras acariciaba mi espalda y suspiraba.
Estábamos solos. Teníamos tantas cosas de qué hablar, pero estaba cansada, quería acostarme, abrazarme a Patricio y no soltarme nunca más.
—Vamos a la cama, amor. Ya has oído a la ginecóloga: reposo absoluto durante una semana.
—Sí, estoy cansada. ¿Vienes?
—¡Nadie podría impedírmelo!
Fuimos de la mano hasta el dormitorio. Me ayudó a acostarme y luego se desvistió para meterse en la cama a mi lado. Mientras lo hacía, no podía dejar de mirar con codicia ese cuerpo tan hermoso que deseaba con locura.
—¡Ni lo piense, señorita! —Se acercó a mí, arrodillado sobre la cama, y me besó—. Te aseguro que estoy que ardo por hacer el amor contigo, pero ya oíste a la doctora Ortiz: nada de sexo por ahora.
Suspiré, puse los ojos en blanco y lo volví a besar, esa vez profundizando el beso. Patricio se separó rápidamente y se metió bajo las sábanas con una visible y gran erección; por mi parte, me sentía húmeda y excitada, pero la realidad llamaba a la puerta: no podíamos.
—Espero que la buena doctora nos diga que está todo bien, y que podamos volver pronto a la vida normal.
Se acomodó de costado, apoyándose sobre un codo, y mirándome, puso su otra mano en la barriga y subió la camisa de mi pijama para acariciarme y estar piel con piel.
Todavía no me podía creer que finalmente estuviéramos juntos. Después de esos meses tan angustiantes, seguiríamos nuestras vidas en donde habíamos puesto *pause*. Me sentía ansiosa, pero feliz. Patricio había vuelto a ser el joven gracioso, dulce y atento que conocía y extrañaba. Creo que ambos nos sentíamos un poco nerviosos por todo lo que se nos venía encima. En mi cabeza, iban y venían pensamientos de todo tipo y tamaño, mientras Patricio acariciaba mi barriga en silencio.
—Estás muy callada. ¿Estás bien?

Lo miré con una media sonrisa.

—Sí. Es sólo que tenemos tanto que planificar... Estoy ansiosa.

—Y yo, pero ahora lo importante es que estamos aquí los tres juntos y que nada ni nadie nos va a poder separar.

Se acomodó en la cama y me arrastró hacia él. Quedé encajada entre su cuerpo y su brazo. Me besó en la frente y olió mi cabello.

—¡Diosss, no sabes lo que he extrañado estar así contigo! No hubiese resistido mucho más sin ti. Quiero que sepas que os amo con locura, Jazmín. Nunca pensé que pudiera pasar esto, y cuando te perdí, me perdí. Durante estos meses no he sido el Patricio que conocías, pero tampoco quiero volver a serlo. Ahora las prioridades son otras.

—Ninguno de los dos volverá a ser lo que era. Seremos padres en unos meses, y eso nos cambiará la vida. Me asusta, pero no podría ser más feliz. Abril ha sido mi motor durante este tiempo.

—Estoy tan orgulloso de ti, mi amor... Que hayas tenido la fuerza para seguir adelante sola después de la cosa tan terrible que dije... —Resopló, y pude sentir el corazón latiendo desbocado en el pecho de Patricio.

—Sé que no lo pensabas realmente y lo utilicé como excusa.

—¡Me arrepentiré toda la vida de esas malditas palabras!

Puse una mano en su pecho para tranquilizarlo, y él apoyó la suya sobre la mía, se la llevó a los labios y la besó.

—Gracias, mi amor; gracias por cuidar a Abril sola.

Llevó la mano a mi barriga y la dejó ahí, acariciándola y besando la coronilla de mi cabeza de vez en cuando.

—¿Has hablado con tu madre? —le pregunté.

—No aún; pensaba hacerlo ahora que...

En ese instante, sonó su móvil y nos sacó de nuestra burbuja. Estaba tan cómoda en esa postura que no quería moverme. Patricio estiró el brazo hasta su mesilla de noche, donde había colocado el móvil, y atendió la llamada manteniéndome abrazada.

—Es mi padre. —Lo miré y le besé en el pecho—. Hola —dijo secamente.

Era la primera vez que lo oía hablar con su padre.

—Hijo, ¿cómo estás?

—¿Te han llamado del laboratorio?

—Sí, por eso te llamo. ¿Estás más tranquilo?

—Sí. Estoy en Zaragoza con ella.

—¿En Zaragoza?

—Sí, es una larga historia. Eh, papá, cuando volvamos a Madrid me gustaría que nos encontrásemos.

—Eso estaría muy bien, hijo. Me gustaría ver a Jazmín. ¿Os apetecería venir a mi piso?

—Ya quedaremos. No sé cuándo volveremos. Por ahora es un poco complicado.

—¿Estás bien?

—Sí.

Patricio me miró, y supe inmediatamente lo que estaba preguntándome con la mirada. Asentí con la cabeza.

—Papá, Jazmín está embarazada y debe guardar reposo durante un tiempo. Cuando nos den permiso para viajar a Madrid, te lo haré saber.

—¡Hijo! ¡¡Ahora lo entiendo!! ¿Estáis bien? ¿Necesitas algo?

—No, gracias. Estamos bien... los tres. Además, no estamos solos. Está Ricardo por aquí.

Leandro se quedó callado por un momento.

—Entiendo. Házmelo saber si necesitáis algo, y cuando estéis por aquí, quedamos para vernos. ¡Ah!, he hablado con tu hermana y estará aquí para las Navidades.

—¡Por fin! ¡Es una gran noticia!

—Sí. Bueno, hijo, me alegra que estés tranquilo. Ya te había dicho yo que eso no podía ser, pero mejor haberlo confirmado. Llámame.

—Lo haré. Adiós.

—Adiós, hijo.

Patricio colgó, pero se quedó con el móvil en la mano, pensativo.

—¿Estás bien, cariño?

—Sí, sólo me estoy recuperando de esta charla padre-hijo casi normal. Hacía muchos años que no ocurría. No sé qué pensar.

Estiré el cuello y lo besé en la garganta.

—Las personas cambian, mi amor. Dale una oportunidad.

—¿Y tú?

—¿Yo qué?

Imaginaba a qué venía la pregunta, pero no sabía qué responder.

—¿Tú le darás la oportunidad a Eugenia?

—Es distinto. Mi madre tenía la certeza de que éramos hermanos, me lo ocultó y lastimó por el camino a mucha gente. Me hirió casi de muerte.

—Lo sé, mi amor; lo sé. Mi padre no es mejor. —Me acurruqué aún más contra él—. Voy a llamar a mi madre.

—Yo debería llamar a Benja.

Patricio llamó a Clara, que se puso muy contenta. Siempre me sorprendí de lo cariñoso que era con ella; me enternecía verlos juntos. Clara había sido un pilar en la vida de mi amado. Me alegré al pensar que nuestra hija tendría al menos una abuela dulce con quien contar, e inmediatamente me entristeció pensar que mi madre nunca había sido cariñosa, simplemente era ella. Clara en seguida quiso venir a Zaragoza. Patricio me consultó si me parecía bien y yo, por supuesto, estuve de acuerdo. Para Patricio también era importante tener a su pilar cerca; yo tenía a mi padre.

Después de que hablara con su madre, llamé a Benja. Demostró sentirse tan feliz que me lo imaginaba saltando como un resorte. En cambio, se enfadó bastante por no haberle contado lo del ingreso en el hospital, pero se le pasó fácilmente con unos cuantos mimos y promesas. Quedamos en vernos cuando volviéramos a Madrid... Cuando volviéramos a Madrid, muchas cosas cambiarían. Me dormí entre los brazos de Patricio.

Desperté con la risa de Mía, que venía desde la sala. Patricio ya no estaba en la cama. Miré el reloj y eran pasadas las ocho de la noche; había dormido algo más de cuatro horas. Me levanté y fui hacia la sala. Mía me vio y vino corriendo a mi encuentro.

—¡Jazmín! ¡¡Por fin!!

—¡Hola, cariño!

—¡Despacio, Mía! —dijo Germán.

—¡Buenas tardes, Bella Durmiente! —Patricio se acercó—. ¿Has descansado?

—Sí, gracias, amor. ¡Mmm, tengo un antojo!

—¡Jaz, tu primer antojo! —gritó Leti, riéndose.

—Síiii. ¡Me muero por una trenza de Almudévar! —Me toqué la barriga—. ¡Abril también tiene este antojo! —exclamé, e hice un mohín.

—Esa trenza es típica de Aragón —dijo Germán.

Patricio se agachó y besó la barriga.

—Papá sale a conseguirle a mamá ese antojo y vuelve. —Me besó—. Siéntate, cariño, o ve a la cama.

—Yo te acompaño, Patricio. Sé dónde conseguirla a estas horas.

—Te lo agradezco. ¡No sabría ni para qué lado ir!

Patricio y Germán salieron y me senté en el sillón. Mía se sentó a mi lado y estuvimos conversando de cómo le estaba yendo en el colegio; me dijo que comenzaría clases de arte.

—¡Qué maravilla, Mía!

—¡Sí! Me gusta mucho pintar y dibujar.

—¡Y lo haces muy bien, tesoro!

—Hoy hemos estado viendo algunas escuelas de arte con Germán, y finalmente se ha decidido por una que queda aquí cerca.

—Eso es genial. ¡Le irá muy bien, a Mía!

Conversamos con Leti mientras Mía dibujaba en el comedor. Las cosas con Germán estaban poniéndose serias. Si bien habían quedado en mantener una relación a distancia en un principio, ese día Germán le había planteado que se quedara con él en Zaragoza. Leti estaba asustada por la velocidad de los acontecimientos. Intenté tranquilizarla; al fin y al cabo, mi historia con Patricio era igual de rápida y apasionada.

Creo en el amor a primera vista. Quizá no se le pueda llamar «amor» en primera instancia, sino que es la imponente atracción, irremediablemente loca, que hace que sientas que todo es posible, que con esa persona todo puede ser, y esa sensación, esa atracción, esa química, esa pasión, ese chispazo, como sea que lo quieras llamar, eso, inexorablemente, da paso a ese sentimiento tan fuerte y sublime llamado amor.

—¡Llegamos! —dijo Patricio, agitando la bolsa en el aire e interrumpiendo la charla con Leti—. Aquí tienes tu trenza. ¿Te preparo un té?

—¡Mmm, no, chocolate caliente! ¿Quién se suma?

Todos dijeron «yo» al unísono.

Merendamos todos juntos entre risas, charlas y las ocurrencias de Mía, que tenían encantado a Patricio. Leti retiró las tazas de la mesa y las colocó en el lavavajillas. Mía se refregaba los ojos en señal de que ya era su hora de ir a la cama. Patricio y Germán conversaban de trabajo..., ¡sí, de trabajo! Me había dado cuenta de que esos dos chicos habían congeniado muy bien, y ahora estaban conversando de trabajo. Tomé de la mano a Mía y la llevé al sillón para que se recostara. La tapé con mi manta de lectura y fui a la cocina con Leti.

—Deberías acostarte, Jaz.

—Estoy bien. ¿Y tú?

—Pues no puedes estar de pie. ¿Puedo quedarme hoy?

—Siempre. Ésta es tu casa y ése es tu dormitorio.

—Gracias.

—Leti...

—Voy a avisar a Germán de que hoy me quedo aquí y luego charlamos, ¿vale? Ve a la cama.

Fui a mi dormitorio, me metí bajo el edredón y esperé a que Leti se despidiera de Germán. Patricio apareció en el dormitorio, se sentó en el borde de la cama y me besó.

—¿Cómo estás?

—Bien, mi amor. Gracias por salir a conseguir mi antojo.

—Lo haría una y mil veces. —Miró hacia la puerta—. ¿Están teniendo problemas?

—No, sólo que Leti está un poco asustada por los sentimientos que la embargan. Dice que todo va muy rápido. Le he recordado cuán rápido había sido lo nuestro, pero para ellos es distinto... Está el tema de la distancia.

—Sí, entiendo. Francamente, amor, no podría verte sólo los fines de semana.

—Has estado sin verme tres meses.

—Porque tú no querías verme. He enloquecido y envejecido diez años en este tiempo. No me lo recuerdes, por favor.

Retiró el edredón, abrió los tres botones inferiores de mi camisa de pijama y dejó al descubierto mi barriga. Apoyó en ellas su mejilla y la acarició mientras la besaba. Me encantaba que hiciese eso. Al parecer a Abril también le gustaba: siempre obtenía una respuesta. Cuando pateó, Patricio miró hacia arriba y nuestros ojos se encontraron. Suspiré y le acaricié el cabello. Esos momentos eran mágicos.

—Te amo.
—Yo también te amo.
—No vuelvas a abandonarme. No podría soportarlo —dijo, y sentí una lágrima rodando por mi barriga.
En ese momento, me golpeó la culpa y el dolor de los meses que habíamos estado alejados... por mi capricho, por mi egoísmo.
—Perdóname, Patricio.
Comencé a temblar y, con el temblor, vinieron las lágrimas. ¿Sería Patricio capaz de perdonarme por haberlo mantenido alejado de su hija y de mí? Sabía que Patricio había sufrido. Lo había visto derrotado las veces que nos habíamos encontrado. Lo había visto llorar, angustiarse..., pero la desesperación que reflejaba la voz con la que me acababa de pedir que no lo abandonase nuevamente me caló el corazón como nunca.
—¡Chsss! Ven aquí, perdóname. No he debido decir eso.
Se acomodó a mi lado y me colocó en su regazo, acunándome como a un bebé, mientras me secaba las lágrimas con el pulgar y besaba mi frente.
—Lo siento, amor.
—¡Es culpa mía! Todo este sufrimiento, tuyo, mío..., ¡todo! Por egoísta... por miedo... ¡Nunca me perdonarás!
—Amor, mírame.
—No, no puedo.
—Bonita, os amo a ti y a Abril más que a nada, y no tengo nada que perdonarte. ¡Salvaste a nuestra hija, lo hiciste por ella! Y yo lo entendí hace unos días, y ahora estamos aquí los tres juntos.
—Ha sido un infierno.
—Para los dos, pero vamos a no pensar más en eso, ¿vale? Pensemos en el futuro.
Asentí con la cabeza mientras sorbía por la nariz. Nos quedamos así, abrazados.
Oí que se cerraba la puerta y me removí. Patricio apretó el abrazo y acarició con su palma extendida mi barriga. Levanté el mentón y nos besamos; al principio, suave y dulcemente, pero el beso fue aumentando de intensidad y nuestras respiraciones fueron agitándose.
—¡Diosss, me muero por hacerte el amor! —dijo sobre mis labios, mientras nos recostábamos en la cama.

Le acaricié la mejilla.

—Yo también. Bésame.

—No podemos, cariño. Si empezamos, ninguno de los dos será capaz de parar.

—Lo sé... Lo siento... —dije, y me incorporé.

—No lo sientas. El jueves preguntaremos qué incluye la prohibición. Voy a darme una ducha fresca.

—Creo que Leti está en su dormitorio. Iré a hablar con ella.

Le di un beso sonoro en los labios, me envolví en la bata y fui al otro lado del pasillo. Toqué la puerta y esperé.

—Pasa.

Entré sigilosa. Leti estaba dentro de la cama, leyendo. Palmeó la cama para que me sentase a su lado.

—¿Estás bien?

—Sí. ¿Y tú?

—Estoy bien.

—Te oí llorar.

—Sí, pero ya estoy bien. —Le tomé la mano y la miré—. Pero tú no estás bien.

—Estoy bien, Jaz. Sólo un poco asustada, como te he dicho. El miércoles regreso a Marbella...

—¿Ya? —la interrumpí.

—Sí. Lamento no estar para la eco 3D, pero tú estás bien y Patricio está aquí. Yo tengo que volver a trabajar. Estaré aquí tantas veces como me lo pidas, y sabes que vendré los fines de semana que pueda.

—Lo sé. Te voy a extrañar tanto, «mamá gallina». Nunca podré agradecerte todo lo que has hecho por mí.

—Por mi sobrina y por ti. Pero, vamos, que si no hubiese sido por vosotras, no habría conocido a Germán, así que estamos en paz. —Nos abrazamos y nos reímos—. Estaremos en contacto. Además, tu vecino es mi novio, así que no te librarás de mí.

—¡Ya lo creo!

Me levanté, le di un beso y me fui al dormitorio. Patricio ya estaba en la cama. Me apoyé en el marco de la puerta y sonreí.

—¡Ven, que te extraño!

—¿Tienes apagado tu móvil?

—No, ¿por qué?

—Porque no ha sonado en todo el día.

—En la parte de día en que has estado despierta... —dijo sonriendo y arqueando una ceja—. Ven. —Me saqué la bata y entré en la cama—. Le pedí a Marina que no llamara a no ser que fuese algo grave, así que no te preocupes.

—¿A Marina?

—Sí, Marina. He despedido a Cintia.

—¿La has despedido?

—Sí, cariño. No entendió el mensaje y no me dejó otra opción.

—¡Dios!

—Tú no te preocupes por nada.

—¿Cuándo viene Clara?

—El sábado —dijo, arrastrándome hacia él.

—Leti se va el miércoles. ¡La voy a extrañar!

—Lo sé. Me lo ha dicho Germán.

Estuvimos conversando un buen rato, hasta que el sueño me venció y me dormí apoyada en su pecho.

Papá pasó el martes con nosotros. Antes, cuando no estaba Patricio, mi día transcurría del sillón a la cama sin ganas de nada; ahora, con él nuevamente en mi vida, en nuestras vidas, me había vuelto la energía y las ganas de hacer cosas. Germán ayudó a Leti a preparar el equipaje. Se la veía muy triste; la estuve abrazando y tranquilizando todo el tiempo, haciéndole saber que todo iría bien.

Cuando Mía volvió del colegio, se echó a llorar. Leti se había ganado su cariño; ambas se añorarían. Leti estuvo tratando de explicarle que volvería algunos fines de semana y que otros ella y Germán irían a su casa en Marbella. Fue difícil. Todos tuvimos que intervenir cuando Leti se quebraba por momentos y no podía continuar; hasta Patricio: fue muy tierno verlo hablar a la niña, que estaba desconsolada y con su hermosa carita llena de lágrimas. No quería imaginarme su tristeza cuando supiese que, en poco tiempo, yo también me iría.

Leti pasó la noche con Germán. El miércoles desayunamos todos juntos y, a la hora indicada, la llevó a la estación de tren en Delicias. Germán volvió con el ánimo por los suelos. Mientras dormía una de mis siestas, Patricio se quedó conversando con él en la sala. Supuse que la visión masculina le ayudaría más que la mía.

Era increíble la cantidad de horas que dormía. A veces pensaba que debía de ser por las pocas horas que había dormido en el tiempo en que había estado alejada de Patricio, o por la tranquilidad de tenerlo a nuestro lado, o quizá la naturaleza estaba haciendo lo suyo y, como había dicho la doctora Ortiz, mejor que aprovechara ahora, ya que en unos meses extrañaría dormir. Fuera por lo que fuera, la cuestión es que dormía todo el tiempo.

Patricio se acercó al dormitorio cuando vio que había encendido la luz de la lámpara de la mesita de noche.

—Buenas tardes, Bella Durmiente.

—¡Hola! —dije, acurrucada y acomodando el edredón.

—Estoy aburriéndome ahí fuera.

—¡Ajá! ¿Germán?

—Se fue hace un par de horas.

—¡Ajá! Duermes poco. Tú también tienes que juntar energías ahora. Dentro de unos meses tendrás trabajo, papá.

—Lo sé, mamá, pero siempre he necesitado menos horas de sueño que tú. ¡Venga!, que quiero enseñarte algo.

Me miró, alzando las cejas varias veces. Era un gesto tierno y gracioso, y no pude negarme, aun cuando la cama estaba calentita y suave. En la sala sonaba Coldplay. Me acomodó en el sillón y me cubrió con la manta de lectura. Se sentó, colocó mis pies en su regazo y comenzó a masajearlos.

—A ver, ¿qué es eso que querías mostrarme?

—Eso después. —Sonrió—. Cariño, han sido días de mucho movimiento, emociones, llegadas, despedidas, y no hemos podido hablar mucho... Y no me refiero a lo que pasó, eso es el pasado; me refiero al futuro, a todo lo que viene. Mañana sabremos si Abril es Abril, o si tendremos que escoger otro nombre. Después de eso, podremos decidir qué diseño de dormitorio elegiremos. Pero he estado trabajando en el diseño de la cuna. Lo tenía todo en la cabeza desde hace tiempo, y ahora quiero mostrarte cómo la he imaginado.

Tomó el portátil y me mostró el bosquejo de una hermosa cuna mecedora.

—¡Me encanta, amor! ¡Es justo como me la imaginé cuando me lo contaste!

—¿En serio?

Siempre sacaba ese lado humilde y hasta inseguro cuando se trataba de las cosas personales. Jamás lo había visto dudar cuando se trataba de un proyecto de la empresa.

—¡Claro, cariño! Es hermosa. Me encantará verte haciéndola y, cuando sea mayor, poder contarle cómo su papá, con un amor infinito, construyó la cuna donde durmió cada noche siendo un bebé.

—¡A mí también me encantará! Creo que el dormitorio que está más cerca del nuestro es la mejor opción; hasta podemos hacer una pequeña reforma y abrir una puerta para estar más comunicados. He leído que los bebés duermen los primeros meses en el dormitorio de los padres.

—¿Lo has leído? —pregunté. Me había quedado de piedra.

—Sí, señorita. He leído eso y otras muchas cosas.

Me incorporé para poder llegar a su rostro, lo tomé entre mis manos y lo besé.

—¡Eres tan hermoso!

—¡Tú sí que eres bella!

—¡No me refiero a eso! Me matan de ternura tus actitudes. Amo ver cómo te vas convirtiendo en un padre dulce, preocupado y orgulloso.

—Soy todo eso, mi amor, aunque tengo mucho que aprender. A vosotras, que lleváis nueve meses en el vientre a vuestro hijo, las cosas os vienen naturalmente. Es instintivo. Yo no sé ni por dónde sostener a un bebé.

—Cuando lo coloquen entre tus brazos, todo será natural. No debes preocuparte.

—¡Diosss! Me muero de ganas de que salga de ahí dentro.

—Pues falta tiempo, ¡y menos mal! ¡Hay un montón de cosas por organizar!

—De eso quería hablar. Tenemos que comprar ropita, juguetes, pañales, chupetes, biberones...

—Para, para —le interrumpí—. Sí, tenemos que comprar todo eso, pero primero debemos preparar la habitación y comprar los muebles.

—Lo sé. Sólo estoy muy ansioso.

—Frena la ansiedad.

Me acomodó en su regazo mientras me cubría con la manta.

—No te enfríes, cariño.

—No, papá. —Puse cara de exasperación, y se rió—. Me gusta cuando me acunas así y acaricias mi barriga.

—¿Esta barriga?

—Sí, esta barriga.

Estuvimos un tiempo así, en silencio, él acariciándome y yo apoyando mi mano en la suya mientras lo hacía.

—Amor, estamos cerca de Navidad. ¿Qué tienes ganas de hacer?

—Estar contigo.

—¡Y yo contigo! —Me besó en la sien—. Pero me refería a que si quieres estar aquí en Zaragoza o en Madrid.

—Dependerá de lo que nos diga mañana la doctora Ortiz.

—Podríamos hacer una gran fiesta en casa. Todos estarían invitados: tus padres, tu hermana, Benja con Dan, Leti, Germán con Mía, mis padres, Julia...

—Mi madre no.

—Cariño, en algún momento tendremos que decirle lo del resultado y el embarazo, y podemos aprovechar las Navidades para tenerlos a todos juntos y anunciarlo al resto de la familia y amigos. ¿Qué te parece?

—No lo sé, cariño. No quiero ver a mi madre ahora. Me hace daño pensar en ella y en todo el daño que nos ha ocasionado.

—Hay algo que quiero hacer antes. Espérame un momento.

Se levantó del sillón, fue hacia el dormitorio y volvió. Se sentó a mi lado, respiró hondo y me miró.

—Mi vida, sabes que te amo más allá de cualquier cosa, te amo como nunca amé a nadie, y no puedo pensar en una vida sin ti. Amo que seas la madre de mis hijos; amo cada cosa de ti; amo tu inteligencia, tu gracia, tu corazón sensible y solidario. Eres hermosa, divertida, pasional, sexy, atenta, cariñosa, dulce, maternal. Eres perfecta. Lo eres todo para mí; lo eres absolutamente todo...

Mis ojos comenzaron a anegarse en lágrimas. Quería decir tantas cosas, pero las palabras no salían. Tomó mis manos y sentí algo frío.

—Jazmín Azul Alzogaray, ¿quieres casarte conmigo?

Separó sus manos y en mi palma había un hermoso anillo de oro blanco con un brillante en el centro, y hacia los lados, una serie de brillantes de corte rectangular. ¡Era hermoso!

—¡Patricio! Es maravilloso. ¡Sí, sí, y millones de veces sí! —Patricio cogió el anillo y lo puso en mi dedo—. ¡Te amo!

Nos besamos. Lo besé en las mejillas, los ojos, la frente, la nariz y los labios compulsivamente.

—¡Te amo! ¡Te amo! ¡Te amo!

Mi corazón saltaba de alegría. Comenzó a hacerme cosquillas y terminamos riendo a carcajadas, desparramados en el sillón, con la respiración agitada. Nos abrazamos, y recostados, apoyé mi mejilla en su pecho mientras veíamos nevar.

—Me encanta ver nevar. Me da paz.

—Sí, es muy hermoso. —Me besó el anillo—. Gracias por aceptar ser mi esposa.

—Nada me causaría más orgullo. Tú también lo eres todo para mí. ¡Te amo!

El jueves llegó. Era la hora de la consulta y papá nos acompañó. Además de conocer la carita de su nieta, quería hablar con la ginecóloga de médico a médico. Patricio estaba nervioso; se le notaba por la mandíbula tensa y por cómo aferraba su mano a las mía, casi estrujándola. Posé mi mano libre sobre la suya con suavidad y la acaricié; en seguida aflojó la presión.

—Perdóname, no me he dado cuenta de que estaba apretándote.

—¿Estás bien?

—Sí, sólo un poco nervioso.

—Tranquilo, cariño.

En ese momento nos llamaron para que entráramos a la consulta.

—Buenas tardes, Jazmín. ¡Hoy has venido con comitiva!

—Buenas tardes, doctora Ortiz. A Patricio ya lo conoce.

—Sí, el papá. Buenas tardes.

—Buenas tardes, doctora.

—Y éste es mi padre, el doctor Ricardo Alzogaray.

—Buenas tardes, doctor. Mucho gusto.

—El gusto es mío, doctora.

—Bueno, hechas las presentaciones, toca presentarles a quien han venido a conocer. Jazmín, por favor, ponte en la camilla. Papá, ponte a su derecha, y usted, doctor, a la izquierda. Veamos, ¿cómo te has sentido, Jazmín? —me preguntó mientras colocaba gel frío en mi vientre.

—Bien, muy bien.

Patricio me sostenía la mano y acariciaba la palma con el pulgar mientras miraba la pantalla, atento a lo que apareciera en ella.

—¿Algún dolor?

—No, nada de nada. Me he sentido perfectamente.

—Vale. ¿Están preparados?

Miré a Patricio y a papá, y ambos estaban muy concentrados en la pantalla sepia del monitor.

—¡Sí!

—Allá vamos.

La doctora Ortiz apoyó el escáner sobre mi vientre, y la imagen de un hermoso y pequeño rostro apareció en la pantalla. Me estremecí completamente. Patricio se llevó ambas manos a la cabeza y los ojos le brillaban. Sabía que si parpadeaba, el mar de sus ojos se transformaría en cascada, lo mismo que les pasaría a los míos. Miré a mi padre y tenía una sonrisa increíble en el rostro. Miré otra vez la pantalla. Patricio me tomó la mano nuevamente y me besó en la sien, al mismo tiempo que me hablaba al oído.

—¡Ahí está, mi amor! ¡Es hermosa! Gracias. Te amo.

—Ahí tienen a su bebé.

—Hija, duerme como dormías tú cuando eras bebé: con la mano sobre la cara y haciendo trompita.

—Aún duerme así, Ricardo. Mira sus manitas... y su nariz... ¡Es tan pequeñita!

—¿Está todo bien, doctora? —preguntó papá, porque yo no podía emitir palabra. Miraba la pantalla y a Patricio sin poder creer que estábamos viendo a nuestro bebé antes de tenerlo en brazos.

—¡Sí, está todo perfecto! Veamos si nos deja ver el sexo.

Miré a Patricio. La emoción en sus ojos era más que evidente.

—Es hermoso... y es nuestro... —dije con un hilo de voz.

Patricio asintió y volvió a besarme, pero esta vez en los labios.

—Serán padres de una hermosa y sana niña.

—¡Abril! —exclamé mirando a mi amado.

—Así que ya tenéis el nombre.

—Sí, siempre hemos creído que sería una niña —confirmó Patricio.

—Es un nombre muy hermoso, hija.

—Lo eligió Patricio y a mí me encantó. Además, la fecha del parto es para finales de abril.

—Límpiate el gel y os espero en el despacho para charlar un poquito.

Papá se adelantó para hablar con ella. Patricio tomó las toallitas y me limpió cuidadosamente el vientre. Acomodó mi ropa y me ayudó a sentarme. Una vez sentada, se colocó entre mis piernas y nos abrazamos.

—Nunca pensé que se vería tan claramente. Cada detalle: sus orejitas, la naricita, la boquita...

—Tiene tus labios. Es verdad lo que dice tu padre. Duermes así. Amo mirarte mientras duermes. Verla así dormidita me ha impactado. ¡Es tan hermosa!

—Tiene tus manos; dedos largos y perfectos.

Besó mi coronilla y me meció, suspirando.

—Gracias, mi amor. ¡Es perfecta!

—Es perfecta porque la hicimos con amor.

Nos quedamos así un momento más. Luego Patricio me ayudó a bajar de la camilla y nos dirigimos al despacho donde papá hablaba con la doctora.

—Sentaos.

—Es increíble poder verla antes de tenerla aquí —dijo Patricio, asombrado.

—Sí. La tecnología es fantástica. Permitir que los padres vean a su hijo antes de tenerlo en los brazos es increíble. Y está también la eco 4D.

—¿Y la podemos hacer? ¿Cuál es la diferencia? —preguntó Patricio, interesado.

—Sí, se puede. La 4D es en movimiento. La 3D es estática. Digamos que es como un vídeo del bebé en la barriga.

—Chicos, os dejo solos, así podéis hablar con la doctora.

Papá me besó en la frente y salió del consultorio.

—Bueno, padres, el tamaño del bebé es normal. Todo va muy bien. La placenta ha sanado completamente, así que puedes comenzar a hacer vida normal, pero tranquila. No te pido que hagas reposo; sólo que nada de esfuerzos. Puedes hacer caminatas, pero debes descansar. Es importante que te cuides del frío. Pescar una gripe no sería nada bueno. En cuanto a tu peso, Jazmín, ahora estás bien. ¿Tenéis alguna pregunta?

—Bueno, sí. Voy a volver a Madrid.

—No hay problema, Jazmín. Te prepararé una carpeta con toda tu historia y escribiré una nota para quien sea tu ginecóloga allí. Para mañana estará todo listo.

—¡Gracias, doctora!

—Y... cuando dice «vida normal»...

La doctora Ortiz miró a Patricio, y en seguida supo lo que le estaba queriendo preguntar.

—Sí, podéis mantener relaciones sexuales completas pero con cuidado. Debéis buscar la posición más cómoda; cuanto más avanzado el embarazo, más incómoda puedes estar, Jazmín. El sexo durante el embarazo es recomendable, ya que tu organismo libera endorfinas y la región pélvica recibe más sangre, lo que provoca que el bebé experimente una sensación placentera dentro del útero, además de unir más, en una etapa tan hermosa, a la pareja. Así que salvo que en algún momento tu ginecóloga en Madrid indique lo contrario, no hay ningún impedimento para que disfrutéis de una vida sexual plena y satisfactoria.

A ambos se nos dibujó una sonrisa, y creo que esa expresión se nos quedó durante el resto de la visita. Salimos del consultorio, y papá nos aguardaba en la sala de espera.

—Vamos a por un café antes de que me vaya.

—¡Acepto! —dijo Patricio.

—¡Sólo si puedo elegir un chocolate! —exclamé.

—¡Claro, cariño!

—En serio, ¿ya tienes que irte, papá?

—Sí, hija. Ya he visto que estás más que bien cuidada y la doctora ha dicho que todo está bien. Además, ahora empezaréis a planificar la mudanza a Madrid y nos veremos para Navidad.

Me abracé a papá y caminamos por el pasillo hasta la salida.

Tomamos nuestras bebidas conversando amenamente. Patricio y papá habían consolidado una gran relación. Se los veía muy cómodos, y yo me sentía feliz entre ellos. Mi mente vagaba con la imagen de esa carita perfecta del monitor: mi hija, Abril, dormida como cuando yo era bebé, según mi padre, y como dormía aún ahora, según Patricio. Me enterneció pensar que Patricio me observaba mientras dormía, algo que últimamente hacía mucho. Tomé nota mentalmente de las cosas que me gustaría comprarle: ropita, patucos, juguetes, móviles, una lámpara reflectora de sombras con música, carrito, sillita... ¡Uf, tantas cosas! Ahora que sabíamos seguro que era una niña, tendríamos que pensar en la decoración del dormitorio.

—¡Tierra llamando a Jazmín!

—¡Perdón! Estaba distraída.

—Ya nos hemos dado cuenta. ¿Por qué planeta viajaba esa cabecita?

—Por el planeta Abril.

Patricio me abrazó y me besó en la sien.

—Hija, Patricio, tengo que ir al hotel a hacer el *check-out* para poder marcharme a Marbella. Hacédmelo saber si necesitáis algo.

—¡Gracias, Ricardo! Has sido la mejor y mayor ayuda que hemos tenido en este tiempo. En particular, yo nunca sabré cómo agradecértelo.

—No tienes nada que agradecer, hijo. Haciendo feliz a mi hija, como sé que haces, da para estar feliz y tranquilo. Y con esa preciosidad de nieta en camino, no podría estar más contento.

—¡Ay, papá!, si pudiese lograr con mamá una ínfima parte de la alegría que tú tienes.

—Tendréis que hablar con ella.

—Ahora no puedo, papá. Estoy demasiado feliz para que me amargue.

—En algún momento tendremos que enfrentarnos a eso, cariño, y sin duda, mejor antes que después.

—Lo sé, pero la verdad es que en este momento no quiero pensar en ella. Ya hablaremos. No sé si tengo ganas de hacerlo antes de Navidad y que nos arruine la alegría de estar las familias juntas.

—Hija, es tu madre, y a pesar de que se comportó de manera horrible y os ha hecho sufrir tremendamente, sé que te quiere y que no está pasándolo nada bien.

—Eres demasiado bueno, papá.

—Prométeme que lo pensarás.

—Lo prometo.

—Y yo prometo que se lo recordaré a diario.

Salimos de la confitería y nos despedimos. Papá se fue en su coche hacia el hotel. Nosotros nos dirigimos al piso. Sabíamos que teníamos carta libre para, por fin, hacer el amor, y la anticipación estaba jugando a nuestro favor. En el Honda nuestras miradas cómplices y sonrisas traviesas incrementaron la excitación, que ya estaba a tope. No estábamos lejos, pero el coche corría por las calles como si se tratara de una urgencia. En cierta forma lo era; nos urgía esa conexión que siempre habíamos tenido. En esos días, habíamos estado realmente juntos. Patricio me había cuidado con un esmero increíble, como si fuera de cristal, atento a todas mis necesidades, caprichos, humores y todo lo que las hormonas enloquecidas por un embarazo hacían.

Si bien nos acariciábamos, nunca nos pasábamos, porque sabíamos que eso podía implicar no poder parar. Saber que podíamos avanzar sin riesgos y que era algo sano y recomendado, nos daba la posibilidad de seguir con nuestra vida tal como queríamos vivirla, plena y satisfactoria.

—Hemos llegado.

Estaba tan inmersa en mis pensamientos que no me había dado cuenta de que habíamos llegado.

—Estás muy pensativa, ¿va todo bien?

—Ni te lo imaginas.

Sonrió y bajó del coche para abrirme la puerta. Caminamos abrazados hasta el portal. Abrió y me levantó en brazos para subir la escalera.

—¡Bájame, Patricio! ¡Ya puedo subir sola!

—Sí, lo sé.

—Entonces, bájame.

—Ya harás suficiente ejercicio, y agradecerás que te haya subido en brazos.

—Si es así...

—¡Créeme, será así!

Le di un pequeño beso en la comisura de sus labios y me sujeté de su cuello. Una vez arriba, me bajó para abrir la puerta, y entramos de la mano, directamente al dormitorio.

—Voy a darme una ducha —dije—. ¿Me acompañas?

—No sabes lo que he extrañado eso. —Su voz era ronca, cargada de sensualidad.

Fuimos hacia el baño de la mano. Patricio abrió el agua caliente para llenar de vapor la habitación mientras nos desvestíamos mutuamente con ansia. Ya desnudos, nos miramos con deseo, y poco después nos arrastrábamos bajo el agua, besándonos apasionadamente. El agua caía sobre nosotros como una caricia que llegaba a todos los rincones, como nuestras manos. El aroma del gel de coco inundaba el baño y hacía que todos los poros de nuestra piel despertaran y se expandieran, multiplicando cada una de las sensaciones.

Nos acariciamos primero con la esponja y luego con las manos. Nos lavamos mutuamente con auténtico cariño, devoción y pasión. Nos besamos todo el tiempo. Patricio mantuvo una magnífica erección durante el baño. Mis pezones estaban duros y comenzaban a oscurecerse debido a los cambios hormonales del embarazo. Los besó y pasó la lengua en círculos, para luego succionarlos. Todo mi cuerpo reaccionó. Imaginé que cuando Abril naciera mis pechos estarían llenos de leche. Me pareció una imagen muy erótica. Los dos gemíamos y jadeábamos, aunque el ruido del agua de la ducha absorbía nuestras voces.

Cuando terminó la ducha, nos secamos, y envueltos en nuestros albornoces fuimos al calor del dormitorio, donde dulce y cariñosamente Patricio me quitó el albornoz, se arrodilló y me besó la barriga, sosteniéndola con ambas manos. Luego bajó un poco más y besó mi monte de Venus, y su experta lengua se introdujo entre mis pliegues. Gemí; el placer era enorme. Mis ojos se quedaron en blanco. Le acaricié el cabello mojado y él miró hacia arriba, pidiéndome permiso para más. Gemí cuando volvió a introducir su lengua y sus manos se apoderaron de mis caderas. Sus movimientos arrancaban gemidos y sacudidas de mi cuerpo.

—¡Eres tan hermosa! No sabes cuánto extrañaba hacer esto. Sé cuánto lo disfrutas y cuánto disfruto haciéndotelo.

—Lo sé. Ahora déjame darte placer a ti.

Patricio se puso de pie y se quitó el albornoz. Su magnífica masculinidad nunca dejaba de maravillarme. Se recostó para que yo estuviese cómoda y gateé sobre la cama y sobre él, hasta quedar a horcajadas. Tomó mis pechos y los masajeó; aún cabían en sus manos, pero estaban más grandes y sensibles. Ambas manos recorrieron mi silueta, desde los pechos hasta los muslos.

—Tú, embarazada, sobre mí es la imagen más hermosa, erótica y, a la vez, tierna que jamás haya visto.

Su voz, mezclada con gemidos, me excitó aún más. Comencé a besarle el pecho y fui bajando, arremolinando mi lengua alrededor de su ombligo. Recorrí el camino feliz, donde brillante, soberbia y suplicante me esperaba esa columna hermosamente tallada.

—¡Mierda! —gruñó en cuanto mis labios la acariciaron.

Miré hacia arriba y vi sus ojos abiertos de par en par. Volví a apoyar mis labios y la toqué con la punta de la lengua.

—¡Joder! Tu boca me quema. ¡Ardo por ti, cariño! Hace demasiado tiempo que no estamos juntos y estos últimos días han sido una tortura. ¡Tenerte y no poder poseerte es la peor condena!

—Para mí, también—dije, interrumpiendo mi labor.

Puse la punta en mi boca y succioné un poco, mirando a Patricio disfrutar tanto que podría haberme corrido sin que me tocara. Jugué con mi lengua y con mis dientes cubiertos por mis labios, entrando y saliendo. Su excitación aumentaba a medida que yo aumentaba el ritmo.

—¡Para, cariño! No quiero correrme en tu boca ahora. Necesito sumergirme en ti, y quedarme allí.

Yo también lo necesitaba dentro. Mi sexo empapado, caliente e hinchado lo reclamaba. Me incorporé, y tomó mis caderas para acomodarme a horcajadas y deslizarse suavemente en mí.

—¡Oh, Dios!

—¿Te duele?

—No, cariño; no pares.

Sentirlo dentro disparó una cascada de sensaciones que me inundaron, y no hizo falta mucho más para desencadenar un orgasmo; a su vez, cada espasmo de mis músculos ventrales generó el de Patricio, exprimiendo cada gota de su semilla. Me acomodé a su lado mientras nuestras respiraciones y corazones retomaban su ritmo normal, abrazados, acariciándonos.

—¡Eres increíble! ¡Te deseo y te amo tanto! —Me besó en la sien y en la coronilla y me acercó más hacia él—. ¿Estás bien?

—Sí, fantástica, y la cachorrita, ¡alborotada!

—¿En serio?

—Sí, toca. —Patricio llevó la mano a mi barriga—. ¿Lo notas?

—Sí, me maravilla sentirla moverse.

—Vas a tener que cantarle para que se duerma.

—¡No ha pedido nada, *milady*!

En ese momento se incorporó, apoyó su cabeza sobre la barriga y comenzó a cantarle, intercalando besos, mientras yo le acariciaba la cabeza.

> Oye, princesita, que papá te canta;
> oye, princesita, que papá te ama.
> Duerme calentita en esta barriguita,
> duerme, mi bonita, duerme, cachorrita,
> que papá te canta, que papá te cuida...

Como por arte de magia, inducida por la voz dulce de su papá, Abril se quedó quietita.

—Espero que logres el mismo efecto cuando por las noches no quiera dormir.

—Será un placer mecer a mi hija y cantarle para que duerma.

—El placer será mío al verte.

—Ven aquí. —Volvió a acomodarme entre sus brazos y a acariciarme suavemente—. ¡Diosss, cómo amo tu piel! Tu aroma es embriagador.

—Y el tuyo. Hueles deliciosamente.

Le acaricié el pecho y el abdomen, y él se sacudió como si de una descarga eléctrica se tratara, esa descarga que yo conocía muy bien desde el primer día en que nos habíamos cruzado.

—¡Joder! Has despertado a la fiera.

Nos reímos y, en un momento, éramos nuevamente una maraña de piernas, brazos, manos y besos sobre aquella cama revuelta. Necesitábamos ser uno, quedarnos en la piel del otro, absorbernos, conectarnos con esa fibra primitiva, sentir que todo volvía a ser como antes. Nos amamos hasta quedarnos dormidos, consumidos por una hoguera de pasión.

Desperté con el teléfono. Estaba tan calentita acurrucada junto a Patricio que no quería sacar un brazo de debajo del edredón de plumas para atender la llamada. Patricio pasó un brazo por encima de mí y contestó.

—¿Hola? —Tenía la voz ronca.

—Hola, Patricio. Soy Leti. ¿Llamo en mal momento?

—Leti, ¿cómo estás?

—Bien, bien. Disculpa si os he despertado. Jaz me dijo que me llamaría cuando volviera de la consulta, y como no lo ha hecho, me estaba preocupando.

—No, Leti, tranquila. Está todo bien. Es que al salir del consultorio fuimos a tomar algo con Ricardo, que regresaba hoy a Marbella.

—Bueno, ¿y?

—¡Ah! Sí, sí, perdón. Estoy dormido.

—Ya veo. Bueno, ¿tengo una sobrina o un sobrino?

—Tenemos una hermosa niña y ahora duerme como su mamá.

—¿Con la mano sobre el ojo y haciendo trompita?

—¡Exacto!

—¡Me muerooo!

—Sí. Es increíble; verle la carita antes de tenerla es hermoso... Todo está bien. La placenta ha sanado perfectamente y ya podemos regresar a Madrid y hacer vida normal.

—¡Ah! Ya entiendo: vida normal... Seguid descansando, que tendréis mucho tiempo perdido por recuperar.

—Gracias, Leti. Cuando se despierte tu amiga le digo que te llame.

—Un beso para los tres.

—Otro para ti.

Patricio colgó y me apretó más contra él, mientras me besaba repetidamente en la mejilla, la sien y la parte de atrás de la cabeza.

—Tengo que telefonear a Benja antes de que llame para quejarse como Leti.

—Sí, cariño, pero ahora déjame tenerte así.

Acarició mi barriga y continuamos acurrucados, diciéndonos palabras dulces y haciéndonos mimos hasta que mi tripa comenzó a crujir de hambre, y Patricio rió.

—¿Tienes hambre, cariño?

—Sí. Leti hizo la compra. Voy a ver qué hay para cocinar.

—De ninguna manera, señorita. Yo me encargo. Quédate en la cama, que hace frío.

Se levantó, se puso el albornoz y se fue a la cocina a ver qué podía preparar.

—Voy a ducharme y a llamar a Benja y a Leti.

—¡Vale! Pero no te enfríes.

Me di una ducha y luego llamé a Benjamín, que estaba eufórico y gritaba que sería el tío más consentidor de todos. Dan nos envió sus felicitaciones y quedamos en vernos en cuanto volviésemos a Madrid. Luego llamé a Leti, que se mofó de nuestra vuelta a la «vida normal».

Fui a la cocina. Patricio estaba preparando pasta con salteado de verduras y pollo, uno de mis platos favoritos. Envuelta en mi mullido albornoz, me quedé en el umbral de la puerta de la cocina viéndolo preparar la comida. La sonrisa dibujada en su rostro era hermosa y sincera. Me acaricié la barriga. ¡Dios mío! No podía creer que Patricio estuviese en mi cocina. Después de todo el infierno que habíamos pasado, sentir que todo volvía a la normalidad era magnífico. ¡Patricio y yo estábamos juntos otra vez! Mi corazón latía nuevamente. Por fin, volvía a vivir.

—¿Entonces?

Patricio me sacó de la burbuja.

—¿Perdón?, estaba distraída. ¿Qué me has preguntado?

—Te preguntaba por Benja y Dan. —Patricio se acercó y me besó tiernamente—. ¿Dónde tenías la cabecita?

—Estaba pensando en lo bien que sienta volver a la vida.

Lo abracé por la cintura y apoyé la cabeza en su pecho. Ése era mi hogar; allí me sentía segura y en casa. Su calor, su olor, era todo lo que necesitaba.

—Benja dice que va a ser el más consentidor de los tíos.

Nos reímos.

—Va a tener competencia. Cuando se lo contemos a Julia se van a pelear por ver quién la va a consentir más.

—Para eso están los tíos y los abuelos.

—Cariño... —me dijo. Lo miré, manteniéndome abrazada; sabía lo que iba a decir—. Yo sé que no quieres tratar el tema, pero tenemos que hablar con tu madre. Si tú quieres, podemos viajar a Marbella. Sé cómo te sientes respecto a ella y por todo lo que hemos tenido que pasar, pero es tu madre y será la abuela de Abril, nos guste o no.

—No me gusta.

—Lo dices porque estás enfadada, y déjame decirte que yo también.

—Se lo diré. —Volví a apoyar mi mejilla en su pecho—. Pero nos hizo un daño enorme, amor. No sé si algún día podré perdonarla.

—Te entiendo, cariño. —Me besó la coronilla y me balanceó mientras me acariciaba la espalda—. La cena ya está lista. ¿Te la llevo a la cama?

—No. Sentémonos a la mesa. Yo me encargo.

—¡Vale!

Preparé la mesa, puse velas y elegí a Loreena McKennitt para que nos amenizara la velada.

—¡Mmm! *The Dark Night of the Soul.** Me gusta Loreena McKennitt.

Me tendió una copa con zumo de manzana y me besó la frente.

—A mí también me gusta. Hacía mucho tiempo que no la escuchaba.

—¿Me concede esta pieza, señorita?

—¡Cómo no, ingeniero!

Dejamos las copas en la mesa de café de la sala y nos abrazamos para bailar. La barriga no nos permitía estar tan apretados y juntos como antes, pero estábamos los tres y era genial. Cuando terminó la canción, seguimos abrazados. Lo necesitábamos. Todo lo que pudiésemos abrazarnos era poco. Era como la necesidad de recuperar los abrazos no dados en el tiempo en que habíamos estado separados. Separados...

—Nunca más permitas que te aleje de mí.

—Nunca, nunca..., no es posible.

La campanilla del temporizador de la cocina sonó y fuimos hacia allí abrazados.

Durante la cena estuvimos conversando sobre cuándo volveríamos a Madrid. Le propuse ir con tiempo suficiente para la Navidad, ya que era la fecha que habíamos elegido para anunciarles a la familia y a los amigos nuestros planes de boda y el embarazo, para quienes no sabían nada de Abril. Bueno, se darían cuenta.

—También me gustaría que pensaras de qué color preferi-

* *The Dark Night of the Soul*, Quinlan Road Music Ltd., interpretada por Loreena McKennitt. *(N. de la e.)*

rías pintar el dormitorio y qué quieres cambiar. De hecho, hasta podemos mudarnos.

—No. Me gusta la casa; la construiste tú. Me gustaría pintar el dormitorio y comenzar con las reformas para el dormitorio de Abril. Quizá pueda usar uno de los dormitorios de abajo como estudio.

—¡Claro! Abajo está mi estudio y dos habitaciones más. Elige la que más te guste y la otra la podemos dejar como habitación de invitados.

—Sí, y en mi estudio podríamos poner un sofá cama por si tenemos más de una visita. La verdad es que podría llevarme los muebles que acabo de comprar para montar mi estudio aquí.

—¡Sería perfecto! Eso ya está resuelto. Voy a ponerme a bosquejar la reforma del dormitorio de Abril y empezaremos por pintar nuestro dormitorio. Quiero que te sientas cómoda y feliz en casa.

—Amor, estando contigo ya soy feliz..., donde sea.

Convenimos en comenzar la mudanza la semana siguiente, contratando una empresa que se encargara de embalar y trasladar todo lo que me llevaría. Dejaría el piso montado para poder alquilarlo. Al día siguiente, hablaríamos con Germán para contarle los planes. Me preocupaba Mía; teníamos una estrecha relación, y con la marcha de Leti ya había sufrido. Aunque habían quedado en viajar los fines de semana para estar juntos, no era lo mismo.

Nos recostamos en el sillón de la sala a escuchar música, mimosearnos y tomar un té antes de irnos a la cama. Patricio me contó que había llamado Clara y que finalmente no podría venir, ya que tenía que terminar un papeleo de un cliente importante.

—¡Mmm, no veo la hora de estar en casa!

—¿Tan terrible es estar aquí?

—¡No, cariño, no es eso! El piso es muy agradable y me siento cómodo, pero estoy deseando que todos sepan que estamos juntos de nuevo y que tengan noticias de Abril.

—¿Qué dirás en la empresa?

—No tenemos que dar explicaciones. Diremos la verdad: que volvemos a estar juntos y que estamos esperando un bebé. Simple, y que saquen las conclusiones que quieran.

—Sol, Marina y Tere me van a atosigar a preguntas. Con ellas no será tan fácil.

—Diles lo que quieras. Yo no me avergüenzo de nada.

—No es que quiera ir gritando a los cuatro vientos que mi madre y tu padre tuvieron una aventura, Patricio, y mucho menos que durante este tiempo sufrimos pensando que éramos hermanos.

—Lo sé. Ahora dejemos de pensar en eso y disfrutemos del momento. La semana que viene estaremos en Madrid; si quieres, podemos ir a la empresa juntos y almuerzas con tus amigas.

—Ya veremos. —Me acomodé entre sus piernas—. Patricio...

—¿Sí?

—¿Puedo preguntarte algo?

—Claro, bonita. Todo lo que quieras.

—Durante este tiempo... —Carraspeé —. Gabriela...

—Si quieres preguntar si me he acostado con ella, la respuesta es no. No he estado con nadie, mi amor. —Suspiró y me apretó contra él—. No puedo explicarte con palabras lo horriblemente mal que lo he pasado todo este tiempo, pero quiero olvidarlo, porque sé que tú lo has pasado peor. Gabriela vino a casa unos días antes de tu llamada. Se me insinuó, pero la rechacé. Esa mujer no está en su sano juicio. Además, ninguna mujer me hace sentir como tú, amor.

—Debe de estar muy enfadada.

—Seguramente, pero mientras se mantenga alejada, no me importa.

Me besó y le respondí, acomodándome en sus brazos mientras Patricio me acariciaba.

El beso se volvió intenso, reclamante. Nos deseábamos. Me arrodillé entre sus piernas, me abrió el albornoz y lo deslizó por mis hombros. Acarició mis pechos, recorriendo con las manos mi cintura y mi cadera. Se acomodó y me besó la barriga, sosteniéndola con ambas manos. Me encantaba que hiciera eso.

—¡Diosss, cómo os amo!

—Y nosotras te amamos a ti.

Rodeé su cuello con mis manos y lo volví a besar. Deslicé la boca hasta su barbilla y le besé la mandíbula; bajando por el cuello, mordí su hombro. Sus manos acariciaron mi espalda hasta llegar a mis muslos. Ambos gemíamos suavemente.

—Vamos a la cama. No quiero que te enfríes. —Asentí—. Agárrate de mi cuello y envuelve tus piernas en mi cintura.

Fuimos a la cama, donde me depositó suavemente. El albornoz, que estaba abierto, cayó a cada lado de mi cuerpo para mostrar mi desnudez.

—¡Dios!, eres lo más hermoso que pueda existir.

Sin quitar los ojos de mí, se sacó el jersey y comenzó a besarme el cuello, bajando hacia el pecho, primero jugando suavemente con un pezón y luego con otro. Me sentía humedecer en cada beso. Siguió bajando; me besó la barriga, el ombligo, y más abajo, hasta llegar a mi sexo. Húmedo y deseoso como estaba, pasó su lengua entre mis pliegues hasta dar con el centro del placer. Al tocarlo con la punta de la lengua, y mi espalda se arqueó, anticipando lo que se venía. Su boca experta se movía hambrienta sobre mí; todo lo que podía hacer yo era abandonarme al exquisito placer que me proporcionaba, contorsionándome como respuesta.

No necesité mucho más para hundirme en un orgasmo grandioso. Patricio se quitó los pantalones y los bóxers, y liberó una imponente erección. Me incorporé, se arrodilló en la cama y la tomé con mis manos, llevándomela a la boca. Su sabor, entre dulce y salado, me encantaba. Yo disfrutaba saboreándola y él disfrutaba de que lo hiciera. Amaba la mirada ardiente y profunda que tenía cuando lo hacía.

—Amor, me estás matando. Adoro que hagas eso. Ven.

Me acosté de espaldas en la cama, y él se puso entre mis piernas. Levanté las caderas, apoyando los pies en la cama. Me sostuvo por los muslos y me penetró suave y deliciosamente.

—¡Joder! —Era una sensación hermosa sentirme llena de él—. Dame un momento, que no quiero correrme. Quiero disfrutar durante un buen rato.

Se mantuvo quieto dentro de mí, y cuando calmó la urgencia, comenzó a moverse suave y tiernamente, con una cadencia tortuosa que acrecentaba todas las sensaciones, haciendo que otro orgasmo creciera en mi interior como un gigante que se abría paso entre una multitud. Jadeábamos y gemíamos. Nuestros cuerpos cubiertos de sudor brillaban con la luz que entraba por la ventana.

—¡Me haces sentir tan bien, amor! ¡Por Dios! ¡Es increíble!

—Eres asombrosa.

Un par de embestidas más liberaron al gigante que amenazaba con salir, y a continuación Patricio encontró su propia liberación. Jadeando, sudados y satisfechos, nos acomodamos en la cama, nos tapamos y nos besamos.

—Te amo.

—Y yo a ti.

Finalmente, nos dormimos.

Los días pasaban. Invitamos a Germán y a Mía a cenar una noche para hablar acerca de nuestros planes. Mientras Patricio hablaba con Germán, yo llevé a Mía a la sala.

—¿Cómo estás, cariño?

—Bien, pero extraño a Leti.

—Lo sé. Cuéntame, ¿cómo van tus clases de arte?

—Muy bien. Ayer hice un *collage* con muchas cosas. Yo usé semillas, hojas, pintura, algodón... Me quedó muy bonito. La profesora me dijo que era precioso.

—No lo dudo. Me gustaría verlo.

—Lo dejé en la clase. La próxima semana podré traerlo.

—Mía... —Era difícil, pero debía decírselo, para que tuviese tiempo de procesarlo—. ¿Recuerdas que te dije que Abril y tú seríais amigas?

—Sí, como Leti y tú.

—Exacto, cariño. Y sabes que Leti y yo vivimos en lugares distintos.

—Sí, tú vives aquí y Leti en Marbella.

—Sí. A veces nos vemos y otras veces nos llamamos por teléfono.

—Sí. Y Leti me ha dicho que iba a llamarme por el *Escaipei* y que podríamos vernos en la pantalla del ordenador de papá.

—Skype.

—¡Eso!

—¿Sabes, Mía? Patricio, Abril y yo tenemos que volver a Madrid.

—¿Te vas a ir tú también?

Los ojos de Mía comenzaron a llenarse de lágrimas.

—Ven aquí, cariño. —Mía tenía un mohín de tristeza que me conmovió. Sus lágrimas comenzaron a caer y la puse en mi regazo—. Mírame, cariño.

—¿Ya no me quieres?

—¡Claro que te quiero! ¡Cómo no quererte, corazón! ¡Si eres un ángel!

—¿Y por qué te vas?

—Porque el papá de Abril tiene su trabajo en Madrid, y nosotros nos queremos mucho y queremos estar juntos.

—Y yo también te quiero mucho y quiero estar contigo.

—Y vamos a estar juntas. Puedes venir cuando quieras a visitarnos y yo voy a venir a verte. —Le limpié las lágrimas con mis pulgares y deposité un beso en cada uno de sus ojos—. Abril y tú seréis inseparables.

—No quiero que te vayas. —Comenzó a llorar—. ¡Ya no quiero más al papá de Abril!

Me abrazó por el cuello y lloró.

—Cariño, ¿a ti te gusta estar con tu papá?

—Sí.

—Patricio quiere estar con nosotras. —La apreté más contra mí—. Mira, yo te prometo que en Navidad conocerás nuestra casa y el dormitorio de Abril. Verás a Leti y pasaremos unos días juntas. —La besé en la frente; estaba sollozando, pero se estaba calmando—. ¿Te parece una buena idea?

—Sí, pero ya no quiero más al papá de Abril. Es malo.

La acomodé para mirarla a los ojos.

—Mía, el papá de Abril no es malo, y yo sé que ahora estás enfadada, pero también sé que quieres mucho a Abril y que a pesar de ser pequeña entiendes lo que te digo.

Germán y Patricio se acercaron y se sentaron en la sala. Mía miró a Patricio con el ceño fruncido, y Patricio le sonrió dulcemente, acariciándole el cabello.

—En el dormitorio de Abril pondremos una cama sólo para ti, para cuando quieras venir a vernos.

Mía suavizó el ceño.

—¿En serio?

—Claro, preciosa.

Me miró, asentí y sonrió.

—¿Una cama con princesas?

—Una cama con princesas para una princesa.

Germán nos miraba. Yo sabía que también él nos extrañaría, y nosotros a ellos. Habíamos forjado en un corto espacio de tiempo una amistad que iba más allá de ser el novio de Leti y el padre de Mía. Incluso Patricio se había entendido muy bien con él, tanto que le había ofrecido trabajo; si bien podría hacerlo desde Zaragoza, sabía que lo vería con frecuencia en Madrid.

—Princesa, papá va a tener que ir bastantes veces a ver a Patricio por trabajo. Cuando yo vaya, te llevaré conmigo. Así podrás ver a Jazmín.

—¡Yupiiiii! —exclamó Mía.

Y así, entre todos, logramos que lo entendiera y se quedara más tranquila.

Llamé a mi padre para contarle que la empresa de mudanzas ya estaba trabajando en embalarlo todo y que viajaríamos a Madrid ese fin de semana. Patricio estuvo trabajando en los planos de la reforma del dormitorio de Abril y se puso en contacto con la empresa constructora para que comenzara la obra el mismo lunes. En veinte días sería Navidad y queríamos que todo estuviese listo para esa fecha.

—Cariño, no quiero que conduzcas hasta Madrid. Me quedaría más tranquilo si fuéramos juntos en mi coche. Ya enviaré a Óscar a buscar tu Pandita.

—Pero yo estoy bien. Puedo conducir.

Estaba lavando las tazas de la merienda, y Patricio se me acercó y me abrazó por la espalda.

—Lo sé. —Apoyó su barbilla en mi hombro—. Pero es un trayecto largo y quiero que volvamos juntos.

—Volveremos juntos: tú en tu coche y yo en el mío. No tiene sentido hacer viajar a Óscar para recoger el Pandita.

—Cariño —dijo, resoplando—, *porfis*...

Cuando me decía *porfis* me mataba. Podía totalmente con mi voluntad.

—¡Patricio, no es justo! ¡Sabes que ese *porfis* puede conmigo!

—Es mi as en la manga —me confesó, riendo.

—¡Vale!, pero no lo tomes por costumbre.

—¡Vale, vale!, lo intentaré. Ahora ven, que quiero mostrarte el dormitorio de Abril.

—¿Has terminado?

—¡Sí, ven!

—¡Ya voy, ya voy! ¡Ansioso!

Me tomó de la mano y tironeó para que lo acompañara. Nos sentamos y me mostró las imágenes en su portátil.

—¡Ha quedado hermoso! Es tal como lo había imaginado. ¿La empresa se encargará de todo? Me gustaría que lo pintáramos tú y yo. No sé, me enternece pensar que estaremos haciendo algo juntos para ella.

Me acaricié la barriga.

—¡Claro, cariño! Me encantaría. Les dejamos a ellos que hagan las reformas y lo preparen todo para que nosotros pintemos, ¿te parece?

—¡Genial! Me encanta la alfombra violeta bien mullida... Y esta zona de aquí... —señalé la pantalla donde estaba la zona del cambiador— es perfecta. ¡Está muy bien distribuido!

—Mi hija tendrá todo lo que quiera, mi amor.

—Tendrá todo el amor de sus padres. Las cosas materiales no me importan y deberemos enseñarle a valorarlas. No quisiera que fuera una niña que no valora nada, sólo porque sus padres pueden dárselo todo.

—Estoy de acuerdo, cariño, pero nos tendremos que preocupar por ello dentro de un tiempo. Ahora quiero que tenga el dormitorio que cualquier padre soñaría para su hija.

Le besé la punta de la nariz y me acurruqué a su lado. Patricio me acariciaba la espalda.

—¿Salimos a cenar?

—Me encantaría.

Fui al dormitorio a elegir la ropa. No tenía demasiadas opciones; debía comprar más prendas. La barriga crecía y sólo tenía tres conjuntos para salir, ya que dentro del piso usaba pantalones de yoga. Opté por la falda, medias de invierno, botas, el jersey alhucema y un abrigo de color chocolate. Además, preparé gorro, bufanda y guantes. Me fui a dar una ducha, me arreglé el cabello, y mientras me vestía, Patricio se duchó y se afeitó.

—¡Estás preciosa!

—¡Gracias! Mañana voy a aprovechar para salir a comprar algo de ropa. Hay una tienda en el centro en la que me compré este conjunto que me encanta y, francamente, necesito alguno más.

—Me parece bien. Si quieres, después de eso, podemos mirar algo para Abril. No sé, me gustaría comprarle algunas cosas aquí.

—Hay una tienda que tiene artículos muy bonitos.

Mientras terminaba de maquillarme, Patricio se vistió y salimos. Hacía muchísimo frío. Subimos al coche de Patricio y nos dirigimos a un restaurante que nos había recomendado Germán.

El lugar era muy romántico. Allí había sido donde Germán había llevado a cenar a Leti. Era un restaurante típico aragonés. Las mesas eran muy coquetas, con velas; las luces tenues y la música de fondo le daban un toque muy íntimo. El camarero se acercó para guiarnos hasta una mesa y nos dio los menús.

—¡Mmm, tengo hambre!

Patricio me sonrió.

—Me gusta verte comer con ganas.

—Yo voy a pedir ternasco de Aragón.

—Suena bien. Yo pediré arroz con conejo.

El camarero trajo unos embutidos con tostaditas, cortesía de la casa, y nos tomó nota. Para beber, Patricio pidió agua mineral, y yo zumo de naranja, como siempre. Patricio sonrió. Nunca me cansaba de verle sonreír; era una sonrisa tan fresca y espontánea, con un brillo especial en los ojos, casi pícara.

Estuvimos conversando e intercambiando tostaditas con alguno de los embutidos mientras traían nuestros platos.

—No hemos hablado de cuándo quieres que sea la boda.

—Pienso que lo mejor sería esperar a que nazca Abril. Ahora estaremos muy enredados con la casa y me gustaría encargarme yo misma de los preparativos.

—Cariño, pero cuando nazca Abril estaremos totalmente absortos en ella y no tendremos tiempo de nada. La reforma, las compras y todo lo que atañe al dormitorio de Abril y tu estudio no nos llevará mucho tiempo, y todavía tenemos cinco meses por delante.

—Lo sé, pero una boda lleva mucho tiempo de planificación, y me gustaría tener una boda de verano en el jardín de la casa.

—Me encanta la idea. Podemos ir preparándolo todo, pero sugiero contratar una *wedding planner* para que te ayude. No es necesario que te sobrecargues, y además supongo que estarás ocupada con el vestido.

—Desde niña tuve la idea del vestido que quería.

Patricio me miró con un aire de tristeza. Entendí inmediatamente qué era lo que estaba pasando por su cabeza.

—No sé por qué, pero cuando Valentín y yo decidimos casarnos, el vestido que elegí fue totalmente distinto a lo que siempre había querido. —Le tomé la mano—. ¡Contigo todo es distinto! Te amo.

—Y yo a ti. —Patricio pareció más tranquilo—. ¿Junio?

—Sí, me encanta. Además, en junio fue cuando nos conocimos.

—Es verdad.

El camarero trajo nuestros platos y continuamos conversando mientras cenábamos.

—Veintiocho de junio.

Me impactó que recordase exactamente la fecha.

—El veinte de julio hicimos el amor por primera vez. —Me quedé de piedra—. ¿Creías que no lo recordaría?

—Para los hombres esas cosas no son tan importantes.

—Para empezar, yo no soy «los hombres»..., y para terminar, jamás podría olvidar el día en que atropellé al amor de mi vida a la salida del ascensor —dijo mirándome y tomando un sorbo de agua—. Cuando saliste de la oficina de Carlos y chocamos, supe definitivamente que no podía dejarte ir, así que cuando te fuiste le pedí a Carlos que me mostrara los currículos del psicólogo que había decidido contratar y el tuyo. No había nada que hacer. ¡Eras perfecta en todos los sentidos!

—¿Así que era cierto que ya habíais contratado a alguien? —pregunté, asombrada.

—Casi.

—¡Dios! ¿Dejasteis a ese hombre sin trabajo por un capricho?

—Bueno, sí, pero él no sabía aún que lo íbamos a contratar.

—¡Estás loco!, ¿lo sabías?

—De amor por ti. —Me tomó ambas manos—. No me arrepiento de nada, mi amor. Si no hubiera hecho eso, quizá no estaríamos aquí ahora.

—El destino tiene sus formas, pero me alegro de que hayas insistido. —Le guiñé un ojo.

—No fuiste nada fácil de convencer. Cuando la señorita Ibarra me dijo que habías dicho que tu tiempo también valía y que no querías continuar perdiéndolo en mi empresa, pensé que no había nada que hacer.

—Y yo pensé que la entrevista sería con tu padre. Me pareció que eras el hijo engreído del dueño de la empresa.

Patricio se rió, y yo también.

—Engreído y maleducado. —Arqueó una ceja.

—Sí, te lo merecías.

—No, de veras; me dejaste sin palabras y sin acciones. No pude reaccionar cuando cruzamos nuestras miradas.

El camarero retiró los platos y nos entregó la carta de postres. Me había decidido por unos crespillos, y Patricio sólo pidió un café.

—Para ser sincera, me planteé un par de veces si había hecho bien en aceptar el empleo.

—¿Por qué?

—Porque yo también sentía esa atracción, y eras mi jefe. Luego vino lo del libro y el jueguito de los mensajes. Todo nos conducía a lo inevitable. Pero cuando descubrí quién eras... fue imposible... hasta... bueno...

—¡Ajá!, ¿así que pensabas dejarme antes de comenzar?

—Si lo expresas en esos términos...

—Menos mal que no lo hiciste, aunque sospecho que me las hubiera ingeniado para que *casualmente* nos encontráramos.

—No lo dudo, ¡acosador!

—Cuando te vi en la librería, mi corazón comenzó a latir como loco. Estabas tan hermosa, distendida.

—Para estar tan emocionado, te fuiste deprisa.

—Tuve que hacerlo.

—¿Por qué?

—Porque si me hubiera quedado un segundo más, te habría besado delante de tu hermano y de tu cuñado, y probablemente lo hubiera arruinado todo.

—Benja se dio cuenta.

—¿Sí?

—Sí.

—Es muy perceptivo.

—Lo es.

Tomé un bocado de mis crespillos y le ofrecí a Patricio, que aceptó de buena gana.

Terminamos de tomar el postre y el café y estuvimos conversando un tiempo más, casi haciendo un repaso de nuestra corta historia, sin tocar el tema que nos había mantenido separados. Luego Patricio pagó y nos fuimos. Dentro del restaurante el ambiente era muy agradable; la chimenea estaba encendida y nos habían situado cerca de ella. Al salir sentimos cómo el frío nos golpeaba. Patricio me abrazó y caminamos así hasta el coche. Me abrió la puerta y, después de un beso corto pero dulce, entré.

—He olvidado preguntarte por María y Gabriel. Vera ya ha nacido, ¿verdad?

— Sí. Es una pequeña hermosa, y ambos se sienten muy felices.

—Cuando volvamos a Madrid quisiera ir a visitarlos y llevarle un regalo a tu ahijada.

—¡Claro, cariño!

—¿Saben que estamos juntos otra vez?

—Sí, Gabriel me llamó para saber de mí y se lo conté.

—¿Y sabe por qué nos separamos?

—Sí. Es el único de mis amigos que lo sabe. —Nos quedamos callados—. ¿Te acuerdas de que me hablaste de un tratamiento para recuperar la memoria?

—Sí, claro. —Apoyé la mano en su pierna—. He estado leyendo bastante sobre el tema durante este tiempo. Es un tratamiento revolucionario, con excelentes resultados —comenté.

—¿Y crees que funcionará?

—No lo sabremos hasta que lo intentemos. —Me acomodé en la butaca del coche y le acaricié la nuca—. ¿Quieres intentarlo? Conozco un par de colegas que lo están implementando.

—Intentémoslo. Quiero poder contarle a Abril cómo jugábamos de pequeños no por lo que me habéis contado mamá y tú; quiero poder tener el recuerdo.

—Estoy muy orgullosa de ti, ¿sabes?

—Gracias. Sé que será difícil. Habrá cosas duras de recordar.

—¿El accidente?

—Sí, pero debo hacerlo.

—Yo estaré siempre a tu lado para apoyarte cuando estés mal.

—Lo sé, y eso me anima a hacerlo; de otra forma no podría.

—¡Mañana mismo me pondré en contacto con mi colega!

—Gracias. —Me apretó la mano.

Llegamos a casa. Yo estaba cansada. Nos desvestimos y entramos en la cama. Nos abrazamos y, poco después, estaba dormida.

Al día siguiente, como le había prometido a Patricio, me comuniqué con mi colega. Ella tenía un consultorio en Madrid, así que le expliqué con detalle la situación de Patricio. Le dio visita para pasados diez días.

Desperté a Patricio con el desayuno y le conté las noticias.

—¿«Ella»?

—Sí. Se llama Susana Montero. Es muy buena. Estudiamos juntas en Marbella y, cuando se graduó, se fue a Madrid.

—No sé si me sentiré cómodo con una psicóloga mujer.

—Pruébalo. Si no te sientes cómodo, ella podrá derivarte a un hombre, pero estoy segura de que te encantará. Es muy suave y tiene una forma de ser que genera confianza. No te adelantes.

—Vale. —Me besó—. ¿Y cómo han amanecido mis dos mujeres?

—Muy bien. De hecho, me ha despertado tu hija.

—¿Ah, sí? ¿Y cómo es posible?

—¿Será porque la doctora se equivocó y es un niño al que le gusta jugar al fútbol en mi barriga?

Patricio se reía a carcajadas.

—O quizá quería mimos de papá.

Me acosté a su lado y comenzó a acariciarme la barriga.

Después de la sesión de mimos y desayuno, nos duchamos y, bien abrigados, salimos a comprar algunas cosas para Abril. Compramos sábanas, algunos juguetes, un móvil, una lámpara de proyección de sombras con motivos de mariposas y hadas, algunas ropitas, patucos... Estábamos entusiasmados con la variedad y la cantidad de cosas. Patricio, por supuesto, no escatimaba ni en cantidad ni en calidad; él quería lo mejor para su hija. La vendedora estaba más que encantada..., también con Patricio, demasiado para mi gusto. Ya me había acostumbrado a que las mujeres miraran descaradamente a mi hombre, pero... ¡Joder! «¡Estoy aquí! ¡Hola! ¡Soy su mujer y aquí llevo a nuestra hija!» Patricio, realmente, no se daba cuenta de las atenciones de la dependienta. Estaba demasiado concentrado en lo que compraba.

—Cariño, ¿no te gusta esto?

Era una especie de osito para llevar bien abrigado al bebé, con orejitas y colita. Era muy mono.

—Es precioso, cariño, pero Abril nacerá en primavera y para cuando llegue el invierno ya no entrará ahí.

—¿Y no se supone que a los bebés hay que abrigarlos mucho?

La dependienta nos miraba.

—No, no mucho; lo necesario. Por ejemplo, si tú tienes puesta una camisa, a Abril deberíamos ponerle además un abriguito, una prenda más que los adultos.

—Entiendo. Entonces, ¿esto no lo compramos?

—No para Abril, pero podemos llevárselo a Vera. Es muy bonito.

—¡Hecho!

Parecía un niño en una juguetería. Salimos de la tienda con una enorme cantidad de paquetes. Menos mal que, como habíamos previsto que haríamos compras, habíamos llevado mi Pandita en lugar de su coche. Luego almorzamos algo liviano en el restaurante de comida orgánica donde había comido varias veces, y después fuimos a la tienda a comprarme algunos conjuntos y un nuevo abrigo, porque el que tenía ya me ajustaba demasiado en la barriga.

Me probé unos vaqueros con faja elástica, unas blusas para combinar, un par de vestidos, pantalones, un par de faldas, camisas, un trajecito, un abrigo y un vestido precioso que eligió Patricio para la fiesta de Navidad. Finalmente, y para no seguir escuchando las insistencias de Patricio, me lo llevé todo.

La empresa de mudanzas ya había acabado con todo el embalaje. Dejamos todos los paquetes para que fueran cargados también en el camión y nos sentamos en el sillón a ver el caos de cajas etiquetadas que era la sala. Al día siguiente, partíamos hacia Madrid. Germán nos invitó a cenar en su casa para despedirnos, aunque no por mucho tiempo, porque en menos de veinte días estaríamos celebrando la fiesta de Navidad en nuestra casa y allí estarían.

Leti vendría ese fin de semana, tal como habían planificado. Mía estaba contenta porque la vería. Patricio le contó que había elegido unas sábanas de princesas y otras de Hello Kitty y un edredón para su cama. La niña quedó fascinada y se lo agradeció colgándosele del cuello y dándole un sonoro beso en la mejilla. Todos nos reímos ante la efusiva demostración de la pequeña.

—¡Gracias!

—¡De nada, preciosa!

Cenamos, llevé a dormir a Mía a su cama, me despedí de ella con un cuento y se durmió.

En la sala, Patricio y Germán conversaban sobre el proyecto que iban a poner en marcha. Se trataba de la nueva imagen corporativa *verde*. Nos sentamos a tomar un café, y luego nos despedimos hasta Navidad.

A la mañana siguiente, la empresa de mudanzas cargó el camión; nosotros, con nuestras tazas térmicas con café descafeinado, subimos al coche de Patricio para hacer el viaje a Madrid.

La certeza de que en ese momento estábamos volviendo para enfrentarnos al mundo fue un mazazo a la alegría. Patricio se dio cuenta y apretó mi mano para hacerme sentir tranquila.

—No estés nerviosa. Nosotros podemos con todo.

—Tengo miedo. Aquí en Zaragoza estamos en nuestro mundo. Nadie nos conoce, nadie pregunta. Tú y yo sabemos que en Madrid las cosas no serán así.

—No, cariño, seguro que tendremos que afrontar comentarios y suspicacias, pero vamos, que no debemos preocuparnos por cosas que aún no han sucedido. —Acarició mi mejilla y mi barriga—. ¿Cómo está mi cachorrita hoy?

—Tranquila.

Nos metimos en la autovía hacia Madrid. Mis pensamientos vagaban un poco entre los comentarios y las suspicacias, pero me propuse disfrutar del viaje y, de hecho, poco después me sentía feliz.

Pusimos música. Patricio y yo compartíamos el estilo musical, así que optamos por Sting. *Desert Rose** comenzó a sonar a un volumen considerable dentro del pequeño habitáculo del Honda. Me estremecí, como me sucedía siempre que escuchaba esa canción.

* *Desert Rose*, Steerpike Ltd., Delabel Editions S.a.r.l., interpretada por Sting. *(N. de la e.)*

—«Ningún dulce perfume me ha torturado más que éste...» —Me miró mientras tarareaba la canción y sonreía—. «Es la dulce intoxicación del amor...»

Sonreí. Sabía que estaba recitando los versos de esa canción, que siempre me había parecido poesía.

—Es hermosa. Es poesía.

—Sí. Sting tiene eso. Muchos temas son como poesía, como *Fields of Gold,** que viene ahora.

—O *Shape of My Heart.***

—Que viene después... —Me guiñó un ojo. Tarareamos juntos la canción, hasta que Patricio volvió a recitar algunas estrofas—. «Nunca he hecho promesas a la ligera, pero te juro que en los días restantes caminaremos en los campos dorados...»

¡Diosss!, estaba eligiendo los versos más dulces y los que sabía que me darían la paz que necesitaba.

—Es bellísima.

—Tú eres bellísima, ¿te lo he dicho ya?

—Algunas veces —contesté, sonriendo.

—¿Hoy?

—No, hoy no.

—Pues eres la mujer más bella del universo y aledaños. —Me acerqué y apoyé mi cabeza en su brazo.

—Te amo.

—Y yo a ti.

Le besé el antebrazo y me acerqué más a él. *Shape of My Heart* comenzó a sonar y cerré los ojos para apreciar los acordes de la guitarra y la armónica, que me encantaban.

Hicimos un par de paradas en áreas de servicio para poner combustible y tomar algo calentito. Yo pedí una sopa y Patricio un café.

—Tienes que tomar algo más que café —le regañé.

—No me apetecen las sopas instantáneas. Todas saben a lo mismo.

—Pero al menos no metes tanta cafeína en tu organismo.

—Y lo dice la señorita «dosis matutina», que hacía viajes a

* *Fields of Gold*, Steerpike Ltd., interpretada por Sting. *(N. de la e.)*

** *Shape of My Heart*, Universal Music Publishing AB, Imagem London Ltd., Arti Fact Music Publishing AB, interpretada por Sting. *(N. de la e.)*

la cocina de la empresa en busca de café. —Tenía la taza de sopa cogida con ambas manos y lo miré por encima de ella—. Ahora tomamos café descafeinado, que es un asco.

Me reí y bajé la taza.

—En eso debo darte la razón.

—Entonces dame una tregua de esa cosa asquerosa.

Reímos. Era fácil reír. El acerado empresario no había aparecido por Zaragoza; en cambio, todo ese tiempo había tenido al joven distendido que también era. A sus casi treinta y un años, con todas las responsabilidades que tenía, por momentos actuaba como un hombre de cincuenta y por momentos como un adolescente de quince; pero yo conocía muy bien al Patricio de treinta.

Volvimos a tomar la autovía. No faltaba mucho para llegar. Antes de salir, Patricio había llamado a Clara para anunciarle que estaríamos allí en unos cuarenta y cinco minutos. Clara nos esperaba en nuestra casa. Había cuidado de *Peter* y de *Pan* durante el tiempo en que Patricio había estado en Zaragoza. Yo ya quería llegar. Clara había sido muy cariñosa conmigo, y desde que conocía el resultado y que seríamos padres, enviaba mensajes o llamaba para saber cómo estábamos. Podría contar con ella, ya que no podía contar con mi propia madre. Desde el móvil, llamé a Benja para decirle también que estaba llegando.

Terminó el cedé de Sting y puse *Collection*,* de Tracy Chapman, que me encantaba. Entramos en Madrid y serpenteamos por las calles abarrotadas de vehículos y gente. Zaragoza era definitivamente más tranquila, pero Madrid tenía esa energía con la que me sentía cómoda: la gente, los coches... ¡La adoraba!

—He extrañado esta ciudad —dije mirando por la ventanilla.

—Tengo una sorpresa para ti.

—¿Una sorpresa?

Lo miré como si estuviese por abrir un regalo navideño.

—Sí, pero tendrás que esperar a llegar.

—¡Ay! ¡No es justo! ¡Cómo me dices eso! ¡Sabes que soy curiosa!

—Por eso te lo he dicho.

* Album de Tracy Chapman editado en 2001. *(N. de la e.)*

Mi amado reía y yo amaba verlo reír. Sus ojos brillaban como el cielo en un hermoso día de verano.

—No es justo. ¡Eres malo!

—Sí. ¡Un ogro muy feo y malo!

Sonreí con aire de tristeza. Recordé en seguida que ésas habían sido las palabras que le había dicho el día en que se había desatado la tormenta sobre nosotros, el día en que a mi madre se le había ocurrido jodernos la vida. Llegamos al parque del Retiro y me sorprendió verlo con los árboles y senderos un poco nevados. Era un lugar que adoraba. Pocos minutos después estábamos abriendo el portón de nuestra casa. El camión tardaría por lo menos una hora más en llegar, lo cual agradecí porque estaba cansada. El viaje había sido precioso, pero me había despertado temprano y no había querido dormir en el coche.

—¡Hogar, dulce hogar! —dijo Patricio, apagando el coche—. Bienvenida, mi amor.

Tomó mi rostro con ambas manos y me besó. Nos abrazamos. Entonces fui yo la que le tomé el rostro, también con ambas manos, y lo miré; una mirada que reflejaba todo el amor que sentía por ese hombre que había removido mi interior desde el primer momento en que nos cruzamos.

—Gracias.

Patricio acarició mi nariz con la suya y salió del coche para abrirme. Vi a *Peter* y a *Pan* corriendo en nuestra dirección. Casi podía distinguir una sonrisa en ellos. Patricio, al ver que se abalanzarían sobre nosotros, les gritó:

—*Sit!*

Eran perros entrenados, por lo que ambos obedecieron; nos miraron moviendo la cola y con la lengua fuera.

—Vamos adentro, que hace frío.

Cuando traspasamos la puerta, me sentí en casa.

—¡Sorpresa! —gritaron al unísono un montón de voces.

Cuando me volví, vi a Clara, Benja, Dan, María, Gabriel, Vera y... ¿Julia? No pude contener el torrente de lágrimas que inundó mis ojos.

—Te amo. ¡Gracias! —le dije, abrazándolo por el cuello y besándolo suavemente en los labios.

—¿Te gusta?

—Me encanta. Gracias.

Nos besamos nuevamente y me dirigí a donde estaba Benja; por su expresión, podría haber jurado que contenía el llanto. Lo abracé. Patricio fue directamente a abrazar a su hermana.

—¡Hermanita, mírate! Estás hermosa.

Me sequé las lágrimas.

—Ella es hermosa —dijo Patricio, abrazándome por la espalda y apoyando sus manos en mi barriga.

Después Patricio abrazó a Benja y a Dan. Yo también los abracé, y luego me acerqué a Clara, que estaba lagrimeando visiblemente, agarrada a la mano de su hija.

—Jazmín, querida, bienvenida... Bienvenidas. —Me abrazó muy cariñosamente—. Tienes un hermoso vientre.

—¡Gracias, Clara! Está creciendo sana y fuerte.

Todavía me sentía avergonzada al mirarla a los ojos por la relación que había tenido mi madre con el padre de Patricio, su marido. Vio que bajaba la mirada, y acunando mi rostro con ambas manos, me besó en la mejilla.

—Me siento muy feliz por vosotros —me aseguró. Sabía que lo decía de veras; era yo la que sentía vergüenza ajena.

Patricio abrazaba a su hermana por el hombro mientras Julia se abría paso; una hermosa mujer de pelo negro, tez blanca y ojos de color café, tal como la recordaba.

—Jazmín, ¡qué alegría volver a verte! —Me abrazó cuidando de no apretarme—. Cuando Pato me contó que os habíais reencontrado me sentí tan feliz... ¡Y ahora me haréis tía!

—¡Qué gusto verte de nuevo, Julia! ¡Pensé que vendrías para Navidad!

—Es que adelanté el viaje cuando mamá me dijo que regresabais antes.

«¡Pato!» Me hizo gracia el apelativo. Yo nunca le llamaba así. Patricio, por su parte, la llamaba Jules; muy dulce.

—¡Gracias!

María se acercó con Vera mientras Gabriel y Patricio se abrazaban y conversaban.

—¡Bienvenida, Jazmín!

—¡Gracias, María! —Nos abrazamos—. ¡Hola, pequeña Vera! —Le acaricié la rosada mejilla—. ¿Puedo?

—¡Claro! Te pondré un babero porque acabo de darle el pecho.

La tomé en brazos. Patricio, que hablaba con Gabriel, me miró con un brillo especial en los ojos.

—¡Hola, preciosa! Perdona que me perdiera tu llegada. —María me tocó el brazo, como tranquilizándome—. Pronto tendrás una amiga.

La besé en la sien y el olor a bebé penetró en mis fosas nasales; sentí un sobrecogimiento increíble. Patricio no despegaba sus ojos de mí y de Vera. Aunque Gabriel le hablaba, estaba segura de que él no estaba escuchando nada de lo que le estaba diciendo su amigo. Me acerqué con Vera en brazos. Patricio le acarició la mejilla y luego le besó la frente a la pequeña y la coronilla a mí.

—Hola, pequeña del padrino —dijo.

Me derretí; sólo lo había visto interactuar con Mía y verlo tan tierno y dulce me enternecía.

—Se te ve tan hermosa —dijo con esa voz ronca que me enloquecía y hacía estremecer.

—Tómala.

—No sé por dónde.

—Sólo hazlo.

Gabriel miraba a Patricio, asombrado. Hizo un mohín para indicar que no tenía la menor idea de cómo sostenerla.

—Mira, es así —dijo Gabriel, tomando a su hija en brazos. La meció y luego la puso en brazos de Patricio.

«Definitivamente, tendremos que trabajar en esto», pensé.

Gabriel se acercó y me besó en la mejilla.

—¡Bienvenidas!

—Gracias, y felicidades a ambos. Es una preciosidad. Traemos unos regalitos para ella, pero tendremos que esperar a que llegue la mudanza y los encontremos entre el caos.

—Queridos, ¿por qué no pasamos al comedor? —dijo Clara con la suavidad y la elegancia que la caracterizaban.

Patricio entregó a Vera a su madre y caminamos hacia el comedor, donde nos esperaba una soberbia mesa bufé con toda clase de delicias: pastas, bollería, pastelillos, emparedados, zumos, café, té, chocolate. Clara había preparado todo eso para recibirnos. ¡Qué emoción!

—Jazmín, querida, Julia llegó ayer, y siempre le organizo una cena con la familia y sus amigos, pero esta vez hemos hecho un pequeño cambio y tendremos un almuerzo de domingo. Por supuesto, Benjamín y Dan son más que bienvenidos, y a María y Gabriel no tengo ni que invitarlos, son de la familia...

—Gracias, Clara, y gracias por todo esto.

—No tienes nada que agradecer, cariño. —Me tomó la mano, guiñó un ojo y me susurró al oído—: La agradecida soy yo, por devolverle la sonrisa a mi hijo. Es un hermoso anillo el que tienes en tu dedo.

Sonreí y apoyé mi cabeza en su hombro. Queríamos dar la noticia en Navidad, pero Clara ya lo sabía. Acarició mi mejilla y le hizo un guiño a Patricio, que miraba la escena con cariño.

Bebimos, comimos y conversamos. Estaba pasándomelo muy bien, hasta que el móvil de Benja sonó. Se levantó para atender la llamada y vi que su rostro se transformaba cuando miró la pantalla. ¿Quién sería?

Se acercó a la ventana; hablaba bajo para que no se oyese, pero me podía dar cuenta de que estaba discutiendo. Dan se levantó, y cuando supo quién era, en seguida me miró. Lo adiviné. Era mi madre. Hacía casi cuatro meses que no sabía nada de ella y no estaba segura de querer saber nada. Dan se acercó hacia donde estaba sentada.

—Jaz, cariño, es tu madre.

—No quiero hablar con ella, Dan.

Patricio tomó mi mano y la apretó.

—Cariño...

—Jaz, tu madre ha estado buscándote durante todo este tiempo. No le hemos dado tu móvil ni le hemos dicho dónde estabas, y por supuesto no le hemos dicho nada de Abril. Benja le dijo que el resultado había sido negativo y, desde ese día, está en Madrid esperando tu regreso. Habla con ella.

Respiré hondo. Mi corazón latía desbocado. «¡No quiero! ¡La odio!»

—Permiso.

Salí corriendo al baño. Llamaron a la puerta.

—Amor, soy yo.

Abrió la puerta. Yo estaba sentada sobre la tapa del retrete.

—No quiero hablar con ella ahora.

Patricio se puso en cuclillas frente a mí. Yo tenía la cabeza apoyada en las manos.

—¿Por qué tiene que arruinarlo todo siempre? Justo hoy, delante de tu madre, tu hermana y tus amigos...

—Cariño, ellos saben por lo que hemos pasado. Entienden perfectamente la situación; no te preocupes por ellos. Bonita, yo soy de los que creen que es mejor pronto que tarde. Escuchémosla. Si no quieres hacerlo hoy, está bien, pero aprovechemos que está en Madrid y hablemos con ella.

—¡La odio!

—No, no la odias. Sólo estás enfadada.

—Enfadadísima, Patricio, y tú también deberías estarlo.

—Y lo estoy, créeme, pero no ganamos nada con eso. Es tu madre, cariño.

—Lo tengo claro, Patricio.

—¿Sabes que cuando estás enfadada eres igual de hermosa?

—Eso lo dices porque no eres tú el objeto de mi enfado. —Nos abrazamos y me besó en la frente—. Prometo llamarla e intentar escucharla, pero no hoy.

—¡Vale!

Benja apareció en la puerta del baño.

—Jaz —dijo, y le hice una seña para que se acercara—, lo lamento. No quería que pasaras un mal momento.

—Tranquilo, Benja.

—Os dejo solos—dijo Patricio, dándome un apretón de manos.

—¡Cómo te he extrañado, hermanita!

—¡Y yo a ti!

—Menos mal que te tengo un ratito para mí. ¡Te tienen acaparada! Salta a la vista que Clara te quiere mucho.

—Sí, y la verdad es que yo a ella también. Es muy cariñosa.

—Es estupendo ver cómo te han recibido, cómo os han recibido. ¡Dios, tienes un vientre precioso! Mi sobrina será gigante.

—Tendrá a quién salir. Yo no soy pequeña y Patricio tampoco.

—Y el tío de Abril tampoco lo es, y será el más consentidor.

—Patricio me ha dicho que tendrás que competir con Julia.

—Tu cuñada es encantadora, pero ¡a consentidor no me ganará!

Nos reímos y caminamos juntos hacia el comedor.

—Disculpad —dije, y me senté en mi lugar, entre Patricio y Clara.

Todos siguieron con sus conversaciones. Julia era una oradora nata. Su trabajo dependía mucho de que sus discursos fuesen lo suficientemente buenos como para lograr donaciones que financiaran sus proyectos.

—¿Estás bien, querida?

—Sí, Clara, gracias. No me lo esperaba y me ha pillado desprevenida. Uno de estos días, y con calma, hablaré con ella.

Poco después llegaron los de la mudanza. María se retiró con Vera, y Gabriel se quedó con Benja y Dan para ayudar a Patricio. En la sala estaba encendida la chimenea, así que Julia, Clara y yo nos sentamos en el sillón a conversar. Un ejército de personas entraban y salían con cajas que iban dejando en la habitación que indicaba la etiqueta, y los muebles en la estancia que sería mi estudio.

Una vez descargado el camión, se retiraron. Íbamos a tener mucho trabajo por delante, pero poco a poco iríamos acomodándolo todo.

Cuando todos se fueron y nos quedamos solos, estaba tan cansada que sólo quería darme un baño de inmersión y acostarme unas horas. Patricio me preparó el baño; puso sales y gel de coco, encendió unas velas y vino a por mí, que estaba sacando algo de ropa para guardar en el vestidor. Separé un pijama, el albornoz y ropa interior, y me fui al baño, donde Patricio comenzó a desvestirme y me ayudó a entrar en la bañera de hidromasaje.

—¿Es agradable la temperatura del agua?

—Sí, perfecta.

Patricio arrimó la silla del baño y se sentó a mi lado.

—¿No quieres entrar?

—No, quiero que lo disfrutes; yo me quedo aquí. —Me acarició la barriga, que sobresalía un poco del agua—. He hablado con Mónica para que venga todos los días; no quiero que hagas ningún esfuerzo. Tú sólo deberás guiarla. Ya le he hecho saber que tú eres la señora de la casa y que es a ti a quien deberá informar. Mañana temprano estará aquí. Habla con ella, así le indicas cómo quieres que se hagan las cosas.

—Cariño, me parece bien que nos ayude a desembalar, pero no creo que sea necesario que después venga todos los días. Yo puedo encargarme de algunas cosas de la casa. No estoy trabajando y no me gusta sentirme inútil.

—Lo sé, pero hay muchas cosas por hacer, y mientras yo esté en la empresa, tú estarás a cargo de la casa. Tenemos las clases de preparto, las compras del ajuar, los muebles, pintar el dormitorio de Abril cuando terminen de reformarlo, preparar la fiesta de Navidad, comprar un árbol, ¡decorarlo! ¡Qué ilusión me hace que montemos y decoremos juntos el árbol!

—Tienes razón. Hablaré con ella y nos pondremos de acuerdo, pero no cederé del todo la cocina. Quiero ser yo la encargada de cocinar.

—O yo..., o juntos.

Nos quedamos en silencio un rato, mientras Patricio acariciaba mi barriga. Cuando el agua se enfrió, Patricio me tendió la toalla y fuimos al dormitorio. La chimenea que abarcaba toda la pared que quedaba frente a la cama estaba encendida. El dormitorio estaba calentito. Me puse el pijama y entré en la cama. Patricio se acostó a mi lado y nos acurrucamos.

—Patricio.

—Dime, cariño.

—Mañana iré al piso a hablar con mi madre.

—¿Quieres que te acompañe?

—Sí. Podemos hacerlo por la mañana y luego ir al almuerzo de Julia.

—Me parece bien. Lo que tú creas más adecuado.

—Aunque, pensándolo mejor, quizá sea preferible ir después del almuerzo, por si me arruina el estado de ánimo.

Hice un mohín. Patricio me acercó más hacia él y me besó en la parte de atrás de la cabeza, hundiendo su nariz en mi pelo y aspirando mi aroma.

—Amo como hueles.

Cerré los ojos y no tardé mucho en dormirme con sus caricias. Cuando desperté, Patricio estaba sentado en la cama con el cabello húmedo y el portátil en el regazo.

—Buenas noches, dormilona.

—Buenas noches. ¿Qué hora es?

—Son casi las nueve. No he querido despertarte. Se te veía muy tranquila.

—Extrañaba esta cama.

Patricio dejó el portátil en la mesilla de noche y se acercó para besarme.

—¿Sólo extrañabas la cama?

Me apreté contra él y lo miré con fuego en mis ojos.

—Bueno, la cama, a su dueño y lo que hacíamos en ella.

—Y yo me pregunto: ¿no será momento de recordar qué hacíamos en ella?

—¡Mmm!, ¿qué sugiere, ingeniero?

—No sabes cómo me pone que digas eso.

—Habrá que comprobarlo.

Me arrodillé en la cama y comencé a quitarme la ropa muy despacio, demorándome más de la cuenta entre botón y botón de la camisa del pijama. Patricio me miraba con un brillo y un fuego en los ojos que parecía estar quemándome. Se arrodilló también y tomó mi rostro con sus dos manos. Hundió los dedos en mi cabello y me besó. El beso comenzó tierno y suave, pero fue intensificándose junto con nuestras respiraciones, y acabamos gimiendo.

Nuestras lenguas bailaban una danza apasionada y las manos recorrían y acariciaban el cuerpo del otro. La habitación estaba en penumbra. La única iluminación existente provenía de las llamas de la chimenea, lo que le otorgaba una sensualidad extraordinaria. Patricio se había quitado el jersey. Besé y peiné los suaves rizos de su pecho y acaricié su torso impecablemente esculpido. Él me besó el cuello y el lóbulo de la oreja, dejando suaves mordiscos seguidos de dulces besos en el recorrido hacia mis hombros.

—Te deseo tanto, mi amor. Soy como un animal en celo cuando te tengo cerca. Apenas puedo contenerme —dijo en mi oído con la voz ronca, llena de sexualidad.

—¡Mmm, ingeniero, a mí me pasa igual! Además, el embarazo me tiene con las hormonas alborotadas. Te deseo todo el tiempo.

Patricio me recostó en la cama y me quitó el pantalón del pijama, y dejó las bragas; fue trazando un camino de besos, se detuvo en la barriga para luego continuar hacia mis pechos, jugando con su lengua, tomándolos con sus manos, desesperándome de placer. Luego, comenzó a bajar nuevamente e introdujo su mano bajo las bragas, y me hizo arquear de gozo ante su caliente tacto.

—¡Oh, Dios!

Patricio se quitó el pantalón y los bóxers, y dejó en libertad esa virilidad que tanto deseaba. Ansiaba que me poseyera y me transportara a nuestro mundo de placer. Lo necesitaba, estaba excitada y me urgía tenerlo dentro. Él no dejaba de recorrer mi cuerpo con su boca y sus manos. Estiré la mano hasta atrapar su masculinidad, que comencé a acariciar con suavidad. Me sentía totalmente inundada. Los suaves mordiscos en los pezones y sus dedos deslizándose sobre mi clítoris hacían que las descargas de placer se acumularan en mi sexo, contorsionándome. Patricio sabía cómo encenderme y hacer que me consumiese.

—No lo soporto más. Te necesito dentro de mí, amor —le supliqué con un hilo de voz.

Mi súplica no se hizo esperar. Se deslizó en mi interior, llenándome y arrancándome un grito de placer. Ocultó su rostro en el hueco de mi cuello y supe que hacía esfuerzos para no correrse. Tras un breve instante, levantó la cabeza y nos besamos con pasión y auténtico amor. Se movía dentro de mí, mientras yo lo abrazaba por las caderas con mis piernas, para sentirlo lo más profundamente posible. Luego giramos y quedé a horcajadas sobre él, montándolo con suave placer. Mis entrañas se contraían, dándole más placer. Podía ver su rostro iluminado por las llamas de color naranja de la chimenea. Era una visión hermosa; tenía las facciones relajadas y sus ojos no se separaban de los míos. Estar así, amándonos en cuerpo y alma, era una sensación maravillosa.

—Amo verte disfrutar. ¡Diossss!

Unos pocos movimientos más y pronto llegamos a un clímax arrollador. Sentía su semen caliente inundando mi interior. Después de habernos calmado, me acomodé a su lado, sobre su pecho, y Abril comenzó a moverse.

—Creo que tu hija está feliz.

Vi que sonreía y apoyó una mano en la barriga.

—Es que es feliz cuando mamá y papá son felices, y de veras que me haces el hombre más feliz y orgulloso de la faz de la tierra.

—¿Y satisfecho?

—Muy satisfecho, pero nunca, nunca estaré saciado de ti.

—Ni yo de ti.

—Pidamos algo para cenar. Me muero de hambre y no tengo ganas de moverme de aquí.

—Me parece bien. Tengo ganas de comida china.

—¡Vale! Hay un restaurante de comida china preparada excelente. Voy a por el menú, que está en la cocina.

Pedimos una variedad de platillos que comimos en la cama.

—¡Por Dios, no puedo más!

—¡Vamos, que ya era hora!

Patricio me miraba, sorprendido.

—Eres una mala influencia. La ginecóloga me pondrá a dieta.

—¡Vaya!, ¿así que una mala influencia?

—Sí, cariño. Desde que volviste a mi vida, mi apetito es insaciable.

—En todos los sentidos —dijo, arqueando una ceja—. Además, estás perfecta como estás. Estabas demasiado delgada para estar embarazada, y ahora has recuperado algo de peso. Tienes que alimentarte por dos.

—¡Patricio! ¡Eso es un mito! Debo alimentarme sanamente, no por dos. ¡Pero, Dios mío, tengo apetito todo el día!

—Y sueño.

—¿Te estás quejando acaso?

—¡No, bonita! Me hace gracia cómo frunces el ceño cuando te lo digo. Además, supongo que la naturaleza sabe lo que hace. ¿Será que Abril no nos dejará dormir en toda la noche?

—¡Mmm! Si es así, ya he descubierto que tienes un don especial para hacerla dormir cantándole su canción.

—Quiero un sillón cómodo para cuando la amamantes, y que también yo pueda usar para hacerla dormir; un sillón mecedora.

—Eso sería útil.

—¡Dios, ya quiero tenerla aquí!

—Baja la ansiedad, papá, que después, cuando crezca y comience con los novios y se case, querrás que vuelva a estar en mi barriga.

—Nada de novios.

—¡¡¡Patricio!!!

—¿¿Qué??

—Tu hija será una mujer hermosa y romperá corazones, y tendrá novios y se casará, y seremos abuelos.

—¡Para, cariño! —Patricio acarició mi barriga—. Señorita, de momento se queda ahí dentro, que está segura.

—Eres muy gracioso, Patricio.

—¿Gracioso?

—Sí, cariño, gracioso. Ya veo que serás un papá ogro, malo y feo.

—¿Ah, sí?

Patricio comenzó a hacerme cosquillas y nos reímos como dos adolescentes. Luego nos abrazamos y nos dormimos.

Me desperté temprano. Me sentía genial. Fui a darme una ducha y me vestí con un mono tejano. Patricio dormía plácidamente; su rostro reflejaba una paz absoluta. «¡Diosss, cómo te amo!» Besé la comisura de sus labios y bajé para preparar el desayuno; mientras bajaba, oí ruidos provenientes de la cocina. La sala estaba ordenada y el comedor también. Por la noche había quedado un caos tremendo después de la merienda de bienvenida. Acababa de entrar en el comedor cuando apareció por la puerta de la cocina una mujer, de no más de cuarenta años, sonriéndome, y con un cuenco lleno de jazmines frescos.

—Buenos días. Usted debe de ser la señora Alzogaray.

—¡Buenos días! Llámame Jazmín, por favor. Tú debes de ser Mónica.

—Sí, señora. El señor me dijo que viniera hoy para organizar su mudanza y para que me indique cómo quiere que me organice de ahora en adelante.

—¿Te parece bien si preparo café y conversamos?

—Yo lo preparo, señora. Usted siéntese.

—Mónica, por favor, llámame Jazmín.

—No me siento cómoda.

—Por favor, me hace sentir vieja que me llames señora.

—Lo intentaré.

—Así está mejor.

Fuimos a la cocina juntas. Mónica preparó café, mientras yo sacaba algunos bollos para entibiar que habían sobrado la tarde anterior.

—Felicidades por el bebé, seño... Jazmín.

—Gracias. Estamos muy felices. —Le ofrecí la más amplia y sincera de las sonrisas.

—El señor me ha dicho que mañana comienzan las obras para el dormitorio del bebé.

—Así es. Ven, sentémonos un poco; así nos organizamos. Dentro de un rato saldremos y volveremos tarde.

Sirvió café para ambas, nos sentamos en las banquetas de la isla y conversamos sobre cómo nos organizaríamos. En mi piso no tenía empleada doméstica, y cuando vivía con mis padres era mi madre la que se encargaba de lidiar con Gloria. Esa casa era demasiado grande para que yo me ocupara sola, así que quedamos en que me encargaría de cocinar, salvo en las ocasiones en que se lo pidiera específicamente, y del resto de la casa se encargaría ella.

—Buenos días. Veo que ya os habéis conocido.

Oí la voz ronca de Patricio al mismo tiempo que deslizaba sus brazos para rodear mi cintura y besarme la parte de atrás de la cabeza.

—Buenos días, cariño.

—Buenos días, amor. ¿No hay café para mí?

—Buenos días, señor.

—Buenos días, Mónica.

—Te iba a subir el desayuno, pero nos hemos quedado conversando.

Patricio retiró una banqueta y se sentó a mi lado.

—¿Cómo están mis amores?

Acarició mi barriga. Mónica se había levantado para servirle café y los bollos que estaban entibiándose en el grill.

—Estamos bien. ¡Me he despertado con energías!

Desayunamos y conversamos mientras Mónica guardaba las pocas cosas que yo me había traído de Zaragoza para la cocina. Mi taza favorita, unas cucharas de madera, unos cuchillos de cerámica, una cacerola de cobre de mi abuela, mi delantal bordado por ella, su libro de recetas y algunas otras cosas.

—Si le parece bien, voy a subir a su dormitorio para encargarme de guardar la ropa en el vestidor.

—Ve, tranquila.

Y Mónica se retiró de la cocina.

—¿Ha ido todo bien con ella?

—Sí, cariño, todo perfecto. Ya nos hemos puesto de acuerdo.

—Mejor así. —Patricio se acercó y me besó—. Odio esta cosa que insisten en llamar café descafeinado.

—Es mejor que nada, pero tú no tienes por qué sufrirlo. Compremos para ti el que te gusta.

—Lo agradeceré. —Arqueó una ceja—. ¿Has pensado qué hacer primero?

—Sí. Vamos tranquilos al almuerzo de Julia y luego a ver a mi madre. Le enviaré un mensaje para avisarla y que nos espere.

—Me parece bien. —Me tomó las manos—. Jules está encantada contigo.

—No hemos tenido tiempo de conversar. Espero poder hacerlo hoy, pero sabiendo a qué se dedica, y conociéndote a ti y a Clara, no dudo de que tiene un corazón enorme y que congeniaremos muy bien.

—Vamos a ver tu estudio.

Me tomó de la mano y me arrastró por la sala hasta el que sería mi estudio. Al pasar por la sala, encendió el equipo de música y eligió un cedé con un *mix* de canciones que nos gustaban a ambos. *Nothing Compares to You*,* de Sinead O'Connor, comenzó a sonar.

Mi estudio era caótico: cajas con libros por todos lados, el escritorio, las butacas, el sofá cama, las estanterías... Había trabajo.

—¿Quieres pintarlo?

—No es necesario. Quiero ordenarlo y que tome forma.

—No te preocupes. Mañana, cuando venga el equipo de trabajo, desalojaremos la cama y el armario, y ya pondremos los muebles en su lugar. De los libros que se encargue Mónica; no se te ocurra levantar ni una sola caja.

Miré a Patricio con mala cara.

—Cariño, tú colocas las cajas sobre el escritorio para que no tenga que levantarlas, y yo me encargo de ordenarlos. Los necesito en un orden específico. Además, así me entretengo.

—Pero ¿me prometes que le pedirás ayuda a Mónica?

—Sí, cariño.

—Mañana, después de que organice el trabajo de la reforma, tengo que ir a la empresa. —Me tomó por la cintura, apoyó su frente en la mía y resopló—. ¡Te voy a extrañar!

* *Nothing Compares to You*, Controversy Music, interpretada por Sinead O'Connor. *(N. de la e.)*

Subí los brazos y lo abracé por el cuello, acariciándole el cabello de la nuca.

—Yo también, cariño, pero cuando vuelvas de la empresa yo estaré aquí, esperándote, en casa. —Lo besé.

—¿No quieres ir para almorzar con las chicas?

—¡Mmm!, ¿te parece que es un buen momento?

—Claro. El mejor.

—Vale. ¿Cuándo traerá Óscar mi Pandita?

—Mañana hablaré con él; mientras, usa mi coche.

Miré el reloj; ya era hora de prepararnos para ir a la casa de Clara. Me bañé y elegí uno de los vestidos que había comprado en Zaragoza, medias de invierno, botas, un fular, un poco de maquillaje, el cabello suelto, el imprescindible toque de J'Adore y el abrigo nuevo. Lista. Patricio estaba soberbio con vaqueros negros ajustados, unos botines, cuello de tortuga gris y abrigo negro. «¡Madre mía!»

—Deja de mirarme así o llegaremos tarde al almuerzo. —Me mordí el labio inferior—. Estás hermosa.

—Ingeniero...

—¡Eres una viciosa!

—¿Y a quién se lo debo?

—¡Venga! ¡Vamos!

Salimos rumbo a La Moraleja. El día era soleado, pero muy frío. Cuando llegamos había una gran cantidad de coches aparcados frente a la casa. Entramos y todos nos saludaron con mucho cariño. Yo sólo conocía a Clara y a Julia. Benja y Dan aún no habían llegado, y no me extrañaba porque al menos mi hermano era la impuntualidad personificada.

—¡Jazmín, querida! Cariño. Pasad. —Clara nos besó a ambos y acarició mi vientre. Estaba tan elegante como siempre—. Tu hermana está por allí con sus amigas.

Hizo un gesto y señaló a un grupo de mujeres que nos miraban, algunas con una sonrisa, pero dos de ellas con la misma cara de asco que Gabriela. «¿Será que Patricio tuvo algo con alguna de ellas?»

—Ya sabes cómo es, pero acercaos.

—Sí, mamá. Voy a raptarla un ratito. Ya vengo.

Clara me acarició la mejilla y Patricio fue en busca de su hermana.

—Estás muy hermosa. ¿Cómo te encuentras?

—¡Gracias, Clara! Me siento magníficamente. Mañana comenzamos las obras para el dormitorio de Abril —dije mientras me tocaba la barriga.

Abril estaba inquieta. Miré hacia donde estaba Patricio y vi que saludaba al grupo de amigas de Julia.

—Dame tu abrigo, cariño.

Le entregué mi abrigo y me excusé para acercarme a él. Julia me vio y en seguida se aproximó. Me dio un cálido beso y un abrazo, y me tomó de la mano para, literalmente, arrastrarme hacia donde estaban sus amigas y Patricio.

—Chicas, os presento a Jazmín, mi cuñada, la prometida de Pato. —Me pasó la mano por el hombro y la otra la apoyó en mi barriga—. Y la mamá de mi sobrina Abril. —Se acercaron a saludarme. Patricio me abrazó por detrás y apoyó la barbilla sobre mi hombro—. ¡Se está moviendo!

—Sí, ha estado moviéndose desde muy temprano.

—¡Chicas, tocad!

Las chicas se acercaron para apoyar su mano en mi barriga, salvo las dos con cara de asco, que se volvieron para conversar entre ellas. Patricio me besó la mejilla y acarició mi barriga.

—¡Esto es genial, Jaz!

—Cariño, vamos a buscar algo para beber.

Clara se acercó y nos ofreció un zumo para mí y una copa de vino para él. La actitud de esas dos había desinflado mi ánimo. Patricio lo percibió, por lo que me tomó de la mano y me llevó hacia unos sillones.

—¿Estás bien?

La verdad es que estaba un poco-bastante molesta de que se hubiera ido a saludar sin mí. Además, esas dos chicas me habían mirado con asco, por lo que sospechaba que algo habían tenido que ver con él. Así que mi mirada se lo dijo todo.

—Cariño...

—¡¿Qué?!

Tomó mi copa y la apoyó en la mesa de café. Luego tomó mis manos y me besó suavemente los labios.

—¡Estoy cabreada, Patricio!

—No lo estés.

—Pues es muy fácil para ti. Llegas, y te vas con tu hermana

y sus amiguitas... ¿Es que acaso no tienes el más mínimo respeto por mí?

—¿Qué dices, bonita?

—¡No me llames bonita cuando estoy cabreada! —Solté mis manos—. No me respetas delante de tus ex.

—¡Jazmín!

Me levanté del sillón, tomé mi copa y me encaminé hacia la puerta, ya que vi que habían llegado Benja y Dan.

—Jazmín, no es lo que piensas —dijo, sujetándome por la muñeca.

—¿Ah, no? Pues entonces no veo por qué ha tenido que presentarme tu hermana en lugar de hacerlo tú.

—No he tenido nada con ninguna de las amigas de Jules que estaban ahí.

—¿De las que estaban ahí?

—Sí. Candela Díaz y Luciana Rovira, las dos que vi que te miraban mal... No he tenido nada con ninguna de ellas; sólo con Mayte Martínez, la mejor amiga de Jules, pero no está aquí, y no tendría ningún inconveniente en presentártela porque nunca te haría un desplante semejante. —Mis ojos no podían estar más abiertos—. Ellas siempre se me insinuaron y nunca les hice caso. Si no te las he presentado ha sido para que no pasaras un mal rato. Supongo que ha sido peor.

—¡Bravo! ¡Un poco de lucidez!

Me di la vuelta y me acerqué a Benja y a Dan. Patricio se dio cuenta de que estaba enfadada y me dejó ir.

—¡Hola, chicos!

Le di un beso a cada uno.

—¡Hola, cuñada!

—¡Hermanita! ¡Estás hermosa!

—Y con cara de enfadada. ¿Problemas?

—Siempre tan perceptivo, cuñado —Moví mi cabeza hacia donde estaban las amigas de Julia—. Faldas, pero nada que no pueda manejar; al fin y al cabo, Patricio tenía una vida antes de mí.

Patricio se acercó a saludar, y les dio un abrazo a los dos.

—¿Comemos algo? —Posó su mano en mi hombro—. Está servido el bufé.

—Vamos a saludar a Julia y os vemos en el comedor.

—Me ha dicho mamá que Gabriel y María no podrán venir. Vera está con fiebre.

—Deberíamos ver si necesitan algo.

—Ahora los llamaré. —Me abrazó, apoyé la mejilla en su pecho y besó mi cabeza—. Cariño, lo siento. Si quieres que nos vayamos, lo entenderé.

—¿Por qué piensas que quiero irme?

—Si no te sientes cómoda...

—Estoy bien, Patricio. Sólo me molesta que no me tengas en cuenta y tomes decisiones por mí. Para tu información, soy bastante mayorcita.

—Lo sé, cariño, y lo siento. No quería que te hicieran pasar un mal momento y resulta que te lo he hecho pasar yo. —Se separó y me miró a los ojos—. Una vez te dije que me gustaban las mujeres; nos cruzaremos con muchas de ellas, y lo siento, no puedo cambiar mi pasado. Pero tienes que tener claro que tú eres mi vida ahora, la única mujer que amo y amaré para el resto de mis días.

—Lo sé y yo también te amo, y sé que tenías una vida antes de que yo llegara a la tuya, pero no puedo evitar sentirme insegura y celosa. Y estas hormonas me están enloqueciendo.

—Puedo entender lo de las hormonas, pero debes tener claro, a estas alturas, que soy capaz de cualquier cosa por ti. No entiendo tu inseguridad.

—No tienes que echarme en cara nada, Patricio.

—¡Diosss!, no vamos a llegar a nada si seguimos así. ¡Venga!, vamos a por algo de comer.

Definitivamente, volveríamos a hablar.

Estábamos conversando y comiendo cuando Julia se nos acercó con una hermosa rubia de ojos color esmeralda.

—Jazmín, te presento a Mayte Martínez, mi mejor amiga.

Patricio me miró.

—Mayte, ¿cómo estás? Ella es Jazmín, mi prometida.

—¡Hola! ¡Mucho gusto! Jules me ha hablado mucho de ti, Jazmín. Patricio, te veo muy bien. Felicidades a ambos por el bebé.

—¡Gracias! Espero que mi cuñada haya hablado bien de mí.

Me reí y le guiñé un ojo a Julia. Mayte parecía muy agradable y sincera. Al revés de lo que me imaginaba, y tal como había dicho Patricio, no tenía ninguna intención de hacerme desplante alguno. De hecho, era una persona delicada, con la que podría entablar una amistad.

—¡Pues claro! No para de hablar de ti, de cómo os reencontrasteis Patricio y tú, y de Abril. ¡Nos tiene locas a todas!

Nos reímos los cuatro.

—¡Gracias, Mayte! La verdad es que estamos muy felices.

—Me alegro mucho, Patricio, de corazón.

—Lo sé.

—Bueno, con permiso, voy a saludar a ese grupo de locas. Nos vemos, y Jazmín, realmente ha sido un placer conocerte —se despidió Mayte, y luego se fue con Julia.

El resto del almuerzo pasó tranquilo, entretenidos conversando con unos y con otros. Recordé que debía enviarle un mensaje a mi madre para hablar y avisé a Patricio de que iba a un lugar más tranquilo para hacerlo.

«Soy Jazmín. Me ha dicho Benja q estás en Madrid. ¿Podemos ir esta tarde al piso o encontrarnos en algún lugar? Necesitamos hablar»

La respuesta no se hizo esperar: «Hija, te extraño. Ven cuando quieras. Te estaré esperando».

Fui hacia donde estaba Patricio con Clara y les comenté la respuesta de mi madre.

—¿Vamos? —dijo, apretando mi mano.

—Vamos.

Clara me abrazó.

—Voy a por los abrigos —señaló Patricio.

—Jazmín, querida, mantén la calma. Sé que estás muy dolida, pero es tu madre y la necesitas en este momento. Serás madre pronto y entenderás que hay veces que cometemos errores.

—Clara, ¡qué vergüenza siento contigo! Mi madre no cometió sólo un error. Y fue la suma de sus errores lo que cambió la vida de muchos. Estuvo a punto de destruir la mía y arruinó tu matrimonio. Además, tú viste de cerca cómo lo pasó Patricio... No será fácil perdonarla; sólo quiero hablar con ella e informarla de Abril y de la boda.

—Sé perfectamente cómo estaba mi hijo... *Destrozado* se ajusta bastante bien... Pero ahora estáis juntos y tenéis un futuro por delante, y está Abril. Un hijo lo cambia todo, créeme, cariño.

—Te creo, Clara.

—Abrígate, amor.

Patricio me ayudó con el abrigo. Saludamos a todos y nos fuimos al piso de mi madre. Estaba nerviosa por el encuentro y por lo que diría mi madre al verme; la extrañaba, pero estaba muy dolida. De momento, sentía que el único motivo por el cual había accedido a verla era Abril.

—¿Estás bien? —me preguntó Patricio, apoyando una mano en mi rodilla.

—Nerviosa... Oye, por cierto, ¡qué guapa es Mayte! ¿No me contarás nada?

—No, si tus hormonas te hacen enloquecer.

—¡¡¡Patricio!!! ¡Qué malo eres! Venga, cuéntame. Prometo comportarme...

—Fue después del accidente. Mayte venía con frecuencia a casa; estudiaba con Jules para los exámenes de ingreso a la universidad. Yo me sentía muy mal, estaba muy deprimido, no recordaba nada... Me sentía ajeno a todo.

Me acerqué a él, le acaricié la mejilla y apoyé mi mano en su pierna.

—Por las noches, Jules y Mayte bajaban a la sala a escuchar música y a relajarse, y allí generalmente estaba yo, mirando fotos o vídeos, lo que fuese que me construyera un recuerdo. —¡Con cuánto dolor decía esas palabras!—. Así que durante ese tiempo conversábamos mucho, y poco a poco comenzamos algo parecido a una relación. Yo no quería lastimarla; me gustaba, pero no la amaba. Estuve seis meses intentando enamorarme de ella, pero nunca pude sentir nada más que eso. Me gustaba y lo pasábamos bien.

—Y decidiste dar por finalizado el experimento.

—No lo digas de esa forma. No soy un mal tipo.

—Yo no he dicho eso. Sólo prométeme que el día en que dejes de amarme...

—Nunca dejaré de amarte... —me interrumpió Patricio, que subrayó el *nunca*.

—Pues si lo haces, dímelo.

—Lo prometo, pero no pasará.

—Así que, volviendo a Mayte, finalizasteis la relación y tan amigos.

—Bueno, sí. Al principio fue incómodo, porque lógicamente venía a casa. Jules estaba cabreadísima conmigo, pero Mayte habló con ella y la hizo entrar en razón. Por eso sabía que ella no te haría ningún desplante.

—Es muy bella, y no voy a negarte que no me gusta ninguna mujer que conozcas y te conozca tan íntimamente, pero Mayte Martínez no me supone un problema. Suena sincera y...

Patricio se rió a carcajadas.

—¿Qué le hace tanta gracia, ingeniero?

—¡Tú! ¡Ay, cariño!, ¿cómo piensas que me siento yo respecto a los hombres de tu vida?

—Ya te dije que, si bien he tenido algún rollo, sólo me he acostado con Valentín y contigo. —Lo miré—. En cambio, tú tienes un montón de mujeres. ¡Y tendré que ir por la vida sorteando obstáculos!

—Exagerada. Te recuerdo que la empresa, hasta que tú irrumpiste en mi vida, era lo principal. —Me guiñó un ojo—. Una deliciosa y fascinante irrupción, por cierto, señorita Alzogaray.

—¡Zalamero!

Nos reímos. Ya estábamos llegando y la conversación había servido para relajarme un poco.

—Hemos llegado, cariño. Tranquila, ¿vale? Recuerda que estamos juntos en esto y que si las cosas se ponen difíciles, siempre podemos irnos.

—¡Gracias, amor! No sabes cuánto mejor me siento al hacer esto contigo. Vamos.

Nos bajamos del coche y caminamos hasta el edificio. José, el portero, nos vio acercarnos y nos abrió la puerta. Me miró, sorprendido.

—Buenas tardes, señorita Alzogaray. Señor.

Patricio lo saludó.

—Buenas tardes, José. Mi madre nos espera.

Subimos al ascensor y nos miramos pícaramente, recordando las veces que no podíamos esperar a llegar al piso y comenzábamos a besarnos y tocarnos en el ascensor. Patricio me abrazó por la cintura y me apretó contra él, besándome en la coronilla. Resoplé.

—Sé que esto es difícil; para mí también. Pero una vez que hayamos terminado, nos sentiremos mejor.

—Eso espero.

Las puertas del ascensor se abrieron y Patricio me besó suavemente en los labios. Cuando quisimos darnos cuenta, mi madre nos miraba y con ambas manos se tapaba la boca. Tenía los ojos tan vidriosos que sabía que si parpadeaba podría inundar el piso.

—Hola —dije secamente.

—Eugenia... —siguió Patricio.

—Hija, Patricio, ¡por Dios! —exclamó con voz quebrada.

Se acercó y me abrazó. Me quedé inmóvil, se separó, se secó las lágrimas y sorbió por la nariz. Se acercó a Patricio y él le tendió la mano.

—Pasad, por favor. He hecho tarta de manzana, tu preferida. ¿Tomas un té?

—Por favor. Gracias.

—Patricio, ¿un café?

—Sí, gracias, Eugenia.

—Tomad asiento, por favor.

Mamá estaba más nerviosa que yo. Fue a la cocina y nosotros nos sentamos en la sala. Oí ruido de tazas y, acto seguido, ruido de cristales rotos. Me levanté de un salto y corrí a la cocina. Patricio vino detrás de mí. Cuando entré, mamá estaba apoyada sobre la encimera llorando, y había una taza y un platito rotos en el suelo. Me acerqué y apoyé mi mano en su espalda. Tenía los ojos cerrados.

—Mamá.

—Lo siento, hija. ¡Lo siento tanto! ¡Oh, Dios mío! ¿Qué he hecho? ¡Por cuánto dolor os he hecho pasar? Soy una madre terrible, ¡soy un monstruo!

—Mamá...

Patricio estaba quieto, apoyado en el umbral de la puerta, mirando la escena en silencio.

—Os he hecho tanto daño y he sido tan egoísta... No puedo imaginar tu dolor cuando te dije lo que te dije estando tú embarazada. —Mamá no abría los ojos; sólo lloraba y hablaba con la cabeza gacha—. Nunca podré perdonarme... y merezco que me odien..., pero te extraño, hija... ¡Dios mío, estos meses han sido una pesadilla!

—Mamá, ven, vamos a la sala.

La tomé del brazo y de la espalda, la guié hasta la sala y la ayudé a sentarse. Ella apoyó los codos en las rodillas y se tapó el rostro con las manos. Nunca había visto a mi madre tan abatida; me dio un vuelco el corazón. Clara tenía razón: un hijo lo cambia todo.

—Patricio, ¿puedes encargarte de las bebidas? Ya sabes dónde está todo.

—Claro, cariño. Eugenia, ¿quieres un té o un café?

—Una tila, por favor, Patricio. Gracias.

Patricio me miró. Nos entendíamos con la mirada, así que asentí, haciéndole saber que estaba todo bien.

—Mamá, no puedo negarte que estoy muy herida y enfadada, pero he venido aquí, hoy, a hablar contigo porque eres mi madre, y por más que lo haya intentado, no puedo sacarte de mi... de nuestra vida.

—Si hubiera sabido que estabas embarazada, habría buscado la forma de hacer ese análisis antes de decir nada y de herirte casi de muerte, cariño. No puedo perdonármelo. Si no hubiese sido porque eres una mujer que toma una decisión y no se deja amedrentar por nada, quizá te habrías deshecho de mi nieto, y yo no hubiese soportado la culpa.

—Mamá, escucha, no lo hice porque quise a este bebé desde el momento en que supe que estaba embarazada, y cuando pasó lo que pasó, no pude deshacerme de él. Tomé la decisión de irme, aunque fui egoísta, porque Patricio sufrió horrores, pero salvé a mi bebé.

—Sufrió por mi culpa... Todos: tú, Patricio, Benja, Ricardo, Clara... ¡Soy de lo peor!

Mamá no dejaba de llorar. Patricio llegó con las bebidas, se sentó a su lado y le acercó la taza.

—Eugenia, bebe un poco. Tienes que tranquilizarte. Si estamos aquí es porque queremos hablar contigo y hablarte de Abril..., pero es algo obvio.

Patricio sonrió.

—¿Abril?

—Es una niña, mamá. Se llamará Abril.

—Es un hermoso nombre... Una nieta... —Miró mi barriga y acercó una mano para apoyarla—. ¿Cuatro o cinco meses?

—Cuatro y medio, y ahora todo está bien.

—¿Ahora?

—Mientras estaba en Zaragoza tuve un desprendimiento de placenta, pero ahora ya todo está bien.

—¡Dios mío, Jazmín!

—Está todo bien, Eugenia. Bebe un poco.

—Gracias, Patricio. —Mamá sostuvo la taza con sus manos temblorosas y bebió un poco—. Cariño, en el horno está la tarta, ¿puedes servirla? —me preguntó.

Era evidente que quería estar a solas con Patricio. Me levanté y fui a la cocina; desde ahí podría verlos y oírlos. Escuché que mi madre le pedía perdón, y Patricio le tendió un pañuelo para que se secara las lágrimas. Corté la tarta, serví una porción en cada plato y lo llevé todo en una bandeja.

—Está muy rica, mamá. Gracias.

—Me alegro. Ahora, por favor, cuéntame, cariño. ¿Cómo te sientes?, ¿tienes antojos?

Entre los dos le contamos todo lo que habíamos pasado, cómo papá tuvo mucho que ver con haber hecho el análisis de ADN, y también le hablamos de los planes de boda. Se puso muy contenta y se ofreció a ayudar. Más tarde, cuando mamá estuvo más tranquila y ya era de noche, nos fuimos.

—Todo ha salido bien, cariño —comentó Patricio—. ¿Tú cómo estás?

—¿Qué puedo decirte? Verla así de arrepentida y abatida ha hecho que me diera un vuelco al corazón, y aunque estoy dolida y lo estaré por mucho tiempo, es mi madre y la quiero. Tu madre tenía razón.

—¿Mi madre?

—Sí. Antes de venir me dijo que los hijos lo cambian todo..., y tiene razón.

Patricio me abrazó y me besó.

—Todo se va encaminando, cariño.

—¡Sí, mi amor! Ahora estoy más tranquila. Deberíamos comenzar a organizar la fiesta de Navidad. ¿Vas a invitar a Leandro?

Salimos del ascensor y nos dirigimos a la puerta del edificio. Me puse los guantes y la bufanda antes de salir. Estaba nevando. Patricio se cerró el abrigo, yo le acomodé la bufanda; él me puso el gorro y me besó la punta de la nariz. Demoró la respuesta; creí que estaba pensando.

—Debemos invitarlos a todos y que cada uno decida lo que

hace; si no, seremos nosotros los estresados. Ellos sabrán. Son mayores y nosotros no tenemos la culpa de nada. Además, tendrán que acostumbrarse. En unos meses serán abuelos... y luego habrá una boda.

—¡Tienes toda la razón, cariño!

Lo abracé por el cuello y lo besé.

Me dormí en el coche de regreso a casa. Estaba agotada; había sido un día largo, intenso y lleno de emociones. Si bien el hecho de haber hablado con mi madre me hacía sentir más liviana, al día siguiente iría a la empresa y, al verme, se desataría una tormenta de preguntas.

—Hemos llegado.

—¡Mmm!

—Déjame cargarte.

No me negué. Patricio me llevó hasta el dormitorio y me desvistió con una delicadeza y una dulzura increíbles. Me puso un pijama y me tapó.

—Que descanséis, mis amores.

—Gracias. Te amo.

Al día siguiente, Patricio me despertó a las siete y media para avisarme de que a las nueve llegaría el personal para comenzar la reforma y que estaba el desayuno servido. Me levanté, me puse la bata y fui a la cocina.

—Ayer caí desmayada. ¿Cenaste algo, cariño?

—Sí, estuve trabajando en la cama un rato, y cuando tuve hambre, bajé a calentar lo que había dejado Mónica. Intenté despertarte pero fue imposible.

—Estaba agotada.

En la cocina ya estaba Mónica con el desayuno servido.

—Buenos días, seño... Jazmín.

—Buenos días, Mónica. ¡Mmm, qué bien huele!

Olía a café del rico; se me hacía agua la boca.

—Buenos días, Mónica. ¡Huele a café de verdad, cariño! —exclamó Patricio, y me besó en la punta de la nariz.

Desayunamos y luego subí a vestirme mientras él abría su portátil, descargaba el correo, hacía unas llamadas y esperaba al personal. Mónica subió al dormitorio.

—Permiso, Jazmín. Ayer terminé de organizar su ropa en el vestidor. ¿Le parece bien cómo quedó?

—Sí, perfecto, Mónica, y gracias por ordenar también los accesorios y artículos de tocador.

—Estoy para eso. —Me ofreció una sonrisa—. Hoy comenzarán con la reforma. Voy a encargarme del dormitorio y luego empezaré a desalojar la habitación del bebé. Cuando llegue el personal quitarán los muebles.

—¡Vale! Cuando termines, avísame, que quiero comenzar con mi estudio.

—Muy bien.

Bajé a donde estaba Patricio y lo encontré con el equipo de trabajo.

—Cariño, ven. Te presento al equipo de trabajo.

—¡Hola! —saludé, y di la mano a cada uno de ellos.

—Un gusto, señora Del Monte.

«¿Señora Del Monte? ¡Qué bien suena!» No le corregí, y Patricio me sonrió con un brillo especial en sus hermosos ojos, que ese día estaban más azules de lo habitual.

—Estamos viendo el plano. ¿Tienes alguna sugerencia o alguna pregunta?

—No, cariño; ninguna modificación. Es perfecto tal como está. ¿Cuánto tiempo les llevará?

—Tres días, señora Del Monte. En tres días quedará listo para pintar.

—¡Genial!

—Cariño, tu estudio ya está en orden.

—¡Ah, muy bien! Ahora me dedicaré a ordenar los libros.

Me besó y se fue con el equipo de trabajo. Me dirigí al que sería mi estudio. Mónica terminó su tarea y me encontró allí. Ya habían quitado los muebles del dormitorio y habían colocado los muebles que había comprado en Zaragoza. Las cajas de los libros y de adornos estaban sobre el escritorio, otras en el suelo y algunos cuadros apoyados en la pared. Cuando terminara con los libros, seguiría con los adornos. Patricio me había pedido que los distribuyera por toda la casa, al igual que los cuadros, y que cambiara lo que quisiera.

—Mónica, tú me alcanzas los libros y yo los voy colocando en orden, ¿vale?

—Vale, pero no se le ocurra subirse a una escalera. ¡El señor me mata!

—El señor no te mata y la escalera es segura.

—Jazmín, usted me dice el orden de los libros de los estantes de más arriba y luego sigue usted con los de más abajo.

—Mónica, estoy embarazada, no enferma.

—Pero el señor ha dicho que sale de un reposo y que no puede hacer esfuerzos, ni estar mucho tiempo de pie... Por favor. —Hizo una pausa y continuó—: Jazmín, yo también estuve embarazada y sé cómo se siente, pero tiene que cuidarse, por usted y por su bebé.

—¡Madre mía, parece que no ganaré esta batalla!

—Definitivamente, no, cariño.

Miré hacia la puerta y Patricio estaba apoyado en el marco. ¡Dios, ése era mi hombre! Tan masculino, con esos vaqueros desgastados, botines, jersey... Estaba hermoso.

—Gracias, Mónica, por hacerle entender a esta cabezota que debe cuidarse.

—¡Patricio, odio sentirme inútil!

—No tienes por qué sentirte inútil. Pones los libros en orden, se los vas dando a Mónica poco a poco y ella los va colocando..., al menos en los estantes de arriba. ¡Ni de coña te subirás a una escalera!

Resoplé y puse los ojos en blanco.

—¡Sí, mi capitán! —afirmé, e hice una reverencia.

—Ven aquí.

Mónica estaba pasando un paño con cera por la biblioteca. Me acerqué con un mohín y me abrazó,

—¿Cómo está mi cachorrita hoy?

—Está bien, tranquilita. —Me acarició la barriga—. Mónica, tendremos que dormir en otra habitación hasta que terminen el dormitorio de Abril, ¿te encargas de prepararlo?

—Por supuesto, señor.

—¡Venga! A ordenar esos libros, que después tenemos que ir a la empresa.

Besó mi nariz y volvió a subir las escaleras.

Estaba pasándole libros a Mónica, que estaba subida a la escalera, cuando un Patricio afeitado, con un traje gris, camisa rosa claro y corbata gris oscuro, apareció en mi estudio. ¡Madre mía! Se me aflojaron las piernas y se me aceleró el pulso. Estaba impresionante. Hacía mucho tiempo que no lo veía vestido de «empresario» y definitivamente me ponía a mil.

—Estás muy hermoso.

—Tú también con ese mono..., pero es hora de que te prepares o llegaremos tarde.

Miré la hora y dejé los libros donde estaban.

—Mónica, seguimos más tarde o mañana.

Fui a darme una ducha, me arreglé rápidamente con un poco de maquillaje y me hice una trenza. Me puse un vestido de punto de cuello de tortuga volcado, color gris perla, unos *leggins*, botas chatas, el toque de J'Adore, las perlas negras que me habían regalado las chicas y el abrigo. Patricio me esperaba en su estudio.

—Estoy lista, cariño.

—¡Lista y hermosa! —Se levantó de su sillón, cerró el portátil, lo guardó en el maletín, se puso el abrigo y salimos—. ¿Nerviosa?

—Bastante.

—¿Qué vas a decir cuando te pregunten por tu «problema personal»?

—Una verdad a medias. —Resoplé y miré hacia arriba—. Odio mentir, pero no son sólo mis amigas, también son empleadas tuyas, y no sé...

—Te entiendo. Puedes contarles un poco de nuestra infancia, del distanciamiento..., sin dar detalles, y que cuando se enteraron del reencuentro fue una batalla campal.

—No soy una niña para que mi madre me diga con quién puedo y con quién no puedo estar.

—Ya lo sé, cariño. Déjame terminar. Ya habías descubierto que estabas embarazada y sentiste que la mejor solución era irte. No está tan lejos de la verdad. —Lo miré de reojo—. ¿Se ajusta bastante bien, no?

—Me parece que sí.

—Marina y Carlos saben que estamos juntos; se lo expliqué cuando fui a Zaragoza. Así que supongo que Sol y Teresa, también. Pero no les dije nada de Abril... —Me miró—. Eso no tendrás que decirlo. Es algo indiscutible.

—¡Patricio!, ¿estás diciendo que estoy gorda?

—¡Yo no he dicho eso!

—Ya sé que estoy gorda... y fea, y dentro de poco pareceré una morsa y no te gustaré, pero no tienes que decirlo.

Patricio se reía a carcajadas. ¡Qué frustrante!

—Bonita, eres hermosa y lo seguirás siendo. Estás radiante; tu piel parece de porcelana, y tu cabello es suave y brillante. ¡Mírate!, estás sexy como el infierno.

—¿Sexy como el infierno? —Arqueé una ceja.

—Sí, cariño. ¿No sabes cómo me pones, acaso?

—Pues tendré que cerciorarme, ingeniero.

Coloqué mi mano sobre su muslo y lo acaricié suave pero seductoramente.

—Para..., o no llegaremos.

—¡Mmm, ingeniero!

Estábamos llegando. No seguí con el jueguito, ya que no quería torturarlo. Después de almorzar con las chicas, pasaría por su oficina.

Estacionamos el coche y salimos al frío de la calle. Nos tomamos de la mano y caminamos hasta la empresa. Las puertas se abrieron y entramos. Teresa fue la primera en quedarse de piedra.

—¡Azul! ¡¡No me lo creo!! Estás... —Teresa me miró y miró a Patricio—. Buenos días, señor.

—Buenos días, señorita Ibarra —saludó Patricio.

—¡Tere! —La abracé—. He venido para que almorcemos juntas..., si no tenéis otra cosa que hacer.

—¡Claro! ¡Dios mío! ¿De cuánto estás?

—Casi de cinco meses, pero cuando almorcemos hablamos. Voy a subir a ver a Carlos, a Sol y luego a Marina, pero no les digas nada.

—¡Vale! ¡Qué estupendo verte! Y felicidades a ambos.

Se lo agradecimos, me abrazó y continuamos hacia los ascensores. Entramos y fuimos al cuarto piso. Sol no estaba en su puesto de recepción, por lo que seguimos hasta la oficina de Carlos, que se quedó impresionado.

—¡Azul! Pero, ¡qué maravillosa sorpresa! ¡Señor! ¡Felicidades a ambos!

—Gracias, Carlos. Nos sentimos muy felices.

—No hace falta que lo digas. ¡El rostro de ambos lo dice todo! Es bueno volver a verlo sonreír, señor.

Conversamos un poco más y salimos de su oficina. Caminando por el pasillo hacia la recepción, vimos a Sol, que se quedó congelada al vernos.

—¡Sol!

—¡Azul! ¡Señor Del Monte! Pero... ¡Por Diosss!, ¿de cuántos meses estás?

—¡Casi cinco! ¿Almorzamos? Ya he hablado con Tere.

—¡Sí, claro! Ahora concreto con ella.

—Voy a ver a Marina, y cuando salgáis a almorzar me avisáis al despacho de Patricio.

—Felicidades a ambos. ¡Es realmente una sorpresa!

—Luego hablamos. Voy a ver a Marina. ¡No la avises!

Volvimos a los ascensores y subimos al quinto piso. En cuanto se abrieron las puertas, Marina nos vio y se llevó las manos a la boca.

—¡Azul! ¡¡Madre mía!! Pero mírate... ¡Estás hermosa!

—Gracias, Marina. ¡Estamos muy contentos!

—Señor, felicidades a ambos. ¡Qué maravillosa noticia!

—Gracias, Marina. No podríamos estar más felices —respondió Patricio.

—Marina, ¿puedes salir a almorzar, o tienes otros planes?

—Sí, claro, si el señor Del Monte no me necesita.

—Ve... Almorzáis y cuando regreses te espero en mi despacho con el informe.

—Por supuesto. Voy a prepararlo todo. ¿Puedo llevarles algo de beber?

—Un café para mí.

—Para mí nada. ¡Gracias! Cuando estés lista, me avisas.

Marina me guiñó un ojo y seguimos hacia el despacho de mi amor.

Desde que entré en la empresa, sentí una gran nostalgia por todo lo bueno que había vivido en los pocos meses que estuve allí; por mi trabajo, que me encantaba. Pero cuando caminaba hacia el despacho de Patricio, recordé nuestro abrazo de despedida y me impactó hasta tal punto que me quedé paralizada y no pude avanzar.

—Cariño... —Me miró—. Cariño... —Volvió a llamar—. Amor, ¿estás bien? No me asustes.

Por más que quería, no podía hablar. Recordar lo que sentí cuando abracé a Patricio hizo que mi cuerpo se sacudiera. Todo se había vuelto brillante y sentí cómo me fallaban las rodillas. Caí desmayada.

Oí de fondo a Patricio llamarme, intentando despertarme. Abrí los ojos, y estaba en el sillón de su despacho. Marina estaba de pie con un vaso de agua. Patricio estaba pálido, y su rostro sólo reflejaba temor. Le sonreí para que supiera que estaba bien.

—Amor... —Me sostuvo la mano.

—Estoy bien, cariño.

Miré a Marina, que me acercó el vaso de agua.

—¿Necesitas algo más? El médico está en camino.

—Gracias, Marina. No es necesario el médico.

—Amor, te has desmayado.

—Lo sé, cariño, pero no me duele nada.

—Vamos a esperar al médico, de todas formas. Pudiste haberte golpeado la barriga... —Patricio mantenía una mano apoyada en ella, acariciándola por momentos—. Marina, tráeme ese café, por favor.

Salió del despacho. Era increíble cómo había veces que no necesitábamos hablarnos. Nos entendíamos con la mirada, como si pudiésemos ver en el corazón del otro, leer en la cabeza del otro.

—Me has dado un susto de muerte. Cuando te he visto caer... ¡¡Mierda!! —Cerró y apretó los ojos—. ¿Qué ha pasado?

—Me he quedado paralizada. Perdón por haberte asustado. Cuando iba por el pasillo he recordado el abrazo que nos dimos y mi cuerpo no lo ha soportado.

Estiré el brazo y le acaricié la mejilla. Me incorporé y nos abrazamos. Era mucho más que un abrazo; era una forma de borrar ese último abrazo que nos habíamos dado allí. Ahora el abrazo no era de despedida, sino de bienvenida a una vida maravillosa, de buen futuro y amor.

—Gracias por ese abrazo; lo necesitaba... mucho. Ahora estoy bien, pero necesito usar los servicios.

Patricio sonrió, y el color y la serenidad aparecieron de nuevo en su rostro.

—Sé que dijimos que no queríamos recordar más todo eso, pero si necesitas hablar, cariño, aquí estoy. Créeme que después de ese momento me costaba horrores entrar en este despacho, hasta que llegó un día que no pude venir más. —Me besó tiernamente—. Hoy, haber entrado los dos juntos de la mano y con nuestra hija creciendo en tu vientre me hace el hombre más feliz del mundo.

Lo abracé, le besé esos tiernos, dulces y tibios labios, y le susurré:

—Te amo. Me hago pis...

Patricio rió, me levanté y caminé sin problemas hacia la puerta que quedaba disimulada en la pared de madera.

Mientras estaba en el baño, oí que llamaban a la puerta y que Patricio hablaba con alguien. Sería el médico; resoplé y salí del baño.

—Cariño..., ahí estás... —Me tendió la mano—. Éste es el doctor García, el médico de la empresa.

—Mucho gusto, doctor.

—Mucho gusto, señora Del Monte. —«Señora Del Monte», ¡me estaba acostumbrando a que me llamasen así!—. Vamos a ver, ¿qué le ha sucedido?

—No ha sido nada; sólo me he desmayado. —Patricio se sentó a mi lado, me abrazó por la cintura y me acercó hacia él—. Estoy un poco cansada y... —No iba a contarle el porqué—. Salí sin desayunar... Sólo eso, pero ya me siento de maravilla.

Patricio apretó mi mano y besó mi cabeza.

—¿Es la primera vez que le sucede?

—Sí. Hace poco más de un mes tuve un desprendimiento de placenta, pero estuve ingresada y sanó bien. He estado perfectamente desde entonces. Es el cansancio por la mudanza, un poco de estrés, las hormonas.

El médico me tomó la tensión, el pulso, me hizo miles de preguntas y me recomendó que descansara y durmiese. «¡¿Más?!»

—Gracias por todo, doctor.

—Si vuelve a suceder, consulte con su ginecóloga o vaya a urgencias. Un episodio aislado puede ser normal; el estrés causado por los cambios puede hacer estas cosas. Pero estén atentos... ¡Y los felicito a ambos!

Los dos se lo agradecimos y lo despedimos.

—¡Dios mío! ¡¿Dormir más aún?! —Patricio se rió—. ¿Qué hora es?

—Todavía hay tiempo.

—¡Mmm, ingeniero!, ¿tiempo para qué? ¿Qué se le está ocurriendo?

—¡Jazmín, que acabas de desmayarte!

—Pero ya estoy bien. —Lo tomé por la corbata y lo acerqué a mí—. Y francamente, verte así vestido, después de tanto tiempo, me pone...

—¿Ah, sí?

—Pues sí.

Lo besé y nos abrazamos. El beso que comenzó lento y dulce se transformó en fuego puro, arrasando con nuestras manos y bocas lo que quedaba de cordura. Lamentablemente nos vimos interrumpidos por la voz de Marina, que sonó por el intercomunicador para avisar de que estaban listas para el almuerzo, si es que yo estaba bien.

—Pues, cariño, esto no se queda aquí. Estoy tan excitada que podría hacer autocombustión.

—¿Me lo dices a mí?

Miró su bragueta: una gran y seguramente dolorosa erección era visible. Lo miré perversamente y presioné el botón del intercomunicador.

—Marina, id yendo a la cafetería. En quince minutos estaré allí; aún estoy un poquito mareada.

Patricio sonrió y le brillaron los ojos. El saber que el resto de las personas detrás de las puertas del despacho no tenían la más mínima idea de lo que sucedería en unos instantes nos ponía más aún.

—¡Vale! No hay problema. Si no te encuentras bien, lo dejamos para otro día.

—No, tranquila. Dadme quince minutos. Me refrescaré un poco y bajaré.

—¡Vale! ¡Te esperamos!

Miré a Patricio, que con toda su gloriosa y sublime belleza, estaba apoyado en su escritorio, con las piernas estiradas y los brazos cruzados.

—Pequeña mentirosa...

—Ingeniero, ¿tiene algo que hacer los próximos diez minutos?

Me tomó de la mano, tiró de mí para colocarme entre sus piernas y me abrazó por la cintura.

—Disfrutar de ti.

—Tentador.

—¡Me vuelves loco, bonita!

Tomó mi rostro entre sus manos y me besó casi violentamente. Su lengua de terciopelo acariciaba la mía. Me sostuve de su cuello. Las piernas me flaqueaban por la intensidad del beso y la excitación que se acumulaba en mi entrepierna. La erección de Patricio la sentía sólida, justo en mi vientre.

—¿De verdad quieres hacerlo aquí? Estoy que ardo, mi amor —dijo sobre mi boca, mientras mordía y lamía mis labios.

—Sí, mi amor. Es culpa de mis hormonas. No puedo esperar a la noche.

Besándome y agarrándome de la cintura, me llevó al sillón, donde me sentó suavemente. Con delicadeza, me quitó las botas, los calcetines y los *leggins*, acarició mis piernas con la punta de los dedos y besó mis pies con adoración. Luego besó mi barriga y con suavidad me quitó el vestido y el top. Mis pechos estaban sensibles y los pezones erguidos por la excitación. Se levantó y pasó la llave a la puerta. Volvió y me miró con pasión.

—¡Eres la criatura más hermosa de la tierra, mi amor!

Comenzó a quitarse la americana, la corbata y la camisa. Le desabroché el cinturón y le bajé los pantalones y después los bóxers. Allí, ante mí y para mí, en todo su esplendor, tenía su maravillosa masculinidad. No lo pensé dos veces; la recorrí con mi lengua mientras lo miraba a los ojos. Unos ojos que se habían tornado oscuros, cargados de lujuria.

—¡Por Diosss!, ¿es que quieres matarme?

La introduje en mi boca y comencé a lamer, besar y succionar. Con la mano libre, acaricié su firme torso. Oírlo gemir y mover sus caderas con fruición, al mismo ritmo que lo hacía mi boca, me excitaba más y más.

—Suficiente, cariño —dijo con esa voz ronca que hacía vibrar cada célula de mi cuerpo.

Me tomó de la mano para ayudarme a levantarme. Lo besé con su sabor en mis labios y me dio la vuelta. Apoyé las rodillas en el sillón para estar más cómoda; me desabrochó el sostén y lo dejó caer al tiempo que tomaba mis pechos con ambas manos para acariciarlos. Me sostuve del respaldo para darle mejor acceso y me penetró suavemente. Siempre que hacíamos el amor, me asombraba y disfrutaba de sentirme tan plena, llenada por él, en todos los sentidos; la sensación era deliciosa. Sentí la humedad de su lengua recorriendo mi espalda, reverberando en mi sexo. Patricio se movía con un ritmo suave y preciso, que junto al roce de su cuerpo, el olor a sexo, los mimos en mis pechos y su sexo acariciando ese punto justo en el centro de mi placer, hacía que enloqueciera de goce.

—Más, cariño. No pares.

La respiración de Patricio se tornó agitada y su cuerpo se tensó. Conocía perfectamente cuándo estaba a punto de encontrar su liberación. Tomó mis caderas con ambas manos y, tras algunas embestidas, me impulsó a un orgasmo donde toqué el cielo, y de regreso, se derramó profundamente en mí, con un gruñido animal.

—¡Diosss! ¿Estás bien? ¿Te he hecho daño?

Mi respiración y pulso estaban aún agitados y no me permitieron hablar; sólo asentí. No estaba bien. ¡Estaba estupenda! Me besó la cabeza y nos acurrucamos abrazados y desnudos en el sillón, saciados.

—Eres maravillosa. Nunca podría cansarme de esto.

—¡Te amo!

—¡Y yo a ti!

Después de calmarnos, darnos una ducha rápida y vestirnos, fui al encuentro de mis amigas en la cafetería de la empresa. Me había demorado un poco más de lo prometido, pero Patricio les dio a las tres media hora más de descanso.

—¡Nos has dejado a todas impactadas con lo del embarazo! —Comenzó diciendo Marina—. Sabíamos que el señor Del Monte y tú habíais vuelto, pero no nos imaginábamos lo del embarazo.

—Pues... él no lo supo hasta que estuve de viaje, y ya llevaba mes y medio de embarazo —mentí.

—¡Estás hermosa! —dijo Sol, apoyando su mano en mi barriga.

—¡Sí, realmente se te ve ufana! —añadió Tere.

—Gracias, chicas. ¡Somos realmente muy felices!

Vino la camarera, que me miró y me dedicó una sonrisa falsa. Pedimos y continuamos con la charla.

—Y entonces, ¿has podido solucionar el problema? —preguntó Sol.

—Sí. Afortunadamente... ya está todo solucionado y...

Les mostré mi anillo.

—¡Enhorabuena! ¡¡Felicidades!! —dijo Tere—. ¿Ya sabéis si será niña o niño?

—Sí. Será una niña. ¡Se llamará Abril!

—¡Hermoso nombre!—exclamó Sol, y todas asintieron.

Trajeron nuestros platos y continuamos con nuestra charla mientras almorzábamos. El «sexo de oficina» me había abierto el apetito ferozmente.

Me preguntaron cuál había sido el problema por el que me había alejado de la empresa y les conté lo que habíamos acordado Patricio y yo. Estaba tranquila porque les estaba contando la verdad sin entrar en los detalles escabrosos.

—¡Madre mía, Azul! ¡Qué historia! —comentó Tere.

—Ya lo creo, pero lo importante es que ya está todo solucionado. Estamos juntos y esperando a un bebé que nos hace inmensamente felices.

—¿Y qué sucedió cuando le dijiste a él lo del embarazo? —preguntó Sol.

—Casi enloqueció por no habérselo dicho antes, pero amó a Abril desde ese instante.

—Se le ve feliz. ¡Nunca lo habíamos visto tan bien! —sentenció Marina.

Conversamos hasta que llegó la hora de irse y nos hicimos la promesa de almorzar regularmente. En un principio, Patricio me había dado las llaves de su coche, pero prefirió que Óscar me llevara, por si me sentía mal. Ya en casa, me cambié de ropa, le pedí un té a Mónica y me recosté a dormir una siesta. Todavía estaban trabajando en el dormitorio de Abril, así que el ruido me impidió pegar ojo. Encendí la televisión. Había comenzado a mirar canales con programas de futuras madres, bebés y todo lo relacionado con la maternidad. Estaba mirando un programa acerca de la importancia de las clases de preparto y el yoga para embarazadas cuando sonó el móvil. Era mi madre.

—¡Hola, mamá!

—¡Hola, cariño! ¿Cómo te encuentras?

—Muy bien, gracias. ¿Y tú?

—Bien, cariño. ¿Estás en tu casa?

—Sí. He vuelto de la empresa hace rato y me he recostado un poco. Pensaba dormir una siesta, pero están trabajando en el dormitorio de Abril y el ruido no me deja pegar ojo, así que estoy mirando la televisión.

—¿Ya lo has visto?

—¿El qué?

—¡En Tele8 están hablando de tu embarazo y de la boda!

—¡¡¡Joder!!!

Me incorporé en la cama y manoteé el mando a distancia para buscar el canal.

—Pero ¿cómo demonios se han enterado?

Había una foto mía de ese mismo día. Iba de la mano de Patricio. Era de cuando había salido de la empresa para acompañarme hasta el coche.

—¡Por Dios, ni que fuésemos celebridades!

—Cariño, Patricio es uno de los empresarios solteros jóvenes más influyentes del país, y los *paparazzi* siempre están al acecho.

—Supuse que en algún momento se filtraría la noticia, pero no tan pronto. Esa foto es de esta tarde.

—¡Tranquilízate, cariño!

—Tengo que llamar a Patricio, mamá. Te llamo más tarde. Gracias por avisar.

—De nada, hija. Un beso.

Colgué y marqué inmediatamente el número de móvil de Patricio. Sonó, sonó, sonó, hasta que atendió una mujer.

—¿Con quién hablo? —pregunté, extrañada.

—Con Marina Alves, la secretaria del señor Del Monte. ¿En qué puedo ayudarla?

—¿Marina? Soy Azul.

—¡Azul! No te he reconocido la voz, y el móvil indicaba «Jazmín».

—Sí, ése es mi primer nombre. Patricio me conoce por Jazmín. Oye, Marina, ¿Patricio está ocupado?

—Está a cuatro teléfonos. Se ha filtrado en la prensa lo del embarazo y la boda, y no ha parado de atender periodistas.

—¡Dios mío, es una locura! Me ha llamado mi madre para avisarme.

—Me hace señas de que aguardes un momento.

—Dile que no es importante; que me llame cuando esté libre.

—Vale. ¡Un beso, Azul! ¡Cuídate!

—Gracias, Marina. Otro para ti.

Colgué y me desparramé en la cama. «¡Esto será difícil!» Comencé a especular sobre quién pudo haber filtrado esa información. Ni Teresa, ni Marina, ni mucho menos Sol habían podido hacerlo. «Pero ¿quién?» Y como un *flash*, pasó por mi mente la imagen de la camarera de la cafetería. ¡Bingo! No podía ser otra: la forma en que me sonrió y el modo como rondaba nuestra mesa, como intentando escuchar lo que decíamos... «¿Cómo es posible que no me diera cuenta antes?» El móvil me sacó de mis elucubraciones; era Patricio.

—Amor...

—Cariño, está por todos lados —le solté.

—¡Sí, me tienen loco! He hablado con más *paparazzi* que cuando he presentado un producto.

—¡Dios, cariño! ¡Lo siento!

—No te preocupes. Me han dicho que la información salió de la empresa.

—Ni Tere, ni Marina, ni Sol.

—¡No, claro que no! La llamada salió desde la extensión de la cafetería.

—¡Bingo! ¡Lo sabía! ¡La camarera!

—¿Estás segura?

—No puedo afirmarlo al ciento por ciento, pero antes de que llamaras estaba pensando en la forma en que me había sonreído y luego rondaba la mesa.

—¡¡Joder!!

—¿Qué les has dicho?

—Que es verdad, que seremos padres en abril y que la boda será íntima.

—¿No nos dejarán en paz?

—Alguna celebridad será noticia y se olvidarán de nosotros. —Patricio le dijo algo a Marina—. Cariño, volveré temprano a casa; tengo que dejarte. Quédate tranquila, ¿vale? Te amo.

—Vale. Te amo.

Evalué qué hacer. No quería mirar más la televisión, así que tomé mi *tablet* e hice una búsqueda de algún centro de yoga para embarazadas. Después de ver muchos sitios, me gustó uno en particular, porque me interesó su propuesta.

Fui a la sala. Mónica había encendido la chimenea, así que encendí el equipo de música y tomé un libro de recetas navideñas. Quería comenzar a pensar en el menú, ya que quedaba poco para la recepción y no había organizado nada. Más tarde, Mónica me indicó que los trabajadores se retiraban, así que subí al dormitorio a mirar cómo marchaba el trabajo. Me sorprendí de lo avanzados que iban. Ya habían abierto el hueco para la puerta que comunicaría nuestro dormitorio con el de la niña, ya habían colocado los paneles de yeso que formarían el área del cambiador. A ese paso, en tres días lo tendrían terminado, tal como habían prometido. Se retiraron todos, incluso Mónica. Había pensado en preparar un cocido para cenar, así que me marché a la cocina. Me puse el delantal y fui a por los ingredientes. Ya lo tenía todo encaminado cuando llegó Patricio.

—¡Hola, cariño! ¡Qué bien huele!

—¡Hola, amor! —Me acerqué y lo besé—. Quería esperarte con la cena lista. ¿Cómo te ha ido?

—No sabes lo hermosa que estás y lo feliz que me hace llegar a casa y que estés aquí... así.

—A mí me haces feliz tú. Te he extrañado mucho. Ya me había acostumbrado a estar las veinticuatro horas contigo. —Hice un mohín.

—Y yo... —Nos mantuvimos abrazados, y me besó en la frente—. Me tienes completamente hechizado, bonita.

—¿No te he contado que soy bruja? ¿O serán las hormonas del embarazo las que me hacen ser una bruja reclamante?

Patricio rió.

—Y a ver, mi brujita preferida, ¿qué hechizo cocinas en esa marmita?

—Un cocido.

—¡Mmm!

—¿Cómo te ha ido?

—Un día agotador, cariño; todo problemas.

—Cuéntame.

Nos sentamos en las banquetas de la isla de la cocina.

—No te voy a aburrir con mi día.

—¡Patricio! —Le regañé—. No me aburres. Nada de ti me aburre.

—La *tablet* que estamos desarrollando está dando algunos dolores de cabeza. El equipo de ingenieros de Vigo me quiere allí, pero ya les he dicho que ni lo sueñen. No voy a dejarte sola.

—Pero... yo estoy bien. ¡No puedes no ir, y menos por mí!

—Cariño, me moriría de angustia de no tenerte a mi lado al despertar. No, ya pasé por eso durante unos meses. ¡No quiero separarme de ti!

—Patricio, dejemos lo que sucedió atrás. Yo también te he extrañado cada día y... ¡joder!, que te he extrañado hoy y sólo han sido unas horas, pero tenemos una vida que vivir. Estamos hablando de tu trabajo y de un proyecto en el que sé que has invertido muchísimo tiempo y dinero. Debes ir... —Le acaricié la mejilla—. Está Mónica, y le pediré a Julia que venga a quedarse aquí. Y están Benja y Clara. Estaré bien.

—¿Y si vienes conmigo?

—¡De ninguna manera! Tengo que organizar la recepción de Navidad. Además, voy a comenzar con clases de yoga para embarazadas. Me mantendrán ocupada y activa.

—¿Yoga para embarazadas?

—Sí. He estado investigando y el yoga es muy bueno. En enero comenzaremos las clases de preparto.

—Me encanta oírte con tanta energía.

—Bueno, sígueme contando por qué fue tan malo tu día, porque yo recuerdo una parte que no creo que fuera tan horrorosa... —Me sonreí.

—Pues ésa fue la única parte del día, además de haber comenzado con el dormitorio de Abril y de haber vuelto ahora a casa, por la que ha valido la pena despertarse.

—¿Algo más en la empresa? ¿El tema de los *paparazzi*?

—Los *paparazzi* me enloquecieron. Finalmente tuve que pedirle a Marina y a la nueva asistente que se encargaran de algunas llamadas. Creo que ya no llamarán más.

—¿Qué harás con la camarera?

—Ya le he pedido a Carlos que se encargue. —Me acarició el cabello—. ¿Qué tal se portaron los obreros?

Me levanté y preparé la mesa. Serví para él una copa de vino y para mí un zumo de manzana.

—Salvo por el ruido infernal, van muy bien. Terminarán para cuando dijeron.

—Mejor. Tendremos jueves y viernes para pintar y el fin de semana para descansar, y puedo viajar el lunes temprano para volver, a más tardar, el miércoles.

Ladeó la boca. Yo serví la cena y me senté.

—Deberíamos hacer las llamadas de invitación para Navidad. ¿Quieres que yo me encargue?

—¡Mmm, está delicioso! ¡Perfecto para este clima! Yo llamaré a mi padre y tú encárgate del resto. ¿Ya tienes pensado qué hacer?

—Algo. —Le guiñé un ojo—. Voy a pedirles ayuda a tu madre y a Julia, así que estaré ocupada.

—¿Quieres decir que no me extrañarás?

—¡Nada, nadita, nada!

—¡Mentirosa!

Terminamos de cenar, recogí los platos, los coloqué en el lavavajillas y saqué de la nevera dos copas con el postre.

—¿No me digas que has hecho arroz con leche?

—No te lo digo. —Me reí—. Espero que te guste. Es la receta de mi madre. De pequeño te encantaba.

—Lo recuerdo. ¡Diosss!

Patricio resopló y echó la cabeza hacia atrás cerrando los ojos.

—Si viajo el lunes, tendré que cancelar la consulta con la psicóloga.

—Llámala mañana y pide una nueva hora.

—Tenía muchas ganas de empezar. Estuve leyendo la información que me enviaste sobre ese tratamiento y tengo puestas todas mis esperanzas en que funcione.

—Y lo hará, pero no te presiones, cariño. Llámala. La semana de Navidad y la siguiente viaja a Marbella, pero consúltalo. Si no, comienzas en enero.

—¡Es el arroz con leche más delicioso que jamás haya probado!

—Gracias. —Le besé en la mejilla.

Fuimos juntos al dormitorio de Abril. Patricio quedó satisfecho con el trabajo que estaban haciendo. Estuvimos conversando sobre los colores. Nos habíamos decidido por pintarlo violeta y lila, la zona del cambiador en rosa y los muebles en blanco. Teníamos que encargarnos de la cama de princesa de Mía, que vendría para la fiesta. Mía estrenaría el dormitorio de Abril. «¡Qué par serán esas dos!»

Habíamos decidido pintar nuestro dormitorio en un color natural que combinara perfectamente con el marrón chocolate de los muebles y la chimenea que había frente a la cama. Estábamos muy felices de cómo estaban yendo las cosas. Salvo el detalle de los *paparazzi*, el resto iba maravillosamente bien.

Nos fuimos a la habitación de invitados, que era donde dormiríamos hasta terminar de pintar las dos habitaciones. Patricio se dio una ducha y se acurrucó junto a mí. Nos dormimos abrazados.

El miércoles, Patricio volvió de la oficina temprano para comenzar a pintar la habitación de Abril. Ya teníamos la pintura para ambos dormitorios; para el nuestro habíamos contratado pintores, pero queríamos pintar nosotros mismos el dormitorio de nuestra hija.

Noté que Patricio tenía un halo de preocupación. Le pregunté varias veces si sucedía algo, pero sólo me respondió que no le apetecía viajar, que en verdad no tenía ganas de dejarme sola, pero estaba segura de que algo más sucedía. Insistí, busqué por el lado de Leandro, que había quedado en confirmar si vendría o no en Navidad; pero tampoco. No sabía qué le estaba pasando, y era evidente que no quería decírmelo, lo que por un lado me enfadaba y, por otro, me preocupaba. Por la noche hicimos el amor de forma dulce, lenta y apasionada, como si quisiese fundirse en mí y ser uno.

El viernes Patricio salió temprano hacia la empresa; hablé por teléfono con Clara para invitarlas a almorzar a ella y a Julia y me confirmó mi casi certeza de que había algo que estaba preocupando a Patricio. Clara también lo había notado y pensaba que sería algo del embarazo. Para la cena, de la que esta vez se encargaría Mónica, me propuse que me diría sí o sí lo que estaba sucediendo. No daría vueltas al asunto; iría al grano. Mi cabeza era una tormenta de pensamientos que incluían a Gabriela y a Mayte.

Por la tarde, después de que se fueran Clara y Julia, lloré durante horas, hasta que me dormí. Cuando me desperté ya era de noche. Pensé que Patricio no habría llegado, y eso encendió una alarma en mi cabeza. Me vestí y fui al dormitorio de Abril. Faltaban por terminar algunos detalles, así que me decidí a hacerlo. Gran sorpresa la mía cuando vi que no sólo estaba terminado, sino que estaba limpio y la cama de Mía ocupaba el centro de la habitación.

Volví a bajar las escaleras, y mientras hacía el camino a mi estudio, vi que la puerta del estudio de Patricio estaba entreabierta y una luz tenue se filtraba por la abertura. Llamé y abrí. Patricio estaba dormido en su poltrona reclinable, con un vaso de whisky a medio beber sobre la mesita auxiliar y el marco de la foto que le había enviado Leti cuando estaba en Zaragoza sobre su pecho. Le quité el marco con cuidado y lo cubrí con mi manta de lectura.

Salí del estudio y fui a la cocina a servirme un vaso de zumo. Mi móvil vibró y me sobresalté. Era un mensaje de Benja; quería saber cómo estábamos y si queríamos almorzar juntos al día siguiente, ya que mamá se volvía a Marbella por la tarde. Lo llamé y le confirmé que yo iría, pero que no sabía si Patricio podría asistir; sin entrar en detalles, le dije que lo tenía complicado por el atraso en el trabajo.

Me senté en una banqueta de la isla de la cocina, apoyé ambos brazos cruzados sobre la encimera y hundí mi cabeza entre ellos. No quería pensar mal, pero Patricio no enviaba señales positivas. No le oí acercarse. Cuando me cubrió con su cuerpo y me abrazó por la cintura, di un respingo.

—Cariño...

Me incorporé, Patricio apoyó su barbilla en mi hombro y me besó el cabello.

—¿Qué es lo que va mal?

—¿Tú?

Intenté zafarme, pero me apretó, hundió su nariz en mi pelo y respiró hondo.

—Te necesito. No me rechaces.

«¡Dios!, algo grave está sucediendo.»

—¿Qué está pasando, Patricio? Me asustas. Desde el miércoles estás evasivo, distante, me haces el amor como si te fuera la vida en ello, te pregunto qué sucede y te sales por la tangente. ¡No sé qué pensar!

Le dio la vuelta a mi banqueta, se puso entre mis piernas y me levantó la barbilla para mirarme a los ojos.

—Te amo.

—Y yo a ti, pero no sé qué está pasando, y mi cabeza comienza a volar por lugares a los que no quiero ir.

—Que tu cabecita loca se quede aquí. —Me besó en la frente—. Tenemos que hablar. Ven.

«¡Mierda! ¡Esto no pinta nada bien!» Mi rostro debía ser un poema.

—Vamos a resolverlo, como ya hemos hecho otras veces, pero debemos hablarlo.

Tomó mi mano y me condujo hasta la sala. Nos sentamos en el sillón que había frente a la chimenea.

—¿Qué pasa, Patricio?

—Me están extorsionando.

—¡Joderrr! ¡Pero, ¿por qué, quién, cómo?! —grité.

—Primero, cálmate. Era por esto por lo que no quería decírtelo. Segundo, necesito que me escuches en silencio y lo más tranquila posible, ¿vale?

—Vale.

—La noticia del embarazo y de nuestra boda llegó a oídos del técnico del laboratorio en el que hicimos el estudio.

«¡Mierda!» Mi cabeza cayó y sentí como si toda la sangre fuese a los pies. Comencé a temblar. Patricio me abrazó y me frotó la espalda y los brazos; levantó mi rostro.

—Mírame, cariño. —Mis ojos se llenaron de lágrimas que comenzaron a rodar por mis mejillas—. No llores, por favor. Me mata verte así, pero tienes que saber...

—Dímelo todo, Patricio. Lo que tengas que decir, por duro que sea.

—El miércoles por la mañana me envió un mensaje al móvil donde decía que tenía una historia muy suculenta para contar a la prensa.

—Sólo quiero saber una cosa, y quiero que me respondas y jures por tu hija que lo harás con la verdad...

—Te lo juro por la vida de mi hija.

—¿Sabes el resultado? ¿El técnico te lo ha dicho?

—No, no lo sé. En el hospital te dije que no quería saberlo, y así es, ¡no quiero saberlo!

—Tengo miedo, Patricio. Si esta historia se hace pública, ¡nuestra vida será un infierno! ¡Por Diosss!, ¿qué haremos?

—Déjame terminar, cariño. Ayer envió otro mensaje en el que dice que tenemos una semana para pagarle doscientos cincuenta mil euros por guardar el secreto. El lunes viaja a un congreso en Ginebra y a su regreso se pondrá en contacto conmigo nuevamente.

—¡¡Joder!! ¿Cómo no previmos que esto podía suceder?

—La culpa es mía, pero no encontré otra forma. Yo empecé el juego. Ahora podemos seguir jugando y pagarle lo que pide hoy, y lo que seguirá pidiendo en el futuro, o afrontar las consecuencias.

—¿Cuáles serían las consecuencias?

—Para empezar, la prensa nos atosigaría. Yo sé que ahora estás bien, pero no pienso poneros en riesgo ni a mi hija ni a ti. Si es necesario irnos del país, nos iremos. No pienso separarme nunca de ti.

—Ni yo de ti. Nosotros ya lo hemos superado; lo que me aterra es la reacción de nuestro entorno. Les hemos mentido, mi amor.

—Lo sé. ¿Por qué piensas que hace días que estoy huraño?

—No quieras saberlo. Todo pasó por mi cabeza, desde Gabriela y Mayte a que estabas arrepentido. ¡No sé! ¡Odio que me tengas en ascuas! Mi loca y hormonal cabeza comienza a pasear por lugares oscuros y de inseguridad, y no me gusta sentirme así. No me ocultes las cosas. Somos una pareja, y debemos apoyarnos mutuamente. No puedes cargar siempre con toda la responsabilidad. En esto estamos juntos.

Patricio se acercó y me abrazó, creo que aliviado al no tener que seguir cargando con eso solo.

—¿Cómo eres tan perfecta, mi amor? Perdona que te lo haya hecho pasar mal estos días. Me estaba carcomiendo por dentro. Estoy tan acostumbrado a ser independiente... —Puse cara de compungida—. No me malinterpretes. Amo compartirlo todo contigo y no lo cambiaría por nada del mundo; sólo que me cuesta, cariño.

Acarició mi mejilla y besó dulcemente mis labios.

—¿Podrás perdonar a este hombre completa y locamente enamorado?

—Perdonado y advertido. Ahora, cariño, ¿qué haremos?

—Pues creo que no debemos ceder al chantaje.

—Pero, cariño, ¡eso puede significar que abran un proceso legal contra ti! —Mi expresión era de terror—. ¡Yo no podría con eso! No podría. Si fuese sólo que nos juzgaran moral o éticamente por estar los tres juntos no me importaría nada, pero ¡no quiero asumir el riesgo de que tú puedas ir a prisión!

—Voy a asesorarme. El lunes le pediré a mi abogado que venga y así conversamos. Definitivamente, no viajaré.

—¡Dios!, ¿por qué todo tiene que ser tan difícil para nosotros?

Era cierto. Cuando todo estaba yendo bien, algo tenía que suceder. Parecía como si nuestro destino estuviese marcado por la incertidumbre y el sufrimiento.

—Lo lamento, mi amor. —Patricio me abrazó—. No preví que esto pudiese suceder.

El sábado terminaron de pintar nuestro dormitorio, de ubicar los muebles y de colocar las cortinas bajo mis instrucciones. Por la tarde, después de almorzar con mamá, Benja y Dan, nos dedicamos a colocar los cuadros y los adornos sobre la cómoda. Y, cuando parecía que habíamos terminado, Patricio me entregó un regalo. Era una caja grande y tenía un hermoso lazo con lunares de colores.

—¡Vamos! ¡Ábrelo! —dijo, entusiasmado.

Sus ojos brillaban de emoción. Finalmente, tiré del lazo, abrí la tapa y vi lo que era: un marco hermoso con la fotografía ampliada de nosotros de pequeños en la plaza Mayor espantando las palomas; algunos marcos más pequeños con las fotografías de Zaragoza, y un marco con el retrato que nos habíamos hecho en Barcelona.

—¡Son preciosos, cariño! —Me lancé a sus brazos y lo besé—. ¡Me encantan!

—¿Dónde quieres colocarlos?

—El retrato podríamos colgarlo en la sala, y el de nosotros de pequeños me gustaría ponerlo aquí, en la cabecera de la cama. Los de las fotos de Zaragoza podrían quedar bien en el pasillo. Quisiera tomarte algunas fotos y hacer otras en las que estemos juntos y montar allí una pequeña galería.

—¡Me encanta la idea!

Amaba cada cosa de ese hombre. Era tan sensible y estaba tan comprometido con nuestra pequeña Abril que me conmovía. Era feliz a pesar de tantos obstáculos; los tenía a él y a ella.

Abril había decidido ponerse a bailar en mi barriga, y eso hizo que me despertara temprano; pero Patricio no estaba en la cama. Era domingo y vendrían Julia y Leandro a almorzar. Yo a Leandro lo vería por primera vez después de veinte años, y también sería la primera vez que vendría a la casa de Patricio...; bueno, a nuestra casa. Si bien mi padre siempre sería Ricardo Alzogaray, ese día la duda estaba haciendo estragos en mis nervios.

Me di una ducha y me vestí. Busqué a Patricio por la casa y no lo encontré; preparé un té y me quedé de pie frente a la ventana que daba al jardín. Vi la puerta del garaje entreabierta y a *Peter* y a *Pan* echados en la entrada, y supe que Patricio debía de estar allí. Fui a por un café para él y salí al jardín. En cuanto me vieron, *Peter* y *Pan* vinieron corriendo a recibirme. La música estaba altísima, así que no me oyó entrar. Patricio, en ropa de trabajo, moviendo sus caderas al mejor estilo Axl Rose al ritmo de *Sweet Child O'Mine**, era un espectáculo digno de ver. Estaba puliendo cuidadosamente cada una de las maderas que formarían los barrotes de la cuna. Se le veía concentrado y todavía no había reparado en mi presencia, así que dejé el café en la repisa y volví a la casa a buscar la cámara de fotos. Cuando volví, Patricio tenía la taza en las manos. Nos miramos y sonreí.

—Buenos días, bonita.

—Buenos días, bonito.

—Parece que ha estado un duende por aquí y me ha dejado esto —dijo, levantando la taza de café.

—Sí. El duende te ha visto tan concentrado que fue a buscar esto. —Levanté la cámara de fotos—. Quería sacarte unas fotos. Me gustaría mostrarle a nuestra hija cuando crezca cómo su papá le construyó la cuna.

Patricio se acercó, me abrazó por la cintura y me besó en los labios.

—¿Cómo has dormido?

* *Sweet Child O'Mine*, Guns N' Roses Music, interpretada por Guns N' Roses. *(N. de la e.)*

—Bien, pero tu hija ha estado bailando mucho. —Apoyó su mano en mi barriga—. ¿Lo notas?

—Sí.

Todo el azul del cielo se condensaba en sus ojos. Se acuclilló e hizo eso que tanto me encantaba: tomó la barriga con ambas manos y la besó.

—¡Hola! ¿Estás inquieta, cachorrita de papá? ¿Tendrá que ver con que hoy viene el abuelo? —preguntó, y miró hacia arriba, directamente a mis ojos.

—Y hablando de eso, ¿por qué no entras? Así te duchas y comenzamos a preparar el almuerzo.

—Estoy teniendo una conversación seria aquí con mi hija.

—Oh, ya veo... Perdón por la interrupción.

Me mordí el labio para no reírme. Patricio podía pasar de ser un acerado empresario, ¡y vaya si había visto ese lado suyo!, a ser el hombre más dulce y tierno que habitaba en la tierra.

—Mamá está un poco nerviosa. Papá te va a cantar tu canción, así duermes en esa barriguita.

«Me derrito. ¡Diosss! ¿Este hombre es de verdad?» Y le cantó su nana. Nunca dejaría de sorprenderme, y no sé si era el suave tono de su voz o qué, pero Abril siempre se quedaba quietecita después de su dulce arrullo.

—Ahora, papá se va a duchar. ¿Mamá no querrá acompañarlo?

—No, mamá va a comenzar a preparar los aperitivos. Julia y tu padre no tardarán en llegar. —Le guiñé un ojo—. ¡Guarda energías para esta noche!

Se levantó y salió del garaje. Corrió por el césped. *Peter* y *Pan* corrieron detrás de Patricio y él les lanzó un juguete a cada uno para que lo recogiesen. Lo miraba desde la puerta del garaje y podía ver su felicidad.

—¡Os amo! —gritó, y entró corriendo en la casa para ducharse.

Estaba preparando los aperitivos cuando Patricio apareció en la cocina. ¡Diosss!, ese hombre me dejaba sin aliento, con su cabello mojado, tan informal pero seductor. ¡Era mi *dulce sexy*! Se puso el delantal y comenzó a hacer su magia. Como siempre, fui su asistente: lavar y cortar verduras, buscarle los ingredientes... La cazuela de cordero ya estaba en marcha. Mientras él comenzaba la preparación, dispuse en la isla los aperitivos y las copas y luego preparé la mesa del comedor. Encendí el equipo de música y puse Loreena McKennitt; algo tranquilo para calmar mis nervios.

Patricio cada dos por tres se acercaba y me besaba, o simplemente me guiñaba un ojo. El timbre sonó; mi corazón parecía querer huir por la misma puerta por la que entraría Leandro con Julia.

—Deja que yo abra —dijo, mientras leía mi lenguaje corporal.

No estaba nerviosa; estaba aterrada. Fui tras Patricio, que abrió la puerta, y Julia se abalanzó sobre mí.

—¡Hola, cuñada!

—¡Julia, qué alegría verte!

Era cierto. Tenerla allí rompía un poco el hielo de la situación.

—Papá...

Patricio le dio la mano, pero Leandro tironeó de él y lo abrazó. Me quedé de piedra, al igual que Julia; podía ver la rigidez del cuerpo de Patricio.

—Hijo, qué alegría verte.

Leandro me miró por encima del hombro de su hijo. Era un hombre elegante, que llevaba muy bien sus cincuenta y pocos años. Definitivamente, Patricio tenía a quién parecerse.

—Jazmín, es un placer verte después de tantos años.

«Ni que lo digas.»

—Pasad, por favor. Bienvenido, señor...

«¡Qué carajo! ¿Cómo lo llamo? ¡Diosss, qué incomodidad!»

—Por favor, Jazmín, eres mi nuera. Llámame Leandro.

«¡Joderrr!, que no me sale.»

Patricio tomó los abrigos de ambos y se abrazó a Julia, y yo les mostré el camino hacia la cocina.

—Patricio, ¿puedo usar tu estudio un momento? Me gustaría conversar un momento con Jazmín.

«¡Dios mío, no! ¡Trágame, tierra!» Patricio me miró. Mi rostro de pánico le había dicho lo que necesitaba saber.

—Papá, no creo que sea el momento.

—Yo voy a estar en la cocina —dijo Julia, mirándonos uno a uno.

Leandro esperó a que desapareciese y finalmente habló.

—Jazmín, sé que para ti esto puede ser incómodo.

Patricio pasó la mano por mi hombro y besó mi coronilla. Yo deslicé la mano por la cinturilla de sus pantalones.

—Tanto tu madre como yo cometimos un gran error, y no deberíais haber sido vosotros los que lo pagarais, y mucho menos mi futura nieta.

—Leandro, yo ya he perdonado a mi madre. No voy a mentirte; he pasado los peores meses de mi vida y Patricio también, pero quedarnos con el rencor cuando aquí —dije, y señalé mi barriga— hay vida... No, no podemos, así que tratemos de mirar todos hacia delante.

Patricio me apretó contra él; Leandro nos observaba y yo podía ver orgullo en la forma de mirar a su hijo.

—Estoy muy feliz por vosotros. Hijo, nunca te había dicho lo orgulloso que estoy de que te hayas forjado como uno de los empresarios más importantes de nuestro país. Siento una enorme satisfacción por el hombre honesto y responsable en que te has convertido.

—Gracias, papá.

Lo solté para que pudiese abrazarlo. Sabía lo importante que era para él que su padre por fin le reconociese el trabajo y los logros obtenidos. Leandro se acercó, lo abrazó y le dio unas palmaditas en la espalda.

—Tenemos una cazuela de cordero esperando.

Nos dirigimos a la cocina, donde Julia estaba apoyada en la isla hablando por el móvil con Mayte, según pude alcanzar a oír. Serví una copa de vino para Leandro y otra para Patricio, y le hice señas a Julia para saber qué deseaba beber. Le serví zumo de naranja, como a mí.

Nos sentamos alrededor de la isla a degustar los aperitivos, acompañando a Patricio mientras terminaba de darle los toques a la cazuela. Mientras terminaba la cocción, les mostramos el dormitorio de Abril; luego Patricio llevó a Leandro al garaje para enseñarle lo que sería la cuna, y yo llevé a Julia a nuestro dormitorio para mostrarle la nueva decoración y pintura.

—¡Ay, Jaz! Tú no sabes lo contentas que estamos mamá y yo de ver a Pato tan feliz, actuando como un hombre de su edad. —No habíamos tenido la oportunidad de estar solas y poder hablar con confianza—. No es que antes no saliera, pero después del accidente se encerró en sí mismo, se dedicaba a la empresa y pocas veces salía.

—Convengamos en que tu hermano no ha perdido el tiempo con las mujeres.

—Bueno, supongo que no era célibe. Lo de Mayte fue hace años, y cuando me fui a la India ya había terminado su relación con la zorra de Gabriela. Lo que te quiero decir, cuñada, es que mi hermano es feliz, está relajado, contento. ¡Esto de ser padre le sienta muy bien!

—Será un excelente padre, Julia. Es tan atento y tan cariñoso, y es increíble. Cuando Abril está inquieta como esta mañana, Patricio le canta y ella se queda quietecita.

—Es lo que te digo. ¡Mi hermano está en las nubes con sus dos mujeres! ¡Te ama tanto! Cuando me contó que os habíais reencontrado, yo en seguida supe que sería para siempre. Luego, bueno..., luego pasó lo que pasó, y yo no lo vi. Hablé un par de veces con él, pero mamá estaba tan angustiada de cómo estaba que apuré mi regreso.

—Lo sé, pero eso ya ha pasado. Y, hablando de tu regreso, ¿qué corazón roto has dejado por allá?

Julia se rió. Fue una risa fresca pero pícara.

—¿Cómo lo sabes? ¡No se lo he dicho a nadie!

—Clara se lo dijo a tu hermano. Presentía que tu demora en volver tenía que ver con un «alguien».

—Pues mi madre siempre tiene eso... —Bajó la mirada y sacó una pelusa inexistente del edredón de la cama—. Es el hermano de Mayte, Francisco. Me acompañó a la India; estamos juntos en ese proyecto. Pero a él le han ofrecido un contrato de dos años para llevar adelante otro proyecto y yo voy a Etiopía un par de meses en enero, pero luego volveré aquí para estar para cuando nazca Abril y vuestra boda. Después me iré de nuevo a la India otro par de meses para cerrar mi gestión y regresaré a España.

—¿Y va en serio?

—Nos queremos mucho. Ya nos gustábamos cuando nos fuimos. Allí la cultura es muy distinta, y eso hizo que nos uniésemos aún más. Pero él tiene que estar en la India dos años más y eso nos tiene... digamos que sensibles.

—Te entiendo.

Le conté el caso de Leti y Germán. No era lo mismo, pero bueno, muchas parejas tenían una relación a distancia, aunque sabía que no debía de ser fácil y tenía que confesar que yo no hubiese podido. Por supuesto, le ofrecí mi oído y mi apoyo para cuando los necesitase.

Nos acercamos a la cocina, donde Patricio y Leandro estaban conversando animadamente. Julia y yo nos miramos y sonreímos. Me dirigí a la despensa a buscar los ingredientes para comenzar a preparar el postre que le había prometido a Patricio: *mousse* de chocolate y frutos secos.

—Jazmín, ¿cómo te has encontrado? —me preguntó Leandro.

—Muy bien. Salvo un poco de cansancio, me he encontrado de maravilla.

—¿Cuándo tenéis visita con la ginecóloga?

—La semana que viene. En enero comenzaremos con las clases de preparto.

—Me ha dicho Patricio que también vas a asistir a clases de yoga.

—Sí. He leído que es bueno y creo que me ayudará un poco con la ansiedad. No estoy acostumbrada a no hacer nada, y eso me mantendrá ocupada. Patricio no me deja hacer mucho.

—Ya me lo creo —dijo Julia, haciendo un mohín.

—A ver si tú logras hacerle entender que estoy embarazada, no enferma —le dije a Julia con complicidad.

—Quiero cuidarte, cariño. —Patricio me abrazó por detrás, apoyó su barbilla en mi hombro y besó mi cuello—. La cazuela está lista.

Coloqué la *mousse* en copas y las puse en el refrigerador. Ayudé a Patricio a servir y fuimos a la mesa.

El almuerzo transcurrió de forma amena y alegre. Todo rastro de incomodidad había desaparecido. Las conversaciones se daban con naturalidad, y Leandro era todo elogios para su hijo. Lo felicitó por la casa, por la cuna, por la empresa, por la comida, incluso hizo un brindis por nosotros y su nieta. Me emocionó mucho. Bueno, no es que sea una mujer de lágrima dura, pero debo decir que las hormonas hacían que estuviera más emocional que de costumbre. Comimos el postre en la sala, junto a la chimenea, y luego se fueron.

—¿Cómo estás, mi amor? —le pregunté.

—Muy bien. Estoy feliz. Mi padre ha hecho un cambio importante y eso me alegra. ¿Y tú?

—Bien, muy bien. Me encanta conversar con Julia y me ha gustado mucho verte con tu padre.

—¿Sabes qué me ha dicho mientras estabas con Jules en el dormitorio?

—No. ¿Qué?

—Que lamentaba haber sido un mal padre y que sabía que yo sería un excelente padre y esposo.

—¡No tengo ninguna duda de eso, mi amor!

Pasamos el resto de la tarde haciéndonos arrumacos en la sala y mirando una película. Yo me dormí con la cabeza apoyada en sus piernas. Cuando la película terminó, me llevó en brazos al dormitorio, me dejó en la cama y comenzó a desvestirme suavemente para ponerme el pijama, pero me desperté.

Patricio me besó en los ojos, yo le tomé el rostro con ambas manos y lo acerqué para besarle los labios. Me recosté en la cama y lo atraje hacia mí; él se quitó el jersey, y yo le desabroché la camisa mientras nos besábamos. Mi entrepierna comenzaba a palpitar y a humedecerse.

—Deja que me ponga de costado, cariño, que no quiero apretar a Abril.

Me arrodillé en la cama, le ayudé a quitarse los pantalones, acaricié y besé su pecho, me subí a horcajadas y comencé a besarlo. Luego bajé por su garganta y regué su pecho con pequeños y húmedos besos. Me incorporé y me quitó el sostén, acariciando suavemente mis pechos.

—Cariño, están creciendo.

—¿Sí, verdad?

Se incorporó y los besó. Sin duda, había días en que estaban más sensibles e hinchados. Me acarició la barriga y deslizó la mano por mis bragas, hasta llegar a mi centro de placer.

—Estás tan húmeda y perfecta para mí...

Me acomodó de espaldas, me quitó las bragas, llenó de besos mi barriga y fue bajando hasta llegar allí donde mi placer se hacía líquido. Su lengua se abrió paso entre los labios húmedos de mi sexo, hasta atrapar con su boca mi botón. La punta de su lengua jugó con él, haciéndome trepidar de placer, mientras paseaba por todo mi sexo, construyendo un orgasmo que no tardaría en explotar si continuaba con esa deliciosa tortura. El martirio se completó cuando introdujo un par de dedos, haciendo círculos y estimulando ese punto que sabía que me lanzaría en caída libre. Y así lo hizo. Me contorsioné, jadeé, grité, me estremecí y volví al momento.

—¡Por Diosss, cariño! ¡Amo mirarte cuando te corres!

—Y a mí me gusta mirarte a ti. Amo tu rostro contraído y la tensión de tu cuerpo cuando estás cerca del orgasmo, y ver como todo tú te relajas cuando encuentras la liberación. —Me subí a horcajadas—. Y eso es lo que haré ahora.

Tomé con mi mano su masculinidad, dura como una roca pero suave como algodón, y la guié dentro de mí para montarlo suavemente, mientras sus manos paseaban y adoraban mi cuerpo ardiente de deseo. Me incliné para besarlo. Mis pechos rozaban el suyo, y los pezones, sensibles y erguidos, ardían con el roce de su torso.

—Sí, mi amor; ¡fóllame!

Tomó mis nalgas y condujo el ritmo del vaivén de mis caderas. Podía sentirlo caliente y creciendo en mi interior, como un poderoso volcán clamando su erupción. Nuestros cuerpos, cubiertos de sudor, daban una tonalidad perlada a la piel. Patricio se incorporó y me sujetó por la espalda; eché la cabeza hacia atrás, dándole total acceso a mis pechos, que estaban creciendo, y eso me gustaba.

—Adoro el sabor y el olor de tu piel, su tibieza y su suavidad. Me vuelven loco.

Sus palabras me excitaban aún más. Lo besé, me sujeté de su cuello y apuré el ritmo de mis caderas. Patricio tensó el cuerpo, mi sexo comenzó con espasmos y, entre jadeos y gemidos, bastaron un par de embestidas más para que ambos encontrásemos juntos la liberación.

—¡Diosss, cariño, eres increíble!

Y me besó. Esos labios tiernos, húmedos y suaves que recorrían mi boca para sellar lo que acabábamos de hacer.

—Te amo.

Así, sin querer que se saliera de mí, rodamos en la cama y nos abrazamos, apretados.

—¿Estás bien?

—De maravilla. ¿Y tú?

—De maravilla. Sólo que a veces tengo miedo de hacerte daño con tanta pasión.

Besó la parte de atrás de mi cabeza y me apretó hacia él. Volví el cuerpo para mirarle a los ojos.

—¿Cuál es el sentido de hacernos el amor si no es con pasión?

—Cariño, sabes a lo que me refiero. Sabes que te veo y deseo estar dentro de ti, que cuando estamos haciendo el amor me pierdo en ti, en cada sonido, en cada movimiento, y por momentos podemos ser muy apasionados y tengo miedo de hacerle daño. Siempre lo hacemos con pasión, mi amor, pero hay veces que nos olvidamos de que no estamos solos.

—No nos haces daño, y si llego a sentirme incómoda o dolorida, lo sabrás, cariño, de eso no tengas dudas.

Lo besé y acaricié su mejilla, me apoyé en su pecho, me abrazó, y nos quedamos dormidos.

El despertador sonó a las siete y cuarto. Definitivamente lo odiaba, sobre todo ahora que no tenía que levantarme temprano para ir a trabajar. Pero Patricio debía ir a la empresa; tenía una videoconferencia a primera hora. Luego veríamos al abogado, durante el almuerzo, y por la tarde tenía la cita con la psicóloga. ¡Un día completo!

Me levanté dispuesta a preparar el desayuno, pero Mónica diligentemente ya estaba en eso cuando llegué a la cocina. Patricio apareció con la corbata sin atar, desayunamos juntos y luego tomó unos papeles de su estudio. Lo acompañé a la puerta, convenimos a qué hora iría a la empresa para reunirnos con el abogado, nos besamos, acarició mi barriga y se fue.

Volví al dormitorio para darme una ducha y vestirme. Comenzaba con las clases de yoga para embarazadas a las nueve, así que me preparé la bolsa con unos calcetines extra, mi manta de lectura y un chal. Mi Pandita ya estaba ahí y me sentía feliz de tenerlo de nuevo.

Llegué al centro de yoga antes de la hora de comienzo de la clase para poder conversar con la instructora. Era una mujer mayor; transmitía mucha paz y seguridad. Inmediatamente me sentí cómoda. Me invitó a entrar en la clase, donde una docena de mujeres de distintas edades y en diferentes etapas del embarazo estaban en sus lugares conversando con una música muy relajante de fondo. Me presentó, todas me saludaron muy amablemente y comenzamos la clase.

Una hora y quince minutos después terminamos. ¡Me había encantado! Fue una preciosa experiencia. Allí no había prisas y las ansiedades se disipaban. Volví a casa con el tiempo justo para ducharme, vestirme y salir hacia la empresa.

—¡Hola, Tere!

—¡Hola, Azul! ¡Qué bien se te ve!

—Gracias. Voy para el despacho de Patricio.

—No necesitas permiso.

Me guiñó un ojo y me dirigí a los ascensores. Fui directamente al piso de Patricio. Cuando se abrieron las puertas, vi a Marina, que me dedicó una sonrisa.

—¡Hola, Marina!

—¡Hola, Azul! ¡Estás preciosa! ¿Cómo lo llevas?

—¡Estupendamente bien!

—El señor Del Monte te está esperando. En cuanto llegue el doctor Gambón, os llevaré el almuerzo. Ya está todo previsto.

—¡Gracias!

Me encaminé hacia la puerta del despacho, llamé y entré. Patricio estaba al teléfono, discutiendo con alguien. Le besé en la mejilla y me senté sobre el escritorio, acariciándole el brazo. Cuando colgó, se tiró hacia atrás en el sillón.

—¿Problemas?

—Hola, amor. —Se incorporó y me besó—. Nada grave. —Se puso de pie entre mis piernas y me abrazó—. ¿Cómo te ha ido en tu clase de yoga?

—¡Genial! Me ha encantado y me he sentido muy cómoda.

—Supongo que no haréis todas esas posiciones raras que se ven habitualmente, ¿no?

—No, cariño; sólo algunas, pero que obviamente no implican riesgo. Respiramos, meditamos y hacemos posturas que fortalecen los músculos para prepararnos para el parto.

—¡Ajá! —Me miró con una sonrisa ladeada—. ¿Así que nada de hacer el pino?

—Nada de hacer el pino.

Llamaron a la puerta. Me bajé del escritorio y me arreglé la ropa. Marina entró con el doctor Gambón. Nos avisó de que el almuerzo sería servido en unos minutos. Patricio me presentó; nos dimos las manos y nos sentamos en la zona de estar.

Patricio empezó la conversación, indicándole que lo que habláramos en ese despacho debería quedar allí bajo el estricto código de honor y ética, más allá incluso del secreto profesional. Una vez que los tres asentimos y que hubieron traído el almuerzo, Patricio comenzó a presentarle el caso. Tras un buen rato explicándoselo, el doctor Gambón hizo un resumen de la situación.

—Veamos, Patricio, déjame ver si he entendido la situación. Jazmín y tú os conocéis desde pequeños. Cuando ella tenía ocho años, los padres de Jazmín se fueron a Marbella y, tras veinte años, os reencontrasteis. Sin saber quiénes erais, comenzasteis una relación. Cuando os enterasteis de quiénes erais, continuasteis, hasta que la madre de Jazmín os dijo que erais hermanos.

—Correcto.

—Cuando eso ocurrió, Jazmín ya estaba embarazada. Ella huyó durante algunos meses y, mientras tanto, tú buscaste la forma de hacer el estudio de ADN, lo que finalmente lograste gracias a la ayuda del padre de Jazmín.

—Así es.

—Entre el estudio y el resultado, Jazmín fue ingresada en el hospital en Zaragoza y tú te enteraste por su amiga. Entonces fue cuando te diste cuenta de que no querías saber el resultado de la prueba de ADN, y Jazmín te pidió que regresaras con ella. En ese momento fue cuando entraste en contacto con el técnico del laboratorio para que desechara el resultado y que el resultado oficial fuera negativo.

—Es un buen resumen de la situación.

—Evidentemente, para que eso fuese así, tuviste que arreglarlo económicamente, y ahora que han salido a la luz el embarazo y la boda, el técnico ha aprovechado para pedir más dinero.

—Exacto.

—Doctor Gambón, sabemos que estamos en un lío. Yo necesito saber si corremos algún riesgo de terminar en prisión. No tenemos intención de permitir el chantaje, pero me aterra pensar en eso —le dije, asustada.

—Debo ser franco con vosotros. Tengo que estudiar las opciones. Sin duda en el tema del incesto hay diferentes opiniones, aunque legalmente no habría ninguna clase de proceso, ya que es una relación consensual y entre adultos. El tema aquí es el soborno. El artículo 28 del Código Penal indica que eres inductor de un delito en documento privado, lo cual se pena con entre seis meses y dos años. Pero dadme un par de días para estudiar posibles atenuantes y volvemos a vernos. Si ese hombre vuelve a llamar o a enviar un mensaje, ignoradlo. ¿Hasta cuándo os ha dado de tiempo?

—Hasta el viernes —dijo Patricio.

—Perfecto. Nos reuniremos el miércoles en mi despacho.

Ambos asentimos, mostramos nuestro agradecimiento y lo despedimos. Realmente no estaba muy tranquila; hasta el miércoles era mucha espera y la ansiedad comenzaba a producir acidez en mi tripa.

Volví a casa. *Peter* y *Pan* me recibieron con entusiasmo. Mónica estaba preparando una tarta de melocotón y me ofreció una infusión cuando le comenté que tenía acidez. Me pasó las llamadas: Leti, mi madre y mi padre. Fui a mi estudio y devolví las llamadas. Encendí mi *tablet* y descargué el correo. Hacía días que no lo hacía y el buzón estaba lleno. Tomé un libro de la biblioteca y me recosté en el sillón de mi estudio a leer. Patricio volvería más tarde de lo habitual, ya que tenía la consulta con la psicóloga, así que como estaba cansada le pedí a Mónica que se encargara de la cena.

El libro no fue suficiente para mantener mi cabeza alejada de pensamientos inquietantes, así que tomé la *tablet* y entré en algunos sitios que habían comentado ese día en la clase de yoga para comprar ropita *online* para bebés. Compré un montón de cosas preciosas. Eso me mantuvo ocupada y contenta. Mónica entró en mi estudio con una porción de la tarta de melocotón y un té. Tenía apetito, así que se lo agradecí.

Después de comprar varias cosas, fui a la sala y encendí la televisión para ver las noticias. No se entendía mucho... Estaban transmitiendo en directo un accidente aéreo... «¡Terrible! ¡Pobre gente!» Mónica se acercó.

—¡Oh, Dios! ¿Otro accidente de avión?

—Así parece, Mónica. Es terrible. Mira el estado en que ha quedado ese avión.

Según informaban, no había supervivientes. Habría sido un milagro que los hubiera habido, viendo cómo había quedado el avión. A continuación, oí sin prestar mucha atención que mencionaban que entre los pasajeros viajaban un equipo de voleibol y otro de genetistas rumbo a un congreso en Ginebra.

—¡Madre mía!

Mi estómago no pudo con eso y corrí al baño a vomitar. Mónica vino detrás de mí, asustada.

—Jazmín, ¿está bien? ¿Llamo al señor?

—No, Mónica. Estoy bien. Ha debido caerme mal el almuerzo. Voy a darme una ducha y luego me recostaré.

—Te llevaré una infusión.

—Gracias.

Subí al dormitorio con el corazón en la boca. Intenté llamar a Patricio, pero su móvil estaba apagado; aún debía estar con Susana en la consulta. Me di una ducha, me cepillé los dientes, me puse unos pantalones de yoga y una sudadera y me recosté. Unos minutos después, Mónica me trajo la infusión.

—¿Han dicho algo más del accidente?

—Que se produjo durante el aterrizaje, pero están buscando las cajas negras para tener la información completa, que no hubo supervivientes y que publicarán la lista de pasajeros en el sitio web de la aerolínea.

—¡Diosss, pobre gente y pobres familias, tan cerca de las Navidades!

Me encontraba en una disyunción. Por un lado, el terrible accidente me dolía en el corazón. ¿Cuántas familias habían perdido a sus seres queridos? ¡Cuánto dolor! Por otro lado, si en ese avión estaba el técnico del laboratorio, nuestros problemas se habían acabado en ese momento, y no podía sentirme feliz por eso... ¿Qué clase de persona se sentiría feliz ante una muerte?

Patricio entró como una tromba en el dormitorio.

—Cariño, Mónica me ha dicho que te has encontrado mal.

—Estoy bien.

Comencé a llorar.

—Cariño, me asustas. ¿Qué pasa?

—¡Soy un monstruo! —Lloraba e hipaba.

—Mi cielo, no digas eso. Dime qué pasa. —Entre el llanto y

el hipo logré balbucear algo—. Sólo he entendido accidente, avión y sin supervivientes. Ven aquí; vamos a lavarte ese rostro hermoso y me cuentas qué sucede, ¿vale?

Me lavé el rostro, respiré hondo varias veces y me senté al borde del *jacuzzi*.

—Ha habido un terrible accidente aéreo. No hay supervivientes. —Tomé un pañuelo de la encimera del baño y me sequé algunas lágrimas que seguían cayendo—. En el avión viajaba un equipo de voleibol y un grupo de genetistas rumbo a un congreso en Ginebra.

—¡Santo Dios!

Patricio se levantó de la silla que había colocado frente a mí y se pasó las manos por el pelo. Se había quedado evidentemente desconcertado con lo que le había contado.

—Han dicho que la lista de pasajeros se publicará en el sitio web de la aerolínea. —Me tapé el rostro con ambas manos y lloré—. Soy mala, Patricio, ¡soy un monstruo!

—Pero ¿qué dices, mi amor?

—Cuando me contaste lo de la extorsión le deseé cosas horribles...

—No es culpa tuya que le haya sucedido esto, cariño. Simplemente estabas furiosa por lo que nos estaba haciendo. No puedo pensar en alguien más bueno, solidario y puro que tú, mi amor.

—No puedo sentirme feliz por que podamos seguir con nuestra vida tal como la planeamos antes del chantaje, sabiendo que hay tantas personas sufriendo por sus seres queridos, incluso él... Quizá tenía esposa, hijos, una madre, un padre.

—Cariño, ven aquí. —Patricio me atrajo hacia él y me abrazó—. Todavía no sabemos si él iba en ese avión, pero de ser así no debes sentirte culpable de nada. Ha sido un accidente, un terrible y desdichado accidente, pero ¡nada has tenido que ver! ¿Lo entiendes, cariño?

Me apretó fuerte y me acarició el cabello.

—Vamos abajo. Quiero saber si dicen algo más...

Estaba caminando hacia la puerta cuando me paré en seco.

—¡Por Diosss! Con todo esto no te he preguntado cómo te ha ido con Susana.

—Vamos abajo y te cuento.

Bajamos. Mónica anunció que se iba y que dejaba la cena en el horno. Nos acomodamos frente a la chimenea y nos acurrucamos.

—Creo que ha estado muy bien, cariño. Tenías razón. Susana es muy tranquila e infunde confianza. Me he sentido muy cómodo con ella. Comenzamos con unos ejercicios de relajación y luego me pidió que le contara por qué estaba allí, así que le expliqué lo del accidente y le hablé de nosotros. Tomó algunas notas y me explicó cómo trabajaríamos las próximas semanas, en qué consistía el tratamiento, qué técnicas utilizaría. Dijo que este tipo de tratamientos era flexible y se ajustaba a cada paciente, por lo que a medida que hubiera avances o retrocesos iría ajustando o cambiando las técnicas. De entrada, ella dice que el hecho de que tenga esos *flashes* y que haya recordado cosas es buena señal, aunque debemos diferenciar el recuerdo en sí de la historia que me han contado. Ésa es la parte difícil... Pero tengo muchas esperanzas, cariño... Me ha hablado de casos en los que no había recuerdos en absoluto y se obtuvieron buenos resultados, así que creo que yo también puedo ser un «caso de éxito».

—¡Y lo serás, cariño! ¡Me hace muy feliz ver tu entusiasmo! Sé que vas a lograrlo. Supongo que Susana te habrá dicho que debes bajar la ansiedad. Es contraproducente.

—Sí, lo ha mencionado. —Besó mi cabeza y acarició mi barriga—. ¿Cómo ha estado hoy mi pequeña?

—Bien. Muy tranquila hoy.

Patricio se acomodó, apoyó la cabeza en mi regazo y comenzó a hablarle a Abril. Era muy dulce verlo.

—Hola, pequeña de papá. Aquí mamá y yo estamos muy ansiosos por tenerte en nuestros brazos. Tendrás la mejor mamá del mundo, y yo intentaré ser el mejor papá del mundo. Te amo.

Besó mi barriga y se acomodó de nuevo a mi lado.

—No tengo dudas de que serás el mejor papá que Abril pueda tener. ¡Te amo!

Los días pasaron, y finalmente la lista de pasajeros se hizo pública y allí estaba Jaime Vassi. No cabían dudas; era uno de los pasajeros fallecidos en el accidente. Ni Patricio ni yo pudimos decir nada. El dolor por tantas muertes y sus familias era tremendo. Sólo sabíamos que ya no corríamos peligro y la paz comenzó a flotar en el aire.

Estaba llegando la Navidad. Con la ayuda de Mónica y Clara, ya tenía todo el menú organizado. Patricio y yo compramos un abeto artificial, grande y hermoso, que colocamos en la sala y decoramos una noche con un montón de adornos preciosos y lucecitas blancas. Los días anteriores a la fiesta, Mónica me ayudó a decorar la casa con candelabros, velas, centros de mesa, la corona en la puerta principal y luces en el jardín. Para la mesa navideña, elegí un mantel blanco con decoraciones en verde y rojo, y velas doradas. Todo estaba listo y hermoso. La casa tenía calor y color de hogar; me gustaba, y a Patricio le encantó.

El día anterior, Mónica preparó los dormitorios de invitados. En casa se quedarían papá, Leti, Germán y Mía, y mamá estaría en el piso con Ceci. Leandro nos confirmó que vendría, así que estarían las dos familias completas. Yo preparé la cama de Mía. ¡Dios, cómo la extrañaba! La cama de princesa que Patricio le había comprado era hermosa y el dormitorio de Abril estaba terminado. Compramos los muebles que faltaban y lo decoramos divinamente. Patricio terminó la cuna, una preciosidad. Era justo como la había imaginado.

Por la noche llegaron Leti y papá desde Marbella, y Germán y Mía desde Zaragoza. Los esperábamos para la cena.

—¡Madre mía! —dijo Leti al verme—. ¡Estás hermosa, y mira esa barrigota!

—Estoy muy bien, Leti. ¿Cómo estás tú?

—Bien. Muy, muy bien.

—¡Venga! ¿Que no piensas darle un beso a tu padre?

—¡Papá! ¡Claro que sí! —Abracé a mi padre.

—Mírate, ¡estás tan guapa! ¿Cómo está mi nieta?

—Muy bien, papá. ¡Todo marcha de maravilla!

Patricio abrazó a papá y juntos fueron a la sala, mientras yo conversaba con Leti esperando a que llegaran Germán y Mía. Sonó el timbre, así que salí a abrir la puerta mientras Patricio servía unas bebidas para papá y Leti.

—¡¡¡Jazmín!!!

Mía corrió a mi encuentro y se abrazó a mis piernas.

—¡Mía, tesoro! ¡No sabes lo que te he extrañado!

—¡Y yo a ti! ¡Qué grande tu barriga!

—Está creciendo mucho, ¿verdad?

—¡Sí!

Saludé a Germán con un abrazo y Leti vino casi corriendo, y los tortolitos se abrazaron y besaron.

Mía saludó a todos y decidió sentarse en el regazo de Patricio. Era evidente que la había conquistado con todo el asunto de la cama de princesas. Mientras papá dejaba sus cosas en la habitación, y Leti y Germán en la suya, llevamos a Mía al dormitorio de Abril y le mostramos su cama.

—Ésta es tu cama, Mía. ¿Te gusta?

—¡Guau! ¡Está preciosa! ¡Es una cama de princesas!

—¿No es lo que te prometí, princesa?

—Gracias, papá de Abril.

Me causaba tanta gracia cómo le llamaba; en lugar de Patricio, «papá de Abril». ¡Mía era todo un personaje!

Una vez que todos estuvieron relajados, Mónica sirvió la cena. Alabaron la decoración navideña, el árbol y el jardín, que parecía un campo de luciérnagas por las pequeñas lucecitas blancas reflejadas en la nieve acumulada. Cenamos, conversamos y luego uno a uno se fueron a sus respectivos dormitorios. La primera en irse fue Mía. Una vez que nosotros nos fuimos a la cama, nos abrazamos.

—¿Eres feliz? —preguntó Patricio.

—Claro que lo soy. Soy más que eso. ¡Soy infinita e inmensamente feliz! ¿Y tú?

—Nunca pensé que pudiera ser tan extraordinariamente feliz, mi amor. La vida junto a ti es increíble, divertida y amorosa. No puedo decirte con palabras lo que eres para mí.

—Lo sé, amor mío..., porque yo me siento igual.

Nos besamos y en silencio y suavemente nos amamos.

Por la mañana, Patricio me despertó con el desayuno en la cama. La casa estaba en silencio.

—Buenos días, mi amor. ¡Feliz Navidad!

—¡Feliz Navidad, mi cielo!

—Quería darte tu primer regalo de Navidad desde que estamos juntos.

—¡Cariño! —exclamé, mirando la caja azul con el hermoso lazo plateado.

—Ábrelo. Espero que te guste.

Tiré del lazo y abrí la caja. Un hermoso collar de oro y la palabra *Abril* colgando en vertical descansaba en el delicado terciopelo de su caja. Abrí los ojos como platos y se me cortó la respiración.

—Es... es... hermoso. —Mis ojos se inundaron de lágrimas y una rodó por mi mejilla, pero Patricio la detuvo con un beso—. Es la cosa más hermosa que haya visto, mi amor.

—Quería algo único, como tú. —Acarició mi rostro—. No soy de hacer muchos regalos, como habrás notado, pero quería algo especial.

—No necesito cosas materiales; me basta con tu amor.

Metí la mano debajo de la cama y saqué el suyo. Era una caja negra con un lazo rojo. Patricio dibujó una amplia sonrisa en su hermoso rostro.

—Ahora es tu turno.

—¡Cariño!

Tomó la caja y desató el lazo. Abrió la tapa despacio y ahí estaban: unos gemelos y un pasador de corbatas a juego en oro y platino. Me habían costado un dineral, pero era lo que quería regalarle; algo sobrio y elegante, hermoso y único, algo que se pareciera a él.

—Cariño, ¡es bellísimo! ¡Son exquisitos! —Me besó y nos abrazamos—. ¡Feliz Navidad, mi amor!

—¡Feliz Navidad! ¡La primera de muchas!

Desayunamos, nos dimos una ducha y bajamos a la sala, donde mi padre conversaba con Germán. Leti estaba en el jardín con Mía, tirándose nieve la una a la otra.

Leti y yo pasamos el día organizando todo lo referente al menú que había estado preparando con Mónica; algunas cosas debían ser preparadas el mismo día. Patricio nos deleitaría con uno de sus platos estrella: pavo de Navidad con nísperos y castañas.

Lo teníamos todo listo, así que los hombres se llevaron a Mía a patinar sobre hielo y a comprar algunos regalos que faltaban, y nosotras nos quedamos. Julia vendría temprano para ayudar y conversar.

Cuando los hombres regresaron con Mía, nosotras estábamos cómodamente sentadas en la sala, tomando un chocolate caliente y riendo. Extrañaba esa complicidad entre amigas. Julia era divertida, graciosa y muy simpática. Recordaba que cuando éramos pequeños resultaba un incordio. Cuando iba a jugar a casa de Patricio o íbamos con mis padres a cenar o a un cumpleaños, siempre terminaba llorando; le encantaba tirarme de las trenzas, me quitaba los juguetes y continuamente nos peleábamos. Y ahora estábamos sentadas frente a la chimenea, tomando chocolate caliente y riéndonos como si fuésemos amigas de toda la vida. Era estupenda la sensación de que todo estaba yendo por el camino correcto, y eso me daba mucha paz.

—¡Ayyyy!

Patricio corrió hacia donde estaba.

—¿Estás bien, cariño?

—Sí, amor; sólo que ha pateado fuerte. —Le tomé la mano y la puse sobre mi barriga—. ¿Cómo os ha ido?

Mía se acercó y se sentó entre Leti y yo.

—Bien. No me he caído ni una sola vez.

—¡Pero qué bien, tesoro! —dijo Leti.

—¿Te has divertido? —le pregunté.

—¡Sí! ¡Ha sido súper!

Patricio sirvió chocolate para ellos y para Mía, y después de conversar un poco, ya era hora de arreglarnos para la cena. Faltaba poco para que llegaran mi madre y mi hermana con Benja y Dan, al igual que Clara y Leandro. Estaba nerviosa. Sería la primera vez después de veinte años que nos reuniríamos todos. No era una sorpresa para nadie. Todos sabían quiénes vendrían; no habría escándalos. Eso era seguro, pero podría resultar muy incómodo para nuestros padres. Afortunadamente, seríamos muchos para que el ambiente estuviese relajado. Yo notaba que Patricio también estaba un poco nervioso.

Salí de la ducha envuelta en la toalla y vi a Patricio terminando de vestirse. La ropa que había elegido le quedaba tan sexy... Yo, por mi parte, ya empezaba a sentirme poco atractiva. Nada de lo que usaba me hacía sentir bien. En cambio, él, con unos simples vaqueros oscuros, una camisa blanca de algodón, una americana de pana color tostado y sus botines, era todo un seductor. Me quedé mirándolo.

—No me mires así.

—¿Cómo te miro?

—Así.

Se acercó con ese andar felino y esa media sonrisa que me ponía como loca.

—Como si me quisieras comer de un solo bocado.

—¿Será porque es así? Estás muy sexy. —Resoplé—. En cambio, yo estoy horrible: tengo los pies hinchados, siento que voy a salir rodando y nada me queda bien.

—Cariño... —contestó, mirándome con la cabeza ladeada—, ya hemos hablado de esto. ¡Estás hermosa! Eres hermosa, y nada cambiará eso. Lo que te sucede es normal; quizá deberías estar menos tiempo de pie. Ya ha dicho la doctora que tienes que recostarte con los pies un poco elevados, y eso de que nada te queda bien... Es verdad que cuando no te pones nada estás hermosa, pero te pongas lo que te pongas te queda increíble. ¡Venga!, a vestirse que te vas a enfriar.

—Estas bragas son absolutamente mata inspiración. —Se rió—. ¡Patricio! —le regañé—, es lo que digo. ¡Ya no me veo sexy!

—Amor... —Me abrazó por la espalda y me acarició la barriga—. ¿Cuántas veces tengo que decirte que me seduces todo el tiempo y que estoy loco por ti, y que verte sobre mí con esta barriguita hermosa desnuda es la imagen más erótica y preciosa que pueda ver? —Pude sentir su erección.

—¡Mmm!, no sé... Tendrás que decírmelo más veces, cariño.

—¿Una vez por hora es razonable?

—Bueno, no sé.

Apoyó su barbilla en el hueco de mi cuello y comenzó a besarlo. Ese punto era mi talón de Aquiles, el punto en el que toda el agua de mi cuerpo se concentraba entre mis piernas. Gemí. Patricio abrió la toalla y ésta cayó al suelo. Me apoyé en él, arqueé un poco la espalda, acarició mis pechos mientras seguía besando esa zona más que erógena para mí.

—Voy a darte un adelanto de esta noche, y será sólo para ti, porque quiero que disfrutes de todo el placer que tengo para darte. Me tendrás empalmado toda la noche y estaré deseando hundirme dentro de ti, porque allí es donde deseo estar siempre.

Sólo gemía; sus palabras eran un bálsamo para mi autoestima herida. Deslizó sus manos hacia la barriga y dijo con esa voz ronca que me ponía a mil:

—Mami está mimosa, así que vamos a mimarla un poco.

Y deslizó una mano hacia arriba, a un pecho, y la otra hacia abajo, a mi sexo, por dentro de las bragas. Separé un poco las piernas para darle mejor acceso y comenzó a acariciar mi clítoris. La sensación era deliciosa. Podía sentir su erección en mi espalda y sabía que podía tentarlo con un poco de roce.

—No —dijo—, esto es sólo para ti, cariño.

Volvió a besarme el cuello. Las piernas me fallaban y todo bajo mi ombligo se sentía húmedo y fuera de control. Recosté mi cabeza en su pecho. Gemía al tacto amoroso pero preciso de mi amado, mientras me decía palabras dulces al oído y su mano se deslizaba por mi cuerpo.

—¡Por Diosss!, no puedo más.

—Sí, mi amor. Déjame escucharte... Córrete para mí.

Y así fue. Me corrí con un grito ahogado. Mis piernas no me sostuvieron, por lo que me deslicé por su cuerpo, hasta sentarme en el suelo. Patricio me acompañó, así que me atrajo hacia él, me tapó con la toalla y me quedé recostada en su pecho hasta recuperar el aliento.

—¿Estás bien?

—¡Mmm! —Le besé el pecho y él me besó la coronilla—. Te amo.

—Y yo a ti. Y me encantaría quedarme aquí, así, acurrucados en el suelo del vestidor, pero seguro que abajo deben de preguntarse qué nos demora.

—¡Vale, voy a arreglarme! Ve bajando. Deben de estar a punto de llegar el resto de los invitados.

Me ayudó a levantarme, nos besamos y salió del dormitorio.

Había separado el vestido que me había comprado Patricio en Zaragoza. Me quedaba más justo de lo que había imaginado; definitivamente, tenía que hacer algunas compras. Me puse las medias, me calcé unos zapatos de tacón no muy alto y punta fina, un chal estrecho, maquillaje acorde, un toque de J'Adore, y estaba lista.

Cuando bajé a la sala ya había llegado Clara, que se acercó a las escaleras cuando me vio bajar.

—¡Estás hermosa, Jazmín querida!

—Gracias, Clara. ¡Tú estás preciosa!

Clara siempre estaba preciosa, de punta en blanco, elegante, inmaculada; siempre parecía salida de la peluquería y maquillada con la naturalidad de una artista de cine. Además de muy bella, era definitivamente refinada.

Patricio había servido bebidas a los invitados. Gabriel, junto con María y Vera, estaban conversando con Julia. Me acerqué para saludarlos. María me preguntó cómo iba llevando el embarazo y esas cosas de las que hablan las mujeres que están o han estado embarazadas. El timbre sonó. Estaba nerviosa por el encuentro. Patricio se me acercó, tomó mi mano, y juntos fuimos a la puerta.

—¿Ha ido todo bien con mi padre y Clara?

—Sí, cariño, todo perfecto. Quédate tranquila; por ahora todo va bien.

Abrimos la puerta. Eran Benja, Dan, mi madre y Ceci. A Ceci no la veía hacía meses. Si bien le había contado lo del embarazo por teléfono y estaba muy contenta de ser tía, no creía que supiera la historia completa; más bien creía que mamá habría obviado los detalles morbosos del asunto.

—¡Feliz Navidad! —gritó Benja desde el portón.

—¡Feliz Navidad!

Entraron, y Benja me abrazó, levantándome por los aires.

—¡Cuidado con tu hermana! —dijo mamá.

—¡Pasad, pasad, que hace frío! —los apuró Patricio.

Una vez dentro, todos nos saludamos y abrazamos. Cuando todos entraron, noté que Ceci estaba muy callada.

—¿Estás bien, Ceci?

—Sí, ¡es que no me lo puedo creer! —Me tomó las dos manos y me abrazó—. ¡Estás tan guapa, Jaz! Serás mamá, me harás tía, te has reencontrado con Patricio, eres feliz... ¡Son tantas cosas maravillosas! —Tragó saliva; sus ojos estaban brillantes y sabía que le costaba decir lo que decía—. ¡Estoy tan feliz por ti!

—¡Y yo estoy muy feliz de que estés aquí! —La abracé y avanzamos así hasta la sala—. Ven, vamos a presentarte...

Hice un barrido general de la sala tratando de ver dónde estaba cada uno. Mi padre estaba conversando muy amenamente con Germán y Gabriel, Patricio estaba con Benja y Dan, y mi madre... con Clara. «¡Con Clara! ¡Madre mía!» Me acerqué con Ceci. Eran mujeres civilizadas, pero me aterraba que alguna pudiese decir algo.

—Clara, te presento a mi hermana Cecilia. Ceci, ella es la madre de Patricio.

Se saludaron muy cálidamente. Las dejé a las tres conversando, les pregunté qué deseaban beber y fui a la cocina a por sus bebidas. Patricio apareció para ayudarme.

—¿Todo bien, cariño?

—Estos nervios van a acabar conmigo.

Me apoyé en la isla de la cocina y respiré hondo.

—Mi cielo, todo está bien. Nadie va a hacer nada para arruinar esta noche. Todos saben que es una noche especial para nosotros. Ven aquí.

Tironeó de mí y me refugié en su pecho. ¡Qué paz sentía allí! Aspiré su aroma, ese aroma que actuaba como un sedante o me encendía, dependiendo del caso.

—Vamos. Estoy más tranquila. Sólo falta que venga tu padre.

Llevé las bebidas de Clara y mamá, y Patricio la de Ceci. Los invitamos a acercarse a la mesa de la sala, donde había entrantes de todo tipo. Patricio estaba encantado con todas las cosas ricas que habíamos preparado Mónica, Leti, Julia y yo. El timbre sonó, y el hojaldre de mariscos se me atragantó. Mi padre y mi madre apenas se habían saludado y estaban cada uno en una punta de la sala; parecía lo mejor. Acompañé a Patricio a recibir al invitado que faltaba.

—¡Bienvenido! ¡Feliz Navidad, Leandro!

—¡Feliz Navidad a los tres!

Nos abrazó y entró en la casa. Ya estábamos todos. Patricio me abrazó y suspiró, y en ese suspiro sentí que él también estaba dejando ir muchas tensiones. Lo conocía demasiado como para darme cuenta de que, tras ese suspiro, su cuerpo se aflojó. Apoyó su frente en la mía y su aliento dulce y almendrado fue como un volver al aquí y ahora. Nos encaminamos a la sala y me detuve a observar cómo estaban sucediéndose los saludos. Vi a Leandro acercarse a mi padre; se dieron la mano con una tensa expresión y luego cada uno se fue por su lado. Mi madre se cruzó con su mirada y él hizo un gesto con la cabeza; eso fue todo. Luego se dirigió hacia donde estaba Clara, se saludaron con un cordial beso y conversaron un poco.

—Ya estamos todos. Ahora, disfrutemos, por favor —dije,

apretándole la mano a Patricio—. ¡Diosss, la tensión me estaba matando!

—Te diré que estaba nervioso, pero todo parece ir bien. —Besó mi mano—. ¿Vamos? Tenemos un anuncio que hacer.

Caminamos de la mano hasta la sala. Sonaba *The Promise*,* de Tracy Chapman. El murmullo y las risas de las conversaciones bullían en el aire. Patricio tomó su copa y golpeó el cristal con el tenedor para llamar la atención. Cuando todos se volvieron hacia nosotros, comenzó a hablar:

—Buenas noches a todos. —Carraspeó—. Estamos muy felices de teneros aquí a todos juntos. Es muy importante para nosotros. No es necesario que os cuente que en cuatro meses vendrá al mundo nuestra hija Abril. Estamos increíblemente felices por eso y anhelamos tenerla ya entre nosotros.

—¡Toca esperar, ansioso! —gritó Gabriel, y todos reímos.

—¡No queda otra, amigo!

Patricio me acercó más hacia él, besó mi coronilla y apoyó su mano en la barriga.

—Amo a esta mujer con toda mi alma y sólo deseo pasar el resto de mis días con ella. Espero que no se aburra demasiado de mí —dijo en un tono jocoso que me hizo reír.

—¡Depende de cómo se comporte, ingeniero! —le respondí y él se rió.

—Felizmente, esta hermosa mujer me ha dado el sí.

Miré los rostros, y las mujeres, todas sin excepción, tenían lágrimas en los ojos.

—En este día tan especial, y por las dudas de que haya cambiado de opinión...

Todos rieron. Se arrodilló delante de mí, tomó la barriga con ambas manos y la besó. Luego tomó mis manos y suspiró:

—Jazmín, te amo más que a mi vida. Hazme el hombre más feliz del universo: cásate conmigo.

Mis ojos estaban desbordados de lágrimas. La emoción y el sentimiento con los que estaba haciendo la propuesta me dejaron atónita. Un silencio sepulcral inundó la sala. Sólo *The Promise* sonaba en el aire. Conocía de memoria esa canción, por lo

* *The Promise*, Sony/ATV Music Publishing LLC, interpretada por Tracy Chapman. *(N. de la e.)*

que el verso que estaba sonando resonó en mí. Y sin pensarlo lo repetí.

—«En tus brazos..., donde todos mis viajes acaban... Si puedes hacer una promesa y es algo que puedes mantener, me comprometo a volver a ti...» —Patricio cerró los ojos—. ¡Sí, sí, y un millón de veces sí!

Todos aplaudieron, emocionados, y gritaron: «¡Enhorabuena!». Patricio se puso de pie, me alzó y me besó.

—¡Te amo!

—¡Y yo a ti!

Se nos acercaron para abrazarnos y felicitarnos. Conversamos con todos y los invitamos a pasar al comedor para servir la cena.

La deliciosa y opípara cena transcurrió de forma entretenida, charlando entre todos. Mía quería cantar villancicos, así que comenzamos con *Los peces en el río*, *La Marimorena* y *Noche de paz*. Reinaba una atmósfera de armonía. Quien mirase la escena desde fuera, sin conocer las vicisitudes por las que habíamos pasado tan sólo unos meses atrás, habría dicho probablemente que estaba frente a la familia perfecta. Amaba a mis padres, y sabía que Patricio amaba a los suyos, pero ¡estábamos muy lejos de ser perfectos! De alguna forma, el hecho de que estuvieran ahí, de que hubieran arrinconado sus grandes diferencias, problemas y errores, de que estuviesen ahí por nosotros, me hacía feliz, así que por un día me sentía miembro de la familia perfecta. Estaba tan absorta en mis pensamientos y en la felicidad que me provocaban que no me di cuenta de que Patricio me hablaba, hasta que sus labios tocaron mi mejilla.

—¿Estás bien? —Di un respingo—. ¡No he querido asustarte!

—¡Oh, sí, cariño! ¡Estoy perfecta! Estaba pensando en lo feliz que me hace que estemos todos juntos.

—¡Yo también estoy feliz! —Apoyó una mano en mi barriga—. ¿Y cómo está mi cachorrita?

—Muy tranquila, y es que después de todo lo que he comido, ha de tener su barriguita llena y debe estar durmiendo.

—¿Y qué te parece si vamos a la sala y comenzamos a abrir los regalos?

—Pareces un niño ansioso... ¡Niño Patricio!

Hizo un mohín y besó mi mejilla.

Leti y Julia me ayudaron a llevar turrones, mazapanes, frutos secos, budines y demás cosas dulces a la sala, junto con el champán y las copas. El árbol navideño estaba repleto de paquetes, hermosamente envueltos y con vistosos lazos. Mía estaba sentada de piernas cruzadas frente al árbol, tratando de adivinar cuáles serían para ella.

—¿Te has portado bien este año, Mía? —le pregunté.

—¡Síiii, muy bien!

—¿Habrá dejado Papá Noel algún regalito para ti bajo el árbol?

—¡Mmm!, pues le he dejado una cartita en Zaragoza para decirle que estaríamos aquí, pero no sabía la dirección.

Mía hizo un gesto de tristeza, y me conmovió.

—Yo creo que Papá Noel sabía la dirección —dijo Patricio, tendiéndole un gran paquete—. Aquí dice «Mía». ¿Hay alguna Mía por aquí?

—¡Yo, yo!

Mía saltaba, y Patricio le entregó el paquete.

—¡Rompe el papel, Mía! —la animó.

Germán y Leti miraban la escena. El rostro de Mía era de sorpresa total. Sus ojitos, siempre tan expresivos, brillaban mientras rompía el papel ansiosamente. Un kit completo de arte estaba frente a sus ojos, grandes como platos.

—¡¡¡Súper!!!

Patricio había elegido el regalo para Mía, una muy acertada elección. Estaba fascinada con todo lo que contenía el kit.

Éramos muchos, y todos nos intercambiamos regalos. Para mi sorpresa, recibí un montón: un perfume, por supuesto J'Adore, de Julia; un hermoso pañuelo de seda Hermés de Clara; un libro donde se detallaba mes a mes el embarazo y el primer año de vida del bebé, de Benja y Dan; una almohada para embarazadas (dijeron que para más adelante sería fundamental si deseaba dormir cómoda) de mi madre y Ceci; un kit para hacer el molde de la barriga en yeso, de Leandro; un kit de cremas relajantes y antiestrías de Leti; una canasta con productos de tocador para Abril de Germán y Mía; un bono para un spa para embarazadas, de Gabriel y María; un cinturón de seguridad para el coche para embarazadas, de mi padre, y una sesión fotográfica de Patricio, además, claro, del hermoso collar que llevaba puesto. Todos estábamos felices y agradeciendo los regalos cuando sonaron las doce. Nos abrazamos, brindamos y nos saludamos entre todos.

—¡Feliz Navidad, mi amor!

—¡Feliz Navidad para ti, mi vida! ¡Te amo!

¡Qué felicidad!

Una semana después, el Año Nuevo nos recibió en casa de Clara. Extrañé a mis padres y a Ceci; mi madre lo pasaría con mi tía Carolina y mi padre con sus mejores amigos, Alejandra y José. Ceci, con sus amigas Valeria y Sofía, ya había hecho planes para irse de fiesta a Granada. Leti, Germán y Mía volvieron a Zaragoza, así que Julia invitó a Mayte y a su familia a pasar la fiesta con nosotros. Fue una velada preciosa. La cena estaba estupenda y tuve la oportunidad de conversar con Mayte y conocerla más. Patricio se mostró muy dulce y atento durante toda la noche. Cuando dieron las doce, todos nos atragantamos con las doce uvas, y tal como habíamos hecho en Navidad, brindamos y nos abrazamos.

—¡Feliz Año Nuevo, mis amores! —dijo Patricio, abrazándome y besándome.

—¡Feliz año para ti, mi cielo! —Le devolví el beso—. ¡Que sean muchos, muchos más!

—Así será, bonita.

Era de madrugada cuando estábamos volviendo a nuestra casa. Abrimos el portón con el mando a distancia y bajamos del coche. Inmediatamente, pude distinguir una figura femenina que se escurría por el portón.

—¡Patricio! —grité.

Se volvió hacia mí y la vio. ¡Menuda sorpresa! Era Gabriela. ¡Mi Dios! Estaba envuelta en un abrigo de piel blanco, que destacaba su cabello largo y negro, y el rojo furioso de sus labios. Creo que su sorpresa fue mayor que la mía cuando me vio allí y clavó los ojos en mi barriga.

—¿Qué haces aquí, Gabriela? —preguntó Patricio.

Se quedó callada. Creo que nunca, ni en un millón de años, se habría imaginado que me encontraría allí y embarazada. Vi que le corría una lágrima por la mejilla; se la limpió con sus guantes de cuero, también blancos. Se recompuso y vi venir el ataque.

—Típico. La mosquita muerta se ha quedado embarazada a propósito para embaucarte. ¿Cómo puedes estar tan ciego? Esta mujer...

—He preguntado qué haces aquí. —dijo Patricio con esa voz autoritaria del frío empresario que no me gustaba nada oír—. Mira, Gabriela, no voy a tolerar que insultes a mi mujer ni una sola vez más...

—¿Tu mujer?

—Mi mujer, mi futura esposa.

Patricio me tomó de la mano. Gabriela bajó los ojos hacia la unión de las manos y vio el anillo. Eso la encolerizó más aún. Su mirada de víbora viajaba entre mi barriga y mi mano.

—Te lo dije la última vez. ¿Es que acaso no tienes el más mínimo respeto por ti misma?

—Estás cometiendo un error, Patricio, ¿no lo ves? Yo soy la mujer para ti.

—El error lo cometí contigo. Ahora, si no te retiras, llamaré para que lo haga tu padre —le aseguró Patricio, que sacó el móvil del bolsillo de su abrigo.

Verla allí parada me dio verdadera lástima. Era evidente que Gabriela estaba desequilibrada. Todo su cuerpo denotaba tensión. Sentí miedo, pero en el momento en que vi que de su pequeño bolso extraía un arma, me paralicé. Patricio me colocó detrás de él. Miré a Gabriela y la vi apuntando a Patricio, y mi mundo se derrumbó completamente; pensé que, si le disparaba, mi vida terminaba allí, en ese mismo instante.

—Gabriela, por favor, baja esa arma —logré pronunciar.

—Tú... no eres más que una arrastrada.

Amartilló la pistola y mi corazón se detuvo. Vi pasar por delante de mí la vida que teníamos y la que no tendríamos.

—Gabriela, deja que Jazmín se vaya. Esto es entre tú y yo.

¿Acaso Patricio estaba loco? ¡Ni de coña lo dejaría solo con esa desquiciada!

—Patricio...

—¡Entra en la casa! —gritó.

Me pegué más a él, haciéndole saber que no me movería de allí. Tampoco podía; el miedo me tenía paralizada.

—No entiendo qué ves en ella. ¡Es tan poca cosa!

Patricio me mantenía detrás de él, pegada a su espalda. ¡Tenía tanto miedo de que disparara! Estaba realmente fuera de sí, y cualquier cosa podía suceder estando en ese estado. Patricio debía haber presionado la alarma del mando a distancia para alertar al guardia de seguridad, porque todo sucedió muy deprisa. La sujetó por detrás, sosteniéndole el arma, que se disparó al aire, y al fin logró liberarla de su agarre. El arma cayó al suelo. El guardia redujo a Gabriela, y Patricio se dio la vuelta para abrazarme. La tensión y el miedo acumulados hicieron que comenzara a temblar como una hoja. Nunca en mi vida había pasado tanto miedo y desesperación; sentir que la vida de mi hija podría haber terminado antes de comenzar me golpeó tan fuerte que las lágrimas brotaron con furia de mis ojos y las piernas se me aflojaron. Gabriela estaba en el suelo. Manuel, el guardia de seguridad, le sostenía los brazos a la espalda. Tenía la cabeza gacha, así que sólo podía oírla gritar furiosamente que la soltaran.

—Mi amor... —Me levantó en brazos—. Encárgate, Manuel.

Entramos en la casa. Patricio me sostuvo, apretándome contra él, para intentar calmarme. Podía sentir su cuerpo tenso. Tanteó su bolsillo y sacó el móvil.

—Es necesario que llame a Juan, su padre.

Sorbí por la nariz y me incorporé para bajarme de su regazo, pero Patricio me acomodó nuevamente.

—No, quédate. Necesito tenerte aquí.

La expresión de su rostro era de agobio. Cerró los ojos y resopló. Apoyó su frente en la mía y su mano en mi barriga.

—¡Diosss!

Estiré mi mano y acaricié su mejilla. No podía decir nada. Esa caricia debía decirlo todo por mí.

Durante los siguientes días, Patricio no se movió de mi lado. El incidente con Gabriela hizo que tuviese pesadillas por las noches. El *shock* había sido muy grande; estaba agotada. Patricio me explicó que Juan, el padre de Gabriela, le había informado de que la habían internado en una clínica psiquiátrica. Eso hizo que poco a poco fuese recobrando el ánimo y las energías.

Comenzamos las clases de preparto. Era muy gracioso ver el rostro de Patricio cuando la ginecóloga nos mostraba vídeos de partos. Hacía toda clase de preguntas; estaba totalmente consternado.

—¡Oh, Diosss! ¿Después vuelve todo a su tamaño normal?

También era muy dulce verle ayudarme con los ejercicios de respiración; siempre terminábamos desternillándonos de risa.

Casi podría haber jurado que mi barriga crecía a diario. Para cuando entré en el séptimo mes, comenzaron las contracciones. No eran dolorosas, pero cada vez que me venía una toda mi barriga se tensaba, y Patricio se asustaba bastante. Ya habíamos hecho la bolsa del hospital, por sugerencia de la ginecóloga, ya que las primerizas tenían más posibilidades de que el parto se adelantara.

Concurrimos a la cita con la ginecóloga para hacer la ecografía que nos daría una pauta del crecimiento y del peso estimado al nacer. Abril estaba creciendo perfectamente y su peso probable era de 2.950 gramos. Teníamos fecha de parto prevista para el 25 de abril, aunque la comadrona, al igual que la ginecóloga, nos informó de que podía adelantarse.

Pasaba mi tiempo entre las clases de yoga y las de preparto, leyendo y lavando toda la ropita que habíamos comprado. Agradecí inmensamente la almohada que me había regalado mi madre para Navidad. No creo que hubiera podido dormir cómoda sin ella. Mi barriga era enorme, y por las noches hasta me costaba respirar.

Hacer el amor con Patricio era maravilloso, siempre tan atento, encontrando la posición más cómoda para mí, delicado y apasionado, todo en su justa medida. Hacerlo nos acercaba siempre un poquito más, como si estar más cerca fuese posible. Lo cierto era que me hacía sentir deseada y sexy, aun con una barriga gigante, mis pies hinchados, mis pechos ultrasensibles, mi falta de sueño y mi cansancio constante. Patricio tenía una paciencia infinita.

A finales de marzo, Leti había venido a Madrid con Germán. Mía se había quedado en Zaragoza con su tía Andrea, ya que no podía faltar al colegio, y Germán estaba con el proyecto de imagen *verde* de la empresa, que Patricio le había encargado, por lo que pasaba bastante tiempo en Madrid, y Leti aprovechaba a acompañarme.

—¿Sabes? Germán y yo estamos pensando en la posibilidad de mudarnos aquí —me dijo Leti mientras masajeaba mi espalda baja, que estaba bastante dolorida.

—¡¿En serio?! —Le tomé la mano—. ¡Eso sería genial, amiga! ¡Tenerte cerca!

—Sí, es que como Germán está trabajando para Patricio, y yo estoy yendo y viniendo, estamos un poco cansados. He estado pensando que podría poner un consultorio y, luego, cuando tú quieras y puedas retomar la actividad clínica, podríamos asociarnos. En otras palabras, lo que habíamos planeado hacer en Marbella, pero aquí. ¿Qué te parece?

—¡Me parece genial, Leti! Me encanta la idea de que estemos juntas aquí en Madrid.

—Todavía no lo he hablado con Ricardo.

—Papá lo entenderá. Te quiere como a una hija y desea lo mejor para ti.

—Lo sé, pero es que fue tan amable al darme el trabajo en la clínica, que dejarlo ahora...

—Habla con él.

—Sí, lo haré, pero primero tenemos que terminar de decidir nosotros qué haremos: buscar un piso, un colegio para Mía...

—¿Eres feliz, amiga?

—Mucho. Germán es todo lo que siempre quise: un hombre cariñoso, atento, protector, apasionado, seductor, un buen compañero y un excelente padre. Sé que no nos conocemos desde hace mucho, pero estoy enamorada, amiga.

—Y se ve que él también, Leti. Se ve por la forma como te mira, como te habla... Yo creo que llega un punto en que comenzamos a darle vueltas a las cosas simples, y ahí es cuando lo complicamos.

—Es que justamente es por eso por lo que me lo planteó. Nos amamos, queremos estar juntos, podemos hacerlo, no tenemos que rendirle cuentas a nadie porque ya somos mayorcitos, adoro a Mía, quisiera estar cerca de ti y de mi sobrina. Todo encaja, ¿no?

—¡Totalmente!

Nos reímos. ¡Me sentía tan bien al tener a mi amiga del alma cerca!

—Venga, vamos, que Patricio nos debe estar esperando para ir a que te monitoricen.

—¡Ay, Leti! ¡Estoy tan nerviosa!

—¿Por qué, Jaz?

—Porque tengo miedo de no ser una buena madre, de que mi hija no me quiera, de que no pueda alimentarla... Soy consciente de que son miedos normales de toda madre primeriza, pero es inevitable, Leti. Mi cabeza sabe cómo son las cosas y mi corazón siente de otra forma, y me abrumo con tantas ganas que tengo de tenerla conmigo, y vuelvo, y me pregunto si me reconocerá.

—Jaz, no puedo decirte más que lo que tú misma sabes. Todas las madres primerizas pasan estos miedos, pero también puedo decirte que es imposible que mi sobrina no te quiera. Te amará.

—Pero cuando yo le canto, ella no se calma. En cambio, cuando Patricio le canta, el efecto es automático.

—Bueno, Jaz. No puedes culparla. Yo te he oído cantar en la ducha, y convengamos en que eres bastante horrible.

—¡¡¡Leti!!!

Adoraba a esta mujer. Tenía la habilidad de arrastrarme a un buen estado de ánimo con sus graciosas salidas.

Una noche fuimos a cenar a casa de Clara. Julia había vuelto de Etiopía justo para el nacimiento de Abril. Mi futura suegra me agasajó con crema de calabaza y unas codornices con uvas que estaban deliciosas, y para el postre, peras con gorgonzola... Lo máximo. Conversamos muy animadamente de lo que haría Julia y de todos los cambios que nos esperaban. Le hablé de mis miedos y me tranquilizó, al igual que Leti, haciéndome saber que ella también había sentido lo mismo cuando estaba embarazada de Patricio.

—¿Ya habéis decidido si utilizaréis analgesia en el parto?

Patricio y yo nos miramos. Había sido un tema de discusión desde la última visita a la ginecóloga.

—La doctora nos ha dicho que tenemos tres opciones: óxido nitroso, epidural o nada.

Miré a Patricio, que resopló y cruzó los brazos.

—No voy a volver a discutir acerca de esto. —Alzó una ceja.

—Pues no lo hagas.

—Cariño —dijo en tono conciliador Clara—, ¿cuál es el problema?

—El problema es que Jazmín no quiere usar analgesia, y yo...

—Y tú quieres controlarlo todo, hasta cómo tengo que parir a nuestra hija, Patricio —le interrumpí.

—No quiero controlarlo todo. Quiero cuidarte, cuidaros. No quiero que te duela.

—Las mujeres parieron durante milenios sin anestesia... Quiero sentir cuándo nace mi hija. Es normal sentir dolor...

—¿Y si el dolor te agota y llegado el momento no puedes ni empujar y todo se complica?

—Pato, Jaz tiene razón. Además, es su cuerpo. Ella decide.

—Jules, sabes que te adoro, pero no te entremetas. Además, ¡joder!, que también es mi hija la que va a nacer. Creo que tengo algún derecho, ¿no?

Patricio lanzó la servilleta sobre la mesa y se levantó bruscamente. Clara me miró y lo siguió con la mirada.

—¡Eres un machista controlador! ¡Jazmín tiene razón! Que sea tu hija no te da derecho a decidir sobre cómo debe parirla su madre —le gritó Julia mientras Patricio se encaminaba al estudio de Clara y daba un portazo.

—¡Julia, es suficiente! —dijo Clara, y tomó mi mano, apretándola.

—¡Mamá, tengo razón!

La situación no era cómoda. No me gustaba discutir, pero era evidente que él tenía sus propias ideas sobre cómo tenía que ser y no estaba dispuesto a cambiar de opinión. Me levanté de la silla y fui al estudio, donde se había recluido.

—Amor...

—Estoy cabreado...

—Lo sé... Cabreado y todo eres el futuro papá más sexy.

—Jazmín... —dijo, exasperado.

—¡Vale! ¡Vamos, un poco de humor! ¡No seas caprichoso!

Me acerqué hacia la butaca en la que estaba sentado.

—¿Caprichoso?

—¡Sí, caprichoso! Ten un poco de confianza en mí. Puedo hacerlo sola.

—Tengo confianza en ti. No es eso y lo sabes.

—No, no lo sé, porque cada vez que discutimos sobre el tema quieres imponer tu voluntad.

—Yo hablo; tú discutes.

Puse los ojos en blanco y resoplé.

—Cariño, escúchame. Quiero hacer esto de la forma natural. Es importante para mí.

Patricio echó la cabeza hacia atrás y bufó.

—Ven aquí...

Me acerqué, tomé la mano que me tendía y me sentó en su regazo.

—Estoy muy pesada, cariño, ¿no?

—No estás pesada. Ven, necesito tenerte aquí. Voy a extrañar esta barriguita. —Me acomodé y en seguida la acarició—. Ya falta tan poco... —Apoyó su frente en la mía—. Estoy aterrado.

—Cariño...

Le besé la frente y pude sentir cómo su cuerpo se aflojaba. Ahí estaba el verdadero motivo de su enfado.

—¿De qué tienes miedo?

—De todo: de que te duela, de que algo salga mal, de no ser un buen padre... Mejor pregúntame de qué no tengo miedo.

—Yo también tengo muchos miedos, cariño, pero es normal. Todo es nuevo para nosotros. También hemos pasado por mucho para llegar hasta aquí.

—De verdad, Jazmín. He leído bastante sobre el tema y dicen que el dolor es agobiante y que muchas veces ya no tienes fuerza a la hora de empujar.

—¿Puedo proponerte algo?

—Vale.

—En principio lo haré sin anestesia.

—Pero... —me interrumpió.

—¡Chsss! —Puse un dedo en sus labios—. Si el dolor es muy fuerte, entonces prometo no creerme una supermujer y pedir la epidural.

—Vale. Me basta con eso. —Le besé los ojos, la frente y la nariz—. ¡Te amo!

—Y yo a ti, aunque seas un caprichoso controlador.

Nos reímos y volvimos juntos al comedor, donde Julia y Clara estaban conversando.

—Pero ¡mirad quiénes están aquí! —dijo Julia—. Los tortolitos que hace unos minutos parecían dos leones peleándose.

—Calla —dijo Patricio, riendo—. Cuando estés embarazada, ya me voy a encargar yo de hacerte rabiar.

Julia rió.

—Parece que habéis llegado a un acuerdo.

—Sí, Clara. Todo está arreglado. —Les guiñé un ojo.

Fuimos a la sala a tomar el té. Estábamos en los últimos días de marzo y todavía hacía bastante frío. Me arrepentía de haberle dicho a Patricio que no comprara para Abril el mono de abrigo que habíamos visto en Zaragoza y que finalmente compramos para Vera, así que me apunté mentalmente que debía ir a comprar uno.

Llegamos a casa. Desde el incidente con Gabriela, Patricio había reforzado la seguridad de manera que cuando nosotros llegásemos, sobre todo durante la noche, hubiese un guardia esperándonos en la puerta. Gabriela seguía internada, pero el miedo que vivimos en ese momento nos había quedado grabado en la mente y era difícil de borrar. Así que cada vez que llegábamos a casa, una sensación de inquietud me invadía.

La semana siguiente comenzamos con las monitorizaciones semanales. Todo iba perfecto, pero el 18 de abril, después de volver del teatro, todo cambió.

Tras una ducha juntos, nos fuimos a la cama y comenzamos a acariciarnos y a besarnos tiernamente. Nuestras lenguas se enredaron, se nos aceleró la respiración y nuestros cuerpos se excitaron. Me recogí el cabello para darle acceso a mi cuello y me coloqué de lado para estar cómoda. La ardiente lengua de Patricio recorrió mi cuello hasta alcanzar el lóbulo de la oreja. Su mano resiguió mi perfil y luego, suavemente, acarició mis pechos. Mis pezones, grandes y oscuros, estaban erectos por el delicioso placer que me provocaba; un placer que limitaba con el dolor y me hacía liberar gemidos de completo goce. Sentí su erección en mi trasero y su mano descendió hasta mi sexo, húmedo, abierto y deseoso de recibir a mi amado. Se hundió suave y lentamente en mí, arrancándome gemidos de placer. Patricio me sostenía por la cadera y besaba mi cuello, mi hombro y mi cabello, a la vez que me decía palabras dulces y calientes al oído, mientras movía la pelvis con una cadencia exquisita. Volvió a deslizar su mano hacia mi sexo, atrapando mi botón, hinchado y deseoso de sus caricias. Sus hábiles y precisos movimientos, junto con esas caricias, me hacían soltar voluptuosos jadeos.

Patricio respiraba, agitado, y gemía y jadeaba en mi oído, lo cual me resultaba absolutamente erotizante. Su pecho, pegado a mi espalda, resbalaba por el sudor. Su pelvis golpeaba contra mis nalgas y sus dedos seguían dándome placer. Un poderoso orgasmo se erigía en mí cuando el cuerpo de Patricio se tensó; conocía a la perfección lo que significaba.

—No puedo más, mi amor. Voy a correrme ahora, ¿estás lista?

—Sí.

Y con un gruñido feroz se corrió y yo me corrí sonoramente tras él. Sentí que se derramaba con fuerza en mi interior, mientras mi vagina exprimía hasta la última gota de su simiente.

—Te amo.

—Te amo. ¿Estás bien?

—Mejor imposible.

Cuando salió de dentro de mí sentí un vacío, nos acurrucamos y nos dormimos.

De madrugada me despertó un fuerte dolor. Fue como un *déjà vu* de cuando estaba en Zaragoza: aquella horrible punzada. Toda mi barriga se tensó. Era una contracción. Respiré hondo, como me habían enseñado en la clase de preparto, y esperé a que pasara. Patricio se removió en la cama.

—¿Estás bien? —dijo con voz ronca.

—Sí, cariño. Vuelve a dormirte.

Fui al baño y noté que estaba perdiendo el tapón mucoso. La comadrona nos había advertido de que si no estaba acompañado de contracciones rítmicas, hemorragia o había roto aguas no era necesario ir a urgencias, que el tapón se podía perder incluso semanas antes del parto, así que me tranquilicé y volví a la cama. Traté de conciliar el sueño, pero otra contracción hizo que lanzara un grito que despertó a Patricio.

—Cariño, ¿qué sucede?

—Otra contracción.

—¿Otra?

Mientras intentaba respirar como me habían enseñado, Patricio saltó de la cama y se acercó sin saber qué hacer.

—Respira, amor.

—Ya ha pasado —le dije, calmándolo—. Hay que llamar a la comadrona. Toma el cronómetro... He perdido el tapón mucoso; tenemos que controlar la frecuencia de las contracciones.

Casi no hacía pausas entre una palabra y otra. Patricio se vistió en un instante y llamó a la comadrona para informarla de los acontecimientos, y ésta le indicó que si rompía aguas o las contracciones se volvían rítmicas, cada diez minutos, fuésemos al hospital.

—Amor, se acerca el momento.

—Estoy aterrada.

—Estoy contigo y no me separaré de ti, cariño. Lo haremos juntos —dijo mientras masajeaba mi espalda—. Voy a llamar a todos para avisarles.

—No, todavía no. Puede que falten horas o días. No lo sabremos hasta ver la frecuencia de las contracciones.

Tuve una nueva contracción y le apreté la mano, dejándosela casi sin circulación. Encendió el cronómetro, y respiramos juntos. ¡Diosss!, el dolor era fuerte y, por lo que ya nos habían dicho, a medida que se acercara el parto las contracciones serían más intensas.

Por sugerencia de la comadrona, fui a la ducha. Patricio entró conmigo, ayudándome con un masaje lumbar bajo el agua caliente. Lo estábamos haciendo bien. Las contracciones comenzaron a volverse más fuertes y seguidas.

—Es la hora, cariño. Voy a llamar a Germán y Leti, que están aquí cerca, porque no me siento capaz de conducir.

Mientras intentaba vestirme lentamente, Patricio llamó al resto de la familia. El dolor era tan fuerte que no me dejaba pensar, así que me ayudó; su rostro, tenso, mostraba todo el autocontrol que poseía. No se separó un instante de mí, hasta que sonó el timbre. Leti y Germán habían llegado. Me dejó acostada de lado en la cama, mientras corría a abrirles la puerta. Subieron en tropel al dormitorio.

—¡Jaz!

—¡Diosss! He roto aguas, Patricio. —Tomé la mano de Leti y la apreté.

—Tranquila. Respira... Patricio, toma las bolsas de Abril y Jaz. Cuando pase esta contracción tenemos que ayudarla a bajar las escaleras.

Patricio sacó las bolsas del armario y las colocó sobre la cama.

—Germán, ¿podrás conducir tú? Yo no puedo en este estado.

—¡Claro, no te preocupes! ¡Todo va a ir bien! —Le dio una palmadita en la espalda y mi amado suspiró.

Cuando pasó la contracción, Patricio me levantó en brazos. Bajamos las escaleras y subimos al Pandita. Germán conducía,

Leti iba a su lado y Patricio y yo detrás. Las contracciones eran cada vez más intensas. El dolor me obnubilaba y no estaba logrando respirar adecuadamente.

—Cariño, tienes que concentrarte y respirar. Ya estamos llegando.

—¡Diosss, Patricio! ¡Parece que tiene prisa por nacer!

—Jaz, vamos, respira —dijo Leti, volviéndose en su asiento—. En unos minutos estaremos en el hospital. Patricio, ¿has avisado a la comadrona?

—Sí. Nos espera allí.

Llegamos. Patricio me sostuvo de la mano todo el tiempo. Me llevaron a una habitación, me prepararon y me colocaron un monitor en la barriga. Me senté sobre un balón grande, ya que el movimiento del balón, acompañado del de mi cadera, ayudaba a que el bebé descendiera por la pelvis, mientras Patricio me masajeaba la zona lumbar para ayudar a disipar el dolor de las contracciones. En el transcurso de cuatro horas me revisaron en varias ocasiones para saber cuán dilatada estaba. Cuando fue el momento, me trasladaron a la sala de partos. Patricio tuvo que ponerse una bata, mascarilla y gorra para poder entrar.

—Bueno, padres, ha llegado el momento —dijo la comadrona—. Padre, ponte a la izquierda. Madre, cuando te lo indique, comienzas a empujar.

—Vale —logré decir.

El trabajo de parto había sido relativamente corto y, al parecer, Abril estaba ansiosa por venir al mundo. Ahora ella sería nuestro mundo.

Empujé una vez, respiré. Patricio sostenía mi mano y me susurraba al oído lo orgulloso que estaba y cuánto me amaba. Empujé otra vez. La comadrona me indicó que la cabeza ya estaba fuera. Tras un empujón más, Abril llegó al mundo.

La pusieron inmediatamente en mi pecho. Las emociones me embargaron. Tener a mi hija había sido un sueño durante los últimos casi nueve meses, un sueño que se había hecho realidad un 19 de abril. Ya nada más importaba: era mamá.

Patricio estaba tan emocionado como yo. Me besaba la sien y la frente y acariciaba a nuestra hija; un mar de lágrimas cayó del cielo que habitaba en sus ojos.

—¡Es nuestra hija! ¡Te amo! —le dije, embargada por los sentimientos.

—¡Es tan hermosa, mi amor! ¡Gracias! ¡Te amo! —Me besó. Ambos lloramos de emoción. Por fin, después de tanto amor, dolor, mentiras, engaños, perdones, nuestra hija, Abril, llegaba a nosotros para terminar de sanar heridas y comenzar una nueva etapa en nuestras vidas.

Patricio cortó el cordón umbilical. La comadrona se llevó a Abril para limpiarla, pesarla y examinarla, y luego se la entregó a su padre. Recordé cuando había tomado a Vera en brazos, y morí de amor al ver la naturalidad con la que lo hacía con Abril. En ese momento oí a Patricio cantar:

> Oye, princesita, que papá te canta;
> oye, princesita, que papá te ama.
> Duerme calentita en esta barriguita;
> duerme, mi bonita, duerme, cachorrita,
> que papá te canta, que papá te cuida...

No pude contener las lágrimas. Eran muchas emociones juntas. Aun agotada por el esfuerzo, no podía ser más feliz. Cuando terminó de cantar, me miró y vi en sus ojos el orgullo y el amor infinito que nos profesaba. Supe con una certeza absoluta que los amaba desde siempre y los amaría para siempre.

Veinte años después

—¡Hola, mamá!

—¡Hola, cariño! ¿Cómo estás?

—Bien. ¿Y tú? ¿Y papá?

—Yo muy bien; aquí, mirando fotos. Tu padre ha ido a correr al parque del Retiro con tu hermano. Quería hablar a solas con él; cosas de hombres.

—Lucas está muy misterioso últimamente.

—¿Te sirvo un café?

—¡Venga! He venido a daros un beso y a pediros un libro. Tengo que preparar un examen.

—¿No quieres quedarte a cenar? Viene Clara, y tu padre cocinará.

—Es que he quedado con Vera en que estudiaríamos en el piso.

—Pues dile a Vera que venga a cenar a casa y luego estudiáis aquí. En mi estudio tenéis todo lo que podáis necesitar.

Abril y Vera habían decidido mudarse a un piso juntas, muy a pesar de Patricio. En aquel tiempo la casa era una batalla campal; siempre tan protector, no le gustaba nada la idea de que con veinte años su pequeña Abril hubiese decidido independizarse. Vera, su ahijada, y nuestra hija estudiaban psicología y eran inseparables.

—¡Eres la mejor! —Me abrazó y tomó su taza de café mientras revisaba las fotos que tenía sobre la isla de la cocina—. ¡Estabas tan hermosa en tu boda, mamá! ¡Y papá, tan guapo!

—Éramos tan felices, mi vida, y mírate tú, tan pequeña... Apenas tenías un par de meses y eras la reina de la fiesta.

Tomé una foto en la que Patricio la sostenía en brazos. Era una foto espontánea, completamente natural, sin poses; era hermosa.

—Esta foto... me emociona. Mira la expresión del rostro de tu padre, tan lleno de amor. —Me limpié una lágrima—. Te deseábamos tanto, cariño. Eras tan pequeña, y ahora, mírate, toda una mujer.

—¿Papá todavía está cabreado porque he decidido irme a vivir con Vera?

—No, cariño. Tu padre te adora, sólo que es muy protector, y tú siempre serás su pequeña princesa.

—¿Sabes algo de la tía Jules?

—Julia es un alma libre, cariño. Está en Sudán. ¡Tu padre y Clara están de los nervios!

—Es comprensible, mamá, sobre todo después de lo del tío Francisco. Son lugares tan peligrosos, pero la tía tiene un corazón enorme y su vocación por ayudar es envidiable. —Abril tomó una foto en la que estaba Mía de mi mano—. Quiero una copia de esta foto.

—Claro. ¡Cómo extraño a esa niña!

—¿Niña, mamá? Pero si tiene casi veinticinco.

—¡Para nosotros siempre seréis nuestras niñas!

—Te adora.

—Y yo a ella.

Oímos la puerta de calle y las risas de Patricio y Lucas.

—¿Cariño?

—¡En la cocina! —grité.

—¡Hola!

—¡Hola, princesa! —Me besó.

—¡Hola, papi!

Patricio abrazó y besó a Abril.

—¿Cómo estás, princesa?

—Bien. He pasado a daros un beso, y mamá me ha invitado a cenar. Así veo a la abuela.

—¿Sólo a la abuela?

—No, papá, a todos. Pero a la abuela la veo menos. —Puso los ojos en blanco.

—Lucas, cariño, ¿quieres un café?

Le tendí una taza a Patricio.

—No, mamá. Voy a por un zumo... y luego a la ducha.

—Ha llamado Flopi.

Lucas se paró en seco y Patricio y él se miraron.

—¿Ha dicho algo?

—Sí que ha intentado llamarte al móvil y que lo tienes apagado.

—Vale. Gracias, mamá.

Lucas salió de la cocina con una sonrisa. Algo me decía que la conversación entre padre e hijo giraba en torno a Florencia, la hija de Leti y Germán.

Leti y Germán se casaron un año después que nosotros, y estuvimos embarazadas al mismo tiempo. Lucas nació tres meses antes que Flopi, mi ahijada.

—Mamá, voy a tu estudio a hacer unas llamadas.

—Ve... —Miré a Patricio seguirla con la mirada por encima de la taza—. ¿Qué tal tu charla padre-hijo?

—Genial, como siempre, cariño. —Se me acercó en plan seductor—. ¿Qué tal la tuya madre-hija?

Estaba sentada en una banqueta de la isla y me abrazó por la espalda, besándome el cuello.

—Cariño...

—¡Mmm!

—Que no estamos solos. Además estás sudado. ¡Ve a darte una ducha!

—¿Y si me acompañas?

—Cariño...

—¡Vale, vale! Ya lo he entendido. —Giró la banqueta, tomó mi rostro con ambas manos y me besó; un beso fuerte, exigente, profundo—. Voy a darme una ducha... fría...

Nos reímos. Yo también estaba acalorada y deseándolo. En veinte años de matrimonio, nuestro amor y pasión no había mermado ni un ápice. Éramos muy felices. La vida nos había premiado con nuestros dos soles, Abril y Lucas, dos hijos ejemplares, tiernos, responsables, solidarios, merecedores de confianza, conscientes de los peligros del mundo, pero conservando la inocencia que los hacía seres únicos. Por eso, cuando Abril decidió independizarse, la apoyé. Sabía que estaba lista. La habíamos educado con buenos valores y no nos defraudaría. Pero Patricio no lo vio así. Él sólo vio que su pequeña princesa le soltaba la mano, y eso lo entristeció. Yo aún recordaba cuando les dije a mis padres que me iba a vivir sola; mi padre no me habló durante semanas, pero mi madre me contó que a diario le preguntaba por mí. Patricio hacía lo mismo; adoraba a su princesa y no soportaba tenerla lejos.

Abril entró en la cocina y chocó con su padre; le golpeó con el dedo índice la nariz y le dio un beso en la frente. Ella lo abrazó.

—¡He extrañado tus abrazos, Brili!

—Y yo los tuyos, papi.

Se separaron, y Patricio siguió el camino hacia la ducha.

—Ya he hablado con Vera. Vendrá más tarde.

Abril se sentó a mi lado.

—Tu padre va a estar muy contento.

—Mamá... —Apartó la mirada y se concentró en las fotografías dispersas sobre la encimera de la isla.

—Dime, cariño, ¿hay algo que te preocupa?

—¿Cómo conseguís seguir tan enamorados? —Tomó una foto—. He visto tantas fotos vuestras, y en todas... ambos tenéis esa mirada. La mayoría de los padres de mis amigas están divorciados.

—¡Ayyy, cariño! El amor todo lo puede... —La tomé de la mano y la besé—. Con tu padre hemos pasado por momentos muy duros, pero el amor que nos profesamos siempre nos ha rescatado.

—¿Como cuando pensaste que me perdías?

—Cuando pensé que te perdía, morí mil veces, cariño... —Recordarlo me estremeció.

—¿Alguna vez me vais a contar por qué estabais separados en ese momento? —Me miró, escrutándome—. ¿Es que papá no quería tenerme?

—¡Nooo! Cariño, los dos te amamos desde el día en que supimos que vendrías a este mundo.

—¿Entonces, mamá? —Se sirvió otra taza de café y llenó la mía—. ¿Tú dejaste a papá estando embarazada de mí?

—Es complejo, cariño.

Otra vez se había abierto la puerta a esa situación que habíamos querido enterrar durante veinte años. En algún lugar, dentro de mí, sabía que se acercaba el momento de hablar, pero estaba muy lejos de sentirme preparada.

—Lo cierto es que tu padre y yo nos amamos mucho y superamos muchas cosas. Cuando nació tu hermano, tan pequeño, prematuro, que no sabíamos si lograría salir adelante..., fue otro momento en el que sin su amor no hubiera podido... En el diario vivir, las parejas renuevan sus votos de amor...; riegan la plantita, por así decirlo.

—¿Y cómo sabes cuál es el indicado, que ése es el hombre con el que quieres pasar el resto de tu vida?

—Es una sensación tan inmensa que te abruma. —Abril miraba su taza de café. Estaba muy pensativa—. Brili, ¿hay alguien que...?

—Sí, me estoy viendo con alguien... —me interrumpió—. Se llama Tomás...

Le brillaban los ojos, esos ojos iguales a los de Patricio, que relucían sobremanera, impidiendo ocultar cualquier emoción.

—Cuéntame, cariño...

—Es muy dulce y guapo, ¡y me hace sentir tan bien!

—¿Es un compañero de la universidad?

—No, lo conocí por medio de Mía. Es uno de sus compañeros en Bellas Artes y trabaja como comisario de exposiciones. Ahora mismo está organizando una exposición fotográfica.

—¡Qué interesante!

—¿Qué es lo interesante? —preguntó Patricio, entrando en la cocina, tan sexy como siempre estaba después de ducharse, con el cabello mojado y la camisa a medio abotonar.

—Un amigo de Brili. Cariño, ¿a qué hora viene Clara? —dije, cambiando de tema.

—Después de su clase de natación, supongo. —Patricio se colocó detrás de mí, me besó la parte de atrás de la cabeza y apoyó su barbilla en mi hombro mientras tomaba una fotografía—. ¡Diosss, cómo olvidar ese día, uno de los tres más importantes de mi vida! ¡Estabas tan hermosa!

—Mamá *es* hermosa.

—Tu madre es, fue y será hermosa, ¡como tú, princesa!

Estuvimos conversando sobre las fotos. Nos encantaba recordar a través de ellas. Desde que Patricio había podido recuperar prácticamente toda su memoria gracias al tratamiento con Susana, sentía que era muy importante mantener todos los recuerdos «al día».

El tratamiento fue largo y, en algunos momentos, doloroso. Recordar el accidente lo hizo encerrarse en sí mismo; estaba distante y se recluía durante horas con Abril en brazos en su dormitorio. Ella lo sanó. Tenían una conexión única desde antes de nacer, pero conforme ella crecía, esa conexión era más evidente.

Patricio estaba totalmente subyugado por Abril, esa niña dulce, morena, con rizos, piel de porcelana y ojos color cielo. Su primera palabra fue *papá.* Como madre debo decir que fue un tanto doloroso, pero sabía que así sería desde el día en que Patricio le cantó su nana, estando en la barriga, y ella se calmó de inmediato. Así fue cada noche que despertaba llorando. Su canto era hipnótico; muchas veces me despertaba y lo encontraba meciéndola y cantándole. Nunca tuve dudas de que sería un padre extraordinario.

Dos años después de tener a Abril, deseábamos mucho tener otro bebé. El embarazo había sido perfecto. Cuando supimos que era un niño nos sentimos en la gloria. Lucas nació a los seis meses de gestación, por una cirugía de urgencia por apendicitis. Fue el tercer peor momento de mi vida; estábamos aterrados de que no sobreviviera. No había otra opción; la cirugía debía hacerse de urgencia y, con seis meses, las probabilidades de que no sobreviviera eran altas. En cuanto desperté de la anestesia exigí ver a mi niño. ¡Era tan pequeño! Recordarlo lleno de tubos y monitores, y así durante tres agónicos meses, era doloroso. Cuando pudimos traerlo a casa, Abril se enamoró de ese pequeño rubio como su abuela Clara, de ojos curiosos y color miel como los míos. En seguida que lo vio, dijo «Lulu», y así lo siguió llamando siempre.

Abril era muy protectora con su hermano, ya que sus primeros años de vida habían sido difíciles, con una salud un tanto débil. Nunca estaba celosa cuando nosotros estábamos ocupándonos de la fiebre, gripe, infecciones de oído o de garganta de Lucas. Algunos dijeron que era porque no había podido darle de mamar. Por suerte, con Abril lo hice durante un año; era un momento mágico, de conexión entre ella y yo. La mejor sensación que una madre puede tener: alimentar con su cuerpo a su hijo. Patricio sabía que ése era un momento nuestro y pocas veces se quedaba con nosotras, aunque siempre me decía lo hermosas que se nos veía así.

A sus dieciocho años, Lucas era un estudiante modelo. No había que exigirle que estudiara, lo hacía porque le gustaba. Su sueño era ser abogado, y mi pequeño ambicioso no quería ser uno más del montón. En eso era igual a su padre: tenía que ser el mejor.

Arrancaba suspiros desde que era tan sólo un bebé, y siendo ya mayor, las chicas hacían fila. Sabía que lo pasaba bien: lograba un equilibrio perfecto entre la diversión y la responsabilidad. Su padre se encargó de explicarle una y mil veces la importancia de cuidarse.

Abril era una princesa, así la llamaba su padre, la delicadeza hecha carne. Era inquisitiva, dulce, un poco rebelde y, por encima de todas las cosas, amorosamente solidaria. Nunca había tenido muy claro qué estudiaría. Si bien era una buena estudiante, había pensado seguir los pasos de su tía Julia, pero cuando su tío Francisco, a quien adoraba, falleció en medio de un enfrentamiento entre etnias en Guinea, supo que ése no era su lugar, para tranquilidad nuestra, por cierto. Vivíamos con el corazón en la boca por Julia, tenaz como ella sola. Después de lo que le había sucedido a Francisco, estuvo dos años con una depresión muy fuerte. Nuestra insistencia diaria consiguió al fin que viera a alguien para que la ayudara. Poco tiempo después, decidió que lo mejor era retomar su vida y volvió a la India, donde había comenzado su aventura. Poco a poco se fue recuperando y nunca dejó de viajar. Regresaba para regalarnos un par de meses de su adorable compañía y luego volvía a irse. Era un espíritu libre y, a su manera, era feliz.

Como padres estábamos orgullosos de los hijos maravillosos que teníamos, aunque Patricio era muy sobreprotector con Abril. Se encargaba de espantar a cada chico que aparecía, y nuestra pequeña terminaba indefectiblemente llorando en su dormitorio y yo discutiendo con él, porque nuestra hija no podía ser rehén de sus miedos y era necesario que la dejara vivir. Recuerdo la última y peor de las discusiones, que me valió dormir dos noches en mi estudio... y no dirigirle la palabra. ¡Es que estaba tan enfadada!

—¡Cómo puedes ser tan obtuso!

—¿Obtuso?

—¡Sí! ¿No te das cuenta de que esa actitud te aleja de ella?

—¿Y tú no te das cuenta de que ese mocoso lo único que quiere es hacerla suya? ¡No puedes estar tan ciega!

Patricio estaba fuera de sí y lucía un rostro encendido de furia.

—Pues tendrás que confiar más en la educación que le dimos —sentencié, iracunda.

Me miró dudando si me respondía o se mordía la lengua, y aunque a él siempre le gustaba tener la última palabra, ¡éste no sería el caso!

—Tu hija no es una niña, y te guste o no llegará el momento o el hombre indicado que la haga mujer —le espeté.

—¡Mi hija se casará virgen! —No tuve mejor idea que reírme—. ¿Se puede saber de qué te ríes?

—De ti, de tu hipocresía... ¿Cómo puedes ser tan falso?

—¡Jazmín, se me acaba la paciencia!

—¡Y a mí! —Lo miré, me miró; nos desafiamos con la mirada—. ¿Tienes la osadía de decirme que tu hija se casará virgen cuando tú y yo nos casamos después de que ella naciera? ¿Puedes ser tan hipócrita?

—No soporto la idea de pensar que alguien pueda tocar a mi hija como...

—¿Cómo? ¿Como tú me tocas a mí?

¡En ese momento, sí que las cosas se habían puesto feas! Di media vuelta y comencé a caminar hacia la puerta de nuestro dormitorio. Estábamos gritando y las cosas se estaban yendo de control.

—¡Es mi hija! —gritó.

Me volví y me puse muy, muy cerca de su rostro. Le apunté al pecho con un dedo.

—¡Y yo era la hija de alguien, y eso no te detuvo!

Volví a encaminarme hacia fuera del dormitorio. Pasé por el de Abril, que estaba llorando en su cama. Acaricié su cabello y sequé sus lágrimas.

—No discutáis por mí.

—No, cariño. Tu padre te ama con locura. Sabes lo posesivo que es; ya se le pasará.

Cuando se durmió pasé por el dormitorio de Lucas, como lo hacía todas las noches. Estaba estudiando, le di un beso de buenas noches y bajé a mi estudio. Abrí el sofá cama y me tendí, agotada y dolida. ¿Qué tenía de malo cómo nos tocábamos? ¿Desde cuándo Patricio era un pacato-hipócrita? Si mi hija era tan feliz como yo, para mí era más que suficiente. ¿Por qué Patricio no pensaba igual? Di vueltas en la cama, sin que pudiera conciliar el sueño. Me faltaba su calor. Sentí un tímido golpe en la puerta. Sabía que vendría a buscarme, pero estaba demasiado dolida para flaquear, así que hice como que estaba dormida. Patricio entró y se sentó en el borde de la cama.

—Cariño... —dijo—, sé que no estás dormida. ¿Vas a dejar que duerma solo?

—No se trata de ti. Estoy lo bastante dolida como para querer dormir sola —dije sin siquiera abrir los ojos—. Cierra la puerta cuando te vayas.

Sabía lo que le convenía. Por un lado, quería que me abrazara y dijera que no había querido decir lo que había dicho, y por otro, necesitaba enfriarme. Salió de mi estudio, no sin antes besarme en la cabeza y decirme que me amaba.

Dos días después, yo estaba desvistiéndome, después de haber llegado del consultorio que tenía con Leti, tras una jornada larga y agotadora, cuando Patricio apareció ante mí y se apoyó en la puerta del vestidor. Sexy a más no poder, mi cuerpo reaccionó de inmediato. ¡Traicionero!

—Hola.

—Hola —dije secamente.

—¿Seguirás sin hablarme? —Lo atravesé con la mirada. Resopló—. Cariño...

—¿Tienes una jodida idea de lo mal que me has hecho sentir?

—Lo siento. Cuando se trata de mis hijos no pienso...

—Pues eso tiene que terminar. Puedo entender que quieras proteger a tu hija, pero con esa actitud lo único que lograrás es que se rebele, ¡y vas a alejarla de ti!

—Lo siento, cariño.

Parecía que lo que le acababa de decir había logrado penetrar en esa cabezota.

—¿Qué es lo que sientes? ¿Haberme hecho sentir como una mierda? ¿Haber desconfiado de cómo criamos a nuestra hija? ¿Haber desconfiado de su criterio? ¿Sabes, Patricio?, si un hombre hace feliz a mi hija como tú me haces feliz a mí, entonces estoy satisfecha.

Con dos largos pasos, Patricio estaba apretándome contra la

pared del fondo del vestidor, besándome como si le fuera la vida en ello, un beso al que respondí con la misma urgencia.

—Amo tocarte, amo ver cómo te estremeces ante mis caricias, cómo te derrites en mis brazos y vuelas cuando te corres. Amo cada uno de tus gemidos y grititos, tu respiración agitada. Amo todo lo que me haces sentir... —dijo sobre mis labios—. Nunca, nunca podría arrepentirme de eso... Soy un gilipollas, pero entiéndeme: es mi pequeña.

—Te recuerdo que tu pequeña tiene dieciocho años.

—Lo sé. —Apoyó su frente sobre la mía—. Ya me habías dicho tú que llegaría el momento en que querría que volviera a estar dentro de tu barriga... Intentaré dominar a la bestia que tengo en mi interior para no encadenar a mi princesa a su torre y liberarla después de los treinta.

Nos besamos, pero ese beso era más suave, tierno, íntimo. Hicimos el amor allí, de pie sobre la pared del vestidor. Yo casi desnuda; él casi vestido.

De eso ya habían pasado dos años. Patricio realmente trató de dominar a la bestia. Al principio digamos que lo logró, y cuando no, ahí estaba yo para calmar las aguas. Ahora tendríamos que ver cómo reaccionaría con Tomás. Nuestra pequeña había comenzado una relación con un chico mayor que ella y estaba segura de que no le haría ninguna gracia.

—Mamá, ¿estás colgada de una nube?

—Lo siento, cariño. ¿Qué me decías?

—Que este fin de semana es el cumple del tío Benja.

—Hablé con él ayer. Haremos la fiesta aquí en casa.

—¿Vendrá la abuela Eugenia?

—No lo sé, cariño. Ya sabes cómo están las cosas entre ellos... —le dije con tristeza.

Después de la boda, Benja y Dan le confesaron a nuestros padres que eran pareja. Como no podía ser de otra forma, la melodramática de mi madre reaccionó muy mal, y Benja no se lo había perdonado. ¡Vamos!, que no había que ser muy lúcido para darse cuenta de que ese par eran algo más que compañeros de piso y socios. A mi padre, como siempre, lo único que le parecía importante de toda la situación era que su hijo fuese feliz con quien él eligiera; supongo que lo sospechaba. Lo cierto era que Benja ya estaba harto de los numeritos de mamá, por lo que durante unos años cortó todo contacto con ella. Luego, lentamente, fue retomándolo. En mi caso, más que nada por mis hijos. Los problemas que teníamos los adultos no debían incluir a los niños; pero nunca fue lo mismo. Lo que sucedió con Benja me dio la pauta que difícilmente cambiaría, que mamá era lo que era y me dolía en el alma. Hasta Ceci se había distanciado de ella, y eso era decir mucho, ya que mi hermana y mi madre eran casi clones.

Ceci se había transformado en una doctora de renombre y en su vida no había sitio para una familia. Ella vivía su vida libremente, sin ataduras, y con sus casi cuarenta años estaba sola. Me daba tristeza su frialdad, porque sabía que no era feliz. Incluso mis hijos, de pequeños, la llamaban la «tía de hielo». Sabía que adoraba a sus sobrinos, pero la relación que tenían con Benja o con Julia era totalmente distinta.

—Cariño, ¿con qué nos deleitarás? —le pregunté a Patricio, apoyándome en su brazo.

—No lo sé todavía... —Me besó en la coronilla—. ¿Qué te gustaría?

—¡Mmm!, no sé, algo bien fresquito. Este calor me pone de mal humor... —Sonó el timbre—. Brili, abre tú, debe de ser Vera.

—¿Estás bien, mi amor?

—Es Brili. Hoy ha vuelto con el tema de por qué estábamos separados mientras estuve en Zaragoza.

—Ven aquí. —Me levanté de mi banqueta. Patricio abrió sus brazos y allí me sumergí—. ¿Tienes miedo?

—Sí.

—¡Hola! —dijo Vera, entrando en la cocina con Abril.

—¡Hola, cariño! —dijo Patricio, besándole la frente.

—¡Hola, Vera!

—¿Cómo estáis? ¡Gracias por invitarme hoy!

—Cariño, sabes que no necesitas invitación. ¡Ésta es tu casa! —le dije, abrazándola.

—Gracias, Jaz, pero mi padrino todavía está cabreado —dijo, mirando a Patricio con un mohín gracioso.

Él la miró, sonriendo.

—¡Cuida esa boquita si no quieres que esté realmente cabreado!

—¡Ayyy, padrino!

—Vamos a estudiar un poco antes de la cena. Cuando llegue la abuela Clara, nos avisáis.

—Claro, cariño. Id tranquilas.

Nos quedamos solos, pensativos. Patricio comenzó a preparar la cena y yo a recoger las fotos dispersas sobre la isla. Tomé una botella de vino tinto y dos copas, y serví un poco en cada una. Se la acerqué a Patricio y me guiñó un ojo. Estuvimos conversando sobre el cumpleaños de Benja y, como siempre, de nuestros hijos.

—Se te ve cansada, cariño.

—Lo estoy. He tenido un día duro en el consultorio.

—Sabes que no necesitas trabajar tanto...

—Lo sé, pero una cosa es lo que necesite y otra cosa es lo que quiera. Sabes que me gusta lo que hago.

—Sí, lo sé. ¿Es por el caso del niño?

—Sí... Estoy poco a poco logrando que se abra, cariño, pero me está afectando mucho. Quizá sea hora que lo derive a alguien.

Patricio dejó de cortar las verduras y me abrazó. En ese momento entró Lucas.

—Vosotros dos parecéis adolescentes. Siempre estáis abrazados.

—¡Mmm! ¿Mi niño necesita mimos de su madre?

—No me vendría mal. Este examen me está agobiando.

—Ven, cariño. —Lucas se sentó a mi lado y le acaricié la espalda—. ¿Qué es lo que te agobia?

—Es una materia muy larga y no me siento preparado.

Patricio nos miró y se acercó.

—Hijo, has de tener confianza en ti mismo pero, si no te sientes preparado, no lo hagas ahora. Conforme avances en la carrera habrá momentos en los que tal vez tengas varios exámenes juntos para preparar; tendrás mucha presión.

—Lo sé, papá, y yo soy mi peor enemigo, pero no quiero defraudaros.

—Cariño, nosotros estamos orgullosos de ti. Siempre has sido un excelente estudiante, siempre lo has dado todo de ti. No podrías defraudarnos jamás.

—Gracias, mamá. Necesitaba oír eso.

—¿Has llamado a Flopi?

—Sí. Mañana vendrá a estudiar.

Patricio lo miró y le guiñó un ojo.

Florencia estudiaba Derecho igual que Lucas. Como hija de Leti y Germán, era también mi ahijada, una niña adorable. Desde pequeños habían estado muy unidos; en cierta medida, me recordaba mi historia con Patricio. Flopi era una niña tímida, introvertida, completamente opuesta a Mía pero, al igual que ella, muy dulce y bella. Con grandes ojos verde esmeralda y cabello liso, entre rubio y rojizo, era la debilidad de Lucas. A medida que fue creciendo, fue madurando, y su inocente belleza hacía suspirar a más de uno.

Clara llegó después de su clase de hidrogym. A sus setenta, era una mujer tan jovial y enérgica que daba envidia. Iba muy elegante, como siempre. Besó a cada uno de sus nietos y luego se sentó con nosotros en la cocina, copa de vino mediante, a conversar mientras Patricio cocinaba.

—Hablé con Julia. Estará aquí el mes que viene.

—¡Qué buena noticia! Hoy justo Brili preguntaba por ella. Hace un par de días hablé con ella por HoloSky; no me dijo nada de que vendría.

—¡Oh, lo siento! ¡Quizá era una sorpresa y acabo de arruinarla!

—No te preocupes, mamá, a mí me deja más tranquilo. Me tiene de los nervios que esté en esos lugares.

—Cariño, tu hermana es feliz así. Si la obligásemos a quedarse aquí, seguramente lo haría por nosotros, pero ¿sería feliz?

—Ya lo sé, pero no puedo evitar sentir miedo.

—A mí me pasa igual, querido, pero Jazmín tiene razón. Tu hermana es un alma libre, y debemos respetar su libertad.

Conversábamos amenamente cuando sonó mi móvil. Era Benja.

—¡Hermanito!

—¡Hola, Jaz! Me hace gracia que me sigas llamando así.

—¡Siempre serás mi hermanito! ¿Cómo estás?

—Bien, terminando de coordinar con Dan la lista de invitados.

—¿Y? ¿Ya has resuelto qué hacer con mamá?

—Jaz, sabes que no mantenemos la mejor de las relaciones,

pero lo haré por esos dos soles que tengo de sobrinos. Es una oportunidad para que vean a su abuela.

—¡Eres un sol!

—Si tú lo dices...

Conversamos un poco más de cómo estaba yendo el nuevo local de Libros con Aroma, la librería de Benja y Dan. Cada sábado, después de correr por el parque del Retiro, Patricio iba allí a disfrutar de un delicioso nuevo café y leer. Era su momento de relax y lo disfrutaba mucho, así que aún iba, aunque le quedaba más lejos. Colgamos la videollamada con la promesa de almorzar juntos en los próximos días para organizarlo todo para el sábado.

Nuestros hijos, junto a Vera, se acercaron a la cocina llamados por el aroma del salteado de verduras y pollo que estaba cocinando Patricio y a ayudar a preparar la mesa en el comedor. Alguna vez le había dicho a Patricio que el hecho de que tuviésemos dinero no significaba que nuestros hijos fueran criados en un hogar donde «lo que quiero lo tengo». Para mí era importante que supiesen valorar las cosas materiales y ganárselas, tener tiempo de calidad con ellos y, fundamentalmente, hablarles.

—Jazmín, querida, ¿has visto el cuadro de Mía?

—Lo vi cuando estaba en proceso. ¿Ya lo ha terminado?

—Sí, ¡y es magnífico!

—¿Dónde lo colgarás, mamá?

—En la sala. Pienso sacar un cuadro viejo. ¡Hay que modernizarse!

—¡Quedará muy bien allí! —comentó Patricio.

—Esa joven es un prodigio.

—Desde pequeña, Clara.

—Tiene un don increíble. ¡Menos mal que la han incentivado!

—La madre de Mía estudiaba pintura..., y bueno, ya sabes que Germán es un gran artista digital —dijo Patricio.

—Lo que hizo con el cambio de imagen de la empresa ha sido magnífico y por supuesto todo lo que vino después. ¡Fue una decisión acertadísima ofrecerle la gerencia publicitaria! Pero volviendo a Mía, definitivamente esa chica tiene un futuro muy prometedor. Cuando fuimos a su exposición, muchas de mis amigas se quedaron encantadas. Apuesto a que más de una querrá comprar un cuadro de ella.

—Has sido tan amable al promoverla entre tus amistades...

—Querida, cuando alguien es bueno en lo que hace, se promueve a sí mismo. Yo sólo le di algunos contactos útiles.

—Que le dieron el impulso necesario para que la conozcan, la llamen y la inviten a exponer en varias galerías de arte. ¡No es poca cosa, Clara!

—¡Mamá, de verdad, gracias! Sabes que para nosotros Mía es muy importante.

—Lo sé pero, amén de eso, el día en que vi en vuestra sala ese maravilloso cuadro, sin saber que era de Mía, supe que quería uno de esa artista.

—Si te mostrara los dibujos que hacía con sólo cuatro años, Clara... Los guardo en mi estudio; de hecho, hay un par enmarcados que seguramente ya conoces. Uno de ellos para su «amiguita», como llamaba a Brili.

—¡Qué par, esas dos!

—¡Se adoran! Mía es como su hermana mayor, y a mí me da mucha tranquilidad. Es como la amistad que tenemos Leti y yo. Es un lazo que va más allá.

—¡Ojalá yo tuviera una amistad así, cariño!

—Gabriel y Germán son grandes amigos, mi amor.

—Sí, claro, son lo más cercano.

—Yo creo que las amistades maduran conforme vamos creciendo. Hay amigos para reír, otros para llorar y algunos que están siempre, a pesar del tiempo y la distancia.

—Tienes toda la razón. Ya no sé si puedo considerar amigos a Andrés, Sergio y Fernando. Tener una relación laboral durante tantos años creo que ha puesto ciertas barreras.

—¡Ay, hijo! Eso es porque eres demasiado bueno.

—O porque veo el potencial de las personas.

—Andrés no es muy bueno para nada.

—Es bueno en lo que hace, mamá. Te lo aseguro.

—Nunca me gustó ese chico. Es un adolescente perpetuo, y es el único que no ha sentado cabeza.

—Y nunca lo hará, Clara.

Cenamos todos juntos. Nos encantaban el barullo y las risas de nuestros hijos colmando la habitación. Después de cenar nos sentamos en el jardín. Las noches de verano se prestaban para disfrutar del columpio y ver las estrellas. Los chicos se quedaron un poco más, pero luego volvieron a estudiar. Cuando Clara se fue, coloqué los platos en el lavavajillas, preparé café para Vera y Abril, y un té para Lucas. Patricio me abrazó por la espalda y me apretó contra la encimera. Me retiró el cabello del cuello y comenzó a besarlo.

—¿Es aquí donde le gusta, señora Del Monte?

—Justo ahí. —Gemí. ¡Diosss, cómo me ponían esos besos!

—Cariño, voy a llevarles a las chicas café y algo dulce, y a Lucas un té, y te veo en el dormitorio.

Así fue. Les llevé al estudio el café, les preparé el sofá cama por si les apetecía estar más cómodas, me preguntaron por un par de libros, y luego fui al dormitorio de Lucas, que estaba hablando por HoloSky con Flopi. Le dejé el té y subí a nuestro dormitorio.

Desde que teníamos hijos, y con ellos en la casa, habíamos aprendido a moderar los sonidos en nuestros encuentros amorosos. Patricio estaba en la ducha. Me desvestí y entré con él. Le acaricié la espalda con la esponja impregnada en gel. Luego apoyé mi cuerpo en el suyo y lo abracé por la cintura. Tomó mis manos y me volvió.

—Estoy que muero por tocarte...

—Y yo.

Me sujeté de su cuello y nos besamos. El agua corría sobre nosotros. Nuestras bocas, ávidas, se exploraban. Me cubrió de besos la barbilla y el cuello, que recorrió con su lengua hasta llegar al lóbulo de la oreja, lo mordió y, jugando con ella en mi oído, envió esa electricidad que recorría todo mi cuerpo y terminaba entre mis piernas. Las manos de Patricio viajaban por mi cuerpo, mientras mi boca y mi lengua no dejaban espacio sin recorrer en su torso. Mordí suavemente sus pezones; primero uno, dibujé círculos con la lengua, succioné, y luego disfruté del mismo juego con el otro. Sabía que eso lo excitaba. Estaba gimiendo y su erección era gloriosa y tentadora. La tomé con la mano y comencé a darle placer. Cada gemido, cada jadeo, velado por el ruido del agua, me encendían. Tomó mis pechos, acunándolos con sus manos y pellizcando mis pezones erectos por la excitación.

—Te necesitó. Ahora... —dijo, apremiándome.

Me tomó por la cintura, envolví mis piernas en sus caderas y me sostuve de su cuello, mientras me apoyaba contra la pared de la ducha, donde me penetró embistiéndome con furia. Mis pechos rebotaban, ya no tan turgentes como hacía veinte años, pero Patricio los amaba. Sus manos sostenían mis nalgas y su boca acallaba mis gemidos. Mi sexo se contrajo en señal de que el orgasmo era inminente.

—Cariño, voy a correrme... —dije con un hilo de voz.

—Hazlo, mi amor. Llévame contigo.

Y así fue. Nos corrimos violentamente. Nuestros corazones latían desbocados, y la respiración era corta y agitada. Por fortuna, el agua ahogó nuestros gritos. Después de ese inmenso orgasmo, mi cuerpo quedó extenuado. Nos escurrimos por la pared, para quedar acurrucados y satisfechos en un rincón de la ducha.

—Nunca dejas de sorprenderme, mi amor. Cada vez es como la primera.

¡Y joder si tenía razón! Cada vez renovábamos la pasión. Nuestros cuerpos no entendían del paso de los años; se disfrutaban el uno al otro como aquel primer encuentro después de correr bajo la lluvia en el parque del Retiro. A decir verdad, las artes amatorias de Patricio gozaban de una creatividad infinita, y yo me dejaba llevar, aunque, por supuesto, también tenía lo mío.

Cuando estuvimos lo suficientemente calmados, preparados para levantarnos y ducharnos, nos fuimos a la cama y dormimos abrazados, profundamente.

El despertador sonó a las siete y cuarto. Lo odiaba. Todo mi cuerpo estaba dolorido por la intensa actividad de la noche. Estaba tan contenta de tener un desayuno con mis dos hijos que me levanté sin chistar y le dije a Mónica que yo me encargaría de prepararlo. Nos sentamos todos a la mesa del comedor y disfrutamos de un desayuno familiar. Vera, sin duda, formaba parte de la familia.

—Mamá, me llevo un par de libros de tu biblioteca.

—¡Claro, cariño!

Cada uno se preparó para iniciar el día. Yo tenía consulta temprano y almorzaría con Leti. Había decidido que le derivaría un paciente, así que Patricio y yo salimos juntos. Abril y Vera iban a estudiar y después de mediodía irían a clase. Lucas recibiría a Florencia para estudiar, y Mónica se encargaría de prepararles el almuerzo.

Después de las visitas en el consultorio, Leti y yo nos reunimos en un bonito restaurante del paseo del Prado. Llegué la primera. El día era soleado, pero el calor del verano había mermado y ya pronto nos abandonaría, así que decidí que sería bueno tomar el almuerzo al aire libre.

—¡Aquí estás! Perdona el retraso.

—¡No hay problema! Acabo de llegar. La última consulta se ha alargado.

—¡Se está estupendamente bien aquí fuera!

—Sí, me ha parecido que hacía un buen día para disfrutar del aire libre.

—¿Cómo están los chicos? —Leti se rió—. Bueno, ya no tan chicos.

—Pero siempre serán nuestros pequeños —reflexioné—. Están muy bien. Lucas un poco agobiado por no decepcionarnos con el examen. —Hice un mohín—. Brili estudiando con Vera. Anoche se quedaron en casa. Extrañaba tener a mis dos hijos para desayunar. Crecen tan deprisa, Leti. ¡Asusta!

—¡Te entiendo, amiga! Flopi ya está en la universidad y está en las nubes. Creo que hay algún chico, pero es tan reservada... No sé si lo habrá hablado con Mía.

—Creo que es Lucas.

—¿En serio?

—¡Pero ¿dónde tienes los ojos, Leti?! ¡Hasta un ciego podría verlo!

—Jaz, tú tienes una relación muy cercana con tus hijos, pero Flopi es tan reservada... No me deja llegar a ella... Y con Flopi no puedo usar mis técnicas como si se tratara de un paciente.

—Háblale. Dile que te hace daño no poder llegar a ella. ¡Con Mía no tienes esos problemas!

—Mía siempre ha sido abierta y extrovertida. Son el día y la noche. Se adoran y son buenas compañeras.

—Lucas habla con su padre.

—Eres una excelente madre, Jaz. Yo a veces siento que he fracasado en el intento.

La tristeza surcó su precioso rostro; aun con sus casi cuarenta y nueve, se mantenía impecable.

—Eres una buena madre, Leti. Has sido fantástica con Mía. Flopi es reservada, pero eso no quiere decir que lo hayas hecho mal. De hecho, es tan dulce, cariñosa, educada y llena de valores que es imposible que lo hayáis hecho mal como padres.

—Germán piensa igual, y a veces me pongo pesadita con el tema.

—¡Puedo imaginármelo!

Ambas nos reímos. Vino la camarera y pedimos las bebidas mientras pensábamos qué pedir para comer. Mi zumo estaba delicioso; no sé si era porque yo me sentía en las nubes. La noche de pasión, el desayuno familiar y el almuerzo con mi mejor amiga, definitivamente, completaban mi éxtasis.

—¿Qué piensas de Flopi y Lucas?

—Adoro a tu hijo. No me molesta en absoluto, si ésa es tu preocupación. Siempre se han llevado bien y hacen una parejita muy mona.

A pesar de trabajar juntas, no teníamos tanto tiempo para charlar como cuando éramos jóvenes. Los hijos, el matrimonio, las responsabilidades... Nuestras vidas habían cambiado, pero cuando estábamos juntas éramos las mismas adolescentes charlatanas de siempre y lo pasábamos muy bien. Conversamos un poco sobre Violeta, que iba por su tercer matrimonio. Vivía en Berlín y había montado su academia de ballet. Nos veíamos muy poco, pero cuando estaba en Madrid nos juntábamos y volvíamos a ser el trío dinámico. Después de que trajeran nuestros platos, le expliqué por qué debía derivar a David, el paciente que me estaba afectando tanto; le presenté el caso y aceptó tomarlo. Mi móvil sonó y nos sobresaltó a ambas. Era Abril.

—Brili, cariño, ¿cómo estás?

—Necesito hablar contigo.

Su voz me alarmó.

—¿Estás bien, cariño?

—Necesito hablar con los dos. Todavía estoy en casa. Os espero.

—Cariño...

Abril estaba claramente perturbada y me asusté.

—Mamá, necesito que sea ahora. Llama a papá y, por favor, venid.

Esas palabras me golpearon con fuerza. Leti notó que mi rostro se descomponía mientras transcurría la llamada. Cuando finalmente colgué, estaba paralizada. No sabía qué pasaba, pero presentía que era algo grave. Atiné a levantarme de la silla. Leti me tomó del brazo y me obligó a sentarme de nuevo.

—Jaz, ¿qué pasa?

—No sé. Brili...

—¿Qué pasa con Abril? ¡Jaz, me estás asustando!

—No lo sé, Leti. Sólo ha pedido hablar conmigo y con Patricio, pero su voz... Algo no está bien... Tengo que irme... Lo siento.

—Espera. ¿Puedes conducir?

—Sí. Tengo que irme.

—Me llamas cuando sepas algo. Ve tranquila. Me encargaré de esto.

La abracé fuerte.

—Gracias, Leti.

—Ve.

Mientras caminaba, o más bien corría, hacia el coche, llamé a Patricio.

—¡Hola, amor! ¿Cómo estás? —me saludó como de costumbre.

—Amor...

—Estás agitada. ¿Qué pasa?

—¡Es Brili!

—¡Joder! ¿Qué ha pasado?

—No lo sé. Acaba de llamarme. Amor, estoy asustada.

—Pero ¿está herida? ¡Jazmín, dime algo más!

—No, no es eso. Estaba almorzando con Leti y me llamó diciendo que necesitaba hablar con los dos ahora mismo, que nos esperaba en casa. Su voz... No sé, Patricio... Tengo miedo.

Oí a Patricio decirle a Marina que suspendiera sus reuniones para el resto del día. Su voz llegaba agitada. Encendí el coche y puse el móvil en manos libres.

—Amor, pídele al chófer que conduzca.

—No tengo tiempo para eso, Jazmín. No sé qué está sucediendo con mi hija. ¿Qué más te ha dicho?

—Sólo eso, que nos espera en casa, pero no ha sido lo que ha dicho, sino cómo lo ha dicho... ¡Tengo miedo que haya descubierto algo!

—¿Cómo es posible? —Hizo un silencio—. No creo que Eugenia le haya dicho nada.

—No, no creo. Adora a Abril, pero no sé...

—Amor, estoy subiendo al coche. Nos vemos en casa.

—¡Ten cuidado, por favor!

—Te amo.

—Y yo a ti.

Conduje hasta nuestra casa muerta de miedo. Abrí el portón para entrar el coche y la vi, sentada en las escaleras de la entrada. Su rostro... ¡Oh, Dios mío, su rostro! Estaba completamente contraído, con signos evidentes de que había llorado, pero cuando me miró... me quedé sin aire. Bajé del coche y corrí hacia ella.

—¡Cariño! ¿Qué sucede?

Abril se puso tensa cuando la toqué. Se puso de pie y entró en la casa.

—Cuando venga papá, hablaremos. Estaré en el estudio.

¡Su voz fue tan fría! Me devastó. Oleadas de miedo invadían mi cuerpo. No pude contener las náuseas y, con la fuerza de un volcán en erupción, dejé mis entrañas entre las plantas. En ese momento llegó Patricio. Corrió a mi encuentro.

—¡Mi amor! ¿Qué pasa?

—¡Dios, Patricio! ¡Creo que lo sabe!

—Vamos adentro.

Fui al baño, me lavé el rostro y los dientes, y le expliqué entre lágrimas lo que Abril me había dicho y cómo lo había dicho.

—¿Cómo ha podido saberlo?

—¡No lo sé, Patricio! —le grité—. No lo sé... —repetí, tapándome el rostro con ambas manos.

—Cariño... —Me tomó ambas manos—. Mejor vamos a hablar con ella y salgamos de dudas.

Me sequé las lágrimas. Respiré hondo. Miré a Patricio; la preocupación era evidente en su rostro.

—Vamos.

Nos tomamos de la mano y así fuimos hasta el estudio. Llamamos a la puerta y entramos.

—Cariño, ¿podemos pasar? —dije suavemente.

—Sí.

—Princesa, aquí estamos. ¿Qué sucede?

Abril estaba ovillada en el sofá cama, que aún estaba abierto, llorando visiblemente. Nos sentamos uno a cada lado de la cama. Ella se incorporó y se limpió las lágrimas con las palmas de las manos. Sorbió por la nariz, respiró hondo, nos miró y tomó de debajo de las mantas unos papeles que estaban un poco arrugados y amarillentos. ¡Los reconocí inmediatamente! Eran los *e-mails* que nos habíamos enviado Patricio y yo hacía veinte años. Miré a Patricio y miré a Abril, que tiró los papeles sobre la cama.

—¡¡Esto sucede!!

—Brili... —dijo Patricio, sin poder decir mucho más. Respiró hondo y me miró.

—¿Qué es esto? —dijo Abril, tomando y sacudiendo los papeles.

—Cariño, lamento tanto que hayas que tenido que leer eso —dije, apenada.

—¿Qué es todo eso?

—¿Dónde has encontraste esto, Brili? —preguntó Patricio.

—Dentro de un libro, pero ¿qué importa? La cuestión es que los he encontrado y necesito respuestas.

—Brili, escucha..., tu madre y yo nos amamos mucho.

—Pero a mí no me querías, papá.

—No, cariño... Te amamos desde el día en que lo supimos... —intenté decirle.

—Pero aquí lo dice.

—Brili, eres mi vida. ¡Lo que escribí ahí fue producto del *shock*!

—Decidme que hicisteis ese estudio, por favor. Decidme que lo que dice ahí no es cierto.

Abril había comenzado a llorar desconsoladamente. Verla así me partía el alma; mi pequeña, mi vida, conmocionada, dolida... No podía seguir tratando de tapar el sol con un dedo.

—Sí y no.

Patricio abrió los ojos como platos. Lo miré, asentí, cerré los ojos, respiré hondo, lo tomé de la mano y hablé.

—Tu padre, cuando se enteró, insistió en que debíamos hacerlo. Fui yo quien decidió que prefería la duda. Y por eso me fui a Zaragoza. —Abril me miraba, pero yo no podía descifrar qué estaba pensando—. Cariño, tienes que entender que para nosotros fue un *shock*. Tu abuela nos lanzó una bomba y no supimos..., es decir, yo no pude hacer otra cosa.

—Princesa, tu madre lo hizo por ti. Yo lo entendí después. Te amaba y te ama como a nada o nadie en este mundo. Eras, eres y serás su prioridad por encima de todas las cosas, igual que Lucas.

—Necesito saberlo todo.

—Brili, ya has leído esos *e-mails*. Ahí está todo.

—No todo. ¿Hicisteis o no el estudio?

—Tu abuelo ayudó a Patricio para poder hacerlo. Tenía mi cordón umbilical guardado, y así consiguieron hacerlo.

—¿Entonces?

—Tu madre tuvo un problema en el embarazo y debieron ingresarla. Cuando Leti me lo contó, me desesperé, hija. En ese momento me di cuenta de por qué ella había preferido la duda. Por esos días habría tenido el resultado, pero había empezado a dudar de querer saberlo... —Abril nos miró, frunciendo el ceño—. Entiéndenos, princesa, nosotros no lo sabíamos, nos enamoramos perdidamente y no había forma de sacarnos ese sentimiento del alma.

—Nosotros no teníamos la culpa, cariño. Quise morirme cuando mi madre me lo dijo. Estaba enamorada y embarazada de mi posible hermano, ¿entiendes?

—El resultado...

—No lo sabemos —dijo Patricio.

—¡¿Cómo, que no lo sabéis?!

—No voy a explicarte el cómo. Simplemente se descartó.

Abril separó las mantas con violencia haciendo volar los *e-mails*, que terminaron en el suelo, y se puso de pie.

—¿Me estáis diciendo que puedo ser hija de una relación incestuosa? —Ninguno de los dos dijo nada—. ¡Joder! ¡Tú, mamá! —Se agachó bruscamente para recoger los papeles—. Tú, que aquí dices que la abuela te jodió la vida... Y ahora sois vosotros quienes me la estáis jodiendo a mí. ¿Qué hay de mí? ¿De Lucas? ¿Cómo podéis vivir tranquilos sin saberlo?

—Porque nos amamos, Brili... Porque para nosotros lo importante era tenerte, fuera como fuera.

—Tú querías que mamá se deshiciese de mí.

—¡No, princesa! Yo te amé siempre, pero en ese momento no pensaba claramente.

—¡Yo quiero tener una vida sin tener que preocuparme por posibles problemas el día que decida tener un hijo!

Se tapó el rostro con ambas manos y se acuclilló. Un escalofrío recorrió todo mi cuerpo. Era la misma posición en la que, en el exterior de la clínica ginecológica, le había contado a Patricio que éramos hermanos.

—Me estáis condenando a una vida sin hijos..., porque yo no podría ser tan irresponsable como para tenerlos sin saber si sois hermanos.

Se puso de pie y se sentó ovillada en una de las butacas, lejos de nosotros.

—Brili..., no nos juzgues así.

Patricio se acercó, se acuclilló a su lado y tomó su mano.

—¿Qué quieres que piense? —replicó Abril.

—No quiero que pienses mal de nosotros. Todo lo que hicimos fue por amor, por encima de todas las cosas. Te repito que ninguno de los dos lo sabía... Fue la forma que encontramos para solucionarlo.

—¿Solucionarlo? —Soltó su mano de un tirón—. ¡No solucionasteis nada! Más bien trasladasteis el problema, tal como lo hizo la abuela.

—Cariño, ése fue uno de los peores momentos por los que hemos tenido que pasar. Créeme, no fue una decisión fácil, pero nos estábamos muriendo lentamente el uno sin el otro.

—¡Y yo qué, mamá! ¡Yo qué!

—Tú estás aquí... Hubiese preferido morir a perderte.

—¡Sois unos egoístas!

Abril mantenía apretados los *e-mails* en su mano.

—Estoy segura de que si lees con el corazón abierto esos *e-mails*, entenderás qué es lo que estamos tratando de decirte, princesa.

—Los he leído una y mil veces... y entiendo lo del amor... Lo que no entiendo es cómo no pensasteis en las consecuencias.

—No pudimos. No era una opción en ese momento. Yo

mismo estuve investigando los posibles problemas genéticos que podrían presentarse...

—Y yo también. Ambos estábamos sanos.

—¿Y si los problemas genéticos se saltan una generación? ¿Qué tengo que decirle a Tomás? —Patricio me miró y frunció el ceño—. «Escucha, Tomás, posiblemente yo sea hija de una relación incestuosa, así que llegado el caso no podemos arriesgarnos a tener hijos.»

—¿Quién es Tomás?

—¿De verdad eso es lo que te importa en este momento, papá?

Patricio resopló. Era obvio que Abril tenía razón. Quisimos tapar el sol con un dedo, hicimos las cosas mal, y una y otra vez la vida nos demostraba que cuando las cosas se hacen mal, o sin medir las consecuencias, nos las cobra y a veces de la peor manera.

—Necesito salir de aquí.

Abril se levantó de la silla, se calzó las bailarinas y salió del estudio.

—¡Abril! —gritó Patricio.

—¡Cariño! —exclamé, corriendo tras ella.

—Necesito tomar aire...

Cogió su bolso y salió. En el momento en que Abril cerró la puerta me derrumbé. Patricio estaba de pie, paralizado.

—¿Mamá? —La voz de Lucas nos devolvió al momento—. ¿Qué sucede?

Me puse de pie y me volví. Lucas estaba con Flopi; la escena debía de ser horrible.

—Hemos discutido con tu hermana, cariño. Todo irá bien.

—¡Ha debido ser más que una discusión para que estéis así!

—Todo irá bien, hijo —le dijo Patricio, frotándole la cabeza, como siempre hacía para tranquilizarlo, y siguió camino hacia su estudio.

Lucas nos miró, desconfiado. Flopi miraba hacia el suelo.

—Nos vamos a clase... y después iré a estudiar a casa de un amigo.

—Bien, cariño.

—Me quedo a dormir allí. —Me besó—. Te quiero, mamá. Brili ya recapacitará, sea lo que sea.

—Gracias, cariño. Id, que se os hace tarde.

Flopi me dio un beso y salieron.

Me encaminé al estudio de Patricio. Llamé a la puerta y entré. Patricio estaba sirviéndose un whisky. Me miró. Sus ojos estaban apagados. La última vez que los había visto así había sido cuando nació Lucas.

—¡¿Cómo demonios pudiste llegar a ser tan insensata?! —me espetó.

Vi cómo la ira se apoderaba de mi dulce Patricio y lo transformaba en el acerado empresario que hacía años que no nos visitaba. Se me heló la sangre. En ese momento era lo último que necesitaba, un Patricio frío y distante.

—¿Te das cuenta de que podemos estar frente al hundimiento de nuestro mundo perfecto?

—Patricio... Yo... imprimí esos *e-mails* en Zaragoza. Los guardé en un libro viejo y nunca más me acordé de que estaban allí. Fui muy imprudente, lo lamento.

Necesitaba que me abrazara y me dijera que lo solucionaríamos, que todo iría bien. Me acerqué y lo abracé.

—¡Jazmín, mi amor, no podría vivir sin ti! —dijo, apretándome contra su cuerpo y besándome la cabeza.

—Ni yo sin ti, mi amor. Tengo miedo, pero Brili tiene razón... Mi madre nos pasó el problema y nosotros, sin quererlo y con el afán de estar juntos, les estamos pasando el problema a nuestros hijos.

Me separé de Patricio, apoyé las palmas de las manos en su pecho y lo miré con todo el amor del mundo a los ojos.

—Tenemos que detener esto.

—¿Qué quieres decir? —dijo Patricio con el ceño fruncido.

—Quiero decir que tenemos que hacernos cargo. Una vez estuvimos a punto de hacerlo, cuando sucedió lo del accidente aéreo. Ahora la vida nos está poniendo nuevamente delante de un problema que escondimos, pero que no solucionamos.

Patricio tenía los ojos clavados en los míos, le brillaban, esa vez no porque reflejaran alguna emoción; brillaban porque estaban conteniendo lágrimas que no quería dejar caer.

—No sé si puedo —dijo, soltándose y dando algunos pasos hacia atrás—. No puedo volver a pasar por el desespero de hace veinte años; no puedo perderos ni a ti ni a mis hijos.

La brecha se abrió y dejó caer las lágrimas. Me acerqué a él y las sequé con mis manos.

—Pero ¿qué dices, mi amor? ¡No nos perderás nunca!

—Jazmín, el abogado dijo claramente que, si el resultado era positivo, anularían nuestro matrimonio.

—¿Y desde cuándo necesitamos un papel que nos diga si podemos amarnos o no? Mientras nos amemos, nada ni nadie podrá separarnos. Pensaba que habíamos superado eso hace veinte años.

—Somos mayores para que nos juzguen...

—Patricio, ¿has oído a tu hija?

—¡Sí, por supuesto! —Se sentó en un sillón—. ¡Joder!, que no te he dicho que no hagamos el estudio. Está claro que la vida se empecina una y otra vez en ponernos a prueba.

—Y las hemos pasado todas... a nuestra manera; sólo que esta vez debemos solucionarlo definitivamente.

Mi móvil sonó. Corrí a buscar el bolso por si acaso era Abril, pero era Mía.

—Hola, cariño, ¿cómo estás?

—Jaz, me ha llamado Brili. Está viniendo hacia el piso. La he oído muy alterada. Me ha dicho que ha discutido muy fuerte con vosotros.

—Así es, Mía. Estamos muy angustiados, pero saber que está yendo hacia allí me tranquiliza.

—¿Cómo está Patricio?

—Turbado.

—Os mantendré al tanto y no la dejaré ir si está mal.

—Gracias, cariño.

—Jaz, habla con mamá.

—Lo haré. Gracias.

Volví al estudio de Patricio. Estaba sentado en el sillón, con la cabeza hacia atrás, los ojos cerrados y el vaso de whisky en la mano. Me senté y acurruqué a su lado y él me abrazó y besó la coronilla.

—Era Mía. Abril la ha llamado. Está yendo a su piso. Le ha dicho que hemos discutido. Nos mantendrá informados.

Estuvimos en silencio un momento. Apoyada sobre su pecho podía escuchar el acelerado ritmo de su corazón.

—También yo tengo miedo. Siento que todo por lo que luchamos puede venirse abajo, pero también estoy convencida que las cosas suceden por algo. Quizá sea Abril la encargada de sanar toda esta mierda.

Patricio se incorporó. Me acomodé en el sillón; él apoyó los codos sobre las rodillas y la cabeza colgando entre las manos. Deseaba acercarme, apoyar mi mano en su espalda, pero cuando lo hice lo sentí tensarse. Era evidente que necesitaba espacio. En veinte años de matrimonio, habíamos aprendido cuándo necesitábamos estar juntos y cuándo alguno necesitaba estar solo. Me levanté y salí del estudio. Fui a la cocina a por una infusión. Mónica estaba allí.

—Abril es igual a su padre, Jazmín. De grandes enfados, pero luego recapacita.

—Gracias, Mónica.

Me tendió una taza con agua caliente y la caja de infusiones. Me llevé la taza al dormitorio y llamé a Leti.

—¡Hola, Jaz!

—Hola.

—¿Qué ha sucedido con Brili?

—Se ha enterado.

—¡Joder! ¡¿Cómo?!

Leti era la única que sabía que el resultado había sido descartado. Se lo había contado casi sin darme cuenta hacía muchos años. Había analizado los motivos y sin duda habían sido la culpa y la necesidad de compartir con alguien más ese secreto. Estuvo enfadada conmigo durante un par de semanas, no le fue fácil perdonarme, pero nuestra amistad era así. Entendió que lo habíamos hecho por amor, pero no por eso dejó de recriminarme no haber confiado en ella. Había sido tonta, después de todo el apoyo que me brindó durante ese tiempo, y tenía razón.

—Ha encontrado los *e-mails* que nos enviamos Patricio y yo en su momento. ¡Fui tan tonta, Leti! Los guardé en un libro y luego me olvidé de ellos, y ahora Abril los ha encontrado. No recordaba que estaban allí.

—¿Qué ha dicho Patricio?

—Se ha puesto furioso al principio por mi imprudencia, pero ya está hecho. ¡Tengo miedo, Leti!

—Tranquila...

—Me tranquiliza que Brili esté con Mía en este momento. Ha salido como en estampida.

—¿Qué habéis resuelto, Jaz?

—Leti... —resoplé—, no tenemos otra opción. Debemos enfrentarnos a ese maldito resultado.

—Ya sabes lo que he opinado siempre desde que empezó todo esto.

—Lo sé. —Hubo silencio en la línea—. La vida nos ha puesto de nuevo delante este problema, y de la mano de nuestra hija. No podemos ignorarlo.

—Claro que no, amiga.

—Patricio está aterrado, y yo tengo un susto de muerte.

—Pero a ver..., ¿por ese resultado dejaréis de quereros? Vamos, Jazmín, que pensaba que los tabúes habían quedado en el pasado.

—Y lo están, Leti... El resultado en sí no es importante para nosotros como pareja. Nos amamos y, bueno, a estas alturas de nuestra vida, podrán anular nuestro matrimonio, pero jamás podrán anular nuestros sentimientos.

—¿Entonces?

—Lo que nos aterra es el rechazo de Brili.

—Abril os ama. Puede haber tenido un *shock*, al igual que tú cuando lo supiste.

—Si hubieras visto a Brili...

—Tratad de calmaros. Aguardad noticias de Mía, y luego os sentáis a conversar tranquilamente los tres.

—Eso espero, Leti.

—Me llamas y sabes que allí estaré si me necesitas.

—Gracias, Leti. De momento volveré a hablar con Patricio y resolveremos cuándo ir al laboratorio.

—Cuídate, amiga, y llámame si necesitas cualquier cosa.

Nos despedimos y colgamos. Llamé a mi padre. Hacía días que no hablaba con él.

—¡Hola, papá!

—¿Cómo está la flor más bella?

—Aquí, papá. ¿Cómo estás tú?

—Muy bien, cariño, pero a ti te oigo decaída, tesoro. ¿Los niños y Patricio están bien?

—Sí, papá..., todos bien... Ando un poco cansada, sólo eso.

Papá estaba ya mayor para abrumarlo con estas cosas, sobre todo cuando para él el resultado había sido negativo.

—Como hacía algunos días que no hablaba contigo, quería saber cómo estabas.

—Estoy muy bien. Preparándome para el cumple de Benja.

—Aquí te esperamos. Los niños estarán felices de tener a su abuelo unos días.

—Y yo de tenerlos a ellos. —Papá carraspeó—. Hija, ¿sabes si tu hermano invitará a tu madre?

—Ayer Brili preguntó lo mismo. Dijo que lo haría por sus nietos.

—Ve a descansar, cariño. Se te oye muy cansada.

—Sí, me acostaré temprano. ¡Un beso!

—Otro para ti. Saluda a Patricio y a los niños.

Cuando colgamos me tomé la infusión y fui a darme una ducha. Cuando salí del baño, más relajada, encontré a Patricio sentado en una butaca en el dormitorio, con la cabeza colgando sobre las manos. Me acerqué, me acuclillé y apoyé una mano en su pierna.

—Mi amor... —dije suavemente. Verlo tan abatido me angustiaba mucho.

—¿Cómo puedes estar tan tranquila? —dijo en la misma posición, sin mirarme.

—¿Quién dice que estoy tranquila? Estoy aterrada, Patricio, pero esta vez tendremos que hacer las cosas bien..., por nuestra hija.

—¡¿Puedes, entonces, dejar de ser tan controlada?!

Me puse de pie y caminé hacia el vestidor. Patricio no se movió; su comentario me había dolido. ¿Acaso pensaba que descontrolándome cambiaría algo? Ya había pasado por eso hacía veinte años, y de alguna forma, eso había hecho que ahora estuviésemos como estábamos. Si no hubiese sido irracional, la situación en ese momento sería otra; no sabía cuál, pero otra.

—Tengo claro que, desde que volvimos a estar juntos, nunca me has culpado por no querer hacer el análisis de ADN... hasta hoy.

Patricio seguía con la cabeza colgando entre sus manos.

—No te culpo.

—Lo haces.

Levantó la cabeza y clavó la mirada en mis ojos. Sus ojos estaban rojos, pequeños, brillantes. ¡Había tanto miedo en su mirada! Me acerqué, me arrodillé frente a él entre sus piernas y lo abracé por la cintura, mientras apoyaba mi cabeza en su pecho. Me apretó, besó mi coronilla y apoyó su barbilla en ella.

—Por lo menos no sólo a ti. Yo también desistí finalmente de saberlo. —Se quedó callado por un momento y luego continuó—. De nada sirve echarnos las culpas. Aquí estamos.

—Tengo miedo de que si el resultado es positivo... nos rechace. No podría soportarlo. —confesé.

—¿Qué haremos con Lucas?

—Creo que deberíamos decírselo sólo si el resultado es positivo; de lo contrario, no es necesario alterarlo. —Resoplé y me acomodé. Las rodillas me dolían. Me senté en el regazo de Patricio a instancias de él—. Y Mía que no llama para decir nada...

—Mía llamará cuando pueda. ¿Has hablado con tu madre?

—No. He hablado con Leti y con papá. —Apoyó su mejilla en mi pecho y yo deslicé mis dedos por su cabello—. ¿Sabes que nada podrá hacer que dejemos de amarnos, cierto?

—Sí, lo sé. No es eso, amor. Siento lo mismo que tú. Temo que si el resultado es positivo nuestros hijos nos rechacen.

—Tenemos que quitarnos este peso de encima de una vez. Deberíamos comenzar a buscar un laboratorio. Me niego a hacerlo en el mismo.

—No sabemos siquiera si sigue funcionando. —Me levanté de su regazo y fui al vestidor a terminar de vestirme—. ¿Buscamos?

—Vale.

Patricio trajo su portátil y comenzamos a buscar. Seleccionamos algunos laboratorios que tenían muy buena reputación. A ratos miraba mi móvil para comprobar que no hubiera un mensaje de Mía o de Abril y no lo hubiese oído.

—Voy a llamar a Abril. ¡Ya no soporto más no saber cómo está!

Tomé el móvil, salí de la cama y me puse de pie junto a la ventana. La vista al jardín siempre había sido hipnótica. El móvil sonó, sonó, sonó, y finalmente saltó el contestador: «¡Hola! Soy Brili. En este momento no puedo contestar, deja tu mensaje y te llamo. Gracias».

—Brili, cariño, soy mamá. Llámanos. Papá y yo estamos muy preocupados. Necesitamos hablar. Te queremos mucho.

Colgué y lancé el móvil sobre la cama. Patricio se puso de pie y me abrazó para tranquilizarme, para tranquilizarnos. Un mensaje entrante. Me tiré en la cama para recoger el móvil y revisar de quién era. Era de Mía.

«Jaz, Brili está aquí. Se quedará esta noche. Mañana hablamos. Quedaos tranquilos, que hemos hablado mucho. Descansad.»

Leí el mensaje en voz alta para Patricio yen seguida le respondí: «Gracias, cariño. No sabes lo tranquilos que nos quedamos de que esté ahí contigo. La he llamado a su móvil, pero no ha respondido.»

«Lo tiene en silencioso. De veras, descansad.»

«Cualquier cosa me llamas xfavor. Un beso.»

Miré a Patricio y volví a lanzar el móvil a la cama. Necesitaba sus brazos, su calor; necesitaba sentir que todo saldría bien una vez más. Estuvimos así durante un buen rato. Luego, como autómatas, bajamos para cenar algo. Ninguno de los dos pudo probar bocado. Era inútil. Ya en la cama, envié un mensaje a Lucas para saber cómo estaba. Me respondió en seguida; me dijo que estaba estudiando con su grupo de estudio. Nos abrazamos y nos mantuvimos así. No logré dormir en toda la noche. Patricio había estado inquieto y tampoco había dormido mucho. Seguíamos en plan autómatas: ducha, vestirse, desayunar...

Ése era el día libre de Mónica, por lo que estábamos solos. Desayunamos en el jardín. El tibio sol de la mañana, de alguna forma, nos energizaba. Mientras revolvíamos el café en silencio, sonó el timbre. Estábamos tan ensimismados en ese simple acto de revolver el café que dimos un respingo al oírlo. Fui a ver quién era. Afortunadamente era Mía.

—¡Cariño!

—¡Jaz! Disculpad que haya venido tan temprano, pero he dejado a Brili en su piso y antes de ir a clase he querido pasarme por aquí.

—Tranquila. Pasa, cariño. Patricio está en el jardín. ¿Te llevo un café?

—Sí, por favor.

Mía siguió hacia el jardín. Patricio la abrazó; adoraba a esa niña. Era como una hermana mayor para Brili. Sabíamos que, ante cualquier problema, Abril recurriría a ella. Cuando llegué con el café, Mía ya estaba hablando con Patricio.

—Jaz, le decía a Patricio que he estado hablando bastante con Brili..., y bueno..., me ha contado lo que sucedió. —Tomó la taza entre las manos y la hizo girar—. Sé que mi madre lo sabe.

—Leti fue el único apoyo que tuvimos durante todo el proceso... —dijo Patricio y se aclaró la garganta—. ¿Cómo estaba?

—Brili es cabezota, pero lo entiende; lo entiende por el lado del amor, no la mentira. Ayer habló con Eugenia. Le explicó cómo habían sido las cosas y que, después de haber sufrido lo que sufristeis por su error, aun así la habíais perdonado. Debo decir que estaba muy enfadada con Eugenia también.

—¡Diosss! ¿Le dijo lo del resultado?

—¡No, Patricio! Brili os quiere por encima de todas las cosas. Sólo quería saber la versión de su abuela, que en definitiva es quien originó todo esto.

—¿Cómo la viste, Mía?

—No voy a mentiros... No está bien. Está muy preocupada. Entended que para ella es un *shock*.

—¡Patricio, no podemos perder más tiempo! ¡Tenemos que hacer ese maldito estudio ya! No podemos permitir que Brili esté mal por algo que podemos solucionar en pocos días.

Patricio se levantó de la silla y se alejó un poco de la mesa; yo lo seguí con la mirada y Mía me tomó la mano.

—Jaz, sabes que os adoro. Has sido como una madre para mí, pero esta vez la habéis metido hasta el fondo. Tendréis que poner valor y hacerlo cuanto antes... y antes de que esto explote.

—Lo sé, cariño.

—¿Te dijo lo que iba a hacer?

—Dijo que después de clase vendría para aquí.

Estuvimos conversando un rato más y le agradecimos que hubiese contenido a Abril y que nos hubiese escuchado y entendido. Cuando se fue, ambos asentimos, y en ese asentimiento estaba implícito qué era lo que debíamos hacer. Patricio tomó el teléfono y llamó al primero de los laboratorios que habíamos seleccionado el día anterior, y luego al otro y al otro.

Cuando tuvimos toda la información, nos sentamos a evaluar con cuál de ellos lo haríamos.

Tal como dijo Mía, Brili volvió a casa después de clase. Esperábamos a una Abril sensible y enfadada; en cambio, nos encontramos con una Abril comprensiva, madura pero inquisitiva. Como dijo Mía, ella había entendido que el problema no lo habíamos generado nosotros y que habíamos hecho lo que habíamos podido, dadas las circunstancias.

Más calmados, le volvimos a explicar cómo había sido todo: cómo había reaccionado y qué había hecho yo en ese momento; la irracionalidad y, si se quiere, el egoísmo de mi forma de actuar; también el modo en que había reaccionado y lo había vivido Patricio.

Hacía veinte años que no hablábamos del tema con esa profundidad, lo habíamos enterrado, y mientras exhumábamos eso que creíamos muerto, todos nuestros sentimientos afloraron; el ardor en el pecho fue aplacándose y dando paso a la liberación. En ese momento nos dimos cuenta de que, si bien éramos inmensamente felices y nos amábamos con locura, ese secreto aún nos pesaba.

Cuando terminamos de contarle nuestra historia, le dijimos que teníamos hora para hacer el estudio al día siguiente, y le pedimos que nos acompañara al laboratorio. El resultado estaría pronto: en cinco malditos días.

Al día siguiente, a la salida del laboratorio, nuestra hija nos abrazó y nos lo agradeció. Estábamos muy orgullosos de ella, además de ansiosos y asustados, pero ya era hora de poner las cosas en perspectiva. Abril había dejado claro que no nos juzgaría; que sólo necesitaba saberlo por su futuro. También nos dijo que no le diría nada a Lucas. Le respondimos que, si el resultado era positivo, nosotros hablaríamos con él.

El jueves vinieron a cenar Gabriel y María. Preparamos una cena liviana para disfrutar en el jardín. Cada día que pasaba estábamos más cerca de conocer la verdad, aunque lo cierto era que ese resultado no cambiaría nada entre nosotros. Cuando Gabriel y María se fueron, cerca de medianoche, me descalcé, fui a por unas cervezas frías y le ofrecí una a Patricio, que me devolvió una sonrisa lacónica mientras me recostaba en el césped. Él me miraba desde el columpio. Me gustaba hacer eso las noches de verano: estar en contacto con la naturaleza; me daba paz. Lucas estaba estudiando en casa de un compañero y no volvería esa noche; estábamos solos. Patricio se acercó y se acostó a mi lado en el césped, tomó mi mano y la apretó. Me coloqué de costado, apoyada sobre el codo, y lo miré. Él hizo lo mismo, y nuestros ojos se encontraron; brillaban diciéndonos tantas cosas... Mis ojos viajaban de su boca, hermosa, a sus ojos, azules y oscuros como la noche misma. Perfiló con su pulgar mi boca y lo atrapé entre mis labios, pasando la punta de mi lengua alrededor de ese dedo.

—Nunca me cansaré de decirte lo hermosa que eres...

—Igual que usted, ingeniero... —ronroneé.

Nos abrazamos y nos quedamos mimándonos con una ternura casi infantil. Poco a poco aflojó la tensión y me venció el cansancio; lo siguiente que supe fue que estaba en la cama y que ya había amanecido.

—Buenos días, dormilona.

Abrí un ojo y frente a mí estaba el hombre más tierno y maravilloso del mundo.

—¡Hola! —dije con una voz provocadoramente sexy. ¡Joder! Si no hubiese sido porque tenía la cabeza en otro lado le habría dado de buena gana su merecido—. Te amo, bonito.

—Y yo te amo a ti, bonita.

Tras unos minutos mimándonos, besándonos suave y castamente, nos duchamos y salimos risueños hacia la cocina para desayunar. El sueño había sido reparador.

—Buenos días. Parece que ha retornado la calma al hogar.

Lucas estaba desayunando en la isla de la cocina.

—Buenos días, tesoro. No sabía que vendrías temprano.

—¡Hola, hijo! —dijo Patricio, sacudiéndole el cabello como de costumbre.

—Tenía que venir a buscar unas cosas antes de ir a clase.

—¿Cómo vas con ese examen? —dije mientras servía café para Patricio y para mí.

—Bien. Flopi me está ayudando.

Vi un guiño de Patricio y la sonrisa de Lucas. Me gustaba esa complicidad. Mónica entró en la cocina y todos la saludamos. Nos ofreció bollos recién horneados con mantequilla y mermeladas. Desayunamos. Patricio salió para la oficina y yo estuve revisando algunos apuntes de las visitas que tenía por la tarde. Lucas salió de su dormitorio, llamó a mi estudio y entró.

—Mamá.

—Pasa, cariño.

Me quité las gafas y me senté en el sillón.

—¿Todo bien con Brili?

—Sí, cariño, ya lo hemos solucionado.

—Estaba preocupado; nunca os había visto así, ni siquiera cuando discutisteis por ese sátrapa o cuando decidió irse con Vera.

—Ya ha pasado todo, cariño. —Le acaricié la mejilla—. ¿Cómo van las cosas con Flopi?

—¿Te lo ha contado papá?

—No, cariño. Lo que papá habla contigo ahí queda, pero no soy tonta y sé que entre tú y Flopi algo está sucediendo. Y déjame decirte que tanto Leti como yo estamos encantadas.

—¡Mamá!, ¿lo has hablado con Leti?

—Cariño, salió en la conversación. Además, Leti siente que no puede llegar a ella.

—Mira, mamá, yo adoro a Leti. Sabes que es como una tía para mí, pero Flopi cree que Germán la entiende más que ella y se siente un poco apabullada por Mía, que es tan extrovertida.

—Son muy opuestas en cuanto a la personalidad, pero Leti quiere a su hija y también quiere a Mía.

—Lo sé. En fin..., Flopi me gusta; siempre me ha gustado, y sé que yo le gusto, pero no le he propuesto nada porque tenía un poco de miedo de lo que opinarais vosotros y sé que ella tiene miedo de lo que opine su madre. Al fin y al cabo, podría decirse que nos criamos juntos, casi como familia.

—Lucas, no sé qué te habrá dicho tu padre respecto a eso, pero conociéndolo y un poco como experiencia, te debe haber dicho que eso no es lo importante; que lo que importa es lo que sentís. Si os gustáis, entonces adelante. Leti está contenta. Quizá podrías hablar con Flopi e instarla a que hable con su madre. A ti te escucha y estoy segura de que le irá muy bien abrirse a ella.

—Lo haré, mamá. —Se puso de pie—. Tengo que ir a clase. Gracias por tus consejos. ¡Eres la mejor!

—¡Bahhh!, lo mismo le debes decir a tu padre. —Lo miré con un mohín teatral—. Ve, cariño, ¡no llegues tarde!

—¡Ah, mamá!, me encanta veros como esta mañana.

—El amor tiene esas cosas. Ya lo experimentarás, y me encantará verte así.

—¡Ojalá, y que sea un amor como el vuestro!

—Será único, como tú, mi tesoro.

—Te quiero, mamá —dijo, saliendo de mi estudio.

Volví a mi escritorio a continuar con mis tareas. Envié un mensaje a Benja para vernos ese día y terminar de organizar los últimos detalles de su fiesta.

Finalmente, y por sus sobrinos, Benja había accedido a invitar a mamá, aunque a esas alturas era yo la que no tenía ganas de verla. Mía había dicho que Abril había hablado con mamá, y ella no se había molestado siquiera en llamar, sabiendo lo importante que eso era para nosotros. Nuevamente me demostraba que no cambiaría. Seguía siendo la mujer egoísta que había sido siempre, así que tampoco yo la llamé. Cuando la viese al día siguiente, hablaría con ella... o no.

Benja y yo terminamos de organizarlo todo para su fiesta de cumpleaños. Ese día también llegaban papá y Ceci; mamá llegaría al día siguiente. Me hacía mucha ilusión tener a papá unos días por ahí. Su presencia también ayudaría a pasar esos días ocupada con él, sin detenerme mucho a pensar en el resultado de la prueba.

El sábado había llegado. La invitación a la fiesta de Benja tenía como consigna que todos los invitados debían vestir de blanco o de negro, así que Patricio y Lucas se pusieron un pantalón y una camina de lino negro, y yo un vestido de un solo hombro blanco.

Brili llegó con Vera, Mía y un chico que deduje que sería Tomás. Miré a Patricio para estudiar su reacción mientras nos acercábamos a ellos.

—Mamá, papá...

Nos besó, miró a Patricio y en seguida bajó la mirada.

—¡Cariño, estás hermosa! Vera, Mía, estáis bellísimas también.

—Brili, hija, estás preciosa. —La abrazó y besó su cabello—. Vosotras también estáis preciosas.

—Y vosotros no os quedáis atrás, siempre tan bellos y melosos —intervino Mía.

Patricio había pasado un brazo por mis hombros y yo por su cintura. Le guiñé un ojo.

—Os presento a Tomás —dijo Abril.

Patricio lo escrutó con la mirada.

—Es un placer conocerlos. Brili me ha hablado mucho de ustedes —comentó Tomás, que le tendió la mano a Patricio, estrechándola con fuerza, y luego se acercó y besó mi mejilla. Me pareció un chico muy educado.

—El placer es nuestro. —Sentí una leve presión de los dedos de Patricio sobre mi brazo y sonreí—. Pasad, por favor. Divertíos; por allí está el agasajado.

Cuando los cuatro estuvieron lo suficientemente alejados, oí el resoplido de Patricio.

—¿La llama Brili? ¿En serio? ¿Y era necesario ese vestido blanco tan corto?

—No empieces, Patricio.

—¡Diosss!

Se rascó la frente, ese gesto tan suyo cuando estaba nervioso.

—Relájate, amor. Es un amigo de Mía; ella se lo ha presentado. Estudia Bellas Artes con ella y trabaja como comisario de exposiciones. No puede ser un mal chico.

—¿Y cómo sabes todo eso?

—Me lo ha contado Brili.

—¿Y ahora me lo dices?

Un camarero nos ofreció unos canapés.

—Cariño, se están conociendo, pero creo que se gustan. Mira cómo la está mirando.

Patricio hizo una mueca graciosa y no pude más que reírme.

—No he olvidado que lo mencionó en medio de la discusión el martes.

—Noté que no lo habías pasado por alto. —Arqueé una ceja—. ¡Venga! ¡A relajarse! Vamos a por unas copas de champán.

Literalmente arrastré a Patricio por la sala, alejándolo de donde se encontraban Abril y Tomás.

Conversamos con unos y con otros. Papá estaba sentado hablando con Clara, que lucía un bellísimo vestido de raso negro. Leandro y su pareja de turno (algo más joven que él) conversaban con Ceci. Mamá estaba con Lucas y Flopi. Yo la había saludado fríamente, y cuando se percató, frunció el ceño, pero no dijo nada. ¿Cómo era posible que no se diera cuenta de que una y otra vez volvía a actuar egoístamente sin importarle las consecuencias? Agité la cabeza, tratando de eliminar aquel pensamiento. Era la fiesta de Benja, se lo veía muy feliz, y nada ni nadie iba a arruinar ese momento.

—¡Jaz, estás muy guapa!

—Gracias, Leti. ¡Tú estás hermosa! —Miró hacia donde estaba Patricio conversando con Germán; no le quitaba los ojos de encima a Tomás—. Pobre chico, Patricio lo va a perforar con la mirada si sigue así.

—Tomás es un encanto. Conocemos a su familia, y puedo decirte que siempre fue un chico aplicado, responsable y serio.

—A Patricio le vendría bien saberlo.

—Germán se encargará. —Me guiñó un ojo y nos reímos—. Jaz, no quiero extenderme con el asunto; sólo quiero saber si estás bien.

—¡Tan bien como puedo estarlo, Leti! Estos días serán difíciles, pero ¿sabes qué?, estamos haciendo lo que tenemos que hacer.

—Y sabes que yo siempre estoy aquí.

—¿Qué haría yo sin ti?

Benja se nos acercó. Estaba realmente radiante.

—¿Va todo bien?

—¡Estupendo! ¿Cómo lo estáis pasando vosotros?

—¡Genial! ¡Todo está perfecto! Oye, no sabía que Brili tenía novio.

—¡Ni lo menciones delante de Patricio!

—¡Ya! Ese hombre tiene que dejar de ser tan protector con su niña.

—Lo intenta, créeme.

—Pues míralo, tiene ese gesto contrito desde que han cruzado la puerta.

—Lo sé. Es su pequeña.

Miré a Patricio y en ese instante también él me miró. Aflojó la tensión del rostro y me regaló una sonrisa.

La noche resultó divertida. Comimos, bebimos, bailamos; todo salió a pedir de boca. Recluté a Brili y a Lucas en la cocina para que me ayudasen con el gran pastel que habíamos encargado con la forma de un gran libro abierto. Encendimos las velas y entre los tres lo llevamos cantando *Cumpleaños feliz*. Cuando salimos a la sala, Patricio apagó las luces y todos juntos cantamos para Benja. Con el pastel frente a él y lágrimas en los ojos, Benja cerró los ojos, pidió sus deseos y sopló las velas, y entonces la sala estalló en aplausos y vítores.

Despedimos hasta al último de los invitados. Papá, que se quedaba unos días en Madrid, se había retirado a dormir, y Lucas estaba en el columpio con Abril, que había decidido quedarse en casa para desayunar con su abuelo.

Nos desplomamos en el sillón de la sala, mirando el caos que había a nuestro alrededor. Patricio me descalzó, me levantó los pies para dejarlos reposar en su regazo y me dio un delicioso masaje.

—Ha estado todo muy bien y a Benja se le veía feliz —dijo Patricio.

—Sí. Benja es feliz. La que me preocupa es mi hermana. Cada vez la veo más amargada.

—Cariño, tu hermana vive la vida que eligió vivir.

—La vida que eligió vivir la fue llevando a eso, pero no creo que sea lo que quiere. A veces tengo la sensación de que querría otra cosa; una familia propia, no sé... Siempre le digo que está a tiempo... Me duele verla infeliz en lo que respecta a su vida personal, porque tengo claro que, en cuanto a sus logros profesionales, está muy orgullosa y feliz con eso y, por supuesto, yo también.

—Claro que sí, cariño. Hay personas que no están hechas para vivir en pareja, pero si tiene que ser, será.

Decidimos irnos a la cama. Salimos al jardín a besar a nuestros hijos y nos regodeamos de verlos conversar. Se los veía en una actitud cómplice.

—Que descanséis, soles míos.

Le di un beso a cada uno y luego Patricio hizo lo mismo.

—Que descanséis —dijo Lucas.

—Que durmáis bien —les deseó Patricio.

—Que tengáis un buen descanso —comentó Abril—. ¿Papi?

—¿Sí, princesa?

—Gracias.

—¿Por qué?

—Por darle una oportunidad a Tomás.

—Parece que el chico lo vale.

Le regaló una sonrisa, yo le hice un guiño, y mi corazón se sacudió. Estábamos creciendo también como padres. Siempre pensé que las alas de nuestros hijos crecían conforme ellos iban creciendo, y bajo ningún concepto quería cortárselas; parecía que Patricio finalmente lo había entendido, lo que me llenó de felicidad.

Subimos las escaleras hacia nuestro dormitorio, abrazados y en silencio. En mi cabeza rondaba el pensamiento de lo orgullosa que estaba de nuestros hijos y que lo habíamos hecho bien como padres. Entré en el vestidor a buscar un camisón, mientras Patricio se encaminaba al baño a preparar el hidromasaje, como hacía cada vez que me veía cansada. Era casi un ritual, un ritual que adoraba, porque sentía todo el amor que ponía en ese simple acto.

—Déjame ayudarte con eso.

Patricio se me acercó y me bajó el cierre del vestido.

—Gracias, amor.

Depositó un suave beso en mi hombro y comenzó a desvestirse. Fui al hidromasaje, que me esperaba lleno de espuma y con aroma a coco, y aguardé la compañía de mi amado. Le dejé espacio para que se sentara detrás de mí. Era así como me gustaba estar: apoyada en su pecho y él abrazándome por la cintura.

—Germán me contó que conocen a la familia de ese chico.

—Tomás...

—Que es muy educado, serio y responsable.

—¡Ajá! Me lo dijo Leti.

Patricio me acariciaba la cintura y el vientre casi como en una acción automática mientras hablaba, y yo le acariciaba los brazos.

—Parece que es un buen chico.

—Parece que sí. ¿Has visto cómo la mira?

—Sí, me he dado cuenta. No la mira como esos otros chicos con ganas de devorarla de un bocado. Tenemos una hija hermosa... — Y besó mi cuello.

—Brili es igual que tú..., hasta en lo cabezota.

—Gracias, por la parte que me toca.

Me reí, me volví y me quedé arrodillada frente a él. Patricio me miraba embelesado. Su mirada amorosa siempre me enamoraba cada día más, como si pudiese amar más de lo que amaba a ese hombre maravilloso.

—Todavía recuerdo cuando hicimos la ecografía 3D y Abril estaba dormida como duermes tú.

Cerró los ojos saboreando el recuerdo. Cuando los abrió, me embriagó el brillo que desprendían sus ojos.

—Supe que no había nada que hacer. Las mujeres de mi familia serían mi perdición, y cuando supimos que vendría Lucas, ¡Diosss!, ¿podría haber sido mejor? —Le sostuve el rostro con ambas manos y lo besé suavemente en la boca, mirándolo a los ojos. Esa boca me hacía temblar con sólo mirarla; esos labios tiernos y perfectos, dulces, demandantes, por momentos exigentes y hasta violentos—. Y míralos ahora... Brili es una hermosa mujer, por más que yo quiera seguir creyendo que es mi pequeña princesa. Es independiente, estudia y le va muy bien, y tiene un novio que parece valer la pena. Y Lucas es decidido, ambicioso pero de un buen modo, es sensible y está tan prendado de Florencia que a veces me da miedo que esos dos nos hagan abuelos antes de tiempo.

—¿Sabes algo que yo no sepa?

—No, cariño; sólo sé que Lucas está tan enamorado de Flopi como yo lo estoy de ti. —Me rodeó con sus brazos, me acercó más hacia él y besó mi vientre—. Me gusta besarte aquí...

—Y a mí me gusta que lo hagas. —Besé su frente—. Tenemos dos hijos de los que podemos vanagloriarnos, cariño. Lo hemos hecho muy bien... y estoy muy orgullosa de ti, mi amor.

—Y yo de ti. Eres una madre excepcional.

—Y tú un padre cariñoso, entregado, muy protector, y te quieren. Adoro ver cómo se jactan de su padre; se me hincha el pecho de tanto amor, pero además hoy has estado grandioso con Brili y Tomás, y por eso me siento muy feliz.

Me volví a sentar entre sus piernas y a apoyar la cabeza en su pecho, mientras nos acariciábamos y Patricio depositaba delicados besos en mi sien y mi hombro.

Cuando salimos del hidromasaje, nos secamos y fuimos a la cama. Solíamos dormir desnudos, pero cuando Brili y Lucas crecieron e inevitablemente comenzaron a pasarse por nuestra cama —aunque los devolvíamos a la suya—, se hizo evidente que dormir desnudos ya no era una opción.

Estaba por ponerme el camisón cuando Patricio se colocó detrás de mí y me lo arrebató de las manos.

—No lo necesitas para lo que tengo pensado —dijo en mi oído con voz sensual y ronca, deslizando las manos hacia mi cintura y apretándome hacia él. Pude sentir su excitación en mis nalgas.

Nos hicimos el amor, dulce y suavemente, amándonos cada centímetro de nuestros cuerpos, pero por encima de todo de nuestras almas.

El domingo nos despertó con aroma a café y tostadas. Nos duchamos y bajamos para encontrarnos a papá desayunando con sus nietos en la cocina.

—Buenos días —dijimos ambos, y dimos un beso a cada uno de nuestros hijos y yo a mi padre. Patricio le ofreció su saludo habitual, que consistía en un apretón en el brazo acompañado de una sonrisa. La más auténtica.

—Buenos días... —respondieron todos.

Serví café para Patricio y para mí, y nos sentamos con ellos. Brili me ofreció una tostada untada con mantequilla y a Patricio una con mermelada de castañas, su preferida.

—¿Qué os parece si salimos a almorzar? —preguntó Patricio, masticando su tostada.

—¡Me encanta la idea! —exclamé, dando un gran mordisco a la mía y haciéndole un guiño a Patricio.

—Los chicos estaban contándome cómo les va en la universidad.

—Estamos muy orgullosos de ellos, Ricardo. ¡Van muy bien!

—Brili, ¿ese muchacho con el que viniste ayer es tu novio?

Patricio casi escupe el café que estaba tomando.

—Nos estamos conociendo, abuelo. —Brili miró a Patricio y esbozó una sonrisa ante la reacción de su padre—. Pero nos gustamos. Y eso de novios es como demasiado formal.

—Prefiero la cosa formal, Brili —dijo Patricio, mirando de reojo por encima de su taza de café.

—Lo sé, papi, pero para eso está Lulu. Él es el formal de la familia... —Y le guiñó un ojo a su padre.

Sin duda, estaba bromeando y haciendo que Patricio entrara en el juego.

—Muy graciosa, Brili —soltó Lucas con tono burlón.

—¿Acaso no es la verdad, Lulu?

—Chicos —interrumpió papá.

—Pensad dónde tenéis ganas de ir y dejad de discutir, que parecéis dos niños —sentenció Patricio.

Brili y Lucas rieron. Era evidente que esa pequeña teatralización tenía que ver con la charla entre hermanos de la noche anterior; se los veía con una encantadora complicidad.

Mónica estaba terminando de ordenar el caos que había dejado la fiesta y yo la estaba ayudando a acabar de recoger el desorden cuando Brili apareció en la sala.

—¿Vamos a Tartan Roof?

—¿Qué?

—Ahí me gustaría ir. ¡Es un lugar genial!

Patricio, que estaba saliendo de su estudio, preguntó con curiosidad:

—¿Dónde está, princesa?

—En la terraza del Círculo de Bellas Artes. He ido por la noche con amigos, pero nunca durante el día. Tiene las mejores vistas de Madrid. ¡Os va a encantar!

—¡Vale! Entonces, Tartan Roof.

—¿Le has consultado a Lucas?

—Sí, mamá. Además, él también lo conoce de noche.

—Vale, vale.

—Id preparándoos.

—¿Viene la abuela? —preguntó Lucas.

—No, cariño. La abuela ha salido temprano para Marbella, pero podemos invitar a la abuela Clara o a la tía Ceci.

—¡Sí! La tía Ceci no viene mucho por aquí, ¡es una oportunidad! ¡Y la abuela Clara siempre es una pasada!

—Lo es... —contesté, acercándome a Lucas y acariciando su mejilla.

—Mamá tenía un almuerzo con amigas; ya habrá otra oportunidad. Además, Ricardo y Cecilia no están mucho por Madrid. Aprovechemos para estar con ellos.

—Voy a llamar a tu tía. Veremos de qué humor está.

Fui hacia mi estudio y llamé a mi hermana. La verdad era

que tenía muchas ganas de charlar con ella. La noche anterior no habíamos podido conversar demasiado y no eran muchas las oportunidades. Ceci vivía en Granada y allí ejercía su profesión. Aunque también requerían sus servicios en Madrid, siempre era de pasada.

—Ceci, ¿cómo estás?

—Hola... Cansada. ¿Y tú?

—Bien, gracias. ¿Te he despertado?

—No. Estaba leyendo unos informes.

—Oye, pensamos salir a almorzar con Patricio, papá y los chicos. ¿Quieres venir y pasar un almuerzo en familia?

—¿Dónde y a qué hora?

—Queda cerca del piso. Es el Tartan Roof.

—Lo conozco. Fui una noche con unos compañeros de trabajo de aquí. ¿A qué hora me encuentro con vosotros?

—Te envío un mensaje cuando salgamos, ¿vale?

—Vale.

—Un beso.

—Gracias por la invitación, Jaz.

—¡Gracias a ti por aceptar!

Colgamos. Los chicos estarían contentos y papá también. Nos vestimos. Aunque el calor ya se estaba retirando, a mediodía todavía podía notarse. Me puse una falda de lino blanca y un top verde. Bajé a la sala, donde estaban todos preparados. Subimos al coche y nos dirigimos al restaurante. Brili tenía razón; era un lugar precioso, muy a la moda, con un estilo *vintage* industrial, y unas vistas de la ciudad francamente hermosas. La camarera nos acompañó hasta una mesa con sillas altas. Ceci no había llegado aún.

—Hemos tenido suerte. Normalmente se requiere reserva. —Y la verdad es que estaba lleno.

Papá y los chicos admiraban las vistas desde la terraza mientras Patricio y yo conversábamos sobre lo felices que nos hacía salir a almorzar con nuestros hijos cuando Ceci llegó. Tras saludarnos, se unió al mirador.

El almuerzo fue muy ameno. Ceci estaba particularmente distendida y comunicativa, y eso nos complació a todos. Comimos, bebimos, conversamos, nos reímos; disfrutamos mucho.

Dejamos a Brili en su piso y seguimos a nuestra casa, porque Lucas y papá tenían una partida de ajedrez pendiente.

El lunes por la mañana papá volvió a Marbella, así que al no estar él para distraernos, el resto del día se convirtió en una montaña rusa emocional. Patricio y yo tuvimos varias discusiones tontas, pero al final del día nos abrazamos fuerte y nos mantuvimos así durante un largo rato, entendiendo en ese abrazo que la ansiedad y los nervios estaban jugando en contra nuestra a medida que se acercaba el momento de conocer finalmente el resultado.

Para el martes, cuando me desperté, el dolor de cabeza y hombros evidenciaba una tensión casi insoportable. Patricio no fue a la empresa y yo casi no me levanté de la cama. Por la tarde, como no había querido almorzar, Patricio me subió un zumo y un emparedado, que comí obligada. Podía ver que él tampoco estaba pasándolo nada bien y nos acurrucamos en la cama.

—¿Qué haremos mañana? —le pregunté abrazada hasta con el alma.

—Podríamos pasar a buscar a Brili e ir los tres juntos. Esto es por ella.

Besaba aleatoriamente mi cabeza y mi sien, y recorría con sus dedos el camino entre mi hombro y la mano que mantenía apoyada sobre su pecho. Levantó mi rostro, buscándome la mirada. Había tantos sentimientos en esos ojos, tanta carga de vida, de futuro, de esperanza..., pero también de miedo.

—No tengo miedo por nosotros, mi amor. Si mañana el resultado indica que sí somos hermanos, personalmente no me importará, pero no sé qué haremos para mirar a nuestros hijos —le dije.

—Es irónico. Estoy sintiendo exactamente lo mismo que los días anteriores a tener el primer resultado hace veinte años: el miedo a perderte invadía cada célula de mi cuerpo. Ahora sé que no te perderé a ti, pero me aterra perderlos a ellos.

—Lo único que tengo claro es que nosotros no somos los culpables y espero que ellos no lo vean como una excusa. Creo que hemos criado a nuestros hijos inculcándoles valores sólidos y que sabrán entender...

—Nuestra princesa ya lo hace. Lo dejó claro, mi amor. Ella no nos juzgará, pero Lucas está tan ajeno a todo esto que no sé cómo reaccionará.

—Necesito confiar en que todo estará bien, en que el resultado simplemente será negativo y que por fin podremos vivir en paz con nosotros mismos.

—¿Realmente sientes que era algo que te pesaba? —preguntó Patricio, levantándose de la cama y dirigiéndose al ventanal.

—No me había dado cuenta hasta que le contamos la historia a Brili y sentí que me quitaba un peso de encima. —Me levanté de la cama y me acerqué a él, abrazándolo por la espalda—. Es un secreto que nos movilizó demasiado en el pasado, y aunque estoy que no puedo más de ansiedad y angustia, me siento feliz al saber que mañana sabremos la verdad.

Patricio me tomó las manos y se volvió para que nos abrazásemos de cara. Besó mi frente e hizo un camino de suaves besos por mi sien, ojo, mejilla y comisura de mis labios.

—Yo también me siento feliz. Acabaremos con esta angustia mañana. —Apoyó las manos en mis hombros y hundió sus largos dedos en mi carne, tensa y dolorida—. Estás muy tensa, amor. Deja que te haga un masaje.

Besó nuevamente mi frente y trazó el mismo camino de besos, pero del otro lado, hasta terminar con un profundo beso en mi boca, que me estremeció hasta la punta de los pies.

—Ven. Vamos a por ese masaje.

Me senté en la cama mientras Patricio buscaba una crema para hacer el trabajo. Cuando regresó, hizo un gesto para que me quitase el camisón, y eso hice. Estaba descalzo, así que simplemente se subió a la cama pasando sus piernas a cada lado de mis muslos y besó mis hombros. Se embadurnó las manos con la crema y las deslizó sobre mis hombros con la presión justa.

Patricio había resultado ser un excelente masajista. Sus manos pesadas, suaves, y sus largos y hábiles dedos lograban aflojar la tensión de mi espalda y de mis hombros cuando estaban tan duros como la piedra, justo como en ese momento. Nuestros masajes siempre terminaban con los cuerpos llenos de crema, enroscados y satisfechos, y nosotros adormilados por un intenso clímax. Habíamos descubierto ese juego de aceitarnos, y ciertamente todas las sensaciones corporales se potenciaban.

Así fue como Patricio, después de estar trabajando en aflojar mis hombros, cuello y espalda, lo que arrancaba de mí pequeños gemidos, colocó más crema entre sus manos, y siguió por mis pechos y más allá. Tal como deseaba, terminamos meciéndonos en una danza apasionada de dos cuerpos resbaladizos y sensibles, hasta explotar de placer. Ésa sería la última vez que nos amaríamos con la duda en nuestras almas, una duda que no menguaba nuestro amor ni nuestra pasión.

Esa noche casi no dormimos. Conversamos largo rato, y hubo otro tanto de silencios cómodos, caricias, miradas tiernas y abrazos; sólo dormitamos un par de horas antes de que el despertador nos hiciera salir del amasijo de brazos y piernas que éramos. Nos tomamos un poco más de tiempo para contemplarnos sin decir nada. Había llegado la hora.

Después de ducharnos, bajamos a desayunar. Mónica tenía preparados unos bollos y el aroma a delicioso café inundaba la casa. Locas risas provenientes del jardín llegaron a nuestros oídos. Al acercarnos vimos a Lucas y Abril riendo con sus tazas de desayuno en el columpio. Me apoyé en el marco del ventanal abierto al jardín a mirarlos. Se les veía felices, relajados y cómplices. Sentí a Patricio abrazarme por detrás y pegar su boca a mi sien.

—Verlos así me hace sentir que lo hicimos bien y que no tenemos nada que temer.

La voz de Patricio sonaba conmovida. Se me hizo un nudo en la garganta que se desató cuando nuestros hijos se percataron de que estábamos allí y nos miraron con amplias sonrisas y ojos brillantes.

—A ver, dejad ya tanto arrumaco —dijo Lucas, casi riendo—. Sois increíbles. ¿No podéis estar separados un momento?

Nos miramos y nos reímos. Patricio me soltó y nos adentramos en el jardín para desayunar con ellos.

—¿Será que mi pequeño necesita mimos de mamá? —Me encantaba llamarlo así—. Buenos días, mi cielo. —Le di un sonoro beso en la mejilla y luego fui a por Brili—. Buenos días, tesoro.

La miré a los ojos, me miró con mucho amor, y eso me llenó el alma. Le di un beso en la frente y acaricié su mejilla.

Patricio hizo lo propio. Sacudió el pelo de Lucas con un «buenos días, campeón» y un beso en la mejilla a Brili con un «buenos días, princesa».

—¡Qué maravilloso teneros en el desayuno!
Mónica nos trajo café y bollos calentitos.
—¡Buenos día, Mónica! —dijimos al unísono.
—Muy buenos días a ustedes.
—Papá, tengo ganas de salir a correr. ¿Vamos al parque cuando vuelva de la universidad?
—Claro, hijo.
Yo sabía que esas salidas tenían una segunda intención. Era el tiempo padre-hijo en el que ellos conversaban, por lo que me hacía muy feliz. Eran los dos hombres más importantes de mi vida.
—Me tengo que ir. Tengo una clase temprano. ¿Vienes, Brili?
—No, no voy a clase hoy. Me quedo un rato aquí y luego voy a ver a Mía.
—Vale. Nos vemos, hermanita.
—Nos vemos, Lulu. ¡Suerte, pequeño!
Se sonrieron y se hicieron un guiño mutuamente.
—Me gusta veros así —comentó Patricio antes de morder su bollo con mantequilla y mermelada de castañas.
Brili nos miró alternadamente.
—¿A qué hora nos vamos?
Sabíamos que Brili estaba ahí para acompañarnos al laboratorio. Nuestra hija nos demostraba una y otra vez que tenía la madurez y la fuerza suficientes para enfrentar esto con nosotros.
—Termino el café y estoy lista.
—Yo también.
—Voy por mis cosas, entonces.
Se levantó del columpio y pasó por detrás de nosotros, se quedó de pie a nuestra espalda, apretó nuestros hombros y nos dio un sonoro beso en la mejilla a cada uno.
—Gracias. Os quiero.
Brili era todo corazón. Sabíamos la clase de hija que teníamos, pero ese gesto, en ese momento, lo significaba todo. Patricio y yo nos miramos y apretamos nuestras manos.
Una vez en el coche y de camino al laboratorio, ninguno dijo nada, hasta que Brili rompió el silencio muy suavemente desde el asiento trasero.
—Quiero que sepáis que, sea cual sea el resultado, nada va

a cambiar lo que siento por vosotros. Sois los mejores padres del mundo, aquellos que todos hubiesen querido tener.

Hizo una pausa que ninguno de los dos quiso llenar. Sabíamos que estaba tratando de decir cosas profundas y no queríamos interrumpir.

—Estoy muy orgullosa de que decidieras conservarme, mamá. —Mi corazón dio un vuelco y mis ojos se anegaron de lágrimas—. Sé que tiene que haber sido una de las cosas más difíciles por las que tuvisteis que pasar. No puedo siquiera imaginarme tu dolor, mamá, ni tampoco el tuyo, papá. Saber que el amor de tu vida había huido debió quebrarte.

Miré a Patricio, que claramente estaba tan afectado como yo. Tenía el rostro tenso, se mordía los labios y mantenía los ojos fijos para contener las lágrimas, que pugnaban por salir.

—Sé que lo que escribiste fue fruto de la desesperación y el *shock.* —Las lágrimas comenzaron a correr por el hermoso rostro de Patricio, que luchaba por secarlas con las palmas—. No puedo dejar de admirar cómo pudisteis perdonar a la abuela, porque francamente yo no puedo. No puedo soportar que hayáis tenido que sufrir tanto, y menos por mí. No puedo perdonarla, mamá. Sólo el amor que vosotros os tenéis, un amor tan fuerte y profundo, puede sobrellevar tanto dolor. Me siento tan, tan honrada de que seáis mis padres...

Noté que a Abril se le quebraba la voz y no pude contenerme. Me volví y vi al tesoro más grande de mi vida llorando en silencio, y en un segundo, me desabroché el cinturón de seguridad y me lancé al asiento trasero para abrazarla con mi vida.

—Hubiese hecho cualquier cosa para quedarme contigo. Por desgracia, mis actos hicieron sufrir inmensamente a tu padre, que te amó desde que lo supo.

No me había percatado de que Patricio había detenido el coche y estaba vuelto en su asiento, mirándonos con ojos brillantes y las mejillas húmedas.

—La mañana siguiente a que se lo contara me desperté con su voz. Estaba apoyado en mi vientre cantándote la nana más hermosa que nadie pudo crear. Simplemente había creado una canción para Abril, una canción para su hija, porque él estaba seguro de que serías la más hermosa de las niñas.

Patricio tendió la mano y tomó la de Abril.

—¿Me la cantas, papá?

Patricio no dudó en deslizarse a la parte trasera del coche, abrazó a su princesa y le cantó su canción.

> Oye, princesita, que papá te canta;
> oye, princesita, que papá te ama.
> Duerme calentita en esta barriguita;
> duerme, mi bonita, duerme, cachorrita,
> que papá te canta, que papá te cuida...

La suave voz de Patricio, una vez más, calmó a nuestra hija. Como cada noche cuando lloraba y yo no sabía cómo tranquilizarla, ahí estaba él con su magia.

—Te queremos tanto, cariño. No deberías estar triste y sufriendo por esto, y eso me mata.

—No, mamá, no estoy triste. Sufro por vosotros. Sólo espero que algún día un hombre me ame como papá te ama y yo lo ame como tú lo amas a él. Quisiera ser tan feliz como sois vosotros después de veinte años acarreando un peso encima de semejante tamaño.

—Princesa, simplemente aprendimos que el amor todo lo puede.

—Y seguirá siendo así cualquiera que sea el resultado. Lo sé. Yo sólo necesito hacer esto por mí.

—Y lo entendemos, princesa. Quiero que sepas que tu llegada al mundo fue la cosa más maravillosa que nos pudo pasar. Cuando te pusieron en mis brazos fue la sensación más asombrosa que alguien puede sentir jamás, lo más cerca del cielo que uno puede estar, y lo supe en ese instante: haría cualquier cosa por ti, por tu hermano y por tu madre.

—¡Lo sé, y os quiero tanto!

Nos mantuvimos abrazados durante largos minutos, hasta que nos recompusimos. Cuando estuvimos lo suficientemente calmados, Patricio volvió a su asiento, se ajustó el cinturón de seguridad y retomamos el camino al laboratorio. Mantuve a Abril abrazada. Su cabeza descansaba sobre mi pecho y yo le acariciaba el cabello.

Aparcamos y nos encaminamos hacia el laboratorio los tres abrazados. La recepcionista nos entregó el sobre y nos indicó que, si lo necesitábamos, podíamos hablar con el técnico que había realizado el estudio. Asentimos y le dimos el sobre a Abril, para que fuera ella quien lo abriera. Patricio y yo nos tomamos de la mano. Él besó mi coronilla y yo apoyé la cabeza en su pecho. Y esperamos a que ella estuviese lista para hacerlo.

Finalmente, y tras un largo suspiro, abrió el sobre, desdobló la hoja y leyó para sí misma. Sus ojos se agrandaron y mi corazón comenzó a sacudirse como queriendo escapar de mi pecho. Pude escuchar también el de Patricio y apreté más su mano. No creía poder soportar un segundo más el ritmo de mi corazón.

Los hermosos y brillantes ojos azul cielo de Abril nos contemplaron. Una lágrima solitaria escapó, y antes de que un mar de ellas inundara su pálido rostro, asintió, sonrió y nos abrazó.

Epílogo

Durante toda mi vida escuché a mis padres decir que el amor todo lo puede; no me había dado cuenta de cuán ciertas eran esas palabras hasta que el resultado de ese bendito examen apareció ante mis ojos.

No ser hermanos les dio la paz que siempre merecieron tener. Vivieron veinte años con esa duda y nunca, nunca sucumbieron. No podría sentirme más orgullosa y honrada de tenerlos como padres, aun si el resultado hubiese sido otro. Saber que ahora tienen verdadera paz me reconforta. Sentí que mi misión como hija era sanar esa herida, abierta durante tantos años y que lamían entre ellos, como sólo dos personas que se aman con verdadera devoción pueden hacer.

Mi sueño se cumplió. Amo y soy amada como siempre quise, una vida crece en mi vientre, soy más consciente de lo que es dar vida y sentir que harías cualquier cosa por ella.

Tomás y yo hemos decidido ponerle Jazmín a nuestra primera hija. Mamá aún no lo sabe. Se lo diremos mañana en el festejo de sus bodas de plata. Lulu y yo hemos preparado una fiesta sorpresa, sólo la familia y los amigos más cercanos, algo íntimo para celebrar tanto pero tanto amor.

Los invitamos a cenar con la excusa de que tenía algunas dudas sobre mi embarazo, ya entrando en el séptimo mes. Tenían reserva en un restaurante para cenar pero no dudaron en dejarlo todo y venir con nosotros.

Decoramos la casa con ayuda de Lulu, Flopi, Mía y Vera. Mía se encargó de colgar artísticamente telas rematadas con delicados ramilletes de jazmines blancos y azules. Pequeñas velas en cuencos de vidrio daban al ambiente una luz especial. Tomás hizo una recopilación de fotos de su boda y las colocó en marcos dispuestos a modo de exposición en las paredes de nuestra sala. Vera se dedicó a organizar la música, seleccionando temas que sabíamos que eran significativos para ellos. Flopi se encargó de organizar el *catering* y Lulu se ocupó de las invitaciones.

Todo estaba listo. Los invitados llegaron puntuales como les habíamos pedido. La abuela Clara, la abuela Eugenia, el abuelo Ricardo, el abuelo Leandro, la tía Jules, el tío Benja, el tío Dan, la tía Ceci, Leti, Germán, María, Gabriel, Lulu con Flopi, Mía, Vera, Tomás y yo esperábamos pacientes la llegada de los agasajados.

El timbre sonó. Apagué las luces, y la sala quedó iluminada sólo con las velas. Abrí la puerta y allí estaban esos dos seres que tanto amábamos.

—¡Hola, cariño!

—¡Hola, princesa!

—¡Hola! ¡Pasad!

—¿Cómo está portándose mi nieta?

—Bien, papá. Se mueve bastante.

—¡Como tú! —respondió mamá.

Los conduje por el pasillo y al llegar a la sala todos gritaron al unísono:

—¡Feliz aniversario!

Papá y mamá no daban crédito a lo que veían. Estaban clara y felizmente sorprendidos. Los abracé y les di la bienvenida. Segundos después estaban rodeados, abrazados y felicitados por todos. Nos agradecieron y admiraron toda la decoración. Los camareros comenzaron a circular con los aperitivos y bebidas, y la música sonaba de fondo. Estaban muy felices, y yo era muy feliz por y con ellos.

*Evergreen**, de Barbra Streisand, comenzó a sonar y no pasaron muchos acordes hasta que empezaron a bailar muy abrazados. Era una de sus canciones favoritas. Todos estábamos embelesados viéndolos bailar; con ellos nos enamorábamos nosotros. Cuando la canción terminó, papá tomó a mamá por las manos y, mirándose a los ojos, entregaron una vez más su

* *Evergreen*, Parry Music Library, Sony/ATV Songs LLC, Warner Olive Music LLC, Sunset Squid Music, Bernard'S Other Music, interpretada por Barbera Streisand. *(N. de la e.)*

corazón al otro, como lo habían hecho veinticinco años atrás con sus votos, recitando el poema de Victor Hugo *Cuando por fin se encuentran dos almas*.

—«Cuando por fin se encuentran dos almas que durante tanto tiempo se han buscado una a otra entre el gentío, cuando advierten que son parejas, que se comprenden y corresponden, en una palabra, que son semejantes, surge entonces para siempre una unión vehemente y pura como ellas mismas, una unión que comienza en la tierra y perdura en el cielo» —dijo papá, mirándola.

—«Esa unión es amor, amor auténtico, como en verdad muy pocos hombres pueden concebir, amor que es una religión, que deifica al ser amado cuya vida emana del fervor y de la pasión y para el que los sacrificios más grandes son los gozos más dulces» —respondió mamá.

—Te amo.

—Desde siempre.

—Y para siempre.

Se fundieron en un abrazo y un beso que nos dejó a todos sin aliento, emocionados hasta las lágrimas y embargados por tanto amor.

Si alguien alguna vez me preguntase si creo que el amor todo lo puede, no tendría la menor duda en responder que sí, mil veces sí... Dos seres maravillosos, llamados Jazmín y Patricio, que tengo el orgullo de decir que son mis hermosos padres, me lo enseñaron desde siempre y para siempre.

Agradecimientos

A mis padres, porque me lo dieron todo para ser quien soy. ¡Los amo!

A mis hermanas, que siempre están. ¡Las adoro!

Al amor de mi vida, por amarme, apoyarme y ser siempre mi pilar. ¡Te amo!

A mis amigos, que son incondicionales. ¡Los quiero!

A mis queridas amigas de Facebook, a las Apasionadas y a mis solecitos del WhatsApp por tanto apoyo, cariño y aliento. ¡Gracias!

A María Karina Fitzsimons, que creyó en mí y en el potencial de esta historia, y me apoyó y ayudó incondicionalmente. ¡Gracias!

A Indo, Ruttie, Sil, Isha y KiaBen, que me apoyaron en el camino. ¡Las quiero!

A Mayte Suárez, que me ayudó con mucha terminología española. ¡Gracias!

A Rocío Polo (María Solana), que fue a quien recurrí para que me asesorase con los aspectos legales de la historia. ¡Gracias!

A Esther Escoriza, que le dio la oportunidad a esta historia.

A todos aquellos que me dedicaron su tiempo leyéndome. ¡Muchas gracias!

Y a todos los que se atreven a soñar que el amor todo lo puede.

¡Gracias, mil veces gracias!

Índice

booket